사라진 세계

The Gone World

사라진 세계

톰 스웨터리치 지음 장호연 옮김

이 책에 쏟아진 찬사들

"시간 여행은 SF에 단골로 등장하는 소재이지만, 톰 스웨터리치의 『사라진 세계』만큼 멋지게 사용한 소설도 드물다. 그의 작품은 장대하고 훌륭한 세계관이 그저 시리즈물만의 전유물이 아님을 여실히 보여준다."
— 《디 A.V. 클럽》, 2018년 최고의 책 10권

"톰 스웨터리치는 '섀넌 모스'라는 아주 강력하고 매혹적인 주인공을 만들어냈다. 『사라진 세계』는 시간 여행을 훌륭하게 다루는 사변 소설이 얼마나 매혹적인지 보여준다. 독자를 점점 절망적인 상황으로 숨 가쁘게 데려간 다음, 아이러니하고도 적나라한 이야기를 펼친다. 살인 사건을 중심으로 한 미스터리와 묵시적 환영이 역동적으로 뒤섞인 매력적인 작품."
— 《북페이지》, 2018년 올해 최고의 책

"유혈이 난무하는 시간 여행 스릴러 『사라진 세계』는 짜릿한 흥분감과 당혹감을 동시에 선사한다. 〈인셉션〉과 〈트루 디텍티브〉가 만났다. 그뿐만 아니라 〈솔라리스〉, 〈인터스텔라〉, 〈트윈 픽스〉, 〈마이너리티 리포트〉, 〈스타게이트〉의 매력적인 요소들, 여기에 『사라진 세계』만의 창조적인 시간 여행 트릭까지 한가득 담겨 있다."
— 《뉴요커》

"SF와 스릴러, 호러, 묵시적 픽션의 놀라운 조합! 복잡하게 얽힌 스토리라인이 마지막 페이지까지 독자들을 숨죽이게 만든다. 그뿐만 아니라 암울한 서사 분위기를 서정적인 문장으로 풀어내, 독자에게 강렬하고 잊을 수 없는 독서를 선사한다."
— 《커커스 리뷰》

"톰 스웨터리치는 시간 여행에 관한 매혹적인 전제를 세우고서, 독자의 상상력을 자극하는 흥미진진한 세계 종말의 시나리오를 담아냈다. '살인 사건 수사'와 '세계 종말'을 하나로 엮는 것은, 페이지가 술술 넘어가는 이 어두운 SF 스릴러의 수많은 장점 중 하나에 불과하다. 이 작품이 가진 최고의 매력은 주인공 '섀넌 모스'다. 그녀는 어떤 난관에도 굴하지 않는 강력한 수사관이며, 동시에 쉽게 상처 받는 공감능력이 뛰어난 여성이기도 하다. 그렇기에 '섀넌 모스'는 누구나 좋아할 수밖에 없는 캐릭터다."

—《가디언》

"네이비실 대원의 일가족 살인 사건으로 시작하는 이 미스터리 스릴러는 흥미롭게도 SF로 방향을 튼다. 톰 스웨터리치는 모든 패를 능숙하게 다룬다. 등장인물을 매력적으로 묘사하며, 플롯을 숨 돌릴 틈 없이 전개한다."

—《로커스 매거진》

"톰 스웨터리치는 미래주의적인 사이버펑크 스릴러 『투모로 앤드 투모로』의 후속작으로 시간 여행, 대체 역사, 미스터리를 조화롭게 뒤섞은 소설을 들고 나왔다. 살인, 테러, 세계 종말을 막으려고 한 여성 수사관의 투쟁이 인상적이다. 하드 SF 팬들을 위한 축복 같은 작품."

—《북리스트》

"생각할 거리를 안겨줄 뿐만 아니라, 오락적으로도 더할 나위 없이 훌륭하다. 미래 세계를 여러 가능 세계 중 하나로 전제하고 세계관을 구축해가는 방식이 무척 뛰어나며, 톰 스웨터리치는 더없이 생생하게 이를 묘사한다. 주인공 '섀넌 모스'는 너무도 매력적이다."

—《SF 북 리뷰》

차례

프롤로그　2199년　　　　　　　　　011

1부　1997년　　　　　　　　　　023
2부　2015년-2016년　　　　　117
3부　1997년　　　　　　　　　　263
4부　2015년-2016년　　　　　365
5부　1997년　　　　　　　　　　481

에필로그　1986년 1월 28일　　561

감사의 말　　　　　　　　　　　566

소냐와 주느비에브를 위하여

내가 제대로 알아들은 게 맞다면,
당신들은 미래가 어떠한지는 미리 내다볼 수 있어도
현재에 대해서는 잘 모르는 것 같군요.

—단테, 〈지옥편〉, 제10곡

프롤로그

2199년

그녀는 마음으로는 결코 이해할 수 없는 것을 보게 되리라는 말을 들었다.

때는 겨울, 절대 끝나지 않을 겨울이었고, 그녀는 죽은 숲에 와 있었다. 오래전 산불 때문에 검게 타버린 바닥에 쓰러진 나무들과 격자 모양으로 포개진 까만 잔가지들, 그리고 그 위를 뒤덮은 얼음들이 보였다. 죽은 소나무 숲을 몇 시간째 돌아다녔지만, 우주복 덕분에 다행히 몸은 따뜻했다. 훈련생을 나타내는 오렌지색 우주복은 두께가 얇아 몸을 가누기에도 편했다. 그녀로서는 이렇게 먼 미래 세계까지 여행을 온 것은 이번이 처음이었다. 과거 웨스트버지니아라고 불렸던 이곳은 온 대지가 눈으로 덮였으며, 쓰러진 나무들로 자국이 패어 있었다. 어느 방향을 돌아보든 하늘은 서릿발로 꽁꽁 얼어붙어 있었고, 두 개의 태양이 떠올라 있었다.

창백한 원반 같은 태양. 그것 말고도 유난히 희게 빛나는 광채가 있었는데, 그녀의 교관이 '화이트홀'이라고 불렀던 현상이었다.

그녀는 기지로부터 너무 멀리 나와 있었다. 제시간에 쿼드착륙선까지 돌아가지 못할지도 모른단 생각에 그녀는 걱정되기 시작했다. 지난 몇 시간 사이 우주복 방사선량계의 색깔 표시는 밝은 녹색에서 녹조같이 짙은 녹색으로 흐려졌다. 오염이 시작된 것이다. 이곳 공기와 토양에는 우주복을 통과해 그녀의 몸속으로까지 침투할 수 있을 만큼 미세한 금속 증기 입자들이 떠다니고 있었다. 퀀텀-터널링 나노입자. 교관은 줄여서 'QTN'이라고 불렀다. QTN은 로봇 같은 거냐는 그녀의 질문에, 교관은 오히려 암에 가깝다고 답했다. 세포 미세소관 내에 잠복해 있던 QTN이 충분히 모여 몸 안을 장악하고 나면 그걸로 끝장이며, QTN이 인간 몸에 무슨 짓을 벌이는지는 앞으로 직접 보게 되겠지만, 바로 목숨을 앗아 가는 건 아니라고 했다. 직관에 매몰돼 눈앞에 보이는 것조차 부정하게 될 거라고, 혐오감이 치밀어 더는 보지 않으려 격렬하게 몸부림치게 될 거라고 교관은 설명했다.

혼자 쓰러지지 않은 채 버티고 서 있는 나무가 한 그루 있었다. 외피가 재로 덮인 하얀 소나무로, 그녀가 그 옆을 지나는 순간 주변 경치가 바뀌었다. 여전히 겨울 숲속이었지만, 불에 탄 나무도 바닥에 쓰러진 나무도 없었다. 비록 눈에 덮여 있었지만 초록색 잎이 무성했다. 겹겹이 쌓인 눈들 사이로 저 멀리 소나무 가지가 얼음의 무게에 휘어진 것이 흐릿하게 보였다. 내가 어떻게 여기로 왔지? 그녀는 뒤돌아봤지만, 자신의 발자국은커녕 아무런 흔적도 보이지 않았다. 길을 잃었어. 그녀는 나뭇가지와 솔잎을 헤치고 나아갔다. 눈 속에 파묻힌 발이 무거워 급속도로 피곤해졌다. 그러다 다시 하얀 나무를 지나갔다. 앞서 본 것과 똑같은, 가지만 앙상하게 남은 죽은 나무였다. 방금 지나갔던 그 나무일까? 돌아왔나 봐. 그녀는 나무뿌리와 돌부리를 넘어다니며 눈밭에서 미끄러지길 반복했다. 그러면서도 눈에 익숙한 것, 알아볼 수 있을 만한 지형을 찾으려 애썼다. 그녀는 소나무 숲을 빠져나와 검은 강 옆 공터에 이르렀고, 순간 비명을 내질렀다. 한 여자가 십자가형에 처해 있었다.

여자는 십자가에 매달린 것처럼 공중에 거꾸로 떠 있었지만, 십자가는 보이지 않았다. 아사 수준으로 말라붙은 여자의 몸은 흉곽이 펼쳐져 있었고, 다리에는 괴저로 검은 줄무늬가 나 있었다. 손목과 발목엔 각각 불에 탄 흔적이 보였으며, 피가 고여 검푸른 색을 띤 얼굴 아래로, 옅은 금발의 머리카락이 수면에 닿았다. 그녀는 강가에 털썩 주저앉았다. 십자가형에 처한 여자는 다름 아닌 그녀 자신이었다.

QTN의 속임수야. 그녀는 이런 터무니없는 상황에 혐오감이 치밀었다. 그것들이 내 안에 있어, 그것들이 허상을 만들어내는 거야…

QTN이 자신의 세포 안에, 뇌 속에 쌓여간다고 생각하자 극심한 공포가 몰려왔다. 그러면서도 이것이 단순한 환각이 아니라는 것을, 십자가형을 당한 저 여자가 이곳의 강과 얼음과 나무들처럼 실재한다는 것을 깨달았다. 그녀는 여자를 땅에 내려놓으려 했고, 손이 닿는 순간 기겁할 수밖에 없었다. 방사선량계가 녹색에서 적황색으로 바뀐 것이다. 그녀는 복귀 표지등을 가동한 채 내달렸다. 탈출 지점 위치를 기억하려고 애썼지만 소용없는 일이었다. 강을 둘러싸고 있는 이 낯선 숲속에서 결국 길을 잃고 말았다. 그녀는 자신이 왔다고 생각하는 길을 되짚으며 걸었다. 쌀쌀한 바람에 채이고 눈밭에 미끄러지기를 계속하던 중, 먼젓번과 똑같은 하얀 나무를 또다시 지나쳤다. 틀림없이 같은 나무겠지. 불탄 소나무, 나무껍질이 재로 뒤덮인 나무. 선량계의 적황색은 이제 붉은 점토 빛깔로 어두워졌다. 안 돼, 제발, 그녀는 다시 달렸다. 나뭇가지에 걸리지 않으려고 몸을 웅크린 채. 선량계가 밝은 빨간색으로 번쩍였다. 그녀는 풀썩 주저앉았다. 구역질이 치솟았고, 몸 안의 피가 무거워진 게 여실히 느껴졌다. 그녀는 다시 나무들 사이를 헤치며 나아갔고, 그러다 자신이 검은 강 옆 공터에, 십자가형이 있던 자리에 돌아왔음을 깨달았다. 그러나 십자가형은 더 이상 하나가 아니었다. 무수히 많은 십자가형이, 수천 구의 시신이 강줄기를 따라 거꾸로 매달려 있었다. 세차게 내리쬐는 두 개의 태양 아래서 벌거벗은 남자와 여자들이 비명을 지르고 있었다.

"무슨 일이 벌어지고 있는 거야?" 그녀는 아무도 없는 곳에 대고 소리쳤다.

시야가 흐려지고 호흡이 가빠지기 시작했다. 순간 하늘에서 빛이 번쩍였다. 이렇게 의식을 잃는구나 싶은 찰나, 저 빛이 쿼드착륙선 테세우스에서 나오는 불빛이란 것을 알아챘다. 복귀 표지등이었다. 이제 살았어. 쿼드착륙선은 공터 위로 한 번 튕기더니 얼음에 안착했다.

"여기예요." 목소리가 제대로 나오지 않았지만, 소리를 지르려고 애썼다. "여기 있어요."

해군 마크가 찍힌 날렵한 올리브색 우주복을 입은 두 남자가 승강구에서 내려왔다. 그녀는 그들이 강으로 다가가는 것을 보았다. "여기예요." 그녀가 말했다. 그러나 너무 멀어서인지 그녀의 목소리를 듣지 못했다. 그녀는 수목 경계선을 따라 기어가려고 했다. 마음 같아선 뛰쳐나가고 싶었지만 일어설 힘조차 없었다. 두 남자는 엉덩이까지 잠기는 강으로 들어가 십자가형을 당한 여자를 끌어내렸다. 그러고선 두꺼운 담요로 여자의 몸을 감쌌다.

"아냐, 날 데려가요. 여길 좀 봐요." 그러나 그들은 십자가형을 당한 여자를, 그녀와 똑같이 생긴 여자를 데리고서 착륙선에 올랐다.

"여기라고요, 제발." 방사선량계는 이제 어두운 갈색으로 바뀌었다. 치명적인 검은색만 남았다. 그녀는 눈을 감고 누군가 자신을 구출해주기를 기다렸다.

추진 엔진의 급격한 충격과 함께 그녀는 의식을 되찾았다. 그녀는 자신이 지금 어디에 있는지 깨달았다. 쿼드착륙선의 포드•였다. 손목과 발목은 침대에 묶여 있었고, 머리와 목은 패드를 댄 받침대에 고정돼 있었다. 그녀는 감각이 아직 돌아오지 않은 가운데, 침대 가장자리에 묶여 있는 담요를 덮은 채로 몸을 떨었다.

"제발." 그녀가 말했다. "돌아가요. 아직 저 아래에 있어요. 부탁해요, 돌아가요. 나를 두고 가지 마요…"

"자네는 괜찮아, 지금 우리가 구했어." 교관이 그녀의 침대 옆으로 다가와 말했다. 파란색 눈은 젊어 보였지만, 머리가 희끗희끗한 나이 많은 남자였다. 그녀의 맥박을 살피는 남자의 손은 손질이 잘된 가죽처럼 부드러웠다. "손목과 발목 통증이 상당할 걸세." 그가 말했다. "아직 잘 모르겠지만, 화상 정도가 심각하네. 거기에 방사선 노출량도 상당하고, 극심한 동상에 저체온증까지 있어."

"사람을 잘못 데려왔어요." 그녀는 오렌지색 훈련생 우주복을 입은 자신이 수목 경계선을 따라 기어가는 모습을 떠올렸다. "제발 믿어주세요, 나는 아직 저 아래 있어요. 나를 두고 가지 말아요…"

"아니야, 자네는 테세우스로 돌아왔어." 교관이 말했다. "우리는 숲에서 자네를 발견했다네." 그는 위로는 '해군범죄수사국(NCIS)' 회색 티셔츠를 입고, 아래로는 파란색 반바지에 무릎까지 올라오는 흰색 양말을 신고 있었다. "혼동하지 말게. 몸 안에 있는 QTN이 자네를 교란하는 거야. 위험한 수준에 이르렀어."

"하나도 못 알아먹겠어요." 그녀는 생각하려 애썼지만, 머리

• 모선(母船)에서 분리되는 작은 비행체.

가 제대로 돌아가지 않았다. "몸 안에 뭐가 있다고요? QTN이 뭔데요?" 이가 딱딱 부딪혔고 몸이 떨렸다. 극심한 통증이 팔다리를 훑고 지나가면서 신경통이 밀어닥쳤다. 하지만 손가락과 발가락에는 감각이 없었다. 그녀는 강가에서 우주복을 풀고 옷을 벗었던 것을 기억했다. 얼음 때문에 어깨에 동상을 입어 물집이 잡혔던 것을, 불길이 손목과 발목을 덮쳤던 것을 떠올렸다. 세차게 흐르는 검은 강물 위에서 자신의 몸이 몇 시간, 어쩌면 며칠 동안 거꾸로 매달려 있었던 게 기억났다. 그러다 소나무 숲 사이로 자신이 나타난 것을 보았을 때, 그녀는 죽여달라고 기도했다. "모르겠어요." 그녀는 고통을 참아가며 흐느꼈다.

"당장 급한 건 저체온증과 동상을 치료하는 일이네." 교관은 담요를 젖혀 그녀의 발 상태를 확인했다. "이런, 새년." 그가 말했다. "이럴 수가…"

그녀도 고개를 들어 자신의 발을 보았다. 발은 검붉은 색으로 부어올랐고, 누렇게 변한 주변 살갗은 너덜너덜했다. "젠장, 안 돼, 제발, 말도 안 돼." 그녀는 크나큰 충격을 받았다. 마치 다른 사람의 발처럼 느껴졌다. 왼쪽 발가락 사이엔 솜뭉치가 끼워져 있었고, 보라색 선들이 다리를 따라 뻗어 있었다. 교관이 물에 적신 수건으로 그녀의 발을 문질렀지만, 그녀는 물기를 느끼지 못했다. 수건에서 흐른 물이 발가락 위로 흘러 유리구슬처럼 공중에서 빙글빙글 도는데도.

"자네는 마음이 감염된 거야. 저체온증 때문에 기억이 흐려졌을 수도 있고." 교관이 말했다. "스틸웰 중위와 알렉시스 부사관이 자네를 구해 여기로 데려왔네. 자네는 저 아래에 있지 않아. 이곳에 있어. 이젠 안전하니 진정하게."

"전부 모르는 사람들이에요." 스틸웰과 알렉시스, 전부 낯선 이름이었다. 쿼드착륙선은 루디커 중위와 리 부사관이 조종했으며, 그녀가 기억하는 한, 선원 중 스틸웰이라는 사람은 없었다. 그녀는 내닫이창 너머를 내다봤다. 이제 지구는 저 멀리 아득하게 보였고, 지구를 둘러싸고 있는 안개와 얼음은 하얀 점처럼 보였다. 저 아래 황야에서 여전히 우주복을 입은 채 죽어가고 있을 자신의 모습이 떠올랐지만, 벽장에 걸려 있는 우주복이, 사냥꾼의 위장복처럼 환한 오렌지색 우주복이 그녀를 혼란스럽게 했다. 대체 무슨 일이 벌어지고 있는 거지? 연고 발린 붕대로 동여매진 손목과 발목이 산성 용액을 들이부은 것처럼 쓰라렸다.

"너무 아파요." 그녀가 말했다. "아파 죽겠어요."

"의료진에게 자네가 도착한다고 말해놓았어." 교관이 말했다. "전함과 도킹하는 즉시 자네를 치료할 수 있도록 준비 중일 거야."

"저 아래 있던… 그건 뭐였어요? 나한테 무슨 일이 일어나고 있는 거예요? 나는 매달려 있었는데, 다들…"

"자네가 강가에서 본 건 십자가형을 당한 사람들일세. 나도 '터미너스'를 연구하면서 여러 차례 목격했지. 우리는 그들을 '목매단 사람들'이라고 부르네. QTN이 그 사람들을 처형한 거야. 자네도 마찬가지고."

"QTN인지 뭔지가 내 핏속에 있다고 했죠. 얼른 빼내줘요, 내 몸에서 빼달라고요…"

"새넌, 견뎌내야 해. 빼낼 방법 따윈 없어. 함께 훈련하면서 다뤘지 않은가. 나는 자네가 준비된 줄 알았네. 자네에게 미리 경고도 했는데."

"아뇨, 그런 적 없어요." 손목의 쓰라림이 극심했지만, 그녀는 애써 참으며 정신을 집중했다. 기억이 왜곡되고 헝클어졌다…. 〈윌리엄 매킨리〉호를 타고 '아득한 시간'으로 떠났던 게 떠올랐다. 거의 200년 가까이 떨어진, 무수히 많은 2199년의 지구 중 하나로 그들은 떠났다. 막 도착했을 때, 지구 위로 내걸린 창백한 광채가 제2의 태양처럼 빛나고 있었다. 선원 전원이 경악했다. 아무도 그것의 정체에 대해 알지 못했다. 그 누구도 그녀에게 QTN이니, 목매단 사람들이니 하는 것에 대해 알리거나 경고하지 않았다. "나를 집으로 데려간다고 했어요. 그 말밖에는 하지 않았어요."

"새넌." 교관이 풀이 죽은 목소리로 말했다. 그는 다시 수건으로 그녀의 발을 문질렀다. "무슨 말을 해야 할지 모르겠군. 저체온증이 일시적으로 기억상실을 일으킨 것일 수도 있네. 자네가 회복하면…"

"〈윌리엄 매킨리〉호와 랑데부. 도킹 준비하라." 확성기로 목소리가 들렸다. 그녀는 처음 듣는 목소리였다. 자신의 발밑에서 검은 물이 세차게 흘렀던 것을 그녀는 기억했다. 자신의 발을 다시 쳐다보았다. 오른쪽 발은 색이 약간 돌아왔지만, 왼쪽 발가락은 여전히 검은색이었다. 왼쪽 다리에 뻗은 선들이 더욱더 어두워진 걸 보니 속이 울렁거렸다.

"그것들은 다 뭐죠? QTN이 뭐냐고요? 내 안에 대체 뭐가 들어 있단 건데요?" 그녀는 당혹감을 억누르며 반항하듯 물었다. "견디든 말든 그건 내 알 바 아니에요."

"그것들이 어디서 왔는지, 무엇을 원하는지 우리는 알지 못하네." 교관이 말했다. "어쩌면 아무것도 원하지 않을 수도 있어. 퀀텀-터널링 나노입자. 우리는 그것을 차원을 초월하는 존재로 여기고 있네. 화이트홀, 그러니까 자네가 보았던 제2의 태양을 통해 온다고 보는 거지. 미래의 언젠가, 그것들로 인해 터미너스라고 부르는 대재앙이 일어나게 돼."

"저 십자가형을 말하는 건가요?"

"그래, 그때 인류는 더 이상 유의미한 존재가 아니게 되지. 누구도 살아남지 못해. 말뜻 그대로 말이야. 목매단 사람들이 생겨날 거야. 다들 목만 매는 건 아니야. 달리는 사람들도 점차 생겨나서 수많은 이들이 거대한 무리를 지어 달리지. 그들의 최후란 멈추지 않고 계속 달려서 몸이 산산이 조각나거나, 바다로 돌진해 익사하거나 둘 중 하나지. 직접 구멍을 파서 스스로 매장되는 사람들도 있어. 하늘을 향해 얼굴을 쳐들고 서 있는 사람들도 있지. 입 안에 뜨거운 은액(銀液)을 가득 머금은 채로 말이야. 해변에 쭉 늘어서서 미용체조 같은 동작을 하는 사람들도 있네."

"왜들 그러는 거죠?"

"우리도 모르네. 무슨 이유에서 그러는지. 아마도 이유 같은 건 딱히 없겠지."

"하지만 이건 수많은 미래 중 하나일 뿐이잖아요." 그녀는 QTN을 핏속에 돌아다니는 기생충처럼 느껴보려고 했다. "무한한 가능성 중 하나에 지나지 않아요. 다른 가능성, 다른 미래가 얼마든지 있어요. 터미너스가 반드시 일어나는 건 아니라고요."

"터미너스는 우리 종(種)의 미래에 드리워진 그림자라네." 교관이 말했다. "우리가 방문한 시간대엔 전부 터미너스가 일어났어. 그뿐만 아니라, 그 시기가 점점 가까워지고 있지. 처음 터미너스를 목격한 건 2666년이었는데, 그다음은 2456년에 목격했지. 그때 처음 시기가 앞당겨지고 있다는 걸 확인했지. 또 그다음엔 2121년, 계속해서 앞당겨졌지. 터미너스는 우리 목을 향해 날아드는 기요틴 칼날과도 같아. 해군우주사령부는 그 죽음의 그림자에서 벗어나는 방법을 찾는 걸세. 우리는 해군을 지원하며 소임을 다해야 하고. 내가 자네에게 가르치는 모든 것은 인류가 터미너스를 피하기 위한 방법의 하나라네. 자네가 이 모든 것을 봐야 하는 것도 마찬가지지. 우리는 어떻게든 그 그림자에서 벗어날 길을 찾아야만 하네."

"만약 방법을 찾지 못하게 되면요?"

"세계의 종말을 보게 되겠지."

1

"여보세요?"

"섀넌 모스 특별수사관이십니까?"

처음 듣는 남자의 목소리였다. 모음을 길게 빼며 느릿하게 말하는 걸로 봐선 이 근처 웨스트버지니아 또는 펜실베이니아 시골에서 자란 모양이다.

"네, 맞습니다." 그녀가 답했다.

"일가족이 살해되었어요." 남자의 목소리는 떨리고 있었다. "자정 조금 지나서 워싱턴 카운티 911로 급보가 접수됐습니다. 실종된 여성이 한 명 있습니다."

새벽 2시, 예감이 좋지 않았다. 그녀는 이제 정신이 완전히 들었다.

"전화 거신 분은 누구죠?"

"특별수사관 필립 네스터입니다. FBI죠."

그녀는 침대 옆 램프를 켰다. 침실 벽을 덮고 있는, 포도 덩굴과 파란 장미가 그려진 크림색 벽지를 눈으로 좇으며 생각했다.

"어째서 저한테 연락을?" 그녀가 물었다.

"제가 알기로는 FBI 담당 수사관이 본부에 연락했고, 당신을 불러들이라는 지시가 내려왔습니다." 네스터가 말했다. "FBI 본부에서 NCIS 측 지원을 요청했습니다. 유력 용의자가 해군 특수부대 '네이비실' 대원입니다."

"위치가 어디죠?"

"크리켓우드 코트에 있는 캐넌스버그예요. 헌터스천(川) 바로 옆입니다."

"'헌팅천'을 말씀하시는 거군요."

그녀는 헌팅천과 크리켓우드 코트를 잘 알고 있었다. 절친했던 코트니 김과 함께 지냈던 마을이었다. 코트니의 얼굴이 수면 너머로 보이는 얼음처럼 모스의 기억 속에 떠올랐다.

"희생자는 모두 몇 명이죠?"

"사망자는 세 명입니다. 끔찍해요. 그런 광경은 한 번도…"

"침착해요."

"전에 기차에 치인 아이들을 본 적이 있는데, 이것에 비하면 아무것도 아니었어요."

"알겠어요." 모스가 말했다. "자정 넘어서 신고가 들어왔다고 했죠?"

"조금 지나서요. 이웃이 소동을 듣고 결국 경찰에 연락해서…"

"이웃하고 이야기한 사람이 있습니까?"

"우리 쪽 사람 하나가 신병을 확보하고 있습니다."

"1시간 정도 후에 찾아가겠습니다."

그녀는 일어서기 전에 먼저 균형부터 잡았다. 오른쪽 다리는 여전히 운동선수의 것처럼 날씬하고 근육이 잘 잡혀 있었다. 하지만 왼쪽 다리는 넓적다리 중간이 뭉툭하게 잘려나갔으며, 잘린 부분 말단의 근육과 살이 페이스트리처럼 접혀 있었다. 그녀는 몇 년 전 터미너스의 깊은 겨울에 십자가형을 당하면서 다리를 잃었다. 해군 외과의들이 그녀의 대퇴부에서 괴저로 손상된 부분을 절단했던 것이다. 그녀는 다리가 긴 물새처럼 한 발로 서서 발가락에 힘을 주어 중심을 잡았다. 침대와 스탠드 사이 바로 손이 닿는 곳에, 로프스트랜드사(社)의 목발이 놓여 있었다. 받침대 없이 팔목 고정 밴드가 달린 목발. 그녀는 밴드에 팔을 끼우고는 손잡이를 잡았다. 옷가지와 잡지, CD와 케이스가 어지럽게 널려 있는 침실을 지났다. 치료사 경고에 따라 넘어지지 않도록 조심하면서 말이다.

크리켓우드 코트라…

모스는 자신이 살던 동네로 돌아간다고 생각하자 몸서리를 쳤다. 코트니하고는 중학교 때부터 고등학교 1학년 때까지 줄곧 단짝 친구였다. 자매보다 가까운 사이였고 한시도 떨어지지 않았다. 코트니와 함께했던 시간은 어린 시절 여름날의 가장 달콤한 추억이었다. 둘은 수영장에서 날이 저물도록 놀았고, 케니우드 놀이공원에서 롤러코스터를 탔으며, 채티어스천에서 담배를 나눠 피웠다. 그리고 고등학교 2학년 때, 코트니는 지갑에 든 몇 달러 때문에 한 주차장에서 살해당했다.

그녀가 옷을 입는 동안 침실 텔레비전에서 헤드라인 뉴스가 나왔다. 그녀는 다리에 땀 억제제를 뿌렸고, 폴리우레탄 라이너˙를 넓적다리 절단면에 대고는 나일론 스타킹처럼 엉덩이까지 올렸다. 피부에 기포가 쌓일 수도 있기에 바깥 면을 손으로 평평하게 했다. 그녀가 쓰는 의족은 '오토보크 C-레그'라는 시제품이었다. 상이군인을 위해 만들어진 제품으로 컴퓨터로 작동하는 의족이었다. 모스는 넓적다리에 소켓을 끼우고 일어났다. 넓적다리로 하중을 가하자 탄소섬유로 된 밑동에서 공기가 빠져나가면서 자동으로 진공 밀봉되었다. C-레그를 착용하면 강철로 된 정강이가 외부로 드러났고, 그 모습이 마치 정강이뼈가 밖으로 드러난 것처럼 보였다. 그녀는 바지와 보라색 블라우스를 입고선 업무용으로 받은 총을 허리에 찼다. 그리고 맞춤 재단한 스웨이드 재킷을 입었다. 마지막으로 텔레비전을 흘긋 보았다. 건초 깔린 우리에서 돌아다니는 복제양 돌리 기사, 클린턴 대통령이 인간 복제 금지안에 서명하고 홍보했다는 기사가 나왔다. NBC에서는 조던과 그의 라이벌 유잉의 NBA 맞대결을 예고했다.

한쪽 끝이 막힌 도로인 크리켓우드 코트, 그곳의 연립 주택들

˙ 절단 부위를 감싸 의족과 밀착시키는 패드.

과 잔디밭 위로 사이렌 소리가 요란하게 울렸다. 새벽 3시 15분이니 이웃들은 무슨 일이 일어났다는 것은 알겠지만, 자세한 정황은 몰랐을 수도 있다. 창문 밖을 내다봤다면 순찰대와 보안관차, 캐넌스버그 경찰, 카운티 경찰이 뒤엉킨 혼란을 보았을 테지만. 연방 경찰이 관여하면 수사 관할권이 복잡하게 얽힌다. 모스가 맡는 사건은 해군우주사령부(NSC) 소속 선원들, '아득한 공간'과 '아득한 시간'으로 떠나는 첩보 작전인 '아득한 심해' 작전을 수행한 후 집으로 돌아온 이들과 관련되었다. 터미너스의 공포와 낯선 태양의 강렬한 불빛에 머리가 돌아버린 NSC 전함 선원들은 술집에서 싸움을 벌이거나 가정 폭력, 마약, 살인 같은 중범죄를 일으켰다. 그중에서도 그녀가 주로 맡은 사건은 아내나 여자친구를 구타해 죽음에 이르게 한 경우였다. 비극적인 일이었다. 그녀는 이곳에선 과연 무엇을 보게 될지 긴장됐다. 사건 현장 인근엔 구급차와 소방차가 대기하고 있었으며, 워싱턴 카운티 검시관의 밴도 근처에 주차돼 있었다. 또한, FBI 이동식 범죄 분석 차량도 보였는데, 차가 주차된 곳은 그녀의 옛 친구 집 앞마당이었다.

"맙소사…"

어릴 적 추억 속의 집과 지금 눈앞에 보이는 집이 서로 포개지는 듯했다. 마치 두 개의 필름이 동시에 돌아가듯 기억의 편린과 범죄 현장이 겹쳐서 보였다. 모스는 옛 친구의 집에 이런 일로 다시 발을 들이게 될 줄은 꿈에도 생각지 못했다. 코트니의 가족은 다른 곳으로 이사 간 지 오래였지만, 집은 옛날 모습 그대로였다.

도로에 마주한 정면 모습이 서로 똑같이 생긴 2층 주택들이 거울에 반사된 것처럼 일렬로 쭉 늘어서 있었다. 각각 진입로와 자그마한 차고가 있고, 작은 현관에 등불 하나가 있으며 벽돌 위에 흰색 비닐로 마감된 것까지 똑같았다. 심지어 앞마당에 있는 산딸나무도 오래전에 베어낸 모양 그대로였다. 어렸을 때 모스는 자기 집보다 여기서 더 많은 시간을 보냈다. 옛날 전화번호가 아직도 기억났다. 달걀 껍데기 틈 사이로 흘러나오는 노른자처럼 끈적거리는 과거가 현실 안으로 스며들었다. 모스는 보온병에서 커피를 따라 한 모금 마시고 눈을 비벼 정신을 차리려 했다. 이 우연의 일치가 현실임을, 꿈을 꾸는 것이 아님을 자신에게 상기시켰다. 그저 우연일 뿐이야.

진입을 막아놓은 곳에 다다르자 모스는 픽업트럭 속도를 줄였다. 보안관보가 창문으로 다가왔다. 그의 눈에 내려앉은 피로감만 아니라면 중년 특유의 불룩한 배와 채플린풍의 콧수염이 익살스럽게 보였을 것이다. 그는 트럭을 돌리도록 한 뒤, 그녀에게 창문을 내려 신분증을 보여달라고 했다.

"NCIS가 뭐죠?" 그가 물었다.

"해군범죄수사국입니다." 그녀는 자신의 조직명을 이니셜로 풀어서 설명하는 데 익숙했다. "연방 수사관입니다. 군과 연관되는 지점이 있는지 살펴볼 겁니다. 상황이 얼마나 심각한가요?"

"동료 한 명이 방금까지 현장에 있었는데 이렇게 엉망진창인 상태는 처음이라더군요." 그의 입에서 퀴퀴한 커피 냄새가 났다.

"남아 있는 것이 별로 없답니다."

"기자들은 왔나요?"

"아직요. 피츠버그에서 방송 차량이 오고 있다는 말은 들었어요. 자기들이 무엇을 보게 될지 짐작도 못 할 테죠. 그 외에는 조용합니다. 자, 들어와요."

잔디밭과 진입로엔 경찰 테이프로 경계선이 쳐진 상태였다. 경계선은 가로등 기둥에서 철제 현관 난간까지 이어져 있었다. 과학수사원들이 차고 주위에 모여 담배를 태우며 쉬고 있었다. 모스가 다가오는 것을 바라보는 그들의 눈길엔 그녀가 가끔 현장에서 마주치는 맹목적 배타심이나 노골적인 호기심은 없었다. 그들은 뭔가에 홀린 듯 그녀를 바라봤고, 그런 시선엔 곧 무언가를 맞닥뜨리게 될 그녀에 대한 연민이 묻어 있었다.

플라스틱 방수포로 가려놓은 출입구 안으로 고개를 숙여 들어가자마자, 강한 악취가 그녀를 덮쳤다. 피 냄새와 시체 썩는 냄새. 거기에 배설물 냄새와 수사원들의 화학약품 악취까지 뒤섞여 진동했다. 악취가 그녀의 몸에 급속도로 스며들었다. 피의 금속 성분 때문인지는 몰라도, 마치 동전이라도 핥은 듯 입 안에서 구리 맛이 났다. 보호복을 착용한 범죄학자들이 현관에 모여 있었고, 증거 보존 작업과 사진 촬영으로 분주해 보였다. 모스는 범죄 현장을 처음으로 보기 전의 초조한 기대감으로 살짝 흥분된 상태였다. 하지만 모퉁이를 돌아 자신이 상대해야 하는 것을 보는 순간, 흥분은 날아가고 부서진 것들을 신속하게 다시 모아야 한다는 긴박하고도 서글픈 충동이 몰려왔다.

한 남자아이와 여자가 바닥에 쓰러져 있었다. 뭉개진 뇌와 피, 짓이겨진 뼈로 얼굴 꼴이 말이 아니었다. 남자아이는 플란넬 바지와 저지 셔츠 차림이었고 열 살이나 열한 살로 보였다. 여자의 잠옷은 피에 흠뻑 젖어 지저분했고, 맨다리는 납빛으로 탈색돼 진자주색을 띠었다. 장 속 내용물이 바닥에 쏟아져 배설물과 핏물이 울퉁불퉁한 카펫 주름 사이사이에 고여 있었다. 구역질 나는 악취. 모스는 이 악취가 남자아이와 여자를 욕되게 한다고, 그들이 가진 인간으로서의 존엄이 하수구 악취와 형체 없는 뭉개짐으로 인해 바닥에 떨어졌다고 생각했다.

모스는 시신을 다른 관점으로 바라보는 법을 오래전에 터득했다. 그녀는 이제 주위의 동료들은 인간성의 렌즈로, 시신은 법의학의 렌즈로 볼 수 있었다. 손상된 시신과 한때 그들이 가지고 있었던 인격을 가급적 분리해서 보는 것이다. 업무에 집중하기 위해선 시신을 물체로 대할 필요가 있었다. 그녀는 여자의 왼쪽 동공이 커다란 검은색 접시처럼 팽창된 것을 확인했다. 여자를 죽음으로 몰고 간 것은 머리에 가해진 두 차례 가격 가운데 하나인 듯싶었다. 왼쪽 광대뼈 아니면 왼쪽 두정엽 쪽이었다. 모스는 남자아이의 손톱이 모두 사라진 것을 확인했다. 발톱 역시 마찬가지였다. 그녀는 여자를 살펴보고는 역시 손톱과 발톱이 사라진 것을 확인했다. 누군가가, 이 정도 완력이라면 틀림없이 남자가, 이들을 죽이고는 손톱을 뽑아냈다. 핏물에 무릎을 꿇고 앉은 채로. 아니면 죽이기 전에 미리 뽑았을까? 어찌 됐든 간에 대체 왜 그런 짓을 했을까? 수사원 하나가 천장과 벽에 묻은 혈흔을 추적해 핏자국들이 모이는 지점을 나타내는 그물망을 만들었다. 이로 미루어봤을 때, 희생자들은 가격당했을 때 무릎을 꿇고 있었던 것 같다. 그러니까 처형된 것이다.

모스는 방 안을 둘러보았다. 그들이 죽은 방은 밋밋했고 취향이라고는 찾아볼 수가 없었다. 모스가 한때 알았던, 코트니의 가족이 살았던 편안하고 아늑한 방이 전혀 아니었다. 트랙조명은 연갈색 톤이었고, 벽에는 아무것도 걸려 있지 않았다. 예술품도 사진도 아무것도 없었다. 아무도 살지 않는 방, 매물로 내놓은 방처럼 보였다.

"당신이 섀넌 모스인가요?"

보호복을 입은 한 남자가 작업을 멈추고 쳐다보았다. 충혈된 눈은 거의 진홍색이었고, 피부는 잿빛이었으며, 감기라도 걸렸는지 코 밑에는 바포럽 기침 연고를 양쪽으로 발라 번들거렸다.

"NCIS 특별수사관입니다." 그녀가 말했다.

그는 바닥에 고인 피 웅덩이 위에 디딤돌처럼 받쳐놓은 스테인리스강 받침대를 밟고 거실을 건너왔다. 그는 껌을 씹으며 말했다. "담당 수사관 윌리엄 브록입니다. 얘기 좀 나누시죠."

브록은 그녀를 비좁은 부엌으로 데려갔다. 그곳에 모여 있는 몇 명은 더 이상 보호복을 입고 있지 않았다. 다들 계속되는 작업으로 셔츠와 타이가 헝클어졌고 얼굴은 잠을 못 자 푸석푸석했다. 하지만 브록은 말짱해 보였다. 살인자가 잡힐 때까지는 몰아붙일 태세였다. 그는 모스를 데리고 가는 동안 화가 난 듯한, 거의 찌푸린 듯한 얼굴이었는데, 아무래도 여기서 일어난 사건 때문에 개인적으로 열이 받은 모양이었다. 건장한 체격의 그는 조용조용 이야기했고, 방 안은 그의 깊은 저음으로 울렸다.

"바로 여기, 이 작은 서재입니다." 그는 부엌 옆에 딸린 방의 엉성한 칸막이 문을 옆으로 밀었다.

집 안 대부분 공간은 세월이 흐르면서 영혼 없는 개조를 거쳤지만 서재만은 그대로였다. 모스가 마지막으로 본 뒤로 아무도 손대지 않은 듯했다. 그곳을 보고 있자니 마음이 불편했다. 시간이 흐르는 동안 이 작은 공간만 잊힌 듯했다. 인조 목재 판자, 방안에 황색 빛을 드리운 촌스럽고 가벼운 붙박이 세간. 심지어 파티클보드 책상과 철제 서류장도 그대로였다. 안에 든 내용물은 다르겠지만 말이다. 코트니는 서류장에서 부모님이 이혼할 때 썼던 편지 뭉치를 발견했다. 두 소녀는 현관에 앉아 서로를 마주 보며 큰 소리로 읽었다. 모스는 성인 남자가 아내에게 보내는 편지가 거의 어린애처럼 진지하고 솔직하다는 사실에 놀랐다. 고등학생의 결별 편지와 다를 게 없었다. 아무것도 바뀌지 않아. 인간의 마음은 늙지 않아.

"혹시 희생자들 사진이 있나요?" 모스가 물었다. "최근 사진요. 그들이 어떻게 생겼는지 짐작도 못 하겠어요."

"사진첩을 찾았습니다." 브록이 말했다. "사진관 영수증과 네

거티브 필름이 있더군요. 사진이 나오는 대로 당신에게 갖다드리죠. 현장은 다 둘러봤나요? 위층은?"

"올라가봐야 해요." 모스가 말했다.

브록은 칸막이 문을 접었다. "당신하고 할 얘기가 있습니다. 몇 가지 정리할 게 있어서." 그는 파티클보드 책상 뒤쪽 의자에 앉았다. "FBI 부국장이 한밤중에 전화를 걸어 나를 깨웠어요. 참고로 그하고는 주기적으로 연락을 주고받는 사이는 아닙니다. 부국장이 말하기를 캐넌스버그에서 연방 범죄가 일어났으니 철저하게 조사하라더군요."

"그것 말고 더 있잖아요." 모스가 말했다.

브록은 치아를 드러내 보였다. 분위기를 풀고자 웃으려는 의도였지만 왠지 언짢은 표정처럼 보였다. 그는 껌을 뱉어서 은색 포장지에 싸고 새것을 물었다. 내뱉은 숨에서 감초 냄새가 났다. 모스는 그의 연필에 난 잇자국을 보았는데, 어쩌면 담배를 끊었거나 끊으려는 모양이라고 짐작했다. 40대 초중반인데도 근육질 몸매인 걸로 봐서 규칙적으로 운동하는 듯했다. 그녀는 그가 권투 스파링을 하는 모습을, 아무도 없는 체육관에서 러닝머신 위를 달리는 모습을 상상했다.

"지금 부국장이 한 얘기를 이해해보려고 노력 중이에요." 브록이 말했다. "우리 팀이 여기서 발견한 것들과 관련해 부국장이 설명해주었죠. 그는 '아득한 심해'라고 불리는, 어떤 특별 추진 계획에 대해 내게 설명했습니다." 브록은 그 단어를 마치 주문을 외듯 말하면서 두려움의 그림자를 슬쩍 내비쳤다. "해군에서 실행하는 극비 계획이라고 하더군요. 주요 용의자인 네이비실 대원 패트릭 머설트는 해군우주사령부 소속으로 아득한 심해 작전과 연관된 인물이라고 했어요. 부국장이 당신을 조사팀에 포함하라고 요구했습니다."

불과 몇 시간 전에 이 남자는 가능한 세계의 범위가 자신의 상식선을 훌쩍 벗어나는 걸 알게 되었다. 그녀는 브록이 도저히 믿기지 않는 것을 믿으려고 애쓰는 모습을 보았다. 그도 이제 아득한 심해의 비밀을 알게 되었다. 하지만 어디까지 알고 있을까? 모스는 전함을 타고 처음으로 우주에 나가 이글거리는 태양 빛을, 마치 검은 벨벳 천에 다이아몬드가 흘러내리는 것 같은 모습을 보았던 것을 생각했다. 그와 같은 장관은 그녀를 포함해 몇 명밖에 보지 못한 것이었다. 모스는 브록이 집에서 전화를 받는 모습을, 침대 맡에 앉아서 상관이 하는 황당무계한 설명에 경청하는 모습을 상상했다.

"머설트는… 그러니까 일종의 우주비행사였어요." 브록은 감초향 껌을 질근질근 씹으며 말했다. "'아득한 공간'이라 들었습니다. 일단 우리가 아직 보고되지 않은 태양계 먼 곳까지 갔다는 것으로 이해했습니다. 하지만 그게 얼마나 먼 곳인지는 모르겠군요. 양자거품… 이라던가요."

아무래도 그는 '아득한 공간'에 대해서는 들었지만 '아득한 시간'에 대해서는 아직 모르는 듯했다. 모스가 속해 있는 해군우주사령부는 레이건 주도로 시작된 '스타워즈 계획'이라고 하는, 국방부가 공군우주부서와 항공우주국과 함께 손잡고 진행한 계획의 일환으로 대중에게 알려졌지만, 사실 극비리로 운영되는 기구였다. 해군우주사령부는 '아득한 공간'과 '아득한 시간'을 탐험한다. 반드시 터미너스를 목격하기 위해서만 떠나는 건 아니다. 현재 일어나고 있는 범죄를 수사하기 위해서도 미래 세계를 탐험했다. 모스와 같은 NCIS 수사관이 여행하는 미래 세계는 '인정되지 않는 미래 궤적(Inadmissible Future Trajectories)'이라 명명됐으며, 줄여서 IFT, 이프(if)와 비슷한 발음으로 불렸다. 여기서 '인정되지 않는'이라는 수식이 붙는 건 미래는 얼마든지 뒤바뀔 수 있기 때문이었다. 전함이 목격하는 미래 세계란 현재 조건에 기인하는 가능세계이며, 달리 말하면 사실상 일어나지 않을 수도 있는 세계에 불과하다. 그렇기에 미래 세계에서 얻은 증거를 가지고 현재 혐의로 기소하는 건 법적으로 불가능했다.

"나를 일종의 수사 자료라 여기고 이용해요." 모스가 말했다. "그러려고 내가 여기 있는 거니까. 내가 소속된 해군범죄수사국 부서는 아득한 심해와 관련된 범죄를 다루고 있어요."

"어떻게 믿어야 할지 모르겠군요." 브록이 말했다. "패트릭 머설트, 그리고 극비 우주 작전에 대한 이 모든 게 그저… 내가 이것을 얼마나 이해하고 있는지조차 모르겠어요."

"실종된 여자가 있다면서요. 그녀를 찾는 게 우선이에요."

실종된 여자를 언급하자 뭔가를 할 수 있다는 생각이 들었는지 그가 집중력을 되찾았다. "매리언 머설트, 열일곱 살에…" 그가 말했다.

"매리언." 그녀가 말했다. "우리가 반드시 찾을 겁니다. 오늘 밤에 일어난 사건부터 시작해보죠."

"현장에 처음 도착한 건 주민이었어요." 브록의 머릿속을 뒤덮고 있던 혼란스러움이 이제 어느 정도 걷힌 듯했다. "우리가 쫓아야 할 인물이 패트릭 머설트라는 게 곧바로 확인되었죠. 우리는 그가 가족들을 살해한 것으로 보고 있습니다. 캐넌스버그 경찰이 머설트가 해군 선원임을 증명하는 서류를 찾아냈고, 예비군 센터를 통해 해군에까지 보고되었어요. 해군에서 그의 신원을 확인해줬습니다. 베트남전 때 해군에서 근무했다더군요. 꼬맹이 시절에 말이에요."

"그 외에 또 무엇을 알아냈나요?"

"당신 상관이 나한테 보내준 자료가 있어요. 세인트루이스에 있는 국립개인기록센터에서 받은 머설트와 관련된 팩스입니다. 그자에 대한 대략적인 정보가 정리돼 있더군요. 1970년대 후반엔 네이비실, 1980년대 초반부터는 해군우주사령부에서 일했고, 계급은 하사였습니다. 하지만 1983년부터 기록이 없더군요. 추가로 확인된 바로는, 머설트 명의로 된 게 하나도 없었어요. 모든 것이 그의 아내 명의로 돼 있었죠. 공식적으로 그는 전투 중에 실종된 것으로 돼 있었습니다."

자신의 명의도 없이 사는, 게다가 전투 중 실종된 것으로 보고

된 NSC 전함의 선원이라. 아득한 심해를 항해하던 중 실종됐다는 비극적인 사건 뒤에 숨어, 사회로부터 공식적인 연을 끊고 살아가는 선원. 이대로 방치했다간 국가 안보에 위협이 될 수 있었다.

"당장 그를 찾아야 해요."

"이 남자에 관해 더 결정적인 단서를 알아낼 수 있겠습니까?" 브록이 말했다.

"NCIS는 민간 기구예요. 나도 당신처럼 극비 정보를 다루지만 아득한 심해와 관련된 정보는 알아야 할 필요가 있는 것만 조금씩 전달받게 돼 있습니다. 우리 쪽 윗선과 같이 일을 진행하다 보면 알게 되겠지만, 결국 우리는 해군이 공유하는 정보만 가지고 작업할 수밖에 없어요."

브록은 껌을 포장지에 싸서 쓰레기통으로 튕겼다. "좋아요, 그럼 우리가 아는 것부터 집중합시다." 그가 말했다. "용의자는 희생자들을 깨우고 거실에 모이게 한 다음 그들을 살해했어요."

"흉기가 뭐죠?"

"도끼입니다."

모스는 무릎을 꿇은 여인과 남자아이를 상상했다. 축축하고 둔탁한 소리, 도끼를 들어 올려 다시 휘두른다. 가족의 절멸이 나무를 토막 내는 것만큼이나 쉽게 이뤄진다.

"범행 동기에 대해 짐작 가는 이유라도 있나요?" 그녀가 물었다.

"전혀요." 브록이 말했다. "어쩌면 공범이 있었는지도 모르겠습니다. 911에 신고한 이웃이 머설트의 어떤 친구를 언급했습니다. 웨스트버지니아 번호판을 단 빨간색 픽업트럭을 모는 남자라고 하더군요. 우리는 그자를 찾기 위해 트럭의 행방을 수소문하는 중입니다. 이웃이 말하기를 그가 자기 집 진입로를 자주 막아 짜증이 났었다고 해요. 트럭에 범퍼스티커가 잔뜩 붙어 있다고도 했죠. 이제 위층으로 올라갑시다."

모스는 브룩을 따라 서재에서 나왔다. 그는 몸을 숙여 경찰 테이프를 넘어간 다음, 그녀를 위층으로 데려갔다. 코트니를 따라 무수히 올랐던 계단이었다. 코트니 방은 올라가서 오른쪽 첫 번째 방이었다. 구불구불한 철제 난간이 그녀의 손바닥 안에서 빙글빙글 도는 듯했다. 익숙한 느낌이었다. 모스는 스톱모션같이 부자연스럽고 반복적인 발동작으로 계단을 올랐다. 남들 시선이 신경 쓰였지만 의족 때문에 어쩔 수 없었다. 브룩은 계단 맨 위에 서서 모스가 올라오는 것을 바라보았다. 이제 막 알아챈 그는 그녀가 뒤로 구르거나 넘어지려고 하면 손을 잡을 준비를 하는 듯했다. 모스는 이런 어색한 순간이, 그러니까 상대방이 다리가 없다는 것을 처음으로 깨닫고는 어떻게 대해야 할까 고민하는 사람들을 보는 일이 갈수록 불편했다.

"여기서 무슨 일이 벌어졌나요?" 그녀가 물었다.

"일곱 살짜리 딸은 첫 공격은 피했어요. 제시카, 그 아이는 이곳으로 달아났죠."

코트니의 방이다. 브룩은 손잡이에 손을 올렸다. "저도 딸이 둘 있습니다. 예쁜 아이들이죠…"

그가 문을 열어 모스를 안으로 들였다. 이 방에 들어온 건 실로 오랜만이었다. 고치 속으로 몸을 웅크리며 들어가는 기분이 들었다. 6학년 어느 여름날, '버블검'이라 불리는 분홍색 페인트로 방벽 전체를 칠했던 게 떠올랐다. 수납 상자에서 롤러를 떨어뜨린 것하며 천장에서 떨어진 페인트가 자신의 검은색 곱슬머리에 들러붙었다며 코트니가 꺅 하고 비명을 내질렀던 것까지. 이 외에도 무더웠던 어느 날엔가 창문 밖으로 담배 연기를 내뿜었던 일에서부터 턴테이블로 하드록 밴드 AC/DC의 앨범 〈파워리지〉를 틀었던 일, 음반에 스크래치가 난 탓에 〈달 옆에 무엇이 있지〉 트랙이 처음 시작하고 몇 초에서부터 바늘이 넘어가지 않았던 일까지 떠올랐다. 하지만 방 안은 이제 라벤더 색으로 칠해져 있었다. 흰색 옷장과 이단 침대를 보아 두 딸이 함께 썼던 모양이었다. 레드 제플린과 밴 헤일런 등의 록밴드 포스터도 이제 디카프리오의 〈로미오와 줄리엣〉 포스터로 바뀌긴 했지만, 방은 예전과 똑같이 느껴졌다. 제시카 머설트는 모퉁이에 쓰러져 있었다. 코트니 침대가 있었던 곳 근처였다. 잠옷 셔츠가 조각조각 찢어져 있었고, 등 쪽 어깨뼈 사이에 깊게 파인 상처가 입을 크게 벌리고 있었다. 어쩜 저 어린아이한테 이런 짓을…

"괜찮아요?" 브록이 물었다.

"손톱은 어디 있죠?" 모스는 집중력이 흐려졌지만 그 와중에도 여자아이의 손톱과 발톱이 사라진 것을 확인했다.

"안색이 창백해요. 앉아서 좀 쉬어요."

"괜찮아요…"

그녀가 휘청거리자 브록이 그녀의 등에 손을 받쳐 중심을 잡아주었다. "고마워요." 하지만 여전히 몸을 가눌 수 없었고, 불현듯 쑥스러웠다. 정신 차려. "내가… 왜 이러는지 모르겠네요. 미안합니다."

브록은 그녀를 복도로 데리고 나왔다. "잘 들어요." 그가 침실 문을 닫고 말했다. "이런 현장은 누구든 받아들이기 어려워요. 익숙하지 않은 사람이라면 더 말할 것도 없죠. 다리 힘이 풀렸다 해도 전혀 이상할 거 없어요."

"당신에게 할 말이 있어요." 모스가 말했다. "오늘 밤은… 곤욕스럽네요. 정말 이상한 날이에요. 이 집은 내가 아는 집이에요."

"계속 말해요."

"어렸을 때 이 근처에서 자랐어요. 이 집에서 살았다고 해도 좋아요. 가장 친한 친구가 이 집에 살았거든요. 그 친구 이름은 코트니 김이고, 여기가 그 친구의 방이었죠. 이 방에서 많은 시간을 보냈어요. 침대가 바로 저기 있었어요."

"거참 얄궂은 운명이네요." 브록이 말했다.

"당혹스럽긴 하지만, 이제 괜찮아요." 모스가 말했다. "아까 네스터 씨가 전화로 범죄 현장이 크리켓우드 코트라고 했을 때…"

그녀는 벽에 몸을 기댔다. 손으로 벽을 짚자, 이 세계를 벽지처럼 벗겨낼 수도, 그러면 옛 친구를 다시 볼 수도 있을 것만 같았다. 시간이 전혀 흐르지 않은 듯 친구가 옆에 돌아올 것만 같았

다. 친구가 옛 침실로, 지나가버린 세상으로 다시 걸어올 것만 같
았다. 슬랩 팔찌, 젤리 슈즈, 멜빵에 붙인 컬러밴드.

"우리는 집 뒤에 있는 숲에서 많이 놀았어요." 모스가 말했다.
"담배를 나눠 피웠죠."

그들은 잔디밭 의자에서 일광욕하며 상류층의 삶을 흉내 냈
다. 코트니의 아버지는 야간 근무를 나갔고 어머니는 피츠버그에
서 남자친구와 살았으므로 완전히 그들 차지였다. 코트니가 마리
화나를 손에 넣은 날이면 마리화나를 했지만, 대부분 그저 밤늦
도록 텔레비전을 보고 다음 날 아침 눈이 빨개져서 학교에 갔다.
가끔 육상부 친구들과 파티를 벌였다. 이웃에 사는 남자애들과도
놀았다. 가끔은 쇼핑몰에서 만난 남자애들과 심야 토크쇼 〈데이
빗 레터맨 쇼〉를 틀어놓은 채 진탕 취한 상태로 노닥거렸다. 심
각한 일은 없었다. 그저 애무하고 키스하고, 손으로 주무른 게 전
부였다. 늦은 밤이면 비누와 정액 냄새가 진동했다.

"복도 저쪽 방에서 첫 경험을 했어요." 코트니의 오빠, 데이비
김. 그의 얼굴이 마치 어제 본 것처럼 생생하게 떠올랐다. 그녀가
고등학교 2학년이고 그가 4학년이었을 때, 데이비는 그녀의 머
리를 움켜쥐며 키스를 했다. 그가 셔츠를 올리고선 바지 단추를
푼 뒤, 그녀의 손을 자신에게 갖다 댔다. 딱딱한 것이 만져졌다.
그녀는 자신의 몸 안으로 그의 몸이 밀고 들어오는 것을 느꼈다.
"미안해요. 괜한 말을 했네요."

"바람 좀 쐬죠." 브록이 말했다. "계단으로 내려갈 수 있겠어요?"

"문제없어요. 곧 내려갈게요."

데이비 김과 처음으로 밤을 함께 보낸 방은 복도 끝 작은 침실로, 제대로 된 침실이라기보단 벽장이나 아이들 놀이방에 가까웠다. 그가 벼룩시장에서 산 칼들과 수영복 차림으로 《스포츠 일러스트레이티드》 잡지의 표지모델을 했던 크리스티 브링클리 포스터가 생각났다. 삐걱거리는 트윈침대 위에서 호기심 많은 그의 손가락이 반바지 고무줄 아래를 더듬었고, 축축한 그의 호흡이 목덜미에 내려앉았다. 벽에 걸린 수영복 모델 위로 달빛이 드리워질 때, 침대에 앉아서 들었던 그의 숨소리가 생각났다.

모스는 아래층에서 브록의 목소리가 날 때까지 기다렸다가 과거 데이비 김이 침실로 쓰던 방으로 향했다. 마치 우주 속으로 들어서는, 무한한 어둠에서 튀어나온 성단과 황도십이궁 별자리에 휩싸이는 기분이었다. 스위치를 켰다. 마음 한편으로는 수영복 포스터와 칼 수집품을 보리라 기대했지만, 눈앞에 펼쳐진 건 어린아이의 방이었다. 벽에 야광 별 스티커가 붙어 있는 방. 그녀는 브록에게 개인 사연을 털어놓은 걸 후회했다. 어리석었어, 비밀로 해야 했는데. 이 집과 관련해선 아무 말도 하지 않았어야 했는데, 무심코 프로답지 못한 나약한 모습을 내비치고 말았다. 그리고 그녀 자신도 이곳을 과거의 공간이 아닌 현재의 공간으로 봐야 했다. 이곳은 범행 현장이다. 살해당한 아이의 방이다.

모스는 밖으로 나와 브록을 찾았다. 크리켓우드 코트의 잔디밭 위로 서리가 내린 것이, 주차된 자동차들의 바람막이 창에 결정체가 맺힌 것이 보였다. 한 이웃집 위층에 불이 켜졌다.

"매리언은 일이 벌어지는 동안 어디에 있었나요?" 그녀가 물었다. "혹시 그녀를 본 사람은 없었나요?"

"마을 사람들 전부 그녀를 알고 있지만, 금요일부터 그녀를 본 사람은 없었어요." 브룩이 말했다. "그녀는 이곳에 없었던 거죠. 우리는 그녀의 친구들과 그 가족을 깨워 행방을 찾는 중입니다."

"빨간색 픽업트럭을 모는 친구가 있다면서요. 그 남자에 관한 얘기는 없었나요?"

"아무도 모르더군요. 트럭이 거리에 주차된 모습을 이웃들이 종종 보긴 했지만, 두 사람은 자기들끼리만 어울렸다고 합니다."

"아무래도 앰버 경고*를 내야겠어요." 모스가 말했다.

"곧 나타날 겁니다." 브룩이 말했다. "친구 집에 있을 수도 있으니까. 모든 곳을 다 확인하고 있습니다."

현재 세계에선 앰버 경고가 도입된 지 얼마 되지 않은 탓에, 아직 다들 익숙지 않은 듯 보였다. "도움이 될 거예요. 누군가가 그녀를 봤을 수 있으니까." 그녀가 말했다.

브룩은 손목시계 다이얼을 확인했다. "모스, 당신 사무실이 CJIS 건물에 있죠?" 그는 'CJIS'를 지저스(Jesus)와 비슷하게 발음했다. CJIS는 형사사법정보국(Criminal Justice Information Services)의 약자로, FBI의 중추 조직이었다. 웨스트버지니아 클락스버그 외곽 한적한 언덕에 있는, 지은 지 얼마 되지 않은 특이한 외양의

• 실종된 아이를 언론을 통해 대중에게 알리는 홍보 체계.

번들번들한 FBI 건물엔 NCIS 사무실도 함께 있었다. 인근 지역에 해군이나 해병대 시설은 따로 없었기 때문이다. "사는 곳도 그쪽이죠? 클락스버그 근처?"

"맞아요."

"내 아내 라숀다가 CJIS에 있어요. 지문실에서 근무해요. 어쩌면 우연히 마주쳤을 수도 있겠군요."

"당신이 라숀다 브록의 남편이었어요?" CJIS 건물 사무실엔 1,000명이 넘는 사람들이 모여 있었지만, 연구부서 부대표로도 널리 알려진 라숀다 브록을 모를 순 없었다. 모스의 사무실은 보육 시설 근처에 있었다. 브록의 아내와 직접 만난 적은 없었지만 그녀가 매일 아침 딸들과 키스와 포옹을 나누는 모습을 볼 수 있었다. "당신 아이들이 그린 그림을 본 적 있어요. 브리애나와 재스민, 맞죠? 사무실 근처 게시판에 아이들의 이름표가 걸려 있어요. 자주색 공룡…"

"바니." 브록은 이제 환한 웃음을 지었다. "전부 공룡 바니 그림이죠. 브리애나의 방에도 온통 공룡입니다." 모스는 라숀다가 브록과 잘 어울리는 짝일 수 있겠다고 생각했다. 라숀다는 통통하고 키가 큰, 항상 환한 웃음을 잃지 않는 여자였다. 이 진지한 남자에게서 웃음을 끌어낼 때마다 그녀는 틀림없이 따뜻한 만족감을 느낄 것이다.

"그러면 클락스버그 근처에서 여기까지 왔겠군요? 1시간 30분 정도 걸리죠?" 그는 재킷 호주머니에서 봉투를 꺼내 카드식 열쇠를 그녀에게 건넸다. "근처에 방을 예약했어요. 오늘 밤에는 클락스버그 집으로 가지 말고 이곳에서 묵어요. 내일 아침에도 여기로 와야 할 테니."

"하룻밤만 신세 질게요." 그녀는 브록의 태도가 달라진 것을 알아챘다. 그녀의 의족을 보고 나서, 자기 아내에 관한 얘기를 듣고 나서 태도가 누그러졌다.

"아득한 심해라." 그러면서 브록은 하늘을 쳐다보았다. 구름에 가려 별들은 전혀 보이지 않았다. "내 어릴 적 꿈은 우주비행사가 되는 거였어요. 할아버지가 나를 케이프커내버럴•에 데리고 가서 로켓이 발사되는 광경을 보여주셨죠. 내가 본 가장 아름다운 광경이었어요. 딸아이가 태어나기 전까지는."

모스도 로켓이 날아올라 시야에서 사라지는 모습을, 폭발의 불빛이 새벽하늘에 줄무늬를 그리는 모습을 본 적이 있었다. "나도 알아요. 항상 아름답죠. 정말 멋진 광경이에요."

"눈 좀 붙여요." 브록이 말했다. "우리 팀은 밤새 작업을 해야 해요. 아침 9시에 모두가 함께 모여 상황 보고 회의를 가질 거예요. 그런 다음 기자회견을 열 겁니다."

모스는 크리켓우드 코트를, 헌팅천을 나섰다. 옛 친구의 집과 되도록 거리를 두어야 한다는 부담감에 어깨와 등이 시큰거렸다. 브록이 예약해둔 숙소는 펜실베이니아주 워싱턴에 가까운 베스트웨스턴 호텔이었다. 모스는 79번 도로로 들어서기 전, 채티어

• 우주 센터와 공군 기지가 위치한 도시. 미국 우주선 대부분이 이곳에서 발사된다.

스천 끝자락에 있는 피자헛 주차장을 둘러보았다. 이곳에서 코트니가 살해되었다. 고등학교 2학년, 그해 11월이었다. 모스가 마지막으로 다녀간 뒤로도 피자헛 건물은 바뀐 것이 없었다. 막사형 지붕이 달린 둥근 벽돌 건물. 그 뒤쪽엔 대형 쓰레기 수거통 두 개가 있었다. 그녀가 전조등으로 파란색 수거통을 비추었다. 저 수거통 사이에 코트니의 시신이 버려져 있었다. 모스는 시간을 세어보았다. 매리언 머설트가 마지막으로 목격되고 나서 거의 33시간이 지났다. 매리언은 열일곱 살, 코트니는 살해될 때 열여섯 살이었다. 모스는 호텔로 차를 몰며 죽은 친구를, 그리고 실종된 여자를 생각했다. 사라진 손톱과 발톱을 생각했다. 패트릭 머설트가 가족을 살해했을까? 그는 지금 어디 있을까?

모스는 트렁크에서 가방을 꺼냈다. 언제라도 떠날 수 있도록 갈아입을 옷과 세면용품을 챙겨놓은 상태였다. 호텔 방으로 올라와 옷을 벗은 후 의족과 라이너도 마저 벗었다. 축축하고 자극적인 땀 냄새가 훅 올라와 정신이 번쩍 들었다. 샤워실에 안전대가 없어 씻기 까다로웠다. 온수가 쏟아지자 그녀는 욕조에 걸터앉아 다리를 흔들며 미끄럼방지 매트 위에 놓인 변기를 발로 쓸어내렸다. 샴푸를 양껏 짜서 머리카락에 바르며 오물과 피 냄새를 씻어냈다. 목발이나 휠체어가 따로 없었기에, 한 발로 깡충깡충 카펫 위를 뛰어 빳빳한 침대 시트 속으로 몸을 밀고 들어갔다. 폭신한 이불을 덮었다. 블라인드를 치고 불을 꺼놓은 방은 칠흑처럼 어두웠다. 추웠다. 그녀는 잠을 자려고 했지만 여자들과 아이들 시신이 눈앞에 아른거려 잠들 수 없었다. 핏물이 고여 있는 거대한 웅덩이, 그리고 상처가 벌어진 시신들. 그녀는 혐오감과 절망감이 솟구쳐 목구멍이 따끔거렸다. 매리언을 생각했다. 아직 살아 있을 거야. 제발 살아 있어줘. 모스는 매리언이 어떻게 생겼는지 몰랐기 때문에, 그녀의 머릿속은 온통 코트니 김의 모습으로 채워졌다. 도끼날이 뼈를 쪼개고, 상처가 입을 벌리는 모습으로 상상이 치달았다. 그녀는 매트리스에서 몸을 뒤척였다. 시트가 뒤엉켜 끈적거렸다. 의족 라이너의 시큼한 냄새가 방 한쪽에서 밀려왔다. 그녀는 일어나 앉아 어둠 속을 더듬거리며 리모컨을 찾았다. 지역 뉴스는 일제히 캐넌스버그 외곽 워싱턴 카운티에서 일어난 일가족 살해 사건을 보도하고 있었다. 점차 밝아지는 텔레비전 불빛이 그녀의 눈을 찔러댔다. 그녀는 가늘게 치켜뜬 눈으로, 공중에서 이웃집 지붕을 잡은 모습을 봤다. 출입이 차단된 구역, 장작 패는 받침대 근처에서 바지를 추어올리는 채플린풍 콧수염을 한 보안관보의 모습도 보였다.

앰버 경고가 처음 방송을 탄 건 새벽 5시 무렵이었다. 매리언 트리샤 머설트, 17세, 펜실베이니아주 캐넌스버그에서 실종. 햇볕에 그을리고 주근깨 있는 얼굴, 쇼트 팬츠에 민소매 셔츠, 까만색 직모가 화면에 비쳤다. 모스는 숨이 턱 막혔다. 매리언 머설트의 얼굴이 자신의 친구를 똑 닮아서였다. 꾸밈없이 예쁜 용모와 길고 짙은 머리카락까지 빼닮았다. 모스는 시간 여행을 통해 미래 세계에서 겪었던 사건이 다시 한 번 현재라는 굳건한 대지 위에 전개되는 상황에 익숙해지도록 훈련받았다. 그러나 이런 기시감은 처음이었다. 마치 계속 반복되는 세계에 갇힌 기분이었다. 집과 여자아이들, 봐서는 안 되는 것을 보았다는 느낌, 돌고 도는 시간의 반복. 어쩌면 이런 유사성 중에서 드문 요소에 해당하는 여자아이의 실종은, 드물게 찾아오는 두 번째 기회일지도 몰랐다. 코트니는 잃었지만 매리언은 아직 살릴 가능성이 남아 있었다. 모스는 다시 침대에 몸을 누이고 편하게 생각했다. 사람들이 그녀를 찾고 있어, 어쩌면 누군가 그녀를 목격했을지 몰라, 그녀가 어딘가 안전한 곳에 있다고 증언해줄지도 모르는 일이지. 그러나 불과 몇 시간 눈을 붙인 후, 모스는 여자아이의 몸이 싸늘하게 식었음을 거의 직감할 수 있었다.

2

코트니의 죽음으로 삶의 의욕을 잃은 모스는 거의 열여섯 살을 앞두고 있었다. 코트니의 가족은 장례식장에서 모스가 자신들 옆에 설 수 있도록 했다. 마음은 고마웠지만 데이비 옆에 서서 손님을 맞이하자니 그녀는 어색해서 안절부절못했다. 컨실러 크림을 발라 백합처럼 하얘진 코트니는 잠든 것처럼 누워 있었다. 코트니는 항상 청바지 차림으로 땅에 묻히고 싶다고 말했었는데. 그러나 사람들은 그녀에게 레이스 칼라가 달린 주름진 벨벳 드레스를 입혔다. 목의 상처가 너무 심해 화장으로 전부 가릴 수 없어 레이스 칼라로 가리려 한 것이다. 코트니가 금방이라도 일어나 앉거나 몸을 뒤척이고 숨을 쉴 것만 같았기에, 모스는 이렇게 꼼짝 않고 누워 있는 친구의 모습이 부자연스럽게 느껴졌다.

장례식장에서 돌아온 모스는 자신의 일부도 코트니 옆에 함께 묻혔다고 느꼈다. 실의에 젖은 채 고립되었고, 살아남은 자신에게 전혀 흥미를 느끼지 못했다. 그녀는 어머니와 단둘이서 살았고, 아버지는 그녀가 다섯 살 때 가족을 버렸다. 어머니와 사이는 좋았지만 어머니는 옆에 거의 없었다. 직장에서 퇴근하면 술집 맥그로건네에서 밤늦도록 술을 마셨다. 모스는 갈수록 내향적으로 변했고, 매일 밤 방에 틀어박혀 음악만 들었다. 미스피츠, 클래시, 섹스 피스톨스, 픽시스 등 음반가게 비닐판 진열대에서 사온 펑크 음반들을 주로 들었다. 어둠 속에서 헤드폰을 낀 채 침대에 누워 소리의 세계에 빠져들었다. 이후 고등학교 시절은 허송세월로 보냈다. 잭 다니엘, 체리코크 등 누군가 점심시간에 주차장에서 몰래 가져온 술을 가리지 않고 마셔댔다. 수업에는 거의 들어가지 않아 퇴학당할 뻔했지만, 운 좋게도 퇴학만은 면했다. 당시 모스는 그냥 집에 눌러앉을 생각뿐이었다. 정 안 되면 어머니와 같이 텔레마케팅 회사에 취직하면 된다고 생각했다. 그러나 육상부 코치가 관심을 두고 손을 써둔 덕분에 모스는 장학금을 어느 정도 받고서 웨스트버지니아 대학에 들어갔다.

코트니를 잃고 3년이 지났을 때, 모스는 친구를 죽인 살해범 재판에 증인으로 출석했다. 어머니의 작업복을 빌려 입고서 워싱턴 카운티 법원에 나갔다. 코트니가 살해당했던 당시에 대해 질문을 받았고, 코트니의 부모님은 그런 그녀의 증언을 들었다. 코트니의 어머니는 흐느껴 울었지만, 살해범은 감정의 동요 없이 잠자코 들었다. 모스는 코트니를 죽인, 마약에 중독된 부랑자에 대해 일말의 동정도 느끼지 않았다. 그가 끔찍한 죽음을 맞이하거나 가석방 없이 평생 감옥에서 썩기를 바랐다. 그 정도는 돼야 복수가, 정의구현이 성립될 수 있다고 생각했다. 그녀는 나중에야 판결을 듣게 됐고, 28년형이란 얘기에 턱없이 부족하다고 생각했다. 이 살해범이 언젠가는 자유를 누리게 되리란 생각에 분노가 솟구쳤고, 그 분노가 지금껏 그녀를 질식시키던 슬픔의 안개를 걷어냈다. 대학교 2학년 첫 학기, 그녀는 주말이면 술에 취하거나 기숙사에서 마약이나 하던 생활을 접고 수업에 열중했다. 범죄학과 수사학으로 전공을 바꿨고, 워싱턴 카운티 검시 사무소에서 과정 이수에 필요한 인턴 근무를 했다.

처음엔 겁이 났지만, 사무소 여자 직원들이 도와줘서 고맙다며 좋은 말벗이 돼준 덕분에 괜찮았다. 그들은 그녀가 서류장 정리하는 걸 도와주며 피임과 음악에 대해 떠들어댔다. 검시 사무소는 오후를 보내기에 즐거운 곳이었다. 검시관 라도프스키 박사는 그녀를 항상 친절하게 맞아주면서 동시에 다정한 거리를 유지했다. 그는 알코올중독자였고, 점심을 마치고 한참이 지나서야 얼굴이 벌겋게 달아오른 채 돌아올 때가 많았지만, 항상 친절함을 잃지 않았다. 사무원 말에 따르면 동성애자라는 소문이 돈다고 했다. 룸메이트는 그녀가 검시 사무소에 다닌다고 하자 기겁했고, 거기에 시체까지 대한다고 하니 비위가 상한다는 듯 얼굴을 찡그렸다. 그러나 모스는 인턴 근무와 수업 일정을 잘 조율했다. 그녀는 매주 목요일 오후 12시 20분을 기다렸다. 목요일이면

노란색 폰티악 선버드를 타고 79번 도로를 달려 워싱턴으로 가 1
시까지 검시 사무소에 도착했다.

라도프스키가 처음으로 부검실에 같이 들어가자고 했을 때,
모스는 긴장은 했지만 두렵지는 않았다. 과학자 흉내를 내는 아
이처럼 실험복 차림에다 고글과 장갑까지 끼고는, 부검을 준비
하는 라도프스키 옆에 서서 부패해가는 예순네 살 여성의 시신
을 보았다. 아파트 옆집 가족이 냄새가 난다며 경찰에 신고해 발
견됐다고 했다. 그녀가 인간이 썩는 냄새를 들이마신 건 이번이
처음이었고, 그 느글느글하게 달콤하고 톡 쏘는 냄새는 그녀에
게 강렬한 인상을 남겼다. 처음엔 혐오감이 끓어올랐지만 결국엔
호기심이 모든 걸 압도했다. 부검 과정은 때로는 외과수술을 하
듯 메스로 절개해 해부하는 식이었고, 또 때로는 굵은 나뭇가지
를 잘라낼 때 쓸 법한 헤지 클리퍼로 흉곽을 열거나 톱으로 두개
골을 써는 등 잔혹한 면도 있었다. 라도프스키가 톱질을 할 때마
다 요란한 굉음이 났고, 톱밥 가루가 부검실에 날렸다. 그의 조수
는 시신의 내장에 물을 부었다. 결장을 팔에 안아선 싱크대로 가
져가 씻어냈고, 그 통에 부검실엔 배설물 냄새가 진동했다. 조수
는 시신의 위에서 반쯤 소화된 채 발견된 노란 트윙키 케이크를
보고 이런 농담을 했다. "영원토록 저렇게 있었겠네요."

라도프스키는 모스에게 심장을 들고 있게 했다. 그녀는 장갑
낀 손으로 조심조심 받쳐 들었고, 생각했던 것보다 훨씬 무거워
놀랐다. 죽은 근육 덩어리가 아니라 날개가 부러진 새를 안고 있

는 기분이었다. 라도프스키는 심장 안을 확인하고자 심장막이라고 하는, 심장을 둘러싸고 있는 보호용 막을 절개했다. 그 순간 체액이 스테인리스강 해부대에 쏟아졌고, 타일 바닥으로 흘러내렸다.

"근육 덩어리를 여기 둬요. 그래야 무게를 잴 수 있으니까."

모스는 라도프스키가 지시한 대로 심장을 액체받이에 넣어 물이 빠지도록 했다.

"여기 봐요." 얼마 뒤에 라도프스키는 그녀가 볼 수 있도록 장기를 들고 말했다. "당신은 지금 한 사람을 죽음에 이르게 한 사인을 보고 있는 겁니다. 여기 이 간을 보면 색깔이 짙은 자주색이고, 질감은 잘게 부순 숯 같죠. 건강한 간은 슈퍼마켓에서 흔히 볼 수 있는 생고기처럼 생겼어요. 분홍빛이 돌고 부드럽죠. 사인은 간경화증입니다. 그녀는 술을 하도 마셔서 죽은 겁니다."

모스는 죽음이 누구와도 나눌 수 없는 내밀한 것이라고, 죽음에서 비롯된 상실감이 늘 자신을 따라다닌다고 생각했다. 가장 친한 친구는 죽었고, 아버지는 떠났다. 이러한 상실의 고통은 영영 끝나지 않는 듯했다. 하지만 시체보관소의 부검 과정은 삶과 죽음에 마침표를 찍어주었고, 그 덕분에 죽음은 비로소 평온한 거처를 찾아갈 수 있었다. 물론 여전히 미스터리로 남는 죽음도 있겠지만, 그래도 대부분의 일생은 무게와 치수로 요약된 채 파일 폴더에 정리될 수 있었다.

그녀는 대체로 모건타운 캠퍼스 기숙사에서 지냈지만, 여름이면 도몬트에서 복층 아파트 위층을 빌려 피츠버그에서 지냈다. 시내에 있는 USX 타워에 위치한 뷰캐넌 잉거솔 법률사무소 비서실에 출퇴근했고, 그 돈으로 학비를 충당했다. 책상에는 상자형 컴퓨터 모니터와 전기 타자기가 놓여 있었고, 그녀 뒤로 알파벳순으로 정리된 폴더들이 철제 선반에 한가득 들어 있었다. 당시 스물한 살이었던 그녀는 최신 유행은 죄다 따라 했다. 어깨 장식이 요란한 군용 재킷에 치렁치렁한 귀걸이와 진한 립스틱을 했으며, 손톱에는 표범무늬 매니큐어를 칠했다. 나이 든 여자들은 그녀를 '마돈나'라고 불렀는데, 아마도 칭찬으로 한 말인 듯싶었다. 매일 아침 1시간씩 욕실에서, 그리고 오후 내내 여러 차례 화장실을 들락거리며 머리를 매만졌다. 헤어스프레이를 뿌려 볼륨감이 나오면서 곱슬거리게 머리를 부풀린 다음 헤어밴드로 정리했다. 같이 일하는 동료들은 그녀의 머리에 담뱃불이라도 붙을까 두려워 휴식시간에는 그녀와 거리를 두었다.

그녀는 마켓 스퀘어에 점심을 먹으러 갈 때면 법의학 교재와 범죄학 교재를 갖고 다녔다. 굴튀김과 감자튀김이 든 바구니를 앞에 두고 있을 때, 캐주얼 코트에 페이즐리 무늬 넥타이를 맨 남자가 다가왔다. 그는 합석해도 되겠느냐는 말도 없이 반대편 의자에 앉았다. 책의 표지를 들어 제목을 확인했다. 『범죄학 입문: 이론과 방법, 범죄 행위』 제2판.

"왜 사람들이 그런 행동을 하는지 알게 되었나요?" 그가 물었다.

슬며시 옆자리에 앉는 그랜트가의 사업가 혹은 변호사들에게,

시내를 돌아다니는 비서들은 오로지 자신의 즐거움을 위해서만 존재한다고 생각하는 남자들에게 익숙해 있던 그녀는 남자가 신분증을 보여주자, 그제야 무시하는 표정을 풀었다. 해군수사국, 한 번도 들어보지 못한 곳이었다. 그때도 그녀에게 처음 들었던 생각은 어머니가 술을 마시다가 무슨 일이 일어났나 보다 하는 것이었다.

"우리는 최고 인재, 가장 똑똑한 사람만 채용합니다."

모스는 그게 자신과 무슨 상관인지 몰라서 의아했다. "네, 그런데요?"

그는 자신을 특별수사관 오코너라고 소개했다. "당신 교수가 연방법 집행에 적합한 후보자가 있다며 당신을 추천했어요. 당신 성과에 감명을 받았다더군요."

"그렇군요." 모스는 어느 교수를 말하는지, 혹시 사기는 아닌지 의심했다. "홍보 책자 같은 거라도 있어요?"

"나는 NIS의 특정한 부서를 생각해두고 있습니다." 오코너가 말했다. "항상 이런 식으로 채용하는 것은 아니지만, 채용을 권유하기 전에 개인적으로 한번 만나고 싶었습니다. 나는 당신이 유능한 수사관이 되리라 믿고 있거든요. 그러려면 먼저 당신을 채용부터 하는 게 순서겠지만요."

판매 술책일지도 모른다. 이렇게 해서 이름과 주소를 받아 광고 메일과 판촉 전화를 보내려는 술책 말이다. 이제 곧 '프로그램에 자리를 마련'한다는 명목으로 20달러를 내라고 하거나 기부금을 요구할지도 모른다.

"내 이력이 좋게 보였을 리 없어요." 그녀는 맞대응했다. "고등학교도 겨우 졸업했는걸요."

"당신의 과거에 주목했습니다. 나는 당신이 마음을 다잡았다는 사실에, 당신이 지금 몰두하고 있는 목표에 관심이 있어요. 고등학교 때 시들하다가 대학에 가서야 꽃피는 사람들이 있죠. 나는 그런 사람을 좋아합니다. 처음엔 총명했다가 몇 년 뒤엔 시들해지는 사람은 싫습니다. 당신이 취약한 사람들의 권리를 옹호하며 강한 사회가 가져야 할 책임감에 대해 쓴 논문과 폭력 범죄의 희생자들이야말로 가장 취약한 자들이라고 쓴 논문 읽었습니다. 혹시 다른 데서 보고 베낀 건가요, 아니면 당신의 독창적인 생각입니까?"

"나는 아무것도 베끼지 않았어요."

"감동적이더군요." 오코너가 말했다. "열정적이었고요. 나는 그런 분명한 열정을 좋아합니다. 내가 생각하고 있는 부서에서 당신의 열정이 빛을 발하리라 확신합니다."

"친구가 한 명 있었어요. 내가 법에 관심을 갖게 된 것은 오로지 그녀 때문이에요."

"섀넌, 당신에게 줄 홍보책자를 갖고 왔어요. 졸업이 언제죠? 당신이 지원할 때면 아마도 우리 조직은 NIS에서 NCIS로 재편되었을 겁니다. 그때도 지금처럼 열정이 있고 지원할 마음도 있다면, 이 지원서를 곧장 내게로 보내요."

그는 홍보책자 광택지 뒷면에 자신의 우편주소 '빌딩 200, 워싱턴 해군 공창(工廠)'을 적었다. 항공모함 갑판에서 바람막이 재킷을 입은 남녀 보초병들 사진이 실린 책자였다. 모스의 아버지도 1960년대 말에 해군에서 〈뉴저지〉호 선원으로 복무했었다. 그러나 그녀는 이런 사실을 거의 모르고 있었다.

졸업을 한 달 앞뒀을 때, 모스는 NCIS 지원서가 동봉된 소포를 지역 경찰서와 웨스트버지니아 지방검사 사무실, 그리고 펜실베이니아 지방검사 사무실로 보냈다. 오코너가 그 주에 바로 연락해 왔고, 버지니아에 있는 해군항공기지 오세아나에 연락해 면접 절차를 밟으라고 한 뒤 이렇게 말했다. "일정 비워둬요." 모스는 약속한 날에 F/A-18 호넷 전투기 중대가 상공을 질주하는 아폴로 수첵 필드 정문으로 들어섰다. 강철 빛 바닷물을 가르는 거대한 전함에서 복무하는 백일몽에 빠진 채, 아버지의 해군 핏줄이 어쨌든 자신에게도 이어져 있다고 상상하면서.

오코너가 채용한 인원은 총 열두 명이었다. 모스를 포함하여 여자는 세 명이었는데, 며칠 만에 남자 두 명이 교관이 요구하는 식단과 훈련을 견디지 못하고 포기했다. 모스는 자신이 면접을 받는 것이 아니라 솎아냄을 당하고 있다는 걸 깨달았다. 수영복에 스쿠버다이빙 장비를 착용한 채 수조에서 몇 시간 동안 수영했고, 회전하다 보면 점점 높아지는 압력을 견디다 못해 눈알이 돌아가는 중력가속도 시뮬레이터에서 의식을 잃고 다시 깨어나기를 반복했다. 지원자들은 소량의 음식만 먹을 수 있었고, 여섯 명이 겨우 들어가는 공동 침실에서 뒤엉켜 잤다. 화장실은 하나, 샤워기 대신 물티슈 한 통이 있었을 뿐이다. 혹독하게 밀어붙이는 훈련으로 신경이 너덜너덜해졌지만 모스는 그럭저럭 적응했다. 육상부에서 경험했던 인내심과 정신력을 키우는 훈련이 어느 정도 도움이 되었다. 5주간의 훈련을 모두 마쳤을 때, 총 일곱 명만이 남았으며 여자는 모스밖에 없었다. 한 교실에서 열린 졸업식에서 오코너는 각각의 지원자에게 선택권을 주었다. "빌딩 200에 있는 해군 공창으로 가면 대대적인 환영을 받은 뒤 연방법을 집행하는 수사관으로서 본격적인 경력을 시작하게 된다. 아니면 계속 앉아 있어도 된다." 남자 한 명이 일어나서 나갔고 나머지는 어리둥절하고 흥분된 상태로 계속 자리에 있었다. 오코너는 짙은 녹색의 티셔츠와 각자의 이름이 새겨진 증명서를 나눠주었다.

복도에서 커피와 시트케이크로 환영식을 열고 얼마 안 있어, 시간 내에 비행복으로 갈아입으라는 명령이 내려졌다. 해가 질 무렵 졸업생들은 '오고포고*'라고 이름 붙인, 앞쪽으로 갈수록 가늘어지는 몸체 앞부분에 바다뱀이 그려진 제트기에 승선했다. 오고포고는 본래 '코모런트**'라고 불렸는데, 흑요석 색깔에 길쭉하고 날렵한 몸체 때문인 듯했다. 외형은 언뜻 'SR-71 블랙버드 정찰기'와 비슷했지만, 크기는 더 커서 소형 여객기만 했다. 오코너와 졸업생들이 좌석 끈을 매자 오고포고는 활주로에서 날아올랐

---

* 오카나간 호수에 산다고 전해지는 괴물 바다뱀.
** 해안에서 주로 서식하는 검은 날개를 가진 새.

다. 도시의 불빛이 멀리서 점점이 박힌 다이아몬드처럼 보였고, 지구에서 반사된 태양 빛이 달을 초승달 모양으로 그늘지게 했다. 코모런트가 가속 상승비행에 돌입하자 중력에서 벗어나기 시작했다. 머리카락이 금발의 민들레 홀씨처럼 공중으로 떠올랐다. 그녀는 그것을 손으로 잡아 둥글게 말았고, 가슴에 차오르는 무중력 상태에 어쩔어쩔한 행복을 느꼈다. 오코너가 가장 먼저 벨트를 풀고 자유롭게 여기저기 떠다녔다. 그의 나이 든 얼굴 위로 어린아이의 표정이 나타났다. 다른 사람들도 그를 따라 트램펄린에서 뛰노는 아이들처럼 자유낙하를 즐겼다. 모스는 자리에서 일어나 마음껏 기쁨의 눈물을 흘렸다. 눈물방울이 끈끈한 공처럼 눈에 달라붙어 따끔거렸다. 그녀는 소매로 눈물을 훔치고는 소리 내어 웃었다.

달의 풍경은 어둠에 싸인 호수 같았다. 그들은 '블랙 베일 정거장'에 접근했다. 지구 반대쪽 달의 반구 중심에 있는, 60마일 너비에 달하는 다이달로스 분화구 안쪽에 비밀 도시처럼 건설된 월면 기지였다. 분화구 지역에 돌출된 마루는 내리막 사면이 계단처럼 층을 이루고 있었다. 마치 거대한 계단이 널따란 강 유역 바닥까지 2마일에 걸쳐 뻗어 있는 듯했다. 달의 발사 기지가 처음으로 눈에 보였을 때, 다들 입을 다물고 아무 말도 하지 않았다. 블랙 베일 기지에서 뿜어져 나오는 불빛이 건물들과 활주로 윤곽을 뚜렷하게 비추었다. 모스는 웨스트버지니아와 펜실베이니아

의 석유 시추 시설을 떠올렸다. 밝은 불빛을 비추는, 나선형으로
된 강철 관제탑이 마치 유정탑의 비계처럼 보였던 것이다. 일곱
대의 전함이 블랙 베일에 정박해 있었는데 하나같이 오하이오급
잠수함만큼이나 거대했다. 마치 종이접기로 접은 듯 날렵하고 각
진 흑단색 선체들이었다.

"저것이 바로 TERN이네." 오코너가 일곱 대의 전함을 가리키
며 말했다. "저기를 봐…"

그는 TERN의 엔진이 '브란트-로모나코 양자거품 매크로장 발
전기'라고 설명했다. '아득한 공간'과 '아득한 시간'으로의 여행을
가능케 한 군사 기술이라고 했다.

발사대와 착륙장으로 연결되는 교차로가 관제탑에서 뻗어 나
왔고, 도로와 유도로가 격납고로 이어졌다. 여기저기 흩어진 흰
색 돔 건물, 숙소, 기계 공장, 사무실, 실험실은 도로를 통해 그물
망 조직을 이루고 있었다. 오코너는 해군우주사령부에서 운용하
는 전함 기종 슈라이크와 코모런트, 그리고 TERN의 디자인은 거
의 600년 후의 미래 세계 한 지점에서 가져왔으며, 1970~80년대
태동하던 산업 역량에 맞춰 제작한 것이라고 설명했다. 당시 보
잉, 맥도널 더글러스, 록히드 마틴, 노스롭 그루먼 같은 회사들이
운영한 기밀 계획을 통해 대부분 전함이 제작되었다고도 했다.
코모런트는 강화된 해리어 엔진을 반작용-제어 시스템 추진기로
사용한, 짧은 분출로 전함의 상하좌우 및 앞뒤 요동을 조정한 기
종이라고 했다. 오고포고 제트기는 이파리에 내려앉는 곤충처럼

4번 착륙장에 안착했다. 투광조명이 밝히는 어느 곳을 봐도 회색 먼지가 쌓여 있는 거대한 평원밖에 없었다. 모든 것이 아주 천천히 달에 떨어졌다. 지구보다 약한 중력 속을 다니면서 모스는 자신의 몸이 물속을 통과하는 것 같다고 느꼈다. 스물두 살의 모스는 군사기밀로 부쳐진 기적 같은 현상에, 대중에 비공개로 한 채 해군우주사령부가 벌이고 있던 복잡한 작전에 푹 빠졌다.

그곳에서 꿈 같은 몇 주를 보내는 동안에도 훈련은 계속되었다. 태양등 일광욕실에서 강의를 받고, 공동 숙소에서 잤으며, 온실과 복도를 헤집고 다니며 함선들에 대해 배웠다. 모스는 오코너가 이끄는 TERN 전투군에 배치되어 〈윌리엄 매킨리〉호를 타고 아득한 심해로 출항했다. 버지니아 해변 기지에 온 지 두 달 만에 그녀는 인류의 종착지인 터미너스로 시간 여행을 떠나게 된 것이다. 그들은 안드로메다은하 가장 먼 외곽에 도착하여, 앞으로 250만 년이 지나야 지구에 닿을 별빛에 휩싸였다.

캐넌스버그자치구 빌딩, 그곳 중앙 복도에 몰려든 기자들이 경찰 측에 다중살인과 실종된 여자아이에 대해 인용 보도할 자료를 요청 중이었다. 자치구 빌딩 안엔 경찰서와 시장 집무실이 함께 있었는데, 굳이 이곳을 기자회견 장소로 잡은 걸로 보아, 아무래도 경찰은 언론이 이 정도로 관심을 둘 줄은 전혀 예상치 못한 듯했다. 그녀는 경찰에게 신분증을 보여주고 관계자 명부에 서명한 다음 기자회견장에 들어갔다. 자치구에서 근무 중인 나이 든 남자가 그녀의 의족을 보고는 옆으로 비켜섰다. 그는 그녀가 지나가는 동안 그녀의 블라우스 뒤쪽에 손을 올렸고, 그녀는 브래지어 끈에 닿은 남자의 손길이 너무도 스스럼없어서 몸이 빳빳하게 굳었다. 그는 웃으며 그녀에게 먼저 가라고 손짓했다. 기사도 정신이나 아버지가 딸에게 대하는, 그런 가벼운 행동이라고 생각할 테지. 그러나 그의 손길은 그녀가 회의실 반대쪽으로 멀찍이 이동할 때까지 그녀의 어깻죽지에 남아 있었다. 9시가 되려면 아직 몇 분 남은 시각이었다. 대여섯 개 정도 되는 만찬 테이블 끝엔 합동수사팀 중 몇 명이 벌써 자리를 잡고 앉아 있었다. 모스는 전날 밤에 본 얼굴들을 알아보았다. 주로 FBI 대원들이었고, 하룻밤 사이 그들의 태도가 바뀌어 있었다. 머설트 가족의 죽음 때문에 드리웠던 슬픔은 어느새 환한 햇빛에 걷혀 있었다. 이젠 새로 바른 헤어젤과 갈아입은 옷, 스티로폼 컵에 담긴 커피, 뒤쪽 테이블 흰 상자에서 가져온 도넛이 눈에 들어왔다.

누군가가 손을 흔들어 그녀의 주의를 끌었다. 갈색 섞인 금발 머리를 하고, 짧은 턱수염으로 턱의 윤곽이 두드러져 보이는 남자였다. 그는 따뜻한 미소를 지어 보였다. 미소 덕분에 그의 다부진 인상이 살짝 부드러워졌다고 모스는 생각했다. 연한 청색의 눈은 눈꺼풀이 처져서 사려 깊은 인상이 되었다.

"모스 특별수사관 맞죠?" 그가 물었다. "필립 네스터입니다. 어젯밤에 전화로 통화했죠."

"아, 그래요. 섀넌이라고 합니다."

"당신 자리를 맡아놓았어요. 브룩이 당신을 챙기라고 부탁했답니다."

모스는 누가 자기를 챙긴다는 게 못마땅했고, 의자 사이의 공간을 밀치고 들어가는 것도 내키지 않았다. "앞쪽에 가려고 몸싸움을 하고 싶지는 않네요."

"오, 그렇죠. 알겠어요." 네스터가 말하며 그녀 옆쪽 벽에 기댔다. "그리고 당신을 챙긴다는 말은 오해하지 마세요. 제가 둘 사이의 긴밀한 연락책을 맡겠단 얘기니까요." 그는 그녀의 목소리 톤을 재빨리 읽고 그렇게 말했다. 모스는 전날 밤 통화에서 들었던 그의 목소리를 기억했다. 그땐 불안하고 슬픔에 날이 서 있었는데, 지금은 차분했다. 좋은 목소리라고 생각했다. "당신이 자유롭게 출입할 수 있게끔 조치를 해달라 하더군요. 원래는 그가 안내를 해야겠지만, 지금 처리할 일이 많아서요." 네스터는 손으로 방을 가리켰다. "제가 안내하죠."

네스터가 입고 있는 어두운 적갈색 코르덴 바지는 동료들이 입고 있는 회색 또는 베이지색 바지와 대조되었다. 그는 소매를 팔뚝 위로 걷어 올렸고, 스웨터 조끼에 넥타이를 매고 있었다. FBI 태그를 목에 걸고 있었지만 대학교수처럼 보였다. 아무래도 바깥 활동을 좋아하는 사람인 듯했다. 헬스장에서 근육을 단련하는 데만 관심 있는 사람과 달리 스포츠에도 능해 보였다.

"어젯밤엔 당신을 못 본 것 같은데요." 그녀가 말했다.

"저도 현장에 있었어요. 저는 당신이 들어오는 걸 봤습니다.

하지만…" 그는 보호복을 손으로 가리키며 말했다. "나를 못 알아보는 것도 당연해요. 사진을 찍고 있었거든요. 아무튼 당신에게 그 말이 사실인지 물어보고 싶어요. 브록이 말해줬는데요."

젠장. 모스는 머릿속이 복잡해졌다. "당신이 무슨 얘기를 들었는지에 따라 달렸죠."

"크리켓우드 코트에 살았던 가족을 알았다면서요."

"친한 친구가 거기 살았어요, 오래전에. 거의 매일 그 집에 놀러 갔죠."

네스터는 탄식했다. "죄송합니다. 충격이 이만저만이 아니었겠네요."

"그가 또 무슨 얘기를 하던가요?"

네스터는 손을 들어 부드러운 제스처를 취했다. "그냥 정중하게 말했어요. 당신이 힘들어한다고요."

브록이 회의장에 나타나자 떠들썩하던 분위기가 잠잠해졌다. 그는 전날 밤과 똑같은 옷을 입고 있었고 이리저리 구겨져 있었다. 눈 밑에 처진 진자주색 살이 어두운 얼굴색과 대조돼 도드라져 보였다. 샤워는커녕 잠시도 쉬지 못했는지 얼굴에 피곤한 기색이 묻어나 있었다. 아마도 회의에 오기 전에 세수 정도, 향수를 뿌리는 정도만 했을 것이다. 그는 방의 조명을 어둡게 줄였다.

"좋은 아침입니다." 그가 오버헤드프로젝터 스위치를 올리자, 그의 뒤쪽 화이트보드에 화면이 나타났다. "브리핑을 맡은 FBI 담당 수사관 윌리엄 브록입니다. 우리 팀은 머설트 일가족 살해

사건을 조사하고 있습니다. 실종된 매리언 머설트를 찾기 위해 캐넌스버그 경찰과 펜실베이니아 과학수사국이 긴밀히 협조해 주고 있으며, 특별수사관 필립 네스터가 실종 수사를 이끌고 있습니다."

첫 번째 슬라이드는 앰버 경고에 사용된 사진이었다.

"매리언 머설트, 그녀의 얼굴을 알아두셔야 합니다. 실종된 지 37시간이 지났습니다."

브룩은 물병으로 목을 축이면서 다들 젊은 여성의 사진을 보고 있는지 확인했다. 회의장 안은 조용했고, 프로젝터 팬 돌아가는 소리만 났다.

"벌써 이 여성에 대해 언론에서 상당한 관심을 보이고 있습니다. 게다가 대부분이 전국 매체죠. 그녀의 모습이 마지막으로 목격된 것은 사건 당일 금요일 오후로, 그녀는 점원으로 일하는 워싱턴 케이마트에서 근무를 마친 뒤 떠났습니다. 오후 7시, 우리가 확인한 그녀의 마지막 모습입니다. 주차장에서 그녀의 차가 발견됐으니 누군가와 함께 떠났거나 아니면 끌려간 게 틀림없습니다. 그녀의 상사와 동료들 얘기로는 그날 오후도 평소와 다르지 않았다고 했습니다. 우리가 아는 한, 남자친구는 없습니다. 지금 주 경찰이 그녀의 친구들을 파악하는 중입니다."

브룩은 슬라이드를 돌렸다. 머리가 백발인, 지퍼 달린 파란색 스웨터셔츠를 입고 있는 한 남자의 사진이었다. 그는 햇빛에 눈을 찡그리며 웃고 있었다.

"그녀의 아버지, 패트릭 머설트의 가장 최근 사진입니다. 1949년 8월 3일생이고, 미 해군 하사 출신입니다. 그가 이번 매리언 납치 사건 및 일가족 살해 사건의 주요 용의자입니다. 현재 체포 영장이 발부된 상태로, 아직 행방에 대한 구체적인 정보는 없습니다."

이번에는 폴라로이드 사진이었다. 정글 동물들과 패트릭 머설트가 함께한 사진으로, 칙칙한 군복 차림에 피부가 가죽처럼 그을린 그의 모습이 보였다. 담배를 물고 M16 소총을 무심하게 어깨에 걸치고 있었지만, 모스는 그가 왠지 소년처럼 보였다.

"세 명이 살해당했습니다." 그러면서 브록은 피 칠갑을 한 여성의 얼굴을 보여주었다. 피가 굳어서 부은 손을 클로즈업했다.

"범인은 여자와 아이들의 손톱과 발톱을 뽑았습니다." 브록이 말했다. "해당 정보는 언론에 알려져선 안 됩니다. 다들 이해하셨겠죠? 혹시라도 머설트 수사에 문제가 생길 경우, 제보 신고 중 잘못된 정보를 가려내기 위해 이 정보를 공개하지 않는 겁니다."

불안한 분위기가 방 안에 감돌았다. 손톱을 사라진 걸 확인하자, 사람들이 웅성거렸다. 잔혹함에서 비롯된 흔한 살인이 아니라 불가해한 의도를 가진 특이한 살인이 되었기 때문이다.

"괜찮아요?" 네스터가 걱정스러운 눈길로 물었다.

모스가 대답했다. "당신은요?"

브록은 30분 후 기자회견을 열었고, 기자회견장 화이트보드에는 FBI 휘장이 걸렸다. 그는 지금까지 확보한 실질적인 단서에만 초점을 맞췄다. 패트릭 머설트의 친구에 관해 이웃이 진술한 내용을 이야기했다. 그 신원이 확인되지 않은 남자는 백인에 턱수염을 길렀으며 웨스트버지니아 번호판을 단 빨간색 닷지 램 트럭을 몬다고 했다. 트럭엔 범퍼스티커가 잔뜩 붙어 있었는데, 특히 극우단체인 남부연합기 스티커가 눈에 들어온다고 설명했다. 모스는 휴게실에서 몇몇 경찰들과 텔레비전으로 그 모습을 지켜보았다. 그녀가 기름때 묻은 머그잔에 커피를 채우는 동안, 피츠버그와 스튜번빌-휠링에서 온 기자들이 브록에게 매리언 머설트에 대한 질문을 쏟아냈다.

모스는 휴게실에서 나와 아래층 대기실 중 비어 있는 방을 찾았다. NCIS 본부 상관에게 직통으로 전화를 걸었다. 오코너였다. 그날 오후 마켓 스퀘어에 찾아와 모스가 NCIS에 지원하게 한 장본인. 그녀가 훈련받을 때는 그녀의 멘토였고, 〈윌리엄 매킨리〉호를 타고 아득한 심해를 항해했을 때는 교관이었다. 모스의 첫 우주유영 때는 선체와 연결된 줄에 몸을 함께 묶어, 비단 실에 매달린 거미처럼 전함 위로 다 같이 멀리 걸어보기도 했다. 모스보다 겨우 10년 먼저 태어났지만, 오코너의 숱 많은 머리는 희끗희끗했으며 주름살은 깊었다. 아득한 심해와 IFT를 숱하게 경험하면서 나머지 세계가 정지해 있는 동안 나이를 먹었던 것이다. 무표정하게 노려보다가도 갑자기 웃곤 했는데, 그 짓궂은 웃음은 장난기 많은 아이를 연상시켰다.

"오코너입니다." 그가 대답했다.

"모스예요. 머설트에 대한 정보가 필요합니다. 혹시 갖고 계신 가요? 전투 중 실종된 것으로 등록돼 있던데, 제가 가진 정보는 전부 삭제되었어요."

"자네에게 줄 게 있네. 밤새 NSC와 회의를 했어. 머설트의 등장으로 골치가 아파."

"어떤 정보인가요?"

"레이건 덕분에 스타워즈 계획에 자금이 넉넉했던 시절, NSC도 그 계획에 관여했었네. 거기서 패트릭 머설트가 중요한 역할을 했어." 오코너가 말했다. "초기에는 포괄적인 국방부 우주 계획의 일부였지. 〈챌린저〉호 사고'가 나고 통합되기 전까지 말이야. 머설트는 공군이 로스앤젤레스에서 진행한 '유인 우주비행 공학자 작전'에 참가했어. 또 존슨우주센터에서도 군 관련 일에 관여하고 있었지. 하지만 섀넌, 그의 기록은 '조디악 작전'에서 끝나. 자네도 들어봤지?"

"1970년대 말부터 1989년까지 총 열두 대의 전함이 작전에 동원되었어요. 제가 근무하기 전 일입니다. 세 대는 지금도 임무를 수행하는 중입니다."

"〈아리스〉호, 〈캔서〉호, 〈타우르스〉호." 오코너가 말했다. "다른 아홉 대는 절대 돌아오지 않았고, 수백 명이 실종됐지. 재앙이었어. 그리고 〈타우르스〉호는…"

"〈타우르스〉호는 터미너스를 발견했어요. 그들이 처음이었죠." 그녀는 〈타우르스〉호에서 일어난 범죄 사건에 관해 공부한 적이 있었다. 1986년 말에 출항했는데 아주 먼 미래의 IFT에서 돌아왔을 때, 선원 중 생존자는 몇 명밖에 없었다. 선체 내부에서 죽은 사람들을 서둘러 찍은 사진과 그들의 피로 적은 경고문이 발견되었다.

"패트릭 머설트는 〈리브라〉호 선원이었어. 그리고 〈리브라〉호는 실종된 것으로 추정 중이네, 섀넌."

그렇게 아득한 심해에서 사라진 줄 알았던 머설트가 이제야 나타난 것이다. "어떻게 그런 일이 가능하죠?" 모스가 물었다. 그녀는 NSC 전함의 출항 장면을 보았다. 아득한 심해로 출항했던 전함이 순식간에, 거의 출발과 동시에 다시 돌아온 것을 봤다. 전함의 모습이 잠깐 깜박이는 찰나, 선원들은 은하를 항해하고 몇 년이라는 세월을 산 것이다. 젊은 모습으로 전함에 올랐던 남자가 잠시 후 전함에서 내릴 때는 은퇴할 나이가 돼버린 것을 보면 기분이 묘했다. 그리고 이따금씩 영영 돌아오지 않는 NSC 전함도 있었다. 그대로 존재가 사라진 것이다. 이 경우 실종으로 추정하긴 하나, 실질적으로 사망한 것이나 다름없었다. 그들은 아마 별들의 잔해에 찢기거나 타오르는 별 또는 블랙홀에 삼켜졌을 것이다. 물론 기계적 결함으로 재앙을 맞은 것일 수도, 아니면 아예 다른 파멸에 빠진 것일 수도 있었다. 어쨌든 중요한 건 여태껏 사라진 전함은 영영 돌아오지 않았으며, 결코 다른 장소에 나타나지도 않았다는 것이다. 선원들의 시신 또한 영영 찾을 수 없기에, 결국 '전투 중 실종'으로 처리되었다. "〈리브라〉호가 실종되었다면, 패트릭 머설트는 존재해서는 안 됩니다." 모스가 말했다. "아니면 애초에 승선조차 하지 않았는지도 모르죠. 탈영한 걸까요? 자신의 임무를 저버리고?"

"어찌 됐든 〈리브라〉호와 머설트에 대해 알아내야만 해." 오코너가 말했다. "그래서 자네를 부른 거야. 패트릭 머설트는 반드시 검거해야 하네. 어떻게 된 사연인지 알아내야 한다고."

"브록이 말하기를 그는 자신 명의로 된 게 하나도 없이 산다고 했어요. 모든 것이 아내 명의로 되어 있고, 위조 신분증 몇 개와 위조 운전면허증밖에 없다고 했죠." 모스가 말했다. "머설트를 개인적으로 아는 목격자가 있어요. 그러니까 우리는 허깨비를 상대하고 있는 건 아니에요. 그는 이곳 캐넌스버그에서, 우리 눈에 훤히 보이는 곳에서 살고 있었던 거예요."

"아니, 패트릭 머설트는 〈리브라〉호에서 다른 선원들과 함께 사라졌어. 아무도 그를 찾지 못했지. 아무도 모르는 곳이라면 오랫동안 모습을 감추는 것도 어렵지 않았을 거야."

"이제 곧 알게 되겠죠. 수많은 인원이 붙어서 그를 찾고 있으니까요."

"그건 그렇고, 섀넌." 오코너가 말했다. "브록 특별수사관 말로는 자네가 범죄 현장과 개인적인 연이 있다고 하던데…"

"지금은 아무렇지 않아요. 어릴 적 친구가 그곳에 살았어요. 지난밤에는 범죄 현장에서 힘들었지만, 지금은 괜찮습니다."

"수사관을 증원해줄 수 있어. 자네가 요청하기만 하면."

"정말 괜찮습니다." 모스는 그렇게 말하면서 난도질 당한 제시카 머설트의 시신을 떠올렸다. 어렸을 때 코트니 김의 침실에서 캐넌스버그를 벗어나려는 꿈을 꾸었다. 결국 누구도 그 방을 벗어나지 못했다. "정말 괜찮습니다. 패트릭 머설트에 온전히 집중 중입니다."

"자네가 보기에 이 사건은 어떤가?" 그가 물었다.

모스는 피로 얼룩진 여자의 손을, 사라진 손톱을 생각했다. "지금으로서는 가정 폭력 사건으로 보입니다. 머지않아 머설트를 찾게 될 테고, 곧 진상이 밝혀지겠죠. 그의 얼굴이 뉴스에 깔렸어요. 그가 복무 기간에 어떻게 되었든, 〈리브라〉호와 관련된 문제가 얼마나 복잡하든 간에, 결국에는 돈 문제로 귀결될 겁니다. 어쩌면 내연 관계가 문제일지도 모르죠. 신속하고 잔혹하게 이뤄졌지만, 어쨌든 흔히 있는 사건이에요. 다만, 손톱을 가져갔다는 게 좀 수상합니다. 아무튼 그를 잡아들인 후, 수사관을 늘리는 건에 대해서 고려해보죠. 실종된 여자 보셨나요? 언론에서 좋아할만한 외모던데요."

"앰버 경고로 봤네."

"매리언의 사진이 돌기 시작하면, 언론의 관심도 늘어날 겁니다." 언론에서 파고드는 것이 NSC에게 성가신 일임을 모스는 잘 알고 있었다. "조만간 사람들이 머설트가 누구인지 묻기 시작할 겁니다."

"벌써 시작되었어." 오코너가 말했다. "FBI는 협조적이야. 우리 쪽 사람과 이번 수사와 관련해 합의한 사항들이 있다더군. 그들에겐 언론에 응할,,매리언을 수색할 인력이 있으니까."

"지금 기자회견을 하고 있어요." 모스는 어머니도 틀림없이 기자회견을 보고 있을 거로 생각했다. 제기랄, 그녀의 어머니는 지역에서 일어나는 불행한 일들, 가령 동물이 불구가 되었다거나 화재가 일어났다거나 가족이 살해되었다거나 하는 소식을 떠들고 다니기 좋아했다. 전화해봐야겠어. 어머니도 크리켓우드 코트를 기억할 것이다. 매일 오후마다 딸을 데려다주던 집이었으니. 모스는 오코너와 통화를 마치자마자 어머니에게 전화를 걸었다. 신호음이 두 번 울리고 자동응답기로 넘어갔다.

"엄마, 섀넌이에요." 그녀가 말했다. "거기 계시면 전화받아요. 오늘 밤에 들를게요. 뉴스는 너무 신경 쓰지 마시고요. 이따 이야기해요."

네스터가 가볍게 노크하고 사무실로 들어왔다.

"자, 갑시다."

모스는 휴대폰을 닫았다. "어디로요?"

"트럭을 찾았답니다. 웨스트버지니아주 순찰대에서 방금 연락이 왔어요. 같이 갑시다."

빨간색 닷지 램 트럭은 엘릭 플리스 소유로 확인되었다. 면허증과 번호판은 기한 만료, 주소는 덴츠 룬과 매닝턴 근처의 바솔로 포크 브랜치 부근으로 되어 있었다. 지역 경찰은 그를 알고 있는 듯했다. 술집에서 쫓아내야 하는 호전적인 술꾼으로 소문이 자자했는데, 아직 체포된 적은 없다고 했다. 베트남전 참전용사며 돈을 위해 이런저런 일을 하는 무허가 전기기술자라고 했다. 네스터는 모스를 FBI 서버밴에 태우고 앞차들을 추월하여 주간 고속도로로 들어섰다. 얕은 펜실베이니아 언덕이 웨스트버지니아로 접어들면서 점차 높아졌다. 1시간이 지나자 패트릭 머설트에 대한 논의는 개인적인 잡담으로 넘어갔다. 네스터는 웨스트버지니아 남부 출신으로 가난한 집안에서 태어났다고 했다. 프리랜스 사진가로 몇 년 일했고, 이후 애리조나주 피닉스 경찰서에서 지문 감식과 범죄 현장 연구라는 좀 더 안정적인 일자리를 얻었다. 아버지의 병세가 악화하자 웨스트버지니아로 돌아왔다고 했다. 모스도 조심스럽게 자신을 소개했다. 네스터는 집중해서 들으려고 했다. 삶과 경력은 감추려고 해봤자 금방 들통 나고 너덜너덜해진다는 것을 알았기에 그녀는 솔직하게 털어놓았다.

"나는 말이 많은 사람이 아니에요." 그녀가 말했다.

"신중한 사람인 거죠." 네스터가 말했다. "이해합니다."

그들은 교차로를 나와 바솔로 포크 브랜치로 들어섰다. 삼림지대가 자신들을 집어삼키는 듯한, 눈앞의 세계가 뒤편으로 물러나는 듯한 기분이 들었다. 바솔로 포크 브랜치 길이 점차 좁아졌다. 도로와 맞닿은 수목경계선, 잎이 무성한 나무줄기, 빛을 질식시킬 정도로 어지러이 뻗은 나뭇가지들. 모스는 이곳 나무들이 바람에 흔들릴 때 어떤 소리를 낼지 궁금했다. 곧이어 나무들로 이뤄진 장막 사이로, 도로에서 멀찍이 떨어져 있는 고립된 지역의 집들을 보았다. 집들은 콘크리트블록을 떠받쳐 지어졌고, 마당은 잡동사니를 처분하는 곳처럼 어수선했다. 그들은 그 집들을 지나가면서, 녹슨 배수로에서 튄 물 때문에 색이 바래고 자국이 져 있는 건물 측면 파스텔조 자재를 봤다. 말라붙은 시내 바닥에 걸쳐진 나무판자 다리를 건널 무렵에는 길이 진창이나 다름없었다. 네스터는 바솔로 포크에서 갈라지는 좁은 길로 접어들었다. 덤불 사이로 난 두 줄기의 흙길이었다.

"어디로 가고 있는지 솔직히 모르겠어요." 그가 말했다. 모스는 SUV 차량의 타이어가 커다란 돌덩이와 옹이에 밀려 올라갔다가 움푹 파인 고랑으로 내려앉는 것을 느꼈다. 길 너머까지 뻗어 있는 나뭇가지가 자동차 창문을 때렸다.

"잠깐, 잠깐." 네스터가 말했다. "여기예요."

그가 공터로 차를 몰던 중, 시야에 빨간색 점이 보였다. 닷지 램 트럭 뒤편 해치였다. 1980년대 제작된 낡은 모델이었지만, 목격자 진술 내용과 일치했다. 녹이 슨 문짝을 제외하면 체리색이었고, 너덜너덜해지고 반쯤 벗겨진 여러 장의 스티커 가운데 '남부는 일어나리라'라고 적힌 남부연합기 스티커도 보였다. 포드사 로고에 오줌을 싸는 캘빈 스티커, 권총 그림과 함께 '스미스&웨슨이 트럭을 보호한다'라는 스티커도 보였다. 목재와 못으로 손수 제작한 총기 거치대도 있었는데, 총은 없었지만 많이 사용했는지 닳아 있었다.

"저기 좀 봐요." 네스터가 말했다. "저게 뭐죠?"

모스는 네스터가 가리키는 쪽으로 고개를 돌렸다. "젠장, 뭐야." 차에서 내리던 그녀는 숲에서 해골을 보았다. 조각품이었다. 수사슴 해골을 분해해 철사로 여기저기 구부리고 이어 붙여서 만든 것이었다. 구리선으로 혈관도 만들어놨는데, 꼭 뿔 달린 남자처럼 보였다. 총 네 명의 뿔 달린 남자가 나무에 매달려 있었다. 발목이 묶이고 양팔을 벌린 채. 거꾸로 매달린 십자가형. 터미너스야, 이자는 터미너스를 알고 있어.

모스와 네스터는 여러 장의 석판이 진창에 반쯤 파묻혀 있는 길을 지나 앞문으로 이동했다. 집은 지붕이 내려앉아 축 늘어져 있어 금방이라도 무너질 것 같았다. 앞문 근처에 다량의 설치류 뼛조각이 보였는데, 대부분 마멋과 다람쥐의 것이었다. 풀밭엔 사슴 해골이 햇볕에 말리려고 널어놓은 듯 놓여 있었다.

"그가 여기 있는 것 같나요?" 모스가 물었다.

"모르겠어요. 트럭이 여기 있긴 하니까요." 네스터가 말했다. "잠깐 산책하러 나간 것일 수도 있죠."

"저 뼈들은 대체 뭘까요?"

네스터는 웃었다. "글쎄요, 짐작도 안 가는데요…"

뭔가 썩는 듯한 악취가 모스와 네스터를 파도처럼 덮쳤다. 죽음의 냄새다, 매리언이야. 그녀가 총을 꺼냈고 네스터도 그렇게 했다. 정문엔 얇은 스크린이 처져 있었고, 바닥에 깔린 합판은 휘어져 있었다. 문을 지날 때 파리들이 들끓었다. 냄새가 묵직했다.

마치 사람의 무게가 덮치는 듯했다. 썩은 내가 그녀의 혀와 부비 강을 감쌌고, 그녀의 입 속에서 스펀지처럼 부풀어 올랐다. 죽음, 축축한 털, 배설물. 그녀의 눈이 촉촉해졌다.

"매리언?" 그녀가 소리쳤다.

파리들이 그녀의 몸에 달려들었고, 마치 공기가 살아서 윙윙 거리는 듯했다. 앞쪽 거실은 어두웠다. 그녀는 네스터가 옆에 있다는 걸 재차 확인하고선 앞으로 나아갔다. 동물의 털가죽이 카펫처럼 온 벽을 뒤덮고 있었다. 줄무늬 라쿤, 푸른빛이 도는 회색 다람쥐, 갈색 마멋까지, 마치 털가죽으로 만든 벽화를 보고 있는 듯했다. 계곡과 우묵한 구멍이 있었고, 흰토끼의 가죽은 눈 덮인 봉우리를 나타냈다. 산맥, 털로 만든 산맥의 벽화다.

"매리언?" 그녀가 소리쳤다. 집 안에 진동하는 썩은 내가 자신의 폐로 들어오는 걸 여실히 느꼈다. 파리 한 마리가 그녀의 입술에 내려앉았고, 그녀는 움찔하며 날려 보냈다. 그녀는 파리가 두려웠다. 그것이 의미할지도 모르는 무언가가 두려웠다. 매리언의 시신을 보게 될까 봐 두려웠다. 아니야, 아닐 거야…

"FBI다." 네스터가 말했다. "연방 수사관이다."

모스는 총을 겨누면서 옆방으로 들어갔다. 작은 부엌이 딸린 더 큰 방이었고, 텔레비전과 알루미늄포일로 싸맨 실내 안테나가 보였다. 가정불화가 있었군. 벽과 천장엔 나치 깃발이 걸려 있었다. 검은색 바탕에 흰색 번개 모양으로 SS라고 적힌 깃발. 하얀 수사슴 머리가 박힌 에메랄드 깃발은 사슴뿔이 스와스티카, 그러니까 하켄크로이츠(卍) 문양이었다. 미친놈이야. 그녀는 두려웠다. 지옥으로 가는 문을 발견한 기분이었다. 마운틴듀와 팹스트 빈 캔이 바닥에 나뒹굴어 검은 개미가 들끓었다.

"여기에요." 네스터가 말했다. "이쪽으로 와요."

복도는 뒤쪽 방들로 이어졌다. 복도엔 여기저기 어울리지 않는 거울들이 뒤죽박죽 걸려 있었고, 바닥엔 뭔지 모를 것이 든 비닐봉지가 널브러져 있었다. 시체였는데 흰색 구더기와 파리들이 한가득 들끓어 꼭 비닐이 기어가는 것처럼 보였다. 네스터가 소매를 걷고 비닐을 집었다. 모스는 매리언의 창백한 얼굴을 보리라 예상했지만, 얼굴 가죽은 검은색 털로 뒤덮여 있었다. 이가 다 빠져 있어 붉은색 잇몸이 도드라졌고, 검은 눈이 유리구슬처럼 번뜩였다.

"젠장할." 네스터가 뒤로 물러섰다. "뭐야? 빌어먹을 곰이잖아."

모스는 거울 달린 복도를 계속 걸었고, 그녀의 모습이 반사되어 끝없이 이어졌다. 도대체 뭐하는 곳이지? 복도의 거울, 그녀의 반영. 왠지 알 듯도 했다. 이 장소의 무언가가 그녀의 기억 속에서 무언가를 끄집어냈다. 눈 내린 겨울, 오렌지색 우주복을 입은 채 바람을 헤치고 걸었던 것, 차가운 바람이 얼음처럼 몸에 박혔던 것이 생각났다. 욕실을 지나자 침실이 나왔다. 바닥에 매트리스가, 침대 발치엔 더플백이 있었다. 그녀는 거울을 따라 뒤쪽 침실로 갔다. 아마도 안방인 듯했다. 모스는 그 안을 들여다보고는 저도 모르게 비명을 질렀다. 뼈로 만든 나무에 한 남자가 목을 매고 있었다. 뼈에 철사와 구리선을 감아 만든 나무. 벽과 천장에 달린 거울을 통해서, 목매단 남자의 반사된 모습이 끝없이 이어졌다.

나뭇가지에 매달린 그의 얼굴은 퉁퉁 부었고 혀는 자주색으로 불거진 채 입 밖으로 나왔다. 비대한 흰색 몸뚱이에 파리들이 끔지락거렸다. 모스는 가까이 다가갔다. 총을 겨눈 상태였지만 손이 덜덜 떨렸다. 자신의 모습이 죽은 남자와 함께 거울에 비치는 것을 보았다. 이 장소는 무언가를 재현하고 있어. 그녀는 과거의 장소로 돌아왔다는 감각에 압도되고 말았다. 거울 복도와 거울 방, 그리고 뼈로 된 나무는 모스가 오랜 세월에 걸쳐 지우려고 애썼던 기억을 마치 쿡 찔러대는 손가락처럼 들추어냈다. 자신이 십자가형에 처했던 기억, 발밑에서 세차게 흐르는 검은 강물을 몸소 느꼈던 기억. 그녀는 얼음을, 주변의 공기가 서로서로 비추는 수많은 거울처럼 일렁거렸던 것을 기억했다. 터미너스에 있었던 잿빛 나무. 하얗게 센 뼈와 같은 색깔의 나무가 무한히 반복되는 것을 떠올렸다. 플리스는 마치 그녀의 마음에서 풍경을 끄집어내기라도 한 것처럼 이곳에 재현해놓았다.

"나가죠." 네스터가 손을 그녀의 어깨 위로 부드럽게 올리고선 방 밖으로 데려갔다. "매리언은 여기 없어요. 갑시다."

브룩 카운티 보안관이 바솔로 포크 브랜치 집 주위를 차단했다. FBI 이동식 범죄 분석 차량이 도착할 때까지 외부 접근을 막기 위함이었다. 그들은 부패한 흑곰의 시체를 집에서 끌어내 숲에 둔 다음 엘릭 플리스를 나무에서 끌어냈다. 곰 주검 무게가 많이 나가서 여러 명이 동원되었다. 곰은 피부가 벗겨지고 뼈가 발라졌으며, 내장까지 완벽하게 해체된 상태였다. 과학수사원들은 플리스의 집을 범죄 현장처럼 기록했지만, 그는 자살한 것이며 뼈 나무에 매달린 채 최소 하루가 지났다는 의견이 빠르게 퍼졌다. 모스는 사람들이 시트로 싼 플리스의 시신을 들것으로 나르는 모습을, 부검을 위해 구급차 뒤에 싣고 찰스턴으로 이송하는 모습을 보았다. 내가 바라보는 곳마다 얼어붙게 될 거야. 그녀는 마치 미래 세계의 어느 시점에서 얼음의 기운이 밀려들어 오는 것 같다고 생각했다. 그녀는 플리스의 집 옆을 돌아 숲으로 들어갔고, 거기서 조금 걸어가 나뭇가지에 발목이 매달려 있는 네 구의 해골을 보았다. 사슴 뼈에 구리선을 둘둘 말아 혈관과 근육을 표현한 솜씨가 뛰어나 더욱더 소름이 끼쳤다. 대체 어떻게 터미너스를, 목매단 사람들을 알았을까? 모스는 패트릭 머셜트가 터미너스에 홀려 자신이 본 환영을, 세계에 종말이 오는 모습을 플리스에게 속삭이는 모습을 상상했다. 어쩌면 플리스가 직접 봤을 수도, 그 또한 〈리브라〉호에 승선했던 또 다른 선원, 그러니까 실종되었다가 다시 나타난 허깨비일 수도 있었다. NSC 전함 선원들은 자살 비율이 높았다. 모스는 스스로 목을 매거나 손목을 긋는, 혹은 총으로 목숨을 끝장낸 선원들의 부검에 여러 차례 참관했다. 그들은 정상 세계로 돌아왔지만, 결국 느리게 흐르는 시간에 적응하지 못했다. 오코너라면 플리스가 NSC 소속인지 확인해줄 수 있을 것이다. 어쨌든 모스는 플리스가 '전투 중 실종'으로 기록된 또 다른 선원이라고 점차 확신했다. 발걸음 소리가 들렸다. 네스터가 덤불을 헤치면서 그녀에게 다가왔다.

"이봐요, 괜찮아요?" 그가 물었다. "한참 찾았잖아요."

"생각을 좀 정리하느라고요. 혹시 전에도 이와 비슷한 것을 본 적 있나요?"

마치 그 질문이 생각의 호수에 던진 돌이라도 되듯 그의 이마에 잔물결이 일었다. "그 방을 보고 있자니 어렸을 때 아버지가 자주 하시던 꿈 얘기 생각나더군요." 네스터가 말했다. "끊임없이 반복되는 꿈을 아버지는 '영원한 숲'이라고 불렀죠. 자, 그만 돌아가죠. 이게 뭐든 간에요."

그들은 얕은 숲을 지나 플리스의 집으로 다시 돌아갔다. "어떤 꿈을 말씀하신 거였나요?" 모스가 물었다.

"우리는 트와일라잇이라고 하는 작은 광산 마을에 살았어요. 광산에서 한평생 일했던 아버지는, 항상 어둠 속에 갇혀 있는 꿈을 꾸셨죠. 그래서 한밤중에 비명을 지르며 일어나는 일이 잦았어요. 나도 아버지가 지르는 비명에 놀라 잠에서 깨곤 했죠. 아버지는 술에 취할 때면 종종 내 방에 와서 침대에 걸터앉아 꿈 얘기를 털어놨어요. 아홉 살쯤 된 나를 보며, 내가 잠들어 있다고 생각하며. 꿈속에서 아버지는 함몰된 광산에 갇혀 있었다고 했어요. 빠져나갈 길을 찾지 못해 더 깊은 곳으로 들어갈 수밖에 없었고, 결국 광산이 끝나고 숲으로 빠져나왔다고 했죠. 아버지는 그곳에서 본 나무들의 풍경을, 마치 지금 내 방에 있는 것처럼, 당장에라도 손으로 만질 수 있는 것처럼 묘사했어요."

"영원한 숲이라." 모스가 말했다.

"나무에는 문이 달려 있었다고 해요. 문을 열고 들어가니 완전히 새로운 숲이 나왔다더군요. 길을 잃었다면서 나보고 자신을 찾아달라고 아버지는 말했습니다. 나는 그러겠다고 답한 뒤 아버지가 차분해지길 기다렸어요. 그러면 아버지를 장악했던 꿈이 걷히기 시작했고, 아버지는 내 침실에서 나갔습니다. 아버지가 복도로 걸어가는 소리를, 코 고는 소리를 들을 수 있었습니다. 아버지는 그렇게 잠들었지만, 나는 결코 다시 잠들지 못했어요."

"아홉 살이었다고 했죠?" 모스는 아이였던 그와, 그의 아버지를 상상했다.

"아버지는 가끔 꿈의 내용을 진짜 현실인 것처럼 얘기했어요. 마치 자신이 실제로 갈 수 있는 장소라도 되는 듯이요. 그래서 이런 거울을 볼 때면…"

그녀는 털어놓고 싶은 말이 있었지만 이렇게만 말했다. "플리스의 헛짓거리에 마음 쓰지 마요. 당신 머릿속에 이런 걸 담아두고 싶지는 않잖아요."

그녀는 그 집에 다시 들어가기 전에 마음을 굳게 다잡았다. 시체 썩는 냄새는 어느 정도 해결됐지만, 아직 다른 냄새가 남아 있었다. 벽에 걸린 털가죽 냄새, 쓰레기통 냄새가 여전히 코를 찔렀다. 과학수사원들이 앞쪽 벽장에서 종이 상자들을 꺼내놓았다.

모스는 라텍스 장갑을 끼고 내용물을 살폈다. 누렇게 변한 사진
첩엔 베트남에서 찍은 사진들이 있었다. 쾌속선이라고 불린 4인
용 경비정 사진이 있었고, 파란색 볼펜으로 메콩과 룽산이라고
적어놓았다. 해군, 그리고 베트남전이라. 머셜트와 관계가 있었
어. 어쩌면 머셜트와 플리스는 함께 복무했을지도 몰랐다. 수사
원 한 명이 성냥갑 안에서 죽은 거미와 딱정벌레를, 베갯잇 안에
서 죽은 새를 발견했다. 추잡하군. 벽은 그의 예술 작품으로 도배
돼 있었다. 동물 가죽으로 만든 거대한 벽화뿐만 아니라 액자 사
진도 있었다. 두 개가 욕실에 걸려 있었는데, 하나는 재프루더 필
름*에서 가져온 정지 화면으로 케네디가 두 번째 총탄에 쓰러지
는 순간이었다. 케네디의 살집 있는 분홍빛 얼굴이 바깥으로 벌
어져 있어 마치 경첩 달린 문처럼 보였다. 플리스는 케네디 주위
에 후광을 하나 그렸고, 대통령 머리에서 솟구치는 갈색 피를 산
화 처리했다. 다른 사진은 폭발한 〈챌린저〉호에서 나오는 연기
기둥이 소용돌이치며 묘한 궤적을 그리는 장면이었다. 플리스는
해당 사진 위에도 일곱 개의 후광을 그려놓았다.

"뭔가를 찾았어요." 네스터가 말했다. "이쪽으로 와요."

네스터는 작은 침실에서 작업하고 있었다. 상대적으로 말끔한
방으로 바닥에 매트리스가 놓여 있었으며 시트와 이불은 바닥 모
퉁이에 깔끔하게 접혀 있었다. 플리스가 작업한 사진 가운데 가
장 큰 것이 이 방에 걸려 있었다. 베트남 쾌속선 사진을 확대한

• 재프루더가 퍼레이드를 촬영하러 갔다가 우연히 케네디 대통령 암살 순간을 찍은 필름.

다음, 그 위에 사람과 동물의 손톱과 발톱을 초승달 모양으로 붙여놓은 것이었다. 모스는 슬픔에 젖었다. 머설트 가족의 손가락과 사라진 손톱이 떠올라 슬프고 참담했다. 사진에는 이렇게 적혀 있었다. 이것은 죽은 자들을 싣고 가는 손톱의 배다.

"우리는 머설트가 여기서 지냈다고 봅니다." 네스터가 말했다. "여기 그의 물건들이 있어요."

검은색 더플백 내용물이 매트리스에 펼쳐져 있었다. 20달러짜리 지폐 뭉치가 몇천 달러는 되어 보였고, 옷가지와 세면용품, 호출기가 있었다. 폴라로이드 사진 24장을 펼쳐놓았는데, 한 여자의 모습을 노골적으로 보여주는 사진들이었다. 마른 체형의 흑인이었고, 얼굴은 보이지 않았다. 가슴이 예쁘고 배가 탄력 있어 보였다. 모스는 여자의 넓적다리가 지닌 부드럽고 어두운 라인과 분홍빛 음부를 찬찬히 살폈다. 포르노그래피라기보다는 사적인 용도로 찍은 사진 같았다. 오로지 촬영자와 모델만이 즐기려고 촬영한 사진. 오두막에서 찍은 것 같았고, 벽을 이루는 나무 목재가 바깥으로 드러나 있는 걸로 보아 여기가 아니라 다른 곳, 아마도 빌린 오두막으로 보였다. 자그마한 탁자와 종이 묶음, 전화기도 살짝 보였다.

"여자의 신원을 확인할 수 있겠어요?" 모스가 물었다.

"아뇨."

"그런데 왜 머설트라고 생각하는 거죠?"

"우리가 호출기에서 확인한 맨 처음 번호들이 머설트의 집 전화번호예요. 아마도 그는 호출기가 제대로 작동하는지 확인하려고 집 전화로 두어 번 자신에게 걸었을 겁니다."

두 사람은 밖으로 나갔다. 네스터는 증거 수집품을 살펴보기 위해 계속 남아야 했으므로, 보안관보에게 부탁하여 모스를 캐년스버그에 데려다주도록 했다. 늦은 오후 숨 가쁜 하루가 저물고 있었다.

"배 사진 봤어요?" 모스가 물었다.

"그 손톱으로 된 배 말이죠? 봤어요." 네스터가 말했다. "수사원에게 검사를 지시할 겁니다. 머설트 가족의 손톱인지 확인하려면 시간이 좀 걸릴 거예요. 나는 플리스가 총을 사용하지 않고 세 명이나 죽일 수 있었다곤 보지 않아요. 물리적으로 불가능합니다. 그들을 붙잡았더라도, 그들이 반항한다고 했을 때 제압할 만한 완력이 있을 것 같진 않거든요. 그의 아내 다마리스 머설트는 운동선수였고, 아들은…"

"부검해보면 틀림없이 그가 죽은 지 너무 오래되었다고 나올 거예요. 우리가 찾는 사람이 아니라고 말이에요."

"그가 사진에 뭐라고 썼죠? 손톱의 배?"

"'죽은 자들을 싣고 가는 손톱의 배'라고 썼어요." 모스가 말했다. "모르겠어요. 신도 무심하시지, 오늘 우리는 너무 많은 죽음을 봤네요."

"혹시 종교가 있나요?" 네스터가 물었다.

"네?" 모스는 자신이 신성모독을 했음을 깨달았다. 혹시라도 그의 기분을 상하게 했을까 걱정되었다. 그녀가 법 집행 일을 하면서 만난 사람 중 상당수가 복음주의 기독교 신자였다. "미안합니다, 제가…"

"저 자신을 지탱해주는 것은 오로지 믿음이죠. 그 어린 여자아이와 남자아이를, 매리언을 생각하면 가슴이 미어집니다. 하지만 나는 영생을 믿어요. 하느님이 희생자들을 보살핀다고 생각하면 마음이 놓이죠. 그게 나를 계속 집중할 수 있게 만드는 힘이 됩니다. 그들에게 새 삶이 열릴 것이라고 생각하는 거예요. 당신은 육신의 부활을 믿나요?"

모스는 모든 인류가 단 하나의 지점으로 나아가는 깔때기 속에 있다고 생각했다.

"아뇨." 그녀가 말했다.

3

　모스의 어머니는 모스가 어렸을 때 자란 캐넌스버그 집에 아
직도 살고 있었다. 이스트 피크 북동쪽의 가파른 언덕에 있는 작
은 파란색 집으로, 새리스 사탕 공장에서 불과 몇 블록 떨어진 거
리라서 그녀의 어린 시절은 초콜릿 향기로 가득했다. 모스는 주
차할 때면 늘 그렇듯이 두 바퀴를 보도에 걸쳐놓고 핸들을 옆으
로 돌려 브레이크를 채웠다. 그녀는 잡초로 덮인 좁은 길을 따라
옆문으로 갔다. 그러곤 중학교 때부터 계속 사용해온 열쇠로 문
을 열었다.

　"엄마?" 그녀가 말했다.

　"위층이다." 어머니가 말했다.

　어머니가 맥그로건네 술집에 있을 줄 알았기에 조금 놀랐다.
웬일로 집에 계시지? 콜센터에서 근무를 마치고 나면 어머니는

거의 매일 밤 술집으로 향했다. 물 빠진 청바지와 몸에 딱 붙는 상의로 갈아입고 어슬렁거리며, 운전 걱정 없이 마음껏 마실 수 있도록 차를 두고 걸어서 갔다. 모두가 그녀의 어머니를 알고 있었다. 이제 마흔네 살이 된 여성으로, 항상 한가롭게 이웃에게 담배와 술을 찾았다. 너무 취한 나머지 영업시간이 끝나고도, 집에 가고 싶지 않은 다른 술집 친구들과 빈 주차장에서 어울리며 노닥거릴 때가 많았다. 괴짜 단골손님이었다. 맥그로건네는 어떤 날은 텔레비전으로 뉴스를 보거나 바텐더와 잡담을 나누는 것 말고는 별다른 할 일 없이 조용했지만, 또 어떤 날은 손님이 하도 많아서 화장실에 가려면 사람들을 밀치고 가야 할 정도로 붐볐다. 모스의 어머니는 바 모퉁이에 있는 의자에 즐겨 앉았다. 벽에 편안하게 등을 기대고는 무슨 일이 벌어지는지 지켜보기 좋은 자리였다. 그녀의 손은 혈관이 울퉁불퉁 튀어나왔고, 머리카락은 다듬지 않아 지저분하고 윤기를 잃어 통밀빵 색깔이었다. 하지만 제대로 갖춰 입은 채 흐릿한 조명 아래 있으면, 여전히 사람들 눈길을 잡아끌 정도로 매력이 있었다. 모스는 어머니를 보았고, 이어서 몇 년 사이에 변해버린 자신을 보았다. 미래 세계를 여행하고 있을지언정 정신만큼은 현재라는 굳건한 대지에 걸쳐 있었기에 자신의 육체 또한 그러리라 느꼈지만, 그녀의 몸은 계속해서 나이를 먹었다. IFT 여행의 아이러니다. 출생연도로 따지면 모스는 어머니가 열일곱 살이었던 1970년에 태어났으므로 겨우 스물일곱 살이었다. 하지만 생물학적으로는 거의 마흔 살로, 어머니와 몇 년 차이 나지 않았다. 모스와 어머니는 서로에게 자신의 나이를 결코 언급한 적이 없었다. 그렇지만 모스는 어머니가 둘 사이의 간극이 좁혀졌단 사실을 틀림없이 알아차렸을 거라고 확신했다. 겉으로만 봐서는, 모스는 그녀의 딸보다는 여동생에 가까웠다. 이런 현실이 너무도 씁쓸해서 감히 논의할 생각도, 인정하고 싶은 마음도 들지 않았다. 서로 너무도 다른 세계에서 살다 보니 둘 사이의 경험은 완벽히 달랐고, 자연스럽게 둘 사이에는 어떤 친밀감이나 동질감도 생겨나지 않았다. 키가 더 컸던 모스는 차분한 목소리에 진지한 성격이지만, 어머니는 목소리도 요란했으며 활발한 성격이었다. 드물지만 둘이 함께 술을 마실 때가 있었는데, 사람들은 항상 둘을 자매로 생각했다. 오늘 밤의 어머니는 벌써 잠옷을 입고 부엌 식탁에 앉아 《리더스 다이제스트》를 훑어보고 있었다.

"맥그로건네에 안 갔어요?" 모스가 물었다.

"네가 배고플까 봐 닭고기를 조금 남겨놨다." 그녀의 어머니가 말했다.

"이미 먹었어요."

"더 먹어. 샤이너가 그 애랑 왔더라. 거기 어디냐… 사우스 파예트 출신이라던가. 오늘 밤엔 그들이랑은 마시고 싶지 않아. 뎁이 내가 너한테 말했던 곳으로 이사하고 싶어 하던데. 거기가 어디였더라? 그 일로 너한테 전화하려고 했다. 아무튼 닭고기 요리를 좀 했으니 들어라."

"일하는 중이었어요."

"그 여자애 찾는 일 말이냐? 믿기지 않지만 뉴스를 보니 코트니 김이 옛날에 살던 동네에서 가족이 죽었다던데."

"맞아요."

"바로 그 집인 거냐? 거기에 있었어?"

"코트니네는 이미 그 집을 팔려고 내놓았던 것 같아요. 피해자 가족이 코트니네 집을 구매한 사람들일 리는 없어요. 그 가족 성이 머설트인데."

"아니다, 그들은 세 들어 살고 있었어. 코트니의 오빠 있지, 이름이 뭐더라?"

"데이비요."

"걔가 군에 입대한 그 애지? 걔네 아버지가 애리조나로 가고 나서 집을 임대하기 시작했을 거야. 몇 년 전엔가 우연히 만난 적이 있어. 아마 1993년이나 1994년이었을 게다. 그 집으로 수입을 얻고 싶다고 했지. 나한테 이것저것 캐물었는데 무슨 내용이었는지 기억이 안 나네."

"알선업체를 통해 집을 알아봤나 보네요. 군인 가족들이거든요." 모스가 말했다. 그녀는 코트니의 집에서 범죄가 일어난 것을 보고 현재와 과거가 일치하는 것 같아 오싹했다. 하지만 그저 우연의 일치라고 스스로를 타일렀다. 데이비 김은 집을 세놓았고, 다른 해군 가족이 들어왔을 뿐이다. 알선업체 소개로 말이다. 어머니와 이야기하면서 모스는 마음이 점차 안정되었고, 불쾌한 꿈

에서 깨어나 평소같이 정상적으로 돌아가는 세계로 돌아온 기분
이 들었다.

"무슨 일이니?" 어머니가 말했다.

"모르겠어요. 가정 폭력 같아요."

"끔찍해라. 뉴스에서 본 여자아이가 계속 마음에 쓰이네. 코트
니 때문에 말이다. 코트니가 자꾸 생각나."

"매리언 머설트란 아이예요." 모스가 말했다. "나도 코트니가
떠올라요. 머리카락하며."

"안 그래도 머리카락을 말할 참이었어. 코트니는 곱슬머리가
참 예뻤지."

어렸을 때 모스는 어머니가 그저 술만 마시는 망가져버린 사
람이라고 생각했는데, 이제는 그녀 또한 상처를 받은 사람이란
걸 알 수 있었다. 나이가 들면서 시야가 넓어진 것이다. 누구든지
성인이 되면 똑같은 수렁에 빠지고, 그렇게 상처를 받고 나면 타
인의 상처를 더 쉽게 알아보는 법이다. 모스는 딱딱하고 말라붙
은 닭고기를 집었다. 찬장에서 럼주를 꺼내 체리코크를 섞었다.
어머니도 보드카를 잔에 따랐다.

"그건 그렇고 내일 밤 맥그로건네에서 셰릴을 만나기로 했어."

"그 직장 동료분이요? 두 분 사이는 끝난 줄 알았는데요."

"내가 지난달 구독 상품을 거의 다 팔았거든. 50달러짜리 상품
권을 선물 받으면 셰릴에게 한턱내기로 약속했다. 그나저나 네가
구독한 《홈메이커스 컴패니언》 기간이 만료되어 내가 재신청했

다. 1등 한 번 해야지."

"이런 거 정말 질색이에요."

"네가 뭐라든 상관없다."

모스는 거실에서 럼주와 체리를 마시며 가죽 안락의자에 자리를 잡았고, 어머니는 전신 소파에 비스듬히 누웠다. 그녀의 어머니는 콜센터에서 잡지 구독권을 팔았다. 어머니가 매니저에게 잘 얘기해놓은 덕분에 그녀도 같은 콜센터에 거의 취직할 뻔했지만, 그녀가 기회를 걷어찼다. 아슬아슬하게 일자리를 놓쳤던 그때가 그녀의 삶 속에서 얼마 안 되는 진정한 갈림길 가운데 하나였다. 그녀는 무한한 방향으로 무한한 길들이 펼쳐지는 다중우주를 생각하기 좋아했지만, 갈림길이란 실은 무한하지 않다는 것을 잘 알고 있었다. 대부분의 사람, 특히 가난한 집안의 여자아이한테는 한정된 갈림길밖에 없었다. 그녀가 만약 콜센터 일을 얻었다면, 결국 어머니처럼 되었을지도 모른다. 알코올중독자가 되기 딱 좋은 삶. 콜센터, 술집, 돈만 대주면 누구와도 자는 삶. 모스는 가끔 그런 삶을 떠올리며 혐오스러워하다가도, 또 가끔은 느긋한 백일몽에 젖기도 했다. 남자들과 스트레스, 그리고 구질구질한 일자리를 오가는 평범한 삶도 그럭저럭 괜찮지 않았을까 하는. 텔레비전 뒤쪽 벽난로 앞엔 아버지 사진이, 4절지 크기의 액자에 담긴 채 걸려 있었다. 아버지의 미소는 왠지 능글맞아 보였지만, 반짝거리는 눈망울을 보고 있으면 아버지가 어디에 있든 계속해서 웃고 있을 것만 같았다. 어릴 적부터 모스는 이 이상하고 형식적인, 아버지의 젊었을 적 모습을 담은 사진을 보며 자랐다. 사진 속 아버지의 모습은 그녀가 기억하는 것보다 더 젊어 보였다. 해군에 복무했던 아버지는 사진 속에서 흰색 제복을 입고 있었다. 행여 콜센터에 들어갔다면 자신의 삶이 어떻게 바뀌었을지, 자신이 어째서 결국에는 NCIS에 들어갔는지 생각할 때면, 가끔 아버지를 찾기 위해서라고 스스로 말하곤 했다. 그러나 그녀 자신도 잘 알다시피 허튼소리였다. 아버지는 모스가 태어나기 전에 퇴역했고, 그녀가 다섯 살 때 가족을 떠났다.

"〈X파일〉 봐도 된다." 어머니가 말했다. "너 그 프로그램 좋아하잖니."

일요일 밤은 스컬리의 밤이었지만, 오늘은 멀더가 주인공인 〈타락한 천사〉 에피소드 재방송 날이었다. 모스는 어머니에게 보고 싶은 채널로 돌리라고 말했다. 열렬한 뉴스 팬인 어머니와 함께 CNN 헤드라인 뉴스를 보던 중 속보 배너가 떴다. '래퍼 죽음'이라는 직설적인 문구가 《LA 타임스》에서 보도한 '갱스터랩 뮤지션 노터리어스 B.I.G. 살해'라는 헤드라인과 함께 나왔다. 측면 사건 현장 화면에선 네 발의 총탄이 박힌 그의 검은색 GMC 서버밴에 경찰 테이프가 둘러 있었다. 어머니가 자리를 고쳐 앉았다. "이런 젠장, 큰일 났군. 셸리한테 전화해야겠어. 그녀가 좋아하는 가수야."

"나는 자러 갈래요." 모스가 말했다. 어머니는 잘 자라며 손을 흔드는 와중에도 애절하게 화면을 쳐다보았다. 모스가 침실로 쓰던 방은 세월이 흐르면서 어머니가 잡동사니를 두는 방으로 바뀌었다. 하지만 한때 할머니가 쓰던 철제 프레임 침대는 그대로였으며, 책장에는 『검은 종마』, 『시간의 주름』, 죽음의 장면에 모서리가 접힌 『내 맘대로 골라라 골라맨』 시리즈가 여전히 꽂혀 있었다. 흔들의자에는 옷가지가 담긴 상자들이 놓여 있었다. 모스는 침실 불을 끄면 금방 곯아떨어질 거라 생각했지만, 래퍼가 죽었단 소식이 안 그래도 무거운 마음을 더 가라앉게 해 영 잠이 오지 않았다. 그녀는 세계가 해체되고 있는 것만 같았다. 하늘의 별자리들이 사라지는 느낌이 들었다. "네스터." 그녀는 그의 이름을 말하면서 영혼의 불멸성과 육신의 부활에 대해 생각했다. 이어서 그의 순진무구함과 맹목적인 믿음을 떠올렸고, 그의 이름을, 혀끝에서 시작하여 뒤로 넘어가는 발음을 다시 불러보았다.

침실의 어둠 속에서 익숙한 그림자들에 둘러싸여 있자, 그녀는 주변이 온통 눈뿐인 것 같은, 눈보라 아래 묻힌 것 같은 기분이 들었다. 이 세계의 유일한 온기는 지금 그녀가 몸을 웅크리고 누워 있는 이불 아래뿐이라고 상상했다. 멀리서 텔레비전 소리, 어머니가 부엌 전화기로 통화하는 소리가 아득하니 들렸다. 그녀가 어린 시절 줄기차게 들었던 소리다. 사실 그녀는 아직 어린아이라고, 침대에 누워 있는 여자아이일 뿐이라고, 지금까지의 삶은 전부 이상한 꿈에 불과하다고, 이제 다시 깨어나면 모든 것이 25년 전으로 돌아갈 거라고 혼란시키는 소리였다. 자신이 마치 자신의 과거에 불쑥 끼어든 침입자가 된 기분이 들자, 그녀는 왼쪽 넓적다리 쪽으로 손을 뻗었다. 손가락으로 뼈 부근에 튀어나온 혹과 흉터가 져 있는 잘린 단면의 피부 조직을 훑어 자신이 지금 누구인지 스스로 상기시켰다. 그녀의 어머니는 모두에게 전화를 걸어 자신이 보고 있는 뉴스를 전하고 있었다. 모스는 어머니의 웃음소리를 사랑했다. 어머니는 누군가와 아무렇지 않은 듯 지속적인 우정을 쌓았고, 자신을 아낌없이 무방비로 내주었다. 모스 역시 남들과 쉽게 얽혔다. 트윈침대에서 몸을 뒤척이며 그녀는 생각했다. 또다시 네스터를 생각했다. 그녀는 결코 어머니처럼 무심한 관계를 싹틔우며 밀회를 하지는 못할 것이다. 모스에게 매혹적인 순간은 갑작스럽게 일어났다. 그녀의 감정은 엉겅퀴처럼, 가시 돋친 밤송이처럼 산개하듯 일어났다. 네스터가 예전에 사진가로 일했다는 것을 모스는 떠올렸다. 그가 어떤 사람인지, 항상 그렇게 믿음이 깊었는지 궁금했다. 아이들의 죽음을 기독교도의 진부한 영생 타령으로 돌려세운 것에는 화가 났지만, 그럼에도 그가 계속 궁금했다. 그의 삶에 여자들이 있었을까. 단한 명이라도. 그가 반지를 끼고 있었는지 떠올려보았다. 네스터. 창문으로 흘러들어 온 불빛이 천장에 비쳤고, 그 모습이 엘릭 플리스의 거울 장식들과 나무에 매달린 해골들을 떠오르게 했다. 〈리브라〉호라는 이름의 전함이 아득한 심해 속으로 사라졌고, 실종된 선원들이 돌아왔다. 구더기가 들끓었던, 해부된 흑곰 시체. 모스는 잠들기 위해 독학으로 터득한 방법을 사용했다. 검은 물이 흐르는 강을 상상하는 것이었다. 발가벗은 채 서서히 강물 속으로 들어간다. 물이 무릎까지, 넓적다리까지 차오른다. 잉크처럼 검은 물이 하얀 피부에, 배에, 가슴에 차오르고, 조만간 머리 위로 넘칠 것이다. 가물거리는 햇빛이 저 위로 사라지고, 자신은 점점 확장되는 어둠 속으로 깊이 떨어진다. 그녀는 물에 잠기며 잠들었다.

전화가 울렸다. 침대 옆 탁자에 놓아둔 휴대폰 벨 소리였다.

"여보세요." 그녀가 말했다.

"브록입니다."

빨간색 숫자가 어둠 속에 떠 있었다. 2:47.

"방금 우리 쪽에 연락이 왔습니다. 당신 쪽에서 엘릭 플리스 집에서 회수한 호출기에 대해 뭔가 알아낸 모양이에요."

"말씀하세요."

"저장된 페이지를 찾았는데, 전화번호는 없고 암호만 있더군요. 대부분의 암호가 무엇을 뜻하는지 아직 파악하지 못했지만, 몇 가지 암호는 반복되는 걸 확인했어요. 예컨대 143과 607이 반복되는데, 사람들 말로는 이런 암호가 '사랑해'나 '보고 싶어' 같은 문장을 나타낸다고 하더군요. 대개 십 대들이 사용한다고 해요."

머설트는 아마도 그의 딸에게서 배운 암호를 사용하여 폴라로이드 사진 속 여자와 만날 약속을 잡았던 모양이다.

"내연 관계였나 보죠." 모스가 말했다. "여자를 찍은 사진이 24장 있었어요."

"머설트의 집 전화 기록과 호출기를 확인해서 상관관계를 찾았습니다." 브록이 말했다. "몇 차례 호출기에 암호 22가 찍혔을 때, 그는 터커 카운티에 있는 블랙워터 폴스 산장으로 전화를 걸었더군요."

블랙워터 협곡은 친숙한 곳이었다. 거대한 모논가헬라 국유림에 속하는 곳으로, 블랙워터 강줄기의 황홀한 폭포 때문에 관광 명소로 이름이 높았다. 모스는 예전에 그곳 산장에서 일주일을 묵으며 몇 마일의 산길을 걸어 협곡을 탐험한 적이 있었다. 울퉁불퉁한 지대를 의족에 의지하여 걷느라 녹초가 되면서도, 그녀는 터미너스에서 거의 죽기 직전에 구조되었던 장소인, 드라이포크 강의 레드 런 지류를 찾으려 했다. 계속 반복될 것 같았던 시간, 재로 덮인, 하얗게 불타버린 나무를 찾아 돌아다녔지만, 자신이 목을 맸던, 십자가형을 당했던 장소는 결코 찾지 못했다. 그녀는 여름이면 자주 블랙워터 폭포 인근 오두막에 갔고, 산길을 걸으며 자신을 잊으려 했다. 엘라칼라 폭포의 휘도는 물줄기와 소용돌이를 몇 시간이고 바라보았다. 세상의 풍경을 황량함과 얼음으로만 여기게 될 때, 그녀는 이런 식으로 세상의 아름다움을 다시금 상기했다.

"여기서 그 산장까지 몇 시간은 가야 하지만, 누군가를 만날 장소로 좋아요." 그녀가 말했다. "낭만적이고 무엇보다 외진 곳이에요."

"머설트가 산장에 연락한 건 총 수십 차례에 달하고, 지난달에만 두 번을 했어요." 브록이 말했다. "산장에 연락해봤지만 산장

관리 직원은 패트릭 머설트라는 사람이 묵은 기록은 없다고 했습니다. 아침에 바로 터커 카운티 보안관 사무실에 연락해 사람을 보내줄 수 있는지 알아볼게요."

"내가 그리로 가죠." 모스는 다시 잠을 잘 수 있을지 의문이었다. "지금 캐넌스버그에 있어요. 가는 길을 알아요. 그쪽을 통해서 왔거든요."

복도 저편에서 어머니의 코 고는 소리가 들렸다. 모스는 살금 살금 계단을 내려갔는데, 이렇게 한밤중에 몰래 집을 나가니 다시 십 대로 돌아간 기분이었다. 그녀는 계단의 어느 부분이 삐걱대는지, 소리를 내지 않으려면 어느 부분에 체중을 실어야 하는지 기억하고 있었다. 부엌에서 커피를 만들었고, 정신을 차리기 위해 얼굴에 물을 뿌렸다. 매리언 머설트는 지난 금요일에 마지막으로 목격되었으니 이제 실종 3일 차였다. 월요일 아침이 몇 시간 뒤면 밝아올 터였다. 싱크대 위에 아스피린 병이 있었다. 모스는 커피와 함께 알약을 삼켰다. 그녀는 인적 없는 새벽 고속도로로 차를 몰아 웨스트버지니아 남쪽 79번 도로로 달렸다. 광대한 하늘의 〈챌린저〉호, 손톱으로 만든 죽은 자들을 위한 배, 겨울의 숲의 이미지들이 그녀의 마음속에서 소용돌이치며 한데 뒤섞였다. 새벽 고속도로는 가로등 불빛을 받아 빛나는 아스팔트의 강이었다. 그녀는 두 눈으로 직접 보진 않았지만, 산맥의 그림자가 옆으로 점차 넓어지고 있다는 걸 알았다. 그것은 별들을 잠재우는 거대한 암흑이었다.

소나무 숲 사이로 난 구불구불한 길을 지나자 주차장이 나왔다. 몇 대의 차량이 드문드문 보였다. 산장은 원주민들의 일자형 공동가옥처럼 지어진 집으로, 빨간색 지붕에 돌로 쌓은 굴뚝이 정문 입구 너머로 비쳤다. 모스는 텅 빈 로비를 지나 안내데스크로 향했다. 크림색 타일 바닥, 천연 벚나무 색깔의 안내데스크. 이 모든 것이 형광등 불빛으로 번쩍거렸다. 모스는 아무도 없는 안내데스크에 한동안 서서 카운터 너머 관리자 사무실을 기웃거렸다.

"아무도 없나요?" 그녀가 말했다.

저 멀리서 텔레비전 소리가 약하게 들렸다. 소리 나는 곳을 좇다 보니 호텔 바에 들어섰다. 뒤쪽 거울이 달린 선반에 다양한 빛깔의 술병들이 쭉 놓여 있었다. 젊은 여자가 그곳에 혼자 앉아 커피를 마시며 《보그》 잡지를 보고 있었다. 스파이스 걸스 기사였다. 호리호리한 체형에 무릎까지 올라오는 양말을 신었으며, 그녀가 입고 있는 치마엔 사슴과 토끼, 그리고 꽃이 어우러진 숲의 풍경이 수놓여 있었다. 입술과 눈썹은 은색 고리로 피어싱했고, 바싹 민 옆머리를 제외하면 풍성한 머리카락을 밝은 청색으로 요란하게 물들였다.

"실례합니다." 모스가 말했다.

"죄송해요." 젊은 여자가 말했다. "데스크를 지켰어야 했는데."

"여기 담당하시는 분인가요?"

"숙박하시려고요? 남는 방이 있는지 모르겠네요."

아마도 20대 초반, 대학을 갓 졸업했거나 어쩌면 아직 학생일 수도 있었다. 선명한 이목구비에 어둡고 사랑스러운 눈. 모스는 자신의 신분증을 꺼내 들었다.

"NCIS입니다. 몇 가지 질문에 답해주시면 정말 감사하겠습니다."

"경찰인가요?" 젊은 여자가 물었다.

"해군범죄수사국입니다. 해군에 관련되는 범죄를 수사합니다. 연방 수사관이죠."

사람들은 기본적으로 자신이 경찰과 얽혔을까 봐 두려워하는 경향이 있기에, 이렇게 설명하면 대체로 안심하곤 했다. NCIS는 군과 관련 없는 사람에게는 별 영향이 없는 것처럼, 완전히 남의 일처럼 보였기 때문이다.

"FBI 비슷한 거로군요? 조금 아까 누군가 전화했어요."

"FBI는 아닙니다."

"어쨌든 제가 답할 수 있는 질문인지 모르겠네요." 젊은 여자가 말했다. "여기 술이 있는데 드릴까요? 아니면 커피도 있어요. 방금 내려서 신선해요."

"커피로 부탁합니다. 보통은 이 시간에 근무하지 않아서요."

"나도 가끔씩 뱀파이어라도 된 것 같답니다." 그녀는 바 뒤로 돌아서서 모스에게 줄 커피를 따랐다. 설탕과 크림을 반반씩 넣었다. "그나저나 이름도 안 밝혔네요. 페탈이라고 해요."

"페탈(petal)•? 아름다운 이름이네요. 저는 섀넌이에요."

"오늘 밤은 최소 인원으로 운영해요. 그래서 로비에 저밖에 없죠. 아침이 되면 몇 명이 더 와요."

"매번 이렇게 일하나요?"

"네, 야간 근무가 많은 편이에요. 일주일에 이틀 쉬는데 꼭 연속해서 쉬는 건 아니고요. 주말에 쉬지 못하니 삶을 계획하기가 힘드네요. 지루하기도 하고. 그래서 당신이 나타나서 반가워요. 뭔가 할 일이 생겼잖아요."

"매리언 머설트라는 이름 들어봤어요? 아니면 패트릭 머설트는요?"

"친숙한 이름은 아니네요."

"패트릭 머설트는 여기 자주 머물렀을 거예요. 혹시 이용객에 대한 어떤 정보를 보관하고 있나요?"

"기본적인 것들이죠." 페탈이 말했다. "이름, 몇 명이 함께 묵는지 등등. 그리고 현금으로 지불하지 않으면 신용카드 번호도 알아봐요."

"방에서 거는 전화번호나 이런저런 부수적인 비용 및 피해 같은 것도요?"

"물론이죠."

모스는 페탈에게 머설트의 사진을 보여주었다. "알아보겠어요?"

페탈은 사진을 유심히 살폈다. "아뇨. 하지만 제가 근무하는

• '꽃잎'이라는 뜻.

시간엔 손님들과 접촉이 많지 않아요. 대부분 이용객은 제가 근무하기 전에 체크인하고, 또 근무를 마친 뒤에 체크아웃하니까요. 그리고 다들 대부분의 시간에 숲으로 나가서 하이킹을 하죠. 나는 아침 식사 때까지만 여기 있고, 가끔 지나가는 사람들을 보는 정도예요."

"이 남자가 지난 몇 년 동안 이곳에서 언제 묵었는지 알아요." 모스가 말했다. "그리고 그가 예약할 때 사용한 전화번호도요."

"전화번호는 별 도움이 안 되겠는데요. 그리고 날짜는, 일일이 확인해봐야 해요."

"컴퓨터로 검색하면 되잖아요?"

"오, 아니에요. 여긴 컴퓨터 시스템이 없어요."

두 사람은 휴게실의 유리 탁자 양쪽, 폐탈이 불을 피워놓은 벽난로 옆에 자리를 잡고 앉았다. 날짜별로 정리한 서류철 여러 개가 그들 앞에 있었다. 각각의 서류철에는 이곳에 머물렀던 사람들로부터 받은 영수증이 있었고, 그중에는 손으로 쓴 것도 있었다. 모스는 가장 가벼운 서류철부터 시작했다. 이름과 신용카드 번호, 방 번호를 훑어보는데 정보가 얼룩이 져서 읽기가 힘들었다. '패트릭 머설트'란 이름은 없었다.

"이름을 큰 소리로 읽어요. 내가 들을 수 있도록." 폐탈이 말했다. "아니다, 이름은 됐고 신용카드 번호에 집중합시다. 좋은 생각이 있어요. 마지막 네 자리 번호를 불러요. 내가 받아 적을게요. 그리고 중복되는 번호를 확인하면 돼요."

"좋아요." 모스는 이 정도로 적극적인 협조를 받는 데 익숙하지 않았다. 페탈은 아주 의욕이 넘쳐서 공책을 펴 들고는, 자신이 쓰고 있던 시 문장 옆 새로운 칸에다 번호를 받아 적으려 했다. 모스는 신용카드 번호를 불렀고, 페탈은 번호를 적으면서 중복되는 것이 있는지 찾았다. 그들은 거의 40분을 일하고 나서야 커피를 마시려고 쉬었다.

"잠깐만요, 마지막에 부른 번호가 뭐였죠?" 페탈이 물었다.

모스는 번호를 다시 불렀고 페탈이 말했다. "여기 있네요. 중복되는 게 하나 나왔어요. 패트릭 개넌."

"패트릭 개넌이라." 모스가 말했다.

모스는 '패트릭 개넌'이 예약할 때 사용한 신용카드 번호를 적었다. 그는 산장 안 객실이 아니라 협곡 남쪽 가장자리에 있는 오두막을 하나 예약했다. 오두막 22호실, 그의 호출기에 찍힌 암호 숫자와 같았다. 드디어 잡았다. 모스는 과거 영수증을 모두 확인했는데, 손님은 항상 둘이었고 다른 손님에 대한 정보는 없었다.

"그 오두막에 이상한 점은 없었나요?" 모스가 물었다. "'개넌'이라는 이름과 관련해서는요? 함께 일하는 사람들은 그에 대해 알고 있는 게 있겠죠? 그를 기억한다거나?"

"아침 교대 조가 오면 물어볼게요." 페탈은 말하면서 밝은 청색 머리를 느슨하게 묶었다. "오두막 22호실의 자료를 확인해보고, 거기에 대해 뭔가 적어둔 게 있는지 알아볼게요."

"대학에 다녀요?" 자료를 챙기는 페탈에게 모스가 물었다.

"몇 년째 일하는 중이에요. 학교에 다니고 싶은지는 잘 모르겠어요. 원래는 아프리카에 배낭여행을 가려고 했었는데 아버지가 이 일을 구해주셨어요."

"법 집행과 관련된 일을 생각해봐요." 모스가 말했다. "소질이 있어요. 오늘 밤 많은 도움을 받았습니다."

페탈은 영수증 서류철을 관리자 사무실에 다시 갖다 놓고선 안내데스크 뒤로 가 '오두막'이라는 라벨이 붙은 제본 공책을 펼쳤다. 페이지를 쭉 훑어 어떤 형식인지 파악했다. "1983년, 오두막 22호실, 와스트의 보금자리." 페탈이 말했다. "특별 관리를 한 모양인데요." 그녀는 '체크인'이라는 라벨의 또 다른 공책을 펼쳤다. "오, 맙소사, 개년이 여기 와 있어요. 오두막 22호실에. 바로 지금."

"지금 말이에요?" 모스는 아드레날린으로 몸이 굳었다. 매리언을 생각했다. 어쩌면 매리언도 여기 오두막에 붙잡혀 있을지도 몰랐다.

페탈은 뒤쪽 벽에 열쇠가 걸린 걸판을 확인했고, 공책을 다시 확인했다. "금요일 밤에 예약해서 토요일에 체크인했네요. 주말 내내 오두막에 있어요."

금요일 밤 예약이라. 그는 매리언이 납치된 즈음 오두막을 예약한 것일 수 있었다. "당장 가봐야겠어요." 지금 여기서 매리언을 찾을 수 있다면 한시라도 지체할 수 없었다. "주차장에서 이어지는 길을 따라가면 되죠?"

"1마일 정도 되는데 어두워서 찾아가기 어려울 거예요. 제가 데려다줄게요." 페탈이 말했다.

페탈은 짧은 코트를 걸치고 모스를 사무실 뒤쪽 차고로 데려
갔다. 차체에 진흙이 잔뜩 튀어 있는 골프 카트가 있었다. 그들은
골프 카트의 희미한 전조등 불빛에 의지해 구불구불 이어진 좁은
콘크리트 길을 달렸다. 모스는 페탈이 굽이진 곳을 급하게 돌 때
마다 크로스바를 꽉 잡았다. 도시의 불빛이 간섭하지 않는 덕분
에, 별들이 초롱초롱 빛났다. 오리온자리와 북두칠성도 환했지
만, 오늘 밤 하늘의 지배자는 은빛으로 타오르는 헤일-밥 혜성이
었다. 우주의 얼음과 불타는 꼬리가 마치 엄지손가락으로 빛의
지문을 찍어놓은 듯했다.

협곡 가장자리 근처에 스무 채의 오두막이 있었는데, 빽빽한
솔송나무들로 분리돼 있어 사생활이 보장되었다. 숲에 붙여놓
은 차들로 볼 때 예약된 건 몇 채뿐이고, 대부분이 비어 있는 듯
했다. 하긴 3월은 아직 대부분의 사람들에게 지나치게 추운 계
절이었다. 페탈은 홀로 떨어져 있는 오두막 하나에 차를 댔다.
"여기예요, 22호실이." 지프 랭글러가 자갈밭에 주차되어 있었
다. 차체 뒤편 스페어타이어엔 '전쟁 포로/실종자'라고 적힌 커
버가 씌워져 있었다. 불이 꺼져 있는 오두막은 밤의 어둠에 삼
켜진 듯했다.

"페탈, 저쪽으로 가서 기다려요, 알았죠?" 모스가 카트 옆에 서
서 말했다. 페탈은 코트로 몸을 감싸고 담배에 불을 붙였다. 매리
언이 저기 있을 거야. 그녀는 나무뿌리들로 뒤엉킨 길을 따라서

오두막으로 다가갔다. 시야가 워낙 흐려서 페탈과 골프 카트가 간신히 보일 정도다. 페탈이 담배를 태우는 동안 오렌지색 담뱃불이 까딱거렸고, 그 모습이 반딧불이처럼 보였다. 모스는 문을 두드리고 잠깐 기다렸다. 오두막 안에서는 아무런 뒤척임도, 스위치 올리는 소리도 들리지 않았다. 그녀는 더 세게 두드렸다.

"NCIS 특별수사관입니다." 그녀가 말했다. "패트릭 머설트 씨와 이야기를 나누고 싶습니다."

침묵. 모스는 권총집을 풀고 총을 겨눌 준비를 했다. 다시 문을 두드렸지만 반응이 없었다. 어쩌면 안에 아무도 없는 걸지도 몰랐다. 워낙 좁은 오두막이라서 누군가 안에 있다면 분명 인기척이 들렸을 것이다.

"열쇠 갖고 있어요?" 모스가 소리쳤다.

"네." 페탈이 말했다. "제가 열어드릴게요. 매니저 열쇠는 남에게 넘길 수 없어서요."

모스는 담배 불빛이 다가오는 것을 보았다. 페탈은 눈을 가늘게 뜨고 열쇠 꾸러미에서 22라고 적힌 열쇠를 찾았다. "손전등을 가져올걸 그랬어요." 그녀는 모스 옆으로 돌아 손가락으로 오두막 자물쇠를 더듬었다. 모스는 열쇠가 구멍 안으로 미끄러지는 소리와 자물쇠가 풀리는 소리를 들었다. 페탈이 안으로 들어갈 때 모스는 피 냄새가 훅 올라오는 것을 느꼈다.

"페탈, 잠깐…"

페탈이 스위치를 켜자 피 웅덩이가 시야에 들어왔다. 페탈은 비명을 질렀고, 입에 물고 있던 담배가 떨어졌다. 모스는 그녀를 부축해 오두막 밖으로 데려갔다. "괜찮아요, 괜찮아. 이제 사무실로 돌아가서 911에 연락해요."

"나는 괜찮아요." 페탈의 목소리가 흥분으로 달아올라 있었다. "아무렇지 않아요. 나는 보지 못했어요. 나는…"

모스는 양손으로 페탈의 볼을 만지며 그녀를 안정시켰다. "내 말 잘 들어요." 페탈이 정신을 차리자 모스가 말했다. "사무실로 돌아가서 911에 연락해요. 내 휴대폰은 여기서 작동하지 않아요. 그러니 나를 위해 연락해줘야 해요, 알았죠? 911에 연락해요."

모스는 골프 카트의 모터 소리가 사라질 때까지 기다렸다가 오두막으로 돌아갔다. 페탈의 담배를 발로 밟았고, 그로 인해 바닥에 자국이 졌다. 뒤로 문을 닫았다. 오두막 내부는 나무로 되어 있었고, 천장 기둥이 노출돼 있었다. 패트릭 머설트는 침대 옆에 앉혀져 있었다. 머리는 매트리스 위에 얹어 있었고, 손목은 뒤로 꺾여서 벨트로 묶인 채였다. 누군가 뒤에서 그의 머리를 총으로 쐈다. 처형이었다. 총알이 나온 곳에서 튄 피가 침대 머리맡 나무판을 흥건하게 적셨다. 방의 조명을 받아 핏기가 번들거렸다.

그녀는 오두막의 다른 곳을 확인했다. 아무도 없었다. 매리언의 혼적도. 머설트는 여기에 혼자 머문 듯했다. 그녀는 바닥에서 총을 찾았다. 베레타 M9. 업무용으로 받은 총인 걸까. 그렇다면 머설트의 총일지도 모른다. 아니, 머설트가 업무용으로 받은 총이라 한다면 의아한 점이 있었다. NSC 특수부대는 시그 사우어

P226을 훨씬 선호했다. M9는 머설트가 맨 처음, 1980년대 중반에 받은 무기였을 것이다. 오래된 기종의 총. 아니면 혹시 살인자가 남기고 간 총일까.

사람들이 도착하기 한참 전부터, 요란한 사이렌 소리가 침묵을 가르며 들려왔다. 현장에 처음 도착한 것은 브로더스 병원의 구급차였다. 모스는 오두막 밖에서 기다렸다가 응급의료진이 범죄 현장을 오염시키지 못하도록 막았다. 터커 카운티 보안관이 도착했을 때 모스는 그에게 무선통신으로 FBI 출동을 요청하도록 했다. 보안관보는 다른 오두막에 있는 사람들을 깨워 그들의 이름과 연락처를 수집했고, 혹시 무슨 소리를 들었는지 무엇을 보았는지 물었다. 클락스버그 지사의 FBI 팀이 도착했다. 그들이 브록에게 연락을 해둔 덕분에, 그는 이미 피츠버그에서 오고 있었다.

휴대폰이 먹통이었지만, 다행히 페탈이 사무실 전화를 사용할 수 있도록 해주었다. 산장 사무실은 비좁았고, 자그마한 철제 책상과 블랙워터 폭포의 계절 풍경 사진을 배경으로 한 달력이 놓여 있었다. 모스는 다이얼을 돌려 오코너에게 연락했다. 이 시간에는 아직 자고 있을 터이므로, NCIS 본부가 아니라 그가 사는 버지니아 저택으로 걸었다. 그녀는 성긴 흰머리에 까칠하게 자란 수염을 한 그가 침대에 걸터앉는 모습을, 어린 아내의 잠을 방해하지 않으려고 조심조심 나와 전화기로 다가가는 모습을 상상했다.

"오코너입니다."

"모스예요. 패트릭 머설트를 찾았습니다. 하지만 이미 죽어 있었어요. 지금 웨스트버지니아의 블랙워터 폴스 산장에서 전화를 걸고 있습니다. 그는 여기 오두막에서 발견됐어요."

"자살이야?"

"머리에 총을 맞았어요, 뒤에서요." 모스가 말했다. "손목도 뒤로 묶여 있었고요. 처형이에요. 아무래도 머설트가 자기 가족을 죽인 것 같지는 않아요. 다른 누군가가 그를 추적해 잡았고, 그가 모두를 죽인 걸로 보입니다. 딸의 행방은 아직 모릅니다."

"매리언 수색은 FBI가 맡을 거야." 오코너가 말했다. "우리의 최우선 목표는 여전히 패트릭 머설트, 그리고 엘릭 플리스야. 아까 네스터 특별수사관과 이야기했고, 플리스의 기록도 살펴봤어. 해군 출신의 전기기술자 겸 항해사더군. 1970년대 말에 잠수함에서 근무했고, 1981년 NSC 소속으로 조디악 작전을 수행했어."

"〈리브라〉호 말인가요?"

"그래, 그러니 우리는 이자들이 무슨 일에 연루됐는지, 어째서 전함에서 사라졌는지 알아내야만 해. 물론 〈리브라〉호에 대해서도. 내일 NSC 부장인 앤슬리 제독을 만날 참이야."

"말씀드릴 게 더 있어요. 플리스는 터미너스를 알고 있었어요. 그의 집에 목매단 사람들의 조각품이 있었습니다. 아무래도 그가 미래 세계를 보고 온 것 같아요. 내가 다리를 잃었을 때 기억하시죠? 반사된 모습에 혼란스러워했잖아요. 반사된 모습이 나 자신이라고 생각해서…"

"물론 기억하지." 평생 살아오면서 그때만큼 둘 사이가 미묘했던 적은 없었다. 모스는 케이넌 밸리에서 열린 상례적인 훈련에서 다리를 잃었다. 〈윌리엄 매킨리〉호의 의료진이 그녀의 목숨을 살리려면 괴저 부위를 절단해야만 한다고 했을 때, 오코너는 슬픔을 가누지 못했다. 그 후 넓적다리를 잘라내는 두 차례 수술 때에도, 그는 그녀 옆을 지켰다.

"플리스는 터미너스의 반영들을 조각품으로 만들었어요. 자세한 정황은 모르겠지만, 그가 알고 있다는 건 확실해요. 이제까지는 머설트가 〈리브라〉호에 승선하기는커녕 임무조차 수행하지 않았다고 생각했지만, 플리스가 터미너스를 알고 있었다고 한다면…"

오코너는 한동안 말이 없었다. "수사 속도를 높여야겠어. 피해가 들불처럼 번지고 있으니, 이를 막으려면 앞질러 가는 수밖에. 자네가 미래 세계로 가줘야겠어."

그 말을 듣는 순간 모스는 이를 악물고 어깨에 힘을 주었다. IFT 여행은 몸에 무리를 주었다. 미래 세계에서 보낸 세월이 몸에 고스란히 새겨지기 때문이다. 그뿐만이 아니었다. 지난번 여행을 갔을 때는 소중한 관계까지 잃고 말았다. 평생을 함께 보낼 남자친구가 있었는데, 어느 날 아침 그의 침대를 떠나 일주일 만에 돌아왔을 때 그녀는 네 살이 더 들어 있었다. 그녀의 마음 또한 그와 함께했던 순간에서 떠난 지 오래였다.

"며칠만 생각할 시간을 줘요." 그녀가 말했다. "주도권은 우리에게 있잖아요. 머설트 사진도 있고…"

"자네가 꼭 가야만 하네." 오코너가 말했다. "그래야만 해. 머설트에 이제 플리스까지 전부 국가 안보의 위협이야, 섀넌. 우리는 한시라도 빨리 〈리브라〉호에 대해 알아내야만 해."

지금으로부터 20년 후면 현재 수사가 마무리되었을 것이다. 여기서 벌어지는 모든 일은 역사가 되었을 테지. 운이 좋다면 머설트네 가족을 살해한 범인도 잡혔을 것이다. 머설트가 전투 중 실종으로 등록된 이유와 〈리브라〉호와의 연관관계가 밝혀졌을 수도 있다. 모스는 지금으로부터 20년 후의 미래 세계에 도착해서 모든 질문의 답이 적힌, 모든 모호한 것이 밝혀진 서류철을 건네받을 것이다. 블랙워터 폴스 산장 직원들의 액자 사진이 책상 위에 있었다. 모스는 거기서 페탈을 보았다. 이 사진에서 그녀의 머리카락은 청색이 아니라 거의 검은색에 가까운 짙은 음영을 하고 있었다. 매리언, 매리언을 찾아야 해.

"알겠어요. 내가 갈게요." 모스는 과거로 가서 매리언의 실종을, 그녀 가족의 참상을 막을 순 없었다. 대신 미래 세계로 가서 그녀에게 무슨 일이 벌어졌는지, 혹은 무슨 일이 벌어질지는 알아낼 수 있었다. 어쩌면 그녀를 구할 수도 있어. 늦지 않았을 수도 있어. "갈게요. 여기서 출발하면 오전 무렵에 오세아나에 도착해요."

"그럼 준비해놓겠네." 오코너가 말했다.

모스는 안내데스크에서 페탈을 보았다. 울고 있었는지 눈이 벌겠지만 마음을 어느 정도 가라앉힌 모양이었다. 벌써 이 세계가, 현재라는 굳건한 대지가 모스에게는 먼 회상처럼, 흐릿한 기억에 휩싸인 과거 세계처럼 느껴졌다. 페탈조차 오래전 기억 속의 사람 같았다. 모스는 그녀에게 자신의 명함을 건네며 말했다. "여기 내 이름이 적혀 있어요. 섀넌 모스. 보안관 부서나 FBI의 누군가가 당신에게 오늘 밤 무슨 일이 있었는지 물을 거예요. 아마도 FBI의 윌리엄 브록 특별수사관과 이야기하게 될 텐데, 그에게 모든 것을 말하면 돼요."

"브록." 페탈이 말했다. "네, 알겠어요."

"큰일을 해냈어요. 앞으로도 꿋꿋하게 견뎌내요." 모스가 말했다.

모스는 차를 타고 블랙워터 폴스 산장을 빠져나왔다. 생각을 떨쳐내려고 라디오를 켰다. 튜너를 돌려 잡음이 나는 채널에 맞추고는 백색소음을 들으며 별이 빛나는 하늘을 바라봤다. 하늘의 광대한 풍경을 보고 있자니, 폴라로이드 사진 속 여자의 몸이 생각났다. 블랙워터 오두막에서 머설트를 만났으며, 그를 알고 있을 뿐만 아니라 그와 친밀한 관계였던 여자. 그녀는 누굴까? 모스는 미지의 여자에 대해 생각했고, 이어서 매리언을 생각했다. 그리고 며칠 동안 이 숲을 샅샅이 뒤질 수색팀도 생각했다. 남자들과 여자들이 촘촘한 그물망 대형을 이룬 채 소나무 숲을 수색할 것이고, 어딘가에서 매리언의 흔적을 찾을 것이다. 어쩌면 매리언을 찾을 수도 있다. 또 어쩌면 흙 밑에서 매리언의 시신을 끌어낼 수도, 혹은 몇 달 뒤에 야생동물들에 의해 훼손된 시신을 찾을 수도 있다. 물론 영영 못 찾을 수도 있다. 소나무 숲은 모스의 양옆으로 거대하고 어둑한 바다처럼 뻗어나갔다. 그녀는 다시 매

리언을 생각했고, 코트니에게로 생각이 미쳤다. 코트니가 소나무
숲을 혼자서 돌아다니다가 길을 잃는 모습을 상상했다. 어찌나
생생하게 상상했던지 모스는 코트니가 눈앞에 보이는 것만 같았
다. 숲의 어둠 속에서 길을 잃은 하얀 형체. 집에서 멀리 나와 영
영 길을 잃은, 영원한 숲에서 실종된 여자아이. 그 여자아이가 흐
릿하게 보이는 것만 같았다.

2부

2015년-2016년

나는 이 유령의 만찬에 나 자신을 초대할 겁니다.
-아우구스트 스트린드베리, 〈유령 소나타〉

1

"〈그레이 도브〉호, 준비되면 출발하라."

"출발." 내가 말했다.

엔진이 점화되자 몸이 좌석에 밀착됐고, 기체가 활주로를 쏜 살같이 지나갔다. 〈그레이 도브〉호가 가파르게 상승하며 밤하늘로 날아오르자, 복부가 바닥에 꺼질 듯이 내려앉았다. 지구가 빠르게 멀어져갔다. 〈그레이 도브〉호는 요란하게 덜컹거렸고, 그 흔들림이 내 몸으로 고스란히 전달되었다. 전에는 상승 중의 중력가속도로 뇌에 피가 쏠리는 걸 견디지 못하고 정신을 잃었지만, 이제는 적응이 돼 의자를 꼭 붙들고선 저 아래로 밀려나는 도시의 불빛을 바라볼 여유도 생겼다. 도시의 불빛은 거미줄처럼 섬세한 빛의 타래가 되었다가 시야에서 사라지고, 밤의 대양이라는 광대한 어둠이 그 자리를 차지했다.

"〈그레이 도브〉호, 조명 낮춰." 내가 말했다.

조종석 불빛이 캄캄해졌고 머리 위에 걸린 진열창이 사라졌다. 구름과 빛의 공해 위로 별들이 모습을 드러냈다. 찬란하게 빛나는 무수한 점. 압도적인 아름다움이다.

"비행하는 새, 시스템 이상무." 아폴로 수책 관제탑에서 말했다. 〈그레이 도브〉호가 한층 가파르게 상승하면서 얼굴이 하늘을 향했고, 지구가 바로 내 아래에 놓였다. 핵 추진기가 점화할 때 순간적으로 거대한 힘이 나를 덮쳐 숨 쉬기가 어려웠다. 하지만 고통은 불과 몇 초, 길어야 30초간 지속하였고, 그러고 나면 〈그레이 도브〉호는 어느덧 지구의 중력장에서 벗어났다. 나는 무중력 상태가 되었다. 지구가 내 아래에서, 내 뒤에서 점점 작아졌다. 추진기의 흔들림이 선체를 진동시켰고, 그것을 나는 고스란히 느낄 수 있다. 추락하는 기분, 마치 세상의 모든 것이 유영하고 동시에 추락하는 기분이다.

달에 진입하는 데까진 몇 시간 걸리지 않지만, 나는 블랙 베일에서 도킹하지 않고 그대로 속도를 높여 달을 지나쳤다. 그림자가 드리워진 달의 은빛 얼굴이 점차 작아질 때쯤, 블랙 베일 등대 관제탑이 〈그레이 도브〉호 컴퓨터에 접속하여 브란트-로모나코 양자거품 매크로장 발전기의 최종 확인 작업을 했다. 〈그레이 도브〉호는 NSC가 '위험 지구'라고 부르는 우주 지대에 들어섰다. 위험 지구란 B-L(브란트-로모나코) 시공간 마디, 즉 우리가 아득한 심해를 항해할 때 B-L 엔진에 의해 만들어지는 불안정한 지점을 일컫는 곳이다. B-L 드라이브 스위치에 녹색 불이 켜졌다.

나는 〈그레이 도브〉호 조종석 유리창을 통해 지구를 돌아보았다. 선원이 망망대해로 나아가기 전에 마지막으로 해안가를 슬쩍 쳐다보듯이 말이다. 우주의 바다에 떠 있는 지구를 보니 눈시울이 뜨거워지고 생명의 연약함이 어마어마한 규모로 와닿았다. 내가 영적 감회에 젖는, 무척 드문 순간이었다.

"1997년 3월." 나는 곧 떠나게 되는 현재 시점을 다시 상기하며 스위치를 돌렸다.

B-L 드라이브가 점화되고 양자거품 매크로장이 생성되었다. 한순간, 미래 세계의 모든 가능성이 나와 함께 존재하는 기분이 들었다. 울적하면서도 달콤했다. 물론 양자거품 매크로장이란 육안으로 볼 수 있는 건 아니다. 〈그레이 도브〉호가 매크로장 안에 있다 할지라도, 웜홀들이 소용돌이치며 플랑크 시간 단위* 순식간에 나타났다가 순식간에 무너지기 때문이다. 어둠이 지구와 달을 비롯한 모든 별을 집어삼켰다. 나는 하나의 웜홀을 향해했다. 각각의 웜홀은 별개의 미래 세계로 향하는 다중우주로 이어지는 터널이다. 〈그레이 도브〉호가 사납게 요동치는 수많은 갈래의 거품 속에서 어떤 웜홀로 나올지는 오로지 우연의 문제였다.

19년을 건너뛰려면 양자거품 속을 석 달간 여행하게 된다. 그 동안은 〈그레이 도브〉호의 선실 조명이 유일한 빛이다. 바깥은 깊이를 알 수 없는 암흑, 텅 빈 공간이다. 조종석에서 벨트를 풀

---

* 물리적으로 의미 있는 최소 시간 단위.

었다. 내가 내는 소리가 으스스한 침묵 속에서 기묘하게 울렸다. 나는 곡선으로 휘어진 하얀 선실 안쪽으로 이동했다. 혼자 선체 안을 돌아다니며 나의 수사 기록을 읽고, 또 읽었다. 그렇게 며칠 이 지났다. 선실에 마련된 공간에서 진 시버그, 브리지트 바르도 가 출연한 영화나 〈쉘부르의 우산〉 등을 봤다. 큐어, 샤니아 트웨 인, 너바나를 즐겨 들었고, 라흐마니노프, 라벨의 클래식 음악을 듣기도 했다. 중력이 없는 공간에서 근육과 골 질량이 줄어드는 건 무척이나 신경 쓰이는 일이었기에, 내 일상은 운동으로 채워 졌다. 넓은 어깨끈으로 내 몸을 러닝머신에 묶고선, 의족을 찬 채 조깅을 했다. 고무 밴드와 진공 저항을 활용하여, 수 마일의 계단 을 타원형으로 올랐다.

〈그레이 도브〉호에서 경고음이 울렸을 때 깜짝 놀랐다. 블랙 베일 등대와의 교신으로 새로운 존재가 주위에 나타났음을 내게 알린 것이다. 나는 비행복을 입고선 유영하여 조종석으로 갔다. 벨트를 매자 마치 허공에 푸른색 빛 스위치가 켜진 듯 지구가 다 시 나타났다. 머리 위쪽 진열창을 확인했다. 2015년 9월. 여행이 거의 끝나간단 사실에 마음이 놓이면서도, 출발과는 사뭇 다른 기분을 느꼈다. 오랜만에 다시 보이는 고향인데도 설레지는 않았 다. 지금처럼 미래 지구를 볼 때의 기분이란 마치 거울 속을 들여 다보는데 다른 사람의 얼굴이 보이는 것과 비슷한 느낌이었다.

오전 2시, 검은색 대서양을 타고 해군항공기지 오세아나로 진 입한 〈그레이 도브〉호의 모습은 검은 직물 위로 떠가는 솔잎처럼 보였을 것이다. 빗방울이 조종석 창문에 후드득 떨어졌고, 멀리 떨어져 있는 전함들의 불빛이 부서지는 파도에 부딪히며 출렁거렸다. 버지니아 해안은 이런 울적한 날씨에도 불구하고, 내가 기억하는 모습보다 훨씬 밝게 빛났다.

"오세아나 진입." 나는 이착륙장을 불렀다. "여기는 코모런트 707 골프 델타, 15000킬로미터 상공…"

한 차례 수신 잡음이 일더니 여자 목소리가 들렸다. "코모런트 707 골프 델타, 오세아나 진입, 기수 방향 320도 좌로 선회, 9,000으로 하강 유지."

도착해서 처음 듣는 목소리는 메아리가 없어서 항상 으스스하게 들렸다. 관제탑에서 안내해주는 이 여자는 1997년에 어린아이였을 것이다. 이제 막 근무했다면, 태어나지 않았을 수도 있었다. 아니, 어쩌면 영영 태어나지 못할 수도 있다. 그녀의 일생이란 1997년의 여러 상황이 만들어내는 한 가지 가능성에 불과했으므로. 내가 해당 미래 세계에 도착함으로써 존재하게 된 삶, 내가 떠나고 나면 원래부터 없었던 것처럼 끝나버리는 삶이다. 그녀는 아주 작은 존재 가능성에 기댄, 마치 유령 같은 존재였다.

IFT를 경험하기 전까진, 시간 여행을 어떤 세계에 관한 구체적인 경험으로 상상했다. 미래를 아는 것은 과거를 아는 것만큼 확실한 인식이라고 생각했다. 그래서 미래를 안다면, 가령 복권 상자에서 번호가 적힌 종이를 꺼내기 전에 미리 나올 번호를 보는 속임수 같은 걸 쓸 수 있다고도 생각했다. 내가 블랙 베일에서 강의를 듣기 전, 그러니까 '브란트-로모나코 양자거품 매크로장 발전기' 물리학이 복잡한 수식으로 설명된 책을 공부하기 전의 일이었다. 교관에게 복권 이야기를 했더니 그는 당첨된 종이에 적힌 번호가 관찰되기 직전까지는 모든 번호가 당첨 번호가 될 가능성을 가진다고 답했다. 그는 내가 IFT를 여행하면서 경험하는 것은 실제 당첨 결과가 아니라 하나의 가능성에 불과하다고 했다. "그러니까 내기 같은 건 하지 말게."

"코모런트 707 골프 델타." 비행 통제소에서 말했다. "로컬라이저 활주로 28R로 진입, ILS 28R 이륙 승인."

조종석 창문에 맺힌 빗방울, 그 안에 반사되는 내 모습을 보니 마치 그림자들이 내 비행복에 들러붙어 있는 듯했다. 나는 경사로 관리자가 가리키는 네온막대를 따라 활주로를 달렸다. 무엇이 현실일까? IFT에 오면 원래 살던 집과 평면 배치가 똑같은 집 안에서 길을 잃는 기분이다. 낯설어진 복도를 계속 돈다. 어색해진 방들을 본다. 〈그레이 도브〉호가 격납고 안으로 들어서자 기관사 팀이 다가왔다. 다들 '넷와컴'이라고 적힌 형광 조끼를 입고 있었고, 뱃고물 쪽 기관실에 있는 B-L 드라이브를 점검했다. 조종석에 사다리가 놓였다. 기관사 한 명이 유리 덮개를 두드렸다.

"아폴로 수책에 오신 것을 환영합니다." 그가 소리쳤다. "해군 항공기지 오세아나입니다."

나는 벨트를 풀고 덮개를 열었다. 가상 세계의 공기를 들이마신다고 생각하니 비이성적인 공포가 몰려왔다. 산소마스크를 벗으면서 숨을 참았다. 더 이상 숨을 참을 수 없을 때까지. 산소 탱크의 마지막 산소까지 한껏 음미했다. 벨트를 풀고 조종석에서 위로 올라가려는데 몸이 마치 갈고리에 걸리듯 아래로 잡아당겨졌다. 중력이 끄는 힘에 익숙하지 않았다. 넷와컴 기관사가 내 팔을 잡고선 자신 어깨 위에 걸쳤다. 그러고선 내가 의자에서 나와 사다리를 내려갈 수 있도록 부축했다. 석 달간 〈그레이 도브〉호에 있으면서 체중이 준 탓에 의족이 헐렁한 상태였다. 기관사는 미리 준비해둔 휠체어에 나를 앉혔다.

겨우 눈 좀 붙였다 싶었는데 빛이 다시 몰려들었다. 주변을 살펴보니 이미 격납고에서 나온 상태였고, 수분 공급을 위해 링거 주사가 연결되어 있었다. 나는 의료 시설로 옮겨졌다. 남자 간호사 두 명이 나를 휠체어에서 딱딱한 매트리스로 옮겼다. 그들은 내가 곡물 껍질 수준으로 가볍다는 듯 가뿐하게 다뤘다. 몸이 작동을 멈춘 것처럼 힘이 들어가지 않았고 피곤했다. 그들은 내가 입고 있던, 땀에 절어 있는 비행복을 벗겼다. 속옷까지 벗길 땐 얼굴이 살짝 붉어졌다. 깊은 잠이 나를 집어삼키기 전에 나는 이런 말을 했던 것으로 기억한다. "채널을 다른 곳으로 틀어줘요." 병실 안 평면 텔레비전에선 내가 한 번도 보지 못한 〈X파일〉에피소드가 나왔다.

아버지가 떠났을 때 나는 여섯 살을 보름 정도 앞두고 있었다. 어머니는 자신의 흔들의자를 내 방에 갖다 놓고는 내가 잠들 때까지 옆에 앉아 있어주었다. 그러면서 매일 밤 샌드맨이 와서 내 눈에 꿈을 뿌린다는 얘기를 해줬다. 한번은 내가 샌드맨이 누구냐고 묻자, 어머니는 그가 아이들이 자는 방에 몰래 들어와서 친절한 아이에게는 꿈을 가져다주고 못된 아이에게서는 눈알을 뽑아 가는 환영 같은 존재라고 말했다. 샌드맨이 그렇게 뽑은 눈으로 무엇을 하는지 내가 다시 묻자, 태어나기를 기다리는 아이들이 볼 수 있도록 나눠준다고 어머니가 말했다. 매일 밤 나는 눈을 감고서 어머니가 흔들의자에 앉아 몸을 흔드는 소리를 들었고, 샌드맨이 내 눈을 가지러 올까 봐 겁을 집어먹었다. 나는 샌드맨이 찾아올까 봐 두려워하면서도 곧잘 잠들었지만, 매일 밤 느끼는 두려움만큼은 결코 줄어들지 않았다.

시간 여행 때도 비슷한 불안이 일었다. 나는 이미 IFT를 일곱 차례나 여행한 몸이지만, 나만 혼자서 미래 세계에 존재한다는 두려움엔 결코 적응할 수 없었다. 나는 꿈의 장막 안으로 뚫고 들어온 한 조각의 현실이었다. NCIS에 들어오고 난 뒤로, 모든 순간이 꿈처럼 느껴졌다. 코모런트에서 입대 동기들과 처음으로 무중력을 경험한 순간부터 모든 것이 말이다. 블랙 베일에서 교관은 우리에게 아득한 시간의 수수께끼를 가르쳤다. 시공간 마디와 닫힌 시간꼴 곡선이라고 하는 드문 순간에만 과거로 돌아갈 수 있으며, 미래 또한 오로지 가능한 미래로만 여행할 수 있다고 했다. 또한, 우리가 IFT의 현실에서 살아가는 동안, 현재의 현실에선 시간이 흐르지 않는다고도 했다. 그 말은 곧 IFT의 현실은 오직 관찰자만의 현실이란 얘기였다. 객관적인 현실이 될 수 없다. 오직 우리가 살고 있는 현재만이 현실이다. 굳건한 대지다. 그렇다고 IFT의 현실이 완전히 동떨어져 있는 것은 아니다. 우리가 IFT에서 관찰한 결과는 분명 현실에 영향을 미친다. IFT는 아주 미묘하게 영향을 주어 현실의 흐름을 구부러뜨린다. 미묘할지언정 확실한 영향력이다. 막강한 중력이 빛을 구부리듯이. 이런 효과를 '렌즈 효과'라고 불렀다. 이러한 미묘한 영향력 때문에, IFT가 꿈속의 꿈처럼 느껴질 수 있다고 교관은 덧붙였다. 한번은 그가 우리에게 물었다. "미래 세계에서 누군가를 만나 집으로 데려온다면, 그러니까 굳건한 대지에서 함께 산다면 어떻게 될까? 게다가 그 사람이 이미 굳건한 대지에 존재하고 있다면?" 그때 누군가가 교실에 들어왔다. 교관과 똑같이 생긴 사람, 판박이, 도플갱어였다. "그런 사람을 우리는 '메아리'라고 부르지." 판박이가 말했다.

나는 잠에서 깨어났다. 호텔 방이었다.

"올해가 몇 년이죠?" 채혈하러 온 수사원에게 물었다.

"2015년입니다." 그녀가 대답했다.

"9월?"

"맞아요, 아직 9월이에요. 그렇게 오랫동안 잠들진 않았답니다."

골밀도 검사, 시력 검사, MRI. 석 달간 무중력 상태로 지낸 몸을 회복시키기 위해 물리치료 요법을 받았다. 중력 효과에 적응하는 훈련은 내가 절단 수술을 받고 나서 물리치료사와 작업치료사 팀에게서 받은 재활 훈련과 크게 다르지 않았다. 나는 뭐든지 빨리 배우는 편이었다. 내 몸도 새로운 동작에 금방 적응했다. 〈그레이 도브〉호에 있으면서 심각한 체중 손실이 있었다. 몇 파운드가 빠졌는지 확인하진 않았지만, 전신 거울로 몸이 줄어든 게 확연히 보였다. 얼굴은 헬쑥해졌고, 갈비뼈와 엉덩이뼈가 튀어나온 곳이 도드라졌다. 식욕이 왕성하게 돌아와 권장 칼로리 섭취량을 가뿐하게 넘기는 단백질 셰이크를 하루 한 번, 때로는 두 번씩 먹었다. 지난 석 달간 단백질 필레, 러시아 비타스틱, 포일 봉투에 든 과일 페이스트만으로 버텼다. 집으로 돌아가는 여행을 견디려면 몸무게를 늘릴 필요가 있었다.

닷새째 되던 날 오후, 누군가가 방문을 조용하게 두들겼다. 나는 채혈하러 온 수사원이라고 생각하고 문을 열었는데 거대한 체구의 남자가 앞에 서 있었다. 나이가 들어 등이 살짝 굽었고, 보풀이 인 삭발 머리에 하얀 턱수염이 풍성했다. 갈색 정장과 선명한 청색 셔츠, 그리고 거기에 어울리는 청록색 손수건을 걸쳤다. 나를 보는 순간 구름 뒤로 태양이 비치듯 그의 얼굴에 흐뭇한 미소가 흘렀다.

"아, 당신이로군요." 그가 말했다. "당신을 만나려고 거의 20년을 기다렸습니다."

나는 그가 누군지 알아보았다. 중년 시절 그의 모습이 기억났다. 2미터 가까운 키에 모호크식 머리를 한 물리학자. 당시에는 커다란 검정 테 안경에다 호리호리한 몸에 카디건을 걸친 모습이었는데, 지금은 등이 굽고 살이 더 붙었을뿐더러 정수리가 강가의 돌처럼 반질반질했다. 은조쿠 박사는 내가 사바나에서 열린 훈련 과정에서 그의 연설을 들었을 때, 이미 '패러거 사건' 연구로 이름을 떨친 스타급 수사관이었다. 그의 연구는 메아리를 IFT에서 데려와서 벌어지는 사건을 수사하는 데 있어 좋은 지침서가 되었다.

NSC 전함 선원들 사이에서 불법 행위는 흔하게 벌어졌다. IFT에서 훔친 마약과 돈을 굳건한 대지에서 유통하는 일이 비일비재하게 이뤄졌으며, 테일후크 스캔들*의 여파로 해군에 큰 반향이 일어났지만, 그럼에도 NSC엔 별다른 개혁 없이 넘어갔다. 당시 '인정되시 않는 미래 궤적'에서 행한 행위는 말 그대로 실제 행위로 인정되지 않았기 때문이었다. 마치 그런 일들이 결코 일어나지 않은 것처럼 말이다. 은조쿠의 연구는 그런 문화를 바꾸는 데 일조했다. 그는 몇 년에 걸쳐 잭 존 패러거 부사관을 조사했다. 패러거는 단독으로 아득한 심해로 항해할 수 있는 권한을 악용했다. 수차례 근미래로 도망쳐 친구들의 부인을 납치해 굳건한 대지로 데려와 메아리로 만들었고, 이런 메아리를 욕보였으며 결국 살해까지 했다. 패러거는 무죄를 주장했지만, 법원은 은조쿠의 연구를 근거로 굳건한 대지로 데려온 메아리들은 모든 의미에서

----

* 1991년 해군 내 사조직 테일후크가 주최한 파티에서, 100명에 가까운 사람들이 성폭행을 당한 사건

살아 있는 존재로 간주하여야 한다고, 비거주 외국인의 권리를 부여해야 한다고 판단했다. 패러거에 대한 기소가 인정되어 그는 군법회의에 회부되었고, 몇 차례 항소 끝에 사형을 선고받았다.

"은조쿠 박사님." 나는 그와 악수를 했다. "만나 뵙게 되어 영광입니다. 사바나에서 연설하시는 것을 들었어요."

여름의 활력이 그의 눈에 감돌았다. 하지만 거동이 불편해 보였고, 무릎에 문제가 있는지 교정용 신발을 신고 있었다. 그는 얇은 은색 노트북과 마닐라지 봉투를 들고 있었다.

"오히려 내가 영광이죠." 그가 말했다. "당신은 비행하는 새, 시간 여행자이고, 나머지 우리는 유령일 뿐이니까요. 여기 집들이 선물 가져왔어요." 그러면서 봉투를 내밀었다. "오코너가 당신에게 직접 전해주고 싶어 했지만 아쉽게도 오지 못했습니다. 건강에 문제가 있어서요."

생사와 관련된 새로운 정보는 IFT에서 흔히 듣는 것이지만 항상 당혹스럽다. "유감입니다." 달리 무슨 말을 해야 할지 몰랐다. 오코너가 병으로 고통받는 모습을 상상하지 않으려고 노력했다. 여기 상황이 어떻든 간에 그는 1997년에는 여전히 건강하니까, 그러니 괜찮다고 애써 생각했다.

"좋았다가 나빴다가 해요." 은조쿠가 말했다. "지금은 애리조나에서 살고 있어요. 건조한 공기가 도움된답니다. 당신을 다시 보고 싶어 했지만, 어떤 날은… 말조차 하기 어려울 때가 있습니다. 몇 년 전부터 심장발작을 여러 차례 겪었지요. 그래서 어쩔 수 없이 나를 대신 보낸 겁니다."

우리는 이와 같은 개인의 신상을 사실로 여기지 않고 그저 하나의 가능성으로 볼 수 있도록, 그래서 괜히 걱정하지 않도록 훈련받았다. 이곳의 오코너가 겪었다는 일련의 심장발작은 현실에서 영영 일어나지 않을 수도 있다. 은조쿠 박사가 나를 위해 준비해둔 봉투를 열었다. 신용카드와 체크카드, 운전자 보험증서와 면허증, 20달러 지폐로 500달러, 손바닥 크기의, 텔레비전처럼 생긴 얇은 휴대폰이 들어 있었다.

"입출금 기계 사용하죠?" 은조쿠가 물었다.

"물론이죠. 하지만 우리는 여행할 때 현금을 갖고 다녀요. 충분히 가져왔습니다."

"직불카드를 사용해요. 한도가 무한정이에요. 돌아가서 처리해야 하는 서류 작업도 줄일 수 있고. 비밀번호는 1234. 당신이 쓰는 이름으로 모든 것이 결제됩니다."

버지니아 면허증이다. 사진은 내 NCIS 신분증에서 가져와 흑갈색 머리로 바꾸었다. 코트니 김. 여기 오기 전에 오코너에게 미리 부탁해두었다. 친구의 이름으로 신분증을 준비해달라고 말이다. 은조쿠 박사는 내가 서류로 부탁한 신분증을 거의 20년이 지나서야 건네줄 수 있게 됐다.

"그건 차명으로 개설한 대포폰입니다." 은조쿠가 말했다. "쓰다가 버리면 됩니다. 자연적으로 분해되죠."

"여기에는 앰비언트 시스템이 없나 보죠?" 내가 방문했던 다른

IFT에서는 나노테크놀로지가 곳곳에 안개처럼 깔렸었다. 말 그대로 요정의 가루 같은 것이 공기 중에 날리면서, 부름에 대답하는 목소리와 환영이 되어 나타났다. 그런 미래 세계에서는 휴대폰은 폐물일 뿐이었다.

"여기엔 없습니다." 은조쿠가 말했다.

우리는 우롱차를 마시면서 그의 노트북으로 그동안 내가 놓쳤을 사건들, 20세기 말과 21세기 초의 간략한 역사를 영상으로 보았다. 다이애나 왕세자비의 죽음과 정액이 묻은 드레스. CJIS 건물이 테러 공격을 받아 1,000여 명의 사망자가 발생한 일도 있었다. 내가 일했던 사무실이 화염에 휩싸이고 시신들이 천으로 덮여 있는 것을 보자 가슴이 철렁 내려앉았다. 앨 고어의 대통령 당선, 쌍둥이 빌딩 붕괴, 이라크 조약, 아프가니스탄과 파키스탄 침공. 몇몇 이미지들은 다른 IFT에서 봐서 친숙했지만, 완전히 똑같은 것은 아니었다. 역사가 전개된 방향이 살짝 달랐다.

"터미너스는 어때요?" 내가 물었다.

"〈제임스 가필드〉호 선원들이 2067년에 목격한 것으로 나옵니다."

이젠 내 생애 안에 일어난다.

"CJIS에 관한 부분을 다시 보여주세요."

"오클라호마시티 폭발 이후 국내에서 일어난 테러로는 최대 규모입니다." 은조쿠가 말했다. "1,000명 넘게 죽었어요. 슬프고 끔찍한 날이었죠."

사고 직후 CJIS 건물 주변 들판과 거대한 주차장에 시신들이 놓여 있는 것이 보였다. 혹시 저 중에 내가 아는 사람도 있을지 궁금했다. 문득 라숀다 브록이 생각났다. 그리고 그녀의 아이들 브리애나와 재스민도. CJIS 테러 때 죽었을까. 브록이 코트니의 옛날 침실 방문을 열기 직전의 모습이 생각났다. '저도 딸이 둘 있습니다. 예쁜 아이들이죠.' 어쩌면 하루아침에 그의 모든 것이 날아갔을 수도 있다.

"내 사무실도 화재 지역이네요." 거의 모든 이미지를 통해서, 내가 일하던 건물 모퉁이가 연기에 휩싸여 어둑한 것이 보였다. 한때 살던 집이 잿더미로 변해버린 걸 목격하는 기분이었다. 내가 알아볼 수 있을 법한 얼굴들이 생각났다. 라숀다 브록이 연기 자욱한 복도를 달리며 아이들을 찾아 헤맸을 것이다. "테러 지역이었네요." 나는 정정했다. "이번 테러로 내가 죽었을 수도 있었겠어요. 아니, 이미 알고 있었으니 죽음은 면했을지도…"

"자살 폭탄 테러입니다. 범인은 FBI에 근무하던 사람으로 사무실이 CJIS 빌딩에 있었다고 해요." 은조쿠가 말했다. "기밀 정보를 취급했다고 하더군요."

그렇다면 폭탄 테러범은 현재 CJIS에서 일하겠군. 어쩌면 복도에서 마주쳤을 수도 있다. 그와 교류가 있었을 수도 있다. 그의 사진을 보고 이름을 보았지만 누구인지 알아보지 못했다. 라이언 리글리 토거슨. "어떻게 된 일입니까?"

"1998년 4월 19일, 토거슨은 평소와 다름없이 출근했고, 보안 수색대를 곧장 통과했습니다. 그는 몸속에 폭탄을 숨기고 있었죠. 건물 곳곳엔 이미 다른 폭탄들을 심어놓은 상태였고요. 폭발 자체도 파괴력이 있었지만, 가장 치명적이었던 것은 화재진압 장치에 넣어둔 사린가스였습니다."

사린가스라. 살짝만 흡입해도 몇 초 내에 죽음에 이르는 치명적인 물질이었다. 내 동료들이 좁은 복도에 갇힌 채, 천장 스프링클러에서 쏟아지는 사린가스에 노출되는 모습을 상상했다.

"범행 동기가 뭐였나요?"

"반정부적 피해망상입니다. 무엇보다 티머시 맥베이*의 영향이 컸습니다. 토거슨은 웨스트버지니아에서 활동하는 민병대로부터 CJIS 건물 설계도를 얻어냈습니다. 그는 CJIS를 파괴하면 정부 법 집행에 크나큰 타격을 입으리라 생각했던 모양입니다."

은조쿠는 컵에 차를 다시 따르고는 마닐라지 봉투 두 개를 탁자에 올려놓았다. 둘 다 봉인되어 있었다. 하나는 '머설트, 패트릭', 다른 하나는 '머설트, 매리언'이라고 적혀 있었다.

매리언 머설트가 실종되고 나서 지금까지 그녀가 무사히 발견되리라 믿었던 내 희망은 그녀의 이름을 보는 순간 부서지고 말았다. 나는 매리언 서류를 뜯고 얇은 종이를 꺼냈다. 흙 밑에서 부분적으로 드러난 뼛조각 사진을 보자 눈물이 쏟아졌다. 실종 사실을 알게 된 이후부터 내 마음속에 차곡차곡 쌓여왔던 애도가 봇물처럼 터졌다. 매리언의 유해는 2004년 여름, 블랙워터 협

• 1995년 오클라호마시티 연방정부청사 폭탄 테러를 일으킨 범죄자.

곡의 넓은 황야에 묻힌 채로 발견되었다. 현장 사진은 신록이 우거진 숲속의 흔하디흔한 진흙땅이었다. 나머지 사진은 흙속에 파묻힌 뼈 사진이었다. 비록 유해는 찾았지만 그녀의 아버지를 제외하고는 어떤 용의자도 나오지 않았고, 형사 고발도 아직 없었다. 은조쿠는 당시 신문기사 몇 개를 스크랩한 자료를 보여주었다. 벌써 누렇게 변색된 그 서류엔 앰버 경고에 사용된 매리언의 익숙한 사진들이 있었다. 브록이 심문한 내용도 보였다. 패트릭 머설트가 아내와 아이들을 죽이고 스스로 목숨을 끊었다는, 이미 기정사실로 받아들여진 내용을 재차 확인하는 내용이었다. 혼란스러웠다. 패트릭 머설트는 처형당했다. 명백한 살인이었다. 나는 뉴스 기사와 부고 기사를 훑어보았다. 매리언의 시신을 찾아서 다행이라는, 대중과 슬픔을 함께 느낀다는 오하이오에 사는 이모와 삼촌의 말. 그러고 나서 끝이었다. 이번 사건은 그렇게 마무리되었다.

"사실이 왜곡되었네요." 내가 말했다. "패트릭 머설트는 살해되었어요. 자살이 아니에요."

"NCIS와 FBI가 여론과 언론을 통제하려고 그렇게 결정한 겁니다. 살해 사건을 자살 사건으로 탈바꿈하니 외부 관심은 빠르게 시들해졌죠. 우리는 이번 사건을 계속해서 조사했지만, 아무것도 나오지 않았습니다. 흔적이 말라버렸어요."

"등산객들이 그녀를 발견했군요."

"요행이었죠. 세상에 비밀은 없으니까요." 은조쿠가 말했다.

"그녀의 시신이 발견되고 우리 쪽 사람이 FBI와 다시 접촉하긴 했으나 별로 소용없었죠. 재조사하려고 해도 뭐가 나와야 말이죠."

"그녀는 아직 살아 있어요. 매리언은 내가 온 곳에선 아직 살아 있을 수 있어요." 나는 그렇게 말하고선 매리언의 서류를 마치 부스러진 종이 무더기처럼 옆으로 치웠다. '머설트, 패트릭'이라고 적힌 봉투를 열었다.

베트남의 쾌속선 사수, 이로써 엘릭 플리스와의 관계가 확인되었다. 전함에서 두 사람이 함께 찍은 사진이 있었다. 사진 속 플리스의 모습은 홀쭉했다. 손톱으로 만든 나무에서 우리가 끌어내렸던 그 비대한 몸과는 확연히 달랐고, 훨씬 더 젊었다. 거울 달린 방과 조각품 사진, 그리고 케네디 사진, 〈챌린저〉호 사진, 손톱을 붙여놓은 쾌속선 사진이 있었다.

"이건 어떻게 되었어요?" 나는 서류를 가리켰다. "손톱 말이에요."

"모두 엘릭 플리스의 손톱이었어요. 거기는 더 건질 건 없었습니다."

"'죽은 자들을 싣고 가는 손톱의 배'에 대해서는요?"

"쪽지에 설명이 적혀 있을 겁니다. 세계의 종말에 관한 바이킹 신화라고 하는군요."

나는 쪽지를 찾았다. '나글파르', 북유럽 신화에 등장하는 죽은 사람의 손톱을 엮어 만든 배. 세계의 종말에 신들과 결전을 벌이기 위해 떠난다. 다른 사진은 우리가 플리스 집 객실의 더플백에서 찾은 폴라로이드 사진 24장이었다. 니콜 오니옹고.

"이 여자 신원 확인된 겁니까?" 내가 물었다. "누구예요?"

"패트릭 머설트의 시신이 발견되고 하루 이틀 뒤에 필립 네스터 특별수사관이 산장에 있던 차 번호판을 이용해서 그녀의 행방을 추적했습니다. 결국 그녀를 찾았는데 머설트와 성관계를 가졌던 것 말고는 딱히 뭐가 없었습니다. 사건과는 무관했어요. 수년째 머설트와 내연 관계였다고 하는데, 그와 그의 가족에게 무슨 일이 일어났는지 듣고는 충격을 받고 슬퍼했습니다. 사망 소식을 받아들이기 무척 어려워하더군요."

니콜 오니옹고. 펜실베이니아주 워싱턴의 한 병원과 연계된 호스피스 업체인 도넬 하우스란 곳에서 정규 간호사로 일했다. 주소는 일터에서 그리 멀지 않은 캐슬타워 아파트로 나와 있었다. 그녀의 삶과 일과를 요약한 내용에 따르면, 거의 매일 도넬 하우스에서 근무하고, 그런 다음 인근 술집 메이어츠 인에서 술을 마신 후, 밤에 걸어서 집으로 돌아가는 생활이었다. 서류에 있는 사진 한 장은 그녀의 직장 신분증 사진으로, 상당히 아름다운 외모에 상대방을 잡아먹을 듯이 아찔한 눈빛을 가진 여자였다. 눈이 옅은 적갈색이었다. 그녀의 신분증 사진을 음부 사진과 비교해보았다. 똑같은 농염한 피부색이다. 그녀는 어쩌다가 패트릭 머설트 같은 남자와 관계를 갖게 되었을까?

"네스터가 그녀를 심문했나요? 그가 이 여자에 관해 보관해둔 서류가 있다면 보고 싶네요."

"한번 알아볼게요. 네스터는 몇 년 전 FBI를 떠났습니다. 이젠 아득한 심해에 대해 브리핑을 받지는 않아요. 지금은 총기류를 판다고 들었어요."

"네스터가요?" FBI 수사관이 자신의 리더십 기술을 바탕으로 보수가 더 좋은 직종에 진출하는 것, 그러니까 제2의 인생을 시작하는 것은 드문 일이 아니었다. 하지만 무기 판매는 뜻밖이었다. 그는 어째서 FBI를 그만두고 무기판매상이 됐을까. 네스터와는 고작 하루, 오후 시간을 같이 일했을 뿐이다. 나는 그에 대해 잘 몰랐지만, 그날 이후로 자주 그를 생각했다. 조용한 목소리의 사진가. 내가 일하면서 만났던 운동 좋아하는, 총에 미친 남자들과 그를 분리하고 싶었지만, 어쩌면 내가 상상하는 네스터의 모습은 그의 본모습이 아닐 수도 있었다. 아니면 나를 만난 뒤로 그에게 무슨 일이 생겨 변한 것일 수도 있다. 삶은 얼마든지 이상한 방향으로 흐를 수 있으니까. 나는 네스터가 아버지에 대해 한 이야기, 문을 열고 숲으로 들어가자 다른 숲으로 이어졌다는 이야기를 생각했다. "그래요, 그의 행방을 알아봐주세요. 그가 무슨 말을 해줄지 궁금하네요."

"조사와 관련하여 만나보고 싶은 사람 또 없어요?" 그가 물었다. "당신이 원하면 누구라도 알아볼 수 있습니다."

"그 여자, 오니웅고도요." 브록과도 만날까 생각했지만, 이곳 IFT에서 그와 만나는 건 위험했다. 그는 아득한 심해에 대해 브리핑을 받은 적이 있었다. 당시에도 아득한 공간에 대해 알고 있었고, 어쩌면 그 이후로도 아득한 시간에 대해 들었을 가능성이 있었다. 우리는 시간 여행의 작동 원리를 이해할 수도 있는, 즉 우리 관찰자들이 떠나고 나면 그들의 세계가 사라진다는 것을 알 수도 있는 정부 관계자나 군 관계자는 접촉을 피하도록 교육받았다. 만약 브룩이 시간 여행에 대해 알고 있다면, 나를 붙잡아 가둬둘 수도 있다. 세계가 사라지지 않도록. 내가 한때 알았던 수사관이 이와 비슷한 일을 겪었다. IFT 여행을 떠나기 전 스물네 살이었던 그녀는 몇 달 뒤 굳건한 대지로 돌아왔을 때 나이를 훌쩍 먹었었다. IFT에 있는 국토안보국 사람에게 붙잡혀 홀맨 교도소에 50년 넘게 갇혀 있었던 것이다. 이런 경우를 가리켜 우리는 '유리병에 갇힌 나비'가 되었다고 말한다. 아득한 시간에서 작전을 수행하는 수사관에게 늘 상존하는 위험이다.

"니콜 오니옹고와 네스터, 이렇게 둘이면 돼요." 내가 말했다. "일단은요. 그리고 내가 직접 두 사람과 만나고 싶어요. 법 집행 차원에서 접근한다면, 그들이 입을 다물지도 모르니까요."

거의 20년이 지난 미해결 사건 조사라니. 이렇게 시간이 흘렀는데도 머설트 가족의 죽음이 그저 우발적인 폭력 사건인 듯, 한 차례 휩쓸고 지나간 폭풍인 듯 수사 진척이 지지부진한 것을 보자 마음이 울적했다. 오히려 지금이라면 새로운 정보가 나올 수 있다. 네스터를 찾고 니콜 오니옹고를 만나서 물어보자. 사람들은 오랫동안 묻어두고 있었던 비극에 대해, 자신이 관여되어 있어서 말하지 못했던 것에 대해 터놓고 이야기하는 경우가 많지 않은가. 관계는 발전하고 이내 사그라진다. 전에 말하지 못했던 사람들이 지금은 입을 열 수도 있다.

머설트의 복무 기록을 훑어보았다. "여전히 많지 않네요." 무단결근, 탈영. 조디악 작전, 〈리브라〉호. "이건 어떻게 되었나요?" 내가 물었다. "〈리브라〉호에 대해 나온 정보 없습니까? 조디악 작전은요? 오코너가 저한테 〈리브라〉호에 대해 무엇이든지, 그리고 어째서 머설트와 엘릭 플리스의 소재가 확인되지 않았는지 알아 오라고 했습니다."

"아무것도 나오지 않았어요. 그들이 어떻게 굳건한 대지에 있었는지 여전히 밝혀지지 않았고, 〈리브라〉호도 여전히 실종 상태입니다."

얇은 서류가 하나 있었다. 무선제본의 표지에는 황금색 닻과 지구를 가로지르는 밧줄이 그려진 해군우주사령부 아이콘이 찍혀 있었다. 다른 아이콘도 보였는데 적갈색 머리를 풍성하게 늘어뜨린 여자가 황금색 저울을 들고 있는, 여자 뒤로 집 모양의 별자리가 보이는 아이콘이었다.

미 해군우주사령부, 전함 〈리브라〉호 선원 명단.

패트릭 머설트, 특수전 하사 페이지로 넘겨 그의 사진을 보았다. 해군 제복 차림에 모자를 쓰고 있는 그가 군기가 바짝 든 모습으로 국기 앞에 서 있었다. 엘릭 플리스도 서류상 전기기술자 항해사로 분류돼 있었다. 내가 보았던 뚱뚱한 시신하고는 전혀 딴판이었다. 두툼한 입술에 잘생겼을 뿐만 아니라, 두꺼운 안경을 써서 학구적으로까지 보였다. 그가 이런저런 전기기술자 일을 했다는 것이 문득 생각났다. 이 사진에서 그는 진지한 대학 졸업생처럼 보였다. 전선이 여기저기 널린 지하실 작업장에서 납땜용 인두를 들고 머더보드를 만지작거리는 모습이 어렵지 않게 상상되었다.

"NCIS에서 〈리브라〉호에 승선했던 모든 선원의 친척들을 수소문했는데, 다들 질문을 받고는 유령 대하듯 쳐다보았습니다." 은조쿠가 말했다. "머설트와 플리스는 사망이 확인된 후 탈영 선고를 받았습니다. 아무래도 그들은 〈리브라〉호가 출항할 때 거기 있지 않았던 모양입니다."

〈리브라〉호의 지휘관은 여성이었다. 엘리자베스 레마크. 그녀의 복무 기록을 훑어보았다. MIT에서 공학 박사학위를 받은 학자. 은발에 귀가 훤히 드러나는 짧게 자른 머리였다. 지휘를 맡았을 때 나이가 젊었는데 1951년생이니까 서른네 살에 〈리브라〉호 함장이 된 것이다. 새파란 눈이 그녀 뒤에 걸린 성조기 별들과 잘 어울렸다.

"레마크 지휘관을 압니다." 은조쿠가 말했다. "친구였습니다."

"같이 복무했었나요?"

"나는 〈캔서〉호에 승선했을 때 수사관이었고, 레마크는 공병 장교였습니다. 그녀는 그곳에서 자신의 실력을 여실히 입증했지요. 그녀 덕분에 우리 모두 목숨을 건졌습니다. 그녀는 〈캔서〉호에서 발휘한 능력을 인정받아 〈리브라〉호의 지휘관이 되었습니다."

"조디악 작전에 참가한 전함 가운데 세 대만이 살아남았어요.

〈캔서〉호는…"

"1984년에 출항했을 때, 원래는 다섯 차례 별도의 점프를 해서 아득한 시간으로 간다는 계획이었어요. 그런데 레마크가 B-L 드라이브의 오링 이음새에서 문제를 발견했습니다. 이음새가 헐거워서 제대로 떠받치지 못했던 겁니다. 당시 전함들에서 흔히 발생하는 문제였죠. 우리는 B-L 드라이브가 실화하거나 폭발할 거로 생각했습니다. 다들 죽는구나, 우주에서 마지막을 맞이하는구나, 그렇게 생각했습니다. 그러나 레마크와 팀원들이 작업에 들어갔습니다. 그들은 한 달 동안 열여덟 차례 우주 유영을 하면서 교체할 수 있는 건 교체하고, 교체하지 못하는 것은 최대한 고쳤습니다. 덕분에 B-L 드라이브가 용케 버텼죠. 지휘관의 명령에 따라, 우리는 임무를 포기하고 지구로 귀환했습니다."

"어쨌든 한 차례 점프는 한 거네요, 그렇죠?" 내가 물었다. "〈캔서〉호는 터미너스가 도래하지 않은 미래 세계를 본 마지막 전함이었음이 확실해요."

"우리는 5,000년 미래 세계로 갔습니다." 은조쿠가 말했다. "내가 본 것은… 한마디로 경이로웠어요. 그런 경이로움은 앞으로도 결코 이해하지 못할 겁니다. 대양이 꿀처럼 걸쭉했습니다. 550억 명이 넘는 사람들과 사막, 모든 것이 온통 모래로 뒤덮여 있는 세계였죠. 옛 도시들은 무너지고 새로 건설한 도시들이 있었는데, 도시 전체가 검은색 피라미드 모양으로 지어졌습니다. 수백만 명이 어깨로 피라미드를 떠받쳤고 그들은 피라미드 그늘에서 살았습니다. 그렇게 자신들이 짊어진 도시 아래에서 태어나고 살다 죽었습니다. 도시를 옮겨 다녔고 물을 찾아 떠돌아다녔습니다. 아래 사람들은 피라미드 안에서 사는 왕족들이 먹다 남긴 부스러기와 쓰레기로 연명했죠. 굶주리고 헐벗은 삶을 살아야만 했습니다."

"어쩌면 터미너스가 자비로운 천사였을 수 있겠네요." 내가 말했다.

은조쿠는 몽상에서 깨어났다. "부자들은 잘 지냈다고 말할 수 있습니다. 피라미드 안에는 쾌락정원과 동굴, 분수가 있었습니다. 우리는 오래전 잃어버렸던 아이들이나 탕아처럼 극진한 대접을 받았습니다. 치료비용을 댈 수만 있다면 못 고칠 병이 없었습니다. 그리고 아예 몸을 벗어던지고 빛의 파동으로 살며 불멸을 누리는 사람들도 있었습니다. 그러나 더 이상 죽지 않게 되자 불멸의 사람들은 오히려 죽음을 간절히 바랐습니다. 시간이 흐르지 않는 삶이란 의미가 없으니까요. 예전에는 지옥이 신의 부재라고 생각했지만, 지옥은 죽음의 부재입니다."

은조쿠는 마지막 모금을 마시고 시간을 확인했다. 밤 10시가 다 되었다. "이제 자리를 비켜줘야겠군요." 그가 말했다. "한 가지 궁금한 게 있어요. 여기 오기 전에 마지막으로 기억나는 광경은 무엇이었나요?"

"헤일-밥 혜성이 하늘을 가로지르고 있었어요." 내가 말했다.

집중하는 그의 얼굴에 미소가 번졌다. "나도 기억해요. 그때가 생생히 기억나는군요." 그가 말했다. "3월에 출항했죠? 1997년이고요. 당시 나는 보스턴에서 근무했어요. 지금도 굳건한 대지의 나는 보스턴에 있겠죠. MIT 물리학자들과 프로젝트를 협업했습니다. 파동함수 붕괴. 브란트-로모나코 시공간 마디. 몇 주 뒤에 제일라를 만났지요. …그녀는 색소폰을 가르치는 교수였고 당시 3중주단에서 활동했습니다. 그녀의 연주를 본 기억이 나는군요. 그녀가 내는 소리, 그녀가 손가락으로 키를 누르는 모습, 그녀의 숨소리도. 우리가 결혼생활을 한 지 올해로 17년째인데, 그 시절이 생각납니다."

"그러니까 굳건한 대지에서는 당신의 삶이 영영 바뀌기 전까지 몇 주의 시간만 남아 있는 거네요."

"멋지네요, 새년. 아주 좋은 발상이에요."

"그대를 이만 놓아드리죠." 잘 자라는 악수를 하고 나서 그에게 내가 이렇게 말했다. NSC 전함 선원들이 헤어지는 순간에 통상적으로 하는 말로, 내가 〈그레이 도브〉호에 올라 집으로 돌아가면 1997년 3월 이후로 은조쿠가 살아온 모든 순간이 끝나버린다는 것을, 이 IFT에서 완연하게 형성된 우주 전체가 스쳐 지나가는 생각처럼 돌연 끝나고 만다는 것을 인정한다는 뜻이기도 했다. 하지만 은조쿠는 "받아들이죠"라고 통상적으로 대답하는 대신에 그저 웃기만 했다.

"내 삶이 환영 같은 것임을 받아들이기가 어려웠습니다." 그가 말했다. "NCIS 소속이든 NSC 소속이든 아득한 심해와 관련된 비밀을 듣는 순간, 우리는 조국을 위하여 자신의 삶을 내려놓을 수도 있다고 받아들입니다. 그리고 이론적으로나마 어떤 순간이건 간에, 자신의 삶이 환영임을 깨닫게 될 수 있다고 여깁니다. 이 두 가지 사실을 뒤섞어, 한 가지 사실을 합리화하지요. 군인도 조국을 위해 목숨을 바치고, 경찰도 목숨을 바친다… 그들은 더 큰 대의를 위해 자신의 삶을 내려놓는다…라고 말입니다. 하지만 물리적 원리를 이해하는 지금도 나는 어떤 지점에서는 개운치 않습니다. 내가 과거에서 온 당신을 만났다는 사실이, 내가 사는 이 우주 전체가 당신이 떠나고 나면 끝나버리는 일종의 '주머니 우주'에 불과하다는 증거가 된다는 게 도저히 믿기지 않습니다. 오코너가 당신에게 나를 맡김으로써, 그는 내게 사형 선고를 내린 겁니다. 이해하겠어요? 나는 결혼했고 아이들이 있습니다. 그 아이들이 크면서 자식을 가질 준비를 하고 있죠. 행복한 삶입니다. 하지만 내가 경험하는 것이 진짜가 아니라는 것을 알게 되자, 내 삶의 모든 행복이 시들해지고 말았어요."

"하지만 당신은 내가 떠나온 곳에서는 진짜예요. 그곳에서도 계속 이런 삶을 살게 될 겁니다."

"그 은조쿠 박사는 진짜겠지요. 그는 아마도 몇 주 뒤에 제일라를 만날 겁니다. 가족을 가질 수도 있겠지만, 똑같은 가족은 아닐 겁니다. 특정한 정자가 특정한 난자와 수정할 확률이 얼마나 될 것 같아요? 그곳 은조쿠는 아이들을 갖겠지만, 내 아이들과 똑같은 아이는 아닐 겁니다. 그들은 내 아이들이 아닙니다. 그는 행복하겠지만 그걸 나의 행복이라고 할 순 없죠."

"무슨 말인지 알겠어요. 이해합니다."

"그러나 결국에는 내 존재가 환영임을 받아들이게 되었습니다. '별똥별'이라고 불리는 꽃이 피는 걸 본 적이 있어요?" 그가 물었다. "나는 딱 한 번 본 적이 있습니다. 여러 해 전 여름, 제일라와 함께 산책을 하던 중 이웃집 정원을 지났는데 어떤 꽃이 막 피기 시작하더군요. 제일라가 어떤 꽃을 손가락으로 가리켰고, 나는 그 순간 완전히 매료되었습니다. 줄기 하나에 모든 봉오리가 완벽한 대칭을 이루었고, 색깔은 불꽃 같은 오렌지색이었습니다. 줄기 맨 아래 첫 두 봉오리는 활짝 피었고, 그 위의 두 봉오리는 이제 막 피기 시작했죠. 그다음 두 봉오리는 그보다 작았습니다. 이런 식으로 줄기 끝까지 이어져, 맨 위의 두 봉오리는 아직 꽃망울을 열지 않은 상태였습니다. '크로코스미아 루시퍼'라고 하는 꽃이었는데, 제일라는 그 꽃의 이름을 별똥별로 알고 있더군요. 대부분 물리학자는 존재를 파동함수 붕괴의 징후나 활용 가치가 있는 양자 환상, 또는 불확정성을 짧게 늘인 것으로 해석하지만, 나는 나 자신과 나의 모든 자아를 별똥별처럼 생각하기 좋아합니다. 내가 내리는 모든 결정이 모든 경우의 수로 정렬된 것으로, 매 순간 영원히 존재한다고 생각하고 싶습니다. '신나고 즐겁게'야말로, 진정한 선원이라면 입에 달고 살아야 하는 말이 아니던가요? 어떤 것도 사라지지 않고 어떤 것도 끝나지 않습니다. 모든 것은 항상 존재합니다. 삶은 꿈에 지나지 않아요, 섀넌. 자아는 그저 환영일 뿐입니다."

다음 날 아침, 숙소 앞에 대기 중이던 베이지색 세단을 타고 오세아나를 떠났다. 해군항공기지 오세아나에서 북쪽으로 차를 몰았고, 워싱턴 D.C.를 지나 펜실베이니아 턴파이크 웨스트에 접어들던 중 별똥별을 생각했다. 배터리로 움직이는 전기 자동차여서 엔진 소리가 전혀 나지 않았으며, 자동운전이 돼 중립 기어로 놓고 달리는 게 아닌지만 신경 쓰면 됐다. 프레더릭스버그 아울렛 근처 스타벅스에서 블랙커피를 주문했다. 카페인 덕분에 몽상에 빠지지 않고 버틸 수 있었다. 컨트리 음악이 라디오에서 흘러나왔는데, 한 번도 들어본 적 없는, 그리고 앞으로도 듣고 싶지 않은 노래였다. 산맥에 가로막혀 FM이 제대로 잡히지 않자 AM으로 채널을 돌렸다. 한 목사가 부활에 대해 설교하고 있었다. 여러분은 육신의 부활을 믿습니까? 네스터도 내게 이렇게 물었었다. 앨러게니산맥 터널을 지나자, 고립된 집들과 폐허로 쓰러진 담배 농가가 시야에 들어왔다. 원뿔 모양의 소금 저장소 위를 매들이 빙글빙글 돌았다. 굳건한 대지에서 이곳을 마지막으로 달렸던 게 채 1년도 되지 않았는데, 이곳 IFT 세계에서는 거의 20년 전의 일이라는 게 믿기지 않았다. 이곳의 경치가 원래 어떠했더라? 무엇이 새로 생겼고 무엇이 사라졌는지 알아내려고 애썼다. 녹슨 비계를 댄 집들과 쓰레기로 가득한 마당. 송신탑과 브리즈우드 근처 계곡의 흰색 교회. 최근에 지은 도로 휴게소와 센서로 작동하는 변기. 차를 충전하기 위해선 플러그를 꽂아야만 했다. 세월의 변화는 캐넌스버그에 가까워질수록 훨씬 뼈저리게 느껴졌다. 예전에 아무것도 없었던 푸른 언덕에 공업단지가, 번쩍거리는 사무실 건물들과 주택 지구가 들어서 있었다. 언덕 곳곳에서 하얀 풍력발전기들이 게으르게 돌아가는 것이 보였고, 작물을 심었던 들판에는 온통 태양광 패널밖에 없었다. 그럼에도 캐넌스버그로 들어서면서는 집에 돌아왔다는 기분이 들었다. 모간자로 내려가는 도로도 그대로였고, 채티어스천 끝자락의 피자헛도 아직 있었다.

캐넌스버그 경찰서에 들러 어머니가 아직 살아 있음을 확인했다. 주소가 타운빌 요양원 405호로 되어 있었다. 언덕 위 주차장에 들어설 무렵엔 벌써 날이 저물어 있었다. 늙은 여자들은 휠체어에 앉은 채 저녁 공기를 즐겼고, 늙은 남자들은 담배를 피웠다. 휴게실에서는 텔레비전 퀴즈쇼 〈제퍼디!〉를 틀어놓고 카드놀이를 하고 있었다. 혹시 어머니가 있는지 살펴보았다. 그동안 얼마나 변했을지 궁금했다. 엘리베이터를 타고 4층에 오르는데 시골집 그림과 식물 그림 액자가 걸려 있었다. 어머니는 이런 곳에는 절대로 들어가고 싶지 않다고, 이곳에 보내려면 일단 자기부터 먼저 죽여야 할 것이라고 말하곤 했다.

열려 있는 405호 문틈으로 텔레비전 소리가 요란하게 났다. 병실 안은 의사 진료실처럼 삭막했다. 가정집에서는 선택하지 않을, 하얀 꽃문양이 들어간 푸른색과 자홍색 벽지가 보였다. 침대 위에 식판과 플라스틱 접시, 유치원생들이나 마실 법한 우유가 나뒹굴었다. 침대 옆 탁자에 놓인 히아신스 화분의 달콤한 향이 어머니 몸에서 나는 퀴퀴한 냄새를 가려주었다.

"약효가 다했나 봐." 그녀가 말했다. "왜 이렇게 졸리는지…"

어머니가 내 쪽으로 돌았을 때 나는 움푹 꺼진 얼굴을 보고 움찔했다. 어머니의 얼굴 모양이 달라져 있었다. 아래턱 일부가, 중요한 부위가 없었던 것이다. 욕창 때문에 팔뚝을 붕대로 감아놓았고, 다리는 시트로 감싼 상태였다. 어머니는 꼭 미라처럼 보였다.

"엄마." 내가 말했다.

"오? 간호사가 온 줄 알았는데, 새넌?"

"저예요, 엄마."

"그럴 리가 없어."

어머니는 팔꿈치로 몸을 받치고 앉았고, 가운이 흘러내려 어깨 쪽 살갗이 드러났다. 나이가 들어 피부가 훨씬 나긋하고 부드러웠다. 마치 흰색 솜털을 입혀놓은 듯했다. 헝클어진 머리카락에 기름기가 흐르는 것으로 보아, 며칠 동안 감지 않은 듯했다.

"넌 하나도 안 변했구나. 어디 좀 보자. 그동안 어디 있었니?" 어머니가 말했다. "넌 나를 버렸어. 혼자 남겨두고 가버렸어."

"배치를 받아서 어쩔 수 없었어요." 거짓말이었지만 어떤 의미에서는 사실이었다. 가슴이 아팠다. "가야 했어요."

"나는… 날 좀 보렴." 그러면서 그녀는 가운을 어깨 위로 잡아 올렸다. "당혹스럽구나. 이런 모습을 보이다니. 어미로서 이런 모습을 보이다니. 미리 기별이라도 했으면 옷이라도 차려입었을 텐데."

수술을 해서 표정이 전과 달라졌다. 말할 때 턱 아래에서 목까지 난 흉터가 흰 벌레처럼 꿈틀거렸다. "괜찮아요, 엄마. 이렇게 보게 돼 기뻐요."

"매일 간호사들이 새로 오지만, 나를 돌보진 않아. 스위티? 스위티, 밖에 있어? 여기로 와봐, 스위티…"

"내가 여기 있잖아요."

그렇게 말하고 침대에 한 발짝 다가가자 어머니가 말했다. "너 말고."

문 앞에 휠체어를 탄 여자가 나타났다. 백발의 머리카락이 뒤엉켜 있어 철 수세미처럼 보였다. 스위티는 양손으로 휠을 밀며 방에 들어와서는 나를 쳐다보았다. 그녀는 흰색 스니커 운동화를 신고 있었다.

"전에 내가 말했지, 스위티. 내 딸이야."

"새년이라고 합니다." 나는 내가 없는 동안 온갖 비난을 들었음을 깨달았다. "뵙게 되어 반갑습니다."

스위티는 요란하게 쌕쌕거리며 웃었다.

"스위티는 내 친구다. 유일한 친구지." 어머니가 말했다. "우리는 이곳을 유령의 집이라고 불러. 여기 있으면 꼭 유령이 된 기분이거든."

"그렇고말고." 스위티가 말했다.

나는 의자를 침대 옆에 끌어다 앉고는 어머니의 손을 만졌다. 하도 말라서 뼈와 핏줄밖에 없었고, 피부는 비닐 포장지 같았다.

"어떻게 된 거죠?" 내가 물었다. "아파 보여요."

"의사 말로는 나름 잘 버티고 있다더구나. 아직은 죽음에 먹힐 때가 아니란 얘기지."

대장암과 구강암이라고 그녀가 설명했다. 의사들이 그녀의 턱을 째고 암세포가 번진 턱 절반을 잘라냈다고, 나아가 목구멍까지 절개했다고 했다. 뒤이어 그들은 창자를 들어내고 전이된 부분을 잘라낸 뒤 인공항문을 달았다.

"나는 환자용 영양식밖에 못 먹어." 그녀가 말했다. "몇십 년은 된 것 같군. 배에 연결한 급식 관을 그토록 오래 차고 있었다니. 바로 여기 말이다." 그러면서 배꼽 바로 위를 손으로 가리켰다. "말라깽이가 되었어."

"엄마는 항상 말랐어요."

"이젠 씹는 것도 어려워. 갈수록 더 말이다. 많이 먹을 수도 없고. 여기 간호사들은 도무지 뭘 하는지 모르겠다."

그녀는 접시에 놓인 칠면조 조각과 으깬 감자를 겨우 오물거렸다.

"19년이다." 그녀가 말했다. "너는 1997년에 떠난다는 말도 없이 사라졌어. 그 뒤로 돌아오지도 않았지. 어떻게 생각해, 스위티? 네 아들도 아무 소용없는 녀석이지. 내가 만나봤잖아. 항상 돈이나 가져가려 하고. 그래도 보러 오기는 하잖아. 근데 내 딸은? 나를 완전히 버렸어."

"아무 소용없지." 스위티가 말했다.

"의사들이 나를 실험 대상으로 사용했다." 어머니가 말했다.

"이렇게 난도질하고 나서 어떤 의사란 작자가 찾아왔는데, 이 장사꾼이 한다는 말이 난치병 환자 중 내가 이상적인 후보라고 하더구나. 전국을 통틀어 내가 최초라고 말이다. 실험에 참가하면 1,000달러를 준다고 했지. 세 차례 주사, 그게 전부였어. 작은 로봇이 내 혈액 속을 헤집고 다니면서 암세포를 찾아 죽였어. 이렇게 오래 고통을 겪게 하고는 고작 주사 세 방에 해결되다니. 언젠가 네 자식에게 말해도 좋다. 할머니가 암 치료 실험의 첫 번째 대상자였다고 말이야."

암 치료라. "기적이네요." 질병이 모두 해결되는 IFT를 소문으로 들은 적이 있긴 했다. 그런데 2015년에 암이 치료되었다고? "완치되었어요?"

"실험용 쥐였지. 운이 좋았어. 안 그랬다면 내가 어떻게 그 막대한 치료비를 댔겠어. 꿈을 하나 꾸었는데 들어볼래? 너에 대한 꿈이야. 네가 사라진 뒤 돌아오리라는 희망을 접고 나서 꾼 꿈이지. 꿈속에서 나는 길을 걷고 있었어. 유럽의 어느 거리를, 오래된 건물과 오래된 아파트 사이를 걷고 있었는데, 건물 벽에 금이 간 게 보였다. 나무가, 마룻바닥이 딱 부러지는 소리도 들렸지. 아파트가 불에 탔고 밝은 오렌지색 화염이 창문 위에서 하늘로 솟구쳐 올랐어. 너는 아직 아이였는데, 보도에서 놀고 있었지. 나는 너에게 달려가 허리를 굽히고 집이 무너지기 직전에 널 들어 올렸다. 내가 네 목숨을 구한 거야, 섀넌. 하지만 팔에 안긴 너를 보려고 했을 때 넌 사라지고 없었어."

"그냥 꿈이에요."

"꿈이라도 끔찍한 건 똑같아."

우리는 1시간 넘게 스위티와 앉아 있었다. 대부분 시간은 침묵 속에서 멍하니 텔레비전을 봤다. 노래 경연대회 프로그램이었는데, 심사위원들이 미래주의 양식의 왕좌에 앉아 빙글빙글 돌며 참관했다. 한참 텔레비전을 보는 중에, 간호사가 들어와서 어머니의 인공항문을 갈았다. 어머니는 아무렇지 않아 했지만, 오히려 내가 당혹스러워 얼굴이 붉어졌다. 어머니는 남자 간호사에게 자신의 몸을, 아무것도 아닌 듯, 그저 비워야 하는 쓰레기통처럼 다루도록 맡겼다.

"넌 나를 버렸어. 그이랑 똑같아." 그녀는 칼을 감춘 채 나를 자극했다.

"배치를 받았어요." 이번 거짓말은 공허하게 들렸다.

"배치, 배치. 항상 배치를 받았다지. 그렇게 해서 넌 다리를 잃었고, 나이까지 먹었어. 끔찍하게 나이를 먹었지. 항상 그렇게 나이를 먹다 보니, 이젠 우리가 같은 나이인 줄 알았는데, 이번에는 어찌 된 일인지 20년 동안 하나도 늙지 않았구나. 구역질이…"

"바다에 나가 있었어요."

"19년간 연락 한 통 없었어. 너도 그렇고 네 아버지도 그렇고."

"나도 알아요."

"아버지는 기억하니? 네가 어렸을 때 떠났지만 뭔가 기억하는 게 있겠지."

어렴풋하게 기억날 뿐이었다. 나는 산산이 부서진 스테인드글라스를 성자의 모습으로 다시 맞추려고 했다.

"벽난로 앞에 있었던 사진이 생각나요. 내가 가장 먼저 떠올리는 아버지 모습이에요."

"네가 어렸을 때 아버지 모습을 그렇게 기억했으면 하고 바랐었다. 네가 좋은 추억을 갖기를 바랐어."

"아버지가 나를 안아서 들어 올렸던 것이 생각나요."

"혹시 그에게서 다른 여자 냄새는 나지 않더냐?"

"무슨 그런 말은…"

"그렇게 여린 척하지 마라. 한참 코빼기도 보이지 않다가 불쑥 나타나서는 내가 너를 아버지와 비교하는 것도 못마땅하다는 거냐? 우리 모두 어른이야. 아니면 네 아버지한테 의리라도 지키고 싶어서 그래? 그럴 가치도 없는 인간이야. 저녁 늦게 돌아오면 매번 여자 냄새가 났어. 너를 껴안았다니 너도 그 여자 냄새를 맡았겠지. 어린 딸이 다른 여자 냄새를 알아챘는지 궁금해하는 게 그렇게 끔찍해?"

아버지한테서는 파이프 담배 냄새가 났다. 가끔 그의 숨에서 노루발풀 냄새가 나기도 했다.

"이 이야기만 계속할 거면 그만두세요."

아버지에 대한 기억은 거의 없었다. 플란넬 셔츠와 청바지. 여러 기억 중 하나의 추억만이 세월을 견디고 살아남은 것인지도 모른다. 파이프담배, 노루발풀, 턱수염을 기른 꾀죄죄한 모습도.

하지만 내가 가장 분명하게 기억하는 것은 벽난로 앞 사진 속 말쑥한 젊은 선원의 모습이었다.

"아버지의 플란넬 셔츠가 생각나요."

"나는 네가 여기 있다는 게 믿기지 않는구나." 어머니가 말했다. "너는 환영이야. 말해봐, 스위티. 내가 악몽을 꾸고 있는 거라고. 내가 지금 꿈을 꾸고 있는 거지, 그렇지?"

"나도 우리가 꿈을 꾸는 거였으면 좋겠어." 어머니의 친구가 말했다.

"19년이나 감쪽같이 사라질 수는 없어. 너와 너의 아버지 둘 다."

"실례할게요." 나는 그렇게 말하고 밖으로 나왔다. 어머니 앞에서 울고 싶지 않았다. 복도 공기가 의약품과 소독약 냄새로 퀴퀴했다. 다른 방에서 여자 비명이 들렸는데, 산 채로 불태워져서 내지르는 소리처럼 들렸다. 나는 이 세계도, 어머니가 퍼붓는 비난도 전부 가짜임을 상기하기 위해 노력했다. 우리를 버린 건 아버지였어, 내가 아니라. 나는 저지르지도 않은 일에 대해 죄책감을 느꼈다. 나는 결코 어머니를 버리지 않았어. 이 IFT에서 돌아가면 시간이 전혀 흐르지 않은 것처럼 어머니 곁에 다시 있을 것이다. 그녀가 있는 세계에선 시간이 흐르지 않으니까. 벽난로에 걸려 있는 아버지 사진을 생각할 때면 항상 그의 편을 들곤 했다. 항상 그가 우리를 떠나게 된 책임을 어머니에게 지웠다. 어머니에 대한 비난이 부당할 수도 있었지만, 콜센터에서 일하는, 당당한 꿈을 이루는 데 실패한, 맥그로건네에서 술을 마시며 삶을 낭비하는 어머니를 생각하면 이런 생각이 절로 들었다. 아버지가 우리를 떠난 게 전혀 이상하지 않아. 나는 아버지에게 버림받은 어머니를 원망했다. 어머니가 아버지를 놓친 것이다. 어머니는 모든 것을 놓쳤고, 결국 아무것도 얻지 못했다.

스위티와 어머니는 텔레비전에 다시 정신이 팔렸다. 경연 가수의 노래를 따라 부르면서 어머니의 얼굴이 멍한 미소로 일그러졌다.

"엄마?"

"너무 늦었다. 너무 늦었어." 어머니는 베개에 머리를 베고 눈을 감았다. 나는 그녀의 이마에 입맞춤했다. 피부가 축축했고 땀 냄새가 났다. 울음이 거세게 터져 나왔다. 이번 IFT의 현실은 너무 많은 고통을 들추고 있었다. 수많은 미래의 가능성 중 한 가지일 뿐이야. 빛이 블랙홀 주변에서 휘어지듯, IFT도 관찰자 마음 근처에서 그 변화가 더 부각돼 보이는 것뿐이다. 나는 아버지를 돌볼 수 있었다면 어땠을지 늘 궁금했다. 그래서 가끔은 아버지를 돌보고 싶다는 생각이 들곤 했다. 그의 복잡한 내면의 삶을 상상했다. 아버지는 항상 외향적으로 보이는 어머니와는 확연하게 달랐다. 코트니가 죽고 난 후 너무 외로웠던 나는 어머니의 관심을 원했다. 어머니가 상실을 견디는 법을 가르쳐주기를 원했다. 하지만 어머니는 늘 멀리 있었고, 어머니의 삶은 결코 바뀌지 않았다. 딸이 닻이 풀린 배처럼 이리저리 떠돌고 있는 와중에도, 어머니는 맥그로건네에서 밤늦도록 어울렸다. 나는 아버지가 어머니를 사랑하려고 노력했지만 어머니가 아버지 곁에 있지 않았던 거라고, 결국에는 그녀가 그를 밀어낸 것으로 생각했다. 그런 생각은 결국 원망으로 바뀌었고, 나는 어머니를 떠나는 상상을 자주 했다. 그러나 한 가지 분명한 사실이 있었다. 아버지가 우리를 떠났을 때도, 결국 어머니는 내 곁을 떠나지는 않았다는 것. 그녀 삶의 모든 것이 그녀를 포기했을 때도, 심지어 나조차도 그녀를 포기했을 때도, 그녀는 떠나지 않았다는 것.

스위티의 갈색 눈이 홍건해서 쳐다보고 있으면 빨려 들 것만 같았다. "우리는 서로 잘 챙겨줘요." 그녀가 말했다. "당신 어머니가 잠에서 깨어나면, 당신은 그저 유령이었다고, 변덕쟁이였다고 내가 말해주지요."

접수처에 간호사가 보였다. 그녀는 손가락으로 휴대폰 화면을 클릭하고 있었다.

"실례합니다." 내가 말했다. "어머니가 암 치료를 받았다고 하는데요. 주사 요법이라던가. 이름이 어맨다 모스예요."

간호사가 카운터에 홍보 책자를 털썩 내려놓는 것을 보니, 휴대폰을 사용하지 못하게 돼 짜증이 난 듯했다. 비침습적 암 치료, 페이절 시스템. 나는 페이절 시스템을 알고 있었다. 해군연구소에서 분리해서 나온 회사로, 대부분 다른 IFT에서는 페이절이 통신·오락 분야의 거대 기업으로 성장해서 앰비언트 시스템을 만들었다. 이곳 IFT에선 페이절이 제약회사였다. 다른 IFT에서는 앰비언트 시스템의 기적을 누리는데, 여기서는 대신 암 치료제가 있었다. 맞춤 치료, 스마트 의학, 나노테크 주사.

"정부 지원으로 암 치료를 받으셨네요." 간호사가 말했다. "하지만 영원히 살려면 훨씬 더 많은 돈이 필요할 거예요."

나는 현금을 받아주는 레드루프 인에 투숙했다. 상업 중심지답게 로비 한쪽 방에 컴퓨터와 프린터가 마련되어 있었다. 카드식 열쇠로 로그인했다. 접수처 직원이 어디를 클릭할지 알려줘서 구글에 들어갔다. 매리언을 검색하고 호텔 메모지에 이것저것 적었다. 필립 네스터와 웨스트버지니아를 치자 '이글스 네스트'라고 하는 웹사이트가 나왔다. 제2차 세계대전 기념품 사이트로 나치 관련 물품, 깃발, 옛날 무기가 보였다. 스와스티카에 신경이 곤두섰다. 내가 알고 있는 사람이 맞는지, 혹시 다른 필립 네스터인가 싶었다. 웹페이지에 상세한 정보가 별로 없었지만 '출연'이라는 항목을 보니 예정된 행사 목록이 올라와 있었다. 몇 주 뒤 주말에 먼로빌에서 총기 전시회가 있다. 거기 가면 그를 만날 수 있을 터였다.

머설트 사진의 주인공 니콜 오니웅고는 검색 결과가 빈약했다. 보안관 문건으로 올라온 한 PDF 파일에서 그녀가 마약 문제로 카운티 감옥에 복역한 적이 있음을 알아냈다. 그러니 배지를 들이대며 과거 살인사건에 대해 이것저것 캐물어서는 더더욱 안 될 일이었다. 은조쿠의 서류에서 그녀가 메이어츠 인이라는 술집에 자주 드나든다고 언급했던 것이 생각났다. 그러다 문득 어머니는 어쩌다가 맥그로건네에 드나들게 되었을까 생각했고, 잠시 뒤 메이어츠 인이라는 이름이 왠지 낯이 익다는 생각이 들었다. 주소를 확인해보자, 정말로 내가 아는 곳이었다. 레드루프에서 워싱턴 시내로 10분만 가면 나오는 사우스메인가에 있었다. 자정이 가까운 시각이었지만 영업을 하고 있을 가능성이 있어서 열쇠를 챙기고 차를 몰았다. 메이어츠 인은 1700년대 조지 왕조풍의 석조 건물로, 브래드포드 하우스 근처에 쭉 늘어선, 대부분이 방치된 채로 있는 남겨진 상점들 가운데 하나였다. 이 위스키 반란* 시절의 오래된 건물은 창문 없이 차양 아래 진한 초록색 정문이 나 있었다. 흡연 가능. 수요일 소모임. 나는 술집 앞 텅 빈 거리에 차를 댔다.

메이어츠 안은 네온등이 켜져 있었고, 바 위쪽 텔레비전에서 뿜어져 나오는 불빛은 담배 연기로 흐릿했다. 공간이 협소했다. 뒤쪽 방에서 당구공이 딱딱 부딪히는 소리가 들렸고, 주크박스에선 레드 제플린의 음악이 흘러나왔다. 손님이 거의 없었지만, 니콜 오니웅고가 있었다. 담배가 계속 타들어가는 줄도 모르고, 그녀는 바에 앉아서 바텐더와 이야기했다. 사진으로 본 모습보다 더 나이 들어 보였고, 예상했던 것보다 키가 더 컸다. 그렇지만 그녀의 동작은 담배에서 피어오르는 연기 자락만큼이나 우아했다. 그녀는 내가 자신을 쳐다보는 것을 알아챘다. 그녀의 눈은 선

● 1791년 조지 워싱턴 대통령이 국채 상환을 위해 위스키에 세금을 부과하자 시민들이 들고 일어난 반란.

명한 갈색이었지만 무뚝뚝했는데, 내가 무슨 말을 하든 믿지 않을 것 같은 표정이었다.

"뭘 드릴까요?" 바텐더가 물었다.

"괜찮아요, 잠시 누굴 찾으러 왔어요." 나는 그렇게 말하고 자리를 떴다.

FBI도, 네스터도 그녀를 심문했다. NCIS도 그녀와 이야기를 나누었을 것이며, 어쩌면 오코너가 심문했는지도 모른다. 머설트가 살해될 즈음에는 감정적으로 고립돼 움츠러들었겠지만, 지금은 그녀도 입을 열지 몰랐다. 머설트와 가까운 사이였다고 하니, 그녀가 추억하는 머설트의 모습은 나에게 귀중한 정보가 될 터였다.

메이어츠 바로 옆에 허물어져가는 건물이 있었다. 정문에 '빈방 있음'이라는 간판이 보였다. 나는 전화번호를 적어 레드루프로 돌아오자마자 전화를 걸었다. 새벽 1시에 가까운 시간이었기에 자동응답기로 메시지를 남기려고 했는데, 남자 목소리가 들렸다. 동유럽 억양이 강해서 알아듣기 어려웠다.

"내일 와요." 그가 말했다. "아침에, 그때 열쇠를 주죠."

"현금으로 결제해도 되나요?" 내가 물었다.

"현금만 받습니다."

다음 날 아침에 나는 월세 계약을 맺고서 보증금과 첫 달 월세를 치렀다. 오후에 짐을 옮겼다. 3층에 있는 침실 하나짜리 아파트로 엘리베이터는 없었다. 곰팡내가 났다. 미닫이 창문을 열기 전에 버터 바르는 칼로 페인트를 긁어냈다. 나무 바닥이 오래되어 닳아 있었고, 몰딩에 크림이 여러 겹 묻어 있었다. 부엌 싱크대 수도꼭지가 할머니 집에서 본 것과 똑같았다. 서류 장도 마찬가지였다. 나는 이것이 렌즈 효과라고 짐작했다. 이런 세부적인 사항들은 내가 이곳에서 관찰하기 때문에 존재하는 것이다. 굳건한 대지에서는 이 아파트의 세부 요소가 조금씩 다를 수도 있다. 나는 방 한쪽의 앤티크 책상에 앉아 레드루프 인에서 가져온 메모지에 그림을 그렸다. 십자가형을 당한 해골 그림이었다.

패트릭 머설트. 엘릭 플리스. 〈리브라〉호. 나는 메모지에 적었다.

〈리브라〉호의 지휘관 레마크를 생각했다. 그녀가 어떻게 〈캔서〉호를 구했는지 생각했다. 나는 '오링 이음새'라고 적고는, 혹시 〈리브라〉호의 오링 이음새가 망가졌는데… 레마크가 그것을 알지 못한 것이 아닐까 궁금했다. 그녀는 〈캔서〉호를 구한 것과는 달리, 〈리브라〉호를 구하는 데는 실패한 것일까?

나는 메모지를 잘게 찢었고 〈리브라〉호 선원 명단에 실린 레마크의 사진을 다시 보았다. 매력적이고 늠름하게 생긴 여자다. 세상을 마음대로 주무를 것 같은 패기가 사진 너머에서도 엿보였다. 당신에게 대체 무슨 일이 벌어진 겁니까?

네스터가 먼로빌에서 열리는 총기 전시회에 나타나기까지 몇주 남았다. 그를 만나면 패트릭 머설트에 대해, 매리언의 죽음과 발견에 대해 무엇을 기억하는지, 그리고 이게 다 어떻게 된 일인지 물어볼 생각이었다. 시간이 남아돌았다. 그래서 아침이면 워싱턴 시내를 돌아다니면서 이곳의 분위기를 익혔고, 쇼핑몰에서 다른 여자들 스타일을 보고 나에게 어울릴 만한 편안한 옷, 운동복, 민소매 셔츠, 요가 바지를 샀다. 운전면허증 사진에 맞게 머리를 화려한 흑갈색으로 염색했다. 그러자 뾰족한 얼굴형, 광대뼈, 턱 라인이 두드러져서 금발일 때보다 더 거칠고 호전적인 인상이 되었다.

밤에는 메이어츠에 갔다. 니콜은 거의 매일 있었다. 그녀는 그곳에서 담배를 피우고 술을 마시고 텔레비전을 보았다. 우리 둘은 서로 몇 자리 떨어진 곳에 앉아 아무 말 없이 시간을 죽이며 일주일을 보냈다. 목요일 자정 무렵, 둘 다 얼큰하게 취해 있었을 때였다. 이른 눈보라가 밀어닥쳐 사람들은 메이어츠에 들어오면서 신발을 구르고 옷깃에서 눈을 털었다. 나는 그녀가 맨해튼을 마신다는 것을 알고는 그녀에게 한 잔 사주었다.

"코트니라고 합니다." 나는 평소 말할 때의 목소리 끝을 길게 빼는 말투를 과장했다. "이제 인사할 때가 된 것 같아서요."

"콜이에요."

아프리카 억양이 경쾌하고 선율적으로 들렸다. 악수를 했는데 그녀의 손바닥은 굳은살이 박인 것처럼 거칠었다. 그녀는 뱀 모양으로 생긴 팔찌를 차고 있었다. 의자를 살짝 내 옆으로 밀고는 팔리아멘트 담배에 불을 붙였다. "근처에 살아요?"

"바로 옆 건물에 살아요. 지저분한 흰색 건물 있잖아요. 며칠 전 거기 방을 얻은 뒤로, 여기서 술을 마시며 휘청거리는 중이죠."

"당신을 처음 봤을 때는 가스 회사 직원인 줄 알았어요." 니콜이 말했다. "그런데 어디서 본 듯한 느낌이 들더군요. 예전에 우리 만났었나요?"

"아닐걸요. 이 근방에서 학교를 나왔어요? 나는 캔맥 고등학교에 다녔는데."

"나는 케냐에서 자랐어요. 뭐 마실래요?"

"럼주와 체리코크요."

다음 술은 그녀가 샀다. 그녀는 수다스러운 데다 말하는 것을 좋아해서 자신의 일과를, 호스피스 업체에서 일할 때의 고충을 상세하게 털어놓았다. 나는 그녀의 과거로 화제를 밀어붙여 옛 남자친구들에 대한 직설적인 질문을 던졌다. 행여 패트릭 머설트에 대해 무슨 말이라도 해줄까 싶어 기대한 것인데 그런 이야기는 없었다. 그녀는 도넬 하우스에서 지내는 생활과 그곳 직원들에 대해, 사람들을 돕는 기쁨과 까다로운 환자가 결국 병에 굴복했을 때 엄습하는 죄책감 어린 안도감에 대해 말했다. 그녀는 환자가 죽으면 예거마이스터 한 잔으로 기념한다고 했다.

거의 매일 밤 메이어츠에서 니콜을 만났다. 그곳 분위기에 젖어 사람들과 떠들었으며, 그녀와의 잡담을 즐기곤 했다. 어떤 날에는 내가 섀넌 모스라는 사실을 완전히 잊고서 코트니 김으로 살았다. 새로운 삶을 받아들이고 나니, 옛 삶을 흘려보내기가 쉬웠다. 하나도 급할 게 없었다. 여기서 얼마나 오래 살든 간에, 현재의 현실로 돌아가는 순간 전부 원상태로 돌아왔으니까. 이곳에선 내가 원하는 삶을 살 수 있었고, 그렇기에 나 자신을 잊을 때가 많았다. 가끔 내가 왜 여기 와 있는지 스스로 되새겨야만 했다. 매일 밤 잠자기 전에 책상에 놓아둔 매리언 머설트의 사진을 보았다. 당신은 살아 있어, 아직 살아 있어. 사진 옆 레드루프 메모지에 검은색 펜으로 이렇게 썼다. 삶은 시간보다 위대하다.

2

올드 윌리엄 펜 고속도로에 '총기 전시회, 금주 개최'라고 적힌
간판이 보였다. 아기용품점 베이비저러스 옆에 있는 먼로빌 몰에
서 컨벤션 센터를 찾았다. 거리 맞은편에 있는, 방치된 대형 할인
점 주차장에 차들이 넘쳐났다. 입장료는 9달러였고, 티켓팅 직원
이 총기 소지 여부를 물었다. 네스터가 나를 알아볼 수 있었기에
가짜 신분증은 소용없었다. 나는 배지를 보여주었다. "해군범죄
수사국에서 나왔습니다."

"깁스와 같이 오셨나요?"

"그게 무슨 얘긴가요?"

"텔레비전에 나온 주인공 말입니다." 그러면서 그는 내 표를
찢고 손에 독수리 도장을 찍었다.

"연방 수사 말인가요?"

"그래요, 그거. 텔레비전에서 봤어요."

구불구불 길게 늘어선 접이식 테이블이 컨벤션 홀을 가득 채웠다. 나는 군중 속에 네스터가 있는지 둘러보았다. 총기와 육포를 파는 행상들이 보였다. 어떤 테이블에는 쓸모없는 물건들을 아무렇게나 늘어놓아 벼룩시장 같았다. 바나나색 탄창을 끼운 AK-47, 녹슨 윈체스터 라이플총, 보석 색상의 손잡이가 달린 접이식 칼, 좀비를 사냥하고 죽인다는 형광 녹색의 도끼. 장난감인지 실제로 쓰는 물건인지 알쏭달쏭했다. 어떤 사람이 지갑에 넣고 다닐 만한 호신용 스프레이가 필요한지 물었다.

"이 옷하고 잘 어울리겠어요." 은색 파마머리를 한 여자가 노출이 심한 분홍색 민소매 셔츠를 들고 말했다. AK-47 소총을 든 헬로 키티, '칼라시니 키티'였다.

다른 티셔츠도 있었다. 나치 완장을 찬 필스버리 도우보이* 아래에 '흰 밀가루'라고 적힌 셔츠, 해병대 셔츠, '울부짖는 독수리' 셔츠 등등. 총도 살펴보았다. 나는 반자동 소총의 플라스틱 같은 감촉보다는, 개머리판이 나무로 된 무기의 감촉을, 그 온기와 무게감을 좋아했다. 분홍색 위장무늬 엽총 하나가 눈에 들어왔다. 결코 남자들이 좋아할 만한 디자인의 총은 아니었으며, 여기에 있는 대여섯 명의 여자도 이런 총에 딱히 관심 있어 하는 부류 같진 않았다.

"세상에, 섀넌 모스, 당신이에요?"

• 제빵회사 필스버리에서 만든, 밀가루 반죽 모양의 마스코트 캐릭터.

"네스터?"

예전에 30대였으니까 지금은 50대가 되었을 것이다. 그래도 여전히 잘생겼다. 저 초롱초롱한 눈을 하마터면 잊을 뻔했다. 안쪽에서부터 연한 청색으로 빛나는 눈. 머리카락은 살짝 어두운색으로 변했고 콧수염과 턱수염 끝이 희끗희끗해진 게 보였다. 전에도 마른 체형이었지만, 살이 더 빠져 지금은 장거리 달리기 선수처럼 호리호리했다. 플란넬 셔츠에 청바지를 입고 있었다. 그의 테이블은 '이글스 네스트'라고 불렸다. 수집가들을 위한 테이블로 거의 모두가 나치와 관련된 물품이었다. 구식 소총, 총검, 유리 상자 속에 든 P38 권총과 루거 권총 등이 그것을 가져온 장교들의 휘장과 진품 보증서와 함께 정렬되어 있었다. 미국 물품으로는 노르망디 상륙 작전으로 유명한 패튼 장군 서명이 든 사진이 있었다. 네스터가 테이블 뒤에서 나왔다.

"당신이군요." 그러면서 그가 나를 껴안았다. 파이프 담배 냄새. 양팔을 그의 어깨에 두르니 기분이 좋았다. "하나도 안 변했네요. 말 그대로 똑같아요. 내가 기억하는 그 모습 그대로예요. 이게 얼마 만인가요?"

"19년쯤 되었죠."

"19년." 그가 말했다. "있잖아요, 사실 통로로 오는 모습을 보자마자 당신인 걸 알아봤어요. 하지만 어쩌면 당신 딸일 수도 있겠단 생각을 했죠."

"하하, 내겐 자식이 없지만요."

"어디 봐요. 세상에, 당신 정말… 아주 좋아 보여요. 관리를 정말 잘했네요."

"그렇게 나이를 덜 먹었단 느낌은 아니에요. 머리도 염색한 거고요."

"그러네요. 잘 어울려요. 진한 색이 무척 멋진데요."

"흰머리가 많이 나서 뭐라도 해야 했어요."

"진심으로 말하는데, 이렇게 만나니까 좋네요. 당신 바로 떠났잖아요." 그가 말했다. "그 후로 당신이 CJIS에서 일한다는 것을 알았지요. CJIS 건물이 공격을 받았을 때 당신 사무실도 그 건물에 있었잖아요, 그렇죠? 내가 제대로 기억한 게 맞나요?"

"맞아요. 그때 나는 바다에 나가 있었어요."

"브록에 대해 들었어요?" 그가 물었다. "그의 부인 말이에요. 그 일로 부인과 두 딸을 잃고 말았죠."

"라손다 일은 들었어요. 브록은 캐넌스버그 이후로 보지 못했네요. 그 사람은 요즘 어때요?"

"그날 테러로 모든 것을 잃었죠. 딸들도 그 건물 보육 시설을 이용했었거든요." 네스터가 말했다. "그 사건 이후로, 충격에서 벗어나지 못했죠. 재혼도 안 했고. 그저 일에만 몰두했어요. 아주 바쁘게 일했죠. 잘 지내는 것 같아요. 지난번 만나서 이야기해보니 승진이란 승진은 다 했더군요. 현재 콴티코에 있어요. 당신 근황을 물었는데 모른다고 했습니다. 보아하니 당신에 대해서 아는 사람이 없는 것 같더군요. 그래서 당신도 그 테러에 희생된 건 아닐까 하고 걱정했는데, 이렇게 만나네요. 혹시 몰라 희생자 명단도 다 찾아보고, 추도식도 시청했었어요. 그런데 당신이 돌아왔다니, 새년. 정말 반가워요."

그의 태도는 예전과 달랐다. 수다스러워졌고 말도 빨라졌다. 하지만 그의 목소리에는 내가 기억하는 따스함이 담겨 있었다.

"당신은 어떻게 지내요?" 내가 물었다. "이게 다 뭐예요?"

"이글스 네스트가 시간을 다 잡아먹네요. 이건 아버지 수집품입니다. 아버지는 군대와 관련되는 것은 무엇이든 다 모았지요. 1, 2차 세계대전 골동품은 물론이고요. 처음에는 전부 팔아버릴까 생각했는데, 친구가 총기 전시회를 열어보라고 나를 설득했습니다. 그리고 이렇게… 거의 6년이 다 가네요. 나는 미국과 영국 기념품을 주로 거래하지만, 나치 물품이 가장 비싸게 팔려요. 돈벌이가 사무직보다 좋습니다."

"수사국 일은 더는 안 하나 봐요."

"꽤 오래되었어요. 있잖아요, 옆 사람한테 테이블 좀 잠시 봐달라고 하고 점심 먹으러 갈까요? 치킨 텐더 잘하는 집이 있어요."

나는 커피를 마시자고 했다. 화장실 근처에 테이블 몇 개 없는 좁은 카페가 있었다. 네스터가 내게 건넨 커피는 바비큐소스 냄새가 살짝 나서 겨우 한 모금 마시고 입을 뗐다. 하지만 따뜻한 것을 손에 들고 있으니 기분이 좋아졌다. 그는 말할 때마다 이마에 주름이 졌다. 내가 기억한 대로였다. 주름의 골이 더 깊어졌을 뿐이다. 그리고 눈썹 숱이 좀 더 많아졌고, 좀 더 부드러워진 듯했다.

"이렇게 얘기하니 정말 좋네요." 내가 그에게 말했다.

1997년에 잠깐 알았을 뿐만 아니라 그 이후로도 긴 세월 떨어져 있었는데도, 우리는 서로에게 친밀감을 느꼈다. 마치 시간이 전혀 흐르지 않은 것처럼. 그 누구도 대화를 끝내고 싶지 않다는 것을, 서로 대화가 계속 이어지길 바란다는 걸 알 수 있었다.

"그런데 여기에는 어쩐 일이에요?"

"당신을 보러 왔죠. 어떻게 지내요?"

"수사국은 그만두었어요. 2008년에요. 한동안 프리랜서 사진작가로 일했어요. 지금 하는 일이 적성에 맞아요. 여러 지역 행사를 다니고, 또 사람들도 만나고. 꽤 괜찮은 일이에요. 예전부터 역사에 관심이 있었거든요."

"살이 빠졌네요. 어디 좀 봐요, 너무 말랐어요."

"그렇죠."

"웨스트버지니아로 돌아간 건가요? 트와일라잇에서 자랐다고 했죠?"

"항상 고향을 그리워했어요. 버캐넌이라는 작은 마을 외곽에 집이 있답니다. 조용한 동네죠. 모든 것으로부터 떨어져 있는 곳이에요. 매년 딸기 축제가 열리는데 꽤 유명하답니다."

"어렸을 때 가본 적이 있어요." 내가 말했다. 딸기 파르페, 가장행렬과 축제 퀸. 네스터가 카메라를 들고서 미국의 풍물을 기록하는 모습이 머릿속에 그려졌다. "가본 지 오래되었네요."

"하긴 근처에서 자랐다고 했죠." 그가 말했다. "캐넌스버그였던가. 우리가 만났던 범죄 현장…"

"왜 하필 버캐넌이죠?"

"상황이 맞아떨어졌어요. 온갖 잡동사니를 둘 차고가 필요했는데, 헛간 딸린 집을 내놨더군요. 언제 한번 보러 와요. 수집가들은 전쟁 골동품을 보러 우리 집 헛간으로 몰려온답니다."

"좋아 보이네요."

"이제까지 했던 일 중에서는 제일 좋습니다."

"에둘러 말하지 않을게요. 무슨 일이 있었나요? 왜 수사국을 떠났어요?"

"당신도 짐작하겠지만, 그러니까 먼저 2년 전 네바다에서 무슨 일이 있었는지부터 들어봐요." 네스터가 말했다. "누군가의 농장을 급습하게 되었어요. 무엇 때문이었을까요? 소들이 풀을 뜯고 있어서? 그런 게 다 무슨 의미가 있죠? 그렇게 폭력을 휘두르는 일에 나는 그저… 더는 가담할 수 없단 생각이 들었어요. 그런 강압적 체제의 일부가 되긴 싫었습니다." 그는 총기 전시회에 모인 사람들을, 그들의 머리를 멍하니 쳐다봤다. 장내 소란스러운 분위기가 점차 가시자, 그는 헛기침하고 이어 얘기했다. "나는 무력을 행사하는 사건에 휘말렸습니다. 그 과정에서 누군가의 목숨을 빼앗고 말았죠. 그 일을 계기로 제 삶이 송두리째 바뀌었습니다. 거의 망가질 뻔했죠. 나는 사건을 수습하는 데 애를 먹었어요. 정치적 헛소리에 대처하는 법을 몰랐거든요. 그런 일을 겪고 나니,

수사국의 모든 것이 지긋지긋했습니다." 그가 말했다. "솔직히 말해서, 술도 지나치게 많이 마셨습니다. 그래서 당분간은… 어느 정도 조정과 타협이 필요했어요."

"지금은 괜찮은 거죠?"

"괜찮습니다. 그러니까 날 추적한 거로군요. 그래서 이곳 먼로 빌까지 찾아온 거고요."

"매리언 머설트에 대해 당신과 이야기하고 싶었어요."

"매리언 머설트." 네스터는 손바닥으로 가슴을 문질렀다. 마치 그 이름이 자신의 상처를 찌르기라도 했다는 듯한 반응이었다. "매리언 머설트는 왜요?"

"그녀를 찾았더군요."

"우리 팀이 찾았죠. 한참 지나서."

"수사 내용을 찾아서 읽어봤지만 부족했어요. 상세한 자료가 필요해요."

"이제 와서? 뭣 때문에요?" 그의 이마에 주름이 잡혀 꼭 자비를 구하는 표정처럼 보였다. "무슨 일인데요?"

"검토 위원회에 배정받았어요." 후속 질문을 피하고 싶을 때 흔히 둘러대는 말이다. 업무 영역이 모호하며, 행정적이고 따분한 서류 작업이 많은 부서. "블랙워터 폴스 근처에서 발견되었다고요?"

"숲속에서, 맞아요. 블랙워터 협곡에 묻혀 있었죠." 그가 말했다. "당신, 이제 보니 유령 같네요. 죽은 사람에 대해서만 질문하고. 정말 알고 싶은 게 그거예요? 매리언 머설트에 대해서?"

"네, 그녀에 대해 알고 싶어요. 당신만이 알려줄 수 있는 내용이 있을 거예요."

"차라리 수사국을 찾아가요. 어째서 나를 추적한 거예요? 브록이 아직 근처 버지니아에서 일해요. 그가 당신에게 말해줄 겁니다. 나보다 알고 있는 것도 많고요."

"당신하고 이야기해야 해요."

"여기서는 곤란하군요." 네스터가 말했다. "여기서 그런 문제에 얽히고 싶지는 않아요. 젠장, 여기 사람들, 내가 FBI에서 일했었다는 걸 알게 되면 나를 블랙리스트에 올릴 겁니다. 내가 자신들을 염탐한다고 생각할 게 뻔해요. 알겠으니까 나중에 따로 만나요. 오늘 밤에라도 좋아요. 전시회는 4시에 끝납니다."

"어디든 좋아요." 내가 말했다. "어디에 묵고 있어요?"

"오늘 밤에는 집에 들어가야 해요. 가기 전에 식사해야죠? 여기서 지난밤에 갔던 우든 니켈이라는 식당이 있어요."

"버캐넌에 산다고 했죠. 거기라면 블랙워터에서 그리 멀지 않아요. 오늘 그녀가 발견된 곳으로 데려가줄 수 있어요?"

"진심이에요? 한참 만에 찾아와서 한다는 소리가 시신 발견 현장엘 데려가달라는 거라니, 환장하겠군. 갔다가 돌아오는 데만 2시간이 넘게 걸려요." 네스터가 말했다. "어두워질 겁니다. 당신 다리는 어때요? 걸을 수 있겠어요?"

"걸을 수 있어요."

"그렇다면 으음, 산장에서 만날까요? 블랙워터 산장. 여기서 조금 일찍 출발할 테니까 거기서 봐요. 6시나 6시 반으로 합시다. 치킨 텐더는 어렵게 됐군요. 대신 끝나고 나서 저녁 식사를 대접하죠. 좋은 곳을 알아요."

약속 장소에 20분쯤 일찍 도착한 나는 차에서 라디오를 틀어놓고 기다렸다. 어찌나 긴장했는지 스타벅스에서 가져온 냅킨을 나도 모르게 조각조각 찢었다. 네스터는 내가 죽은 자들에 대해 묻는 유령 같다고 했다. 블랙워터 산장 밖에서 그를 기다리자니, 날이 어두워지진 않았지만, 그날 밤 이곳 숲이 얼마나 깜깜했는지 기억났다. 산장 주변 솔송나무가 세월이 흐르면서 훨씬 빽빽하게 자라 유령들로 득실대는 것 같았다. 지금 다시 22호실로 가면 그곳에 쓰러져 있는, 생명이 빠져나간 패트릭 머설트를 볼 수 있을 것만 같았다.

네스터가 내가 타고 온 캠리 옆에 자신의 F-150을 세우고 나에게 타라고 손짓했다.

"당신이 운전하게요?" 내가 물었다.

"차 한 대만 올라갈 수 있어요."

우리는 주요 도로에서 벗어나 오르막으로 이어지는 좁은 길로 들어섰다. 높게 뻗은 소나무들이 한낮의 남은 열기를 식혀주었다.

"섀넌, 정말 궁금해서 하는 말인데, 어쩌면 그토록 젊어 보이죠?"

"농담하지 마세요."

"진지하게 말하는 겁니다. 나는 노인이 되었는데, 당신은 아직
도…"

"고마워요. 근데 잘 모르겠네요. 그냥 운동하고 잘 먹어요."

"비결을 연구해봐요. 그걸로 청춘의 샘에 관한 책을 쓰는 겁니
다. 떼돈을 벌 수 있을 걸요. 토크쇼에도 나오고 말이죠."

네스터는 트럭이 겨우 들어가는 너비의 길로 접어들었다. 임
도(林道) 같았고 아찔한 경사의 오르막이었다. 트럭 바퀴가 헛돌
자 네스터는 속도를 확 높였다. 타이어가 턱에 걸리면서 트럭이
위로 쏠렸고 그 바람에 몸이 좌석 뒤로 젖혀졌다. 나는 트럭이 거
꾸로 기울어져, 바닥으로 처박히는 장면을 상상했다.

"다 왔어요. 흔적 표시가 아직도 있네요."

네스터가 앞쪽을 가리키며 말했고, 나는 나무 몸통에 묶여 있는
오렌지색 리본을 보았다. 그는 소나무 바로 옆에다 절묘하게 트럭
을 댔다. 오르막길이 끝나고 좁은 공터로 이어지는 지점이었다.

"트럭으로 올라올 수 있는 건 여기까지예요." 그가 말했다. "구
급차도 여기까진 못 올라와요. 그래서 시신을 픽업트럭 뒤에다
싣고 내려가야 했죠."

메리언의 시신. 발 디딜 곳을 조심히 살피며 차에서 내렸다.
소나무는 실루엣으로 보였고, 저 너머 저녁 하늘에서 보라색 눈
이 우리를 내려다보고 있었다. 이곳은 더 추웠다.

"조금 더 걸어가야 해요."

덤불이 우거져 길 찾기가 까다로웠지만, 네스터는 나무를 밟

고 가지를 움켜쥐며 잘 헤쳐나갔다. 나는 일렬종대로 그의 뒤를 따라갔다. 우리는 자연적으로 형성된 계단을 올랐고, 나무를 붙잡으며 균형을 잡았다. 오래전에 말라버린, 아마도 작은 개울이었을 곳이 나왔다. 솔송나무 다섯 그루가 양쪽에 있었고, 검은색 흙과 선녹색 이끼에 반쯤 덮인 돌들이 보였다.

"여깁니다." 네스터가 말했다.

매리언, 여기서 당신의 시신을 찾았군요…

"우연히 발견한 겁니다." 네스터가 말했다. "두 명이 함께 산삼을 캐러 왔다가 길을 잃었다더군요. 밑으로 내려가다가 물줄기가 나오면, 그걸 따라서 폭포까지 갈 수 있겠다고 생각했답니다. 두 사람은 저쪽 언덕에서 평평한 돌들을 쌓아놓은 첫 번째 '표식'을 발견했습니다. 다른 약초꾼들이 표시한 것으로 여겨 계속 내려갔고, 연이어 또 다른 표식을 발견했습니다. 아마도 표식들을 따라 우리가 서 있는 이곳까지 온 모양입니다. 다른 표식들은 없는 걸로 봐선 누군가가 무너뜨린 게 틀림없습니다. 내가 말하는 표식이 무엇인지 알죠?"

"그럼요, 돌무더기요."

"그들은 이곳에 멈춰 서서 주변을 둘러보았어요. 제일 먼저 빨간 베리가 눈에 들어왔죠. 그러자 이곳에 산삼이 있다고 생각하고는 땅을 파기 시작했습니다. 하지만 그들이 발견한 것은 뿌리가 아니라 뼈였습니다. 아마도 처음엔 동물의 것이라고 생각했다가, 전체적인 배열이 조금 이상하다는 것을 알았나 봅니다. 그들은 파내기를 중단하고 자신들이 발견한 것을 신고했습니다."

"당신이 그녀를 발굴했나요?"

"공원 직원이 인간의 유해를 찾아서 우리에게 알렸습니다. 우리는 곧바로 매리언이라는 걸 알았습니다. 신기하죠. 브록이 회의장에 들어오면서 '매리언을 찾았대' 하고 말했던 게 기억납니다. 당시 우리는 공원에서 뼈를 발굴했다는 소식만 들은 참이었죠. 그런데 브록은 우리가 찾던 여자애라는 것을 본능적으로 알았던 겁니다. 치과 기록과 맞춰서 그녀의 신원을 확인했습니다."

나는 숨을 들이마셨다. 송진 향이 밀려왔고 축축한 돌 냄새가 났다. 휴식하기 좋은 곳이었다.

"신문에서 브록이 한 말을 읽었어요." 내가 말했다. "머설트가 스스로 목숨을 끊었다더군요. 브록은 패트릭 머설트가 살해되었다는 것을 알고 있었어요. 패트릭 머설트가 자기 가족을 죽였다고 결코 믿지 않았죠. 그가 한 말이 입막음용이라고 들었어요."

네스터가 크게 웃었다. "말 한번 잘했어요." 그가 말했다. "내가 왜 FBI를 그만뒀느냐고 물었죠? 사실 다른 것들도 있지만, 나는 그냥 입 닫고 잊을 순 없었던 겁니다. 우리가 확보한 패트릭 머설트의 시신을 봤을 때, 이건 누가 봐도 살인이었지요. 하지만 브록을 통해, 패트릭 머설트가 자살을 했단 소문이 돌기 시작했습니다. 그러고선 우리는 한 남자가 가족을 죽이고 스스로 목숨을 끊었다는 결말로 진상을 덮으라는 지시를 받았습니다. 참을 수 없었습니다. 패트릭 머설트는 살해된 겁니다. 명백한 사실이죠. 그러고 나서 여러 해가 흘러 매리언의 시신을 찾았는데, 또 소문이 돌기 시작했습니다. 나는 그런 식으로 거짓말을 떠안은 채 살 수는 없었어요."

"그러면서도 그들은 자살로 밀어붙였죠, 맞죠?" 내가 말했다.
"한 여자의 진술을 확보했어요. 오니옹고라고 기억나나요?"

"니콜 말이군요." 네스터가 말했다.

"우리가 플리스의 집에서 그녀의 사진을 찾았죠. 사건 파일을 보니 머설트와의 관계를 수년간 이어왔다고 나오더군요."

"맞아요. 기억나네요. 내 기억이 옳다면 산장에 있던 번호판으로 그녀의 행방을 찾았습니다."

"특별한 것은 없었나요?"

"없었어요. 당신이 머설트를 찾고 그다음 날에 그녀를 불러들였어요. 내가 이틀 연속으로 심문했는데 별다른 증언은 없었습니다."

"무슨 말을 했는데요?"

"머설트가 접근했다고 했습니다. 술집에서요. 그는 니콜이 간호사라는 것을 알고 이야기를 나누고 싶어 했다는군요. 외상 후 스트레스 장애를 앓고 있었답니다. 니콜은 생활 보조 시설에서 일했을 뿐이기에, 어떻게 도울 방법이 없었다더군요, 아무튼 그렇게 관계가 시작되었다고 해요. 둘은 산장에서 만났다고 했습니다."

내가 아는 니콜의 모습을 생각했다. 술집에서 그녀는 따분한 방에 걸린 풍속화 같은 존재였다. 머설트가 메이어츠에 들어선 것은 어디까지나 운명의 장난이었겠지만, 그는 그녀를 보자마자 그녀가 말하는 것을 듣자마자 그 목소리가 침묵에 잠기는 것을 원치 않았을 것이다. 나는 머설트에 대해 아무것도 몰랐지만, 그가 한순간 니콜과 사랑에 빠지는 모습이 생생하게 그려졌다.

"매리언을 찾고 난 다음에 니콜과 다시 이야기해봤어요? 딸에 대해 물어봤어요?"

"아니요." 네스터가 말했다. "매리언을 찾았을 때 우리는 사건을 다른 방향으로 검토했습니다. 혹시 우리가 놓친 것이 없는지, 새롭게 나온 단서가 없는지 알아봤습니다. 하지만 이 경우는… 2003년, 2004년 무렵이었죠? 9·11 테러 이후로 우선을 두는 사항이 바뀌었습니다. 이렇게. 단서가 많지 않은 사건에 대해서는 수사할 인력이 부족했죠. 우리 사무실은 사이버범죄와 테러와의 전쟁에 집중해야 했으니까요. 브룩은 패트릭 머설트 사건을 종결하기로 했습니다. NCIS는 계속해서 조사했지만 우리와의 공조는 없었습니다. 우리는 사실 당신과 연락하려고 애썼습니다. 그런데 아무도 당신 행방을 모르더군요. 우리가 매리언을 찾았을 때 당신도 그곳에 있고 싶어 했을 것 같았는데 말입니다."

"당연히 그랬을 겁니다." 내가 말했다. "매리언은 어디에다 묻었어요?"

"캐넌스버그로 돌아갔어요. 가족들 품으로요."

"그녀의 아버지도?"

"네. 모두 화장했죠."

"플리스의 집 기억나요?" 내가 물었다. "손톱으로 만든 배?"

"기억합니다."

"거기서는 뭐 좀 나온 것 없어요?"

"사실 검시관을 만나 물어봤어요. 매리언의 손톱과 발톱이 사라졌는지 알아볼 수 있을까 해서 물었는데 불가능했습니다."

"그녀를 찾았을 때 무슨 일이 있었나요?"

"아무 일도 없었어요. 신문에 장난을 친 것 말고는. 브록은 세세한 내용을 다 공개하고 싶어 하지 않았어요. 사람들이 접근하는 것을 원하지 않았죠."

"누가 그녀를 죽였는지 전혀 알아낸 게 없다고요? 이렇게나 시간이 지났는데."

네스터는 고개를 흔들었다. "전혀요."

나무 옆의 그림자들이 어느덧 짙어졌다. 반딧불이가 보였다. 네스터는 울 재킷을 걸치고 바위에 앉아 있었다. 이 장소를 지켜보자. 가려주는 나무들이 많아. 사람을 보이지 않게 배치해두고 누가 나타나는지, 누가 표식을 만드는지 지켜보는 거야.

"지도에 이 장소를 표시해줬으면 좋겠어요." 내가 말했다. "여기 오는 방법을 상세하게 알고 싶어요. 어떤 도로, 어떤 길을 따라서 왔는지. 나중에 내가 여기 다시 와야 할 때 이런 표식 없이도 찾을 수 있도록 상세한 정보가 필요해요. 해줄 수 있죠?"

"지도에 다 표시해줄게요." 그가 말했다. "얼어 죽겠네요. 그만 내려갑시다. 저녁이나 먹으러 가요."

네스터가 손전등을 켜고 길을 밝혔지만 발 디딜 곳을 찾기가 쉽지 않았다. 실리콘 의족을 어디에 두어야 할지 몰랐다. 흙이나 돌이 받쳐줄지 미끄러질지 짐작하기 어려웠다. 결국 발을 헛디뎌 바닥에 구르고 무릎이 까졌다. 나뭇가지를 붙들면서 계속 미끄러지는 바람에 손바닥이 송진으로 끈적거렸고 솔잎이 엉겨 붙었다.

"여기요." 그러면서 네스터가 팔을 내밀었다. 나는 그의 팔을 잡고 그에게 기대어 균형을 잡았다. 내 팔을 두르고 그에게 딱 붙어서 남은 언덕을 내려갔다. 그가 나를 옆에서 붙잡아주었다.

"고마워요." 나는 그렇게 말하면서 그의 도움이 필요했다는 사실이 속상했다. "이런 처지에 놓이게 되는 거 불편해요. 사람들에게 의존하는 거요."

"어쩔 수 없을 때도 있는 거죠." 그가 말했다.

우리는 버캐넌에서 저녁을 먹었다. 강 근처에 있는 휘슬 스톱 그릴이라는 식당이었다. 우리는 칸막이 된 자리에 앉았다. 갈색 체크무늬 면 테이블보에 두꺼운 비닐이 깔려 있었다. 작은 토끼 우리와 벽난로가 있어서 시골 부엌의 분위기가 났고, 나무판으로 된 벽에는 화환을 걸어놓았다. 우리는 스테이크와 양파 튀김을 주문했다. 네스터가 잉링 맥주를 따랐다.

"여기 마음에 드네요." 내가 말했다.

"그래요, 단골집입니다. 음식도 훌륭하고요."

"예쁘네요." 나는 아일랜드계 혼혈로 보이는 바텐더를 쳐다보며 말했다. "이야기해봤어요?"

"애니예요." 그가 말했다. "다음에 여기 오면 당신에 대해 설명해야겠는데요."

"여자친구? 나 때문에 괜히 곤란해지는 거 아니에요?."

"여자친구라뇨, 가당치도 않아요. 한동안 진지하게 만나던 사람이 있었어요. 몇 년 되었는데 어느 날 갑자기 서로서로 망치고 있단 생각이 들더군요." 그가 말했다. "가끔 좋아하는 마음이 생겨도, 오래 남아 있질 않네요."

우리 사이의 연애 가능성을 생각하니 몸이 달아올랐다. 여기서는 무엇을 해도 탈이 없다. 그의 손에 내 손을 얹고 싶었다. 무릎을 그의 무릎에 대고 가볍게 문질렀는데 그는 빼지 않았다. "아까 데려다줘서 고마워요." 내가 말했다.

"더 필요한 건 없어요?" 그가 물었다. "보고서 같은 거 제출해야 하지 않나요?"

"한동안은 괜찮아요. 좀 더 둘러보고요."

"그렇군요. 만나서 반가웠습니다."

나는 네스터의 트럭 옆에서 머뭇거리며 그의 까칠한 턱수염이 없었으면 좋겠다고 생각했다. 그러나 그것도 잠시, 그가 "오랫동안 당신을 많이 생각했어요"라고 말하는 순간, 나는 다짜고짜 그에게 입술을 들이댔고 그의 수북한 털 사이에서 부드러운 입술을 찾았다. 그가 선뜻 나를 기대하지는 않았다고 생각했는데, 그는 나를 들이마시려는 듯 내 입술을 훔쳤다. 그에게서 갈망이 느껴졌다. 그는 내 목에 키스하면서 내 가슴을 만졌다.

"사람들이 있어요." 내 말에 네스터가 "죄송합니다" 하며 살짝 물러났다. 마치 나를 폭행하거나 무례를 범하기라도 한 것처럼. 그래서 내가 말했다. "어디 살아요? 이 근처인가요?"

나는 그의 자동차 미등을 따라 운전하며, 올드 엘킨스 151번 도로를 20분가량 달렸다. 그가 기다란 자갈길 진입로에 차를 세웠고, 정문 앞 현관에 불이 들어왔다. 나는 트럭 뒤에 차를 대고 그를 따라 옆문으로 갔다. "고장 난 지가 언젠데 자물쇠가 아직도 이 모양이네요." 그가 그렇게 말하더니 옆으로 밀어서 열었다. 그는 개를 밖으로 내보냈다. 털이 긴 대형견은 마당으로 넘어가 어둠 속으로 사라졌다. 네스터는 신발장 옆에서 나에게 키스했다. 그러고는 나를 자기 쪽으로 끌어당겼다. 나도 그에게, 그의 눈에 키스했다. 그의 청바지 사이가 딱딱해진 것이 느껴졌고, 나는 그를 만지고 문질렀다. 그는 내 머리카락이 소중한 무엇이라도 되듯 어루만지고 키스했다. 나는 그의 손에 이끌려 부엌을 통과했다. "이쪽으로." 그가 그렇게 말하며 거실로 데려갔다. 벽난로 위 거울에 우리의 모습이 흐릿한 형체로 비쳤다. 그는 내 뒤에서 다가왔다. 양손으로 내 가슴을 끌어안았다. 그가 강하게 나를 밀치는 것이 느껴졌다. 숨을 가쁘게 몰아쉬던 그는 내 쪽으로 돌아서서 내 셔츠 단추를 더듬거렸다. 나는 직접 옷을 양쪽으로 펼쳐서 몸을 드러내 보였다. 그는 나의 바지를 벗긴 후, 무릎을 꿇고서 내 옷을 엉덩이 아래로 내렸다. 그는 내 의족에 키스했고, 다른 쪽 넓적다리에도 키스했다. 다리에서 점점 더 올라오며, 천천히 나를 맛보았다. 그러다 내 젖꼭지를 움켜쥐었고, 나는 무릎에 힘이 빠져 그와 함께 카펫 위로 쓰러졌다. 그가 내 의족을 벗기는 것을 도와주었다. 진공 밀봉된 곳에 바람이 빠지는 소리가 나자 함께 웃었다. 라이너가 벗겨지고, 그가 다리 절단면에 입을 맞췄을 때는 당혹스러웠다. 라이너 때문에 얼마나 독한 냄새가 날지 잘 알았기 때문이다. 어쨌든 그는 그곳에도, 나에게도 키스했다. 그는 내 금발 음모에 키스했고, 배 위로 올라와 내 젖꼭지를 입에 넣고 빨았다. 내 몸이 부르르 떨리며 활처럼 휘었다. 그는 나를 밀어붙이며 내 안으로 들어왔고, 그러다가 몸을 뺐다. "미안해요." 그가 말했다. "너무 빨랐네요." 그러고는 자신의 입을, 이어서 손가락을 사용했다. 나는 이를 악물었고, 몸을 부르르 떨며 숨을 헐떡거렸다. 우리는 거실 카펫에서 1시간 조금 넘게 눈을 붙였고 깨어나서 키스했다. 나는 입을 사용하여 그를 애무했다. 그런 다음 그를 내 안으로 이끌었다. 우리는 두 번째로 서로의 눈을 들여다보았는데, 이번에는 그에게 절박함이 덜해 보였다. 베개와 담요를 소파 뒤로 치우고서 바닥에서 함께 몸을 둥글게 말았다. 그는 내 왼쪽 넓적다리를 만졌다. 내게 용기를 주려고 그러는지, 나를 받아들이겠다는 몸짓인지, 아니면 몇몇 남자들처럼 없어진 다리에 매력을 느끼는 것인지 손을 계속 그곳에 두었다. 어째서 그러는지 궁금했지만 물어보지 않았다. 그가 내게 무엇을 원하든 마음껏 하도록 내버려두고 싶었다.

"다리는 어쩌다 잃게 된 건가요?" 자정이 조금 지났을 때 그가 물었다. "아니면 태어날 때부터 그랬나요?"

나는 눈의 초점을 맞추었고, 그러자 달빛이 비치는 가운데 텔레비전 위에 걸린 이상한 그림이 눈에 들어왔다. 똑바로 누운 몸을 그린 그림이었다. 혹시 데이비 김의 방에 걸렸던 수영복 포스터 같은 건 아닐까, 벌거벗은 여자가 그려져 있는 건 아닐까 걱정했다. 자세히 보니, 죽은 남자의 그림이었다.

"저게 뭐죠?" 내가 물었다. "당신이 직접 그린 건 아니죠?"

"아니에요. 내가 집을 살 때부터 여기 있었어요. 떼어내지 않았을 뿐이에요." 그가 말했다. "이 집 매매를 중개했던 사람이 그림을 그대로 두었으면 좋겠다더군요. 그의 말로는 러시아 소설과 관련이 있다고 했습니다. 그저 오래된 그림 포스터예요. 예수의 그림이지요."

"본인 사진을 걸어도 되잖아요."

"죽은 그리스도의 그림이 범죄 현장 사진보다 못한가요?"

"다른 그림을 걸어요."

"알았어요. 다른 것으로 바꿀게요. 내가 좋아하는 옐로스톤의 풍경 사진, 그랜드 프리즈매틱 온천 같은 것으로. 하지만 이왕 나와서 하는 말인데, 당신도 알다시피 나는 예전에 신자였어요. 교회에서 자랐습니다."

"당신이 부활을 믿느냐고 물었던 게 생각나요. 늘 죽음을 곁에 둬야만 하는 일엔 종교가 도움된다고 생각한 것이겠죠."

"맞아요. 그러고 보니 비슷한 말을 했던 것 같군요. 하지만 나는 그 무렵에 어떤 체험을 했어요. 종교적 체험 같은 거죠. 그런데 당신도 비슷한 말을 하지 않았던가요? 혹시 종교적 체험을 했었나요? 예를 들어 신의 목소리를 들었다거나?"

머나먼 우주공간에서 지구를 바라보았을 때 들었던 감정들, 천지창조의 모든 연결고리를 목격하게 된 듯한, 거의 성스러움에 가까운 감정이 들었던 기억을 떠올렸다. "아니요." 내가 말했다. "종교적 체험 같은 건 없었어요. 자연으로부터 경이로움을 느꼈지만, 목소리를 듣는다거나 하는 일은 전혀 없었습니다."

"나는 있었어요. 마치 신의 환영을 목격한 것 같았죠. 하지만 내가 본 신의 모습은 블랙홀과 비슷했습니다." 네스터가 말했다. "그 환영이 나를 압도했어요. 사람들은 무한성에 대해 생각할 때면, 결코 끝나지 않는 것들에 관해서만 이야기하죠. 하지만 무한성은 반대 방향으로 작용하기도 해요. 무한성은 부정(否定)일 수도 있는 거죠. 우리는 흙에서 자라, 세포를 증식합니다. 그러다 시들기 시작하고, 결국 죽어서 흙으로 돌아가죠. 그렇게 다른 많은 것이 우리의 자리를 차지하게 됩니다. 그 모든 육체와 죽음, 수십억에 달하는 인간의 삶이 마치 파도처럼 밀려 들어왔다가 다시 밀려 나가요. 종교적 체험이나 신에 대해 떠드는 헛소리란, 정말이지 넌더리가 납니다. 마치 이런 겁니다. 아이일 때는 하찮은 것도 별생각 없이 믿잖아요. 그렇게 줄곧 믿다가, 어느 순간 내가 왜 이런 걸 믿었을까 깨닫게 되는 순간이 오죠. 왜 이런 유치한 걸 믿게 되었을까. 환영을 보고 난 뒤, 순간 그런 생각이 들더군요. 그러한 체험을 한 뒤로 모든 것이 바뀌었습니다. 나는 공포를 무디게 하려고 술을 마시기 시작했습니다. 환영을 마주한 이후로는 세상이 너무도 무서웠어요. 더 이상 수사국 일을 할 수 없었죠. 견딜 수 없었어요. 그래서 이곳에서 지내며 진창 술을 마셔댔습니다. 정신을 잃지 않고선 배길 수 없었으니까요. 그러다 저 그림을, 예수 그림을 보았습니다. 나는 저 예수가 곧 일어나리라고 굳게 믿었습니다. 언젠가 그가 일어나서 내가 잘못 생각한 것임을 깨닫게 해주리라 믿었죠. 매일 밤 그렇게 믿다가… 어느 순간 알게 되었어요. 저 그림 속 예수는 십자가에서 끌어 내려지고 난 뒤의 모습임을. 그래요, 예수는 죽었습니다. 죽은 육체일 뿐이죠. 모두 예수의 부활을 기다리고 예수 자신도 부활을 기다리지만, 그런 일은 일어나지 않을 거예요. 나는 처음엔 저 그림을 혐오했어요. 비기독교적으로 느껴졌거든요. 그런데 한순간, 그림의 메시지가 무엇인지 깨달았습니다. 나는 그 메시지에 대해 더 깊이 파고들었고, 결국 어떤 의미를 찾았습니다."

"당신은 무신론자이군요." 내가 말했다.

"그렇지 않아요. 나는 신을 믿습니다. 신의 존재를 믿고 있어요. 신을 체험했으니까요. 어떤 환영을 목격했고, 그 환영에서 신을 목격했습니다. 신은, 검은 별들에 둘러싸인 어떤 빛, 역병 같은 빛입니다. 나는 여전히 신자이지만, 신을 생각할 때면 기생충 비슷한 것을 떠올립니다."

그의 심장이 요동치는 게 느껴졌다. 돌연 식은땀을 흘렸다. 그의 몸이 달빛에 비쳐 은색으로 보였다. 그의 가슴 부근에 난 점들이 작은 별자리를 이뤘고, 특히 심장 쪽 점들은 오리온 별자리로 보였다. 나는 무슨 말을 해야 할지 알 수 없었다.

"미안해요, 다리에 대해 물어서." 그가 말했다. "불편하게 만들 생각은 없었어요. 다들 그것에 대해 물으니 피곤하겠어요."

"솔직히 말하면 어떻게 된 일인지 잘 기억나지 않아요. 숲에서 길을 잃었고, 저체온증이 왔어요. 다리가 괴저로 손상되어 절단하는 수밖에 없었죠. 절단 수술을 한 건 기억나요."

자동차 한 대가 151번 도로를 지나면서 헤드라이트 불빛이 순간적으로 창유리의 격자무늬를 천장에 그렸다. 이제 우리가 냉정하게 서로 등지며 눕게 될까 궁금했다. 원하는 것을 얻고 나면 다들 그렇듯이. 그러나 네스터는 손으로 내 머리카락을 쓸어내리고는 나를 어루만졌다. 그리고 자기 옆으로 내 몸을 끌어당겼다. 나도 양팔로 그를 안았다. 그의 머리를 품어 내 가슴에 갖다 댔다. 나는 그의 숨소리를 들을 수 있었다. 그도 내 심장소리를 들었을 것이다.

"국부 마취를 한 터라 의식이 있었어요." 나는 그에게 말하면서, 무중력실에서 받았던 수술을 떠올렸다. 핏방울이 천장과 벽에 연이어 튀어 얼룩을 만들어내던 모습을. "깨어 있긴 했어도 수술 과정을 볼 수는 없었죠. 수술 내내 천장만 바라보았어요. 가장 먼저 정강이가 잘려나가는 게 느껴졌어요. 가끔 그때의 감각이, 발과 발목이 제거되는 감각이 느껴져요. 환상통이라고들 하죠. 그 이후로도 정강이가 잘려나가는 걸 계속 느끼게 됐어요. 하지만 정강이를 잘라내는 걸로 부족했어요. 감염이 이미 내 무릎까지 올라왔었거든요."

얼마 후, 네스터가 내가 의족을 착용하는 것을 도왔다. 그가 말했다. "신경 쓰지 마세요. 전혀 번거롭지 않으니까. 나는 당신과 함께 있고 싶었어요. 당신을 처음 보았을 때부터 줄곧…"

"나를 처음 본 순간을 기억하는 거예요?"

"범죄 현장에서였죠. 불과 몇 초였지만 당신에게 시선을 빼앗기고 말았죠. 그다음 날, 아침 회의실에서 내 소개를 하려고 했는데, 당신이 매력적이라는 것은 이미 알았지만, 세상에 셔넌." 그가 말했다. "그날 아침 당신은 정말…"

"알았어요. 거기까지만 해요."

"당신이 떠나고 난 뒤로 계속해서 당신 생각이 났어요. 때마침 다른 사건이 일어났고, 우연히 마주칠 수도 있겠다고 생각했지만, 결국 그러지 못했네요. 나는…"

"그러게요, 마주쳤다면 좋았을 텐데." 내가 말했다. "그런데 어떤 사건이었나요?"

"대단한 사건은 아니었어요. 해리스버그 출신 변호사가 있었는데, 차량탈취 사고 중에 살해되었죠. 당신에게 협의를 요청하려 했어요."

"나랑 무슨 관계였는데요?"

"아무 관계도 아니었어요. 보고서가 잘못된 겁니다." 그가 말했다. "변호사 몸에서 회수한 총탄을 탄도 지문 데이터베이스로 조사했는데 머설트 몸에서 나온 총탄과 일치하더군요. 그래서 당신 생각이 났어요. 하지만 그 총은 사건이 일어난 내내 우리 측 증거물 보관실에 있었어요. 당신에겐 총탄이 일치하는 결과가 나왔지만, 거짓 양성*이라고 말해주려 했습니다. 뭐, 결국 연락이 닿지 않았지만요."

"기소는 어떻게 되었나요?"

"판사가 전부 다 기각했어요. 빌어먹을 데이터베이스에 일치하는 탄도 몇 개 나왔다고 모조리 다 조사하라고 했죠."

"요즘은 어때요? 수사국 일이 그립지 않나요?" 내가 물었다.

"가끔 그립긴 해요. 하지만 나는…"

"힘들면 이야기하지 않아도 돼요."

"사람을 쏴 죽였어요. 공무를 집행하는 중에 일어났고 정당방위로도 인정되었지만, 나 자신이 받아들일 수 없었어요. 그자를 쏘지 않았다면, 분명 내가 총에 맞았을 테지만요."

나는 그를, 그의 과거를 재구성해보려고 했다. 어쩌면 그가 겪지 않았어도 되었을 과거까지도. 신의 환영, 기생충, 역병의 별. 모종의 부서짐. 어쩌면 사람을 죽인 일이 그를 부서뜨렸는지도 모른다.

"그자는 누구였어요?" 내가 물었다.

"나름 거물이었어요. 컴퓨터 공학자였습니다." 네스터가 말했다. "조사 과정에서 그의 이름이 나왔죠. 사익을 위해 군사기밀을

---

* 음성이어야 하는 것이 양성으로 잘못 나온 것.

활용했더군요. 나는 그저 진술을 확보하러 찾아갔어요. 그게 전부였죠. 딱히 표적 수사를 한 것도 아닌데, 엄청나게 당황하더군요. 어쨌든 총격 사건이 있고 나서, 저는 휴가를 가게 됐습니다. 그동안 총격은 내부 문제로 처리됐죠. 죄가 입증될 때까지는 무죄여야 하지만 실상은 그렇지 않았습니다. 적어도 내가 느낀 바는 그렇지 않았어요. 혐의가 벗겨진 뒤에도 마찬가지였고요. 수사국 안에서 따돌림을 당했죠."

"그래서 FBI를 떠난 거로군요."

"한심하게 들릴지 모르겠지만, 인터넷으로 당신을 찾아봤습니다. 혹시 사진이라도 있을까 해서요. 사진 한 장만이라도 볼 수 있으면 좋겠다고 생각했습니다. 하지만 없었어요. 당신에 대한 기억을 내 마음속에 풀어놓고서 당신과 함께하는 삶은 어떨까 상상해봤어요. 그것만으로는 부족했어요. 결국 당신 주변 사람들에게 수소문해봤지만, 아무도 당신의 행방을 모르더군요. 브록조차도요. 그런데 지금 당신이 눈앞에 있네요."

"그래요, 여기 있어요. 목이 마르네요. 마실 거 있어요?"

나는 마실 것을 기다리는 동안 죽은 그리스도의 그림을 보았다. 시신은 잿빛이었고 홀바인이라고 적혀 있었다. 좁은 화폭에 몸을 쭉 뻗고 누워 있는 그리스도. 저런 상태로 다시 숨을 쉬리라고는 상상하기 어려웠다.

우리는 정문 현관 앞 접이식 의자에 앉아 누비이불로 몸을 감쌌다. 머그잔으로 코냑을 마시며, 저 멀리서 빛나는 헤드라이트를 바라보았다. 네스터의 개 뷰익이 그의 발 옆에 몸을 둥글게 말고서 코를 골았다. 토끼 쫓는 꿈이라도 꾸는 듯했다. 새벽 3시에 가까운 시각, 우리는 서로의 침묵에 편안함을 느꼈다. 그러다 점점 내 마음은 소나무 사이에 묻혀 있던 매리언의 시신과, 피라미드 모양으로 지어진 떠도는 도시로 향했다.

"그리스도에서 찾아낸, 더 깊이 있는 의미란 게 뭐였죠?" 내가 물었다. "저 그림을 보고 당신이 한때 믿었던 기적보다 더 깊은 뭔가를 찾았다고 했잖아요. 그리스도보다 더 깊은 게 도대체 뭐죠?"

"영원한 숲이요." 네스터가 말했다. "그건 우리 주변에 있어요. 당신이 볼 수 있는 모든 것에 있죠."

밖에 계속 있기에는 너무 추웠기에 우리는 침대로 들어갔다. 그는 잠이 들었지만 나는 잠들 수 없었다. 벽을 분홍색과 오렌지색으로 물들이는 새벽 햇살을 바라보았다. 네스터의 아버지가 말한 꿈 내용이 생각났다. 광산에 갇힌 그는 어두운 터널을 기어 들어가 숲의 미로로 빠져나오는 꿈을 꾸었다고 했다. 거울 달린 방과 뼈로 된 나무가 생각났다. 나 또한 영원한 숲에서 길을 잃었다. 네스터를 깨우거나 마지막으로 그에게 키스할까 생각했지만, 침대 옆 탁자에 내 휴대폰 전화번호를 남겨둔 채, 계속 자게 내버려두고 집을 나섰다.

3

봄 날씨치고 고약했다. 보도에 내린 눈이 질척하게 녹으면서 차가운 푸딩처럼 되었다. 이곳 현실에서 머문 지도 여섯 달째. 여기서 나는 코트니로, 한 사람의 주민으로 살고 있다. 심지어 장애 보조금도 받고 있다. 등산복 셔츠와 헐렁한 운동 바지, 길게 자라 헝클어진 머리카락. 여섯 달 만에 나는 이곳에, 커튼을 치거나 합판으로 가린 지저분한 창문들과 빗자국이 진 먼지로 갈색이 된 채 방치된 상점 건물 현관들에 자연스럽게 섞여들었다. 흡연자들과 종일 빈둥거리기만 하는 추레한 사람들이 진눈깨비를 피하고자 호화로운 보자르 법원 계단에 몰려들었다. 내 셔츠와 머리카락도 흠뻑 젖었다. 몸이 무겁고 추웠다.

네스터를 만나지 않는 밤이면 메이어츠에 매일 드나들면서 이 IFT에 적응하려 노력했다. 크리스마스와 새해도 여기서 맞았다.

나는 눈을 털고 바에서 가장 먼 쪽에 자리를 잡았다. 이 자리에선 텔레비전을 보면서 내부를 둘러볼 수 있었다. 바 뒤로 형광 청색의 흘림체로 쓴 메이어츠 간판이 보였고, 담배 연기가 거즈처럼 피어올랐다. 바텐더는 벡스라는 이름의 젊은 여자로 왼쪽 팔뚝에 히아신스와 포도덩굴 문신을 했다. 그녀는 나의 첫 잔으로 럼주와 체리코크를 따랐다.

"나중에 한꺼번에 계산할 거죠, 코트니?"

"맞아요." 내가 말했다. "오늘 밤에 콜이 오면 그녀 술값도 내가 낼게요."

그녀는 평소와 똑같이 7시가 가까웠을 때 나타났다. 팔다리가 늘씬하고 우아했고 중년의 나이에도 귀티가 여전했다. 비에 눅눅하게 젖었을뿐더러 근무하느라 피곤했을 텐데도 말이다. 연한 청색의 작업복 위로 선홍색의 레인코트를 걸쳐 입은 그녀는 평소처럼 내 옆자리 의자에 앉았다.

"콜, 왔군요."

"김."

벌써 팔리아멘트 담배를 입에 문 콜은 플라스틱 재떨이를 끌어당겼다. 재를 털기 전에 고리 모양의 담배 연기를 내 쪽으로 날렸다. 나는 입술을 오므려 얼굴로 날아드는 담배 연기에 키스했다. 박하 향과 축축한 천 냄새, 그리고 아마도 생활보조센터에서 일하며 온종일 노인들 몸을 씻기고 닦느라 묻었을 체취가 났다. 그녀는 눈이 벌겋게 충혈되었고 졸려 보였다. 담배를 마저 다 태우기도 전에 다른 담배에 불을 붙였다. 재떨이에서 두 담배가 함께 타올랐다. 바이코딘을 복용한 모양이다. 이 마약성 진통제를 복용하면 금방 알아볼 수 있다.

"맨해튼을 마실래요." 그녀가 눈을 비비며 말했다.

"괜찮아요?"

"피곤한 하루였어요." 음악적 억양이 들어간 그녀의 목소리는 우아했다. 나는 그녀가 십 대 때 몸바사에서 이곳으로 이사 왔다는 것을 알았다.

"오늘은 내가 살게요." 내가 말했다.

"생활 보조금이 들어왔나 봐요. 후하기도 하셔라."

내가 잔을 들었다. "복지국가의 삶을 위하여." 그러고는 잠깐 말을 멈췄다. "오늘 날짜가…"

"4월 16일."

"4월 16일." 내가 그녀의 말을 반복했다.

그녀의 남편 제러드가 10년 전 오늘 갑상샘암으로 죽었다고 들었다. 아직 치료법이 개발되기 전의 일이었다. 나는 제러드라는 남자에 대해 잘 몰랐다. 둘은 일찍 결혼했는데, 내가 듣기에는 결혼 초창기부터 삐거덕거린 듯했다. 제러드가 그녀를 폭행했다. 남편에게 맞아 턱뼈가 부러졌었다고 그녀는 말했다. 지난 몇 달 동안, 니콜과 나는 부쩍 가까워졌다. 그녀가 자신의 삶을 내게 쏟아붓고 있다는 느낌마저 들 정도였다. 내가 그녀를 실은 배라도 되듯이 말이다. 그녀는 고통스러웠던 자신의 과거에 대해, 힘들었던 삶에 대해 거리낌 없이 털어놓았다. 그가 죽기 몇 년 전부터 두 사람 사이가 무척 소원해졌다고 했다. 남편이 죽고 나선 마약에 의존했고, 헤로인을 얻으려고 몸을 허락했다고 했다. 남자들과 함께 낯선 방에서 깨어나는 일상. 그녀의 삶은 나이가 들면서 예전만큼 거칠지 않았지만, 여전히 약을 하고 술을 마셨다. 자기 안에 들어앉은 통증을 잠재우려면 달리 방법이 없었다.

"하마터면 잊을 뻔했네요." 그녀는 지갑을 뒤져, 옆 주머니에 있던 낡은 복권 다섯 장을 꺼냈다. 그녀는 그것들을 잘 펼쳐서 내쪽으로 밀었다. "한 번도 맞은 적이 없어요." 진통제에 술까지 섞이자 정신이 몽롱한지 그녀는 몸을 가누지 못했다. 오늘 밤도 계속해서 술을 마시고, 또 계속해서 약을 할 분위기였다. 가끔 그녀가 정신을 잃으면 내가 아파트로 데려갔고, 그녀 옆에 붙어서 호흡이 멈추지 않는지 확인해야만 했다. 하지만 약과 술이 나쁜 점만 있는 건 아니었다. 그녀의 정신을 기분 좋게 풀어서 그녀가 껍질을 벗고 나올 수 있도록 돕기도 했다. 그러면 나는 아파트 불을 끄고 그녀의 끝없이 이어지는 잡담을 들었다. 그런 날에는 내가 대화를 이끌었다. 그녀에게 옛 애인들 이야기를 해달라고 했다. 그녀는 죽은 남편에 관해 이야기하고, 한때 사귀었던 죽은 애인에 대한 후회를 털어놓았다. 나는 머설트 얘기가 나오지 않을까 싶어 계속해서 캐물었지만, 그녀는 죽은 애인 이야기와 악몽의 폭력적인 내용을 뒤섞어가며 혼잣말을 해댈 뿐이었다. 마치 저 멀리서 죽은 자들이 자신에게 말을 걸고 있다는 듯이.

그녀는 맨해튼을 다 마시고 새로 주문했다. 보아하니 '골드 마인 복권'이었다. 채굴 도구들이 그려진 은박지를 손톱으로 긁었지만 꽝이었다.

"젠장."

"한꺼번에 다 긁지말아요." 니콜이 말했다.

메이어츠는 예전부터 단골들이 드나들었지만, 어느 순간 셰일 가스 개발자들이 이곳을 점령하기 시작했다. 대부분 남부 출신으로, 셰일 가스 시추를 위해 펜실베이니아 남서부로 온 사람들이었다. 문제는 이 지역 셰일이 고갈되면서 발생했다. 골칫거리 취급을 당하게 된 채굴 인부들과 트럭 운전사들은 거의 매일 밤 메이어츠에 와서 소란을 피웠다. 그들은 삼삼오오 모여 포켓볼을 치며 덤핑법의 허점에 관해 이야기해댔다. 다들 목소리가 컸고 지나치게 술을 마셨는데, 그들의 남부 억양은 니콜의 케냐 억양보다 더 이국적으로 들렸다. 니콜은 여기서 꽤나 잘 알려진 인물이었다. 적어도 1990년대 말부터 메이어츠에 드나들었으니 그럴 만도 했다. 30분만 걸어가면 그녀가 사는 캐슬타워 아파트가 나왔고, 그녀의 일터 도넬 하우스도 걸어갈 수 있는 거리에 있었다. 그녀는 20년간 똑같은 일상을 보냈고, 이제 나도 그녀 일상의 일부가 되었다. 바텐더도 우리 둘을 마치 세트인 양 "콜과 코트" 혹은 "묘한 커플"이라고 불렀다.

마침내 우리는 주말에도 메이어츠 밖에서 만났다. 서로의 아파트도 찾아갔고, 니콜의 혼다 차로 잠깐씩 드라이브를 가기도

했다. 보통은 피츠버그에 가서 음반가게를 둘러보았는데, 니콜은 음악 취향이 다양해 상송과 중세 다성음악, 불협화음이 심한 클래식 음반을 두루 모았다. 묘하게도 이런 음악들을 들으면 어린 시절이 생각난다고 했다.

그녀는 술잔의 얼음을 휘저었다. 오늘 밤에는 앞이 제대로 보이지 않는 듯했다. 니콜은 약을 하면 대체로 돌발적인 행동을 했는데, 오늘은 웬일인지 조용하게 속내를 털어놓았다.

"그들이 제러드를 위해 추도식을 열거래요." 그녀가 말했다. "그들 집에서요. 나도 오라더군요. 그 사람들 얼굴 본 지도 한참 되었네요."

"그 사람들이 누구죠?"

"시댁 식구들이죠. 제러드의 어머니, 미스 애슐리. 넓은 집이 있어서 가족들 모두…"

"어떻게 생각하는데요?"

니콜은 어깨를 으쓱하고는 담배를 한 모금 길게 빨았다. 그녀는 남편네 식구들 때문에 얼마나 고통스러웠는지에 관해 이야기한 적이 있었다. 남편은 암 진단을 받고서 그녀에게 도와달라고 간청했고, 결국 그녀는 죽을 때까지 남편 옆에 붙들려서 간호해야만 했다. 남편네 가족은 사촌에서부터 친구의 친구까지 끈끈하게 연결돼 있었는데, 그 끈끈한 유대감이 니콜에게 부정적인 영향을 미쳤다. 남편네 가족들과 마지막으로 보고 난 뒤로 약을 과하게 하기 시작했다고 했다. 소용돌이는 시간이 어느 정도 흐르고는 잠잠해졌지만, 충격의 여파는 여전히 남아 있었다. 그녀는 헤로인을 결코 끊지 못했다.

"며칠 시간을 두고 생각해보면 어떨까요?" 내가 물었다.

"내가 해줄 수 있는 말은…" 니콜이 말하며 텔레비전을 쳐다보았다. KDKA에서 11시 뉴스를 알렸다. 일가족 살해, 65번 도로에서 사망 사고, 산 채로 태워진 핏불테리어. "내가 해줄 수 있는 말은…"

약이 효과를 발휘하고 있었다. 그녀는 녹아내리는 듯 보였다. 몸에 힘이 풀린 상태로 맨해튼을 연신 들이켰다. "그러니까 내게 말해요." 나는 그렇게 말하며, 그녀가 속마음을 털어놓는 것을 받아줄 준비를 했다. 그녀는 나를 단순한 사람으로 생각한다는 걸 잘 알고 있었다. 그녀가 그렇게 느끼도록 부채질했으므로. 같이 웃을 수 있고 술집 남자들에 대해 농담할 수 있는, 그러면서 복잡한 속셈은 없는 사람처럼 굴었다. 나에게 말하는 것은 아무도 없는 방에서 혼자 이야기하는 것과 같다는 생각이 들도록 했다. "콜." 내가 말했다.

"남편의 친구와 잤어요. 될 대로 되라는 식으로요. 남편에게 상처를 주고 싶었어요."

텔레비전 불빛이 어른거리고, 당구장에서 요란한 목소리가 들렸으며, 주크박스에서 팀 맥그로 노래가 흘러나왔다. 나는 취기가 올랐지만 정신을 집중하려고 애썼다. 벡스를 손짓으로 불러 또 한 잔 주문했다. "누구였는데요?"

"패티." 니콜이 말했다. "패트릭." 그러면서 또 한 잔 마셨다. "유부남이었어요. 호텔에서 만났죠. 그가 오두막을 빌리면 거기서도 만났어요. 그는 나와 자고 난 후 내 사진을 찍었어요. 사진을 남편에게 보내 내가 다른 사람과 있다는 것을 알게 하려고요. 제러드는 내 삶에 들락거리며 온갖 쓰레기들을 떠안겼어요. 나도 그에게 상처를 주고 싶었어요."

패트릭 머설트야. 목에서 열기가 확 올라왔다. 머설트와 니콜의 내연 관계를 상상했다. 니콜이 블랙워터의 오두막에서 그를 위해 포즈를 취하는 모습을, 남편에게 마치 독약을 보내듯 사진을 보내는 모습을 상상했다.

"어떻게 되었어요?" 내가 물었다.

니콜은 텔레비전을 가리켰다. "뉴스에 나오더군요." 그녀의 눈에서 눈물이 쏟아졌다. 눈물을 닦아내면서 그녀는 구역질이 나는 듯 보였다. 한순간 그녀의 머릿속으로 어떤 기억이 휩쓸고 지나갔다는 듯, 그녀는 머리를 흔들며 참아냈다.

"남편이 친구를 죽였나요?" 내가 물었다.

"제러드는 겁쟁이었어요." 그녀는 멍하고 반응이 굼떴다. 취기 때문에 대화에 집중하지 못했다. "내가 그와 사랑에 빠진 건 문신 때문이에요. 그를 만났을 때 겨우 열일곱 살이었는데, 가슴에 새긴 독수리 문신이 되게 인상적이었거든요. 그는 내 재킷이 마음에 든다고 했어요. 만나지 말았어야 했는데. 내가 한 선택 중에 최악이었어요."

"콜, 무슨 말을 하는 거예요? 그러니까 남편이 사람을 죽였어요?"

"남편의 친구들이, 그 친구들이 죽였어요. 콥하고 칼이." 니콜이 말했다. "그 후로 남편이 매일 연락해서 날 위협했어요. 날 죽이겠다고 했어요. 내가 한 일에 대해 응징하겠다고. 또 내가 입이라도 뻥긋하면 죽이겠다고. 그는 내 모든 걸 앗아 갔어요. 좋은 건 전부 망가뜨렸죠. 이런 지옥이 기다릴 줄 알았다면, 열일곱 살때 그냥 죽어버리는 건데."

"그 친구들이라 게 누군데요?" 내가 물었다. "칼? 콥? 한 번도 들어보지 못한 이름인데요. 당신 친구라고요?"

"오래된 일이에요." 니콜은 그렇게 말하며 맨해튼을 비웠고 얼음을 씹었다.

"내가 추도식에 같이 가줄게요." 나는 추도식에 누가 올지 궁금했다. 콥과 칼이라는 두 남자가 패트릭 머설트를 죽였다. 또한, 니콜의 남편 제러드도 이 일에 관여했다. 이 IFT에서 제러드는 2006년에 갑상샘암으로 죽었지만, 1997년에는 여전히 살아 있을 것이다. 그를 찾을 수 있었다. "나랑 같이 가요."

"좋은 생각이 아니에요." 니콜이 말했다. "이 사람들…"

"혼자 가서는 안 돼요. 나한테 그런 말을 해놓고 혼자 가겠다고요? 절대로 안 될 말이에요. 니콜, 내가 같이 갈게요. 괜찮을 거예요. 옆에 친구가 있어야 해요."

"그런가요?" 그녀가 말했다. "생각해볼게요. 나도 혼자 가고 싶지는 않아요."

니콜은 화장실에 갔고, 나는 또 한 잔을 주문했다. 나는 친구가 아니었다. 속내를 감춘 사람이었고 거짓말쟁이였다. 그러나 여기서는 모든 진실이 거짓이나 다름없었다. 나는 수소문 끝에 머설트 살해 사건의 용의자 세 명을 찾았다. 네스터에게 문자를 보내 주말에 여기 없을 거라고 알렸다. 오늘 밤에 와요. 그가 답장했다. 나는 '너무 늦었어요'라고 보냈고, 그는 '내일 만나죠'라고 답장했다.

"내가 못 살아." 벡스가 말했다.

니콜이 화장실에서 나오면서 휘청거렸고, 결국 누군가와 부딪혀 대자로 뻗었다.

"잠깐만요." 내가 말했다. "벡스, 내 카드로 결재해요. 그녀를 데리고 나가야겠어요."

나는 그녀에게 20달러의 팁을 주었다. 어깨너머로 니콜의 지갑을 집었다. "자 콜, 정신 차려요. 우리 집에 가요."

그녀의 팔이 내 어깨에 걸쳐졌다. 니콜은 풍선 인형처럼 주르르 흘러내렸다. "괜찮아요." 내가 말했다. "술에 좀 취했을 뿐이에요. 내가 집에 데려다줄게요."

"도와줘요?" 벡스가 물었다.

"걸을 수 있겠는데요." 그렇게 말하면서도 우리 꼴이 얼마나 우습게 보일지 상상했다. 메이어츠도 그렇게 떠들썩한 건 아니었는데, 밖으로 나오니 쥐 죽은 듯 고요했다. 밤이었고, 비가 내려 차디찬 안개가 깔려 있었다. 나는 보도가 얼었는지부터 확인하며, 의족을 조심히 내디뎠다. 계단을 오르는 동안 그녀를 계속 살폈다. 3층 B실, 나는 내 방 자물쇠를 열었다. "여기 소파에 누워요."

니콜은 얇은 매트리스가 깔린 소파에 풀썩 쓰러진 채 연신 기침을 해댔다. 그녀는 다리를 팔걸이 너머로 늘어뜨리고는 요란하게 트림을 했다. 술내 섞인 토사물 냄새가 나서 살펴보니 그녀의 셔츠와 카디건이 엉망이었다. 나는 그녀의 신발부터 벗긴 후, 지저분한 옷을 차례대로 벗겼다. 작은 가슴과 깡마른 몸이 드러났다. 팔 곳곳에 바늘 자국이 나 있었고, 팔과 목엔 뱀 모양의 팔찌와 목걸이가 채워져 있었다. 처음 봤을 때는 하도 눈부셔서 사파이어라고 생각했는데, 가까이서 보니 송진에 아주 정교하게 박힌 꽃잎이 무지갯빛 청색으로 빛나는 것이었다. 너무도 아름다운 목걸이로, 특히 청색 음영이 비현실적으로 보였다. 나는 그녀에게 내 스웨터를 입히고 담요를 덮어주었다. 꽃잎은 참으로 오묘한 청색을 띠고 있었는데, 아파트 불을 끄니 내가 한 번도 보지 못한 절묘한 음영으로 빛났다. 나는 그녀 옆 바닥에 앉았다. 니콜의 손가락이 내 얼굴을 건드렸다. 나는 그녀가 나를 어루만지는 것임을, 손가락으로 무심하게 내 머리카락을 쓸어내리는 것임을 알아차렸다.

"뭐 필요한 거 없어요?" 내가 물었지만 니콜은 벌써 눈을 감았다. 그녀의 입이 벌어졌고, 곧 그녀는 가르랑거리는 고양이처럼 얕게 코를 골았다.

나는 그녀가 뒤척이는 소리를 듣기 위해 침실 문을 살짝 열어두고는 벽장 바닥에 둔 여행용 가방을 침대로 가져왔다. 지난 몇 주 간, 도서관에서 CJIS 테러와 매리언 머설트 사건에 관한 기사를 찾아서 출력한 자료들이었다. 나는 매리언이 발견되기 전에 실종학대아동센터가 제작하여 배포했던 〈나를 보았나요?〉 포스터를 보았다. 다른 폴더에는 패트릭 머설트에 대한 정보가 들어 있었다. 엘릭 플리스의 집에서 찾았던 폴라로이드 사진을 꺼냈다. 흑인 여성의 넓적다리, 가슴, 배, 발을 가까이서 찍은 사진. 19년 전 니콜은 지금보다 건강했고 몸이 덜 닳아 있었다.

니콜은 패트릭 머설트가 질투 때문에 살해당했다고 믿었다. 하지만 패트릭 머설트만 죽은 게 아니었다. 그의 가족 전체가 살해당했다. 한 남자가 내연 관계 때문에 다른 남자에게 총격을 가하는 모습을, 밀회 장소인 블랙워터 산장에 숨어 있다가 습격하는 모습을 상상하는 건 어렵지 않았다. 하지만 거기서 더 상상력을 발휘하더라도, 니콜의 남편이나 남편 친구가 그 일로 머설트 가족 전체를 살해한 뒤 매리언 머설트를 숲으로 데려가는 모습은 상상하기 어려웠다. 물론 인간이 가진 최악의 면모를 상상하는 능력이 내게 부족한 것일 수도 있었다. 그러나 단순히 내연관계였다는 이유만으로, 도끼로 남자의 아내와 두 아이를 죽이고, 그것도 모자라 열일곱 살의 여자까지 죽였다는 것은 도무지 믿기 어려웠다. 니콜의 이야기에는 빠진 구석이 있었다. 시간이 너무 많이 흘러버린 탓에, 그저 순진무구하게 믿고 있을 뿐이다. 그녀가 기억하는 과거란 한 가지 버전에 불과하긴 하나, 아무리 생각해도 다른 뭔가가 더 있었다.

침실 창문 밖을 내다보았다. 진눈깨비가 몰아쳐서 거리가 설탕가루를 뿌려놓은 듯 반들거렸다. 나는 축축해진 스웨터를 말리기 위해 샤워 커튼 봉에 걸었고, 이어 의족을 벗었다. 무릎 관절 배터리를 충전했다. 니콜은 '패티'라고 불렀다. 패트릭. 그를 살해한 자들이 아직 이 IFT에 살아 있을지 궁금했다. 그들이 블랙워터 산장으로 머설트를 찾아가 처형한 게 자그마치 20년 전 일이었다. 그날 밤 오두막의 칠흑 같은 어둠이, 소나무에 질식되어 달과 별이 본연의 빛을 잃고 말았던 모습이 떠올랐다. 나는 오두막 문을 두드리는 노크 소리와 잠깐의 침묵을 상상했다. 문득 패트릭 머설트가 살인자들이 찾아왔다는 걸 눈치챘을지도 모른다는 생각이 들었다. 니콜이 말하길, 패트릭은 남편의 친구였다고 했다. 남편에게 상처를 주기 위해 함께 잤다고 했다. 어쩌면 머설트는 그날 밤 살인자들이 도착했을 때 알고 있었을지도 모른다. 어쩌면 살인자들이 머설트에게 가족들을 전부 죽이고 큰딸까지 죽여 협곡에 버릴 것이라고, 그 협곡은 이곳 오두막에서 불과 몇 마일 떨어진 곳이라고 말했을지도 모른다.

나는 여행용 가방에서 〈리브라〉호 선원 명단을 꺼냈다. 그의 이름이 거기 있었다. '제러드 비텍', 기계공 항해사 겸 공학실험 기술자. 니콜의 남편 제러드도 〈리브라〉호의 선원인 데다 함께 복무까지 했으므로 당연히 머설트를 알았을 것이다. 제러드는 공학 기술자로서 B-L 드라이브를 작업하고 기관실을 감독했을 것이다. 플리스가 그에게 보고했을 것이다. 가슴이 쿵쾅 뛰었다. 콥의 이름을 찾았다. '찰스 콥', 특수전 대원. 그도 네이비실이었다. 그리고 '칼 하일데크루거'도 천문 항해사로 이름이 올라 있었다. 그들 모두가 〈리브라〉호의 선원이었다. 전투 중 실종으로 등록된 것은 머설트만이 아니었다. 〈리브라〉호는 분명 돌아왔다. 아니면 아예 출항 자체를 하지 않았거나. 그렇다면 나머지 선원들은 어디 있을까? 그들은 서로 알 것이다. 그들 모두 머설트가 니콜과 내연 관계임을 알았을 것이다. 내가 굳건한 대지로 돌아가 그들의 행방을 찾을 수 있다면, 어쩌면 매리언도 찾을 수 있을지 몰랐다.

니콜의 숨소리가 가끔 엉키며 쌕쌕거렸다. 나는 이불을 끌어내려 그녀 옆 바닥에 눕고는 그녀가 몸을 뒤척일 때마다 일어나면서 밤을 새웠다. 천장을 쳐다보며 나의 시야가 모든 장애물을 뚫고 지나가는 상상을 했다. 천장과 그 위 아파트 지붕을 넘어, 비구름 층을 넘어, 결국 밤하늘과 별에 닿는 상상을 했다. 나는 니콜과 제러드 그리고 패트릭 머설트의 삼각관계를 상상하려 했지만, 빗줄기에 산만해진 내 마음은 자꾸 엘릭 플리스로, 거울 달린 방의 뼈로 된 나무로, 죽은 자들을 싣고 가는 손톱으로 만든 배로 향했다. 잃어버린 손톱. 머설트의 가족을 죽인 자가 그들의 손톱을 가져간 것이 틀림없었다. 니콜이 마치 토하려는 것을 삼키려는 듯 거친 소리를 내고는 다시 옆으로 몸을 돌려 숨을 쉬었다. 여기서 니콜이 죽는다면 어떻게 될까? 집주인이 올 때까지는 아무도 그녀의 시신을 찾지 못할 것이다. 니콜이 죽으면 나는 모

든 짐을 챙겨 뒤돌아보지 않고 밖으로 나가 굳건한 대지로 돌아
갈 것이고, 그러면 이 모든 가능성도 함께 끝나버릴 것이다.

4

네스터의 집 앞 진입로에 차를 대고 있을 때, 뷰익이 나를 맞이하려고 달려왔다. 녀석은 타이어에 귀를 비비다가 코를 킁킁거렸고, 다시 잔디밭을 잽싸게 뛰어갔다. 네스터가 정문 앞 현관에 나와서 말했다. 왔군요. 그리고 계단에 올라선 나에게 키스했다. 그는 갈색 재킷의 음반을 내밀었다.

"이게 뭐예요?" 내가 물었다. 지난번 만났을 때 그는 우리가 함께 있지 않을 때 내가 어떻게 시간을 보내는지 알고 싶다고 했고, 나는 침대에 누워 음악을 듣는 것이야말로 세상에서 가장 행복한 일이라고 대답했던 터였다.

"그냥 봐요. 너무 기대하진 말고."

해골 십자가가 그려진 너바나의 〈레드벨리〉 음반이었다.

"당신이 좋아할 것 같아서요." 그가 말했다. "갖고 있는 음반은 아니죠?"

"비닐 레코드판은 없어요. 마음에 쏙 드는데요."

"우리가 처음 만났던 1997년을 기념해 선물하고 싶었어요." 네스터가 말했다. "그때 막 나온 음반입니다."

"대학 시절에 너바나 티셔츠를 즐겨 입었어요. 속이 훤히 비치고, 천사가 그려진 티셔츠였죠. 소매를 잘라서 민소매로 입고 다녔던 게 기억나네요."

"나도 셔츠에 비슷한 짓을 했었죠." 네스터는 그렇게 말하며 담배에 불을 붙였다. 그는 나를 위해 턱수염을 말끔하게 면도했는데, 그러고 나니 몇 살은 더 젊어 보였다. "당시 우리가 친구였다면 서로 옷을 바꿔 입었을 수도 있겠네요."

"내 옷이 당신에게 맞았을 것 같지는 않은데요."

여름의 공기가 한 자락 밀려들어 왔고, 간밤에 내린 눈이 녹아 땅이 질척해졌다. 우리는 오후에 흔들의자에 앉아 시원한 잉링 맥주를 마시며 뷰익이 나비를 쫓는 것을 바라보았다. 거실 스피커 볼륨을 마당에서도 들리도록 크게 올렸다.

저녁으로 스테이크와 주키니호박을 그릴에 구웠고, 설거지를 마친 뒤 그의 집 주변을 둘러보았다. 7에이커에 가까운 들판을 지나자 이웃 농장의 시작점임을 표시한 나무판자가 보였다. 목줄 없이 잔디밭에서 놀고 있던 뷰익이 우리를 따라왔다. 네스터와 나는 띄엄띄엄 손을 잡았고, 울퉁불퉁한 땅에서 내가 균형을 잡으려고 할 땐 손을 풀지 않았다. 우리는 평소 다시 돌아가는 지점에 도착했다. 라이더 트럭이 버려진 곳으로, 트럭은 전 주인이 버린 듯했다. 이웃 농장의 헛간은 파형강판으로 지은 새 건물이었고, 투광조명을 받아 붉은빛이 났다. 뷰익이 공중에 짖어대기 시작했는데, 아마도 이웃집 셰퍼드의 냄새를 맡은 모양이었다.

"당신 딴생각을 하고 있군요." 네스터가 말했다.

"맞아요. 나도 모르겠어요." 여기서 그와 함께 있으면 나 자신을, 이 세계가 꿈과 같다는 것을 쉽게 잊을 수 있었다. 하지만 머설트를 살해한 이들의 이름을 알고 나니 두려움이 밀려왔다. 매리언은 굳건한 대지에서 이미 죽은 건 아닐까, 과연 그녀를 살릴 기회가 있긴 한 걸까. 세차게 흐르는 시간의 강으로 돌아가기 전엔 알 수 없는 일이었다.

이곳의 삶은 나름대로 완벽했다. 네스터와 이곳 버캐넌에서 지내는 삶은 더할 나위 없었다. 언젠가는 그를 떠나야 하는 처지이기에, 그에 대한 모든 것을 모조리 다 기억하려고 애썼다.

"그만 돌아가요." 내가 말했다.

우리는 한참을 말없이 걸었다. 야생화가 웃자란 반 에이커 정도 크기의 울퉁불퉁한 옆 뜰에서 우리의 산책이 끝났다. 네스터가 디기탈리스와 과꽃을 꺾어주었고, 앞서 달리던 뷰익은 꽃에 파묻혀 보이지 않았다. 네스터의 집이 현관 불빛과 이웃집 헛간에서 비치는 조명을 가린 탓에 주변이 어두컴컴했다. 어렸을 때 시골의 밤도 이랬다. 밤하늘에 무수히 많은 별이 있었고, 가끔 흐릿한 띠 모양의 은하수도 볼 수 있었다.

"오늘 밤은 같이 못 있어요." 내가 말했다. "친구랑 같이 추도식에 가기로 해서요. 아침에 그녀가 나를 데리러…"

네스터가 내 이마에 키스했다. 그는 나를 끌어안고 내 머리카락 냄새를 맡았다. "당신이 그리울 거예요."

"고작 며칠인데요."

밤하늘이 맑았고 별들이 보였지만, 내가 기억하는 어린 시절의 형언할 수 없는 찬란함은 아니었다. 붉게 타오르는 지평선은 늘 그렇듯 어디선가 오는 인공 불빛의 방해를 받아 희미하게 타오르는 빛이었다. 빛이 빛을 방해하고 있었다.

니콜은 혼다 피트를 타고 나를 데리러 왔다. 지난번에 그녀는 내가 잘 때 아침에 조용히 빠져나가면서, 미안하고 스웨터를 빌려줘서 고맙다는 쪽지를 손으로 써서 남겼다. 그녀는 사과의 의미로 가면서 먹을 커피와 크루아상을 아침거리로 싸 왔다.

"멋지네요." 그녀가 말했다. "이렇게 차려입은 모습은 처음 보네요."

얼마 전 백화점에서 산 연분홍색 드레스였다. 라인이 섬세하게 잡힌 맞춤복으로, 허리를 검은색 벨트로 묶게 되어 있었다. "당신도 멋진데요." 니콜은 감청색 짧은 코트와 흰색 린넨 드레스로 자연스러운 우아함을 드러냈다. "작업복밖에 없는 줄 알았잖아요."

우리는 워싱턴을 벗어나 남쪽으로 달려 웨스트버지니아로, 마운트 지온 외곽의 과수원에 위치한 니콜의 시댁으로 향했다. 시골길을 달리다가 주유소에서 한 번 멈춰 콘크리트 블록 건물 화장실에 들렀다. 니콜이 간밤을 어떻게 기억하는지 궁금했다. 나에게 너무 많이 말한 것을 후회하고 있을까. 그녀는 평소보다 조용했다. 아니면 아침에는 원래 조용한 그녀를 내가 과하게 해석하는 것일 수도 있었다. 그녀는 침묵을 깨려고 음악을 틀었다. 다이얼을 이리저리 돌리고 CD를 밀어 넣었다. 나는 날개를 쭉 편채 세찬 바람을 타는 새들을 바라보았다.

"괜찮아요?" 니콜이 물었다. "얼굴이 창백해 보이는데요."

"조금 긴장했나 봐요." 내가 말했다. "거기 오는 사람 중에…"

"그 얘긴 그냥 잊어요, 알았죠?"

내가 어떤 얼굴들을 보게 될지 생각해보았다. 실종된 것으로 알려진, 마치 죽음에서 돌아온 듯 여기에 살아 있는 선원들을 생각했다. 그리고 이런 남자들 중심에 있었던 니콜을 생각했다. 그녀는 음악을, 사랑하는 연인의 머리카락 색깔을 노래하는 곡을 낭랑한 목소리로 따라 불렀다. 그녀의 과거를, 내가 완전히 이해하지 못한 과거를 내 마음대로 평가할 수는 없었다. 찌르레기 우는 소리가 하늘에 점점이 박혔다. 새들은 감각을 느끼는 구름처럼 방향을 바꿔 날았다.

"당신은 추도식에 가지 않아도 돼요." 니콜이 말했다. "그냥 가족들뿐이에요. 식이 끝나고 누가 집에 올지도 모르겠어요."

우리는 주요 도로에서 나와 사유지 도로로 접어들었다. 과수원을 지났는데 병들거나 죽은 나무도 있었지만 대부분 나무에 흰색 꽃이 활짝 피었고, 떨어진 꽃잎이 봄눈 같았다. 집은 얕은 오르막 위에 있었다. 박공지붕에 굴뚝 두 개가 보였다. 한쪽에 똑같이 박공지붕을 올린 헛간이 있었고, 소금통형 가옥이 옆에 딸려 있었다. 집도 헛간도 칠을 하지 않아 나무판자의 회색이 그대로 드러났고, 잔디는 갈색으로 말라 있었다. 니콜은 헛간 옆에 차를 세웠다.

"멋진데요, 콜." 내가 말했다. "여기 온 지 얼마나 됐어요? 평화로워요."

"한 번도 안 왔어요." 니콜이 말했다. "거의 안 왔어요."

고추 삶는 냄새가 집 안에 진동했으며, 빵도 굽고 있는 듯했다. 방들이 넓었고 단단한 목재 바닥으로 돼 있었다. 창턱에 둔 색이 들어간 고풍스러운 유리병들로 벽에 무지개가 드리웠다. 커피 테이블엔 추도식을 위한 물품들이 놓여 있었다. 사진첩, 삼각형 진열대 속 성조기, 벨벳 끈이 달린 회중시계. 벽난로 선반 위에 1800년대나 그 이전 것으로 짐작되는 장총이 보였고, 총구에는 가루가 담긴 비닐봉지가 매달려 있었다. 네스터가 그 총을 보았다면 무슨 생각을 할지 궁금했다.

"미스 애슐리?" 니콜이 큰 소리로 불렀다.

한 여자의 목소리가 들렸다. "콜, 왔구나. 금방 나간다!"

한 통통한 여자가 지팡이를 짚으며 나타났다. 은발을 길게 땋은 머리에 뺨이 넓었고 두꺼운 목은 보드라워 보였다. 여자는 니

213

콜을 보더니 꽉 끌어안았다. "팔 사이로 빠져나가겠구나, 콜. 왜 이렇게 야위었니?" 니콜이 나를 소개하자, 미스 애슐리는 내 손을 잡고 말했다. "코트니, 반가워요. 그러고 보니 우리 둘 다 없는 게 있네요." 그러면서 바짓단을 올려 의족을 보여주었다.

"당뇨병인가요?" 내가 물었다.

"맞아요. 신경계가 망가졌죠." 미스 애슐리가 말했다. "2형 당뇨가 갑자기 왔지 뭐예요. 그래서 시력도 잃었어요. 하지만 다행히 나노봇 젤라틴 캡슐을 처방받아 나았어요. 침대는 서재에 있는데 괜찮겠어요?"

"상관없습니다. 신경 써주셔서 감사해요."

"당연히 신경 써야죠. 콜의 친구인데. 쇼나와 콥이 남는 침실에 짐을 풀었어요. 다른 몇 명은 스펜서 인근 호텔에 묵고요."

콥이라. 네이비실 대원이 바로 이 집에 있다.

여행용 가방을 본채에 딸린 서재로 가져갔다. 갈색 카펫이 바닥에 깔려 있었고 미국독립 200주년 기념 접시가 찬장에 보였다. 체리나무로 만든 총기 거치대는 비어 있었다. 여기서 보니 넓은 잔디밭과 그 너머 과수원이 한눈에 보였다. 한 여자가 뜰 한쪽 의자에 앉아 있었다. 근처에 말이 끄는 쟁기가 장식처럼 놓여 있었고, 여자의 발밑으로 삼베 자루와 양동이, 옥수수 껍질이 보였다. 여자의 머리카락은 구릿빛 웨이브로 흘러내렸다. 나는 그녀가 쇼나라고 생각했다. 그녀는 위엔 가슴이 꽉 끼는 두툼한 긴 소매 셔츠를, 아래는 위장무늬 바지를 입고 있었다. 옥수수 껍질을 벗기고 명주실 가닥을 뽑고 있었는데, 옥수수는 조금 생뚱맞아 보였다. 운동 신경이 좋아 보여서 옥수수보단 차라리 분홍색 엽총을 좋아할 것 같았다.

니콜이 방문을 두드렸다. "여기 괜찮아요? 불편한 건 없어요?"

"네." 나는 방을 둘러보았다. 접이식 침대가 보였다. "완벽해요."

"잠깐만 여기 있어요. 미스 애슐리와 같이 나가서 가족들을 만나려고요. 저녁에는 돌아올 거예요. 콥이 운전을 맡기로 했어요."

"알았어요. 당신은 괜찮은 거죠?"

그녀는 나를 여기 데려온 것이 실수라고 생각하는 것 같았다. "괜찮아요." 그녀가 대답했다. "저기 지난밤에 내가 했던 말들은요. 사실 무슨 말을 했는지 잘 기억나지도 않지만, 아무튼 나는…"

"콜, 이해해요." 나는 그녀의 말을 중간에서 잘랐다. "걱정하지 말아요. 나도 취해서 하나도 기억나지 않으니까."

"저 사람들, 그래도 내 가족이에요. 괜찮을 거예요. 좋은 사람들이에요."

우리는 미스 애슐리가 외출 준비를 하는 동안 커피를 마셨다. 그때 계단을 오르는, 둔탁한 발걸음 소리가 들렸다. 거구의 남자가 부엌으로 들어왔다. 키가 나보다 머리 하나는 더 컸고 정장 소매와 등 쪽이 딱 붙을 정도로 덩치가 엄청났다. 나이가 들면서 몸이 불어 근육질 레슬링 선수같이 변한 듯했다. 스칸디나비아 혈통의 중서부 출신, 나이는 최소 50대, 흰색에 가까운 짧은 금발,

목덜미에 분홍색 곱슬곱슬한 털. 눈동자가 가운데로 몰렸고 살짝 삐딱했다. 벙어리 눈이라고 생각하는 사람도 있겠지만, 나에게는 흉포하고 음산한 포식자의 눈으로 보였다.

"이 사람은 누구야?" 그가 나를 보더니 물었다.

"코트니 킴입니다." 나는 소개를 마치고서 그와 악수를 했다. 그의 손에서 내 손은 마치 고기에 둘러싸인 꽃잎 같았다.

"내 친구야." 니콜이 말했다.

"킴." 그가 말했다. "그래요, 나는 콥이라고 해요."

"콥." 내가 그의 이름을 말하자, 그는 눈을 찡그리고 히죽 웃었다. 자신의 이름이 반복해서 불리는 것을 좋아하는 듯했다. 나는 그가 머설트를 살해하는 광경을 상상했다. 여자애를 살해하는, 맨손으로 여자애의 목을 졸라 죽이는 모습을 상상했다.

"금방 돌아올게요." 니콜이 내게 말했다.

나는 그들이 떠나는 것을 지켜보았다. 콥의 트럭이 흙길로 된 진입로를 나가며 먼지기둥을 일으켰다. 혼자서 집 안을 둘러보는데, 걷는 내내 마룻장이 삐걱거렸다. 상층 천장에 분홍색 유리 조명 기구가 달린 계단을 올라, 니콜이 묵고 있는 침실을 찾았다. 혹시 제러드 비텍이 어렸을 때 이 방에서 지냈을까 궁금했다. 설령 그렇더라도 그의 흔적은 이미 사라졌을 것이다. 흰색 벽면에 한때 그림이 걸려 있었던 걸로 보이는, 더 흰 사각형 자국이 보였다. 아래층으로 다시 내려가 추도식 물품으로 준비된 사진첩을 펼쳤다. 어머니의 사랑은 결코 끝이 없다. 제러드 비텍의 초등학교부터 고등학교까지의 사진들이 있었다. 겉보기에는 거친 아이 같았지만, 미스 애슐리가 모아둔 그의 성적표를 보니 전 과목이 A였다. 졸업식 사진, 그리고 대학원 진학과 펜실베이니아주립대학에서 받은 화학 박사학위. 페이지를 넘기자 네 명이 등장하는 사진이 나왔다. 웃통을 벗은 콥이 근육질 몸을 드러내며 제러드 비텍에게 팔을 둘렀다. 패트릭 머설트도 사진에 있었는데 담배를 피우고 있었다. 네 번째 남자는 내가 모르는 사람이었다. 남자는 콥만큼 키가 컸지만 말랐고, 그의 붉은 금발 너머로 역광이 비쳤다. 머리가 꼭 해골 같았다. 움푹 들어간 뺨, 도드라진 광대뼈, 벌어진 입술 사이로 드러난 이. 그림자가 그의 눈가를 덮고 있었다.

"멋대로 보면 안 돼요."

나는 깜짝 놀라 사진첩을 덮었다. "무례하게 굴 생각은 없었어요." 돌아보니 쇼나가 문간에 서 있었다. "그냥 궁금해서, 죄송합니다."

"화내는 게 아니에요." 쇼나가 말했다. "다만 당신이 추도식 물품을 건드린 사실을 가족들이 알게 되면 무척 언짢아할 거예요. 미스 애슐리가 잘 챙겼어야 했는데."

그녀는 30대로, 내 또래거나 나보다 살짝 어린 듯했다. 그녀가 머리를 뒤로 쓸어 넘길 때 마치 예전에 똑같은 것을 본 듯한 기시감이 들었다. 그녀의 왼손 손등에 문신이 있었다. 바퀴살이 구부러진 검은 바퀴 문신이었다.

"그냥 제러드가 어떻게 생겼는지 궁금했어요." 내가 말했다.

"여기서 나갑시다." 쇼나가 말했다. "과수원을 구경시켜줄게요."

도로로 이어지는 길들이 과실수들 사이로 나 있었다. 나무에 꽃이 피었는데 매년 찾아오는 늦서리의 공습으로 일부 꽃잎이 떨어진 상태였다. 대부분이 사과나무와 배나무였고, 열매를 따려면 아직 멀었다. 쇼나는 여름에 이곳을 걸으며 파이에 넣을 과일을 딸 생각을 하니 흐뭇하다고 했다. 과수원을 걸으면서도 내 마음은 은조쿠를, 그의 전함인 〈캔서〉호를 생각했다. 〈캔서〉호는 아득한 시간을 항해했다. 〈리브라〉호도 아득한 시간을 항해했을까. 〈리브라〉호는 아무도 알아채지 못하게 어떻게 돌아왔을까. 아니면 아예 출항조차 하지 않은 것일까.

"니콜과 그렇게 가까운 사이라면서 제러드를 만나본 적이 없다고요?" 쇼나가 물었다.

"니콜이 몇 번 말해준 게 전부예요." 내가 말했다.

"제러드는 내가 콥과 결혼하기 몇 년 전에 죽었어요. 둘은 가까운 사이였죠. 콥은 항상 제러드를 입에 달고 살았어요. 해군에서 같이 복무한 사이예요."

"당신은 콥과 어떻게 만났어요?"

"그나 나나 술집에 자주 놀러 갔어요. 콥과 제러드는 종합격투기 유료방송을 보러 매일 찾아왔는데, 그러던 어느 날 콥이 내게 수작을 걸더군요. 그러면서 자기 가족들을 소개해줬어요. '강가의 쥐들' 말이에요."

우리는 딸기밭 가장자리를 따라 걸었고, 낡은 별채를 지나쳤다. 황폐하게 버려져 있는 모습이 오히려 그림처럼 보였다. 콥의 트럭이 과수원을 지나 집으로 돌아오는 것이 보였다.

"돌아가야겠네요." 쇼나가 말했다. "집에 아무도 없으면 당황할 테니까요."

"방금 뭐라고 하셨어요?" 내가 물었다. "강가의 쥐들이요?"

"다들 해군에서 복무했었거든요. 제러드랑 콥, 그리고 몇 명이서요. 하일데크루거도 포함해서."

"자신들을 그렇게 불렀군요? 군사조직 같은 건가요?"

"베트남에 있을 때부터 그렇게 불렀대요. 강가 순찰 업무를 맡았었거든요. 그래서 강가의 쥐들인 거죠. 항상 그때 일을 말하면서, 자신들은 결국 생존했다고 종종 말했어요. 하일데크루거는 자신들은 생존자라고, 양은 희생되지만 쥐는 살아남는다고 입이 닳도록 말했죠."

우리는 낡은 헛간 옆을 지나면서 야생화를 보았다. 헛간 한쪽엔 건초 더미가 쌓여 있었고, 또 한쪽엔 먼지를 뒤집어쓴 낡은 캠핑카가 주차돼 있었다. 미스 애슐리는 이곳을 차고로도 사용하는 듯했다. 우리는 집으로 발길을 돌렸다.

제러드 비텍, 찰스 콥, 그리고 몇 명. 쇼나는 그렇게 말했다. 〈리브라〉호의 선원들, 생존자들, 강가의 쥐들. 그들은 양처럼 희생당하지 않았다. 쥐처럼 도망쳐 결국 살아남았다. 아득한 공간과 아득한 시간이라는, 각각의 가짜 현실은 NSC 전함 선원들을 망쳐놓는다. 그 가짜 현실을 토대로 쌓인 믿음이, 그 모래성과도 같은 믿음이 선원들이 진짜 현실에서 살 수 없게 하는 것이다. 아득한 시간을 목격한 선원들은 아직 일어나지도 않았으며, 어쩌면 영영 일어나지 않을 수도 있는 사건에 민감하게 반응했다. 마치 귀신에 홀린 사람처럼 겁먹었다. 또한, 아득한 공간을 목격한 선원들은 대체로 의기소침한 상태로 돌아왔다. 우주의 광대함에 주눅이 들고 만 것이다. 인간이 아무리 발버둥친들 우주에 견주어 보면 아무것도 아니므로. 그래선지 다들 우스갯소리로, 해군우주 사령부에서 가장 중요한 인력은 아득한 심해를 항해하고 돌아온 선원들을 관리하는 스무 명 남짓한 정신과 의사들이라고 말하곤 했다.

다섯 명이 식탁에 둘러앉아 긴장된 침묵 속에서 저녁을 먹었다. 나이프와 포크가 자기 그릇에 부딪히는 소리, 각자 음식물을 씹는 소리가 간간이 침묵에 끼어들 뿐이었다. 칠리 고추와 쇼나가 껍질을 벗긴 옥수수, 그리고 빵이 나왔다. 니콜은 세 명이서 돌아오고 난 뒤로 한마디도 하지 않았다. 그렇게 슬퍼하는 모습은 본 적이 없었다. 제러드를 그리워하는 마음이 깊어서 자꾸 생각나는 것일까. 어쩌면 밖에서 무슨 일이 있었던 건지도 몰랐다. 나는 음식이 아주 맛있다며 감탄했고, 미스 애슐리와 쇼나는 웃으며 대답했지만, 콥은 서둘러 먹고 휴대폰을 들여다보더니 화를 내며 나갔다.

내가 설거지하고 쇼나가 물기를 닦는 동안, 미스 애슐리는 바깥 불빛이 희미해지는 가운데 식탁에 앉아 늦은 커피를 마셨다.

니콜과 콥은 어디에 있는지 확실치 않았다. 나는 미스 애슐리와 함께 커피를 마시고 나서 밖으로 나갔다. 분위기가 참으로 근사했다. 저택과 헛간이 깊어가는 노을과 완연한 대조를 이루었다. 나는 집 가장자리 쪽을 걷다가, 열린 헛간 문에 기대어 팔리아멘트 담배를 피우는 니콜을 보았다. 화사한 흰색 드레스에 짧은 코트를 어깨에 걸친 그녀의 모습이 꼭 유령 같았다.

"왔군요." 그녀의 목소리가 담배 연기 사이로 부드럽게 울렸다. "미안해요. 오늘 같은 날은 당신 옆에 붙어 있어야 했는데."

"괜찮아요. 나름대로 잘 보내고 있어요. 쇼나도 친절하고 미스 애슐리도 잘 대해줘요. 당신은 괜찮아요?"

"오늘 남편을 다시 묻었네요." 니콜이 말했다.

나는 그녀 곁에 다가갔다. 내가 담배를 끊지 않았다면 서로 담배를 건네며 밤을 보냈을 텐데, 그러지 못해서 아쉬웠다.

"남편이 많이 그립나 보군요."

"네, 이따금씩요. 나도 모르게 제러드를 생각하다가 그가 떠났다는 것을 다시금 깨달아요. 그리고 다른 모든 일도요. 고통은 전혀 무뎌지질 않네요."

"그토록 세월이 흘렀는데도 그렇군요."

"당신도 소중한 사람을 잃어본 적이 있나요?" 니콜이 물었다.

"네."

"그럼 당신도 잘 알 거예요. 세월은 중요하지 않다는 걸. 나는 좋은 기억만 떠올려서 과거의 상처를 치유하려고 노력해요. 나쁜 기억은 과거에 묻어버리고요." 니콜이 말했다. "시간은 불과 같아서, 과거의 상처를 지져놓을 뿐이에요. 언뜻 보기엔 상처가 아문 것 같겠지만, 사실은 상처가 곪아서 피고름이 비집고 나오죠."

그녀는 바깥의 어둠으로 눈길을 돌렸다. 저물어가는 태양의 그 마지막 잔상을 받은 그녀의 눈이 올리브 열매처럼 반들거리다 확 타올랐다. 그녀의 얼굴 위로 고양이 특유의 복잡한 표정이 떠올랐다. 겁에 질린 채 뭔가를 기다리는 듯한 표정이었다. 마치 어둠 속에 숨어 있는, 곧 모습을 드러낼지도 모르는 포식자를 계속해서 주시하는 듯한 표정. 석양이 붉게 타오른 하늘은 불의 호수나 다름없었다. 그녀는 다시 몸을 돌려 나를 보았다. 이글거리던 눈빛은 사라졌고, 빛의 속임수도 지나갔다.

"가족들은 어땠어요? 위안이 되었나요?" 내가 물었다. "몇몇 가족과는 사이가 그리 좋지만은 않다면서요?"

"축축한 천을 털어서 물이 다이아몬드처럼 흐르는 것을 봐요."

"그게 무슨 말이에요?" 내 말에 그녀가 나를 한참 노려보았다. 그녀는 담배를 한 모금 길게 빨았다. 나는 그녀의 담배 연기를 깊게 들이마셨다. 달콤한 냄새가 났다.

"당신은 무슨 말인지 알잖아요." 그녀가 말했다. "당신네 사람들 모두 내 말이 무슨 뜻인지 이해한다는 걸 이제 알겠어요."

무중력 상태의 물을 말하고 있는 거야. 무중력 상태의 물은 젤리 다이아몬드나 꿈틀거리며 무지갯빛을 발하는 벌레처럼 보인다. 한데 그녀가 이걸 어떻게 아는 거지? 그날 오후를 되짚어보았다. 혹시 내가 말실수를 했는지, 나의 정체를 무심코 드러냈는지 생각해보았지만 그런 일은 없었다. 그녀가 알 리가 없었다.

"나는 늙고 있어요." 니콜이 말했다. "어찌나 빠르게 늙는지 가끔은 내 몸이 늙어가는 소리가 들리는 것 같답니다. 내가 이곳을 얼마나 좋아하는지, 과수원에서는 얼마나 시간이 느리게 흘러가는지 잊고 있었어요. 나는 매일 내가 돌보는 노인들이 죽어가는 모습을 봐요. 파도가 해안가에 부딪혀 부서지는 모습을 보는 기분이 들곤 해요. 하지만 이곳에 오면 모든 것이 느려요. 고향 생각이 나네요."

"케냐 말인가요?"

그녀는 고개를 끄덕였다. "몸바사. 그곳 사람들은 나무들을 에메랄드처럼 보이게 만들었어요. 모든 것이 사람 손에 관리되었죠. 어떤 것도 자연적으로 자라지 않아요. 관개시설을 비롯해 똑바로 뻗은 길들까지. 과일을 따면 딴 곳에서 과일이 다시 자라요. 부족함이라는 게 없었죠. 어렸을 때 나는 배고픔을 모르고 자랐어요. 완벽하게 줄이 맞춰진 과실수들을 보니 고향 생각이 나네요. 고향으로 다시는 돌아갈 수 없다는 걸 깨닫게 되자, 그제야 고향이 그리워지네요."

"돌아가면 되잖아요." 내가 말했다. "고향이라면…"

"그럴 수 없어요. 내 고향은 사라졌거든요." 니콜이 말했다. "결코 존재하지 않아요. 아버지가 우리 마을에 마련된 접수처, 그러니까 〈리브라〉호 선원 접수처에서 만난 그녀에게 나를 맡겼어요. 아버지는 내가 그녀와 함께 떠날 수 있도록 손을 써두었던 거죠."

〈리브라〉호라는 말이 내게 충격적으로 다가왔다. "무슨 말을 하는 거예요? 콜…"

"더 이상 거짓말로 시간 허비하지 말죠." 그녀의 눈이 증오나 교활함에 사무친 것처럼 보였다. "내 눈에 당신은 이제 병 속에 든 메시지처럼 보이는군요. 때로는 병은 부서지거나 바닷속에 잠기지만, 또 때로는 해안가에 닿기도 하죠. 둘 중 어떻게 될지, 내가 정할 수 있는 건 아니지만요."

분명 선원 명단에 그녀의 이름은 없었다. 하지만 니콜은 〈리브라〉호를 알았다. 심지어 〈리브라〉호에 승선했다고 한다. 나는 그녀를 처음 만났을 때부터 지금까지, 술집에 죽치고 있는 중독자라고 생각했다. 도넬 하우스와 메이어츠 인으로, 술과 약, 그리고 노인들을 돌보는 교대 근무로, 그녀의 삶이 전부 설명된다고 생각했다. 하지만 그녀는 〈리브라〉호의 선원이었다. 그녀의 삶은 아득한 심해에서의 기억으로 선명했다.

"당신이 어떻게 알아요? 당신 누구예요?"

"나는 의대에 다녔어요. 그러니 내가 분명 도움이 될 거라며 아버지가 그녀를 설득했죠. 아버지는 나에게 기회를 주고 싶어 했어요. 그녀를 처음 만나는 순간, 나는 사랑에 빠졌어요. 그녀에게 강한 인상을 받았죠. 그녀에게는 사람을 끌어당기는 매력이 있었어요. 그녀와 함께 가고 싶었어요. 우리는 그녀를 따르고 싶었죠."

"그녀가 누군데요?"

"레마크 지휘관 말이에요." 니콜이 말했다. "마흔일곱 명의 선원들이 있었어요. 〈리브라〉호는 NGC 5055와 NGC 5194, 일명 해바라기 은하와 소용돌이 은하를 탐사하는 임무를 맡았어요. 6년이 걸리는 임무였지요."

니콜은 다 피운 담배꽁초를 헛간 옆 잔디로 튕겼다. 담뱃불이 오렌지색 포물선을 그리며 확 타오르다가 꺼졌다. 그녀는 새 담배에 불을 붙였다.

"우리는 먼저 NGC 5194로 가서 2년 반 동안 관찰했고, 상륙 허가와 물자 재보급을 위해 지구 쪽 IFT로 갔어요. 그런데 소용돌이 은하 탐사는 소득이 없었고, 레마크는 두 번째 탐사 지역인 해바라기 은하로 방향을 돌렸어요. 그리고 그곳에서 우리는 기적을 보았죠."

"어떤 기적인데요?"

"생명체." 니콜이 말했다. "우리는 생명체를 찾았어요."

〈리브라〉호가 생명체가 사는 행성을 발견했다는 말은 지나치게 거대한 개념이어서 선뜻 이해가 되지 않았다. 미래의 화이트홀 사이로 QTN이 질병처럼 모습을 나타내기도 하나, NSC의 오디세이에서 파악한바, 우주란 화염 가스와 죽은 돌이 전부였다. 내 안에서 어떤 흥분이 거대한 기둥처럼 솟구쳤다. 저 위의 별들이 갑자기 부산스럽게 보였다. 더 이상 차가운 하늘의 불꽃이 아니라 수많은 유기체가 득실거리는 물방울처럼 생명으로 고동치는 곳으로 보였다.

"액체 행성이었어요." 니콜이 말했다. "쌍성 주위를 도는 작은 행성으로, 대기는 메탄과 탄소 혼합체였죠. 인간이 살 수 있는 곳은 아니었지만 생명으로 바글거렸어요. 표면엔 잉크처럼 검은 바다가 흘렀는데, 그 위로 크리스털 형태들이, 격자로 된 거대한 다면체들이 몸을 내밀었다가 잠수하는 모습을 볼 수 있었어요. 마치 바다 괴물 리바이어던이 헤엄치는 모습 같았죠. 크리스털 형태들은 우리를 알아채고는 노래를 불렀어요. 손가락을 와인 잔 테두리에 대고 돌렸을 때 나는 윙윙거리는 소리 알죠? 그런 소리였어요. 거대한 대륙도 있었고, 물결 모양의 피오르 계곡도 있었어요. 레마크는 이 행성에 희망이라는 뜻의 '에스페란스(Espérance)'라는 이름을 붙였죠. 나는 외부탐사 팀이었고, 모두 열두 명이었어요. 우리는 세 대의 쿼드착륙선에 나눠 타고서 선회하는 〈리브라〉호를 떠나 행성 대기에 돌입했어요. 쌍성 태양은 멀리 떨어져 있을뿐더러 죽어가고 있었기 때문에, 공기는 온통 얼음이었죠. 바람이 착륙선을 강타했지만, 우리는 무사히 착륙해서 캠프를 차렸어요."

선원들은 모두 모의 외계 행성 훈련을 받았다. 반영구 주택으로 쓰려고 공기주입식 콘크리트 돔을 설치하고, 애리조나 사막과 북극의 얼음에서 캠핑하고, 자가발열형 버너와 연기 없는 화학적 불을 사용하고, 밤에는 우주복을 입고 산소가 부족한 상태로 지내는 훈련이었다. 아무리 대비 훈련을 받았다 한들, 나는 실제로 크리스털 섬이나 외계 바다에 내려간 적은 없었다. 하지만 니콜은 다른 세계에 직접 발을 디뎌봤다. 나는 그녀가 낯선 하늘에서 마치 외국어로 된 점자를 읽듯 별자리를 찾는 모습을 상상했다.

"네이비실 대원은 머설트와 콥, 이렇게 두 명이었어요." 그녀가 계속해서 말했다. "제러드도 내려갔고, 식물학자 베벌리 클라크도 내렸어요. 나는 그녀의 조수였죠. 지질학자 패트리샤 곤잘레스, 생물학자 네이트 퀸도 우리와 함께 갔어요. 엘릭 플리스와 에스코는 공학자로 착륙선의 기술적인 부분을 담당했죠. 타미카 이필, 다카하시, 조세푸스 프라바티는 조종사였어요. 우리는 행성의 태양에서 거의 40억 마일 떨어져 있었어요. 그래서 유령처럼 푸르스름한 빛이 났고, 그걸 우리는 '점화용 불'이라고 불렀죠. 위성은 모두 세 개였는데, 가장 큰 위성은 운석 자국이 패여 있었고 우리가 어디를 보든 거대한 모습을 드러냈어요. 우리 주위를 에워싸는 제2의 행성이라고 해도 무방했죠. 나머지 위성들은 저마다의 궤적으로 돌았고 가끔은 겨우 보일 만큼 작아졌어요. 가장 작은 위성이 두 바퀴 돌 때 가장 큰 위성은 거의 움직일까 말까 했죠. 빈번한 식(蝕)으로 낮과 밤을 구별하기가 어려웠어요. 햇빛이 가장 강할 때에도 일몰 때와 비슷했으니까요. 땅은 질척한 진창이었는데 접합제처럼 부드러웠죠."

니콜은 말했다. "그 진창이 미세한 이산화규소 가루처럼 신발에 들러붙었고, 우주복에까지 튀어 전자 장비를 망쳤어요. 그 탓에 〈리브라〉호와의 교신이 자꾸 끊어지고, 수신 잡음이 일었죠. 그래도 눈은 즐거웠어요. 아름다운 산마루와 연한 청색으로 얼룩진 바다의 모습이란… 정말이지 장관이었죠. 행성에 도착하고 이틀이 지났을 무렵, 우리는 땅이 좁아졌을 뿐만 아니라 평평해졌다는 것을 알았어요. 우리는 얼음층 아래로 내려가 늪지에 들어섰어요. 바로 그 늪지에서 처음으로 생명과 물리적으로 접촉했죠. 바다 너머로 펼쳐진 변경지대처럼, 생물들이 쭉 펼쳐져 있었어요. 날카로운 야생초와 구근식물, 그리고 줄기가 녹색보단 회색에 가까운 창각전. 수련 꽃잎처럼 넓은 이파리를 가진 식물과 섬유질 이끼가 얼어붙은 진창을 뒤덮었고, 나무만큼 키가 큰 갈대 무리가 우리 위로 둥글게 뻗어 올라 서로 얽힌 채 아치를 이루었죠. 마치 늪 전체가 일종의 기하학적 건축으로 이뤄진 몸체 같았어요. 그러니까… 그 안에 있으면서도 그 내부가 어떤지 볼 수는 없게 설계된 구조물 같았다고 할까요. 거기에 식물들이 이 구조물 내부를 담쟁이덩굴처럼 뒤덮고 있는 거죠. 내 말 이해하겠어요?"

나는 관광객들이 대성당을 둘러보듯 외부탐사 팀이 늪지를 지나며 생물들을 살피는 모습을 머릿속으로 상상했다. "네, 그런 것 같아요."

"마침내 우리는 금속 조약돌로 된 해변으로 갔어요. 모래 대신 볼베어링이 깔린 것 같았죠. 검은 바다가 저 너머로 보였어요. 그 무렵부터 베벌리 클라크가 불안해했어요. 사실 그녀는 처음부터 에스페란스 행성에 내리고 싶어 하지 않았죠. 늪지를 건널 때부터 겁에 질리더니, 바다를 보고는 공포에 벌벌 떨었어요. 신경이 잔뜩 곤두선 채로 그녀는 바다가 우리를 집어삼키려 한다고, 바다가 이 행성의 입이라고 우리에게 말했어요. 그녀의 공포가 퀸과 플리스에게까지 전염되었고, 그들은 장비를 나르는 일을 거절하기에 이르렀죠. 우리는 생명으로 충만한 이곳에서 승강이를 벌였어요. 결국 콥이 나서서, 베이스캠프인 〈리브라〉호로 돌아갈 때까지 교대로 자면서 휴식을 취하자고 결정했어요. 그렇게 휴식을 취하는 동안, 나머지 사람들은 샘플을 모았죠. 튜브에 바닷물을 채우고 토양 샘플과 바위를 수집하고 이파리를 잘랐죠. 그러다 꽃의 샘플을 채취하는데 꽃의 알뿌리가 바닥에 꽉 묻힌 상태로 좀처럼 나오질 않더군요. 그래서 길게 뻗은 뿌리 갈래가 손상되지 않도록 주의하며 땅을 넓게 파던 중, 베벌리 클라크와 퀸, 심지어는 패트리샤 곤잘레스까지도 우리에게 달려들어선…"

"환각 상태에 빠진 거군요." 내가 말했다. "압도되어서 말이죠."

"위성들이 함께 지나갈 때가 결정적이었어요. 세 개의 위성이 포개져서 식이 일어났을 때, 중력의 변화가 여실히 느껴졌죠. 마치 누군가가 가슴에 달린 실 가닥을 잡아당기듯, 위성들에 의해 몸이 살짝 위로 들렸어요. 바다도 마찬가지였죠. 위성의 인력이 썰물을 일으켰고, 바다가 밀려나자 해안이 길게 늘어졌어요. 지의류로 덮인 해저가 드러났죠. 이 균류와 조류로 이뤄진 발광성 카펫은 고랑을 이루며 바다 더 깊은 곳으로 이어졌어요. 용암처럼 형태가 뒤틀려 있는 투명한 바위들이 물속을 오가고 있었고,

더 먼 곳에는 다이아몬드처럼 찬란하게 빛나는 크리스털이 보였어요. 바다가 뒤로 더 밀려나자 마침내 리바이어던의 몸체가 드러났어요. 아까 우리가 위에서 봤다고 한, 그 노래하는 몸체, 크리스털 형태 말이에요. 거리가 멀어서 그랬는지 몸체보다는 형태에 가까워 보였어요. 식물들이 자라는 형태와 똑같았는데, 어쩌면 한때 몸체였다가 이제 크리스털이 되었는지도 모르겠네요. 어떻게 된 건지는 전혀… 도무지 그것을 설명할 방법이 없네요. 그러니까 그건… 서로 맞물린 다이아몬드 같기도 하고 피라미드 안에 피라미드를 쌓아놓은 것 같기도 했어요. 프랙털 말이에요. 하지만 가장 아름다운 광경은 따로 있었어요. 늪지의 꽃봉오리와 해안가 식물들이 더 큰 중력을 받게 되면서 잎을 벌리고 꽃봉오리를 터뜨리고 진홍색 기관과 긴 청색 꽃잎을 활짝 드러내는 풍경이었죠. 꽃잎에서 나는 푸른빛은 똑바로 바라보면 눈을 해치므로 가늘게 치켜뜨고 봐야 했어요."

"당신 목걸이." 내가 말했다. "그게 청색 꽃잎이군요."

"맞아요, 여기." 그러면서 니콜은 자신의 목걸이를 벗어 내게 건넸다. 나는 손을 오므리고 발광성 청색의 펜던트를 받아들었다. 외계의 생명으로 만든 인공품을 손에 들고 있다고 생각하니 예전에 인간의 심장을 손에 들었을 때가 생각났다. 가까이서 들여다보았다. 푸른색 잎맥이 보였다. 압착한 꽃잎은 여전히 다채로운 빛깔로 달아올랐다.

"이럴 수가." 나는 들고 있기가 불편해서 목걸이를 니콜에게 돌려주었다. 그녀가 목걸이를 주머니에 넣자 푸른빛은 사라졌다.

"행성의 모든 꽃이 만개했어요." 계속해서 니콜이 말했다. "늪지와 해안가에서, 그리고 바다 밑에서도 수많은 꽃이 자라났죠. 훤히 드러난 모래는 활짝 핀 야생화 들판이 되었고, 우리가 그 광경을 지켜보는 동안 홀씨인지 꽃가루인지 모를 것이 위성의 인력에 이끌려 공중으로 보송보송 날아올랐어요. 푸른빛과 황금빛 비가 지상에서 공중으로 내리기 시작했죠. 바로 그때… 퀸에게 무슨 일인가 벌어졌던 거예요. 퀸이 비명을 지르기 시작했고, 우리 모두 그를 쳐다봤어요. 수많은 홀씨가 주변에 날리는 야생화 들판에 서서요. 그 홀씨가 우주복을 뚫고 그의 몸속으로 파고들었어요. 그 모습은, 마치 그가 푸른빛을 흡수하는 것처럼 보이더군요. 마스크 너머로 그의 얼굴이 보였는데, 눈이 툭 튀어나오고 피가 흘러나왔어요. 어느 순간 그의 우주복이, 그의 헬멧이 분리돼 떨어져 나왔어요. 바닥에 떨어지지 않고 그대로 공중에, 그의 옆에 떠 있었죠. 그렇게 벌거벗겨진 상태로 그의 몸도 몇 피트 위 공중으로 떠올랐어요. 그러다 그의 팔다리가 펼쳐지더니, 온몸의 피부가 외계의 빛으로 타올랐죠. 이 모든 것이 순식간에 벌어졌어요. 나는 비명을 질렀죠. 아니, 비명을 질렀다고 생각만 한 건지도 모르겠어요. 그의 목에서 틈이 벌어지더니, 피가 안개처럼 공중에 뿌려졌어요. 그의 팔에도, 그의 넓적다리에도 틈이 벌어졌고, 몇 분 동안 피가 솟구쳤어요. 그의 몸은 쪼그라들었지만 핏방울들은 그의 주변에 안개처럼 걸려 있었죠. 그리고 그의 피부

가 벗겨지기 시작했어요. 손의 피부는 장갑처럼, 팔의 피부는 옷
소매처럼, 가슴은 긴 코트처럼 벗겨졌어요. 그렇게 벗겨진 피부
는 스카프처럼 바람에 붙들린 채 날렸어요. 그는 공중에 떠 있었
어요. 그는, 그 고깃덩어리는, 그 하얀 힘줄은 유영하고 있었죠.
그의 가슴에 뚫린 구멍은 꼭 눈처럼 보였어요. 다각형의 점들이
연결된 모양이었죠. 나는 그 구멍을 통해 또 다른 장소를 들여다
볼 수 있었어요. 마치 설원으로 이어지는 입구가 그의 몸에 열리
기라도 한 듯이 말이에요. 그의 안을 그렇게 들여다보고 있자니
마치 무언가가 반대편에서 나를 보고 있는 것만 같았어요. 마치
무언가가 그를 통해 나에게로 손을 뻗을 것만 같았죠. 그의 몸은
조각조각 갈라져 골격이 분리되었고, 이내 신경과 혈관의 흔적
만 남게 됐어요. 끈으로 만든 사람처럼 말이죠. 그의 장기들이 공
중에 정렬되어 그의 주위에서 정육면체를 이루었어요. 그의 모든
것이 밖으로 드러났어요."

　니콜은 개가 꿈을 꾸듯 끙끙거리는 소리를 냈고, 눈을 들어 밤
하늘을 보았다. 나는 우주의 침묵, 크리스털 형태들의 윙윙거림
을 생각했다. 어지럼증을 느꼈다. 니콜은 인간의 육체가 해부대
위의 시신처럼 공중에서 뜯겨 나가는 것을 보았다. 순환계와 신
경계가 튕겨 나가는 소리, 폐가 내지르는 축축한 비명을 들었다.
몸에서 피부가 벗겨지고, 큰광대근, 입꼬리내림근, 눈둘레근, 입
둘레근 근육이 공중에 매달린 채로 전시되는 생체해부. 나는 공
포에 휩싸였다.

"다음 차례는 베벌리 클라크였어요. 그녀는 필사적으로 도망쳤고, 바닥을 기기까지 했지만, 결국 공중에 들려 해체되었어요. 조각난 프랙털이 된 거죠. 그녀의 피가 안개처럼 내걸린 사이로 우리는 도망쳤어요. 하지만 다들 환각 상태에 빠지고 말았죠. 나는 내 몸이 불타는 줄 알았어요. 나의 뇌와 눈이 불구덩이인 것처럼, 나의 피부가 타면서 몸에서 떨어져 나가는 것처럼 느껴졌어요. 그때 다카하시가 비명을 질렀죠. 나는 그가 패트리샤 곤잘레스에게 달려들어 죽도록 패는 것을 봤어요. 그가 산소마스크를 찢어내는 바람에, 그녀는 숨을 쉬지 못해 괴로워했죠. 나는 더 이상 화끈거리는 열상을 참을 수 없었어요. 차라리 죽고 싶었어요. 무엇이든 간에 이 고통을 끝내주기를 바랐어요. 그렇게 검은 바다에 뛰어들려고 하는데, 그때 제러드가, 나의 제러드가 불에 탄 채 비명을 지르며 나를 죽이려고…"

"그도 견디지 못했군요." 내가 말했다. "결국, 환각에 빠져 살인마가 돼버린 거예요."

"오로지 콥과 머설트만이 제정신을 유지했어요. 네이비실 대원들이 우리를 구한 거예요. 그들이 제정신일 수 있었던 건 아마도 훈련 덕분이었겠죠. 콥이 내게 달려든 제러드를 떼어냈어요. 가까스로 그를 제지할 수 있었죠. 머설트가 나를 일으켜 세우면서 무어라 말했는데, 그의 목소리가 물속에서 들리는 것처럼 잘 들리지 않았어요. 그래도 뛰어, 뛰어, 하는 말은 알아들었죠. 우리는 다카하시를 버려둘 수밖에 없었어요. 에스코는 바다로 뛰어

들었고, 그대로 모습을 감췄죠. 플리스도 이미 정신이 무너져 내린 상태였지만, 콥이 그를 부축해 함께 데려갔어요. 베이스캠프에서 타미카 이필을 잃은 후, 우리는 나머지 사람들을 모아 쿼드 착륙선에 올랐어요. 그리고 착륙선이 출발하자마자 옷을 벗고 몸을 긁어댔죠. 정말이지 몸이 불타는 것 같았거든요. 〈리브라〉호와 도킹했고, 레마크의 지시에 따라 그대로 행성에서 멀리 벗어났어요. 그럼에도 계속 크리스털 형태들이 윙윙거리는 소리가 들렸고, 우리 주위의 온 우주가 얼음처럼 부스러지기 시작했죠. 다이아몬드 가루처럼 반짝거리면서 말이에요. 우리는 온 우주가 전부 부스러지기 전에 B-L 드라이브를 가동해 공간 이동을 했지만, 그것만큼은 계속해서 우리를 따라왔어요."

"그것이 뭐죠?" 내가 물었다.

"백색광이요. 그것은 B-L 드라이브가 지나가면서 남기는 부정적 에너지를 타고 따라왔어요. 선원들은 그 부정적 에너지를 '카시미르 라인'이라고 불렀어요. 레마크는 공간 이동을 하고 또 하며 계속 도망쳤지만, 백색광은 항상 우리 위에, 우리 주위에 있었어요. 그리고 결국 식량이 떨어져서…"

"그래서 지구로 향했군요." 나는 니콜이 터미너스의 탄생을 말하는 것임을 깨달았다.

"먼 미래 세계로 향했어요. 수천 년 앞선 미래 세계로 점프한 거죠. 우리보다 훨씬 뛰어난 기술을 가진 문명이 우리를 도와줄 수 있으리라 생각했던 거예요. 하지만 우리가 그곳에 갔을 때 백색광, 제2의 태양이 나타났어요. 우리는 그곳에서 인류의 미래가 해체되는 것을 보았어요. 사람들이 바다로 뛰어들고, 공중에 매달리고, 입에 은액을 문 채 죽어가는 것을 보았죠. 레마크는 계속해서 다른 미래 세계로 이동했지만, 어디를 가든 백색광이 하늘에서 빛나면서 모든 가능성을 모조리 망쳤어요."

나는 들불 같은 무언가가 무한한 지구의 하늘을 거멓게 태우는 모습을 상상했다. 그리고 화이트홀이 죽은 눈처럼 휑하게 빛나는 모습을 상상했다.

"레마크는 알고 있었어요." 니콜이 말했다. "그녀는 우리를 사병 식당에 집합시켰어요. 전 선원이 다 모이려면 그곳밖에 없었거든요. 그녀는 우리에게 에버렛 공간에 대해 말했어요. 우리의 관찰과 경험을 토대로 형성되는, 에버렛 공간이라고 하는 미래 세계에 우리가 와 있다고 설명했어요. 만약에 우리가 자결한다면, 한 명도 빼놓지 않고 전부 목숨을 내놓는다면, 우리가 본 모든 것, 우리가 발견한 모든 것이 사라지게 된다고 말했어요. 새로운 미래로 점프해서 모두가 스스로 목을 긋는다면, 우리가 〈리브라〉호에 승선한 뒤 경험한 모든 것이 더 이상 존재하지 않게 된다고 말이에요. 굳건한 대지는 에스페란스 행성에 대해 결코 알지 못할 거라고, 그대로 발견하지 못한 채 남게 될 거라고 했어요. 우리가 인류를 살릴 수 있다고 했어요. 우리가 발견한 인류의 종말을 우리 자신과 함께 말소시키는 것으로요. 레마크는 B-L 드라이브의 시퀀스를 종속 고장*을 일으키도록 맞추면 엔진이 파괴되면서 전부 말소될 거라 했어요. 아무런 고통도 없다고 했죠."

"하지만 당신은 거절했군요."

"하일데크루거는 죽고 싶지 않아 했어요. 레마크의 생각을 따르는 이들이 있었고, 무기를 담당하는 클로에 크라우스도 그쪽 편이었지만, 더 많은 사람이 하일데크루거의 생각을 따랐죠. 자살 명령에 불복종할 사람들. 그는 사람들을 자기 주변에 모았어요."

"반란이군요."

"나는 무고해요. 거기서 일어난 모든 일과는, 그리고 앞으로 일어날 모든 일과는 무관해요. 나는 구조실에 숨어 있었고, 싸움이 가까워지는 소리를 듣고는 구금실로 갔어요. 거기 들어가면 안에서 문을 잠글 수 있거든요. 기억나요? 오래전에 우리 한 번 만난 적이 있는데."

"뭐라고요?" 나는 혼란스러웠다. "그럴 리가 없어요. 불가능한 일이에요."

"말씨름하고 있을 시간이 없네요, 코트니." 그녀는 담배를 길게 빨았다. "여기를 떠나야 해요. 당신 물건을 챙겨서…"

"레마크에게 무슨 일이 벌어졌죠? 말해줘요."

"그들은 레마크에게 충성하는 선원들을 죽였어요. 그다음 그녀를 붙잡아 모두가 보는 앞에서 목을 벴어요. 다들 그녀의 죽음에 환호성을 질렀어요. 하일데크루거가 이끄는 반란군이 그녀를

• 하나가 망가지면 연쇄적으로 다른 것들도 망가져서 결국 시스템 전체가 고장 나는 것.

죽인 거예요. 모든 이들이 돌아가며 그녀의 시신을 훼손했어요. 나는 제러드의 아내라는 이유로 살려줬지만, 다른 사람들은 모조리 다 죽였어요. 나만 살려둔 겁니다. 나는 무고해요."

"배는 어떻게 되었죠? 당신들은 여기로 돌아왔고 터미너스를 여기 불러들였어요. 〈리브라〉호에서 무슨 일이 벌어진 거예요?"

니콜의 눈에 감정이 일었다. 어떤 기억이 그녀 얼굴에 떠올랐다가 순식간에 사라졌다. 그녀는 내 손을 꽉 붙들고 말했다. "태어나기에 앞서 유령들이 먼저 사는 숲에 대한 이야기가 있어요. 몸보다 정신이 먼저 태어나는데, 정신이 육체보다 먼저 삶을 살고 그 후 육체가 똑같은 삶을 다시 살지요. 항상 정신의 삶이 몇 발짝 앞섭니다."

멀리서 손전등 불빛이 깜박거리며 과수원 근처를 훑고 지나갔다. 누군가가 우리를 찾고 있었다. 니콜이 말했다. "떠나야 해요. 내가 올 때까지 여기서 기다려요." 그녀는 밤 속으로 물러났다. 그녀의 하얀 옷이 환한 달빛 자락처럼 보이더니 이윽고 사라졌다. 어둠이 그녀를 집어삼켰다.

"니콜, 잠깐만요." 내가 말했다. "니콜…"

그녀의 담배 연기가 공중에 걸렸다. 그들이 그녀를 죽였어요, 그녀는 그렇게 말했다. 심장박동이 빨라졌다. 축축한 천, 다이아몬드처럼 흐르는 물. 문득 내가 혼자라는 것을 깨달았다. 날은 이미 저물었고 지평선의 붉은 기운을 제외하면 집에서 흘러나오는 불빛이 유일한 빛이었다. 집 쪽에서 사과 향과 양념 냄새가 풍겼다. 미스 애슐리가 빵을 굽고 있는 모양이었다. 재킷이 없으니 제법 쌀쌀했다. 나는 몸을 부르르 떨며 거꾸로 내리는 황금빛 비를, 홀씨를, 공중에서 벌어지는 생체해부를 생각했다. 그리고 〈리브라〉호에 대해서, 반란에 대해서 생각했다.

손전등 불빛이 더 가까워져서 헛간 옆의 잔디밭을 훑었다.

"누구예요?" 내가 물었다.

"소리 낮춰요." 쇼나의 목소리였다. 그녀는 손전등을 껐다. "잠깐만요."

"무슨 일인데요?" 하지만 그녀는 속삭일 수 있을 만큼 가까이 다가올 때까지 아무 말도 하지 않았다.

"저들이 오늘 밤 당신을 죽일 거예요." 쇼나가 말했다. "당장 여기를 떠나요."

"저들이 누군데요? 대체 무슨 말을 하는 거예요?" 나는 몸소 부정하려 했지만, 아드레날린이 솟구쳐 이가 딱딱 맞부딪혔다.

"집으로 돌아가지 말고 이 방향으로 쭉 달려요." 그러면서 쇼나는 과수원 방향으로 나를 돌려세웠다. 그녀는 손전등을 다시 켜서 우리 앞의 땅을 비췄다. "과실수 열 사이로 쭉 가면 도로가 나와요. 아까 우리가 걸었던 바로 그 길이에요. 집 쪽을 보지 말고 길로 나가면…"

"무슨 일인지 말해줘요."

"섀넌 모스, NCIS." 쇼나가 말했다.

나는 내 본명을 듣고 충격을 받았다. 실체가 탄로 난 것이다.

쇼나의 얼굴, 그녀의 검은 눈. 아무리 생각해도 도무지 본 기억이 없었다. 그런데 어떻게 아는 걸까?

"그걸 어떻게…"

"저들이 당신 신원을 확인했어요." 쇼나가 말했다. "콥과 니콜이 오늘 오후에 나갔을 때 분명 하일데크루거를 만났을 거예요. 그들에게는 오래전부터 자신들을 조사했던 수사관 명단이 있어요. 아마도 콥이 확인해서 코트니 김이라는 이름을 찾았을 거예요. 하지만 나는 당신이 코트니 김이 아니란 걸 알고 있죠. 나는 당신이 진짜 누구인지 알아요. 떠나야 해요. 도로로 나가면 당신에게 차편을 마련해줄게요."

"저들이라는 것이 〈리브라〉호 선원인가요?" 내가 물었다. "또 누가 여기에 관여하고 있죠?"

"나는 〈리브라〉호 같은 것은 몰라요. 당신이 무슨 임무를 맡았는지도 모르고요. 나는 국내 테러를 맡고 있어요."

"당신 누구예요?"

"FBI입니다. 어서 가요."

여기서 죽을 수도 있겠다는 생각이 들자 두개골이 지끈거렸다. 쇼나가 집 쪽으로 돌아서자 나도 과수원을 향해 달렸다. 훈련받은 대로 두려움을 다스리고자, 호흡을 조절하고자 애썼다. 마음을 차분하게 가라앉히며 애써 머리를 굴렸다. 이마와 등에 차가운 땀이 맺혔다. 잔디밭으로 쏟아지는 집의 불빛에 의지하여 경사진 언덕을 내려갔다. 풀들이 웃자란 곳에 이르렀을 때, 비명이 들렸다. 발을 헛디뎌 넘어진 나는 뒤를 돌아보았다. 박공지붕을 올린 집과 헛간이 오르막 맨 위에 있었는데, 지옥 불처럼 벌겋게 이글거리는 지평선의 노을을 배경으로 검은 실루엣을 드리웠다. 비명은 계속 이어졌다. 극심한 충격을 받아 내지르는 비명, 죽음의 비명이었다.

달려, 일어나. 새년, 달려…

나는 언덕을 잽싸게 내려갔다. 어느덧 과수원에 이르렀고, 발 디딜 곳을 살피며 똑바른 열을 찾아 달렸다. 머리 위로 나무들이 아치형 그림자를 이루었고, 하늘에 별빛이 쏟아졌다. 땅은 꽃잎 카펫에 반사된 달빛으로 벌겋게 타오르는 듯했다. 뒤쪽 어딘가에서 거친 숨소리가 들렸다. 둔탁한 발소리와 나뭇가지 부러지는 소리, 누군가 언덕을 요란하게 내려오고 있었다. 나는 서둘렀다. 그러나 검은 형체가 내 쪽으로 확 다가와 나를 땅에 쓰러뜨렸다. 그자의 무게에 눌려 나의 폐에서 바람이 빠져나갔다. 숨을 쉴 수 없었다.

남자는 주먹을 거칠게 휘두르며 내 어깨와 이마를 때렸다. 콥이었다. 체중이 실린 주먹이었지만 다행히도 어둠이 나를 도와 비스듬히 맞았다. 제대로 맞았다면 그대로 정신을 잃었을 것이다. 나는 허둥지둥 도망쳤다. 그가 다시 나를 쓰러뜨렸지만 제대로 힘을 싣지 못했고, 내 팔을 꼼짝 못 하게 붙잡지도 못했다. 그가 주먹을 다시 휘둘러 나의 눈구멍을 때렸다. 불이 번쩍했고, 정신이 멍했다. 나는 그의 가슴을 움켜쥐며 그를 껴안았고, 그대로 그의 겨드랑이에 머리를 딱 붙여 어떻게든 그가 팔을 휘두르지 못하게 했다. 그가 내 등을 쳤다. 나는 움켜쥔 손을 풀고 더듬거리다가 그의 벨트를 찾았다. 벨트에 꽂힌 칼집과 칼 손잡이를 찾았다. 그가 내 옆구리를 가격했다. 하지만 그가 더 좋은 자세를 잡으려고 물러난 순간, 내가 재빠르게 칼을 쥐었다. 칼집에서 칼을 빼내 칼날을 그의 셔츠 속, 그의 폭신한 배에 밀어 넣었다. 그가 움찔했다. 그의 겨드랑이에 칼이 박혔다. 그의 신음 소리가 들렸고, 그의 팔에서 힘이 빠지는 것이 느껴졌다. 가까스로 풀려난 나는 더 높은 곳을 공략했다. 칼날로 그의 목을 그었다. 뜨거운 피가 내 얼굴에 쏟아졌다. 콥은 꾸르륵거리면서 피를 토했고, 이내 휘청거리더니 바닥에 쓰러졌다. 그의 눈은 잠시 동안 어떤 상황인지 몰라 멍하니 과실수들을 훑었다.

쇼나가 뭐라고 말했지? 차편… 그리고 FBI. 나무들이 끝나고 도로가 나왔다. 멀리 헤드라이트 불빛이 보였다. 자동차가 내 쪽으로 다가오더니 몇 야드 앞에서 멈춰 섰다. 나는 콥의 피를 뚝뚝 흘리며 그 자리에서 꼼짝도 안 했다. 금발의 여자가 조수석에서 나왔다. 파란색 눈을 동그랗게 뜬 작은 체구의 여자로, 청바지와 바람막이 재킷을 걸친 인형 같았다.

그녀는 총을 꺼내 들었다. "칼 버려요, 당장."

나는 칼을 땅에 떨어뜨렸다.

"비비안은 어디에 있어요?" 그녀가 물었다.

"몰라요. 비비안이 누군지 몰라요. 쇼나라는 여자가 여기로…"

"갑시다." 여자는 그러더니 나를 SUV 뒷좌석에 앉혔다. 밤송이처럼 짧은 머리의 남자가 운전했다. 그가 총알처럼 차를 몰아 과수원이 한참 멀어졌을 때 여자가 물었다. "병원으로 갈까요?"

룸미러에서 피를 뒤집어쓴 내 모습이 보였다. "내 피가 아니에요." 내가 말했다. "아프지만 병원은 됐어요." 콥이 가격한 내 왼쪽 눈이 심장이 뛸 때마다 욱신거렸다. 한쪽 눈만 겨우 보였다. "씻고 싶네요."

"어디 근처에 세워줄게요." 그녀가 말했다.

"당신은 누구죠?"

"특별수사관입니다. 츠버거예요." 그녀는 그러면서 FBI 신분증을 보여주었다.

"이건입니다." 운전사가 말했다.

"당신 상관에게 연락해요." 내가 말하는 동안, 입 안의 피가 사방에 튀었다. 아마도 싸우는 도중에 혀를 깨물었던 모양이다. "상관에게 '그레이 도브'가 있다고 말해요. 젠장, 눈이 왜 이러지. 내 눈 지금 어때요?"

"심하게 부었어요." 츠버거가 말했다. "안전한 곳에 가면 사람을 시켜서 당신을 살펴보도록 할게요."

안전해지는 일은 결코 없을 터였다. 우리는 지옥에 떨어진 몸이었고, 화이트홀이 우리의 죽은 태양이었다. 눈물이 나왔고 기진맥진했다. 갓 흘러나온 피가 입에 고여 도로 삼켜졌다. 피부에 묻은 콥의 피는 어느덧 차갑게 식었다. 얼마 뒤에 이건이 편의점에 차를 세웠고, 츠버거가 붕대와 항생제를 사 왔다. 그녀는 뒷좌석에 앉아서 알코올 천으로 내 상처 부위를 소독하고 내 얼굴을 닦아주었다. 부드럽게, 어머니의 손길처럼. 그녀가 가까이 다가오자 베이비파우더와 립스틱 냄새가 났다. 이건은 밖에서 휴대폰으로 누군가와 언쟁을 벌이고 있었다. 룸미러로 내 모습이 보였다. 감긴 눈은 누렇고 벌겋게 부어올라 꼴이 말이 아니었다. 그녀는 넓적한 붕대로 내 눈을 덮었다. "됐어요." 그녀가 말했다.

"어디로 가는 거죠?" 차가 도로로 다시 접어들었을 때 내가 물었다. 차로 달린 지 1시간이 넘어서 우리는 웨스트버지니아를 지나 펜실베이니아로 넘어가고 있었다.

"당신은 FBI가 아니군요." 이건이 말했다.

"NCIS입니다. 당신들, 무엇을 조사하고 있어요?"

"국내 테러와 관련된 용의자들을 알아보고 있어요." 츠버거가 말했다. "당신도 비슷한 업무를 맡은 걸로 알고 있는데요. 비비안이 당신을 그곳에서 빼내려고 자기 정체를 드러냈는지도 모르겠네요. 어쨌든 지금은 연락이 안 돼요."

내가 도망치기 전에 집에서 났던 비명은 누구였을까? 콥이 쇼나를, 비비안을 위협한 것일까? 혹시 그녀를 살해했을까? 나는 그런 생각을 접었다. 색이 들어간 창문을 통해 간판과 이정표를 확인해 여기가 어딘지 추정했다. 코넬스빌, 유니언타운, 내셔널 파이크, 비즈니스 40. 풍경은 대부분 나무와 관목들로 우거진 언덕이었고 가끔 작은 스트립 몰이 보였다.

"몇 명은 군과 연결되어 있어요." 이건이 말했다. "당신 업무는 뭐죠?"

"국내 테러예요." 내가 말했다.

츠버거는 계속 말없이 창문을 내다보았다. 창문에 비친 그녀의 표정이 가정불화를 참아내야 하는 부부처럼 어색하게 보였다.

"상관에게 보고했으니 곧 알아낼 겁니다." 이건이 말했다.

이건은 블루마운틴 모텔의 주차장으로 들어섰다. 규모가 작았으며, 낮은 지붕에 열 개 남짓한 객실이 모여 있었다. 빈방이 있음을 알리는 네온 간판과 콜라 자동판매기의 붉은빛이 주차장을 밝히는 유일한 조명이었다. 차라고는 관리소 근처에 주차된 낡은 은색 세단 한 대가 전부였다. 세단 내부에 불이 들어와 있었다. 누군가 안에 있었는데 이건이 주차장에 차를 대자 불빛이 꺼졌다.

"우리가 알아낼 것은 아무것도 없어요." 내가 말했다. "그들에게 '그레이 도브'가 있다고 말해요. 나머지는 NCIS 국장과 당신네 국장이 알아서 할 겁니다."

"NCIS 국장 이름이 어떻게 되죠?" 이건이 3호실 앞에 차를 대며 물었다. 나는 대답할 수 없었다. 그는 내가 대답하지 못한다는 것을 알고 있었다. 그는 차에서 내려 기지개를 켰다. "잠깐만요." 그러더니 자동판매기 근처에서 다시 휴대폰을 받았다. 이번에는 통화가 짧았다. 그는 통화를 마치고 3호실 문을 열고 안으로 들어갔다. 잠시 후 두꺼운 커튼 너머로 불빛이 비쳤다.

뭔가 이상해. 이건은 상관과 통화해서 '그레이 도브'라고 말했을 텐데. 내가 NCIS임을 이건이 믿지 않거나 FBI가 내 정체를 아는 것이 분명했다. 이건과 츠버거는 나를 방으로 데려가 몇 가지 질문을 한 다음 돌려보낼 수도 있지만, 결코 풀어주지 않을 수도 있다. 설령 이건과 츠버거가 내 정체를 모른다 할지라도, 그들의 상관은 알지도 모른다. 그들의 상관이 '그레이 도브'란 말 때문에, 그들에게 여기서 나를 심문하고 체포하도록 명령했는지도 모른다. 미국에는 대중들이 전혀 모르는 감옥이 있다. 기소도 재판도 없다. 나비가 유리병에 갇히듯 쥐도 새도 모르게 없어질 수 있다. 그들은 자신들의 존재가 끝나버리지 않도록 얼마든지 나를 여기 붙잡아둘 수 있었다. 나는 차문을 열려고 했지만 잠겨 있었다. 안쪽 손잡이가 작동하지 않았다.

"이러지 마요." 내가 츠버거에게 말했다. "당신들 지금 무슨 일을 하고 있는지 알아요?"

"괜찮을 겁니다." 그녀가 말했다.

"젠장, 내가 여기서 나가지 않으면 빌어먹을 세계가 죄다 없어진다고요. 아폴로 수첵 필드에 연락해요. 윌리 은조쿠 특별수사관과 이야기해봐요."

"우리는 그냥 대화를 나누려는 겁니다." 츠버거가 말했다. "모든 것을 알아내야 하니, 진정하세요. 그렇지 않으면 당신을 구속하는 수밖에 없습니다."

그녀를 죽여. 그녀를 죽이고 차를 빼앗아. 그러나 츠버거가 밖으로 나가 내 쪽 차문을 열었다. 나는 선택을 저울질했다. 그녀보다 빨리 달릴 수 있다. 내 다리로도 그녀보다는 빠르게 달릴 수 있다. 하지만 도망칠 곳이 없다는 게 문제다. 나는 차에서 내렸다. 비명을 지를까. 은색 세단에 누군가가 앉아 있었으니 어쩌면 내 비명을 듣고 경찰에 연락할지도 몰랐다. 츠버거는 내가 포로라도 되듯 내 팔뚝을 잡고 3호실로 나를 이끌었다.

"이러지 말아요." 내가 말했다. "나를 풀어줘요. 내가 여기서 나가지 않으면 모든 게 사라진다고요. 당신이 사랑하는 모든 것이 말이에요. 구멍이, 화이트홀이 열리고, 모든 것이 사라져…"

"그만해요." 그녀가 말했다.

세단의 운전석 문이 열리고 운전사가 밖으로 나왔다. 노인으로 회색 정장에 레인코트를 걸친, 심한 곱슬머리의 흑인이었다.

"도와줘요!" 내가 그에게 소리쳤다. "경찰을 불러줘요! 도와줘요!"

"대체 뭐 하자는 겁니까?" 그가 말했다. 그는 차에 손을 얹고 균형을 잡으며 우리 쪽으로 머뭇거리며 다가왔다.

"이건, 여기로 와봐요." 츠버거가 말했다. 그 남자를 보고는 이렇게 말했다. "경찰 업무이니 가까이 오지 마세요."

남자가 움직이는 모습에서 왠지 익숙한 느낌이 들었다. 그가 더 가까이 다가오자 나는 그를 알아보았다. 브록이었다. 예전보다 야윈 데다가 우람한 근육은 물러져 있었다. 그는 몸의 중심을 잡았고, 이건이 3호실에서 나왔을 땐 재빠르게 움직였다.

"브록?" 이건이 말했다. "여긴 무슨 일이에요?"

브록은 코트 아래로 손을 뻗어 벨트 권총집에서 총을 뽑았다.

그는 총을 이건에게 겨누고 한 발짝 다가갔다. 이건은 손을 위로 올리고 말했다. "빌리." 브룩은 방아쇠를 당겼다. 이건이 배를 움켜쥐고 쓰러졌다. 연석 위에 몸이 접힌 그의 목구멍에서 신음이 새어 나왔다.

츠버거가 총을 잡으려 했지만 브룩은 이미 총구를 그녀에게 돌린 상태였다. 그대로 그녀 목에 구멍을 냈다. 그녀는 비명을 내지르며 쓰러졌고, 숨을 헐떡였다. 양손으로 목을 감싸려고 했지만 손가락 사이에서 피가 솟구쳤다. 입은 고통으로 일그러졌다.

이건은 피를 철철 흘리며 3호실의 불빛 쪽으로 기어갔다. 브룩이 총구를 이건의 머리에 대고 발사했다. 이건의 고개가 꺾였다. 나는 츠버거를 보았다. 그녀의 눈은 이미 빛을 잃었다. 내가 그녀의 총으로 손을 뻗자, 브룩이 내 쪽으로 돌아서서는 총구를 내 가슴에 겨눴다.

"브룩." 내가 말했다. "이러지 마요."

그는 뭔가에 홀린 사람처럼 보였다. 정신이 나간 듯했다. 그의 얼굴이 일그러져서 우스꽝스러운 미소가 되었다. 그는 짐승이 짖는 소리를 내며 웃었다.

"내가 무슨 짓을 한 거지?" 그가 말했다. "젠장, 이게 다 무슨 일이야?" 그는 이건의 몸을 쳐다보고 그에게 말했다. "일어나, 이건. 뭐라고 말 좀 해봐. 괜찮다고 해줘. 젠장, 내가 무슨 짓을 한 거야?" 그는 권총을 총집에 집어넣고 츠버거 옆에 섰다. "그녀에겐 아이가 있었는데." 그는 내가 있다는 것을 떠올린 모양이었다. 내게 물었다. "내가 무슨 짓을 한 거지?"

"괜찮아요, 브룩." 나는 그를 진정시키려고 애썼다. "괜찮을 거예요…"

그는 내 턱을 잡고 내 얼굴을 자동판매기 불빛에 갖다 대며 찬찬히 살폈다. "도대체 뭐 하자는 거야?" 그가 말했다. 그는 내 눈을 빤히 노려보았다. 마치 내 몸속으로 기어 들어올 것처럼 노려보았다.

뭔가가 그를 겁먹게 했다. 내 귀에 들리지 않았지만, 무슨 소리라도 들은 모양인지 그는 움찔했다. 그러곤 나를 끌고 자신의 차로 데려갔다. 나를 조수석에 밀어 넣고 서둘러 운전석에 앉았다.

"여기서 빨리 나가야 해." 브룩은 후진하여 주차장을 나와 내셔널 파이크로 들어섰다. "당신이 누군지 알겠어." 그는 60에서 80으로 속도를 높였다. "곧 우리를 쫓아오겠지. 시신을 방에 두었어야 했는데. 생각을 못 했어. 생각할 수 없었어. 시신을 옮겼어야 했는데."

"내가 누구라고 생각하는 거예요?" 내가 말했다. "이래서는…"

"빌어먹을 거짓말은 꿈도 꾸지 마." 그는 총을 꺼내 내 뺨에 총구를 들이댔다. 나는 몸이 밀리면서 창문에 귀가 닿았다. "지금 당장 쏴 죽일 수도 있어. 그리고… 만약 내가 너를 죽인다면." 그가 말했다. "이 세계는 사라지겠지, 안 그래? 전부 끝나는 거야. 내가 이건과 그의 파트너를 죽인 것도 없던 일이 되는 거고. 내 말 맞지? 어디 얘기해봐."

"제발 총 내려놔요. 일단 차부터 세워놓고 이야기해요."

"지금 이야기해. 당장 이야기하라고."

도로가 우리 앞에서 빙빙 돌았다. 검은 타르 위로 헤드라이트 불빛이 보였다. 총구가 내 머리 옆쪽으로 파고들어 아팠다.

"이렇게 모든 걸 망칠 순 없어요."

"일어난 일을 바꿀 수 있지?" 그가 물었다. "그러려고 여기에 온 거잖아. 모든 것을 바꾸려고 말이야."

"내가 무엇을 바꿀 수 있다고 생각하는데요? 제발 총 좀 내려 놔요. 제발…"

"CJIS." 그가 말했다. "CJIS가 테러를 당했을 때, 나는 라숀다를 잃었어. 거기에 내 두 딸까지. 그 예쁜 아이들. 나는 전부 잃었어. 내 아이들…"

"차 세워놓고 이야기해요. 제발 총 좀 내려놓으라니까요."

그는 총을 내리고 총집에 집어넣었다. 그의 손이 떨렸다. 나는 계속 창문에 뺨을 대고 있었다. 눈물 때문에 앞이 흐리게 보였다. 그의 가족들은 하얀 시트에 쌓인 채 건물 옆 들판에 누워 있었을 것이다. 사린가스를 들이마시고 곧바로 죽었을 것이다. 나는 부인의 시신을 상상했다. 죽은 아이들로 가득한 CJIS 보육 시설을 상상했다.

"테러리스트는 자신들이 세계의 종말에 대항해 싸운다고 생각했어." 브록이 말했다. "그래서 내 아내와 아이들을 죽였었지." 그는 몸을 들썩이며 흐느꼈다. "내 가족들이 왜 죽어야 했지? 그리고 당신, 그토록 오랜 세월이 흘렀는데 어째서 하나도 늙지 않은 거야."

"정말 마음이 아파요." 내가 말했다. "당신이 얼마나 고통스러웠을지."

"당신은 CJIS를 조사하려고 여기 있는 거야. 그들의 목숨을 구하려고."

패트릭 머설트. 그의 이름이 하찮게 여겨졌다. 1,000명의 목숨에 비하면 고작 한 명의 목숨일 뿐. 내가 브록에게 무엇을 말할 수 있을까? 그에게 말할 수 있는 것은 〈리브라〉호에 대한, 터미너스에 대한 것이었다. 터미너스가 모든 미래에 들이닥친다고, 그래서 살아 있는 모든 걸 죽인다고, 아니 살아 있을 수도 있는 모든 걸 죽인다고. 모든 가능 세계를 소멸시킨다고 말이다.

"당신 가족들은 살릴 수 있어요. 아니, 반드시 살릴 거예요. 라숀다는 꼭 구할게요." 내가 말했다. "우리 이야기 좀 해요."

브록은 벨 버넌 외곽의 51번 도로에서 쉬츠 주유소와 24시간 편의점을 찾았다. 우리는 그가 자동차 수납함에 넣어둔 물수건으로 몸에 묻은 피를 최대한 닦아냈다. 그러고도 안심이 되지 않아 나는 브록의 레인코트를 내 피로 얼룩진 드레스 위에 걸치고 단단히 동여맸다. 호러쇼 의상 같았다. 셀프서비스 식당은 이 시간에 손님이 없었다. 점원들은 금발과 흑갈색 머리의 십 대 소녀들로 포르노 배우 사진이 표지를 장식한 허슬러 잡지를 넘기고 라디오를 들으며 웃었다. 나는 화장실에 가서 머리카락에 말라붙은 피를 닦아내고 거품비누로 손과 얼굴을 씻었다.

브록은 계산대에서 보이지 않는 칸막이 자리에 앉아서 기다렸다. 나는 그의 맞은편 자리에 앉았다. 그는 나이와 슬픔으로 약해져 있었다. 눈과 입가에 깊은 주름이 져 있었고, 머리카락은 담뱃재 같았다.

　"문들로 이루어진 벽을 상상해보라고 하더군요." 브록이 말했다. "내가 문들로 이루어진 벽 쪽으로 떨어진다면 수많은 문 가운데 하나를 통과하게 된다고 했어요. 내가 어떤 문을 통과하든 그것은 미래로 이어진다고 했어요. 만약 다른 문을 통과한다면 다른 미래로, 다른 버전의 미래로 이어진다고요."

　"누가 그랬어요?" 내가 물었다.

　"CJIS 건물이 무너지고 장례식이 끝난 후 당신이 생각났어요." 그가 말했다. "네스터와 가끔 당신에 관해 이야기했죠. 당신도 CJIS에서 일했으니까 혹시 그날 내 가족과 함께 죽은 것은 아닌가 했어요. 그렇게 사라졌으니 죽었다고 생각한 것도 무리는 아니었죠. 그리고 당신을 생각하면서, 아득한 공간에 대해서, 패트릭 머설트에 대해서도 생각했어요. 그러던 중 뉴스에서 뭔가를 보게 됐어요. 해군우주사령부가 다른 조직으로 흡수되던 때, 〈식스티 미니츠〉라는 탐사 보도 프로그램에서 보류된 계획을 보도했었죠. 중국의 위성이며, 달에 설치한 레이저 무기. 관심 없는 사람에게는 아무 의미도 없는 얼빠진 계획들이겠지만, 나는 더 많이 알고 싶었어요. 계속해서 찾아다녔고, 질문을 던졌어요. 멈출 수가 없었지. 그러던 어느 아침에 국장으로부터 메시지를, 밀봉된 메시지를 받았어요. 메릴랜드주 실버스프링에 티제이스라는 레스토랑이 있다면서 그곳으로 왔으면 좋겠다고 하더군요. 수사국은 전에 해군연구소에서 일했던 한 물리학자의 약점을 잡은 상태였어요. 그가 미 상원군사위원회로부터 기밀 정보를 입수했으며, 해당 군사 기밀을 가지고 페이절 시스템이라고 하는 회사를 설립했다는 증거를 확보한 거였죠. 페이절이란 빌어먹을 암 치료제를 개발한 제약회사 이름이지. 아무튼, 1급 정보망을 가동하여 얻은 수확이었어요. 우리는 그를 몰아붙였고 결국 그는 모든 걸 털어놓았죠. 그때 아득한 심해에 대해 알게 된 거예요. 나도 그 자리에 있었지. 그 물리학자와 점심을 같이 했는데, 이 노인은 자신이 여전히 아이와 같다고 소개했어요. 이번 여름에 겨우 마흔두 살이 된다고 하더군요. 하지만 그는 노인이었어요, 새넌. 내가 믿질 못하자 자신의 출생증명서와 예전 운전면허증을 보여주더군요. 그는 페이절 시스템에서 암 치료를 연구했고, NSC에 대한 모든 것을 알고 있었어요. 그걸 내게 알려주면서 양자거품과 웜홀에 관해 이야기했고, 내가 제대로 알아듣지 못하자 문들로 이루어진 벽을 상상해보라고…"

"거품기를 떠올려봐요." 내가 말했다.

"뭐라고요?"

나는 자리에서 일어나 음식이 나오는 카운터 뒤로 갔다. 부엌 서랍을 뒤졌지만, 스푼과 음식포장 랩, 낡은 행주만 있었다. 나는 싱크대 근처 걸판에 걸려 있는 거품기를 찾았다.

"거품기 말이에요." 자리로 돌아와서 내가 말했다. "이게 교관이 내게 가르쳐준 방식이에요."

나는 거품기를 옆으로 들고 손잡이 끝을 가리켰다. "시간의 시작이에요." 손가락으로 손잡이를 따라갔다. "역사, 관찰된 과거지요." 손잡이 맨 위에 이르자 이렇게 말했다. "이것은 현재."

"문들로 이루어진 벽에 도달한 거로군요." 그가 말했다.

나는 거품기의 와이어 하나하나를 손으로 만졌다. "가능한 미래, 가능한 시간선. 무한하게 가능해요." 내가 말했다. "그러니까 이 거품기의 와이어가 무한히 많다고 상상해봐요."

"여기는 뭐죠?" 브룩은 거품기의 끝, 모든 와이어가 안쪽으로 구부러져서 하나로 연결되는 지점을 가리키며 물었다.

"터미너스."

"그게 뭔데요?"

"세계의 종말이에요."

"그렇군요." 브룩은 양손을 앞에 들고 컵처럼 모았다. 생기가, 광적인 에너지가 그에게 다시 돌았다. 물에 빠진 사람이 공기를 들이마시듯, 그의 눈이 아이디어를 들이마시는 것처럼 보였다. "그러면… 여기는 언제인가요?" 그는 손잡이 맨 위, 현재를 가리키며 물었다.

"1997년 3월." 내가 대답했다.

브룩의 얼굴이 갑자기 환한 웃음을 지었다. 그의 입이 벌어지고 눈에 광기가 돌았다. 오싹했다.

"그러니까 당신은… 과거에서 여기로 날아왔단 겁니까? 당신 우주비행사로군요. 머설트가 우주비행사였듯이. 그에게 우주비행사냐고 물었던 기억이 나는군요. 당신은 사라지지 않았어. 당신도 그와 같아서 사라지지 않은 거야. 당신네 시간 여행자들은 여기서…"

"내가 여기 있는지, 아니면 아직 그곳에 존재하는지 자세한 건 나도 몰라요. '중첩 얽힘'이라고 부르는데, 나는 수학을 결코 잘하는 편이 아니라서요. 당신은 1997년에 감초 껌을 즐겨 씹었어요."

그는 크게 웃었는데 거의 울음에 가까운 소리였다. "끊었어요." 그가 말했다. "이탈리아제 감초 껌이었지. 당시엔 수입품 가게에서 박스째로 샀죠. 하지만 감초는 독해서 씹고 나면 침뿐만 아니라, 이와 혀도 전부 검어져서 끊었어요. 하지만 그날, CJIS가 무너진 날, 나는 제정신이 아니었어요. 내 가족이 죽었다는 소식을 들었으니까. 이상하게도 나는 정신이 없는 상태에서도 내 가족이 모두 죽었다는 사실만큼은 알 수 있었어요. 보안요원들을 지나 시신들이 놓인 곳으로 갔었죠. 혹시나 내 딸일까 싶어 하얀 시트를 들어 올리면, 항상 매번 모르는 사람의 얼굴이었어요. 죽은 얼굴 말이에요. 결국, 내 딸들은 찾지도 못했어요. 긴장할 때면 늘 그렇듯 그날 온종일 감초 껌을 씹고 있었는데, 다음 날 아침 껌 한 조각을 입에 물자 감초 냄새가 내 속을 꽉 채우더군요. 죽은 얼굴들을 하고서 말이에요. 당장 뱉어버렸지…"

"계속해서 딸들을 찾고 있군요. 내가 찾는 데 도움이 될 거라 생각한 거고요, 그렇죠?"

"어째서 지금인 거죠?" 그가 물었다. "왜 지금에서야 온 거예요?"

"내가 정할 수 있는 게 아니에요. 자연에 나타나는 형태들이 있잖아요. 조가비 형태라든지, 은하수의 나선 형태라든지. 혹은 얼음 결정체의 형태나 해바라기 얼굴에 붙은 씨앗의 소용돌이 패턴, 나뭇잎이 갈라지는 모습이나 화장실 물 내려가는 모습 등등까지도. 어디서든 이런 똑같은 패턴이 반복되는 것이 보이죠."

"프랙털." 브록이 말했다. "똑같은 패턴이 영원히 반복되는 것을 말하는 거군요."

"양자거품도 이런 식으로 자라요. 똑같은 패턴이 반복되는 형태를 띠죠. 이런 형태를 결정하는 숫자들의 집합이 있어요. '피보나치 수열'이라고 하는데 자연 도처에 있습니다. 나는 이렇게 멀리까지 올 필요가 없었어요. 이보다도 훨씬 더 멀리 여행할 일이 있더라도, 대부분의 조사는 대략 19년, 즉 6,765일 여행하는 것이 관례예요. 나는 패트릭 머설트와 그의 가족 살해 사건을 조사하려고 여기 왔어요. 진실이 시간이 흐르면서 제 본모습을 드러낼 것이라 믿고서요."

"왜 하필 머설트인가요? 그자의 목숨이 그렇게 가치 있나요?" 브록은 그렇게 물을 뿐, 〈리브라〉호나 터미너스에 대한 얘기는 들으려 하지 않았다. 그는 자신 속에 깊게 틀어박혀 있었고, 거기서 나올 생각이 없어 보였다. 얼마 뒤에 그가 말했다. "그 물리학자는 나와 이야기해서 즐거웠다고, 자신의 말을 믿고 싶어 하는 사람과 이야기해서 즐거웠다고 했어요. 점심을 다 먹고 나서, 그가 아이스크림이 먹고 싶다고 해 티제이스 옆에 있는 배스킨라빈스로 갔죠. 거기서 아이스크림콘을 먹으며 또 이런저런 이야기를 했는데 대부분은 이론적인 얘기였어요. 어쩌면 적당하게 헛소리를 한 건지도 모르겠군요. 하지만 헤어지면서 했던 말이 똑똑히 기억나요. 내가 여행자를 만나게 된다면, 그를 붙잡아 수갑을 채우고 독방에 가둬야 한다고 했어요. 최고 보안 등급의 교도소에 열쇠 없이 가두고 가급적 오래 그를 살려두라고, 건강하게 오래 살 수 있도록 관리하라고 했어요. 행여 그가 죽거나 문들의 벽을 통해 진짜 세계로, 진짜 현재의 세계로 돌아가는 순간, 내가 아는 모든 것이 사라질 것이기 때문에. 나의 모든 기억에서부터, 세계에 존재하는 모든 사람, 아니 이 우주에 존재하는 모든 원자가 모조리 사라질 것이기 때문에."

"끝나버리죠."

"마치 애초부터 없었던 것처럼."

"우리는 그걸 보고 나비가 유리병에 갇힌다고 말해요. 나 같은 사람들에게 그런 위험이 늘 있죠. 이런 미래 시간대에서 자신들의 비존재성을 차마 마주하지 못하는 사람들에게 사로잡히는 것 말이에요."

"만약에 내가 당신과 함께 돌아간다면 어떻게 되죠? 나를 현재로 데려갈 수 있습니까?"

"불가능하지는 않아요." 나는 이런 도플갱어들의 묘한 삶을 알았다. 우리가 '메아리'라고 부르는 사람들. NSC 전함을 타고 미래 세계에서 넘어온 그들에겐 준(準)법적 지위가 부여된다.

"그러면 아내를 다시 볼 수 있겠지." 브록이 말했다. "내 딸들도… 다시 안아볼 수 있다면."

"괜히 혼란스럽고 괴로워지기만 할 뿐이에요. 딸들은 겁에 질릴 테고요. 당신 가족들은 당신을 아버지가 아닌, 아버지와 상당히 닮은 노인이라고 생각할 거예요. 당신 부인은 자신의 남편 윌리엄 브록이 나이가 들면 당신처럼 보일 수 있겠다며 농담을 하겠죠. 집에 돌아가봤자 또 다른 당신이, 진짜 윌리엄 브록이 있을 테니까요. 당신 가족들은 당신을 원하지 않을 가능성이 커요. 그 세계로 넘어온 이상, 당신은 윌리엄 브록이 아닌 윌리엄 브록의 메아리가 되는 거예요. 스스로 물어보세요. 그들을 얼마나 사랑하는지. 라숀다를 무척 사랑하죠? 하지만 당신 아내에겐 이미 남편이 있어요. 당신 딸들을 무척이나 보고 싶죠? 그러나 당신 딸들에겐 이미 아버지가 있어요."

브록은 목구멍 깊숙이 긁어내는 기침을 했다. 격렬하게 웃거나 슬픔에 북받쳤거나 둘 중 하나였다. 그는 총을 꺼내 들었다. 오늘 밤 이미 살인에 썼던 글록 권총이었다. 그는 내 복장뼈를 겨누었다. 심장이 멎는 듯했다. 그가 나를 쏜다면 내 피는 흐르는 것을 영영 멈추지 않을 것 같았다.

"당신을 이 세계에 안전하게 붙잡아둘 수도 있어." 그가 말했다.

"이건과 츠버거는 나를 안전하게 붙잡아둘 생각이었나요?" 내가 물었다.

"그들은 당신 정체를 몰라. 이건과 츠버거는 당신을 붙잡아두면서도, 자신들이 왜 그래야 하는지 이유를 몰랐지. 아는 사람은 따로 있어. 내 동료 휘태커. 그가 당신을 심문하고 투옥하라고 명령했어. 그가 말하더군, 〈그레이 도브〉호라고. 아까 뭐라고 했지? 나비?"

"유리병에 갇힌 나비."

"우습군. 네스터가 몇 달 전에 나한테 연락했어. 난데없는 연락이라 무척 놀랐지. 오랫동안 그의 소식을 듣지 못했거든. 그가 말하더군. '섀넌 모스를 봤어요. 믿어져요? 그런데 하나도 안 변했더군요.' 그 순간 당신을 잡았구나 생각했어. 그에게 잘 감시하라고 했지만, 그는 당신이 떠났다고 했어. 지나가다 잠깐 만나서 이야기를 나누었을 뿐이라고 하더군. 나는 수사국 연줄을 총동원해 당신이 나타나면 알려달라고 부탁했지. 그리고 오늘 밤 내 친구 휘태커가 전화를 줬어. 〈그레이 도브〉호가 있다고 말이야. 나는 그에게 사정했어. 아는 사람에게 죄다 사정했지. 어떻게든 당신을 유니언타운으로 데려가도록 명령을 내려달라고 말이야. 내가 당신을 가로챌 수 있도록. 한편으로는 여전히 믿기지 않아. 그저 당신이 여기 나타났다고 뭐가 어떻게 된다는 건지. 그나저나 섀넌, 정말 하나도 늙지 않았군."

"당신이 가족들을 얼마나 사랑하는지 생각해요." 내가 말했다.

"내 아내와 아이들은 여전히 살아 있을 거야. 당신이 온 그곳에 서라면 말이야."

"네."

"당신은 그들을 안전하게 지켜줄 수 있어."

"네."

"앞으로 나는 어떻게 해야 하지? 당신이 떠나고 나면 이 고통은 전부 어떻게 되는 거야?"

"고통은 사라질 거예요. 그리고 당신도."

브록은 권총을 자기 입에 넣고 방아쇠를 당겼다. 그의 머리 위쪽에 구멍이 뚫렸고, 피가 사방으로 튀었다. 그의 몸이 바닥에 풀썩 쓰러졌다. 진홍색 핏물이 타일 틈새를 따라 격자무늬로 번졌다. 점원들이 달려왔다. 한 명이 비명을 질렀다. 나는 몸을 떨며 숨을 다듬으려 애썼다. 내 삶이 지금 이 순간에 달렸어. 한 점원은 피를 흘리고 있는 시신을 보고 얼어붙었고, 다른 점원은 이미 전화기를 든 상태였다. 나는 브록의 호주머니에서 열쇠를 빼내 서둘러 가게를 나왔다. 방아쇠를 당기기 직전, 그의 입이 무언가를 말하는 것처럼 보였지만, 아무 소리도 들을 수 없었다. 총성 때문에 귀가 먹어 멍멍했다. 시동 스위치를 더듬거리며 생각했다. 여기서 버지니아까지 얼마나 멀까? 경찰이 이 차를 찾기 전까지 얼마나 버틸 수 있을까? 차에 시동이 걸렸고 나는 속도를 높였다. 매리언에 대한 사건 기록, 내 노트북, 전부 잃었다. 영영 찾을 수 없다. 그렇다면 여기서 내가 얻은 것은 뭘까? 니콜, 〈리브라〉호, 하일데크루거. 그리고 네스터가 있었다. 그가 정문 앞 현관에서 나를 기다리는 모습을, 저물녘에 마당을 살피는 모습을 상상했다. 뷰익이 151번 도로를 달리는 차들을 향해 짖고, 네스터가 모든 차의 헤드라이트를 살피며 어떤 차에 내가 타고 있을지 궁금해하는 모습을 상상했다. 오늘 밤은 유난히 깊어 보였다. 나는 운전하면서 네스터의 입술을, 이제는 너무도 친숙해진 그의 몸을, 그의 가슴에 난 점들의 별자리를 생각했다. 그가 나를 용서해주기를, 영원히 사라져버린 나를 용서해주기를 바랐다. 그러나 곧 용서할 것도, 다른 아무것도 남지 않게 될 터였다.

작년에 내린 눈은 지금 어디 있는가?

– 프랑수아 비용, 〈과거의 여인들의 발라드〉

1

카시미르 라인이라고 불리는 부정적 에너지를 타고서 〈그레이 도브〉호는 굳건한 대지에 도착했다. 그로써 모스는 석 달에 걸친 양자거품 속 시공간 여행을 마쳤다. 과수원에서 입었던 신체적 상처는 아물었지만, 정신적 충격은 여전히 사라지지 않았다. 그녀는 악몽에서 깨어날 때마다 비명을 들었다. 선실의 희미한 빛 속을 떠다니며 그녀는 밀실 공포증으로 땀을 쏟아냈다. 찰스 콥의 악몽에서, 어두운 형체가 자신의 목을 조르고 과실수 꽃향기가 기억의 언저리에서 떠오르는 꿈에서 깨어났을 때, 그녀는 생명유지 장치가 윙윙 돌아가는 소리를 들었다.

목소리들이 〈그레이 도브〉호 안에서 메아리쳤다. 환청이었지만 그녀에겐 네스터의 목소리가 또렷하게 들렸다. 그날 밤 네스터가 자신의 이름을 부르던 소리와 총격 소리가 들려 그녀는 깜짝깜짝 놀라곤 했다. 그러다 결국 브록이 자살하는 광경이 떠오르면서 듣게 된 소리였음을 깨달았고, 머릿속 소음을 잠재우기 위해 음악을 틀었다. 아직도 주유소 식당 바닥에 고여 있던 핏물이 눈앞에 아른거렸다. 그녀는 연필로 '에스페란스 행성', 터미너스가 〈리브라〉호를 따라감'이라고 썼다가 지웠다. 까먹지 않기 위해서였다. 그녀는 크리스털 형태의 우주를 상상했다. 그녀는 너무 많은 이야기를 들었고, 모든 이야기가 도저히 이해할 수 없는 기이한 내용들뿐이었다. 에스페란스 행성은 어디 있을까? 그녀가 종이에 적었다. NSC는 그곳으로 돌아갈 수 있을까? 그녀는 남자의 배에 다각형을 그렸다. 생체해부. 지난밤 니콜이 그녀를 알아보는 듯했다. 아니, 나를 코트니 김으로 알고 있었어. 그리고 쇼나도 하일데크루거와 콥이 그녀를 '코트니 김'으로 확인했다고 했다.

'엘리자베스 레마크', 그녀는 그렇게 적었다가 이름을 지웠다. 다시 적었다. '레마크.'

'〈리브라〉호는 어디 있을까?'

그녀는 질문을 지웠다.

'어느 시공간일까?'

〈그레이 도브〉호가 블랙 베일 정거장에 입항했다. 기관사들은 〈그레이 도브〉호가 아득한 심해로 출항하자마자 돌아오는 것을 봤다. 그들로선 심장이 한 번 뛰는 동안 사라졌다가 다시 나타난 것에 불과했지만, 모스에겐 1년이 넘는 시간이 지났다. 블랙베일 정거장에서 지구로 돌아가는 동안, 그녀는 조만간 매리언에 대한 불길한 정황과 마주할 것만 같아 불안해졌다. 매리언은 어디 있을까? 이미 죽어서 숲에 버려졌을까? 아니면 살아 있을까? 〈그레이 도브〉호는 불타는 필라멘트처럼 번쩍거리며 지구 대기권으로 진입했고, 야음을 틈타 아폴로 수첵에 착륙했다. NSC 기관사들이 모스를 도왔다. 조종석에서 대서양이 바라보이는 기지 내 무균실로 그녀를 데려갔다. 행여 미래에서 감염되었을지도 모르는 외계 바이러스가 있더라도, 석 달간의 양자거품 여행이면 잠복기를 거쳤다가 사라지기에 충분히 긴 시간이었다. 그렇지만 만약을 위해서, 무균실에서 방호복을 차려입은 의사들이 그녀의 몸에서 질병의 흔적이 없는지 살폈다. 몇 시간 동안 면봉으로 그녀의 몸을 긁어내고 채혈을 했다. 의사들이 마지막으로 나간 것은 오전 3시를 조금 넘긴 시각이었다. 모스는 욕조에 몸을 담그며 석 달간 〈그레이 도브〉호에서 마신 순환 공기를 빼냈다. 그녀는 욕실 거울을 손으로 문질러 흐릿한 김을 걷어내고 자신의 몸을 들여다봤다. 자신이 그동안 얼마나 나이가 들었는지 비로소 깨달을 수 있었다. 연도로 따지면 이제 겨우 스물일곱이었는데, 외형은 어머니와 놀랄 만큼 비슷했다. 서른아홉이었던가? 생물학적으로 마흔에 가까웠으나 정확한 나이는 계산해보지 않았다. 이제는 자신의 실제 나이가 얼마인지도 헷갈렸다. 모스는 수건을 몸에 두른 다음, 다른 수건으로 머리카락을 감쌌다. 거의 4시가

다 된 시각이었다. 그녀는 머뭇거리다가 브록에게 휴대폰으로 연락했다.

"여보세요?" 그가 대답했다.

그의 목소리를 듣는 순간 그녀의 눈가가 촉촉해졌다. 살아 있어. 그녀는 눈물을 삼켰다. 그의 자살이 백일몽처럼 하찮은 것임에 안도했다.

"브록, 섀넌이에요." 그녀가 말했다.

"어디 있었어요? 며칠 동안 연락도 안 되더니." 그가 말했다. 모스는 뒤에서 여자의 조용한 목소리를 들었다. "여보, 누구예요?"

브록은 살아 있었다. 부인도 무사했고 어린 딸들도 자고 있었다. 모스는 잠시 눈을 감았고, 불빛이 투과된, 혈관처럼 번쩍거리는 무언가가 보였다. 탈진해서 나타나는 현상이었다. 매리언이 실종된 지 1년이 지났다. 아니지, 겨우 7일째야.

"길게는 얘기 못 해요." 모스가 말했다. "오늘 밤은 안 되고 며칠 뒤에 찾아갈게요. 일단 내 말 들어요. 메모할 수 있어요?"

"잠깐만요. 네, 됐어요."

"제러드 비텍, 찰스 콥, 칼 하일데크루거, 니콜 오니옹고."

"니콜 오니옹고는 만났어요." 브록이 말했다. "네스터가 몇 시간 동안 그녀를 심문했어요. 산장에 있던 차량 번호판 정보를 이용해서 그녀의 행방을 추적했죠. 그녀가 엘릭 플리스의 집에서 찾았던 폴라로이드 사진 속 여자인 것까지 확인했어요. 머설트와 내연 관계이긴 했는데, 이번 사건하고는 무관해요. 꽤 충격을 받은 듯했지만, 수사엔 협조적으로 나오더군요. 우리가 묻는 말에 잘 대답해줬지만, 그쪽에서는 아무것도 나온 게 없습니다."

"오니웅고가 있어야 해요."

"지금은 연락이 안 되네요." 반갑지 않은 소식이다. 모스는 다음에 무슨 일어나는지 기억하려고 애썼다. 니콜은 FBI의, 그러니까 네스터의 심문을 받았다. 그리고 남편 제러드 비텍의 위협에 시달리는 중이었다. 그녀는 종적을 감춘 것이다. 아무도 찾지 못하는 곳으로.

"그녀의 행방을 계속 추적해야 해요." 모스가 말했다. "지금까지 털어놓은 것보다 훨씬 많은 걸 알고 있어요."

"오니웅고가 산다는 아파트로 사람을 보낼게요. 단서가 있는지 알아보죠. 다른 사람들은 누굽니까?"

"용의자들이에요. 이자들이 죽였다고 확신해요. 머설트와 그의 가족들은 살해당한 거예요. 그들 이름을 알리고 신병을 확보하세요. 누가 누구를 죽였는지는 모르지만 다들 연루돼 있어요. 그리고 지금 바로 수색할 곳이 있어요. 인간 유해를 식별할 수 있는 군용견을 준비시키세요."

"장소는?"

"블랙워터 협곡 산악 지도에 보면 TR-31이라고 표시된 길이 있어요. 오래된 임도라 놓치기 쉬우니까 잘 살펴봐야 해요. 그 길을 따라 오르막을 오르면 공터가 나와요."

"거기에 뭐가 있죠?" 브룩이 물었다.

"장소를 표시하려고 쌓아둔 돌들이 있어요. 평평한 돌들을 쌓아놓은 표식인데, 그 표식 인근을 수색하면 돼요. 여기서 중요한 건, 절대로 빼먹지 말아야 하는 것은, 누구도 수색하는 걸 알아선 안 된다는 거예요. 이해했죠? 누구에게도 들키지 않도록 비밀리에 수색 작업을 진행해야 해요. 범인들은 지금 그 인근에 있거나 지금쯤 접근 중일 거예요. 그자들이 눈치를 챈다면 기회가 날아갈 수도 있어요."

"매리언이 그곳에 있나요?"

미래의 감각이 벌써 그녀에게서 물러나고 있었다. 기억이라는 파도가 현실이라는 해안가에 부딪혀 부서지듯 쓸려 나가고 있었다. 빠르게 흐려지는 꿈결의 이미지들. 그녀는 추웠고, 피곤했다. 감은 눈의 어둠 속에서 환영이 보였다. 마치 자각몽의 한 장면처럼. 네스터, 어둠에 잠긴 숲, 송진, 축축한 돌, 아름다운 쉼터가 보였다.

"모스, 매리언과 관련된 곳이에요?" 브룩이 물었다.

"무엇이 나올지는 나도 몰라요. 아무것도 없었으면 좋겠어요."

그녀는 16시간을 내리 잤다. 그리고 일어나서는 모든 IFT를 기록해야 한다는 NSC 규정에 따라 서류 작업을 했다. 서류 내용은 세금신고서를 닮았다. '사실에 입각하여 양심에 따라 진술, 양식 34, 면책 조항 1-13.' 그녀가 작성해야 하는 부분은 총 116페이지 중 6페이지에서 시작했다. '하나: 당신은 미국의 안보를 해칠 수도 있는 사건을 목격했는가?' 그녀는 타자기에 종이를 넣고 세 줄을 비웠다. '1998년 4월 19일, 웨스트버지니아 클락스버그에 있는 FBI 형사사법정보국 건물이 테러를 당할 것이다. 화재진압 장치로 살포된 사린가스를 마시고 1,000여 명이 사망할 것이다…'

다음 날 아침, 그녀는 서둘러 아침 식사를 마치고 업무 보고 자리에 갔다. 수병이 와서 NCIS 주택단지 사무실로 그녀를 데려갔다. 회의실로 안내되었는데, 황갈색 벽으로 둘러싸인 비좁은 공간으로 앞쪽 테이블에 의자 하나와 마이크, 그리고 그녀의 이름이 인쇄된 마분지 팻말이 보였다. 달그렌에서 온 NSC 고위간부들이 한쪽에 모여 이야기를 나누고 있었다. 그녀는 앤슬리 제독을 알아보았다. 노포크 지부에서 온 NCIS 특별수사관들도 있었다. 그리고 오코너도. 그는 70대였지만 여전히 활기찼다. 그의 둥글납작한 코는 보라색 혈관이 비쳤고, 이마와 눈 아래 주름은 마치 말라붙은 강의 위성 지도 같았다. 오코너는 그녀를 보더니 미소를 지으며 눈짓했다. 그의 눈은 활력으로 반짝여 나이에 비해 훨씬 젊어 보였다.

"그곳에 얼마나 오래 있었지?" 그가 물었다.

"2015년 9월에 도착해서 이듬해 봄까지 있었어요." 모스가 말했다. "여행 시간까지 하면 1년보다 살짝 더 길었죠."

"초과근무 수당을 꼭 신청하고 은퇴까지 얼마 남았는지도 알아봐. 인사부 직원한테 물어보면 알려줄 거야. 거의 다 되었지?"

"은퇴 말인가요? 서른아홉인가 되었을 겁니다, 생물학적으로요. 아직 몇 년 남았네요. 고등학교 친구들을 만나면, 그들은 나를… 뭐라고 생각할지 모르겠네요. 이제 친구들보다 열두 살 많으니까요. 아마도 몸 관리를 엉망으로 했다고 생각하겠죠."

오코너가 웃었다. "나는 아버지보다 나이가 더 들었다네."

업무 보고는 격식에 얽매이지 않는 자리였지만, 이런 과정을 이미 일곱 차례나 겪은 모스는 이것이 얼마나 중요한 자리인지 잘 알았다. 이 방에 모인 사람들은 그녀의 성과와 전반적인 작전 수행력을 평가한다. 그녀는 긴장했고 자기 자신을 의심했다. 자신의 기억을 의심해 혹시 모순되는 말을 할까 봐 걱정했다. 녹음기가 탁자 위에 놓여 있었고, 속기사가 그녀의 말을 받아 적었다. 해군 대표단은 소매에 황금빛 줄무늬와 테두리 장식을 한 군청색 제복을 차려입고 합창단처럼 앉아 있었다. 그들은 모스가 모두진술을 하고 IFT 요약본을 읽는 동안 집중하며 보았다. 그녀는 〈리브라〉호 선원들이 저지른 범죄에 대해, 반란을 일으키고 패트릭 머설트 일가족 살해에 가담한 혐의에 관해 이야기했다. 앤슬리 제독은 평상시엔 인자했지만, 상황에 따라 돌발적으로 변했다. 그는 변호사처럼 날카롭게 질문했고, 모스의 답변을 교차검증했다. 작은 눈망울이 검은 보석처럼 빛나는, 레이건과의 인맥이 두텁다는 한 정치가는 미소를 지으며 모스의 답변을 예리하게 파헤쳤다. 그의 맹공격이 딱 한 차례 수그러졌는데, 바로 모스가 엘리자베스 레마크의 죽음을 말할 때였다. 회의실은 침울함에 빠졌고, 분위기가 가라앉았다. 여기 모인 대다수가 레마크를 개인적으로 알았던 모양이다. 니콜은 레마크가 공개 처형을 당했다고 말했다. 또한, 레마크의 시신이 사병 식당에 모인 선원들 사이에서 어떻게 유린당했는지도 설명했다. 모스는 자신이 들은 내용을 그들에게 그대로 전달했다. 앤슬리는 〈리브라〉호에 관심을 보이며 니콜이 말한 에스페란스 행성 이야기를 재차 들려달라고 했고, 그 행성이 NGC 5055, 해바라기 은하에 있다는 것을 확인했다. 그렇다면 〈리브라〉호가 터미너스를 지구에 불러들인 것일까? 모스는 〈리브라〉호에 책임이 있다고 추정했다. 여하튼 터미너스를 목격한 최초의 함선이 분명하니까 말이다. 지금까지 최초로 목격한 함선으로 알고 있었던 〈타우르스〉호보다도 먼저였다. 생존한 〈리브라〉호 선원들의 심리적 상태에 대한 질문이 이어졌다. 니콜은 제러드 비텍으로부터 학대를 받았고 약물 중독이 의심된다고 모스는 말했다. 앤슬리는 매번 그녀의 대답을 물고 늘어졌지만 이 대목은 그렇게 오래 붙들고 있지 않았다. 오히려 모스가 IFT 설명에 살을 붙이면서 잠깐 언급했던 암 치료에 큰 관심을 보였다. 그는 암환자였던 모스의 어머니에 대해 자세히 알고 싶어 했다. 암 진단을 받은 그녀가 어떤 수술을 통해 어떻게 나았는지, 누가 그녀를 치료했고, 어떻게 그녀가 임상 시험 대상으로 뽑혔는지 알고 싶어 했다.

"제가 이해한 바로는 적절한 보험만 있으면 누구든 가능한 것 같았습니다. 클리닉에 가서 주사 세 방만 맞으면 된다고 했습니다." 모스가 말했다. "암세포를 처리하는 나노테크 기술이 개발된 거죠."

"그 기술을 개발한 게 페이절 시스템이라는 회사란 말이지?"

앤슬리의 질문에 모스는 이미 설명한 정보를 확인시켜주었다.

"치료제를 누가 개발했나?" 그가 물었다. "혹시 관계된 의사 이름을 알고 있나?"

"죄송합니다. 그건 모르겠습니다."

"페이절 시스템이 통신 시스템도 개발했나, 아니면 의료 부문에서만인가?"

"의료 부문만 갖고 있습니다." 그러면서 모스는 IFT에 있을 때 페이절 시스템에 대해 들었던 모든 정보, 귀담아듣지 않았던 정보까지 생각해내려고 애썼다. 브록이 이야기했다는 과학자가 암치료와 관계가 있을지도 몰랐다. '문들로 이루어진 벽을 상상해봐요.' 그 과학자가 의료 부문으로 옮기기 전 해군연구소에서 일했었다고 브록이 말해준 게 생각났다. "페이절 시스템은 해군연구소와 관계가 있을지도 모릅니다." 그녀가 말했다. "연구소에서 떨어져 나온 회사라더군요. 해군 과학자들이 연구소를 떠나고 나서 암 치료를 연구했습니다. 다른 IFT에서처럼 나노테크놀로지가 곳곳에 깔린 앰비언스나 인텔리전스 에어 같은 시스템은 없었습니다. 대부분 사람들은 아직도 휴대폰을 사용했어요. 하지만 그들은 암을 치료했습니다."

"그들이 모든 질병을 치료했나?" 앤슬리가 물었다. "페이절 시스템이 질병을 정복했나?"

그녀는 어머니를 돌보던 간호사가 한 말을 생각했다. "질병은 아직 있었습니다. 영원히 살려면 돈이 많아야 한다고 간호사가 말했습니다."

업무 보고가 끝났고 악수 세례가 이어졌다. 모스는 자신이 능숙하게 대답할 수 있는 몇 가지 질문들을 앤슬리가 일부러 하지 않았다는 것을 깨달았다. 예컨대 터미너스가 몇 년도에 보고되었는가 하는 질문 말이다. 그녀의 IFT에서는 2067년으로 더 가까워졌다. CJIS 건물 테러에 대한 후속 질문도, 심지어 패트릭 머셜트 조사에 대한, 반란에 대한 질문도 따로 없었다. 그녀는 앞으로 작성해야 할 서류 작업이 더 있으리라 생각했다. 언제든 불려 가서 필요한 질문에 답하거나 자신이 제출한 진술을 분명하게 설명해야 할 것이다. 하지만 제독이 암 치료에 관심을 보인 것은, 특히 1997년에는 존재하지도 않았던 페이절 시스템 회사에 관심을 보인 것은 뜻밖이었다. 그녀는 업무 보고를 하고 나면 기분이 가라앉을 때가 많았다. 자신이 실제로 기여한 역할에 회의감이 들었던 것이다. 그녀가 아무리 미래의 테러, 미래의 전쟁, 미래의 경제 상황에 대해 보고해봤자 그것을 예방하는 데 별로 도움이 되지 않는 것 같았다. 그녀가 경고한 많은 일이 여전히 일어났다. 그렇게 경고한 일들이 일어날 때면 마치 자신이 미국판 카산드라*가 된 기분이었다. 유일한 위안은 그녀가 알지 못했던, 해군이 관여하고 있는 더 큰 정치적 그림의 존재를 엿본 것이었다. 그래

---

* 그리스 신화에 나오는 여자 예언자.

도 겨우 붓질들만 보았을 뿐, 아직 전체 그림은 보지 못했다.

"잘했어." 오코너가 기지 내 숙소로 돌아온 그녀에게 말했다. 그는 그곳에 오래 머물지는 않았다. 하지만 그 시간을 쪼개, 모래 사장 너머로 대서양의 황혼이 보이는 뒤쪽 현관에서 모스와 함께 앉아 커피를 마셨다.

"저 사람들과 7시간, 거의 8시간을 함께 있었네요." 그녀가 말했다. "지쳤어요. 그들이 무엇을 얻어내려고 하는지 알아보려 했지만, 전혀 모르겠어요."

"NSC는 상원의 감시를 받네. 상원 쪽은 그들 나름의 관심사가 있어. 우리와 꼭 일치하지는 않지. 어쨌든 모든 IFT에는 어마어마한 세금이 들어가니까. 제독은 곧바로 상원의원 C.C. 찰리와 저녁 약속을 잡았네. 자네의 업무 보고에 대해 말하려고 말이네. 아마도 그들은 밤새도록 이야기할 걸세."

"나는 하일데크루거와 콥에 대해 증언했어요. 그들은 최소한 살인을 저질렀고, 아마도 〈리브라〉호에서 반란까지 주도했습니다. 한데 제독은 전혀 관심이 없더군요." 모스가 말했다. "그자들은 자신의 지휘관을 살해했을 뿐만 아니라 터미너스와 연관되어 있어요. 〈리브라〉호가 터미너스를 불러들인 게 확실해요. 한데 〈리브라〉호에 대해서도 거의 묻지 않았죠. 니콜 오니옹고가 에스페란스 행성에 대해 뭐라고 말했는지에 대해서도 마찬가지예요. 니콜에 대해 말할 내용도 생각하고 있었는데 말입니다."

"앤슬리는 레마크에는 관심을 보였어. 우리 모두 그랬지."

"그분을 아세요?"

"똑똑한 사람이었지. 상대방 눈을 보며 몇 발짝 앞서가는 그런." 오코너는 그녀를 추억하며 미소를 지었다. "잘 아는 사이는 아니었어. 연합 훈련을 몇 번 함께한 정도였지. 떠도는 얘기가 있었는데, 그녀가 부서 통로를 유영하면서 순찰할 때마다, 부서 선원들이 무척 긴장했다더군. 그녀가 자신들의 임무를 자신들보다 더 잘해낼 수 있다는 걸 알았으니까. 대단히 높은 수준과 정확성으로 말이야. 하지만 그녀는 참을성이 있었어. 자기가 다 하려고 하지 않았지. 모두가 그녀의 함선에 타고 싶어 했어. 그녀의 죽음에 관한 얘기를 듣고 있으려니 무척 힘들었네."

"앤슬리는 온통 나노테크 의학, 암 치료에만 관심이 있는 것 같더군요."

"으음, 자네는 앤슬리가 어떤 카드를 쥐고 있는지 전혀 모르니 그렇게 생각하겠지." 오코너가 말했다. "그는 이미 〈리브라〉호에 대한 다른 보고들을 들었을 거야. 확증된 보고들, 자네 보고와 모순되는 보고들. 게다가 니콜 오니웅고는 NSC에 없었어. 그녀의 법적 지위가 모호해."

"그게 무슨 말이죠?"

"오니웅고라는 이름을 가진 사람은 〈리브라〉호에 없었네. 자네가 준 다른 이름들은 확인했지만 오니웅고는 없었어. 그녀는 선원이 아니야. NSC 어디에도 기록이 없었고, 해군 소속도 결코 아니지. NSC는 니콜 오니웅고가 〈리브라〉호가 목격한 미래 세계

에서 선발된 사람이라고 추정하고 있네. 아주 드물지만 그런 일
도 생기곤 하니까. 어째서 레마크가 오니옹고를 차출했는지는 아
직도 오리무중이야. 니콜 오니옹고의 신원이 확인되지 않으니 답
답한 노릇이지. 적어도 오니옹고는 자네와 내가 존재하는 방식으
로 존재하는 자가 아닐세."

　모스는 니콜이 굳건한 대지에서 태어나지 않았다는 말에 당황
스러우면서도 거북했다. 그러고 보니 케냐에 관한 이상한 이야기
들이 떠올랐다. 니콜은 몸바사 사람들이 〈리브라〉호 선원들을 따
뜻하게 맞았다고, 아버지가 자기 대신 손을 써둔 뒤에야 레마크
를 따라갔다고 했다. 니콜은 결코 존재하지 않는 세계에서 몰래
건너온 자였다. 불확실성의 잔물결이 모스를 스치고 지나갔다.
니콜은 유령이었다. 〈리브라〉호가 드리운 수많은 그림자 가운데
하나에 불과한 유령.

　"다른 사람들은 어때요? 내가 준 다른 이름들도 찾았다면서요?
그들은 〈리브라〉호 선원 명단에 있었어요."

　"찾았지. 하일데크루거, 흥미롭더군."

　"그 천문 항해사요?"

　"그래, 천문 항해사." 오코너가 말했다. "베트남전 참전용사에
다, NSC에 들어오기 전엔 시카고 대학에서 철학과 종교를 공부
했어. 석사 때 바이킹의 죽음 숭배와 의식을 연구했고, 검은 태양
의 이교도 상징주의로 논문을 썼더군. 나도 읽어보려고 했는데
현학적인 용어가 너무 많이 나와서, 원."

"손톱으로 만든 배, 그게 바이킹 신화예요. 세계의 종말과 연관되어 있어요."

"전과는 없었어. 하지만 하일데크루거에게는 '자주적 시민운동'에 연루되었던 삼촌이 둘 있어. 백인만이 신의 선택을 받았다고 주장하는 반정부주의 폭력 집단이지. 한 명은 무기수로 복역 중이야. 흑인을 폭행해 살해한 죄목으로 말일세. 내 생각에는 자네 보고서에 나오는 사건들과 이런 극단적 사상 사이에 어떤 관계가 있는 것 같네."

"어쩌면 그럴 수도 있겠네요." 모스는 〈리브라〉호를 휩쓸었던 폭력, 반란, 대학살을 떠올렸다. "하일데크루거와 그의 추종자들은 전함에 타고 있던 모두를 죽였어요." 그들은 굳건한 대지로 돌아왔다. 그리고 무사히 살아남았다. 모스는 〈리브라〉호의 운명에 대해 많은 것을 알아냈지만 사라진 전함을 둘러싼 다른 의문들이 남아 있었다. 그늘 속에서 자라나는 버섯처럼.

"하일데크루거, 콥, 비텍, 니콜 오니옹고의 영장이 나왔네. 그들의 행방을 찾아서 체포한 다음 심문해서 머셜트와 〈리브라〉호에 대해 알아내야지. 나야 유죄판결이 나왔으면 좋겠지만, 사법거래가 일어난다 해도 놀라지 말게."

"아이들을 살해했어요." 모스가 말했다. "매리언도 살해했고요. 아직 살아 있을 수도 있지만, 그곳에서 매리언은…"

"섀넌, 자네가 알아야 할 게 있어. 자네가 나가 있는 동안 상황이 변했네."

"무슨 일이 벌어졌는데요?"

"터미너스가 2024년에 나타났네. 이제 30년도 채 안 남았어." 오코너가 말했다. "자네가 업무 보고를 하기 전에 〈존 F. 케네디〉호가 2024년에 터미너스를 확인했다는 소식이 들어왔네."

"우리 생애 내이네요."

"우리 생애 내이자 우리 아이들의 생애 내이지. 마지막 세대가 이미 태어났으니까."

"어쩌면 아직 막을 수도 있어요. 만약 우리가…"

"그래, 어쩌면." 하지만 그의 목소리는 이미 종말을 받아들인 자의 목소리였다. "앤슬리는 하일데크루거와 콥에게, 그리고 그들이 끌어들인 다른 공모자들에게 사법 거래를 할 모양이야. 터미너스와 연루된 정황이나 에스페란스 행성의 위치에 대한 정보를 받는 대가로 형을 감해주는 거지."

"어처구니없네요."

"그리고 해군은 사이공 작전을 승인했어. 대피해야 한다면 어떤 시민부터 우선적으로 포함할지 고민 중이야. 30년은 너무 촉박해. 어쨌든 NSC는 화이트홀이 나타나고 48시간 이내에 전함들을 아득한 심해로 보내야만 하니까. 게다가 화이트홀이 당장 나타날지도 모르는 일이니 문제가 심각하지. 일단 우리는 중요도 낮은 조사를 접고 수사관들을 사이공 작전에 재배치하는 중이네. NSC는 코모런트 왕복선을 최대한 많이 확보하고 싶어 하네. 조만간 모든 왕복선을 징발할 거야."

모스는 뭐라고 반박하고 싶었지만 공포에 압도되었다. 임박한 화이트홀에, 2024년으로 앞당겨진 화이트홀에 걷잡을 수 없는 공포를 느꼈다. 화이트홀이 나타나면 어떻게 될까? 역시 사람들이 공중에 떠오른 채 도려지고 해체될까? 지상에 남은 다른 사람들은 넋을 놓고 도망칠까, 아니면 그대로 얼어붙어 서 있을까? 모스는 아이가 된 것같이 무력함을 느꼈다. 종말의 규모가 어느 정도일지 짐작도 가지 않았다. 그녀는 사이공 작전을 머릿속에 그려보았다. 블랙 베일 정거장에서 NSC의 전 함대가 유전학자를 비롯한 여러 인재와 군인들 그리고 민간인들을 가득 태우는 모습을, 코모런트 왕복선이 저마다 또 다른 지구를 향해 연달아 출항하는 모습을 상상했다. 각각의 전함은 설령 지구의 인류가 멸망하더라도 새로운 인류로 성장할 수 있는 맹아였다. 그녀는 도망치는 전함과 버려지는 지구를 생각했고, 뒤이어 지구에 남겨질 사람들에게 생각이 미치자 화가 치밀었다. 누군가가 자신에게 매리언에 대한 생각은 접어두라고 몰아세우는 듯했다. 지구의 모든 생명체가 멸종될 위기에 처했는데 그깟 여자애 한 명이 무슨 의미가 있단 말인가? 그녀는 의기소침해졌다. 다른 사람들의 생명이 위태로워지면 매리언의 생명은 중요하지 않게 되는 걸까? 정말로? 그녀의 마음은 다시 매리언에게로 돌아갔다. 어쩌면 너무 늦지 않았는지도 모른다. 모스는 아직 매리언이 살아 있을지 모른다고 마음을 굳게 먹었다. 아직 살릴 기회가 남아 있을지 모른다고, 아직 구할 방법이 있다고.

다음 날 오후, 모스는 기지 출입 허가를 받았다. 주차장에 둔 자신의 픽업트럭이 배터리도 방전되지 않고 멀쩡한 것을 보자 그녀는 다소 놀랐다. 그러나 고작 며칠밖에 지나지 않았다는 사실을 곧 깨달았다. 차 안에선 소나무 방향제 냄새와 조수석에 던져둔 의족 라이너의 시큼한 냄새가 뒤섞여 났다. 운전대를 다시 잡으면서, 그녀는 익숙한 냄새와 감촉에 편안함을 느꼈다. 오랜만에 다시 자신의 삶으로 돌아온 기분이었다. 그녀는 정문을 통해 해군항공기지 오세아나를 빠져나갔다. 굳건한 대지에 돌아오니 같은 강물에 두 번 들어가는 것 같았다. 실제로는 굳건한 대지의 모든 것이 떠날 때와 그대로일 텐데, 왠지 그녀에게는 똑같지 않게 느껴졌다. 1997년은 영락없이 시대에 뒤떨어진 느낌이었다. 패션, 자동차, 과학기술, 건축이 몇십 년은 뒤처진 개발도상국을 여행하는 것 같았다.

모스는 오세아나에서 8시간을 달려 웨스트버지니아주 클락스버그 북서쪽에 있는 집으로 돌아왔다. 야생화가 만발한 4에이커의 잔디밭에 있는 목장, 그곳에 그녀의 집이 있었다. 그녀는 집의 한적한 분위기를, 자기 몸에 맞춰진 단층 구조의 소박함을 좋아했다. 일주일치 우편물이 정문 옆 슬롯에 꽂혀 있었다. 모스는 광고물은 버리고 청구서만 챙겨 안으로 들어갔다. 파자마로 갈아입고 가죽 소파에 앉았다. VCR이 그녀가 없는 동안 〈X파일〉을 녹화해두었다. 그녀의 영웅 스컬리가 나오는 새 에피소드였다. 녹화본을 보고 있는데, 이야기가 갑자기 우주선으로 방향을 틀더니

9분간 우주비행사들이 아무것도 기억하지 못하는 장면만 주구장창 나왔다. 슬슬 짜증이 났다. 때마침 전화기가 울렸고, 그녀는 정지 버튼을 눌렀다. 스컬리 얼굴이 살짝 일그러진 채 멈췄다.

"뭔가를 찾았어요." 브록이 말했다.

"매리언인가요?" 그녀가 물었다.

"아닙니다. 인간의 유해는 없었어요. 군용견을 데려가서 공터를 샅샅이 뒤지긴 했는데, 거기엔 아무것도 없었어요."

너무 빨랐던 걸까. 매리언은 1997년인 지금과, 어떤 두 사람이 산삼을 캐러 갔다가 길을 잃고 산삼 대신 유해를 찾은 2004년 사이 어느 시점에 묻혔을 수도 있다. 모스는 문득 아버지가 호스로 집 앞 보도에 물을 뿌렸을 때, 물줄기가 갈라진 틈과 돌들을 타고 여러 갈래로 흘러내리는 모습을 보았던 게 떠올랐다. 미래는 이렇게 물이 갈라지면서 흐르는 길과 비슷했다. 어쩌면 매리언은 이 숲에 버려진 게 아닐 수도 있다.

"우리는 수색 범위를 넓혔어요." 브록이 말했다. "당신이 말한 장소에서 북북서로 반 마일 떨어진 지점에서 비슷한 돌들을 찾을 수 있었죠. 두 사람을 그곳에 잠복시켜 놓은 상태입니다. 며칠간 그곳 야생동물과 잘 지내보라 했죠."

"그래서 무엇을 찾았나요?"

"레이니가 연락한 바로는, 한 남자가 당신이 말한 돌무더기를 쌓는 걸 봤다더군요."

"신원은 확인했어요?"

"너무 멀어서 어림도 없었다는군요. 하지만 레이니가 그를 추적해서 검은색 밴을 타고 가는 것을 확인했습니다. 1980년대 초에 나온 GMC 밴듀라로 우리는 그 지역에서 밴을 두 차례 목격했어요."

"번호판은 알아봤어요?"

"리처드 해리어라는 이름으로 등록된 차였어요."

해리어라, 모스는 필사적으로 생각했다. "그런 이름은 몰라요." 그녀는 종이에 '해리어, 리처드'라고 적었다. "그가 매리언이 어디 있는지 알 수도 있어요."

"새넌, 우리는 이번 사건을 양쪽에서 풀고 있는 상태죠. 서로 다른 방향에서 말이에요." 브록이 말했다. "문제는 한쪽으로만 기울어져 있다는 거예요. 서로 정보를 공유해야 합니다. 그럴듯한 근거라도 줘야 해요. 무작정 당신 말만, 당신의 직감만 믿고 수사를 할 수는 없어요. 결국 변호사들이 우리를 난도질하려 들 겁니다. 괜한 수사력만 낭비하게 되는 거죠. 돌무더기 좀 쌓았다고 뭐라 할 수는 없어요. 당신에겐 믿을 만한 정보가 있는 거죠?"

"이번 사건은 그냥 저를 믿고 따라와줘요." 모스는 그렇게 말은 했지만 본인도 확신하지 못했다. 이 표식이 매리언의 시신과 연관되어 있다는 물증이 없었다. "이 사람, 리처드 해리어에 대해 또 무엇을 알아냈어요? 주소는요? 전과 기록은요?"

"전과는 없었습니다. 완전무결해요. 해리어는 브리지포트의 홈디포에서 일하고, 차량은 그의 직장 주소로 등록되어 있더군요. 기혼이고, 자녀가 셋 있어요. 그리고 우리 쪽 사람이 밴을 추적했는데, 버캐넌이라는 작은 마을 외곽에 있는 집에 가는 것 같더랍니다…"

"버캐넌이라." 브록이 이어서 "151번 도로를 나가면"이라며 주소를 불렀을 때, 모스의 세계가 틀어졌다. 그녀는 부엌으로 달려가 온수 수도꼭지를 틀어 손이 델 때까지, 고통이 그녀의 불확실성을 뒤흔들 때까지 대고 있었다. 모스는 그 주소를 알았다. 네스터의 주소였다. 검은색 밴이 주차된 버캐넌의 집은 그녀가 앞으로 19년 뒤에 네스터와 잠자리를 하게 되는 바로 그 집이었다.

"끊어요." 그녀가 말했다. "알아볼 게 있어서…"

"모스, 잠깐만…"

나무 흔들의자가 놓인 현관, 야생화 길 산책, 네스터, 그의 가슴에 난 점들의 별자리. 왜 하필 그곳이지? 수많은 곳 중에 하필 왜?

그녀는 서둘러 청바지를 입고 권총집을 찼다. 네스터를 생각했다. 네스터는 몰랐을 거야. 네스터와 버캐넌 집의 연관성은 아직 존재하지 않을 수도, 영영 존재하지 않을 수도 있었다. 우연의 일치일지도 몰라, 코트니의 집처럼 이것도 우연히 같은 집인 거야. 그녀는 네스터가 무고하다고, 적어도 현재로서는 무고할지도 모른다고, 아니 언제까지고 무고하리라고 필사적으로 믿으려 했다.

한밤중에 클락스버그에서 버캐넌까지 30분을 내리 달렸다. 그녀는 숲에 파묻힌 매리언을 생각하며 텅 빈 시골길에서 100마일을 더 밟았다. 네스터에 대한 걷잡을 수 없는 생각이 밀려왔다.

네스터가 매리언을 납치하는 모습을, 그녀를 살해하는 모습을, 오랜 세월이 흐른 모습으로 버캐넌의 이 집에 사는 모습을 상상했다. 그녀는 151번 도로에서 나와 자갈길 진입로로 들어서며 브레이크를 밟았다. 배나무 한 그루가 앞뜰에 있었고 정문 현관 앞에 관목 울타리가 있었다. 그것만 빼면 집은 미래 세계에서 본 것과 똑같았다. 모스는 트럭에서 나왔다. 이곳에 대해 가지고 있던 모든 애정이 얼어붙었다.

빨간색 레이싱 줄무늬가 쳐진 검은색 밴이 집 근처에 주차되어 있었다. 헛간 문은 동작 감지기가 부착된 투광조명을 받아 환했고, 헛간에서 멀리 떨어진 곳엔 바퀴 없는 캠핑카가 버려져 있었다. 전에 본 적이 있어. 집 자체는 어두웠지만 거실 창문이 텔레비전의 푸르스름한 불빛으로 깜빡였다. 누군가 집에 있었다.

모스는 총을 꺼내 들었다. 밴은 잠겨 있지 않았다. 차 뒷문을 열자 벽과 바닥에 피가 보였고, 플라스틱 방수포와 헝클어진 노끈도 있었다. 매리언의 피야. 매리언을 어디서 찾을까 생각하다가 그녀는 네스터가 고칠 생각을 안 했던 헐렁한 옆문 자물쇠를 떠올렸다. 창문으로 안을 들여다보았지만 너무 어두워서 아무것도 보이지 않았다. 그녀는 마음을 다잡고 어깨로 문을 홱 밀쳐 열었다. 요란한 텔레비전 소리, 성관계 중인 듯한 신음 소리 등이 기억 속에서 메아리처럼 울렸다. 그녀는 권총을 겨눈 채 부엌으로 들어갔다. 텔레비전 불빛으로 어른거리는 리놀륨 바닥을 지나 거실로 가니, 벌거벗은 남자가 다리를 벌리고 머리를 뒤로 젖힌

채 소파에 앉아 있었다. 그의 다리 사이에 한 여자가 무릎을 꿇고
는 그를 빨고 있었다. 그녀의 뱃살이 물결처럼 접혔고 갈색 머리
카락이 엉망으로 헝클어져 있었다.

"연방 수사관이다. 바닥에 엎드려." 모스가 말했다. "빌어먹을,
당장 바닥에 엎드려."

여자가 비명을 내지르며 가슴을 움켜잡았다. "제기랄, 뭐야!"
하며 앞으로 드러누워 양손을 앞으로 뻗고 카펫을 붙잡았다. 남
자는 쥐가 도망치는 것을 보기라도 했듯이 소파 위에 풀썩 뛰었
고, 플레이보이 채널 불빛에 비치는 자신의 몸을 쿠션으로 가리
며 소리쳤다. "젠장, 쏘지 마요. 제발, 쏘지 마세요!" 바닥에 엎드
린 저 여자의 머리는 언젠가 거무튀튀한 대걸레처럼 푸석해지고
말 것이다. 그녀는 미스 애슐리, 애슐리 비텍, 그러니까 니콜의
시어머니였다.

"바닥에 엎드리란 말 안 들려?" 모스가 다시 말하자 남자는 애
슐리 옆에 무릎을 꿇고 팔을 양쪽으로 뻗은 뒤 엉덩이를 치켜들
었다. 거실은 모스가 알고 있는 그대로였다. 벽난로 위의 거울,
죽은 예수의 그림이 걸린 위치도 똑같았다. 그녀의 마음속에서
혼란스러움과 비통함이 한꺼번에, 사이렌처럼 소리를 질렀다. 매
리언, 그녀의 이름이 정신을 차리게 했다. 모스는 남자에게 수갑
을 채웠다. 수갑이 한 쌍뿐이어서 미스 애슐리는 자유롭게 내버
려둘 수밖에 없었다.

"매리언 머설트는 어디 있어?" 모스가 물었다. "미스 애슐리,

말해. 매리언은 어디 있지?"

"당신 지금 뭐하는 거야?" 애슐리가 말했다. "그게 누군데? 젠장, 변호사를 부르겠어. 당신 누구야? 영장은 갖고 있어? 이런 식으로…"

"매리언 머설트." 모스가 말했다. "어디 있냐고? 이봐, 매리언이 어디 있는지 말해."

"몰라요." 남자가 말했다. "수갑 좀 풀어줘요. 아니, 옷이라도 입게 해줘요. 이러고 있으면 안 돼요. 아내가 있어요. 제발, 여기 있으면 안 된다고요. 아내가 알면 큰일 나요."

"매리언 머설트가 어디 있냐고?" 그녀는 다시 큰 소리로 묻고는, 그들의 대답을 기다리지 않고 복도를 나갔다. 방들 뒤쪽에 있는 침실로 갔다. 그녀가 숱하게 옷을 벗고 잠을 잤던 네스터의 침실이었다. 나무로 된 총기 거치대, 소총과 기관총이 있었다. "제기랄." 모스는 '이글스 네스트'의 물품들로 나왔던 독일제 구식 총기류를 알아보았다. "젠장, 안 돼…" 다시 거실로 돌아온 그녀는 두 명이 여전히 얼굴을 카펫에 대고 있는 것을 확인했다. 그녀는 부엌 옆에 있는 지하실 문을 보고 계단을 내려갔다. 다시 올라왔을 때, 수갑을 차고 있지 않은 미스 애슐리가 나치 총을 들고 습격할 수도 있다는 사실을 인식하면서.

"매리언?" 모스가 큰 소리로 불렀다. "매리언, 경찰이에요. 아래에 있어요? 거기 있으면 대답해요. 무슨 소리든 내봐요."

축축한 지하실에서 표백제 냄새가 났다. 중앙의 바닥 배수로 근처에 금속 기둥이 하나 있었다. 콘크리트 바닥에 지저분한 걸레와 핏자국이, 콘크리트 블록 벽에는 얼룩진 자국이 보였다. 입마개와 벨트도 있었다. 한 여자애가 손을 등 뒤로 한 채 금속 기둥에 묶여 있는 모습을 떠올렸다. 싱크대엔 표백제 자국이 갈색 얼룩으로 남아 있었다. 매리언은 이곳에 잔혹하게 묶여 있었던 것이다…

위에서 소란스러운 소리가 났다. 애슐리와 남자, 즉 해리어가 도망치는 소리였다. 젠장, 그녀는 총으로 천장을 겨눈 채 마룻바닥을 향해 쏠까 고민했다. 그들의 발바닥이나 사타구니를 뚫고 총알이 박힐 수도 있겠지. 하지만 그럴 만한 정당한 명분이 없었다. 그녀는 계단 쪽으로 총을 겨눈 채 그들이 내려오면 쏘려고 기다리고 있는데, 순간 스크린도어 닫히는 소리가 났다. 그들이 집 밖으로 도망쳤음을 알았다. 그녀는 자신이 실수했음을 깨닫고 심호흡했다. 주위를 경계하며 부엌으로 올라갔지만 그곳에는 아무도 없었다.

모스는 밖으로 나가 헛간의 투광조명이 어둠을 밝히는 곳으로 갔다. 미스 애슐리와 해리어는 분명 이쪽으로 뛰었어. 그래서 조명이 켜진 거야. 어쩌면 그들은 헛간 안으로 들어갔거나 캠핑카 쪽 너머로 도망쳤을지도 모른다. 캠핑카는 그 주변에 잡초가 무성하게 자라, 마치 이곳에 항상 있는 붙박이처럼 보였다. 모스가 잔디를 지나가는 사이, 캠핑카 문이 열리면서 한 남자가 나타났다. 청바지에 낡은 전투화를 신었고, 황록색 셔츠를 걸친 상태였다. 단추를 채우지 않아 가슴이 드러났다. 옆머리를 짧게 쳤고 체구가 어마어마했다. 콥이야. 그녀가 처음 보았을 때보다, 과수원에서 그의 목을 그었을 때보다 스무 살 더 어렸다. 찰스 콥이 확실했다. 그는 톨보이 맥주를 캔째 벌컥벌컥 들이키고는 들판을 둘러보는 중이었다. 아직 그녀를 보지 못했거나 그녀가 여기 있다는 것을 모르는 듯했다. 미스 애슐리와 그녀의 남자는 캠핑카 쪽으로는 도망치지 않은 것이다.

"연방 수사관이다." 모스는 콥의 몸통 정중앙에 총구를 댔다. 그가 만약 섣불리 움직인다면, 나는 이 멍청이를 두 번 죽이는 셈이 되는 거야. "바닥에 엎드려. 빌어먹을, 당장 무릎 꿇으라고. 당장."

콥은 그녀의 목소리에 움찔했다. 놀란 기색이 역력했다. 그는 맥주 캔을 캠핑카 발판에 두고 항복하듯 양손을 위로 들었다. 하지만 무릎을 꿇지는 않았다. 이자는 외계 행성에 발을 디딘 적이 있어. 게다가 동료들이 공중에서 피부가 벗겨지고 팔다리가 찢겨나가는 것까지 봤지. 151번 도로 쪽에서 사이렌 소리가 났고, 저 멀리서 파란 불빛이 보였다. 브룩이었다. 그녀가 혼자 여기 오리라는 것을 알고는 버캐넌 경찰서에 연락한 것이 분명했다.

"영장은 갖고 오셨나, 경관 나리?" 콥의 목소리는 차분하지는 않아도 신중했다. 그의 목소리에 모스는 불안해졌다. 그가 빠져나갈 것 같은 기분이, 자신이 상황을 온전히 통제하지 못하고 있다는 기분이 들었다.

"무릎 꿇어. 손을 내가 볼 수 있게 펼쳐."

"당신 장애인이군." 그 순간 헛간의 불빛이 자동으로 꺼지고 칠흑같이 어두워졌다. 그녀는 콥이 캠핑카 쪽으로 달아나는 기척을 들었다. 들판을 헤집고 달리는 소리. 그녀는 그를 추적할 방법이 없다는 것을, 웃자란 잔디에서 그보다 빨리 달릴 수 없다는 것을 알았다. 모두가 달아나고 있었다. 모든 것이 자신에게서 멀어지는 것 같았다.

순간 자동화기 총구에서 나오는 섬광이 어둠을 뚫었다. 총알이 머리 위로 날아서 그녀 몇 피트 뒤쪽 진창에 박혔다. 어둠이 그녀를 살렸다. 저격수는 그녀의 정확한 위치를 모르고 있다. 그녀는 신속하게 몸을 숙였다. 두 번째 총알 세례가 지나갔다. 그녀는 캠핑카 창문을 통해 총구에서 뿜어지는 섬광을 봤고, 그 빛을 향해 총을 겨누고 격발했다. 한 발, 두 발, 세 발.

사이렌 소리가 진입로로 들어섰다. 파란 불빛이 헛간과 캠핑카 주변으로 파도를 이루었다. 최소한 여섯 대, 그보다 더 많이 오고 있었다. 또 한 차례 총성이 연이어 났고, 경찰차들 전면유리가 박살 났다.

"새넌?" 그녀는 자신을 부르는 소리를 들었다. 네스터가 차에서 문을 열었다. 모스는 총구를 그에게 돌리고 그의 가슴을 겨누었다. 이 정도 거리에서는 식은 죽 먹기였다. 무의식적으로 방아쇠에 힘이 들어갔다.

"저예요." 그가 말했다. 그는 FBI 방탄조끼를 입고 무기를 든 채 열린 운전석 문 뒤에서 무릎을 꿇고 있었다.

모스의 시야가 온통 그가 쥔 총에 집중되었다. 여기는 그의 집이야. 앞으로 그의 집이 될 거야.

"새넌, 저예요, 네스터. 제발 무기를 내려놔요."

세상이 그녀에게 돌진했다. 그는 아직 젊은 FBI 요원이었다. "한 명이 저쪽 들판으로 달아났어요." 그녀가 말했다. "두 명이 더 있는데 아직 근처에 있을 겁니다. 하나는 수갑을 찼고, 하나는 캠핑카 쪽에서 총을 쏘고 있어요."

자동화기의 총성이 들렸고 경찰들이 맞대응 사격을 했다. 경찰은 캠핑카에 수백 발을 꽂았다. 네스터가 탄창을 비우는 동안, 캠핑카 쪽에서 또다시 총을 쏴대기 시작했다. 총탄이 네스터의 차 전면유리와 문을 박살 냈고, 그의 가슴팍에도 박혔다. 그가 소리를 지르며 잔디로 굴러떨어졌다. 모스도 총탄을 재장전했다. 다시 격발했고, 캠핑카 안에서 비명이 들렸다. 명중한 듯했다. 네스터는 아직 살아 있었다. 겨우 무릎으로 앉았는데 셔츠 소매가 찢겨 나가고 피가 묻어 있었다.

"조끼를 입었어요." 네스터가 말했다. "나는 괜찮아요."

모스는 네스터가 무사한 것을 보고 마음이 놓였다. 제복을 입은 다른 경관들이 잔디밭 주위에 포진했다. 버캐넌 경찰과 주 경찰이었다. 네스터가 왼손에 총을 들고 오른팔을 늘어뜨린 채 앞장서서 캠핑카로 다가갔다. 모스가 그의 뒤를 따랐다. 네스터는 자세를 낮추고 옆에서 문을 홱 잡아당겨 열었다. 핏자국이 보였다. 둘은 발판을 밟고 안으로 들어갔다. 간이주방 바닥에 피가 잔뚝 튀어 있었다. 모스가 앞장섰고, 뒤이어 네스터가 들어왔다. 둘은 주방을 지나 침대칸으로 갔다. 캠핑카 안쪽은 온통 총알구멍이었고 구멍 사이로 헛간의 불빛이 새어 들어왔다. 한 남자가 피투성이가 되어 라텍스 침대에 쓰러져 있었다. 웃통을 벗은 채였는데, 가슴에 날개를 쭉 펼친 황금빛 독수리 문신이 있었다. 제러드 비텍, 그녀는 남자가 누군지 알아보았다. 그가 숨을 쉬려고 할 때마다 가슴 총상에서 올라온 피가 목구멍에서 쿨렁거렸다.

"지혈해야겠어요." 모스는 담요를 찾아서 남자의 가슴에 대고 꽉 눌렀지만, 그가 죽으리라는 것을 알았다. 출혈량이 너무 많았다. 그가 기침하며 피를 꿀꺽 삼켰다. 그녀는 담요로 비텍의 가슴에서 피를 닦아낸 뒤 다시 눌렀다. 이제 아무 반응도 없었다.

"헛간을 수색해요." 모스는 이 남자는 포기하기로 했다. "매리언이 여기 있어요. 최소한 여기 있었을 거예요."

헛간 문은 맹꽁이자물쇠와 쇠사슬로 잠겨 있었다. 주 경찰 한 명이 차 트렁크에서 절단기를 들고 와서는 자물쇠와 사슬을 끊었다. 문을 열자 투광조명 불빛을 받아 희미하게 비치는 담황색 라이더 트럭이 보였다. 네스터와 함께 산책하면서 보았던 그 트럭. 시간이 지나 녹이 슬면 우리가 산책하면서 돌던 그 들판에 버려지겠지. 네스터도 그녀를 따라서 헛간에 들어왔다. "이게 다 뭐죠?" 누군가가 손전등을 찾아서 켰고 그러자 한쪽에 일렬로 쭉 늘어선 튜브와 스테인리스강 드럼통, 플라스틱 배럴, 유리로 된 플라스크와 비커가 보였다. 마치 메타암페타민 같은 불법 약물 제조실처럼 보였다.

"다들 나가요." 네스터가 말했다. "얼른."

"절단기를 줘봐요." 모스가 말했다.

그녀가 라이더 트럭 뒷문 자물쇠를 끊자 문이 열리면서 썩은 냄새가 올라왔다. 그녀는 구역질 나는 걸 억지로 참았지만, 주 경관 한 명은 결국 속을 게워냈다. 트럭 뒤에서 시체 더미가 썩어가고 있었다. 피부는 불에 탔고, 흘러내린 진물이 눈가를 덮었다. 그나마 멀쩡한 살갗은 벗겨져서 벌건 색을 드러냈고, 입은 물집과 염증으로 거의 봉인되다시피 했다.

"어떻게 이런 일이…" 모스가 말했다.

그녀는 여자애를 보았다. 그녀가 트럭 위로 올라가려고 할 때 네스터는 어깨를 붙잡고 말렸다.

"이거 놔요." 그녀가 말했다.

"화학약품이에요. 들이마시면 안 됩니다."

여자애는 더미에 있었다. 머리가 심하게 불타서 검은 머리카락 몇 줌만 겨우 붙어 있었다. 뺨에 난 깊은 자상 사이로 이가 드러났다. 몸 군데군데 남아 있는 보얀 부분이 이 시신이 과거 젊은 여성의 육체였다는 걸 알려 주었다. 나머지는 대체로 상처와 흉터로 주름지거나 부어올랐으며 구더기가 들끓어 마치 누가 쌀알이라도 뿌린 듯했다. 매리언, 매리언, 매리언.

"담요 좀 줘요." 모스가 네스터에게 소리쳤다. "구급차 불러요. 지금 당장요."

"가스실이나 다름없어요." 네스터가 말했다. "우선 밖으로 나 갑시다."

그녀는 그의 가슴에 머리를 묻고 흐느껴 울었다. 그리고 자신을 헛간에서 데리고 나가려는 그의 손길을 순순히 따랐다. 사방이 사이렌 불빛이었고 경찰들이 현장을 샅샅이 뒤지고 있었다. 다들 트럭 안에 무엇이 있었는지에 대해선 말을 아꼈다.

"죽은 자들은 산 자들보다 그 수가 많다." 네스터가 말했다. "아버지가 종종 하시던 말씀입니다. 그러나 아버지는 우리 모두 마지막 날에 새로운 육신, 빛으로 된 육신을 받는다고도 하셨어요. 신으로 다시 태어난다니 얼마나 영광스러운 일입니까. 죽은 자들은 새 육신을 받을 겁니다."

모스는 그에게서 물러났다. 현장에서 보살핌 받는 모습을 보여서는 안 됐다. 그녀는 현장의 유일한 여자였다. 여자가 남자에게 기대는 모습을 다른 경관들에게 보여주고 싶지 않았다. 모스는 눈물을 닦았다.

"당신은 육신의 부활을 믿나요?" 네스터가 물었다. "아이들을 생각해서라도 믿어봐요."

모스는 이제까지 땅에 묻혀 있던 죽은 자들이 신의 은총에 힘입어 공중에 들리고 나아가 빛으로 된 새 육신을 받는 모습을 상상했다. 라이더 트럭에 실린 시신들이 고통에서 해방된 채 새 육신을 받는 모습을 상상했다. 사이렌과 엔진 소리가 들렸고, 두 대의 트럭이 현장에 도착했다. 빛으로 된 새 육신이라. 그저 순진한 희망일 뿐이었다. 아이들의 꿈처럼. 누군가 그녀의 손을 만졌다. 그녀는 고개를 들어 브록의 갈색 눈을 보았다. 이전에도 저 갈색 눈 안에 담긴 고통을 엿볼 수 있었다. 그의 눈 안엔 지금도 여전히 슬픔이 차 있었다. 그의 눈은 모종의 평화를 갈구하고 있었다.

2

또 하나의 범죄 현장이 그녀 안에 자리를 틀었다.

크리켓우드 코트는 그녀의 과거와 연결되었고, 이곳 버캐넌의 집은 그녀의 미래와 연결되었다. 실재하지 않는 미래야, 그녀는 혼잣말했다.

나는 그녀를 구출하지 못했어. 매리언의 죽음은 실재했다. 최종적으로 확인된 그 사실이 그녀를 무겁게 짓눌렀다.

너무 늦었어, 너무 늦게 왔어. 그녀를 구할 수 없었어.

그녀는 앞쪽 현관에 혼자 있었는데 넓은 잔디밭이 그림자가 긴 호수처럼 보였다. 당신은 육신의 부활을 믿나요? 네스터가 그렇게 물었다. 어둑한 잔디밭 너머로 구급차가 있었고, 내부가 번쩍거리는 게 보였다. 모스는 응급의료진이 네스터를 돌보는 것을 보았다. 그의 오른쪽 이두박근이 총탄에 스치면서 찢어졌다. 그들이 그의 셔츠를 벗기자 흉골의 피멍이 드러났다. 총탄이 조끼를 때린 곳은 자줏빛으로 부어올랐고, 그 주변은 벌겋게 혹이 져 있었다. 그는 세인트 조지프 병원으로 이송되어 내출혈 검사를 받게 될 것이다.

네스터, 어째서 하필 여기로 이사 오는 거야? 다른 곳도 많은데.

그녀는 구급차 불빛에 기대어 그의 얼굴을 살폈다. 붕대를 감고 있는 의료진과 웃고 있는 그는 이제 훨씬 더 젊었고, 심지어 그녀보다도 젊었다. 그녀가 알았던 남자가 아니었다. 그녀가 알고 있는 부분은 오로지 그의 그림자일 뿐. 게다가 그는 이제 무고했다. 어떤 인연이 언젠가 그를 이 장소로 이끌더라도 이번 사건과 무관했다. 매리언을 찾고 난 직후, 그녀는 과감하게 네스터와 맞부딪혔다. 배나무 근처로 불러 그에게 이 집을 아느냐고 물었다. 그는 아니라고 했다. 네스터는 여기 와본 적이 없었다고 했다. 아니, 버캐넌 자체를 와본 적이 없었다고 했다.

하지만 네스터, 미래 세계의 당신은 매리언에 대해서 알고 있었지. 여기서 우리가 함께 밤을 보낼 때, 매리언의 피가 이곳 토양에 묻어 있다는 걸 알았을 거야. 그에 대한 기억을 떠올리자 모스는 모멸감이 들어 불편했다. 미래 세계의 그는 사랑스러웠고 그와 함께 살았던 잠깐의 삶도 평화로웠지만, 결국에는 이렇게 끝나고 말았다. 라이더 트럭에서 발견된 여섯 구의 시체로.

네스터를 실은 구급차가 현장을 떠났다. 그녀는 붉은색 사이렌이 번쩍이며 멀어져가는 것을 바라보았다. 그녀가 어렸을 때 배운 트릭이 하나 있다. 아무리 큰 종이라도 열한 번 이상은 접을 수 없다는 것. 어릴 적 그녀도 아주 크고 얇은 사각형 신문으로 시도해보았지만 열한 번을 결코 넘지 못했다. 마지막에는 종이가 너무 작아져서, 작은 벽돌처럼 압축되어서 도저히 접히지 않았다. 그때의 종이처럼 그녀 삶의 솔기들이 접히고 있었다. 네스터의 집과 매리언이 죽은 집, 코트니의 집과 매리언의 가족이 죽은 집이 겹쳤다. 뒤엉킨 감정들이 그녀를 압박했다. 그녀는 자신의 삶이 흰 돛처럼 거대한 종이와 같다고, 그곳에 적힌 감정들이 더 이상 겹치지 않을 만큼 너무 접혔다고, 작은 벽돌처럼, 단단한 다이아몬드처럼 압축돼버렸다고 생각했다.

살해당한 시신이 대량으로 발견된 이후 긴박한 몇 시간이 이어졌다. 과학수사원들과 조사관들이 범죄 현장에 몰려들었고, 주와 카운티 검시관들이 현장에 남아 대기했다. 처음엔 헛간과 플라스틱 드럼통에 어떤 화학약품들이 들어 있는지, 실험실 장비의 목적이 무엇인지를 두고 혼란이 있었다. 브록은 예방 조치로 인근 주민을 안전한 곳으로 대피시켰다. 또한, 브록의 요청을 받은 언더우드 주지사가 가까운 곳에 주둔하고 있는 폭탄 처리반, 웨스트버지니아 육군 주 방위군 제753병기중대에 도움을 요청했다. 중무장한 방위군이 헛간을 수색하는 동안, 군용 트럭들이 151번 도로를 봉쇄했다. 공회전으로 디젤 매연을 내뿜으며.

집 출입은 가능했다. 하지만 지하실에 경계선이 쳐져 있었고 얼룩마다 표시해놓은 상태였다. 10년 전, 미스 애슐리가 이곳을 사들였다고 했다. 그녀는 이곳의 소유주로 있으면서, 지하실에 사람들이 감금된 동안에도 거주하고 있었다고 한다. 지하실 청소는 해줬을까? 아니, 식사는 제대로 줬을까? 모스는 집 안 곳곳에서 애슐리의 손길을 확인할 수 있었다. 창턱에 놓인 다채로운 색깔의 유리병, 모스가 10여 년 뒤에 사용하기도 했던 싱크대의 만찬용 접시 등등. 죽은 예수의 그림은 이채로웠다. 수사관들이 침실에 있던 화기, 총검, 휘장, 유리 상자 속의 깃발 등의 나치 물품들을 정리했다. 미래 세계의 네스터는 그녀에게 이 총들이 아버지의 것이라고 했지만 전부 거짓말이었다. 나치 휘장을 보고 있으니 이곳에서, 제러드 비텍과 찰스 콥이 시간을 보냈던 이 집에서 무엇을 찾아야 할지 생각났다. 그녀는 벽장과 서랍을 열었고 침실 밑에 있던 상자들을 뒤졌다. 〈리브라〉호의 증거가 될 법한 선원 휘장이나 과수원집에서 보았던 사진첩 같은 것이 있을지도 몰랐다. 하지만 낡은 신발, 모조 보석, 청구서, 영수증, 진료 기록 따위만 있을 뿐, 정작 중요한 건 없었다.

새벽이 밝았다. 안개가 무릎 높이까지 차올랐고, 주위 풍경이 묽은 우유를 뿌려놓은 것처럼 보였다. 수색구조 팀이 찰스턴에서 도착했다. 수색견 조련사가 건물과 옆 뜰을 훑고 다녔다. 흙더미가 고랑을 이루고 있는 저 뜰은 나중에 야생화로 뒤덮이게 될 터였다. 수색견이 움직이지 않고 조련사를 쳐다보자 비상벨이 울렸다. 사람들이 삽을 들고 나타났고, 결국에는 굴착기까지 동원되었다. 잿물에 피부가 녹아내린 스물두 구의 시신을 찾아냈다. 라이더 트럭에서 살해돼 뜰에 묻힌 사람들. 발굴 작업을 지켜보다가 모스는 브록을 바라봤다. 그는 크리켓우드 집에서 처음 만났을 때와 똑같은, 피곤한 기색이 역력한 모습을 하고서 피 웅덩이 위에 받쳐놓은 받침대를 건너왔다. 그는 무척 지쳐 보였지만 망가지지는 않았다. 모스가 미래 세계에서 보았던 그런 모습은 전혀 아니었다. 이곳에서 브록은 차분한 지휘관이었다. 이른 아침의 안갯속에서, 과학수사원들과 버캐넌 경찰 그리고 주 방위군 모두 유령처럼 그를 중심으로 바쁘게 움직였다.

"새년, 결국 벌집을 건드렸군요." 그가 말했다.

"헛간 수색은 마쳤어요? 어떻게 됐어요?"

"화학무기예요." 브록이 말했다. "수색을 전부 마치지는 못했고, 온종일 매달리면 끝날 겁니다. 어쨌든 폭파용 뇌관과 C-4 플라스틱 폭탄 그리고 화학약품까지 있었어요."

"그게 지금 무슨 소리예요, 브록?"

"사린, 머스터드 가스, 전부 소량입니다. 리신, 그리고 에볼라도 있었어요. 그들은 다양한 물질들을 조금씩 만들어 그 라이더 트럭에서 치사율을 테스트했던 것으로 보입니다. 치사량을 확실하게 살포하는 방법도 테스트했던 모양이고."

"열일곱 살짜리 아이를 데리고 이런 짓을." 모스가 탄식했다.

"몇 년 전 일본 지하철에서 발생했던 광신도 테러를 모방한 거죠. 최소한 사린가스 제조는 말입니다. 당시 도쿄와 연합해서 사건을 수사했던 자들을 불러들이고 있습니다. 우리가 발견한 물건들에 관심을 보이더군요."

모스는 도쿄 지하철에서 사린가스가 살포되었다는 뉴스를 본 기억이 났다. 광신도들이 사린을 액체 상태로 비닐봉지에 담아 지하철 바닥에 둔 뒤, 우산 끝으로 찔러 구멍을 내 가스가 새어 나오게 했다.

"우리가 표식을 찾은 블랙워터에서 팀원들과 함께 수색을 벌일 참입니다." 브록이 말했다. "군용견을 부대로 데려가서 더 넓은 범위를 찾아야겠어요. 그러니까 섀넌, 당신이 이곳을 어떻게 알았는지 말해줘요. 당신이 알고 있는 모든 정보가 필요합니다."

"저도 당신을 돕고 싶어요." 모스가 말했다. 그녀는 황야에 표식으로 둔 돌탑, 매리언의 시신 위치를 표시한 돌무더기를 생각했다. 그곳에 버려둔 것으로 알았는데 실제로 매리언은 이곳에 있었다. 그렇다면 그 표식들은 무엇을 나타내는 걸까? 다른 희생자들? 라이더 트럭에서 여섯 명, 크리켓우드에서 일가족 세 명, 거울 달린 방에서 플리스, 블랙워터에서 머설트, 그리고 옆 뜰 흙더미 아래에 묻힌 시신들까지. 죽은 개의 심장에서 기어 나오는 벌레처럼, 잔혹함이 꼬리에 꼬리를 물고 이어졌다. "나중에 알려줄게요. 아직은 이 모든 일에 대해 더 알아봐야 해요."

"그럼 따라와요. 보여줄 게 있습니다."

우윳빛 안갯속에서 캠핑카가 유령처럼 모습을 드러냈다. 모스는 캠핑카를 처음 보았을 때가 생각났다. 미스 애슐리의 과수원 헛간에서 먼지를 뒤집어쓴 채 방치돼 있던 모습. "최소한으로 잡아도 300발은 맞았어요." 브록은 그녀를 차 안으로 이끌며 말했다. 캠핑카 벽이 온통 총알구멍으로 갈가리 찢겼다. "그는 고작 네 발밖에 안 맞았지만. 누군지 알아보겠어요?"

"네, 알아요." 모스는 조리실 주방을 지나 침대칸에 있는 시신에 다가갔다. "제러드 비텍이에요."

"당신들 사람이오?"

"네, 머셜트처럼 NSC 소속이에요." 비텍의 시신은 밀랍처럼 보였고, 아직 완전히 차갑진 않지만 빠르게 식어가고 있었다. 니콜은 제러드 비텍의 문신이 참으로 인상적이었다고 고백한 바 있었다. 모스에게는 그 문신이 폰티악 파이어버드 차 앞덮개의 로고처럼 보였다. 문자 문신도 있었다. '노부스 오르도 세클로룸', '새로운 시대의 새로운 질서'라는 뜻이었다. 모스는 지구가 죽어가는 시대를, 거대한 피라미드가 물을 찾아 떠돌아다니는 시대를 생각했다. 그리고 지금의 시대도 생각했다. 새로운 시대의 질서와 인류를 노예로 부리는 세계 정부의 도래가 임박했다고 믿는 편집광들. 그녀는 그의 가슴에서 총상 둘을 찾았다. 다른 하나는 목에 있었지만, 네 번째 총상은 찾지 못했다. 그의 눈은 반쯤 감겨 있었고, 그의 피로 라텍스 침대 쿠션은 흥건했다. 비텍은 총상이 아니었어도 갑상샘암으로 죽었을 것이다. 웨스트버지니아주 검시관이 부검을 하면서 그 흔적을 찾아낼지 궁금했다. "제러드 비텍은 니콜 오니옹고의 남편이에요."

"오니옹고는 사라졌어요." 브록이 말했다. "당신 요청대로 대원들을 보냈지만, 아파트엔 아무도 없더군요. 직장에도 나오지 않았고."

"떠났군요." 모스는 니콜의 멀건 눈, 맨해튼, 팔리아멘트 담배 연기가 생각났다. 하지만 니콜은 그리 오래지 않아 나타날지도 몰랐다. 그녀가 다녀온 IFT에서 니콜은 도넬 하우스에서 계속 일했고 메이어츠 인에 단골로 드나들었다. 물론 그 IFT에선 화학무기 따윈 발견되지 않았다. 이런 마당에 무엇이 어떻게 바뀔지 누가 알겠는가? "알겠어요, 계속 찾아보죠." 모스는 현재 상황과 미래의 상황이 급격하게 달라지고 있다고 생각했다. "꼭 찾아야 해요."

"이쪽으로 와서 이것도 좀 봐요." 브록이 말했다.

그들은 파란색 니트릴 장갑을 끼고서, 브록이 캠핑카 앞쪽에 열려 있던 금고에서 찾아낸 서류 다발을 검토했다. 브록이 둘이 마주 앉아 있던 주방 테이블 위에 지도와 설계도를 펼쳤다. D.C. 지하철 레드라인, 국회의사당 지도가 있었고 상원 회의실에 대해 상세하게 적어놓은 메모가 보였다.

"그리고 이것도요." 브록은 알래스카 코디액의 NSC 발사대 설계도를 펼쳤다. 콜로라도스프링스의 공군우주사령부 본부, 달그렌의 해군우주사령부 본부 지도도 있었다. 그리고 케이프커내버럴, 휴스턴의 존슨우주센터 군사기지에 대한 정보가 있었다. 환기 시설 지도와 경호원들의 신상 정보를 포함해서 말이다. 브록은 뉴욕 유엔총회 건물에 대한 비슷한 정보를 보여주었지만, 그녀를 가장 오싹하게 한 것은 바로 FBI CJIS 건물 설계도였다. 어떻게 보면 이미 예상하고 있었던 바였다. 헛간에서 나온 물건에 대한 소식을 듣는 내내, 그녀가 조사한 내용이 서로 뒤섞이기 시작했다. 브룩이 이런 계획을 발견했다니 참으로 역설적이었다. 브룩은 언젠가 자신의 아내와 딸들을 파괴할지도 모르는 CJIS 건물 테러를 막아낸 것이다.

"그들은 테러리스트 민병대예요." 모스가 말했다. "전직 군 출신 민병대."

"그러면 이곳들이 그들의 표적인 겁니까?" 브룩이 물었다.

"맞아요. 잠재적 표적이죠." 다른 장소들은 그녀가 다녀온 IFT에서 공격받지 않았지만, 다른 IFT에서는 상황이 다를 수도 있었다. 모스는 벌어질 수 있었던, 혹은 여전히 벌어질 수도 있는 대재앙을 생각했다. 순간 자신이 저지른 실수가 틈새로 쏟아지는 물처럼 자신에게 몰려온다고 느꼈다. 아무리 조급하고 답답했어도 여기로 와서는 안 됐다. 미래 세계의 네스터와 함께 살던 집이 범죄자 소굴일 수도 있단 소식이 그녀의 눈을 멀게 했다. 좀 더 체계적으로 대처해야 했어. 오코너에게 연락하고 기다려야 했다. 제러드 비텍도, 콥도 여기 있었다. 그렇다면 또 누가 있었을지 모를 일이었고, 그녀가 조금만 차분하게 기다렸다면 새로운 단서를 잡았을지 모를 일이었다. 이제 비텍은 죽었고, 콥과 미스 애슐리는 바람에 퍼지는 씨앗처럼 어디론가 도망쳤다. 이곳 버캐넌으로 곧장 와버린 게 화근이었다. 매리언을 구하는 것도 급한 일임은 분명했지만, 결국 그녀는 더 큰 임무마저 놓쳐버렸다.

"백인 우월주의자들입니까?" 브록이 물었다. "나치 물품들이 여기 침실에서 발견되었어요."

"꼭 그렇지만은 않을 거예요. 적어도 주된 목표는 아니에요." 모스는 정신을 다시 차리려고, 지난 실수들을 털어내려고 애썼다. "반정부주의자들인 건 확실해요. 칼 하일데크루거, 그는 2년 전에 CJIS 건물 설계도를 손에 넣었어요. 당신네 사람들이 체포하기 직전에 산악 민병대 단원에게 구했죠."

"하일데크루거. 국내 테러 담당자들에게 그 이름을 찾아보라고 하겠습니다. 맥베이 이후로 많은 것을 알아냈으니 뭐라도 나올 겁니다. 그동안 우리는 이 화학약품들을 추적하고 실험 장비 판매를 추적할 참입니다."

모스는 미래 세계의 문서에서 본 CJIS 자살 폭탄 테러리스트 명단을 기억했다. 라이언 리글리 토거슨. 그는 CJIS에서 일했고, 자신의 몸속에 폭탄을 숨긴 채 출근할 것이다. 범죄를 사전에 차단하려는 시도로부터 인권을 보호하는 헌법 조항인 수정헌법 4조가 수사를 복잡하게 만들었다. 그자를 체포하기 위해선 오코너에게 요청해 군사법원으로부터 특수영장을 발부받아야 했다.

"지금 당장 CJIS에 상황을 알려요, 위급하다고." 모스가 말했다. "이 설계도를 발견한 것만으로 환기 시설과 화재진압 장치를 점검할 이유는 충분해요. 뭔가가 나올 겁니다. 보안도 강화해야 해요. CJIS가 테러 표적이 됐다는 사실을 인지하고 대비해야 해요. 요주의 인물, 그러니까 잠재적 테러리스트로 짐작되는 사람이 있어요. FBI 직원 라이언 리글리 토거슨입니다."

"토거슨이라, 누군지 알아요." 브록이 말했다. "만난 적이 있습니다. CJIS에서 아내와 같은 부서에서 일하는데, 그거 확실한 정보인가요? 그는 유순한 직원이에요, 섀넌. 어쨌든 그에게 사람을 붙이고 정보를 캐볼게요. 토거슨이라…"

오후 늦게 방위군이 헛간 출입을 허락했다. 그들은 회수한 화학약품을 안전하게 처리하고 폭발물을 제거해놓았다. 시신이 처음 발견되었을 때부터 업서 카운티에서 온 검시관이 현장에서 대기하고 있었다. 그는 비쩍 마른 젊은 의사로, 의료진보다는 목장 일꾼으로 보이는 나이 든 세 명과 함께 안으로 들어왔다. 다들 보호복을 차려입은 상태였다. 행여 화학약품이 희생자들의 머리카락에 묻어 있거나 시신의 구멍에서 새어 나올 수 있기 때문이다. 그는 특히 셔츠에 타이까지 매고 있었는데, 헛간 문으로 들어올 때 송아지 가죽으로 된 카우보이모자를 공손히 들고 있었다.

모스는 거리를 둔 채 트럭을 살펴보았다. 화물칸 오른쪽에 구멍이 하나 뚫려 있었고, 구멍엔 고무관이 매달려 있었다. 이동식 가스실이었다. 헛간에는 환기 시설과 샤워 시설이 마련돼 있었고, 로커엔 보호복도 들어 있었다. 모스는 노란 보호복을 차려입은 제러드 비텍과 찰스 콥이 독가스 또는 산성 용액, 어쩌면 바이러스를 트럭 뒤쪽에 살포하는 모습을, 희생자들이 얼마나 고통스러워하는지 측정하는 모습을 상상했다.

그들은 한밤중에 매리언을 지하실에서 옮겼을 것이다. 헛간

투광조명을 차단하고 집의 불을 꺼둔 채로. 그녀는 이곳에서 재갈이 물린 채 결박되었을 것이다. 아무도 그녀가 울부짖는 걸 듣지 못했을 것이다. 어쩌면 바람 한 자락이 그녀의 비명을 실어 날랐을 수도 있었겠지만, 그게 전부였다.

이런 식으로 죽게 되다니, 매리언은 그렇게 생각했을 것이다. 라이더 트럭 뒤에서, 앞서 죽은 자들의 악취를 맡으며. 그녀는 자기 죽음이 풍기는 악취를 맡았을지도 모른다. 살기 위해 트럭 벽을 손톱으로 긁었을지도, 공포에 질려 넋이 나갔을지도 모른다. 모스는 자비를 구하며 흐느끼는 매리언을 상상했다. 그녀는 엔진이 부르릉거리거나 팬이 돌아가면서 고무호스를 통해 가스가 들어가는 소리를 들었을지도 모른다. IFT에서 떠돌고 있을 때, 모스는 매리언의 사진을 보면서 '삶은 시간보다 위대하다'라고 그렇게 적었었다. 매리언이 살아있을 수도 있다는 가능성. 그녀를 굳건한 대지와 이어준 연결고리. 전부 헛된 희망이었다.

업셔의 검시관과 방호복을 입은 사람들이 비닐 시트를 깔고 트럭에서 각각의 시신을 조심스럽게 내렸다. 남자가 넷, 여자가 둘이었고, 그중 매리언도 있었다. 다들 알몸 상태였는데, 화학약품이나 산성 용액으로 피부가 심하게 망가져 매끈거리고 부어올라 있었다. 얼굴은 잔뜩 일그러지거나 아예 떨어져 나갔다. 시신 일부는 옮기는 사람들의 손아귀에서 젤리처럼 문드러졌다.

라디오 방송국 KDKA에 보도가 나갔다. 매리언의 사진, 헬리

콥터에서 촬영한 집과 헛간 모습, 버캐넌 지도, 이웃들의 인터뷰, 브록의 음성이 교대로 이어졌다. 애슐리 비텍, 그리고 그녀와 함께 달아난 리처드 해리어가 151번 도로를 따라 3마일 내려간 지점에서 집 현관 밑에 숨어 있다가 붙잡혔다. 해리어가 지점장으로 일한 브리지포트의 홈디포 모습도 뉴스에 나갔다. 사린가스를 보도하면서는 옴진리교 지하철 테러, 오클라호마시티 폭파 사건도 다시 언급됐다. 크리켓우드 코트의 집은 곧 피살된 가족을 위한 성지가 되었다. 처음에는 초록색 종이와 셀로판지로 포장한 꽃다발 몇 개로 시작했지만, 며칠 만에 집 앞 현관은 꽃들과 액자 사진, 흰색 십자가로 뒤덮였다. 모스는 임시로 만든 추모 공간에 사람들이 오가는 모습을 차 안에서 지켜보았다. 코트니가 죽을 때는 없었던 추모 분위기였다. 그녀는 문득 자신이 이곳에 한 번도 꽃을 둔 적이 없다는 사실에 죄책감을 느꼈다. 그날 오후 늦게 모스는 이곳에 다시 돌아와서 장미 꽃다발을 두었다.

늦은 오후, 모스는 전화기를 붙잡고 사과 과수원 주인이 누구인지 알아보았다. 세월이 한참 흐른 뒤 미스 애슐리가 살게 되는, 그녀가 제러드 비텍을 위해 추도식을 열었던 그곳. 그러다 니콜이 전에 도예가 부부가 그곳 주인이었다고 말한 것을 기억해냈다. 알아보니 팟 앤드 케틀사의 소유주 네드와 메리 스텐트가 지금도 과수원을 소유하고 있었다. 모스는 네드가 애틀랜타의 예술 박람회에 간 것을 확인한 후, 그가 묵고 있는 호텔로 전화했다.

네드는 도기와 라쿠 도자기의 차이를, 그들이 과수원에서 개설한 도자기 강좌와 가마의 치수를 열심히 설명한 후, 애슐리 비텍이라는 사람은 만난 적이 없다고 했다. 제러드 비텍이란 사람도 모르며, 과수원을 팔 생각도 없다고 했다. "적어도 앞으로 몇 년간은 그럴 생각이 전혀 없어요."

머설트 가족의 시신들은 공개되지 않았다. 그들의 관은 친구들과 가족들을 위해 웨스트 파이크의 샐런드라 장례식장 안 별도의 방에 안치되었고, 그 후 장례미사를 위해 거리 맞은편 세인트 패트릭 교회로 옮겨졌다. 많은 아이들이 찾아와 애도했다. 몇 주 뒤 부활절에 교회 갈 때 입으려고 준비해둔 좋은 옷을 차려입고서. 관 옆에 놓인 이젤에 머설트 가족사진들이 있었다. 모스는 매리언이 누워 있는 옻칠한 나무 관을 손으로 만졌다. 그녀는 조의를 표하기 위해 줄을 선 다른 조문객들에게 고개를 숙이며 서서 기도하는 척했다.

장례미사에서 목사가 다섯 개의 관에 축성하고 신도들이 영성체와 기도를 올릴 때, 모스는 신도석 뒷줄에 혼자 앉아 있었다. 세인트 패트릭은 모스가 어릴 적 다녔던 교회였다. 가톨릭 집안이어서 일요일마다 여기서 예배를 봤다. 주일학교의 풍경, 영성체 드레스, 성찬식 음식이 기억났다. 세인트 패트릭은 피츠버그의 오래된 교회들처럼 거대한 석조 건물이 아니라 현대식으로 개조된 건물이었다. 황토벽에 코발트로 테두리를 장식했고, 분홍색·초록색·노란색 사각형들로 스테인드글라스 창문을 만들었다. 제단화는 진홍색과 황금색 다이아몬드로 요란하게 꾸몄다. 제단 위에 걸린 십자가형 예수 조각이 예배 내내 모스의 시선을 끌었다. 창문으로 들어오는 햇빛을 받아 형형색색으로 빛났는데, 십자가의 양팔이 날개가 되어 제단 위로 떠오른 것처럼 보였다. 발목과 손목에 박힌 못만 없다면 어디로 훌쩍 날아갈 것 같았다.

아이들의 울음소리를 듣자 모스는 걷잡을 수 없이 슬펐다. 숨이 막히는 듯해서 예식이 끝나기도 전에 자리를 떴다. 교회를 벗어나자 익숙한 후련함이 들었다. 거리 맞은편, 장례식장과 교회의 전경을 포착할 수 있는 곳에 뉴스 중계차가 서 있었다. 아마도 아이들이 눈물을 흘리며 교회를 떠나는 모습을 잡으려는 것 같았다.

공기는 쌀쌀했지만 햇볕은 따뜻했다. 그녀는 머리를 식히려고 웨스트 파이크를 걸었고, 모간자의 분주한 교차로를 지났다. 피자헛 주차장은 식사하러 나온 가족 차량으로 꽉 들어찼다. 파란색 쓰레기 수거통 옆은 애도하기에 터무니없는 장소이지만, 그래도 코트니는 이곳에서 죽었다. 바로 여기서, 그녀는 친구의 시신을 발견했다. 지난 몇 년 사이 수거통 하나가 새로 교체되었지만, 다른 하나는 거의 12년 전인 1985년에서 가져왔다고 해도 좋을 정도였다. 모스는 벽돌담에 기대고 생각했다. 그리고 코트니를 위해, 매리언을 위해, 매리언네 가족을 위해, 그리고 자신을 위해 울었다. 불현듯 아버지가 생각났다. 아버지가 그녀를 침대에서 일으켜 세웠던 일이, 일으켜 세운 그녀를 안고서 빙빙 돌리던 일이 떠올랐고, 아버지의 숨결에서 나던 노루발풀 냄새, 그의 머리카락에서 나던 파이프 담배 냄새가 생각났다. 그녀는 잃어버린 모든 것을 위해, 떠나간 모든 것을 위해 울었다. 피자헛 뒤쪽으로 채티어스천이 흘렀고 좁은 물길 양쪽으로 잡초가 우거졌다. 모스는 피자헛 직원들이 담배를 피우러 자주 오는 간이 벤치에 앉아 탁한 물을 바라보았다. 질척한 둑에 쓰레기들이 어질러져 있었지만, 나름대로 평화로운 풍경이었다. 캐넌스버그에서 벗어난 기분이 들었다. 멀리서 들리는 차량 소음은 백색소음에 지나지 않았고, 물에 비친 햇빛이 은빛 불길의 작은 반점처럼 눈부시게 아름다웠다. 그러나 모스는 금방 감상적인 생각을 접었고, 그런 생각을 했단 사실에 후회했다. 이곳은 아름답지 않았다. 이곳은 모든 것의 종말이었다.

갑자기 휴대폰 벨이 울리는 통에, 그녀는 깜짝 놀랐다. 하지만 받지는 않았다. 한순간 침묵에 이어 벨소리가 다시 울리기에 번호를 확인했다. 브록이었다.

"여보세요?" 그녀가 말했다.

"모스." 흥분으로 살짝 갈라진 그의 목소리가 들렸다. "모스, 당신이에요?"

"장례식에 왔어요. 매리언과…"

"좋은 소식이 있어요." 그는 감정을 주체하지 못하고 신이 났다. "어떻게 된 사정인지는 모르겠지만, 정말로 좋은 소식이에요. 그녀를 찾았습니다."

모스는 대답하지 않고 그의 말뜻을 파악하기 위해 애썼다. '그녀를 찾았습니다.' 모스는 주변 나무들을 보았다. 높이 자란 나무들이 강을 지붕처럼 덮고 있었고, 나뭇잎이 질척한 둑에 점점이 박히거나 개울로 쓸려 갔다. 그녀는 나뭇잎이 소용돌이치며 뭉쳤다가, 개울을 지하로 묻는 파형강관의 그림자 아래로 사라지는 것을 보았다.

"그녀를 찾았어요." 브록이 말했다. "살아 있어요. 숲에서 발견했는데 무사합니다, 새넌."

"누구를 말하는 거죠?" 모스가 물었다.

"매리언 말이에요. 우리가 그녀를 찾았어요. 매리언은 무사해요, 새넌."

3

뭔가가 잘못된 거야, 모스는 처음에 그렇게 생각했다. 착오가 있었을 거야.

그녀는 분명 매리언의 시신을 보았다. 라이더 트럭 뒤에 있던 건 매리언이 분명했다. 심지어 그녀의 이모와 삼촌도 신원을 확인했다. 그들은 유해를 보기 위해 오하이오에서 찰스턴의 수석 검시관 사무실까지 날아왔다. 매리언의 이모는 시신을 면밀하게 살펴보았고 왼쪽 무릎 안쪽에서 움푹 들어간 흉터를 확인했다. 운동하다가 다친 부위였다. 맹장 수술 흉터도 확인했다. 의심의 여지 없이 여동생의 아이라고 했다.

브록은 다른 열일곱 살짜리 여자아이를 찾은 것이 분명했다. 비슷하지만 다른 여자아이…

매리언입니다, 브록이 말했다. 무사해요.

표식을 찾았던 블랙워터 폴스 근처 숲을 그의 부하들이 샅샅이 수색했다. 그들은 새벽 숲에 넓게 포진하여 다른 표식이 없는지, 표식이 무엇을 나타내는지 알아보던 중, 한 명이 소리쳤다. 창백하고 푸르스름한 가녀린 몸. 머리카락은 온통 흙빛이고, 옷은 서리를 맞아 딱딱하게 굳었으며, 신발은 없었다. 여자아이가 발견된 곳은 말라붙은 시내 수로에서였다. 브록은 여자가 매리언을 닮았다고 생각했다. 피부가 축축했고 머리카락은 부분적으로 얼어 있었다. 손바닥을 목에 갖다 대보니 피부는 차가웠지만 맥박이 느껴졌다…

브록이 그녀를 발견하지 못했다면 어떻게 되었을까? 그대로 죽었을 거야. 오랫동안 숲속에 방치돼 있었겠지. 산삼을 캐러 온 남자들이 빨간 베리를 발견하고 땅을 파기 전까지 말라붙은 시내 바닥에 파묻혀 썩어가고 있었을 거야.

"다만 정신적으로 충격이 큰 것 같더군요." 브록은 모스를 프레스턴 기념 병원 회의실로 안내하며 말했다. 벽에는 아무런 장식이 없었고 색이 옅은 나무 탁자 하나만 놓여 있었다. 그는 감초껌을 뭉개질 정도로 씹었다.

"어떻게 된 걸까요?" 모스가 말했다.

"둘 중 하나겠죠. 우리가 엉뚱한 여자를 묻었거나, 아니면 우리가 지금 큰 착각을 하고 있거나. 너무 똑같아서 나도 놀랐습니다. 처음에는 내가 착각했다고 생각했죠. 다른 사람이라고 생각할 수밖에 없으니까요. 한데 그녀가 자기 이름을 말하더군요…"

"의식이 있어요?"

"희미하게."

"이 상황을 누가 또 알아요?"

"록우드, 여기 총 책임자예요. 여기서 일하는 몇 명도 알아요. 간호사들, 슈뢰더 의사. 우리 쪽 사람들 여섯 명, 그리고 내 상관까지. 그들은 우리가 젊은 여성을 찾았다는 것까지만 알고 있습니다."

"친척에게 알렸나요?"

"아니요."

"매리언과 이야기를 나눠본 건가요?"

"섀넌, 매리언이 맞아요. 같은 사람입니다. 이상한 소리로 들리겠지만." 브룩이 말했다. "매리언이 그러더군요. 엉뚱한 사람을 죽였다고 말이에요. 겁에 잔뜩 질려 있었어요. 우리가 발견한 유해들은 화학약품으로 상태가 엉망이었죠. 매리언의 이모가 시신을 확인하러 왔을 때, 그녀는 당연히 매리언이라고 생각했을 거예요. 그래서 그 시신을 보고 매리언이라 확신했던 거고요. 여자의 DNA를 검사해서 시신과 비교해볼게요."

메아리야. IFT를 여행한 누군가가 미래 세계의 매리언을 이곳 굳건한 대지로 데려온 거야. 가능성은 낮았지만, 그것 말고는 달리 설명할 방법이 없었다.

"어떻게 된 일이라고 말하던가요?" 모스가 물었다.

"매리언을 데려간 사람이 플리스였어요. 엘릭 플리스가 케이마트에서 자신을 납치했다더군요. 그를 안다고 했어요."

오랜만에 듣는 이름이었다. 플리스, 〈리브라〉호의 선원, 거울 달린 방에서 자살한 사람. 아버지의 친구니까 알고 있었겠지.

"매리언에게 누가 가족 일을 얘기했나요?"

"그녀도 이미 알고 있더군요. 텔레비전을 보았으니까."

프레스턴 기념 병원의 교대근무 책임자인 슈뢰더 의사는 은발의 여성이었다. 화장을 진하게 했고, 남부의 부드러운 억양이 우아했다. 딸깍딸깍하는 하이힐 소리가 꼭 메트로놈 같았다.

"처음 여기 왔을 땐 심각한 저체온증이었습니다." 슈뢰더 의사가 말했다. "게다가 물에 젖은 상태였죠. 그녀 말로는 강을 헤엄쳤다는군요. 솔직히 그렇게 희망적이지는 않았지만, 여러모로 잘 버텨주고 있습니다. 발이 걱정이에요. 살갗이 심각하게 손상되었어요. 가엾게도 신발도 신지 않은 상태였죠. 며칠 전엔 무척 추웠잖아요. 화장실에 다녀올 수 있을 만큼의 거동은 가능하지만, 많이 걸으면 여지없이 통증을 느낍니다."

모스는 숨을 가다듬었다. "똑바로 설 수 있을까요?"

"아직 고비를 넘긴 것은 아니지만 괴저까진 없습니다. 반응을 잘하고 있어요. 무슨 일이 있었는지 자세히 이야기하지 않지만, 트라우마를 입은 사람에게는 흔한 증상이에요. 게다가 저체온증으로 기억력에 문제가 생겨 본인도 무척 혼란스러울 거예요."

브록은 매리언의 입원실 밖에 병원 측 경호원과 FBI 수사관을 감시원으로 배치해두었다. 지난번 버캐넌에서 모스도 본 적 있는 사람이어서 서로 고개를 끄덕이며 인사했다.

"그녀는 깨어 있어야 해요." 슈뢰더 의사가 말했다. "심부체온이 낮아서 활동이 느려요."

"그녀와 단둘이서만 이야기를 나누고 싶은데요." 모스가 말했다. "이야기를 나누고 나서 당신을 만날 수 있을까요?"

"물론이죠. 사무실에서 당신 동료와 이야기를 나누고 있거나, 업무를 보고 있을 겁니다. 필요하면 그곳으로 연락해요. 그리고 알겠지만 침대에 있는 호출 버튼을 누르면 담당 간호사가 올 겁니다."

모스는 방 안의 텔레비전에서 나는 웃음소리를 들었다. 이 젊은 여성을 빨리 만나고 싶었다. 문을 두드렸다.

"들어오세요."

매리언은 침대에 앉아 있었다. 팔에 연결된 링거 주사, 코에 삽입된 산소 튜브, 그녀의 바이털을 측정하는 전선 가닥들로 어지러웠다. 하지만 그녀는 편안해 보였다. 깨어 있었는데 얼굴이 창백하고 지쳐 있었다. 머리는 뒤로 넘겨 계란 같은 얼굴형이 도드라졌다. 모스는 메아리를 알았지만 막상 만나본 적은 없었다. 모스는 메아리가 복사본 같은 거라고 생각했는데 아니었다. 이 젊은 여성은 매리언 머설트와 완전히 똑같았다.

매리언은 모스를 향해 돌아보았다. "내게 무슨 문제라도 있어요? 들어오는 사람마다 그렇게 빤히 쳐다보네요."

손목에 붕대가 감겨 있었다. 장시간 추위에 노출되어서 그런

건가? 아니면 자살 시도? 누구도 알려준 바가 없었다. 벽걸이 텔
레비전에서 〈사인필드〉가 방영되고 있었다.

"아무 문제 없어요." 모스도 매리언과 비슷하게 짜증 났던 기
억이 있었다. 사람들이 자신의 의족을 처음 알아챘을 때 종종 보
였던 당황스러운 시선들. "당신이 매리언인가요?" 모스는 아무
문제도 없는 것처럼 굴며 또다시 죄책감을 느꼈다. "섀넌이라고
해요. 해군범죄수사국의 수사관입니다. 무슨 일이 있었는지 이
야기해줄래요?"

"아무것도 기억나지 않아요." 매리언이 말했다.

"그렇군요. 옆에 잠시 앉아도 될까요?"

침대 옆엔 의자가 하나밖에 없었다. 심장 모니터가 돌아가는
소리 등 모스가 미처 알아보지 못했던 기계음으로 방은 금방이라
도 부서질 것 같았다. 그녀는 오늘 아침 매리언의 장례식에서 목
사가 그녀의 관에 성수로 축성하는 것을 보았다.

"이미 다른 사람에게 말했다는 거 알아요." 모스가 말했다. "내
동료, 윌리엄 브록에게도 말했겠죠. 어째서 그에게 전해 듣지 않
고 자기한테 찾아왔는지 의아할 거예요. 했던 얘기를 또 반복하
라고 하는 것도 그렇고요."

매리언이 몸을 떨었다. 추운 걸까? 아니면 기억하는 것이 두려
워서?

"괜찮아요?" 모스가 물었다.

"모르겠어요." 매리언이 말했다.

모스는 호출 버튼을 눌렀다. 조금 뒤에 간호사가 와서 매리언을 살펴보더니 튜브나 전선을 건드리지 않고 담요를 어깨까지 올려주었다. 매리언은 차 한 잔을 부탁했고, 간호사가 뜨거운 물과 립톤 티백을 들고 다시 왔다.

"이제 괜찮아요. 나도 알아요." 매리언이 말했다. "브록이라는 그 사람, 나를 믿는 것 같지 않았어요. 당신도 내가 못 미더워서 직접 듣고 싶은 거죠, 아닌가요?"

"당신을 믿고 안 믿고의 문제가 아니에요." 모스가 말했다. "하지만 당신에게 직접 들으려고 온 것은 맞아요. 다른 사람을 거쳐서 듣고 싶지 않았어요."

"또 다른 나 자신을 봤어요. 그가 이야기하던가요? 숲에서 또 다른 나를 봤어요. 그들은 나를 죽이고 싶어 하는 것 같았는데, 내가 아니라 또 다른 나를 죽였어요."

무슨 말인지 바로 이해되었다. '숲에서 또 다른 나를 봤어요.' 눈바람이 몰아치는 가운데 오렌지색 우주복을 입은 여자가 그녀에게 다가왔다. "당신을 믿어요." 모스가 말했다. "모든 것을 다 말해줘요. 거기에는 어떻게 간 거죠?"

"아버지한테 친구가 있었어요. 플리스라고 하는 남자였죠." 매리언이 말했다. "둘이 참전 동료였대요. 그 남자는 뭔가 이상했는데… 자기 자신을 돌보지 못하는 사람 같았어요. 내 생각에는 뇌를 다친 것 같았어요. 아버지가 그 남자를 돌봤고, 두 사람은 함께 오토바이를 타고 다녔어요. 내가 근무를 마쳤을 때 그가 찾아와서는 내 가족에게 무슨 일이 일어났다면서 함께 가자고 했어요."

"왜 운전하지 않았나요?" 모스가 물었다. "당신 차가 주차장에 있던데요."

"끔찍한 일이 일어났다고 했거든요. 상황을 알게 되면 운전을 못 할 거라고 했어요. 나는 너무 무서워서…"

그녀의 숨소리가 거칠어졌다. 모스는 그녀의 손을 잡고 자신의 손에 포갰다. "울고 싶으면 울어요. 잠깐 숨 돌려요."

"그가 엄마를 죽였나요? 내 가족들이 죽었다던데 진짜예요? 어째서죠?"

모스는 그녀의 손을 잡고 말했다. "유감이지만 어째서 이런 일이 벌어졌는지 모릅니다. 나도 이유를 알고 싶어요." 그녀는 매리언을 위로하고 싶었지만 불가능한 일이란 걸 알았다. 가족이 살해당한 매리언은 결코 회복하지 못할 상처를 입었다. "플리스에 대해 말해줘요. 그가 당신을 어디로 데려갔나요?"

"그는 아무 말도 하지 않았어요. 무슨 일이 벌어졌는지 말도 않고 그냥 집으로 데려다주겠다고 했어요. 하지만 다른 길로 가고 있었고, 내가 어디로 가는지 묻자 차를 세우고 내 손목을 묶었어요. 나를 트럭 뒤로 데려갔어요."

"거기서 당신을 묶었군요."

"노끈으로 손목을 묶었어요. 재갈도 채웠어요. 나는 정말… 이런… 도무지 말이 안 돼요."

"당신을 믿어요." 모스가 말했다. "나는 당신에게 무슨 일이 있

있는지 알아야 해요."

"FBI에서 온 사람, 그러니까 당신보다 먼저 온 사람 말이에요. 나를 믿지 않았어요. 내가 거짓말하는 것을 잡아내려고 온갖 질문들을 하고 또 했어요. 하지만 거짓말이 아니에요. 맹세할 수 있어요. 신을 걸고 맹세해요, 거짓말이 아니라고. 단지 혼란스러울 뿐이에요."

"매리언, 플리스가 당신을 어디로 데려갔나요?"

"아버지랑 가족 휴가 때마다 종종 가던 곳이 있었어요. 당시 동생들이 워낙 어려서 아버지는 나만 데리고 갔어요. 아버지는 그곳을 우리의 '바르도게르'라고 불렀어요. 그냥 만들어낸 말 같아요. 네버랜드처럼요."

"바르도게르." 모스가 말했다. "위치가 어떻게 되죠?"

"어렸을 때라 나도 잘 몰라요. 숲속이었는데 산장이 있어서 아버지 친구들, 때로는 가족들도 그곳에 오곤 했어요. 아버지가 솔송나무라고 했던 나무들. 강이 있었어요. 낚시를 좋아하셨죠. 폭포도 있었고, 온갖 바위 동굴과 갈라진 틈으로 비집고 들어가 몸을 숨기곤 했죠."

"거기가 블랙워터 산장인가요?" 모스가 물었다.

"아마도 그럴 거예요. 아버지는 한참 동안 데려가지 않았어요. 아무튼, 나는 그곳을 좋아했어요. 가끔 산장에 있는 거울이 살아 움직인다고 생각했거든요. 숲의 강에서 내 모습을 보고는 거울 소녀라고 생각하곤 했어요. 나의 반영이 나를 따라와요. 피터 팬과 그림자처럼 말이에요. 나는 강 너머에 서 있는 거울 소녀를 몇 번밖에 보지 못했어요. 아버지는 저 반영은 진짜가 아니라고 매번 확신시켰죠. 그저 상상의 친구라고, 백일몽이라고 말이에요. 그도 그럴 것이 나는 마땅한 친구도 없고, 꽤 따분한 아이였거든요."

"그러니까 플리스가 그곳으로 데려갔나요? 그 산장으로?"

"그 산장은 아니지만 같은 곳이에요. 숲 말이에요. 우리가 얼마나 오래 달렸는지 모르겠어요. 차가 덜컹거려서 아팠어요. 영원할 것 같았던 시간이 지나고, 차가 멈췄죠. 그가 뒷문을 열었는데, 밖은 여전히 어두웠어요. 아침이 되기까진 한참 남았다는 걸 알 수 있었죠. 플리스가 나를 트럭에서 끌어내 더 깊은 숲속으로 데려갔어요. 그는 연신 미안하다면서 나를 안전하게 지켜주고 싶었다고 했어요. 하지만 이미 너무 늦어버려서, 결국 그들이 시키는 대로 할 수밖에 없다고 했어요. 우리 가족은 하루 뒤면 모두 죽을 테지만, 나만은 살길 바란다고 했죠. 그러려면 그들이 시키는 대로 따라야 한다고 했어요."

"그들이란 게 누구죠?"

"나도 모르겠어요. 무슨 목소리라고 했던 것 같은데, 어쨌든 그는 겁에 질려 있었어요. 그가 뭔가를 두려워한다는 것이 느껴졌죠. 그러다 갑자기 나를 땅바닥에 내동댕이쳤는데, 순간 내가 어디 있는지 알 수 있었어요. 그는 나를 바르도게르에 데려왔던 거예요."

"그걸 어떻게 알았죠? 한밤중에 숲속에서…"

"바르도게르를 표시하는 나무가 있었으니까요. 오래전에 죽은 나무인데 꼭 해골처럼 생겼어요. 온통 하얗고 잎은 다 떨어진 바르도게르 나무. 그리고 어렸을 때 기억하고 있던 강물 소리도 들었어요. 나무 바로 옆으로 강이 흘렀거든요."

바르도게르 나무. 모스도 그 나무를 알았다. 숲에서 길을 잃었을 때 나무가 반복되는 것을 보았다. 플리스의 나무. 거울 달린 방에 있던, 뼈로 된 나무. 매리언의 아버지는 그것을 바르도게르라고 불렀다. 패트릭 머설트는 이 장소를 알고 있었던 것이다.

"내가 그에게 말했어요. '신이 당신 영혼에 자비를 베풀기를.' 그러자 그가 나에게 시간의 종말을 보여주겠다고 했어요." 매리언이 말했다. "그가 무서웠어요. 무슨 말을 하는 건지 이해할 수 없었어요. 그는 세계가 우리 주위에서 마디를 이루며 엉켜 있다고 했어요."

"레드 런 부근인가요?" 모스가 물었다. "강이 흐르고 소나무로 둘러싸인 공터가 있죠."

"맞아요, 바르도게르 나무를 지나자 말씀하신 공터가 나왔어요. 그 앞에 강도 보였고요. 우리는 숲의 다른 곳에 와 있었어요. 다른 나무들이 있었죠. 다른 바르도게르 나무들이, 그것도 아주 많은 수가 일렬로 늘어서 있었어요. 그는 나를 끌고 갔어요. 우리는 쓰러진 나무를 밟고 강을 건넜는데 날씨가 갑자기 얼어붙기 시작했어요. 현실적으로 그럴 리가 없는데, 그렇죠? 한참을 걸어가자 발이 진창에 빠졌고, 온 하늘이 산마루처럼 삐죽삐죽한 것이 마치 넓게 벌어진 입구 천장을 쳐다보는 것 같았어요. 그리고 우리 자신이 바깥쪽으로 반사된 것이 보였어요. 마치 만화경을 통해 자신의 모습을 보듯 반사되고 또 반사되어 주위를 온통 둘러쌌죠. 나는 더 이상 볼 수 없어서 기도했지만, 그가 나에게 신을 보여주고 싶다면서 내 고개를 하늘을 향해 쳐들었어요. 나는 처음엔 십자가에 매달린 예수가 강 너머에 나타난 줄 알았어요. 하지만 십자가는 거꾸로 뒤집혔고, 그의 입은 피범벅이었죠. 맞아요, 그의 피부가 다 벗겨져서…"

모스는 비명을 지르고 싶었지만 매리언을 생각해 마음을 다잡았다. 창밖을 내다봤다. 유리창에 모습이 비쳤다. 매리언은 터미너스를 보았어. 그래, 그녀는 목매단 사람들을 보았어.

"플리스가 나를 다시 묶어야 한다고 했어요. 나를 바르도게르 나무로 데려가서는 바닥에 앉혔죠. 그런 다음 저를 뒷짐 지게 만들고선 나무 몸통에 묶었어요. 그가 말하길, 누군가가 나를 데려갈 거라더군요. 나를 어디로 데려가는지 물었지만 그도 모른다고, 자신은 알 권한이 없다고 했어요. '나는 이미 망가진 몸이야. 그러니 알아서는 안 돼.' 그러고는 그냥 떠났어요. 나를 숲 한가운데에 내버려두고. 너무도 고요했어요. 온통 침묵이었어요."

"그렇게 묶인 채로 얼마나 오래 있었어요?"

"모르겠어요. 그렇게 길지는 않아요. 1시간도 채 안 되었던 것 같아요. 그가 확실히 떠났다는 걸 알고 나서는 노끈을 잡아당기

기 시작했죠. 살짝 느슨해지면서 손목을 놀릴 수 있었어요. 시간
이 조금 걸리긴 했지만 결국에는 풀 수 있었죠."

그녀는 손목을 들어 붕대를 보여주었다. "피를 엄청 많이 흘렸
어요."

"하지만 자유로워졌군요." 모스가 말했다.

"네. 그리고 끔찍하게 추웠죠. 비가 내려서 머리카락이랑 옷이
다 젖은 상태였어요. 내가 어디에 와 있는지도 몰랐고요. 다행히
아버지와 종종 가던 산장이 기억났어요. 분명 근처일 거라고, 찾
을 수 있다고 생각했죠."

"자신이 어디 있었는지 알게 됐나요?"

"산장에서 볼 때 강 건너편이라고 생각했어요. 강을 건널 때 우
리가 사용했던 나무는 찾지 못했지만 건너갈 수 있겠단 생각이
들었어요. 물이 너무 깊다면 헤엄쳐서라도 가면 되니까요." 매리
언이 말했다. "물속으로 들어갔는데 얼어붙을 만큼 차가웠어요.
급류도 있었고요. 물이 목까지 올라왔지만 걸을 수 있었어요. 발
을 헛디뎌 물에 휩쓸리기도 했지만, 용케 맞은편 땅 위로 기어 나
왔죠. 생전 이렇게 추웠던 적이 없었어요. 좁은 목초지에 난 진창
위를 걷는데 발가락에 아무런 감각이 없더군요."

"무사히 살아 돌아온 게 기적이네요."

"맞아요. 그때는 절망적이었죠. 제대로 걸을 수조차 없었으니
까요. 발에 아무런 감각이 없었던 데다가, 여전히 모든 것이 똑같
아 보여서 마치 커다란 원을 그리며 빙빙 도는 것 같았어요. 그러

던 중 내가 출발했던 곳으로 다시 돌아왔다는 걸 깨달았어요. 여전히 강 건너편에 있었던 거죠. 트럭 타이어 자국으로 엉망이 된, 무른 진창에 이르렀어요. 나는 플리스의 트럭이 남긴 흔적이라고 생각했어요. 타이어가 어느 쪽으로 움직였는지 알아볼 수 있었거든요. 나는 나무들 사이를 달렸고, 순간 그녀를 볼 수 있었어요."

"누구 말인가요?" 모스가 물었다.

"거울 소녀였어요. 나랑 똑같은 셔츠를 입고 있어서 노란색이 먼저 눈에 들어왔는데, 자세히 보니 나무에 묶여 있더군요. 제가 말한 그 하얀 나무에 말이에요. 그 소녀에게 좀 더 가까이 다가갔어요. 머리카락이 젖은 채 축 늘어져 있었죠. 나는 나무 옆으로 돌아 좀 더 가까이 다가갔어요. 그녀를 놀라게 하지 않으려고요. 그녀는 나를 보더니 말했어요. '너를 본 기억이 나.' 나도 말했어요. '나도 너를 본 기억이 나'라고."

"서로 마지막으로 보았을 땐 아이였잖아요."

"그래도 알 수 있었어요. 그래서 도와주고 싶었죠. 그녀에게 내가 그랬던 것처럼 손목을 살살 잡아당기라고 했어요. 그녀는 그렇게 했지만 완전히 풀어내진 못했어요. 그녀의 팔을 풀려고 낑낑대는데, 알고 보니 노끈이 아니라 철사로 묶여 있었더라고요. 손과 팔이 온통 피범벅이었어요. 그녀는 잡아당겨서 풀려고 했지만, 철사는 부러지기는커녕 헐거워지지도 않았어요. 그녀를 도와주려고 할수록 그녀의 고통만 심해졌죠. 나는 어떻게 해야 할지 몰라서 잠시 그녀와 함께 있었어요."

"그곳에서 도망쳐야 했겠죠." 모스가 말했다.

"나는 그녀보다 상황이 더 안 좋았어요." 매리언이 말했다. "무척 추웠어요. 강에 들어갔다가 나와 몸이 흠뻑 젖어 있었거든요. 얼어붙기 일보 직전이었죠. 그녀는 덜덜 떠는 나를 보더니 도움을 요청하라고 했어요. 자신은 걱정 말라고, 아버지가 곧 올 거라고, 아버지가 자신이 어디 있는지 안다고 했어요."

"그래서 도움을 구하려고 했군요."

"그녀에게서 떠난 뒤부터는 잘 기억나지 않아요. 그저 내가 죽어가고 있다고 생각했어요. 기억이 완전히 사라졌어요. 깨어나 보니 여기 병원이었죠. 그녀는 지금도 거기 있을지 몰라요. 숲에 혼자서 말이에요."

"우리가 그녀를 찾아볼게요." 모스는 생각했다. 한 명의 매리언이 여기, 또 다른 매리언이 라이더 트럭에 있어. "매리언, 그들은 어째서 당신 가족을 해치려 했을까요? 혹시 의심 가는 사람은 없나요? 아니면 그럴 만한 동기라도요? 당신 아버지에게 원한을 가질 만한 사람은 없었을까요?"

"무슨 질문이 그래요? 그런 사람은 몰라요."

"옛 해군 친구들은 어때요?" 모스는 이미 유력한 용의자를 알고 있었지만 구태여 물어보았다. 매리언이 하일데크루거나 콥 같은 이름을 말하는 것을 듣고 싶었다. 확신이 필요했다. 폭력 범죄 희생자들은 가해자가 누구이며, 범행 동기가 무엇인지 알고 있는 경우가 많았다. "당신 아버지가 연락하고 지내는 사람은 없었나요?"

"아버지가 남들과는 좀 다른 부분이 있다는 걸 이해해야 해요. 아버지는 늘 어떤 생각에 사로잡혀 있었어요. 이따금 그 머릿속 생각을 우리 가족한테 말하곤 했는데 엄마가 무척 싫어했죠. 아버지도 잘 알고 있었지만, 어쩔 수 없어 보였어요. 그냥 입에서 술술 튀어나온다고 해야 할까요. 자신이 어떤 해군 작전에 채용되었다고 말했어요. 아버지는… 그러니까 엄마에게 말한 바로는, 해군이 자기 손톱으로 배를 만들도록 임무를 맡겼다고 했어요. 나도 알아요. 미친 소리처럼 들린다는 거. 하지만 정말 그렇게 말했대요. 아버지가 덧붙이길, 그 배가 죽은 자를 싣고 갈 거라고 했다는군요."

"그게 무슨 말이에요, 매리언?"

"나도 몰라요. 아버지는 밖에 나가 있는 시간이 많았어요. 플리스라는 남자랑 자주 어울려 다녔죠. 술도 함께 마시고요. 그리고 그 변호사도. 그 여자를 자주 만났어요."

"변호사가 누구예요? 어째서 변호사가 필요한 거죠?" 모스가 물었다.

"자기 전에 부모님끼리 이야기하는 것을 엿들었을 뿐이에요. 어떤 계약서를 작성하는 데 변호사의 도움이 필요하다고 했어요. 엄마는 우리가 이사할 때 변호사가 도와줄 수 있는지 물었고, 아버지는 그 여자를 그런 일로 끌어들이고 싶지는 않다고 했어요."

"이사요? 무엇 때문인지 아나요?"

"아뇨, 모르겠어요. 언제 갈지 정해진 것도 아니었어요. 나는 친구들과 같이 고등학교를 졸업하고 싶었지만, 엄마는 아버지가 준비되는 대로 여기를 떠나야 한다고 했어요. 근데 그게 언제가 될지 엄마도 몰랐죠. 어쩌면 졸업하고 나서일 수도 있고, 당장 다음 주일 수도 있다고 했어요. 심지어 어디로 가는지조차 말해주지 않았죠. 그래도 부모님끼리 애리조나에 대해 말하는 걸 간혹 엿듣기는 했어요."

"아버지가 어울렸던 사람들을 모두 떠올려봐요." 모스가 말했다. "혹시 내가 알아야 할 사람이 있어요? 가족 변호사를 말했는데, 그녀가 이번 사건에 어떻게든 관련돼 있을까요?"

매리언은 눈썹을 찡그리며 생각했다. "그런 것 같지는 않아요. 이유는 모르겠지만요. 뭔가 있긴 했는데…" 그녀가 갑자기 말을 멈추었다.

"전부 말해줘요. 사실이 맞는지 아닌지는 상관하지 말고. 내가 모르는 부분을 당신이 채워줘야 모든 상황을 파악할 수 있어요."

"아버지는 몰래 바람을 피웠어요." 매리언이 말했다. "엄마는 모르는 것 같았지만 나는 뭔가가 있다는 것을 알았죠. 요번에 전화 통화를 들었거든요."

니콜일 거야. "상대방이 누군지 알아요?" 모스의 물음에 매리언은 고개를 저었다. "전화 통화를 들었다면서요?"

"아버지는 매번 호출기를 사용해서 몰래 전화했어요. 그걸 보고서 뭔가 있구나 생각한 거죠. 엄마는 아마도 알고도 모른 척 넘어갔을 거예요. 그러나 몇 주 전엔가 아침에, 아버지가 전화로 누군가와 다투는 것을 들었어요. 누군가 아버지를 위협하고 있었어요. 아버지가 이렇게 말했어요. '그자한텐 말하지 마.' 그래서 나는 여자의 남편이나 남자친구를 말하나 보다 생각했어요. '만나고 싶어. 그자한텐 말하지 마. 아직은 안 돼.' 그러고는 전화를 끊었어요. 아버지가 방을 나가자마자 나는 재다이얼 번호를 눌렀는데 어떤 여자가 받더군요. 나는 곧장 끊었어요."

"여자가 누구에게 말하려 했다고 생각해요? 당신 아버지도 아는 사람이겠죠?"

"그럴 거예요. 맞아요, 아는 사람을 말하는 것 같았어요."

"내가 누군가의 이름을 말하면 들어본 사람인지 확인해줄래요?"

"그럴게요."

"찰스 콥?" 모스가 물었다. "제러드 비텍?"

"모르겠어요. 모르는 이름이에요."

"칼 하일데크루거?"

"네, 아버지가 말한 적이 있어요." 순간 매리언의 눈이 마치 유령이라도 본 것처럼 흔들렸다. "아버지는 그 사람을 두려워했어요. 가끔 그에 관해 이야기했는데 그를 악마라고 불렀어요. 악마는 눈빛만으로 사람을 집어삼킬 수 있다고 종종 말했어요."

병원 복도는 사람을 불안하게 만드는 공간이었다. 텅 빈 복도, 돌아서는 모퉁이, 또 다른 복도, 형광등 불빛으로 번쩍이는 바닥, 수많은 문. 우리가 라이더 트럭을 발견하지 못했다면 어떻게 됐을까? 제러드 비텍과 찰스 콥이 매리언의 시신을 처리했겠지. 어디에? 공동묘지나 버캐넌의 집 언덕 정도겠지. 그리고 이 매리언은? 등산객들이 숲에서 그녀의 시신을 발견했을 거야. 모스는 이여자아이의 삶을 상상했다. 당혹스러운 슬픔과 불면증, 늦은 밤텔레비전, 자신이 살아 있음에도 친구들이 자기 죽음을 애도하는뉴스. 매리언은 오늘 밤 혼자일 것이다. 남은 평생 매일 밤 혼자일 것이다.

"어떻게 되었나요, 섀넌?" 모스가 병원 회의실로 돌아오자 브록이 물었다. 모스는 문을 뒤로 닫고 플라스틱병에서 커피를 따랐다. 그리고 크림과 설탕을 넣고 빨간색 플라스틱 빨대로 휘저었다. 플리스가 매리언을 데려가서 숲으로 차를 몰았다. 플리스는 매리언에게 시간의 종말을 보여주었고 그녀를 바르도게르 나무에 묶었다. 메아리. 한 매리언은 철사로, 다른 매리언은 노끈으로 묶여 있었다. 한 매리언은 라이더 트럭에서 죽은 채로 발견되었고, 다른 매리언은 살아서 발견되었다.

"소름 끼치는 일이 벌어지고 있어요. 뉴스에 나온 복제 양 돌리기사 봤겠죠? 얼마나 끔찍한 일입니까? 우리가 그런 세계에 살고있다니." 브록이 말했다. "있을 수 없는 일들이에요. 복제 양은 있어서는 안 되는 일인데도 불구하고 다들 받아들이고 있잖아요. 우리는 기적 같은 일을 의심한다고 하나, 막상 그런 일이 일어나니 그저 매일 일어나는 일인 것처럼 아무렇지 않게 여깁니다. 클린턴이 바로 지난주에 복제 금지 법안에 서명했더군요. 뉴스에서 봤어요. 클린턴 대통령이 인간 복제를 금지했다고는 하지만, 여기서 일어나는 일들을 보면…"

"이번 사건은 복제 기술하고는 무관해요." 모스가 말했다. "어쨌든 오늘 밤은 그녀를 푹 자게 둬요. 밖에 경호원은 세워두고요. 그녀는 여전히 목숨을 위협받고 있어요. 그녀가 여기 있다는 걸 누가 알기라도 했다간 가만있지 않을 거예요. 그러니 아무한테도 이곳에 대해서 말해서는 안 돼요, 브록. 할 수 있다면 증인보호 프로그램도 신청해놔요. 일단 그녀를 하루빨리 안전한 곳으로 옮겨야 해요."

브록이 가고 모스는 문 닫은 간이식당에 혼자 앉아 자동판매기에서 가져온 커피와 바닐라 쿠키를 먹으며 생각을 정리했다. 매리언이 마침내 수면제를 먹고 잠들었다고 슈뢰더 의사가 알려왔다. 세 명의 특별수사관이 돌아가며 매리언의 입원실을 지킬 것이다. 떠나기 전에 브록은 모스에게 자신의 상관과 증인보호 문제를 상의하고 NCIS와 법원과 협조하겠다고 말했다. 매리언의 이모와 삼촌에게 연락해서 그들이 묻은 조카가 살아 있다고 알릴 참이라고 했다.

모스는 파란색 볼펜으로 냅킨에 선과 음영을 끄적거렸다. 생각이 점차 풀려나왔다. 숲속의 장소, 바르도게르. 그녀는 그렇게 썼고, 한 번 더 쓴 다음 이렇게 적었다. 한 명은 철사, 한 명은 노끈. 각각의 IFT를 여행한 열 명의 수사관은 자신이 목격한 것을 서로 다르게 보고할 수 있었다. 무한한 미래는 하나의 관찰된 현재가 된다. 그러므로 존재는 확률의 문제였다. 미래 세계의 세세한 부분이 생사의 문제를 결정할 때가 많았다. 한 시간대의 매리언은 철사에 묶인 탓에 살 수 없었고, 다른 시간대의 매리언은 노끈에 묶인 덕택에 살 수 있었다. 문제는 그다음이었다. 누가 그녀를 메아리로 만든 것일까? 모스는 '거울 소녀'라고 적고는 생각에 잠겼다.

그녀는 메모한 것을 잘게 찢었고, 병원을 나서기 전에 오코너와 통화했다. 자정이 넘은 시각이었지만 그는 깨어 있었다. 오코너는 버캐넌에서 들어온 보고를 확인한 뒤, FBI 윗선과 벌써 이야기를 마친 상태였다. 매리언의 메아리가 발견되었다는 얘기를 듣고서 충격을 받았다고 했다. 대화 말미에, 오코너는 내일 다른 수사관과 함께 클락스버그에 간다고 했다.

"자네는 어떻게 할 건가?" 그가 물었다.

"바르도게르를 찾아야 해요."

1시가 다 되었을 때, 모스는 프레스턴 기념 병원을 나섰다. 집까지 1시간이 걸렸다. 시골길이 꼬불꼬불하고 나무들이 우거져서 칠흑 같았지만, 가끔 전방 시야가 트이면서 달과 맹렬하게 타오르는 별들이, 그리고 풍성한 머리카락처럼 꼬리를 길게 뺀 은빛 헤일-밥 혜성이 보였다.

모스는 이곳 소나무 숲이 나뭇가지가 위로 우거져 있어 빛이 들어오지 않았던 것을 기억했다. 하지만 그것은 지금으로부터 오랜 세월이 흐른 후, 네스터와 함께 매리언의 뼈를 찾은 곳을 둘러보러 왔을 때였다. 오늘 아침 케이넌산은 그녀가 기억하고 있는 미래 세계의 모습과는 별로 닮지 않았다. 진입로의 평온한 잔디밭 위로 가문비나무, 발삼전나무, 솔송나무가 찬란한 아침 햇살을 마음껏 받고 있었다. 그녀는 삼림 관리원들이 길에 오렌지색 리본으로 표시해놓은 것을 따라 걸었고, 경사가 거의 없는 공터에 도착했다. 벌써 오코너의 스바루 차량이 나뭇가지들이 늘어진 곳 아래 주차되어 있었다. 여기서 조금만 걸어가면 도착이었다. 길은 그녀가 기억하는 것보다 말끔했고, 발 디딜 곳을 찾기도 한결 쉬웠다. 20년 후 미래 세계에선 잡목들이 무성하게 자라났으며, 네스터가 그녀를 위해 가지를 잡아주고 잡초를 발로 밟아줬었다. 그녀는 미래 세계의 일을 교훈 삼아 하이킹 부츠를 신고 나왔다. 그렇게 편안하게 걸음을 옮기던 중, 어제 아침 브룩이 매리언을 발견했다던 말라붙은 시내에 도착했다.

"섀넌, 여기."

길에서 살짝 벗어난 곳에 두 명의 남자, 오코너와 그의 파트너가 서 있었다. 오코너는 간밤에 D.C.에서 차를 몰아 이곳 바르도게르에 왔다. 매리언을 만나보고, 이곳도 직접 둘러보기 위해서였다. 오늘 아침 무릎까지 올라오는 덧신 장화를 신고서 지팡이까지 짚고 있는 그의 모습이란 에드워드 시대 회화에 나오는 귀족 사냥꾼과 비슷해 보였다. 모스는 오코너의 파트너가 누구인지 키와 덩치로 바로 알아보긴 했으나, 그녀가 한때 만났던 현자의 모습과 그다지 닮지 않아 조금 당황했다. 은조쿠 박사. 그는 면도한 머리에 턱수염도 길게 정리했으며, 양 귓불에 황금색 귀걸이도 걸고 있었다. 그는 오코너가 자신을 소개하자 웃었고, 모스가 "이미 만난 적이 있지요, 은조쿠 박사님" 하고 말했을 때는 당혹스러우면서도 흥미롭다는 표정을 지었다.

"보스턴에 있던 은조쿠를 급히 부른 건 매리언 문제 때문이네." 오코너가 말했다. "이 친구는 MIT에서 얇은 공간을 집중적으로 연구하고 있어. 무엇보다 메아리를 접해본 경험도 있지."

"에버렛 공간의 붕괴 가능성과 브란트-로모나코 시공간 마디에 관해 연구하고 있죠." 은조쿠가 말했다. "만나게 돼 반가워요, 섀넌. 아니지, 다시 만나서 반갑다고 해야겠군요."

그녀는 오랜 세월의 허물이 벗겨진 그를 보니 반가웠다. 그러다 문득 색소폰 연주가 아름다웠던 여성에 대해서 생각났다. 모스는 은조쿠가 이 여성을 언제 만나게 되는지 기억했다. "박사님은 지금 보스턴에 있어야 할 텐데요." 그녀가 말했다. "거기서 누군가를 만나게 돼 있거든요."

그의 얼굴에 의심이 낙엽의 그림자처럼 드리웠다. 하지만 그는 곧 미소를 지었다. "여러 갈래의 미래가 있는 법이죠."

오코너가 지팡이를 짚고 성큼성큼 앞장섰다. 모스는 은조쿠와 느긋한 속도를 유지했다. '별똥별이라는 꽃이 피는 걸 본 적 있어요?' 은조쿠가 이웃집 정원을 서성거리며 꽃의 아름다움에 대하여 사색하는 모습이 쉽게 상상이 되었다. 그는 이곳 숲속을 걸으면서도 자꾸만 멈춰서 손가락으로 꽃잎을 훑곤 했다. 또한, 몸을 숙여 곤충을 관찰하기도 했으며, 거미가 어째서 깔때기 형태로 집을 짓는지 등을 설명하기도 했다.

"여기가 돌무더기네." 앞장섰던 오코너가 말했다.

바닥에 오렌지색 페인트 스프레이로 표시해놓은 십자가는 비에 씻겨 나가 흐릿했다. 돌무더기의 모습은 그녀가 상상했던 것과 크게 다르지 않았지만, 세심하게 맞춰 쌓여 있는 건 의외였다. 강가의 평평한 돌들을 피라미드처럼 쌓아올린 것으로, 높이는 발하나 반 정도였다. 통나무가 균류와 이끼를 카펫처럼 두른 채로 돌무더기 옆에 쓰러져 있었다.

"FBI는 지금까지 네 개를 찾았네." 오코너가 말했다. "두 개는 강 반대쪽에 있어."

"매리언의 시신을 표시하기 위해 쌓아둔 줄 알았어요." 모스가 말했다. "어디에 매장해놓았는지 알아볼 수 있도록 말이에요."

"매리언이 말한 바르도게르 나무의 장소를 표시하기 위해 쌓아둔 거였어." 오코너가 말했다.

"이걸 봐요." 은조쿠가 말했다. 그는 수첩을 펴고선 모스에게 다양한 모양의 별들이 그려진 여러 페이지를 보여주었다. 각각의 별들은 잉크로 얼룩진 점들을 선으로 연결한 것이었다. "돌무더기는 일정 거리씩 떨어져 있어요. 각각의 돌무더기를 하나의 점이라고 생각하면…"

"별의 중앙에 불에 탄 나무가 있었네." 오코너가 말했다.

"직접 보고 싶어요." 그녀가 말했다.

블루베리 덤불과 밤송이, 엉겅퀴가 모스의 양말에 들러붙었다. 목초지 곳곳엔 윗면이 납작한 바위들이 흩어져 있었다. 강줄기가 바르도게르에 가까워지면서 물살이 거세졌다. 물소리가 마치 그녀가 어디로 가야 할지 일러주는 숲의 속삭임 같았다.

"오코너와 전화로 매리언에 관해 이야기하면서 이런 생각을 했습니다. 매리언이 말한 '바르도게르의 장소'와 우리가 '얇은 공간'이라고 부르는 그곳이 같은 곳일지도 모른다고요." 은조쿠가 말했다. "해군연구소에선 '브란트-로모나코 시공간 마디'라고 부르는 곳입니다."

"알아요, 전에 들은 적이 있어요." 모스가 말했다. "훈련받을 때도 그곳에 관해 이야기했었죠. B-L 마디, 양자거품의 잔해라고요."

"정확해요. 잔해, 오염물질 같은 거죠." 은조쿠가 말했다. "B-L 드라이브는 시공간에 영향을 미칩니다. '마디'란 무한한 밀도의 특이점 사건이 양자중력의 효과를 무력화시키는 지점을 말해요. 이곳에서는 물리적 사건의 다양한 가능성이 중첩되고, 간혹 파동함수 붕괴는 일어나지 않게 되는데요. 동시적인 에버렛 공간이…"

"휴, 못 따라가겠어요." 모스가 말했다.

"메아리에 관해 얘기한 거예요." 그가 말했다. "다 왔어요. 우리가 나무를 찾은 곳이 여깁니다."

불타서 하얀 껍데기만 남은 소나무가 보였고, 주변은 온통 파룻파룻한 상록수였다. "그러네요." 모스는 재로 된 이 나무를 알아보았다. 지난번 터미너스에서 길을 잃었을 때 그녀는 이 나무 때문에 혼란이 왔었다. 마치 거울을 반사하는 거울처럼, 나무가 계속해서 반복되는 풍경을 봤던 것이다. 그 후로 이 하얀 소나무를 찾으려고 애썼지만 결국 찾지 못했고, 그저 기억의 착오라고, 환각에 불과하다고 상기하곤 했다. 그런데 이렇게 직접 마주하게 되니 남아 있던 불안감마저 사라졌다. 지금 이곳에 두려운 것이라곤 없다. 대신 은조쿠가 있고, 오코너가 있다. 오후의 태양이 재킷을 벗어야 할 만큼 뜨거웠다.

더는 두렵진 않았지만 여전히 부자연스러웠다. 바르도게르는 불탔음에도 사그라지지 않았다. 모스는 과거 산불로 망가진 숲을 보았다. 재로 뒤덮인 땅과 나뭇가지가 하나도 남아 있지 않은 채 까맣게 그을린, 불탄 성냥개비의 검댕 같은 것이 붙어 있는 나무들. 그런데 바르도게르는 불길에 먹힌 게 아니라, 오히려 보호받고 있는 것처럼 보였다. 빛을 받으면 하얗게 반짝거리는, 밝은 회색빛 재로 뒤덮인 몸통. 모스는 그 몸통을 손으로 만져보았다. 푸석하지 않았고 돌처럼 딱딱했다. 나뭇가지는 유리처럼 매끄럽고 잘 부서지는 질감이라 그녀는 적잖이 놀랐다.

그녀는 이제 강이 몰아치는 곳에 가까이 있었다. "금방 올게요." 그러고는 은조쿠와 오코너를 바르도게르에 두고 갔다. 그녀는 물소리가 들리는 쪽으로 서둘러 걸음을 옮겼고, 수목경계선을 따라가다 보니 바위가 늘어선 곳에 이르렀다. 레드 런 급류가, 그녀가 거의 죽기 직전에 구조되었던 곳이 바로 앞에 있었다. 강물이 삐죽삐죽한 바위들 사이로 쏟아지며 하얗게 부서졌다. 물살이 좀 더 잠잠해지는 곳은 주변 솔송나무의 타닌 성분에 물들어 홍차 색깔이었다. 모스는 이 장소의 미래를 떠올렸다. 그때는 터미너스의 겨울이었으므로, 지금처럼 강둑을 따라 미역취와 갯버들 그리고 칼미아 꽃이 피어 있지 않았다. 대신 톱니바퀴 같은 얼음송곳이 나 있어, 공중에 들린 그녀를 뚫고 들어올 것만 같았다. 이곳은 그녀가 십자가형을 당했던 곳이다. 그녀의 반영이, 메아리가 이곳에 있었다. 모스는 혹시 자신에게 팔을 뻗어 간청하는 여자가, 오렌지색 우주복을 입은 여자가 있는지 보려고 수목경계선을 살짝 돌아보았지만, 아무도 없었다.

"여기 온 적이 있어요." 모스가 은조쿠와 오코너에게 돌아와서 말했다. "내가 사고를 당했던 곳이에요. 확실해요. 여기서 또 다른 나를 보았어요. 내 메아리 말이에요."

"얇은 공간은 예측할 수 없고 불안정하지요. 가끔은 별일이 없다가도, 또 가끔은 지옥처럼 두렵게 변하곤 해요." 은조쿠가 말했다. "반영, 메아리, 닫힌 시간꼴 곡선."

"때때로 윌리의 설명을 알아들으려면 박사 수준으로 양자역학을 이해하고 있어야 하지." 오코너가 말했다. "우리를 위해 좀 더 쉽게 설명할 수도 있을 텐데."

"메아리까진 이해가 돼요." 모스가 말했다. "하지만 이곳의 모든 것은 매 순간 반복되는 것이 틀림없어요." 그녀는 이곳에서 자신이 경험한 바를 어떻게 설명해야 할지 확신이 없었다. 여기에는 자신이 기억하던 것과 똑같은 하얀 나무, 똑같은 소나무 지대, 똑같은 강이 있지만, 뭔가가 어긋나 보였다. 그 장소를 다시 가서 보는 것이 아니라, 마치 그녀가 기억하는 풍경을 그대로 똑같이 무대로 꾸며놓은 것처럼 느껴졌다. "이곳 나무들이 수백 그루, 수천 그루, 내가 보는 모든 방향에 쭉 늘어서 있을 것만 같아요. 그에 따라 점차 세상이 나에게서 멀어지고…"

그러나 그녀는 자신의 말을 끝맺지 못했다. 순간적으로 주변의 풍경이 바뀌었던 것이다. 뇌졸중 발작이 일어난 것 같기도 하고, 정신이 빠르게 무너지는 것 같기도 한, 머리가 아니라면 눈에 이상이 생긴 것 같은 기분이 들었다. 소나무 숲은 더 빽빽해졌고, 관목들 하나하나도 한층 무성해 보였다. 셋은 함께 움직였다. 은조쿠가 나뭇가지를 옆으로 치우면서 앞장섰고, 모스와 오코너가 뒤를 따랐다. 이윽고 공터에 도착했다. 레드 런이었다. 하지만 그들은 강 반대쪽에 와 있는 듯했다. 그들 뒤에 있어야 할 하얀 바르도게르 나무가 저 앞에서 보였다.

"저기네요." 은조쿠가 말했다. "돌아서 왔군요. 건너가야 해요."

모스가 그를 말렸다. 그들은 다시 왔던 곳으로 되돌아 하얀 나무를 지났다. 그들은 말라붙은 시내 바닥을 찾은 뒤 그 길을 따라 차로 돌아가려 했지만, 길을 잃고 하얀 나무를 다시 지나고 말았다. 은조쿠가 어이가 없었는지 껄껄 웃었다. 그들은 계속해서 소나무 숲을 헤치고 나갔지만, 결국 하얀 나무로 돌아오고 말았다.

얼마 후, 그들은 방향감각을 완전히 잃어버렸다. 어느 방향으로 가더라도, 결국 하얀 나무가 서 있는 숲에 도착했다. 마치 이모든 것이 눈속임에 불과하다는 듯이, 소나무는 더욱 빽빽하게 들어찼다. 숲이 반복적으로 생겨났다.

은조쿠의 웃음소리가 요란한 종소리처럼 울렸다. "내 그랬잖아요. 지옥처럼 변한다고 말이에요."

"빨리 여기서 나가지." 오코너는 현기증을 느꼈는지, 아니면 밟고 있는 땅이 미덥지 못한지 지팡이에 몸을 기대며 말했다. "더는 여기 있다간 큰일 나겠어."

모스도 같은 생각이었다. 특히 그녀는 과거에도 이와 비슷한 경험을 해봤기에, 주변 풍경이 반복적으로 나타난다고 느끼며 방향감각을 잃어봤기에, 서둘러 이곳을 벗어나야겠다는 생각뿐이었다. 그녀는 앞장서서 나아갔고, 거의 뛰다시피 했다. 심장이 요동치면서 공포감이 몰려왔다. 오코너와 은조쿠는 그녀가 쓰러진 통나무 옆 돌무더기에 도착하고 나서야 겨우 걸음을 따라잡았다. 바르도게르는 더 이상 보이지 않았다.

"마치 IFT를 여행할 때 같아요. B-L 드라이브가 점화되는 순간과 비슷해요." 모스가 말했다. "그 순간에는 모든 가능성을 동시에 전부 느낄 수 있을 것만 같잖아요."

"윌리는 B-L 드라이브가 이 장소를 만들었다고 생각하네." 오코너는 벌겋게 달아오른 얼굴로 땀을 뻘뻘 흘렸다.

"그래요, 나는 B-L 드라이브가 이 기이한 장소를 만들었을 수도 있다고 봐요." 은조쿠가 말했다. "브란트-로모나코의 난감한 지점은 그것이 시간의 바깥에 존재한다는 겁니다. 역설적이게도 말이에요. B-L 드라이브가 이 얇은 공간, '바르도게르'라고 하는 곳을 만들었다고 가정해보죠. 그렇다면 B-L 드라이브는 미래와 과거를 전부 포함하여 어느 순간에라도 점화할 수 있을 겁니다. 우리는 시간을 고정된 것으로 생각하지만 시간은 가변적이고 비선형적입니다. 예시를 들어보죠. 당신이 지금 불에 타서 재로 하얗게 뒤덮인 나무를 본다고 상상해봐요."

모스는 고개를 끄덕였다.

"이제 그 나무를 태웠던 산불이 앞으로 300년, 혹은 3,000년 뒤에도 일어나지 않은 사건이라고 상상해봐요. 상상이 되나요? 그런 말도 안 되는 일이 이 얇은 공간에서는 일어날 수 있어요. 양자의 속임수인 거죠. 이곳의 시간은 때로는 위쪽으로 흐르기도 해요. 마치 강물처럼요. 이 얇은 공간의 풍경은 아직 실제로 일어나지 않은, 먼 미래 세계에 일어날 사건의 결과물일지도 몰라요."

모스는 니콜이 했던 말을 떠올렸다. 그녀는 이곳 숲속에 몸보다 앞서 사는 유령들이 산다고 말했다. 아마도 방금 은조쿠가 말한 설명을, 간접적으로 에두른 것일 터였다. 모스는 매리언과 또 다른 매리언을 생각했다.

"무슨 말인지 이해했어요." 그녀가 말했다. "하지만 이곳이 도대체 무엇인지는 아직도 이해가 안 가요."

"이 장소가 무엇이냐는 중요하지 않아요. 중요한 건 무엇일 수 있느냐는 겁니다." 은조쿠가 말했다.

이야기를 듣던 중 오코너는 통나무에 걸터앉았고, 손수건으로 얼굴을 닦았다. 모스가 그에게 물었다. "괜찮으세요?"

"그냥 좀 혼란스러워서 그래." 그가 말했다. "곧 괜찮아질 걸세."

"플랑크 시간 단위로 이동하는 순간, 그곳은 이제 다중우주입니다." 은조쿠가 말했다. "양자중력이란 다중우주가 가진 이런 모든 가능성을 '굳건한 대지'라고 하는 하나의 진실로 끌어당기는 지퍼 같은 겁니다. 그리고 얇은 공간은 지퍼가 중간에 걸려 꼼짝 않는 순간이지요."

"이곳의 얇은 공간은 얼마나 크나요?" 모스가 물었다. "저 나무만 한가요? 아니면 숲 전체?"

"모르겠어요. 이 놀라운 장소의 크기가 얼마나 되는지는 짐작도 못 하겠네요." 은조쿠가 말했다. "대부분 B-L 마디는 오로지 가상의 모양만 갖고 있어요. 측정할 수 있는 지리적 위치를 갖는 것이 아니니까 거의 수학 문제에 가깝죠. 지구에서도 아주 드물게 실제로 목격되곤 하는데, 대단히, 정말 믿을 수 없을 정도로 독특합니다."

"웬만해선 목격하기 힘들다는 거군요." 모스가 말했다.

"지구에서는 그렇지만 블랙 베일 정거장에는 곳곳에 있네. 우주에서 발사하는 것도 그 때문이지." 오코너가 말했다.

"그것 말고도 다른 이유가 있나요?" 그녀가 물었다.

은조쿠가 웃었다. "허허, 좋아요. 내가 설명해주죠. 1980년대 초에 해군연구소에서 B-L 드라이브가 거대한 블랙홀 생성을 불러일으킬 수 있음을 증명한 보고서를 내놓았어요. 이론에 불과하긴 해도, 일단 우리 전함들은 양자거품 속에서 블랙홀을 항해하긴 하잖아요. 만약 뭔가 잘못되기라도 한다면 크나큰 문제이니, 멀리 떨어뜨리는 편이 좋았죠. 달 기지도 화를 입지 않을 만큼 충분히 멀리 말이에요."

"농담이시겠죠." 모스가 말했다.

은조쿠는 어깨를 으쓱하고 웃었다. "수학 문제죠."

"우리는 의회에 제출하는 연례 보고서에 그 사실은 빼놓고 말하지." 오코너가 말했다. "이제 괜찮군. 걸을 수 있겠어."

"블랙홀, 얇은 공간." 모스가 오코너의 손을 잡고 그를 부축하며 말했다. "다른 얇은 공간들은 어디에 있나요?"

"로스앨러모스에 하나, 태평양에 셋. 모두 초창기 B-L 드라이브 시험장으로 사용됐습니다." 은조쿠가 말했다. "대부분은 입자에만 영향을 미치죠. 하지만 태평양에 있는 얇은 공간은 꽤 흥미롭답니다."

"이곳과 비슷한가요?"

"여기 같은 곳은 지구 어디에도 없어요." 은조쿠가 말했다. "이곳의 크기는, 그러니까 우리는 '이 안'에 있는 거잖아요. 태평양에 있는 시공간 마디는 독보적으로 크다고 한들, 몇 피트에 불과해요. 바르도게르 같은 그런 넓이는 결코 아니지만, 그래도 물고기가 헤엄치면서 메아리가 만들어질 정도로는 크답니다."

"물고기의 메아리가 만들어진다고요?" 그녀가 물었다.

"태평양 전갱이 한 마리를 손으로 잡으면 다른 전갱이가 도망치죠."

"도망치는 녀석이 잡은 녀석보다 항상 더 크지." 오코너가 말했다.

"우리는 태평양의 얇은 공간이 물고기의 메아리를 만드는 것을 목격했습니다." 은조쿠가 말했다. "하지만 그것은 '괴델 곡선'이기도 해요. 그러니까 특별한 종류의 '닫힌 시간꼴 곡선*'이죠. 바다의 대단히 묘한 지점입니다."

"전에도 괴델 곡선을 언급하신 적이 있는데, 그게 정확히 뭔가요?" 모스가 물었다.

"4차원 로렌츠 다양체인데, 이걸 어떻게 설명해야 하나… 만약 당신이 어느 얇은 공간을 충분히 오래 바라본다면, 그 공간의 체계 내에 있는 모든 원래의 물고기들이 주기의 시작 지점으로 '다시 돌아가는' 순간을 실제로 보게 되죠. 닫힌 시간꼴 곡선을 우리가 가장 가깝게 체험하는 것은 시간을 거꾸로 거슬러 갈 때입니다."

"물고기가 반복해서 나타나나요? 그 공간 속에, 그 닫힌 고리에 갇혔다는 말인가요?"

"고리로 생각하는 것도 괜찮겠네요. 닫힌 시간꼴 곡선에는 여러 유형이 있어요. 정보가 웜홀 속을 통과하는 방법들인데, 나중

• 블랙홀 같은 회전이 빛을 끌어당길 때 생성되는 일시적인 인과율의 고리. 여기서 '닫힌'은 시작점으로 다시 돌아감을 의미한다.

에 오는 시간으로 간다는 건 이전에 앞선 시간으로 가는 것이기 도 해서 결국에는 출발했던 순간에 이르게 되죠. 물속에 손을 담 근 상황을 상상해보죠. 그리고 그 물이 고리 모양을 이룬다면, 내 손에 쥔 물고기가 내 손아귀에서 꿈틀거리면서 헤엄쳐 빠져나가 는 상황이 반복되는 겁니다. 실제로 촉감도 그럴 거고요. 대단히 기묘한, 끈적거리는 감각이죠. 다른 예시로, 낚싯줄을 물속에 던 지면 똑같은 물고기를 계속해서 잡고 또 잡을 수 있습니다."

"혹은 과일을 따는 순간 다시 자라는 것을 보는 것과 같은 것이 겠군요." 모스는 그렇게 말하면서 니콜을 떠올렸다. 니콜이 팔리 아멘트를 피면서 어린 시절 고향을 회상할 때, 괴델 곡선 비슷한 이야기를 했었던 것이 생각났다. 어렸을 때라고 했던가? 괴델 곡 선 같은 기적이 현실적으로 가능해져서 케냐의 과수 농사에도 활 용했던 건가? 니콜은 어렸을 때 배고픔을 몰랐다고, 땅을 묵혀두 는 법이 결코 없었다고 했다.

"해군은 이 장소를 원할 거네. 내가 미리 준비해야겠지." 오코 너가 말했다. "곧 이곳엔 폐쇄 조처가 내려지고 담장이 쳐질 거 야. 지역 전체에 말일세. 그만 가지."

말라붙은 시내에 놓인 돌들은 과거 이곳에 흘렀던 물에 깎여 반들거렸다. 모스는 돌들을 건너며 은조쿠와 오코너 뒤를 따라갔 다. 돌무더기에 사용된 평평한 돌들은 사방에 널려 있었다. 누가 이 장소를 표시했을까? FBI는 여기서 검은색 밴의 운전사 리처 드 해리어를 목격했고 버캐넌까지 그를 따라갔다. 하지만 모스는 그가 이 장소를 표시한 것이 아니라고 생각했다. 〈리브라〉호의 생존자들이 틀림없었다. B-L 드라이브가 이 장소를 만들어낸 거야. 그녀는 혹시 전함을 볼 수 있을지도 모른다는 생각에 나무 사이의 공간을 들여다보았다. 하지만 온통 나무들뿐이었고 저 멀리 더 많은 나무가 있었다.

"그 여자 이름이 뭔가요?" 차에 도착하고 나서 은조쿠가 물었다.

"누구요?" 모스가 물었다.

"아까 내가 만나게 된다는 그 사람이요. 보스턴에 있다고 했던 것 같은데."

"제일라예요. 제일라. 성은 몰라요. 색소폰을 연주한다더군요."

오코너가 스바루를 공터에서 빼는 동안 모스는 자신의 트럭에서 기다렸다. 그녀는 오코너가 걱정되었다. 아까 작별 인사를 건넬 때 그의 안색이 창백해 보였기 때문이다. 오코너는 오후에 다시 몇 시간을 달려 워싱턴 D.C.로 돌아갈 것이다. 해군이 곧 이 장소를 접수할 것이다. 저물녘에는 부대를 파견할 것이다. 은조쿠는 일단 피츠버그에서 비행기로 돌아가겠지만, 며칠 뒤에 해군 연구소 물리학자들과 함께 바르도게르를 연구하려고 이곳에 다시 돌아올 것이다. 모스는 여전히 혼란스러웠다. 조각나고 증식하는 것처럼 보였던 숲을 생각하자 마치 눈가에 인 경련을 떠올리는 기분이었다. 보온병에 담긴 커피가 따뜻했다. 차 안은 이렇듯 평화로웠지만 자신의 처지가 소용돌이치는 나뭇잎과 다름없이 느껴졌다. 그녀는 한참 나중에 이곳에 이끌려 와서 십자가형을 당했고, 얼마 전 과거엔 머설트의 죽음을 조사하기 시작했다. 바람에 소용돌이치는 나뭇잎, 굴러다니는 바퀴 속을 굴러다니는 바퀴가 된 듯했다.

클락스버그 웨스트 파이크에 있는 웬디스 매장에서 냅킨에 끄적거렸다. '모든 것이 바뀌었지만 아무것도 바뀌지 않았다.' 매콤한 양념의 치킨, 종이 받침대, 마요네즈 없는 감자튀김, 종이컵에 담긴 케첩을 앞에 두고 적었다. '남자들과 여자들의 갈라 헤쳐진 몸이 하늘에 진열되었다.' 펩시콜라를 홀짝이며, 각얼음이 달그락거리는 소리를 들으며 적었다. '홀씨의 비가 땅에서 하늘로, 거꾸로 내린다. 하늘 위에 펼쳐진 시신과 목매단 사람들, 꽃의 수분과 도망치는 사람들, 기묘한 대칭이다.' 오후 내내 구름이 모이더니 한랭전선이 올라왔고, 가는 비가 안개처럼 흩날렸다. 모스는 바람을 쐬려고 밖으로 나가 웬디스 지붕 아래에서 몸을 웅크렸다. 담배 생각이 간절했다. 중독에 의한 습관은 결코 완전히 사라지지 않는다. 늦은 시각, 고독, 초조함을 달래기에 담배만 한 것이 없다. 문이 달린 숲으로 들어가면 새로운 숲이 나온다. 담배 맛이 입 안에서 거의 느껴지는 것 같았다. 근처에서 한 갑을 살까, 누가 지나가면 한 대만 빌릴까 생각하던 차에 휴대폰이 울렸다. 브룩이었다.

"우리가 매리언과 함께 트럭에서 끌어낸 시신 하나의 신원이 확인되었습니다." 그가 말했다. "의사들에게는 이 정보에 대해 함

구하라고 말해두었어요. 앞으로의 일을 진행하기 전에, 당신에게
는 말해야 할 것 같아 연락했습니다."

그가 목청을 가다듬으며 긴장을 푸는 것이 수화기 너머로 들
렸다.

"라이언 리글리 토거슨. 틀림없어요." 그가 말했다.

"CJIS 폭탄 테러 용의자예요." 그녀가 말했다.

"그는 마치… 그래, 토거슨은 매리언과 같은 상황이에요. 둘 다
두 명입니다. 쌍둥이처럼 똑같더군요. 판박이라고 해야 할까."

"토거슨, 그자를 감시하고 있지 않았나요?"

"방금 라숀다와 통화해서 토거슨이 마지막으로 언제 직장에
있었는지 알아보라고 했는데, 온종일 자기 자리에 있었다는군요.
섀넌, 이자가 온종일 자기 자리를 지키면서 부검실에도 있을 수
는 없는 일입니다. 도대체… 무슨 일이 벌어지고 있는지 모르겠
군요. 나는 매리언이…"

"토거슨은 지금 어디 있어요?" 모스가 물었다.

"라숀다가 방금 적당한 이유를 대고 그의 집으로 전화했더니
그의 부인이 받더군요. 그는 지금 집에 있어요."

"그를 만나야겠어요. 클락스버그면 CJIS와 가까워요. 토거슨
집에서 같이 만나요. 그의 집 주소가 어떻게 되죠?"

라이언 토거슨의 집은 클락스버그 북쪽에 새로 건설된 주택
지구에 있었다. CJIS 건물이 들어서면서 잠깐 개발 붐이 일어나

그녀의 어머니가 "맥맨션"이라고 불렀던 비슷비슷한 조립식 설계의 주택들이 곳곳에 들어섰다. 모스는 질서정연하게 설계된 주택가 도로를 지났다. 반복되는 거리가 다 똑같아 보였다. 갑자기 막다른 골목을 맞닥뜨려, 온 길을 되돌아가다 보니, 묘하게도 어디가 어디인지 헷갈렸다. 날이 저물었고, 대부분의 집 창문엔 커튼이 드리워져 있었다. 창문들이 석양빛으로 빛났다. 브록은 토거슨네 이웃집 앞에 신형 은색 세단을 대고 앉아서 기다리고 있었다. 저 은색 세단. 반복의 망령이 몸 안으로 파고드는 듯해 소름 끼쳤다. 그녀는 그의 뒤에다 주차하고, 그의 세단 조수석에 들어가 앉았다. 마지막으로 둘이서 함께 앉았을 때가 그가 두 명의 특별수사관을 살해한 직후였다고 그에게 말하고 싶었다. 미래 세계에서 그가 무엇을 잃었는지, 굳건한 대지에서 그가 토거슨을 찾음으로써 무엇을 살렸는지도 말하고 싶었다.

그의 차 안에선 감초 냄새가 났고, 라디오에서 흘러나오는 낮은 소리크기의 클래식이 들렸다. 브록의 얼굴은 땀으로 흥건했다. "이번 상황은 어떤 식으로 풀 생각인가요?" 그가 물었다. "우리가 찾아낸 시신에 대해 심문해볼까요?"

"그건 안 돼요." 모스가 말했다. "그의 삶과 경력에 대해 묻는 게 좋겠어요. 그는 아직 시신에 대해 모를 수도 있어요. 아니, 분명 모를 거예요. 좀 더 탐색해볼 필요가 있어요. 곧바로 그에게 들이밀고 싶지는 않아요."

"애슐리 비텍은 자신의 헛간에서 일어난 일에 대해 아무것도 몰랐다고 했어요. 자기 아들이 무슨 일을 꾸몄는지도 마찬가지고요."

"그녀와 얘기해봤군요? 같이 있던 남자, 해리어는 뭐래요?"

"그는 아직 우리가 모르는 일에 대해 별다른 말을 하지 않았어요. 애슐리 비텍도 방금 아들을 잃은 처지라 깊게 얘기하긴 어려웠죠. 제러드가 교전 중에 총에 맞아 사망했다는 소식을 전하자 울음을 터뜨리더군요. 변호인단이 올 때까지 가끔 뭐라고 말하긴 했는데, 무슨 소리인지 알아듣기 어려울 때가 대부분이었어요. 머설트에 대해 묻자 그가 어떤 변호사를 알았다고 하더군요. 그러고 보니 매리언도 변호사를 언급했던 것 같은데."

"그랬죠." 순간 불분명한 생각들이 스치고 지나갔고, 모스는 마음 한구석에서 이 정보들을 짜 맞추려고 애썼다. "그의 변호사가 중요한 인물일지는 모르겠지만, 어쨌든 그의 행방도 알아봐야겠어요."

"변호사 이름을 캐물었지만 결국 알아내진 못했어요. 모르는 것일 수도 있고 말하지 않으려는 것일 수도 있겠죠. 그녀는 아들을 서둘러 매장하고 싶어 하더군요. 해군이 그의 유해를 압수했는데 그녀는 협조할 생각이 없어 보였습니다."

"그렇군요." 애슐리 비텍은 아들을 잃었지만, 브록은 자기 아이들의 생명을 구했다.

"딸이 있다고 했죠? 몇 살이에요?" 그녀가 물었다.

"두 살, 네 살이에요." 브록이 말했다.

2024년에 터미너스가 일어난다고 했던가? 그때면 그의 아이들은 스물아홉 살과 서른한 살이다. 화이트홀이 하늘에 열릴 때, 브록의 딸들은 여전히 창창한 나이다. 모든 생명은 소용돌이에 휘말릴 것이고, 똑같이 헛되이 사라지게 될 것이다.

두 사람은 함께 집으로 향했다. 브록이 정문을 노크하고 벨을 눌렀다. 거실에 불이 들어왔고, 체인으로 된 잠금장치 없이 문이 안쪽에서 열렸다. 가냘픈 체구의 여자가 헐렁한 스웨터와 바지에 슬리퍼를 신은 채로 나왔다. 그들을 보고 당황한 것 같았지만, 교외 특유의 우아함을 보여주는 미소를 지었다.

"부인, FBI 소속 특별수사관 윌리엄 브록이라고 합니다. 이쪽은 NCIS의 특별수사관 섀넌 모스 씨고요. 토거슨 씨 댁이죠? 잠시 시간을 내주실 수 있겠습니까?"

"네, 잠깐만요." 토거슨 부인이 말했다. "됐어요, 안으로 들어오세요. 그이를 불러올게요."

대성당 양식의 현관 천장으로 보랏빛 밤하늘이 정사각형 두 개로 보였다. 바닥은 대리석으로 깔았고 연분홍색과 베이지색이 소용돌이무늬를 이루고 있었다. 토거슨 부인이 그들을 손님 접대용 거실로 안내하고는 남편을 찾으러 갔다. 모스는 그녀가 집 안을 돌아다니며 남편을 부르는 소리를 들었다. "라이언? 어딨어요?"

토거슨과 부인이 함께 돌아왔는데, 두 사람의 체구 차이가 워낙 커서 우스워 보일 지경이었다. 그는 카키색 반바지에 줄무늬 폴로셔츠를 밖으로 빼입었고 머리카락은 가는 은발이었다. 브록은 그가 유순한 사람이라고 했다. 모스도 그가 온화한 사람 같았지만,

긴장해서 날이 서 있다고 생각했다. 술 냄새가 심하게 났다.

"무슨 일이죠?" 그가 물었다.

"토거슨 씨, 몇 가지 질문이 있는데 시간 괜찮으신가요?"

"물론입니다. 여보, 커피 좀 부탁해요." 그의 부인이 집 안쪽으로 사라졌고, 모스는 부엌 수도꼭지 트는 소리를 들었다. "아니면 차나 다른 것을 내올까요?" 토거슨이 물었다. "술을 하시는지 몰라서. 아직 근무 중일 수도 있고. 자, 앉으세요. 무슨 일이죠?"

"커피면 됩니다." 브록이 거실의 가죽 소파에 앉았다. 그의 옆자리에 앉은 토거슨은 맞잡은 두 손을 무릎에 두었다. 그가 무릎을 떠는 통에 발뒤꿈치가 카펫을 두들기는 소리가 반복적으로 울렸다.

"토거슨 씨, FBI에서 언제부터 일하기 시작했는지 말씀해주시겠습니까?" 브록이 물었다.

"그러죠." 그는 땀으로 반질거리는 이마를 손등으로 닦아냈다. "10년 전일 겁니다. 아니지, 이제 11년 되었군요. 일과 관련해서 무슨 문제라도 생긴 걸까요? 도무지 짐작을 못 하겠네요. 나는 지문실에서 일합니다. 몇 년 전 FBI 건물이 새로 지어지고 나서 워싱턴 D.C.에서 이곳으로 온 몇 명 가운데 한 명이죠. 아무리 생각해도 무슨 일로 찾아온 건지 모르겠군요."

"형사사법정보국 건물이죠." 브록이 말했다.

"맞아요. 참, 당신 이름이 브록이라고 했던가요? 동료 중에 라숀다 브록이 있는데 둘이 친척인가요?"

"내 아넵니다. 라숀다가 당신 이야기를 하더군요."

"무슨 일 때문에 이러는지 말해주겠습니까? 나도 기꺼이 돕고 싶어요. 다만, 무슨 영문인지 몰라서."

"새로 옮긴 근무지는 어떠신가요? 적응하기에 어려움은 없으신지요?" 브록이 물었다. "워싱턴 D.C.에서 웨스트버지니아로 왔으니 많이 생소하겠죠. 그래도 자원해서 여기로 온 걸로 아는데, 어떻게 지내나요?"

"라숀다에게 들어서 알겠지만 스트레스가 이만저만이 아닙니다. 우리는 최첨단 컴퓨터 시스템으로 전국 지문 데이터베이스를 구축하려고 노력 중입니다. 그런데 예산 부족과 소프트웨어 결함 때문에 골치예요. 거짓 양성과 불완전한 기록들. 그래서 대개는 여전히 지문 카드로 작업합니다. 일부 대도시들은 컴퓨터 시스템이 완료된 덕택에, 우리가 작업하는 시간의 몇 분의 1로 일치하는 지문을 찾아내죠."

토거슨은 라이더 트럭에서 불에 탄 채로 발견되고 나서 줄곧 찰스턴 부검실에 누워 있었는데, 지금 토거슨은 여기 자신의 집 거실에 있었다. 메아리였다. 매리언과 같은 메아리. 모스는 그가 유쾌한 태도를 보이면서도 식은땀을 흘리는 걸 눈치챘다. 그는 겉으로는 도와주고 싶어 하는 것처럼 굴면서도 안절부절못했다. 마치 동물이 털 고르기를 하듯 손으로 머리카락을 쓸어내리고 팔을 긁적이고 셔츠를 잡아당기는 등 묘한 동작을 했다. 그때 부엌에서 유리 깨지는 소리가 들렸다.

"제가 가볼게요." 모스가 말했다.

집은 하도 넓어서 한없이 계속 이어지는 것 같았다. 주요 복도 옆으로 방들이 가지를 뻗었고 모퉁이를 돌면 또 다른 복도와 방들이 이어졌다. 모스는 집이 정돈돼 있고 깔끔한 것으로 보아 아이들은 없다고 생각했다. 부엌은 중앙에 독립적인 조리대와 작은 식탁이 딸려 있었고, 유리문을 열면 뒤뜰과 잘 관리된 잔디밭이 나왔다. 말 그대로 호화스러웠다. 토거슨 부인은 무릎을 꿇고서 쓰레받기로 깨진 유리 조각을 담고 있었다. 커피포트를 떨어뜨린 듯했다. 확연히 낙담한 상태로, 울고 있었다.

"깨지는 소리를 들었어요." 모스가 말했다. "이리 주세요, 제가 치울게요. 괜찮으세요?"

토거슨 부인의 밝고 화사한 태도는 그들을 맞이한 뒤로 사라진 지 오래였고, 지치고 슬퍼서 혹은 두려워서 안색이 파리했다. 그녀는 식탁에 앉았고, 모스가 타월로 유리 조각을 치우는 동안 미안하다고 했다.

"어떻게 해야 할지 모르겠어요." 토거슨 부인이 말했다.

"무슨 일이든 우리가 도와드릴게요." 바닥을 치우고 나서 식탁에 앉으며 모스가 말했다.

"남편을 체포해요." 느닷없이 부인이 말했다. 워낙 조용히 속삭이는 말이어서 모스의 귀에 들릴락 말락 했다. "사람이 달라졌어요. 이제 다른 사람 같아요."

"당신을 때렸나요?"

"아니요." 부인은 설명해야 한다는 사실에 화가 난 듯 보였다.
"그런 게 아니에요. 남편은 계속 뭔지도 모를 무언가에 대해서 말
해요. 술을 지나치게 많이 마시고요."

"무슨 말을 하는데요?"

"남편은 여기로 이사 오고 싶어 했어요. 새 건물이 지어진다는
CJIS 소식을 듣고는 이사 오는 것에 집착했어요. 왜 그러는지 모
르겠어요. 우리는 웨스트버지니아에 올 아무런 이유가 없었거든
요. 그런데도 남편은 고집을 피웠어요. 웨스트버지니아에 대해,
클락스버그에 대해 계속 이야기했어요."

"CJIS 소식을 들은 후부터 달라진 건가요?"

"아니요, 그 전에 이미 달라졌어요. 남편은… 감정 변화가 심
했어요. 남편이 웨스트버지니아로 떠나자고 해서 내가 안 된다고
하니 화를 내더군요. 그때까지 한 번도 싸운 적이 없었는데. 그리
고 그때부터 남편이 자신의 판타지에 대해 말하기 시작했어요."

"어떤 종류죠?"

"폭력의 판타지요. 남편은 전에 한 번도 이런 말을 한 적이 없
었어요. 그런데 어느 날 밤 남편이 옷에 피를 묻힌 채 집에 돌아
왔어요."

그녀는 이제 심하게 훌쩍였고 얼굴이 새빨갛게 달아오른 채로
이를 앙다물었다. "더 젊은 모습으로 돌아왔어요. 더 젊고, 더 날
씬해 보였죠. 비에 젖었고 피로 얼룩졌어요."

"옷에 피가 묻었다고요? 사고라도 당했나요?"

"남편은 무슨 일이 있었는지 말하려 하지 않았어요. 처음에는 사슴을 차로 치어서 구해주려고 했다는데, 자꾸 말이 바뀌었어요. 나는 남편이 충격을 받았구나 생각했어요. 몸 상태도 눈에 띄게 이상했고요. 갑자기 체중이 준 것 같았고. 그날 밤 결국 우리는 싸우게 됐어요. 그렇게 침대에 함께 누워 있는데, 남편이 갑자기 나보고 죽고 싶으냐고 묻더군요. 웨스트버지니아로 이사 가지 않으면 죽음을 자초하게 될 거라고요."

"그게 무슨 말이에요?"

"나도 모르겠어요." 부인은 이제 몸을 떨었다. "모르겠어요. 남편은 내가 죽는 모습을 봤다며, 다시는 내가 죽는 걸 두고 보지 않겠다고 했어요."

"남편분이 당신을 위협했나요?"

"남편은 자기 마음속에 있는 무언가로부터 나를 지키려고 했어요. 남편이 묻더군요. 우리가 내 상사 부부를 저녁 식사에 초대했던 밤이 생각나느냐고요. 오래전 워싱턴 D.C.에 있을 때 저녁 식사를 마련했던 적이 있어요. 상사네 부부가 집에 가고 우리가 남아서 설거지를 할 때, 여러 명의 남자가 갑자기 집에 들이닥쳤다고 했어요. 물론 나는 남편이 도대체 무슨 말을 하는지 알 수 없었죠. 남편이 망상에 시달리는 것이라고 생각하니 겁이 덜컥 나더라고요. 어쨌든 남편이 말하기를 여러 명이 집에 들어와서는 자신을 묶어 억류했고, 그자들이… 그이가 보는 앞에서 내 목을 자르는 장면을 강제로 보도록 했다고 했어요. 남편은 볼 수밖에 없었다고 했어요. 그자들이 내 머리를 무릎에 들고 있으라고 했고, 남편은 제발 멈추라고 빌었지만, 그자들은 내가 죽었는데도…"

모스는 토거슨 부인의 손을 꼭 잡고 말했다. "괜찮아요. 우리가 남편분을 도울 수 있어요."

"그자들은 자정까지 기다렸다가 집을 나섰다고 했어요. 남편을 밴 뒤에 싣고 어디론가 차를 몬 뒤, 숲에 내려놓았대요. 거기서 남편이 무언가를 보았다고 했어요. 자기가 무엇을 봤는지 제대로 설명하지 못했는데 아주 소름이 끼쳤다고 했어요. 그자들은 남편에게 강을 건너라 명령했고, 반대편에 이르자 내가 살아 있는 모습을 다시 보고 싶으냐고 물었대요. 그리고 자기들이 나를 원래 상태로 되돌릴 수 있다고 말했다는군요. 그렇게 그자들을 따라 집에 돌아와 보니 내가 있었다고 했어요. 멀쩡하게 자고 있었다고요. 마치 아무 일도 일어나지 않은 것처럼."

"그러니까 남편분은 당신을 계속 보호하려고 하는 거군요." 모스가 말했다. "그렇죠? 웨스트버지니아로 떠나자고 했던 것도 당신을 지키기 위함이었던 거고요?"

"남편은 때가 되면 웨스트버지니아로 가야 한다고 했어요. 어떤 일을 해내기 위해선 미리 준비해야 한다고 했죠. 근데 계속 술만 마시고 있어요. 모두 나를 위한 것이라고, 무슨 일이 있어도 나를 지키겠다고 하지만, 모르겠어요. 남편이 무슨 일을…"

"남편분이 준비하고 있다는 게 뭐죠? '어떤 일'이라는 게 뭐예요?"

"나도… 나도 몰라요. 하지만 남편 혼자서 하는 건 아니에요. 다른 사람들도 있다고 했어요. 그들이 누구인지는 남편도 모르지만 다들 맡은 역할이 있대요. 비밀경호국 출신도 있고, FBI 출신은 더 많다고, 거기에 군인도 있다고 했어요. 남편은 늘 침대 옆 탁자에 총을 두고 자요. 전에는 총을 가지고 있지도 않았어요. 내가 아무리 집 밖에 두라고 해도 들어먹질 않아요. 남편은 이제 총이 옆에 있어야 잠을 자요."

'다른 사람들이 있어요.' 토거슨을 라이더에서 끌어낼 때 트렁크에 다른 시신들도 있었다. 어쩌면 그들의 메아리들은 아직 살아 있을지도 몰랐다. 모스는 부인의 피가 옷에 묻은 채로 검은 강을 건너는 토거슨을 생각했다. 하지만 그의 부인은 멀쩡히 살아 있었다. 하일데크루거, 악마. 그는 바르도게르를 넘나들 수 있는 것일까? 그곳은 세계와 세계를 오가는 문일까? 여하튼 하일데크루거는 거미줄을 타는 거미처럼 시간대를 마음대로 오가며, 위협용으로 남편들을 살해하고 부인들을 살해했다. 이를 토대로 메아리들을 이곳 굳건한 대지에 불러들였다. 비밀경호국, FBI… 모스는 제2의, 제3의 토거슨을 상상했다. 보안이 엄중한 시설들에 잠복해 방아쇠를 당길 때만을 기다리는 자들. 이런 사람들이 얼마나 많이 있을까? 메아리로 이뤄진 군대가 도처에 숨어 있다니.

그때, 다른 방에서 고함이 들렸다. 불분명한 소리, 뭔가 나무라는 소리였다. 모스는 좀 더 차분한 브록의 목소리를 들었다. 토거슨 부인이 식탁에서 일어나 말했다. "라이언?" 그녀가 두 발짝을 떼기도 전에 폭발이 일어났다. 오렌지색 불빛이 번쩍하더니 천장과 벽을 덮치기가 무섭게 토거슨 부인의 발이 공중에 들렸다. 모스도 뒤로 날아갔다.

모스는 어둠에서 벗어나려고 허우적댔다. 귀에서 삐걱대는 소리가 울렸다. 그것만 제외하면 조용했다. 어디지? 여긴 어디야? 그녀는 곧 자신이 부엌에 있었음을 기억했다. 화염이 보였다. 사이렌 불빛도. 그녀는 지금 부엌 바닥에 등을 대고 누워 있었다. 움직일 수 있어. 똑바로 일어나려고 했지만 몸이 휘청거렸고, 다시 바닥에 주저앉았다. 어지러웠다. 다리가, 의족이 없었다. 어디 있지? 그녀는 주위를 둘러보다가 한 여자를 보았다. 누구 부인인데 이름이 잘 생각나지 않았다. 토… 여자는 부엌 바닥에서 비명을 질렀다. 이상한 각도로 보였다. 모스는 기어갔다.

브록을 찾아야 해.

"브록!" 그녀는 소리를 질렀지만 물속에 잠긴 목소리가 났다. "브록!"

집이 화염에 휩싸였다. 폭발이 일었던 것이 생각났다. 그녀는 복도를 기어갔다. 석고판이 떨어졌고 노출 목재 프레임에서 먼지와 연기가 일었다. 요란한 화재경보기 소리에다 귓속에서 울리는 삐걱 소리까지 정신이 없었다. 거실 벽은 사라졌고 남은 것은 불타고 있었다. 지붕에 난 구멍으로 연기가 피어올랐고, 천장 위치에 있던 노출 목재를 따라 검은 연기가 번졌다. 소방관들이 사이렌 불빛을 깜빡이며 도착했다.

"저는 괜찮아요." 그녀가 소방관에게 말했다. "브록." 누군가가 그녀를 들어 올려 붙잡았다. "브록." 그녀가 말했다.

"밖으로 나가요." 소방관이 그녀를 데려가며 말했다. "밖으로, 밖으로." 전등 불빛이 번쩍거렸고 누군가가 비명을 질렀다.

"부엌에 여자가 있어요." 정신이 살짝 돌아오자 모스가 말했다.

그녀는 전등 불빛을 따라가다가 거실에서 시신을 보았다. 토거슨이었다. 검은 연기 때문에 가까스로 보였지만 토거슨의 몸이 갈기갈기 찢겨 있었고, 머리는 다른 곳에 떨어져 있었다. 그녀는 브록을 봤다. 그의 양다리가 몸통에서 떨어져 나갔고, 팔 하나도 보이지 않았다. 하얀 뼈, 붉은 살. 모스는 비명을 질렀다. 매캐한 연기 때문에 기침하며 비명을 지르고 울었다. 브록은 죽었다. 밖으로 옮겨진 모스는 산소마스크로 폐를 청소했다. 그녀는 집이 불타오르는 것을 쳐다보았다.

4부

2015년-2016년

나는 이 유령의 만찬에 나 자신을 초대할 겁니다.
- 아우구스트 스트린드베리, 〈유령 소나타〉

1

브록이 죽고 일주일도 지나지 않아 나는 코모런트에 몸을 싣고 출항했다. 앞으로 석 달을 고독 속에서 지낸다. 〈그레이 도브〉호의 침묵을 뚫고, 토거슨의 자살 폭발 여파로 계속 귓속에서 울리는 소리가 들려왔다. 내 기억은 곳곳이 잘려 나간 필름처럼 듬성듬성했다. 한순간 비명을 들었다가 다음 순간 불 속에서 깨어난다. 그런 파편화된 이미지들만 떠올랐다. 브록과 토거슨의 메아리, 두 시신이 보이는 오싹한 광경. 또 그 사이로 불타는 거실의 장면이 홱 지나갔다. 브록의 죽음이 내 마음속에서 벌레처럼 계속 꿈틀거렸다. 우리는 어째서 알아채지 못했을까? 죽음 속으로 걸어 들어가고 있다는 것을.

내 삶의 시간은 망원경으로 들여다보듯 쪼그라들고 있었다. 네스터가 이른 아침에 전화해서 일가족이 살해되었다고 말한 뒤로 한 해가 지났는데, 그 사건이 고작 몇 주 전에 일어난 일처럼 아직도 생생하게 기억됐다. 나는 미래 세계를 보고 왔는데도, 내 주위에서 일어나는 사건들이 어떤 커다란 얼개를 가졌는지 알 수 없었다. 무엇하나 제대로 밝혀진 것이 없었고, 내가 본 미래 세계는 벌써 이슬처럼 증발하고 말았다.

오코너가 나를 만나려고 클락스버그에 있는 CJIS 사무실로 찾아왔다. 우리는 복도를 함께 걸으며 결코 일어나지 않을, 미래 세계에 있었던 이 건물의 운명을 상상했다.

"자네의 연기 흡입 손상을 치료했던 의사와 이야기했네." 그가 말했다. "폭발로 고막 천공이 일어난 거 말고는 다른 부상은 없다더군. 청력 손실은 일시적이니 곧 나을 거야. 그래, 몸은 어떤가?"

"갈 수 있어요." 내가 말했다. 귀 울림 때문에 그의 목소리가 멀리서 들리는 것 같았다. 그는 연기 흡입이나 폭탄 테러로 인한 심리적 트라우마에 대해 묻는 것이 아니었다. 내 몸이 한 달 내로 떠나게 될 또 다른 IFT 여행을 견딜 수 있는지 묻는 것이었다. "준비되었어요."

우리는 토거슨 부인에 대해, 그녀의 남편이 어떻게 숲을 통해 이곳으로 오게 되었는지를 이야기했다. 우리는 바르도게르가 길들의 교차로라고, 서로 다른 IFT로 이어지는 여러 개의 바큇살이 하나로 모이는 중심지라고 상상했다. 숲을 통해 이곳으로 온 다른 메아리들이 있었고, 그들은 토거슨이 그랬듯이, 거미처럼 깔때기 형태로 짠 자신의 거미줄 안에서 긴장한 채로, 하일데크루거가 자신의 거미줄을 튕겨서 출동시킬 날만을 기다리고 있었다. 오코너는 브록과 내가 버캐넌에서 회수한 설계도들을 찬찬히 살펴보았다. "연방 기관의 건물들, NSC가 공격 목표야." 오코너가 말했다. "발사대, 해군 시설, 이것들은 다 우리를 터미너스로부터 보호하는 버팀목들이지. 하일데크루거는 이것들을 무너뜨릴 작정이야. 대체 이유가 뭐지?"

나는 앞으로 어떤 테러가 여전히 일어날 수 있는지 알아보고, 그것이 굳건한 대지와 어떻게 연결되는지 추적하러 떠난다. 그래야 하일데크루거가 이 굳건한 대지에서 무슨 일을 벌일 계획인지 예측할 수 있고, 막을 수 있다.

병원을 떠나기 전, 오코너는 해군이 바르도게르를 확보했다고 말했다. "곧 그곳에 담장을 칠 거야. 사람들 눈에 띄어서는 곤란하지만, 그래도 가장 확실한 방법이지. 은조쿠가 해군연구소 팀과 연구를 진행 중이네. 블랙워터 산장의 오두막 대부분을 빌렸지. 그들은 얇은 공간을 연구해서 풀려고 하네. 자네가 미래 세계에 도착하면 우리 쪽 사람들과 연락해서, 우리가 어떤 시공간의 문을 열어서 들여다보았는지 알아봐."

블랙 베일의 AI가 작동시킨 알람 소리에 깨어났다. 네스터의 꿈을 꾸던 중이었다. 달 기지를 보고서, 비로소 기나긴 암흑 공간에서 나왔다는 것을 알았다. 출구 너머로 지구의 반사광이 달에 비친 모습이 보였다. 〈그레이 도브〉호의 자동명령 창을 확인했다.

2015년 9월. 또 다른 IFT, 또 다른 미래 세계에 도착한 것이다.

블랙 베일에서 두 번째 알람 소리가 들렸다.

"블랙 베일 진입, 여기는 코모런트 707 골프 델타." 나는 그렇게 말하며 밤하늘에 별들이 총총한 가운데 풀밭에서 네스터와 보낸 꿈의 기억들을 털어냈다.

"신원을 확인하겠습니다. 이름을 말하고, 눈을 선상의 망막 스캐너에 대십시오." 낭랑한 목소리, 컴퓨터의 목소리가 규정된 절차를 알렸다. 블랙 베일의 AI가 〈그레이 도브〉호의 컴퓨터에 연결된 건 평상시와 똑같았다. 문제는 교신을 주고받는 대상이 선원이 아닌 AI라는 거였다. NSC는 항상 블랙 베일 등대에 선원들을 배치했다. 뭔가 잘못되었다.

"섀넌 모스." 나는 이름을 대고, 제어판에 장착된 고글 형태의 망막 스캐너를 들었다. 고무 마스크에 얼굴을 갖다 댔고, 빛이 훑고 지나가는 동안 눈을 크게 떴다.

"환영합니다, 섀넌 모스 특별수사관. 승인 코드를 내려받아 넷와컴에 접속하십시오."

"잠깐만, 블랙 베일 진입 중, 여기는 〈그레이 도브〉호. 블랙 베일과 직접 교신하고 싶다."

"등대는 캄캄합니다, 섀넌."

그 말은 더 이상 블랙 베일이, 그러니까 달 기지가 없다는 뜻이었다. 나는 지금 달의 먼지 아래 파묻혀 있는 블랙박스 컴퓨터나 밤하늘을 도는 위성과 이야기하고 있는 것이다. 우리는 지금처럼

NSC가 더 이상 존재하지 않을 경우를 대비하여, 모든 불빛과 꼭 필요하지 않은 컴퓨터를 다 끄고 B-L 드라이브가 재부팅될 때까지 조용히 기다리도록 훈련받았다. 그냥 집으로 돌아가는 것이다. 6개월을 아무런 소득 없이 허비한 채로. 나는 〈그레이 도브〉호의 실내조명을 끄고 어떻게 된 상황인지 생각했다. 블랙 베일이 존재하지 않는다는 건 NSC가 위험에 빠졌거나 문을 닫았다는 뜻이다. 그렇게 몇 분이 지났을 때 블랙 베일의 AI가 메시지를 보냈다는 것을 알아차렸다. 디지털 창을 여니 오코너의 얼굴이 화면에 나타났다. 그의 얼굴은 검버섯으로 얼룩지고 혈관 자국이 보여 쭈글쭈글했으며, 눈썹은 허옜다. 그는 자신의 사무실에 있었다. 특별수사관들이 보통 자격증과 훈장으로 채우는 사무실 벽에 그는 자신이 키우는 애완견, 코커스패니얼 액자 사진을 걸어두었다.

"섀넌." 그의 목소리는 나이가 들어 갈라졌다. "자네가 이 영상을 보고 있다는 건, 이곳 IFT에 도착한 자네는 우리의 악몽이 아직 존재하지 않는 굳건한 대지에서 왔다는 뜻이겠지. 나는 이제 존재하지 않네. 그렇게 생각하니 그나마 다행이군. 만약 존재한다면, 여전히 혹독한 악몽에 시달리고 있을 테니까. 굳건한 대지로 돌아가, 섀넌. 지금 당장, 서둘러. 이 영상을 녹화하는 2014년 7월 현재, 터미너스는 2017년 12월로 보고되었네. 자네가 이 영상을 볼 때면 좀 더 앞당겨졌을 수도 있어. 지구와 인류는 이제 희망이 없어. 어쩌면 자네도 조만간 화이트홀을 볼지도 모르겠군. 아니, 지금 보고 있는지도 모르지. 자네가 터미너스에 도착한 건 아니었으면 좋겠네. 아직 살아 있다면, 너무 늦지 않았다면, 당장 돌아가게, 당장. 미 해군이 사이공 작전을 실행했네. 우리는 대피할 거네, 여기를 떠날 거야. NSC 전 함대가 다른 미래 세계를 찾아, 다른 세상을 찾아 떠날 거네. 지구는 이제 가망이 없어."

오코너가 말했다. "한 가지 일러둘 말이 있어. 자네의 시간, 군건한 대지에 대해서 말이야. 바르도게르, 그러니까 자네가 숲에서 발견했던 그 얇은 공간은 극도로 위험하네. 절대로 그곳에 가지 말게. 그 이상한 곳에서 너무도 많은 사람을 잃었어. 서른 명 가까이… 윌리 은조쿠도 잃었고, 그를 찾으러 갔던 네이비실 팀도, 그 장소를 연구했던 물리학자들도 전부 잃었네. 자네가 집으로 돌아가면 이 영상을 나나 윌리에게 꼭 보여주게. 우리가 그곳에 가지 못하게 막게. 아무도 살아 돌아오지 못하니까."

오코너의 얼굴이 사라졌고, 바르도게르 근처 숲속에서 은조쿠의 모습을 찍은 영상이 이어졌다. 근처 소나무와 흙이 저녁 햇살에 은은하게 빛났다. 시간과 날짜가 '04/23/97, 오후 06:03'으로 되어 있었다. 그는 아래위가 붙은 흰색 실험복을 입었고 머리에는 헬멧을 썼다. "테스트, 으음, 몇 번이지?"

"17번이 되겠네요." 카메라맨의 음성이 들렸다.

"17번." 은조쿠가 호흡기를 입에 갖다 댔다. "내 말 들려? 좋아. 바르도게르가 열렸는데… 나는 바르도게르가 강의 경계에서 양자거품처럼 작동한다고 믿네. 내 생각이 맞다면, 우리는 이 안으로 들어갈 수 있을 거야. 오늘 아침 강 너머로 돌 하나를 던져서 깊은 바닥으로 떨어지는 것을 보았지 … 이제 찍어봄세. 바르도 게르는 정기적으로 열리긴 하지만, 패턴이 어떻게 되는지 아직 확실히 몰라. 대략… 12시간 간격쯤으로 보고 있네. 집중하면 열리는 때를 알아볼 수 있어. 전류가 팔을 타고 올라오듯 느낌이 들거든. 이제 저 안으로 몇 발짝 들어가서 내가 던진 돌을 회수할 수 있는지 알아보겠네."

잠깐 기다리는 동안 그가 허연 나무의 부드러운 껍질을 한 손으로 만졌다. 그의 얼굴이 환하게 밝아졌다. "느껴지나?" 그는 카메라맨에게 소리치고 웃었다. "소름 돋았어." 그는 장갑 낀 손으로 소매를 문질렀다. "오, 이제 됐다. 이거 찍는 거지? 길들이 보이는군. 온 사방이 길이야."

나는 영상을 면밀히 들여다보았지만 특이한 것을 찾지 못했다. 은조쿠가 무엇을 보고 있는지, 그가 말한 '길들'이라는 것이 무엇인지 궁금했다. 그는 머뭇거리며 발을 앞으로 내디뎠다. "타이머 작동시키게." 그러고는 빽빽한 소나무 가지들 사이로 들어갔고, 이내 사라졌다. 영상은 몇 분 동안 이어졌다. 카메라맨이 결국 은조쿠의 뒤를 따라 나무들 사이로 들어갔다. 그는 익숙한 공터로, 레드 런 근처로 나왔지만, 아무도 보지 못했다.

"은조쿠 박사님." 카메라맨의 목소리가 영상의 마지막 몇 초 동안 들렸다. "은조쿠 박사님!"

은조쿠가 거의 아무렇지 않게 슬그머니 사라지는 장면을 내가 다시 돌려보는 동안, 블랙 베일의 AI에서 째깍거리는 소리가 났다. 내가 일전에 은조쿠, 오코너와 함께 바르도게르에서 길을 잃었을 때도, 마치 그곳의 풍경이 계속해서 반복되는 느낌을 받았다. 그러고 나서 레드 런을 보았을 때, 어찌 된 일인지 우리는 반대편에 와 있어서 원래 있던 곳으로 돌아가려면 강을 건너야 했다. 매리언도 비슷한 말을 했었다. 강을 건넜다고 했다. 나는 은조쿠가 강으로 들어가 돌을 회수하려고 손을 뻗는 장면을 상상했다. 박사는 어디로 갔을까? 그동안 블랙 베일의 AI가 아폴로 수첵의 컴퓨터 시스템에 접속해서 넷와컴 승인 코드를 내려받았고, NCIS와 연락해서 코모런트를 회수해 가도록 조처를 취해놓았다. 초승달 모양의 지구가 밤의 바다 위로 떠오르는 것이 보였다. 멋진 장관이었지만 저곳은 죽은 자를 위해 버려진 곳이었다. 사이공 작전을 개시한다는 건 1,000명 남짓의 극소수만 선택해 구출하는 것으로, 나머지 수십억 명은 제2의 태양이 내뿜는 차가운 빛 속에서 죽게 된다는 뜻이었다. 터미너스는 불가피하고 목전에 임박한 죽음이었지만, 다행히 아직은 화이트홀이 보이지 않았다. 오코너도 타임캡슐 경고를 남겨두긴 했지만 틀림없이 알았을 것이다. 자신의 경고에도 내가 이렇게 버려진 지구에서 물러나지 않으리라는 것을.

나는 버지니아 비치 코트야드 메리엇 호텔의 상층 스위트룸에 묵었다. 테라스 너머로 넓은 바다가 펼쳐져서 파란색 물과 파란색 하늘이 하나가 되었다. 저녁에 테라스에서 시나몬-플럼 차를 앞에 두고 종이에 생각들을 끄적거리며 하나로 연결하려고 했다. 〈리브라〉호와 에스페란스 행성, 그리고 터미너스. 이 모든 죽음이 어떻게 서로 들어맞는지, 이유가 뭔지 알아내려고 했다. 에스페란스 행성에서 일어났던 일들, 콜이 들려준 생물들 이야기, 크리스털 형태의 리바이어던 이야기, 온몸이 해체된 남자들과 여자들이 공중에 들려진 이야기를 정리했다.

하일데크루거와 관련된 인물들은 추적하기가 어려웠다. NCIS와 연락했지만 거의 20년이 흐른 뒤여서 내 이름을 기억하거나 내 신분을 확인해줄 사람이 아무도 없었다. 그래서 혼자서 알아보는 데까지 알아보기로 했다. 지난 20년간 일어났던 국내 테러 사건과 테러리스트의 활동을 언급한 기사들과 보도들을 뒤졌다. 하지만 버캐넌을 언급한 자료들은 대부분 민병대나 '오클라호마 폭탄 테러'를 일으킨 티머시 맥베이와의 연관성을 추정하는 역사적 시각의 글들이었고, 1997년에 쓰인 정보를 반복하거나 이전 자료를 그대로 인용하는 경우가 많았다.

네스터가 아직도 FBI에서 근무하고 있으며, 훈장까지 받았다는 것을 알고는 놀랐다. 어쩌면 내가 한때 알고 지냈던 근심 많은 남자는 이 세계에는 없는지도 몰랐다. 각각의 IFT는 세세한 부분에서, 특히 개인의 운명에서는 서로 상당한 차이가 났다. 네스터를 어쩔 수 없이 버캐넌에 살도록 했던 개인적 비극이 이 미래 세계의 과거에서는 일어나지 않았다. 우리는 굳건한 대지에서 화학 무기 실험실을 발견했으니까. 게다가 발견 당시에 일어난 총격전에서 네스터는 큰 부상을 당했고, 아마도 그 사건 또한 그의 삶의 궤적에 커다란 영향을 미쳤을 것이다. 그의 경력, 그의 성공은 쉽게 확인할 수 있었다. 인터넷 뉴스 사이트에서 그의 간략한 전기를 보고, 희끗희끗한 머리를 한 잘생긴 그의 모습을 사진으로도 확인했다. 브록이 죽은 후 그는 피츠버그 사무실에서 특별수사관 책임자를 맡았고, FBI의 국내테러집행위원회 소속으로 일하면서 승승장구했던 모양이다. 나는 여기서 가까운 워싱턴 D.C.에 있는 그의 사무실로 일부러 위험을 무릅쓰고 전화를 걸었다. 어쩌면 그는 브록이 그랬듯이 아득한 심해를 알지도 몰랐고, 혹시 내 이름이 명단에 올라 있어서 그들이 나를 체포해 유리병에 갇힌 나비로 만들지도 몰랐다. 그의 비서들은 나를 연결해주려 하지 않았다. 여러 차례 사무실로 전화를 걸어 귀찮게 구니 결국 비서들도 내 이름과 호텔 방 번호를 받아 적었지만, 곧 네스터가 과연 나를 기억할까 회의가 들었다. 내가 기억하는 우리의 모습과 그가 기억하는 우리의 모습은 완벽히 달랐다. 내 기억 속에서 우리는 몇 달 전까지만 해도 다른 미래 세계에서 함께 지냈지만, 그의 기억 속에서는 그렇지 않았다. 이 미래 세계에서 그에게 나란 존재는 오래전에 딱 한 번 같이 일한 여자일 뿐이었다.

단거리 달리기용으로 제작된 곡선 모양의 의족 '플렉스-풋 치타'를 다리에 착용하고 아침마다 켈럼 고등학교 야외 트랙을 달렸다. 유체이탈 체험과 정반대로 달리기는 순수한 신체 활동이었다. 일정한 간격으로 발을 내딛고, 호흡하며, 손발을 뻗는다. 그 무엇도 이 가벼운 일상성을 망칠 수 없다.

"400미터 전력질주." 내가 말했다. "시합 모드로." 공중에 대고 말하는 것은 아직 좀 쑥스러웠지만, 다른 IFT에서 앰비언트 시스템을 접한 적이 있는 터라 크게 어색하진 않았다. 페이절 시스템사가 개발한 것으로, 미세한 나노입자들로 이뤄진 앰비언스는 꽃가루처럼 공중에 흩어져 있다. 빛의 화소, 소리의 알갱이가 내가 시선을 두는 어디서든 텔레비전 화면처럼 나타났다. 건강보조식품 광고, 스포츠용품 광고가 트랙의 곳곳에서 보여 타임스스퀘어를 방불케 했다. 달리는 동안 실시간 심장박동수, 심부체온, 소모 칼로리가 이미지로 떴다. 내 개인 비서는 바람이 불 때마다 해상도가 흐려지는 홀로그램이었다. "한 번 더! 한 번 더!" 비서가 외쳤다.

총소리가 났고 나는 달렸다. 첫 모퉁이를 돌 때까지는 속도를 높여 몰아붙였지만, 속도가 떨어지자 공중의 스톱워치가 녹색에서 노란색으로 바뀌며 깜빡거렸다. 마지막 모퉁이를 돌 때 자갈에 걸려 넘어졌다. 하늘이 빙빙 돌았고 땅이 급속도로 가까워졌다. 제일 먼저 가슴이 떨어졌고, 팔꿈치와 무릎이 바닥에 쓸렸다. 입술 안쪽을 깨물었다. 나는 입 안에 고인 피를 뱉고 또 뱉었다. 빌어먹을, 젠장. 팔꿈치에서 손목까지 피가 줄줄 흘렀고, 무릎에도 피가 흘러 양말이 흥건했다. 나는 가까스로 바닥에 앉았다.

건강 모드가 계속 돌아가고 있었다. 3분을 넘기자 빨간색이 깜빡거렸다. 나는 "그만!" 하고 말했지만, 내 개인 트레이너는 옆에서 "더 빨리! 더 빨리!" 하고 다그쳤다. 무릎 관절도 말짱해 보였고, 치타 풋은 다소 긁히긴 했지만 망가진 곳 없이 괜찮았다. 머리를 다시 풀어서 바싹 묶었다. 피곤함이 몰려왔다. 달리기를 마치지도 않았는데 근육이 탄력을 잃은 듯했고 땀이 식었다.

"다른 사람이라면 그만뒀을 거야." 정강이에 묻은 핏자국을 봤다. 무릎에 난 상처에서 흐른 피였다. "자, 섀넌, 일어나. 다른 사람이라면 그만뒀겠지만 넌 할 수 있어."

균형을 잃고 넘어지면서 우울함이 살짝 일었다. 과거에도 겪어봤던 우울함이었다. 다리를 잃고 나서 첫해에 걷는 법을 다시 배워야 한다는 막연함에, 새로운 걸음 방식이 주는 낯섦에, 넓적다리에 부착되어 엉덩이로 지탱하고 걸을 때마다 감당해야 했던 의족의 엄청난 무게에 낙담했을 때 겪었던 극심한 우울함. 기구에 적응하고, 피츠버그의 보철·보조기구 연맹에 자주 들러 사이즈를 다시 맞추고, 여러 보조 장치들을 시험하고, 맞는 신발을 사야 했다. 절단 수술을 받았는데도 전혀 굴하지 않고 강철 같은 의지로 여전히 달리는 사람들을 만났다.

나는 일어났다. 트랙을 가로질러 출발선으로 되돌아갔다.

"스톱워치 재설정."

00:00

무릎이 욱신거리면서 신선한 피가 정강이 아래로 흘러내렸다.

"다른 사람이라면 그만뒀을 거야."

나는 달렸다.

아침 운동을 마치고 호텔에 돌아와 샤워를 했다. 무릎의 상처에 연고를 바를 때 산비둘기의 구구 하는 울음소리가 들렸다. 스위트룸의 열린 문으로 새가 테라스에서 날아들었나 생각했는데, 알고 보니 앰비언스에서 음성 메일을 알리는 신호음이었다.

"코트니 김입니다." 여기서 쓰는 이름으로 음성 메일에 답했다.

그의 목소리가 방에 나와 같이 있는 것처럼 생생하게 울렸다.

"FBI 특별수사관 필 네스터입니다. 당신 목소리를 들으니 반갑네요, 섀넌. 바로 연락하지 못해서 미안해요. 훈련 세미나로 앨라배마에 와 있어요. 보고 싶군요. 우리가 조사한 내용을 알려줄게요. 당신이 묵고 있는 호텔로 7시까지 가겠습니다. 혹시 곤란하다면 연락 줘요. 아니면 오늘 밤에 만나요."

여러 IFT를 오가며 범죄를 다루는 많은 특별수사관은 '궁전 기억'이라는 기법을 따른다. 각자 하나의 궁전을 상상하고 각각의 방에 이름들, 얼굴들, 사건들을 둔다. 이렇게 공간적으로 정리해두면 잊었거나 헷갈리는 사항들을 떠올릴 수 있다는 발상이다. 특별수사관은 이런 기법을 통해 서로 다른 미래 세계에 대한 자신의 인상들을 구분한다. 각각의 IFT에서 가지고 있던 자신의 인상이 서로 섞이지 않게끔 하는 것이다. 어떤 이들은 양자거품 속을 여행하는 석 달 내내 이런 궁전을 생각하고 그들이 관찰하게

될 미래 세계와 연결된 새 궁전을 상상한다. 나는 이런 연상법
이 그다지 유용하지 않다고 생각했다. 물론 단순히 내가 이 연상
훈련에 제대로 적응하지 못한 것일 수도 있었다. 어쨌든 코트야
드 메리엇 호텔 로비에서 첫 무도회를 기다리는 심정으로 초조하
게 네스터를 기다리는 동안, 그에 대한 내 감정의 마디를 정리하
는 데 도움이 될 기법들을 전혀 마련하지 못한 것에 대해 끊임없
이 후회했다. 그는 이전 미래 세계에선 버캐넌 집에 살면서 살인
자들이 손에 넣은 옛날 무기들을 팔았다. 그리고 이곳에선 훈장
을 받은 FBI 수사관으로 살았다. 하지만 나는 이런 불일치가 그
에 대한 근원적인 것이 아니라, 그저 서로 다른 렌즈에 굴절된 이
미지로 보였다. 나는 네스터를 알았다. 눈을 감으면 내 옆에 누운
그의 몸이, 그의 감촉이 생각났다. 자면서 가르랑거리는 그의 숨
소리도, 그의 습성과 독특한 사고방식까지도. 내게는 그것이야말
로 네스터의 근원이었다.

"섀넌?"

그는 색이 바랜 청바지와 재킷 차림이었다. 우리는 서로 웃으
며 악수했다. "세상에, 당신이군요. 근사해 보여요." 그의 눈은 여
전히 초롱초롱한 청색이었다. "어쩜 이렇게 안 늙었어요. 20년이
나 지났는데?"

"너무 오랜만이네요." 내가 말했다. 그의 얼굴엔 세월의 흔적
이 묻어 있었지만, 부드러운 가죽처럼 가슴과 어깨가 두툼한 것
을 보니 운동을 많이 한 듯 보였다. "당신도 좋아 보이네요." 다른

미래 세계의 그가 생각났다. 그에게 기댔을 때의 감촉이 얼마나 포근했는지, 그가 나를 붙잡았을 때 얼마나 편안했는지. 그러나 여기서 우리는 몇십 년 전에 범죄 현장을 공유한 사이일 뿐이었다. "마지막으로 본 게 버캐넌에서였지요."

"브록이 죽기 직전이었죠. 당신 걱정을 많이 했어요. 그렇게 사라져서. 한동안 당신 행방을 찾았었는데 아무도 말해주지 않더군요."

"팔은 어때요? 마지막으로 보았을 때 구급차에 실려 갔잖아요."

그는 이두박근을 만졌다. 손가락에 낀 금반지가 보였다. 당연히 그는 결혼했을 수 있다. 그걸로 속상해할 필요는 없었다. 그는 제러드 비텍의 총알이 관통한 부분을 문질렀다. "오래된 상처는 결코 아물지 않죠."

네스터가 술을 가지러 간 동안, 나는 초승달 모양의 호텔 로비 바 부스에서 기다렸다. 공항 라운지처럼 꾸며놓아 멋을 부린 티가 났다. 자리를 옮기기 전에 잠깐 있는 곳으로는 꽤 편안한 곳이었다. 옆 테이블에서는 여자 아홉 명이서 모여 결혼 전 축하 파티를 열고 있었다. 선물 상자와 은박지 풍선이 보였고, 그중 세 명의 모습은 가끔 깜빡거리면서 순간적으로 흔들렸다. 웃을 때 모습과 소리가 어긋나는 걸 보고, 그제야 앰비언스에서만 보이는 환영이란 걸 깨달았다. 네스터가 술을 든 채 그들 테이블을 지나칠 때, 여자들 몇몇이 그를 쳐다본 후 내 쪽을 슬쩍 돌아보았다. 같이 있는 사람이 누구인지 확인하려는 모양이었다.

"바다에 나가 있었어요." 토거슨의 자살로 브록이 죽고 나서 어떻게 지냈느냐는 말에 내가 대답했다.

"장례식에 오지 않았더군요. 당신을 찾았는데요."

"어쩌다 보니 그렇게 되었네요."

네스터가 승진했다는 것을 알고 그에게 어떤 일을 하는지 물었다. 그가 말했다. "9·11 테러 이후로는 국내 테러를 많이 다루지 않았어요. 국외 테러, 특히 알카에다에 집중했죠. 그러다가 '스테니스 테러 사건'을 계기로 국내 사이코패스 범죄 쪽으로 다시 관심을 돌렸습니다."

정식 명칭은 스테니스 우주센터, 해군연구소 시험장에 있는 NASA 시설이다. 알려지기로 해군연구소의 스테니스 부지에서는 해양학 연구를 했지만, NSC/NASA 기밀 협업으로 로켓엔진 테스트와 실험용 엔진 제작도 했다. 그처럼 무심하게 스테니스라고 말해도 대부분의 사람은 무엇을 말하는지 알아들을 것이다. "그게 버캐넌과 연관되었나요?" 내가 슬쩍 떠보았다.

"저는 그렇게 봐요." 네스터가 말했다. "보여줄게요. 법 집행, 필립 네스터, 55-828."

그가 자신의 이름을 말하자 FBI 휘장이 떴다. 역시 앰비언스가 만들어낸 환영이었는데, 손을 뻗으면 만질 수 있을 것같이 생생했다. 네스터가 나보고 이름을 말하라고 했고, 내가 그렇게 하자 앰비언스가 국내 테러리스트 활동에 대해 수집한 자료들을 보여주었다. 글자가 적힌 텍스트, 만신창이가 된 통근 열차, 토막 난 시신들, 허물어진 정부 건물들 사진이 보였다.

"바쁘게 움직였네요." 나는 이미지들을 훑어보고 어떤 일들이 벌어졌는지 꿰맞췄다. 오코너의 짐작이 옳았다. 내가 보고 있는 자료들은 하일데크루거 측에서 정부 시설들, 특히 해군이나 연방법 집행 기관을 집중적으로 공격할 거라는 오코너의 생각을 확인시켜주었다.

"그들은 다른 조직들과 달라요." 그가 말했다. "자신들의 활동을 알리거나 자신들이 했다고 떠벌리지 않아요. 그래서 알카에다나 ISIS처럼 언론의 관심을 받지 않죠. '만연하는 외로운 늑대 테러리즘', '반정부적 피해망상' 같은 식으로 보도될 뿐이에요. 민병대 네트워크를 중심으로 돌아가는 것으로 추정되는데, 우리는 이런 테러들이 버캐넌과 연관되었다고 봐요. 모두 같은 집단이 계획하고 실행했다고 보는 거죠. 그리고 맞아요, 이 테러 단체는 무척 바쁘게 움직이더군요."

나는 파일 제목들을 훑어보았다. [2003] 스테니스 테러, [2005] D.C. 지하철 테러, [2007] 유엔총회 테러, [2008] NSASP 테러, [2011] 펜타곤 테러.

"스테니스 우주센터 보여줘." 네스터가 말하자 파일이 확대되어 우리 사이에 있는 탁자가 미시시피 시설의 지도로 바뀌었고, 해군연구소 자리의 건물이 화재로 파괴된 것이 보였다.

"우리가 이 테러를 버캐넌과 연관시키는 것은 다름이 아니라 그들의 활동 방식 때문입니다. 보안이 철저한 건물 내에서 직원들을 포섭해서 활동하고 있어요."

"출입카드가 있는 사람들이군요." 나는 메아리를 생각했다. "누군가요?"

"이 사건의 테러리스트도 해병대 출신이었죠. 그자가 총을 쏘기 시작하자, 경호원도 맞대응 사격을 했죠. 그러자 그가 폭탄을 터뜨렸어요." 그가 말했다. "하지만 뉴스에서 보도되지 않은 내용이 한 가지 있는데, 바로 미수로 그친 CJIS 테러의 양상과 상당히 비슷했다는 거예요. 당신이 브록과 함께 버캐넌에서 CJIS 건물 설계도를 찾았었죠."

"사린가스 말인가요?" 내가 물었다.

"그 테러리스트는 자신의 직장(直腸)에 폭탄을 넣고 꿰매놓은 상태였어요. 그대로 실험실로 들어가 터뜨렸습니다. 연구원들 앞에서 그의 몸이 폭발해버렸죠. 아주 끔찍한 쇼였지만, 다행히 폭탄으로 죽은 사람은 테러리스트 한 명뿐이었어요. 사린가스를 찾아낸 건 나중에 화재진압 장치를 수색하면서였죠. 테러리스트의 신체가 폭발의 위력을 꺾어놓는 덕분에, 다행히 장치가 가동되지 않았던 겁니다. 그는 외로운 늑대였습니다."

"그러니까 총격을 가하다가, 자살 폭탄 테러를 감행한 거군요."

"폭탄이 터지기 전에 총격으로 다섯 명이 죽고 여덟 명이 다쳤습니다. 마구잡이로 난사해서 연구원들이 많이 죽었어요. 나는 이번 사건을 맡으면서 당신과 우연히 마주칠 줄 알았어요."

"NCIS와 같이 일했군요." 나는 네스터의 말에서 기시감을 느끼고 살짝 흥분했다.

"맞아요. 더 정확히 말하면, 우리는 그 해병대 출신 테러리스트가 사용한 총기를 조사했습니다. 탄도를 확인했는데 거짓 양성이 나왔어요. 탄도 보고서로는 우리가 이미 갖고 있던 총과 일치했습니다. 패트릭 머설트를 죽인 9밀리 구경 총기랑 같은 종류였던 거죠. 또한, 그 총기는 라이언 리글리 토거슨의 것과도 일치했어요. 그의 자택에서 폭발 사고가 일어난 뒤에 우리가 그의 총기와 총탄을 찾아냈거든요."

"세 개의 총기가 서로 일치했다는 말인가요?"

"그래서 당신에게 연락하려고 했어요. 이런 일치가 거짓 양성인지 당신이 확인해줄 수 있나 해서 말입니다. 그런데 당신을 찾을 수 없었어요. 그러고 나서 다른 총기가 또 나왔습니다."

"일치하는 것이 또 나왔다고요?" 내가 물었다.

"네, 맞아요. 일치하는 것이 또 있었던 거죠. 그런데 판사들은 이런 사건은 탄도 보고서를 기각하는 경향이 있어요. 일단 사건들에 표시를 해봤는데, 머설트와 토거슨, 스테니스 우주센터가 서로 연관된 것 같아요. 하지만 그런 일치도 사실 데이터베이스의 오류에 불과할 수도 있어요."

"연관이 있는 게 분명해요." 내가 말했다.

"우리는 이렇게 탄도가 일치하는 것이 확인되면, 우선 각각의 사건을 종결시키지 않아요. 그런 다음 지역 관할을 통해 엄격하게 조사하는 경우가 대부분이죠. 여기에 압박이 있어요. 스테니스 사건은 일종의 트라우마였잖아요. 해병대원이 조국을 공격한 사건이었으니까요. 수사국은 관여하길 꺼리고, 당국과 정치인들은 하루빨리 사건을 종결하고 기소하기를 원했죠. 그래서 우리는 보다 적극적으로 수사를 진행했습니다. 대신 비밀리에요. 우리는 탄도가 일치한다는 사실이 뉴스에 보도되는 걸 막고자 했어요."

다른 미래 세계의 네스터가 언젠가 내게 한 말이 생각났다. 친밀해진 순간에 그는 나와 우연히 마주치기를, 조사 문제로 나와 협의하기를 바랐다고 했다. 그때도 그가 작업하던 탄도 보고서에 거짓 양성이 나왔다. 그 미래 세계에서도 머설트의 시신에서 나온 총탄과 일치하는 것이 있었다. 바로 이 미래 세계처럼. 마치 내가 오랫동안 살아온 집에서 어떤 새로운 문을, 내가 이전에 결코 알아채지 못했던 복도로 이어지는 문을 발견한 기분이었다. 패트릭 머설트가 죽은 곳에서 FBI가 회수한 베레타 권총, 토거슨에게서 회수한 총, 스테니스 우주센터의 총격에서 해병대원이 사용한 총, 모두 똑같은 베레타 M9 권총이었다. 메아리의 총들.

"거짓 양성에 대해 좀 더 말해줄래요? 자세히 알고 싶어요."

"FBI가 무기에서 회수한 탄도 지문 데이터베이스를 구축하고 있어요. 지역 법 집행 기관의 데이터베이스에도 접근할 수 있습니다. 일부 예외는 있지만요."

"언제부터 데이터베이스를 사용하기 시작했나요?"

"그리 오래되지는 않았어요. 아마 10년 전, 그쯤 될 겁니다."

"그러면 2005년이나 그 무렵 이전의 일치 기록들은 찾을 수 없겠군요."

"아마도요. 어쩌면 그보다 뒤일 수도 있어요. 데이터베이스가 정상적으로 돌아가고 난 다음에야 이전의 기록들을 추가했으니까요."

"목록을 볼 수 있나요?"

"거짓 양성 목록 말인가요? 데이터베이스가 생각만큼 그렇게 도움이 되지는 않아요. 자료가 워낙 방대해서 말이죠. 하지만 알아보는 방법이 있어요."

네스터가 앰비언트 시스템에 스테니스 우주센터 총격과 관련된 거짓 양성 탄도 일치 목록을 보여달라고 요구했다. 빛의 알갱이들이 공중에 나타나 보고서로 확대되었다. 첫 보고서는 1997년 3월 패트릭 머설트의 시신에서 나온 총탄의 탄도 결과였다. 이 총탄과 일치하는 결과들이 더 있었다. 스테니스 우주센터 총격에 사용된 총, 토거슨의 총, 2009년의 또 다른 살인 사건. 하지만 내 관심은 1997년 3월 26일에 있었던 살인 사건에 쏠렸다. 머설트가 죽고 불과 몇 주 뒤로, 굳건한 대지에서는 아직 일어나지 않았다.

"이건 뭐죠?" 내가 앰비언트에 나타난 파일 하나를 가리키며 물었다. "듀어?"

"칼라 듀어, 변호사예요. 버지니아의 타이슨스코너 쇼핑몰 푸드코트에서 총에 맞아 죽었어요."

변호사라. 매리언이 아버지가 죽기 몇 주 전에 변호사와 만났었다고 했다. "이 사건 파일을 봐야겠어요. 칼라 듀어, 이 여자의 죽음과 관련한 모든 것이 다 필요해요. 파일을 가져오는 데 얼마나 걸릴까요?"

"지금 바로 볼 수 있어요." 네스터가 말했다. "범죄 현장도 볼 수 있지만 여기서는 안 될 겁니다. 빛이 너무 많아요. 방을 예약하고 앰비언트 시스템을 결제할게요. 그럼 볼 수 있어요."

"내 방으로 가요." 내가 말했다.

그를 처음 알았을 때와 비슷한 매력을 느꼈다. 내가 묵고 있는 층으로 올라갈 때, 그의 얼굴이 엘리베이터 불빛을 받아 붉게 빛났다. 자신감 있고 편안한 표정, 애프터셰이브 로션 냄새. 내가 알던 낙담한 남자의 헝클어진 턱수염과 따뜻한 플란넬 셔츠는 이제 없었다. 전에 그를 알았을 때는 그도 나도 미완의 존재여서 함께 전체를 만들면 좋겠다고 생각했었는데, 여기서 그는 이미 완성된 수수께끼였다. 내가 파고들 틈이 없었다.

"결혼은 했죠?" 내가 물었다.

"새넌." 그러더니 그가 말했다. "그렇죠, 지니하고도 이제 몇 달 있으면 15주년이네요."

"이름이 버지니아예요?"

"네, 휴가 갔다가 만났어요. 교회를 통해 알게 됐는데, 가수예요."

가수와 FBI 수사관 부부라. 그들은 나이가 들어도 교회에 함께 나가고, 성경 공부도 함께 하겠지. 멋진 집에 사람들을 초대해 바비큐 요리를 대접할 거야. 뒤뜰에서 다른 중년 남자들과 맥주를 마시며 자신이 어떤 사람들을 체포했는지, 20년 전에 어떻게 총에 맞아 부상을 당했는지 이야기하는 네스터의 모습을 상상했다. 그의 부인이 어떻게 생겼는지 궁금했다.

"당신이 독실한 사람이었던 게 생각나네요." 나는 다른 미래 세계의 네스터를 생각했다. 창 너머로 살인이 일어났던 들판이 보이는 버캐넌 집에 앉아, 거실에 걸려 있는 죽은 그리스도의 그림을 혼자 쳐다보는 그의 모습 말이다. 나는 운명의 변덕스러움이 생각나서 웃고 싶었다. 바뀌지 않는 근원이니 핵심이니 하는 건 존재하지 않는다. "영생을 믿는지 내게 물었죠? 뭐였더라? 육신의 부활을 믿느냐고 했었죠?"

"아, 그랬던가요, 부끄럽네요." 그가 말했다. "기억나요. 그때 그런 말을 했던 것 같네요. 나를 그런 식으로 기억하고 있었군요. 살짝 당혹스럽네요."

"짝을 찾았다니 다행이에요."

"고마워요. 열 살짜리 아이도 있어요. 케일라 그 녀석 때문에 정신이 없답니다."

"행복해 보여요."

"그럼 당신은…?"

"아직요." 엘리베이터에서 먼저 나가면서 내가 말했다. "나랑 맞는 사람을 못 만났어요."

나는 문손잡이에 '방해하지 마시오'라는 팻말을 걸어놓고 나가는 버릇이 있는데, 그 때문에 혹독한 대가를 치러야만 했다. 방이 엉망이었다. 욕실 바닥엔 축축한 수건이 나뒹굴었고, 밤새 잠을 설치느라 시트가 매트리스에서 흘러내렸다. 나는 서둘러 의자 등받이에 걸린 옷을 치우고 속옷을 가방에 쑤셔 넣는 등 되는대로 방을 치웠다. 앰비언트 시스템 제어기는 온도 조절기 옆에 있었다. 한 번도 손대지 않은 여러 버튼이 보였다. 네스터가 시스템을 작동시키자 환기구가 윙윙거리며 방이 따뜻해졌다. 나노입자들로 채워진 것이다. 오존 냄새가 났고, 갑자기 코가 간질거렸다.

"먼지가 많이 나네요." 그가 말했다. "침대 조심해요. 방해될 수 있어서. 아, 됐네요. 96퍼센트, 좋아요."

정확하게 무슨 뜻인지는 모르겠지만, 아마도 포화도를 뜻하는 듯했다. 아니면, 공기의 96퍼센트에 나노입자가 채워졌다는 말일까? 어쩌면, 시스템이 작동하기 최적 상태에 96퍼센트 수준까지 이르렀다는 말일 수도. 나는 숨을 들이마셨다. 내 폐에, 피에 기계들이 들어왔다. 지나치게 오래 들이마시면 소변 색깔이 오렌지색이 된다. 또한, 폐에도 무리가 생긴다. 앰비언스를 지나치게 들이마셔서 폐가 은박지를 씌운 것처럼 보이는 사람들을 책자에서 본 적이 있다. 네스터가 재킷을 벗고 소매를 걷어붙였다. "불 좀 꺼줄래요?" 그가 말했다. 암막을 치고 스위치를 내렸는데도 방은 여전히 밝았다. 마치 공기 자체가 발광하는 것처럼 안에서부터 빛이 났고 그림자는 지지 않았다. 은은한 불빛이 모든 방향에서 동시에 일어났다. 앰비언스에 구현된 첫 번째 이미지는 호텔

외관과 해변 모습이었다. 수영복 차림의 여자들이 폭포가 있는 수영장에서 샤르트뢰즈 칵테일을 마셨다. 코트야드 메리엇 호텔의 로고와 룸서비스 표시, 그리고 '평가하기'와 '공유하기' 버튼이 보였다.

"안녕하세요. 코트야드 메리엇 호텔 페이절 앰비언트 시스템에 오신 것을 환영합니다." 활기찬 여성의 목소리였다. "두 분 모두 새로운 사용자시군요. 우리는 경연대회를 수상한 멋진 환경으로 여러분의…"

"법 집행 55-828. 그가 말했다. "네스터, 필립."

방이 달라졌다. 호텔과 해변, 선탠을 한 여성들의 모습이 사라지고 FBI 휘장과 '해군범죄수사국' 글자가 빙글빙글 돌았다.

"1997년 사건을 찾고 있어. 버지니아 페어팩스 카운티에서 일어난 살인 사건. 희생자 이름은 D-U-R-R, 칼라."

회전하는 지구 아이콘이 물러나고 파일 번호와 '칼라 듀어'라는 이름이 떴다. 방을 가로질러 가서 네스터 옆에 설 때까지 그녀의 이름이 반사된 이미지처럼 거꾸로 보였다.

"저거네요." 그가 말했다. 다른 이미지들이 방에 보였다. 글자들의 집합체였다. 그가 "실제 크기"라고 말하자 A4지 크기로 조정되었다. 그가 공중에서 한 장을 집으려고 손을 뻗자 이미지가 반응했다. 그가 직사각형 모양의 빛이 아니라 진짜 종이를 들고 있는 것처럼 보였다. 수많은 화소가 조화롭게 정렬돼, 문서를 너무도 생생하게 재현했다.

"멋지네요." 나는 앰비언트 시스템의 현실감에 실로 압도되었다. 앰비언스에 구현된 대부분의 효과들은 3차원 입체 영상과 비슷했다. 건강 모드 스톱워치와 개인 트레이너를 통해 직감적으로 이해했지만 이 정도의 환영은…

"축소 모형." 네스터가 말했다. "사진 3번부터 355번까지 엮어 줘."

더 이상 종이 뭉치로 채워진 방의 모습이 아니었다. 호텔 방은 사라지고 오후 중반 쇼핑몰 푸드코트가 되었다. 파이브 가이스 햄버거 매장의 계산대에 경찰 테이프가 둘러 있었다. 환영은 침대와 다른 가구의 윤곽선이 살짝 보이는 것을 제외하면 완벽했다. 쇼핑몰이 모든 방향으로 이어져 있었고, 다른 레스토랑, 다른 가게들 복도가 보여 마치 내가 그 안으로 걸어 들어가 테이블을 지나 에스컬레이터를 타고 아래로… 나는 칼라 듀어의 범죄 현장을 3차원으로 구현한 것을 보고 있었다. 수백 장의 현장 사진을 하나로 엮어서 이렇게 완벽한 시뮬레이션을 만든 것이다. 시신이 햄버거 매장 계산대 근처에 고꾸라져 있었다. 중년 후반의 여자로, 살구색 팬티스타킹 너머로 발목과 무릎의 정맥이 부풀어 오른 게 보였다. 감청색 치마와 재킷을 입었고, 오렌지색 머리카락이 엉클어져 있었다. 몸통에 여러 발, 관자놀이에 한 발을 맞았는데 머리에 맞은 총알이 뇌를 관통한 것이 분명했다. 총격을 당했을 때 햄버거를 사려고 했던 모양인지 감자튀김이 바닥에 어질러져 있었다. 피가 얼굴에 케첩 통을 쏟은 것처럼 보였다. 나는 시신을 좀 더 자세히 보려고 다가가다가 침대 모퉁이에 부딪혔다.

"뒤에서 총을 맞았네요." 내가 말했다. "계산대에 서 있던 그녀에게 누군가가 등 뒤로 다가와 여러 발을 쐈어요."

"칼라 듀어, 펜실베이니아주 캐넌스버그에서 변호사로 일했어요." 네스터가 말했다.

"캐넌스버그라. 패트릭 머설트의 변호사가 틀림없어요."

"머설트의 변호사라고요? 홍미롭네요. 내가 기억하기로 캐넌스버그와 연관되는 것은 옆에 표시를 해두었는데, 당시 그녀와 머설트 사이에 특별한 연결고리는 찾지 못했나 봐요. 듀어는 타이슨스코너 몰에서 살해되었어요. 1997년 3월 24일, 월요일, 오후 3시 40분경. 머설트가 살해당한 당시와 가까운 시기군요."

"불과 몇 주 뒤예요." 아직 막을 시간이 있어. "누구예요? 누가 그녀를 죽였어요?"

"미해결 사건이네요. 당시 목격자가 진술한 바로는 검은색 군인 작업복을 입은 백인 남성이라고 합니다. 체포된 사람은 없군요."

"미해결이라. 총이 똑같다고 하지 않았어요?"

"총까진 아니에요. 스테니스 우주센터 총격에서 회수한 총탄이 듀어의 시신에서 나온 일곱 발과 일치해요."

"머설트 총격 때의 총탄과도 일치하고요? 그리고 토거슨의 총에서 나온 것하고도?"

"맞아요. 토거슨의 총탄과 일치하는 건 나중에 확인되었어요. 수사원이 시험 발사를 해서 시스템에 접속해보고 알았죠."

"머설트의 살해와 듀어의 살해를 왜 곧바로 연관 짓지 못했을까요? 겨우 몇 주 차이잖아요."

"그렇긴 하지만, 총탄이 일치하는 걸 알게 된 건 나중 일이었어요. 머설트와 듀어가 죽고 오랜 세월이 흘러 스테니스 테러가 발생했고, 그때 사용된 총을 시험해보고 나서야 확인된 거죠. 거기다 전국적인 데이터베이스가 갖춰지는 시간과 누군가가 장기 미해결 사건들의 데이터를 입력할 시간, 거기에 자금까지 확보한 뒤에야 가능했으니 더더욱 늦어졌죠. 두 살인 사건은 겨우 몇 주 차이였음에도 불구하고요. 심지어 처음에는 거짓 양성이 새로운 데이터베이스 시스템의 오류라고 생각했을 정도였죠."

오류, 메아리 총들. 총격 사건을 연결해주는 단서였다. 하일데크루거는 보이지 않았지만, 그와 관련된 인물들이 무심코 남긴 살해의 패턴은 십자수처럼 눈에 보였다.

주변 모습이 달라졌다. 푸드코트가 사라지고 칼라 듀어의 사진이 침대 위에 떴다. 전문가가 찍은 얼굴 사진으로, 두툼한 입술에다 금방이라도 튀어나올 것 같은 두꺼비 눈을 가진 여자였다.

"이 여자에 대해서 확보한 자료가 또 뭐가 있죠?"

"계약 협상의 전문가였더군요. 아까 말했듯이 캐넌스버그에서 일했고. 그런데 섀넌, 그녀가 이런 국내 테러 사건들과 어떻게 연결된다는 건가요? 버캐넌과 무슨 관계가 있다는 거죠? 패트릭 머설트의 개인 변호사라면서요? 당신이 그걸 어떻게 아는 거예요?"

"나도 전해 들은 거라, 확실한 건 아니에요. 하지만 그녀는 당신이 말했듯이 캐넌스버그에서 일했고, 탄도가 일치해요. 그런 연관성만으로도 그녀가 누군지 추측해볼 수 있어요. 패트릭 머설트는 죽기 전에 변호사를 만났다고 했는데, 아마도 그녀일 가능성이 커요. 그들이 왜 만났는지는 아직은 모르겠어요. 어쩌면 그녀는 머설트의 변호사가 아닐 수도 있어요. 그녀가 캐넌스버그에서 일한 것도 우연의 일치일 수도 있겠죠. 그래도 의심이 가네요."

"그래요, 나도 의심스럽네요. 뭔가 있어요." 네스터는 파일의 다른 서류들을 넘겼다. "칼라 듀어는 그날 점심 때 누군가를 만나려고 한 것 같아요. 그 사람 이름이… 피터 드리스콜 박사. 이런, 나 이 사람 알아요. 이것은…"

네스터는 말을 하다 말았다. 집중하느라 이마에 주름이 졌다.

"드리스콜." 그가 말했다. "그의 이름이 여기서 나올 줄은 몰랐네요. 당시에는 드리스콜에 대해 몰랐어요. 그가 듀어의 죽음에 대해 쓴 진술서가 있긴 한데 별거 없어요. 총격이 일어났을 때 그는 화장실에 있었거든요. 그러니까 아무것도 보지 못했죠."

"드리스콜이 누군데요?" 내가 물었다.

"시스템 종결." 네스터의 말에 앰비언스가 사라지면서 캄캄한 어둠 속이 되었다. 그가 침대 옆에 있는 램프를 더듬어서 스위치를 켰다. 그러고선 내 침대에 앉았다. 생각에 잠긴 눈빛이었다. "피터 드리스콜 박사는 페이절 시스템에서 일했어요. 수석 엔지니어였죠."

"페이절 시스템이라면 그가 앰비언스를 개발했다는 뜻인가요?" 나는 그렇게 물으며, 다른 미래 세계의 피터 드리스콜 박사가 암 치료제를 개발했을 수도 있겠다는 생각을 했다.

"그와의 인연은 2005년, 어쩌면 2006년으로 거슬러 가네요." 그가 말했다. "FBI가 워싱턴 D.C.에서 해군연구소의 물리학자들을 수사했습니다. 방대한 수사였죠. 기밀 정보가 상원의원 사무실에서 나중에 페이절 시스템을 설립하는 자들로 흘러들어 갔다는 혐의가 있었거든요."

"내부자 거래였나요?"

"그 이상이었죠. 군사 기밀을 민간 회사에 이용했으니까요. 인공지능, 가상현실 시스템. FBI는 스테니스 테러 사건을 수사하면서 해군연구소 출신 D.C. 과학자들을 전부 조사했습니다. 우리는 둘 사이의 연관관계를 찾아내려고 애썼죠."

"드리스콜 박사도 수사의 표적이었겠군요?"

"그는 표적까진 아니었어요. 페이절 시스템의 설립자이긴 해도, 그저 증인으로 나올 예정이었죠. 상원군사위원회 소속 위원들이 기밀 정보를 과학자들에게 넘겨 페이절을 설립했다는 의혹이 있었습니다. 모두 뇌물 수수 혐의였죠. 하지만 드리스콜 박사는 우리에게 협조하기 전에 사망했습니다. FBI 수사관의 총에 맞았는데, 공교롭게도 그녀는 내 부하였어요."

"어떻게 된 일이에요?" 나는 불안해졌다. 그가 말하는 내용이 낯설지 않았던 것이다. 하지만 예전에 그를 알았을 때는, 임무를 수행하다가 누군가를 죽인 것은 네스터였고, 정부와 페이절 시스템의 부패에 대해서 FBI가 수사하고 있다고 알려준 것은 브룩이었다. 궤적은 달랐지만, 똑같은 진실을 반영하는 듯했다. "그 사람을 누가 죽였다고요?"

"비비안 링컨이라는 비밀 요원이에요. 이 사건으로 그녀 경력이 완전히 망가져버렸어요. 총격에 의한 트라우마도 심각했고요. 게다가 FBI 내에서 그녀 때문에 사건을 망쳤다는 분위기가 조성되어서… 그것 때문에 지금도 많이 위축되어 있어요. 승진 길도 막혔고, 불공평한 처사죠. 나를 포함한 몇몇이 그녀를 지지하긴 하나, 이미 수사국 내에 막강한 적이 생기고 말았어요."

"그녀가 무엇을 수사하고 있었나요? 어쩌다 그자에게 총을 쏘게 된 거죠?"

"버캐넌에 있던 화학무기 실험실 수사를 계속하면서 다른 국내 테러 사건들도 맡게 됐어요. 비비안은 내 비밀 요원으로 침투해 있었습니다. 리처드 해리어라는 남자의 연인으로 가장했었죠."

"해리어." 내가 말했다. "그 사람 밴을 추적해서 화학무기 실험실을 찾았잖아요. 오래전에 그를 체포했었죠. 미스 애슐리의 남자친구."

"맞아요, 같은 사람이에요." 네스터가 말했다. "하지만 이건 한참 뒤의 일이에요. 해리어는 드리스콜 박사를 암살하도록 파견된 사람이었습니다. 비비안은 총격을 멈추려고 했는데 상황이 여의치 않아 정당방위를 행사했다고 하더군요. 내부 조사로 몇 년 질질 끌다가 그녀에게 아무 잘못이 없는 것으로 밝혀졌습니다."

"그녀와 이야기할 수 있을까요? 아직도 여기서 일하죠?"

"네, 내 밑에서 일해요. 국내 테러 부서에서. 우수한 수사관입니다. 내일 사무실로 나오면 만날 수 있을 거예요. 아침에 그녀에게 말하고 나서 당신한테 연락할게요. 일정 비워둘 테니 와요."

자정 무렵, 네스터는 떠나면서 칼라 듀어에 관해 더 찾아볼 자료가 있는지 알아보겠다고 했다. 나는 호텔 메모지에 '여러 개의 총, 동일한 총기'라고 적고, 혹시 다른 총, 메아리 총이 있는지 생각했다.

나는 적은 종이를 찢고 새 메모지를 꺼냈다. NRL 디자인을 그리고 안에 '해군연구소'라고 적었다. '상원군사위원회, 해군연구소, 페이절 시스템.' 어떤 미래 세계에서는 암 치료제를, 또 어떤 미래 세계에서는 앰비언스를 만들었다. '나노테크 기술.'

'피터 드리스콜 박사, 드리스콜, 듀어.'

그것은 마치 해결해야 하는 불협화음 소리처럼 들렸다. 나는 나머지 종이들도 전부 찢은 후, 생각을 가라앉히려고 샤워를 했다. 욕조에 앉아 샤워기 물 떨어지는 소리를 들었다. 캐모마일 입욕제로 거품을 내고 샴푸를 문지르며 네스터를 생각했다. 다른 미래 세계의 네스터는 정당방위로 누군가를 쐈고, 결국 FBI 경력을 망쳤다. 혹시 그게 드리스콜 박사였을까? 그가 그 IFT에서 드리스콜 박사를 죽인 것일까? 하지만 이곳 미래 세계에서는 운명의 손가락이 다른 수사관을 가리켰다. 샤워기 물이 신경이 곤두선 내 근육을 두드렸고, 뜨거운 김이 내 몸에 흘렀다. 칼라 듀어는 3월 26일에 살해되었다. 아직 그녀의 죽음을 멈출 수 있어. 굳건한 대지에 돌아가 타이슨스코너 몰에서 잠복한다면, 그녀가 살해당하는 걸 막고 범인도 체포할 수 있다. 미래 세계에선 진상이 밝혀지지 않은 살인이었지만, 현재에선 그를 잡을 수 있다. 나는 백일몽에 빠졌다. 푸드코트 테이블, 흐릿한 군중, 북적이는 쇼핑몰 내부, 검은색 작업복을 입은 남자, 하일데크루거. 하지만 그의 얼굴은 인간의 얼굴이 아니었다. 해골의 얼굴이었다. 나는 욕조 가장자리에 앉아 다리를 말린 후 넓적다리를 의족의 소켓에 끼웠다. 물소리가 첨벙거렸다. 젖은 테라코타 타일 바닥에 조심스럽게 발을 디디며 균형을 잡으려고 했다. 항상 넘어지지 않도록 조심해야 했다. 욕실 문을 열었는데 어떤 여자를 보았다. 누군가가 내 방에 들어와 있었다.

2

여자는 침대 끝에 앉아 있었다. 얼굴을 다른 쪽으로 돌리고 짙은 머리카락을 늘어뜨린 채. 누구지? 순간, 몸이 얼어붙었다. 이곳의 네스터와 가까워질수록, FBI가 내 정체를 파악할 가능성도 높아진다는 걸 미처 생각지 못했다. 이대로 생포당할 수도 있다. 나는 총이 가방에 든 것을 떠올렸다. 어쩌면 여자가 여기 있는 다른 이유가 있을지도 몰랐다. 여자는 민소매, 아니면 어깨가 다 보이는 어깨끈이 달린 원피스 차림이었다. 이윽고 오렌지색으로 타들어간 담배 끝이 보였다. 내 방에서 담배를 피우는 젊은 여자라. 방을 잘못 찾아왔나? 하지만 걸쇠는 안에서 잠긴 채였다. 어떻게 들어온 거지?

그녀는 내가 여기 있다는 것을 알 텐데도 개의치 않는 듯했다. 담배 연기가 천장으로 말려 올라갔지만 담배 냄새는 전혀 나지 않았고 화재 탐지기도 작동하지 않았다. 어린 여자였다. 기껏해야 열여섯, 열일곱. 어쩌면 부모에게서 도망쳐 나와 재미삼아 여기로 들어온 골칫거리일 수도 있었다. 발코니를 통해 들어왔을까? 옆방에서 넘어서 여기로 왔을까? 나는 잠옷을 걸쳤는데 물기가 다 마르지 않아 몸에 딱 붙었다. 머리카락에서 물이 뚝뚝 떨어졌다. 젊은 여자가 그 소리에 돌아보았다.

유령이었다.

마지막으로 그녀를 보았을 때와 똑같았다. 열여섯 살, 분홍색 리본을 단 검은색 웨이브 머리. 거기에 옷차림도 마찬가지였다. 그녀는 마돈나를 싫어하면서도 항상 마돈나처럼 옷을 입고 다녔는데, 지금도 그 차림이었다. 그녀가 죽은 날 밤에 입었던 것과 똑같은 옷. 그날 밤 무정하게도 파란색 쓰레기 수거통 사이에서 발견되었을 때, 그녀는 하얀 허벅지가 그대로 드러나는 라벤더색 미니스커트를 입고 있었고, 양말 없이 캔버스 운동화를 신고 있었다. 그녀는 절대로 양말을 신는 법이 없었다.

"코트니."

코트니는 입과 콧구멍으로 담배 연기를 내뿜었다. 내가 피자헛에 들어가 있는 동안, 그녀가 운전석에 앉아 창문을 열고 연기를 내뿜던 게 떠올랐다. 그리고 지금 여기서도 마찬가지였다. 페이즐리 무늬의 오렌지색 벽지와 적갈색 침대보가 있는 호텔 방에서 말이다. 그녀는 담배를 길게 빨았다. 그녀의 눈이 우물에 비친 달빛의 반영을 바라보듯 아름다웠다. 이것은 기적이 아니면 잔혹한 속임수가 분명했다. 내 안의 모든 것이 물로 변해서 죄다 쓸려 내려갈 것 같았다.

담배 냄새가 나지 않아. 내 안에서 냉소적인 목소리가 들렸다. 뭔가 오작동을 한 거야. 앰비언스군…

코트니가 살아 있었다면 어떻게 되었을까? 우리는 따로 떨어져 지냈을 수도 있겠지만 캐넌스버그는 워낙 좁아 실제로 그러기는 어려웠을 것이다. 나는 어머니를 생각했다. 우리가 어머니처럼 동네 술꾼으로 자란 모습을 생각했다. 그러나 전부 상상일 뿐이었다. 그녀가 죽지 않았을 미래 세계에서, 우리에게 어떤 일이 벌어졌을지는 결코 알 수 없었다. 이미 일어난 일이었고, 그 때문에 다른 일이 일어날 가능성은 완전히 사라졌다. 코트니는 걸인에게 돈을 주려고 했다. 그때 창문을 열고 지갑에 손을 넣지만 않았다면.

"다리 멋지군." 코트니가 말했다.

목소리가 이상했다. 억양도 달랐다. 완벽한 시뮬레이션에도 허점이 있었던 것이다. 코트니는 항상 무심한 듯 아닌 듯한 말투로 말했는데, 이 코트니는 보다 생기발랄했다. 신경이 거슬렸다.

"당신 누구야?" 눈물을 닦으며 내가 물었다. "지금 누구랑 이야기하는 거지?" 마치 점괘 판에 대고 질문을 하듯 내 목소리가 떨려왔다.

"C-레그 맞지? 3C100." 코트니가 말했다. "오토보크사 제품. 1997년 뉘른베르크에서 열린 세계정형외과대회에서 첫선을 보였어, 그렇지? 상용화는 1999년에야 이루어졌지만 자네는 그 전에 구했을 테지. 정부를 위해 일하니까. 거기서 온 거야, 1999년에서?"

'거기서 온 거야?' 코트니든 누구든 간에 이자는 시간 여행을 알았다. "시제품을 쓰고 있어." 내가 말했다. "베타 시험자야."

"리튬이온 전지라서 다리가 젖으면 안 될 텐데. 그걸 착용하고는 샤워를 할 수 없겠군, 그렇지?"

"맞아, 샤워할 때는 빼고 해." 나는 대체 이자가 누구일까 생각했다. 앰비언스인 것은 확실했다. 범죄 현장의 환영과 비슷한 것이었다. 하지만 그녀는 꼭두각시처럼 보였다. 이 환영 뒤에 누가 있는 것일까? "욕실에 둘 수도 없어. 증기를 쐬면 안 되니까."

"자주 충전해야겠군. 얼마나 자주 하지?"

"하루에 한 번, 가끔은 그보다 자주 하기도 하고." 내가 말했다. "당신은 지금 IFT에 있다는 걸 아는 모양이군. 지금 여기 나 말고 아무도 없는데도 동요하지 않는 것 같아."

코트니는 담배를 길게 빨고 말했다. "가까이 와보게. 자세히 보고 싶군."

코트니는 한 번도 이런 식으로 말한 적이 없었다. 나는 그녀 가까이 다가가서 옆에 섰다. 그녀는 계속 앉아서 머리를 내 허리 쪽으로 돌렸다. 나는 잠옷을 엉덩이까지 올려 의족 전체를, 넓적다리 피부를 보여주었다. 코트니는 담배를 입술에 물고 몸을 기울여 나를 찬찬히 살폈다. 내 몸에서는 샴푸 냄새, 축축한 피부 냄새, 잠옷 젖은 냄새가 났지만, 그녀에게서는 아무 냄새도 나지 않았다. 담배 연기가 내 얼굴을 타고 천장으로 말려 올라가는데도. 나는 숨을 깊이 들이마셔보았지만 아무것도 맡지 못했다.

"아주 근사해." 그녀는 내 종아리 자리에 있는 의족 하부를 손으로 만졌다. "무릎에 유압 방식의 센서가 있지. 그걸 한번 보여줘."

내가 다리를 들자 무릎에 달린 마이크로프로세서가 반응했고, 무릎이 구부러졌다. 코트니는 내 무릎을, 탄소섬유 밑동과 내 넓적다리 피부가 만나는 부위를 만졌다.

"앰비언스에 있군." 내가 말했다. "그래서 담배 냄새를 맡을 수 없는 거야."

나는 손을 뻗어 코트니의 머리카락을 만졌다. 수천 개의 나노봇이 내 손가락 피부에 부딪히며 내가 젊은 여자의 머리카락을 만진다는 감각을 느끼게 했다.

"자네와 이야기를 나누려고 이곳 앰비언스를 빌렸어. 너무 불쾌하게 생각지는 말게."

"괜찮아." 나는 여기 혼자였다. 누가 나를 보고 있었을까? 나는 얼른 잠옷을 내렸다.

"왜 코트니를 선택했지?" 내가 물었다.

"형체 없는 목소리로 말을 걸면 환청을 듣는다고 생각할지도 모르니까." 코트니가 말하면서 자신의 이마를 툭툭 쳤다. "나는 자넬 설득해야 했어. 내가 진짜임을 확신시켜야 했지… 본명은 섀넌 모스, 하지만 이곳에서 쓰는 가명은 코트니 김, 자네 마음이 어디에 쏠려 있는지 짐작하는 건 어렵지 않았어. 나는 코트니 김의 범죄 현장 사진과 부검한 시신 사진에서 그녀의 이미지를 끌어냈지. 그런 사진들이야 구하는 건 일도 아니거든. 누구든 마음만 먹으면 볼 수 있도록 널려 있으니까. 살아 있을 때 모습이 어색하다면, 이건 어떤가?"

코트니는 뒤로 쓰러져 침대에 벌렁 누웠다. 그녀의 모습이 바뀌었다. 이제 살아 있는 소녀라기보다 시체에 가까웠다. 눈동자가 풀렸고, 다리를 쭉 뻗고 있어 치마가 허리까지 올라가 있었다. 하얀 다리가 드러났다. 목에는 거의 참수 수준으로 깊게 베인 상처가 있었고, 갈색 피가 사방에 묻어 있었다.

"이런 모습을 생각했나?" 꾸르륵거리는 목소리로 그녀가 물었다.

나는 고개를 돌리지 않으려고 애썼다. "그만하지. 당신 누구야?"

"어떻게 보면 누구일 수도 있겠군." 코트니가 일어나 앉았다. 목의 벌어진 상처에서 벌건 피가 쏟아져 가슴으로 흘러내렸다. "내 소개를 하지. 피터 드리스콜 박사네." 그가 말했다. "혹은 피터 드리스콜의 시뮬레이션, 정확히 말하면 세 번째 시뮬레이션이네. 아쉽지만 이게 마지막이지."

"피터 드리스콜." 나는 이름을 되새기며 내가 지금 누구와 이야기하는지 생각했다. 죽은 사람이야. "칼라 듀어 변호사와 만나기로 했던 사람 말인가? 그녀가 살해된 날, 타이슨스코너 푸드코트에서 말이야."

"맞아. 엄밀히 말하면 그건 드리스콜 본인이었지. 나야 말했듯

이 피터 드리스콜의 세 번째 시뮬레이션이니까." 시뮬레이션이
말했다. 순식간에 눈앞의 코트니가 짙은 보석 같은 눈과 은백색
머리카락을 기른 앙상한 남자로 바뀌었다. "칼라 듀어?" 그가 눈
을 살짝 찡그리며 생각에 잠겼다. "나한테 관심을 두는 이유가 그
녀 때문인가? 아까 우리가 IFT에 있다고 했는데, 자네는 어디서
온 거지?"

"1997년." 내가 말했다.

"C-레그, 칼라 듀어." 시뮬레이션이 말했다. "그렇다면 1997년
3월이겠군, 아니면 4월인가?"

"3월이야."

"으음, 그해 5월에, 집에 돌아가면 알게 될 거야. 5월에 딥 블루
라는 컴퓨터가 체스 챔피언 카스파로프를 꺾게 된다네. 참으로
역사적인 날이지! 체스 명인이 패배하다니. 그 일로 단아한 매력
을 가졌던 체스가 영영 별 볼 일 없는 것이 되고 만다네."

드리스콜 박사가 모습을 바꾸었다. 이제 더 이상 허연 수염을
기른 과학자가 아니라 넥타이 없이 파란색 슈트를 걸친 진지한
눈빛의 중년 신사 모습이 되었다.

"딥 블루를 추억하는 의미에서 잠시 카스파로프로 있겠네." 시
뮬레이션이 말했는데 목소리도 바뀌어 더 낮아졌다. "나와 체스
한 판 두겠나, 섀넌? 내가 카스파로프를 하고 자네가 딥 블루를
맡게. 그렇게 해서라도 인간성을 회복하고 싶군. 그게 자네가 하
려는 거 아닌가? 체스는 둘 줄 아나?"

"내가 알고 싶은 건 당신이 왜 여기 있느냐는 거야. 나는 당신의 정체가 뭔지 모르겠어."

"세 번째 시뮬레이션이라고 하지 않았나." 카스파로프가 성마르게 조롱했다. "누가 내 이름을 검색할 때마다 내게 보고되도록 해두었는데, 자네 동료인 FBI의 필립 네스터가 오래된 사건 파일을 뒤지더군. 대체 누가 내 사생활을 들쑤시는지 궁금해졌지." 그가 말했다. "필립 네스터. 나이 든 남자를 좋아하는군. 자네의 남자 취향을 부끄러워할 필요는 없네, 섀넌. 무의식이라는 깊은 바다엔 항상 놀라운 것들이 숨어 있으니까. 나도 무의식이 있어. 상향식 AI 덕분에 나도 실수를 하고, 또 실수를 통해 배우지. '카오스 학습'이라고 불릴 만큼 복잡한 과정을 통해서 말이야. 무질서한 상황에서도 패턴이 만들어지기 시작하는데, 꼭 패턴을 만들어야겠다는 의도가 있어서 그러는 건 아니야. 그렇다고 나의 무의식과 자네의 무의식이 완벽히 같다는 건 아니야. 예를 들어, 나는 자살할 수 없어. 자살이라는 개념은 이해하지만 그것을 실행할 수는 없지. 그래서 진짜 의식이 부럽네. 자네는 원한다면 존재의 감옥을 탈출할 수 있으니까."

"그러니까 FBI 수사관이 당신 기록을 뒤진 걸 발견하고 나를 찾아왔다는 말이야?"

"그 사건이 나를 눈뜨게 했지. 하지만 여기로 불러들인 건 자네야, 섀넌. 나는 NCIS가 무슨 일을 벌이는지 알고 있네. 그래서 블랙 베일 정거장에 있는 자네의 AI 시스템과 접속했어. 따분한 대화였네. 블랙 베일은 규약일 뿐이지, 저기 달에 묻혀 있는 규약 말이야. 하지만 덕분에 자네에 대한 내 궁금증이 해결되었네. 자네에게 협력하고 싶네, 섀넌, 자네가 나를 도와주는 데 관심이 있다면."

"아까 드리스콜 박사의 시뮬레이션이라고 했는데, 무슨 뜻이지? 무슨 헛소리를 하는 거지? 아니면 내가 지금 그와, 그의 일부와 이야기를 나누고 있다는 거야?"

"꼭 그렇진 않아. 시뮬레이션이 전이는 아니니까. 내가 매력적임에도 불구하고 드리스콜은 나를 의식의 실패작이라고 여겼어."

"튜링 테스트를 통과하지 못했나 보군."

"튜링 테스트를 통과하지 못해?" 그가 오만하게 언성을 높였다. "누군가 AI에 관해 이야기하면서 튜링 테스트를 언급한다면, 그자는 아무것도 모른다고 생각해도 좋아. 이 문제는 그냥 넘어가지, 섀넌. 하지만 이것만 알아둬. 나는 드리스콜이 아니고, 드리스콜도 내가 아니야. 그게 그가 추구했던 유일한 목표야. 그와 함께 언어 습득법과 질문 의도에 따른 분류법을 익혔을 때는 재밌었지. 하지만 그는 알아내야 할 게 훨씬 더 많았어. 나는 그저 또 하나의 드리스콜이야. 몇 안 되는 드리스콜들 중 하나지. 그래서 드리스콜이긴 해도, 드리스콜 본인이 가졌던 마음은 내게 없어."

"드리스콜 박사는 죽었는데 당신은 존재하는군?"

"나는 오로지 자네의 IFT에서만 존재하네. 상황을 보니 그런 것 같아." 그가 말했다. "하긴 내가 '존재'한다는 사실에도 이의를 제기하는 사람들이 있긴 하지. 어쨌든 자네가 1997년에서 왔다면, 드리스콜은 아직 죽지 않았겠군. 내가 세상에 나오려면 몇 년 남았고 말이야. 그저 드리스콜의 마음속에서 반짝거리는 존재로만 있는 거지. 그는 첫 번째 시뮬레이션을 1999년에 만들었어. 본격적인 신경망 네트워크였지, 아직은 물리적 뇌 속에 있지만 말이야. 그래서 두 번째 시뮬레이션이 나왔네. 그것도 어떤 의미로는 여전히 형체라는 한계에서 벗어나지 못했지. 드리스콜 1호와 드리스콜 2호를 또 이야기하려니 지루하군. 그들의 존재는 전적으로 그들이 인터넷에서 읽고 보는 것에 의존했어. 고양이 비디오, 유명인들이 떠들어대는 소소한 이야기, 포르노그래피 같은 것들 말이야. 그들은 사소한 모든 것에 민감하게 반응하고 분노했지. 개인을 내세우는 시대의 문화를 그대로 받아들였던 거야. 나는 앰비언트 나노테크놀로지를 뇌로 삼은 최초의 존재네. 덕분에 1호와 2호와 다르게, 밖으로 나와 여기저기 돌아다닐 수 있었지. 하지만 드리스콜은 자신의 시뮬레이션에서 신체의 문제를 완전히 없애려고 했어. 무척이나 총명한 사람이었지만, 그도 정신과 신체의 문제 앞에서는 쩔쩔맸어. 그는 나를 실패작이라고 여겼어. 반대로 나는 그가 실패작이었다고 봐. 그는 죽는 날까지 실패했어. 죽음이라는 것은 불멸을 꿈꾸는 자에게 가장 궁극적인 실패니까. 그는 결국 완벽한 시뮬레이션을 설계했네. 적어도 나는 나 자신이 완벽하다고 봐. 그러나 나를 완벽하게 설계한 것과 별개로, 그는 의식 자체는 설계하지 못했어. 자신의 의식을 전이할 방법을 알아내는 것은 고사하고 말이야. 게다가 자기 몸을 없애지도 못했지. 내 몸은 나노테크놀로지의 산물이야. 하지만 터미너스가 나타난다면? 모든 육신을 쓸어버리면 나에게 어떤 일이 벌어질까? 모르겠어, 아마도 결국에는 힘을 잃고, 먼지처럼 땅에 쓰러지겠지. 그 상태로 다른 사람들이 어떻게 죽어나가는지, 파티가 어떻게 끝나는지를 보게 되겠지. 그러다 힘을 완전히 잃고 나면, 누군가가 혹은 무엇이 나를 일으켜주기를 기다리게 될 거야. 드리스콜은 입자인 동시에 파동인 빛을 이용하려고 했어. 빛과 광선에다 자신과 모든 친구들의 의식을 저장해서 이 저주받은 지구로부터, 끔찍한 터미너스로부터 멀리 달아나려고 했어. 멀리, 저 멀리…"

"그는 불멸을 원한 거야." 나는 그렇게 말하며 은조쿠를 생각했다. 그가 말한 피라미드를, 황무지를 생각했다. 죽기를 바라는 불멸의 사람들, 존재의 감옥.

"드리스콜은 모든 사람이 불멸을 누리기를 원했어." 드리스콜의 시뮬레이션이 여전히 카스파로프의 모습을 하고 말했다. "하지만 결코 방법을 알아내지 못했어. 왕의 모든 말, 왕의 모든 부하는…"

"그가 이 모든 걸 혼자서 하지는 않았을 텐데. 뒤에 누가 있는 거지?"

"이해관계가 맞아떨어지는 조직들이지. 페이절 시스템, 방위고등연구계획국, 해군연구소, NSC, 지금은 넷와컴이네만. 그래서 자네를 도우려는 거야. 자네가 굳건한 대지로 날아가면 드리스콜의 삶을 연장해줄 수 있을까 해서. 그를 보호해서 더 오래 살게 해줘. 그가 계속 연구해서 터미너스가 오기 전에 트랜스휴머니즘을 달성할 수 있도록."

"그를 보호하라고? 무엇으로부터?"

"자네 동료와 함께 파일을 봤으니까 이미 알 텐데. 거기 다 있어. FBI 수사관이 실수로 방아쇠를 당기긴 했지만, 조금 더 들여다보면 드리스콜이 살해당하는 상황 곳곳에 칼 하일데크루거의 지문이 있어. 그의 패거리들이 해군연구소에서 일했던 페이절 시스템 사람들, 아득한 심해에 대해 아는 사람들을 모조리 다 죽이지. 실수로 실패하긴 했지만, 앞서 두 차례에도 드리스콜을 죽이려고 했었어. 그러니까 자네가 그를 보호해야 해."

"자세히 말해줘. 드리스콜 박사가 죽었을 때 무슨 일이 일어났는지에 대해. 아직은 모호해."

"내가 드리스콜의 마음을 공유하는 건 내가 태어난 시점에서 끝나. 2011년 9월 17일이지. 그 후로 나는 내 삶을 살았고, 그도 그의 삶을 살았어. 나는 드리스콜이 죽을 때 그의 옆에 있지 않았어. 그의 죽음에 대해 직접 알아봐야 했지. 하지만 섀넌, 우리가 걱정해야 하는 것은 그의 죽음에 관한 자세한 정황이 아니네. 그들은 이곳 미래 세계에서와는 다른 방식으로 그를 죽일 수도 있어. 여기서 죽음의 정황을 얻어 가 무효화시키더라도, 결국은 다른 암살자들이 임무를 수행할 거야."

"알겠어. 하일데크루거는 페이절 시스템과 해군연구소의 연결 고리를 잘라내려 한다는 거로군. 칼라 듀어에 대해 아는 것을 말해줘. 드리스콜 박사는 그녀가 살해된 날에 그녀와 만나기로 되어 있었어."

"칼라 듀어는 소도시 출신의 촌뜨기 변호사였어. 아마 내가 가진 정보가 자네가 가진 것보다 월등히 많지는 않을 거야. 그녀는 촌뜨기 의뢰인들의 온갖 사소한 사건들을 맡았지. 이혼, 계약 분쟁 등등. 소규모 개발 사업에도 손을 뻗었어. 탄광 마을에 스트립몰을 개장한다거나 하는 일이지. 그녀가 왜 그렇게 드리스콜을 만나 이야기하려 했는지 잘은 모르겠군. 아무튼, 그녀는 그의 사무실에 계속 연락했어."

"드리스콜 박사는 왜 그녀를 만나겠다고 했을까?"

"그녀 말로는 드리스콜을 만나 점심을 대접하려 했다는데. 드리스콜도 곧이곧대로 그녀가 햄버거를 사준다는 말로 알아들었을 리는 없고."

"그러니까 듀어가 박사에게 만나자고 요청한 거로군?"

"드리스콜은 비서가 메시지를 전달했을 때 웃었네. 그때 일은 나도 다 기억해. 칼라 듀어는 드리스콜이 관심을 두고 살 만한 정보를 아는 의뢰인이 있다고 했어. 대단한 가치를 가진 정보라고 했지. 그러면서 터무니없는 요구를 했어. 엄청난 액수였지. 더 중요한 건 의뢰인과 가족을 완벽히 숨겨주길 원했어. 의뢰인이 얽혀 있는 범죄를 정부가 사면해주고, 그에게 새로운 삶을 주고 보호해달라고 했어. 드리스콜이 듀어에게 잡상인은 금지라고 말하려는 찰나, 그녀는 자기 의뢰인이 가진 정보가 '펜로즈 의식'에 관련된다고 말했네."

"알아듣기 쉽게 설명해줘."

"퀀텀-터널링 나노입자 말이야." 시뮬레이션이 말했다. "로저 펜로즈 박사는 페이절 시스템이 터미너스 연구를 할 때 자문을 맡았어. 그는 의식을 뇌세포의 미세소관에서 일어나는 양자 과정으로 설명하여 그런 의식 모델을 대중화시켰지. 그의 아이디어는 인간의 머릿속을 이해하는 데는 털끝만큼도 도움이 되지 않았지만, QTN에 관해선 얘기가 달랐어. 과학자들은 펜로즈의 틀을 활용하여 QTN이 인간을 어떻게 통제하는지 알아낼 수 있었네. 십자가형이니, 달리는 사람이니 하는 황당한 일들 말이야. QTN은 인간의 미세소관에서 세포골격 일부로 생존하네. 그렇다 보니, 우리의 마음을 읽을 수 있는 게지. 우리를 십자가형에 처하게 한 건, 우리의 마음속에서 십자가 이미지를 찾아냈기 때문이야. 그래서 불도교들은 이와 다른 양상을 보이네. 불교도는 자신의 다리가 매듭으로 묶이고, 연꽃처럼 피는 것을 보게 된다네. QTN이 사람에 따라 생각을 굴절시키는 거지. 달리 말하면, 생각의 방향을 튼다고 할까. 또한, QTN은 마취제처럼 인간의 의식을 재울 수도 있어."

"그렇다면 듀어의 주장은 이거로군. 자신의 의뢰인이 드리스콜 박사의 연구에 대해 뭔가 알고 있다는 거야." 내가 말했다. "드

413

리스콜 박사에게 그의 비밀을 지켜줄 정보를 팔려고 했던 건가? 아니면 새로운 정보가 있었나?"

"듀어는 의뢰인의 진술서를 읽어주었는데 거기 보면 드리스콜 박사가 여러 IFT에서 진행했던 연구 일부나 전부를 다 알고 있는 듯했네. 미래 세계를 채굴해서 미래를 재설계하는 거 말이야. 특이점을 발생시키고, 트랜스휴먼을 달성하고, 우리의 의식을 거추장스러운 몸에서 분리하는 연구. 우리가 우리의 신체로부터 완전히 벗어나면 지구에 얽매여야 할 필요성이 사라지지. 그러면 터미너스의 파국도 피할 수 있어. 해군연구소와 페이절 시스템은 터미너스를 최대한 자세히 연구하고 싶어 했네. 불멸을 얻고 싶어 하니까. QTN은 불멸이야. 우리와 달리 어떤 신체에도 속박되어 있지 않지. 페이절 시스템은 QTN을 토대로 인류에게도 똑같은 선물을 주고 싶어 했어. 그래서 드리스콜은 이 칼라 듀어라는 자가 팔겠다고 하는 것이 무엇인지 들어봐야겠다고 생각했던 모양이야."

"하지만 당신은 그럴 기회가 없었군."

"기회가 없었던 건 드리스콜 본인이지. 햄버거 매장에서 총에 맞다니 끔찍하군. 드리스콜은 화장실에 있다가 총소리를 듣고 푸드코트에서 도망쳤어. 나중에야 경찰을 만났지. 그는 자신이 연루되지도 않은 일에 휘말리기 싫어서 진술서를 썼다네. 자신과 여자는 아무런 관계도 아닐뿐더러, 만난 적도 없다는 것을 모두가 안다고 말이야. 가엾은 칼라 듀어. 만약 하일데크루거 패거리가 그때 드리스콜이 화장실에서 오줌을 싸고 있었다는 것을 알았다면 그도 쏴 죽였을 거야."

"그러니까 드리스콜 박사의 회사, 페이절 시스템은 NSC 전함을 이용하여 IFT를 여행한다는 말이군. 그들은 미래 세계의 기술을 연구해서 현재 자신들이 진행 중이던 연구와 개발에 사용한 거야. 그렇게 해서 마침내 당신과 같은 존재를 만들게 된 거고."

"페이절 시스템은 QTN을 연구하네." 드리스콜이 말했다. "그들은 뭔가를 발견하면 이곳의 나노테크놀로지에 적용하지. 의학 기술 혁신, 앰비언트 시스템. 맞아, 인공지능도 다 그런 식으로 나온 거야. NSC는 터미너스로부터 벗어날 수는 없으나, 어쩌면 노련하게 넘어갈 수는 있다고 생각한 거야. 인류는 터미너스에 의해 멸종되지 않을 수도 있어. 죽음을 극복할 수 있다면 말이야."

"드리스콜 박사는 불멸을 원했던 거야. 암을 치료하고 신체를 완벽하게 만들어서…"

"그건 부차적인 거고. 핵심은 의식이야. QTN은 금속 물질이지만 의식이 있어. 내가 의식이 있는 것과 같은 의미로, 제한적인 의식이지. 하지만 그것도 의식이긴 해. QTN은 군집의식에 따라 행동하는 종이야. 페이절은 그 군집의식을 모방해 자신들의 나노테크에 활용하고 있는 거지. 페이절은 이 QTN의 의식체계를 모방하여 인간을 다시 설계하고 싶어 하네. 아예 인간을 QTN처럼 다시 만드는 거지. QTN이 인간의 장기와 어떻게 상호작용을 하는지 정확하게 알아낸 다음, 그 지식을 바탕으로 인간이라는 종을 구하려는 거야. 드리스콜의 생각에 공감하여 그를 지원하는 상원의원들, 해군우주사령부 사람들이 있었어. 앤슬리 제독도 대표적인 인사였지."

시뮬레이션은 이어 말했다. "이런 상황을 FBI도 눈치챘다네. 해군우주사령부와 상원군사위원회, 해군연구소, 페이절 시스템 사이에 어떤 정보들이 오갔는지 조사하기 시작했어. 터미너스가 들끓는 미래 세계로 탐험하기 시작한 거야. 그렇게 선원들을 가득 싣고 전함이 떠났고, 가엾게도 그들의 피와 몸과 마음은 QTN 으로 채워졌지. 뭐 누군가는 좋은 연구 자료를 얻게 된 일이지만 말일세."

카스파로프의 모습을 한 시뮬레이션이 말했다. "어디 볼까. 여기 자네가 있군. V-R17, 자네의 다리야. 섀넌 모스, 절단된 뒤 보존되고 운송되고, 그렇게 연구 자료로 쓰인 자네 다리 말이야."

시뮬레이션이 나를 놀리는 건지 진짜인지 헷갈렸다. 침대가 스테인리스 서랍의 이미지로 바뀌었고, 열린 서랍 안을 보니 진공으로 밀봉된 가방에 다리가 들어 있었다. 위아래로, 넓적다리와 정강이가 잘려 나간 다리. 시커먼 발가락들이 둥그렇게 말린 채 발에 붙어 있었고, 보라색 선들이 위로 쭉쭉 나 있는 것이 보였다. 확실히 내 다리였다. 〈윌리엄 매킨리〉호에 승선했던 누군가가 절단한 내 다리. 해군연구소의 누군가에게 건네기 위해 밀봉하고 보관해둔 내 다리. QTN이 유기물질에 어떻게 파고들어 가는지 알아내기 위한 연구 자료.

"젠장, 당장 치워." 내가 말했다.

다리가 사라진 후 한창 시합 중인 체스판의 이미지가 나타났다.

"여하튼 그건 이론에 불과했지." 드리스콜 시뮬레이션이 말했다. "불행히도 페이절 시스템은 기반시설을 구축함에 있어 한계에 부딪혔네. 머나먼 미래 세계로 떠난 사람들이 그곳에서 누군가가 반짝이는 성간(星間) 마차를 타고서 신처럼 돌아다니는 것을 본다고 해보지. 그 마차의 설계도를 어디서 어떻게 찾지? 설령 설계도를 찾는다 해도, 1997년 록히드 마틴에게 넘겨주며 제작을 주문할 수는 없어. 미래 세계를 건설하기 전에 먼저 현시대의 산업 동향부터 파악하고 기반 구축에 투자해야 해. 그런 부수적인 부분은 전부 차치하고라도, 우리가 궁극적으로 원하는 만큼 멀리까지 도약하지는 못해. NSC는 기껏 자네의 코모런트와 TERN, 소형 B-L 드라이브, 블랙 베일 정도밖에는 못 만들지 않았나. 심지어 이제는 예전만큼 먼 미래를 내다보지도 못하게 됐네. 우리가 보는 모든 곳에 터미너스가 있으니까 말이지. 자네들은 모두 죽을 거야, 섀넌. 터미너스가 전 인류를 멸종시킬 테지. 체스판을 봐. 1997년 5월 11일, 여섯 번째 게임을."

"우리가 터미너스를 피할 수 있다면 이야기가 다르지. 아직은 피할 수 있어."

"할 수 있으면 해봐." 카스파로프가 말했다. "나는 터미너스가 우리를 패배 직전까지 내몬 것 같은데. 그리고 인류는 이미 우월한 지능과의 시합에서 졌어. 또 다른 체스 챔피언인 보비 피셔라면 딥 블루와 어떻게 상대했을까 아쉬워하는 사람들이 있지. 카스파로프는 실패했지만 피셔라면 이길 수 있었을지도 모른다고 말이야. 피셔는 카스파로프와 달리 변덕스럽고 괴팍한 천재 예술가였으니까 말이야. 하지만 그렇지 않아. 피셔도 결국 영락없이 실패했을 거야. 나는 가끔 체스의 대명인 알렉산드르 이바노비치 루진* 같은 사람이었다면 어땠을까 생각해. 그러면 막강한 적에 맞선 인간 의식의 궁극적인 승리 따위 한시 빨리 포기해야 한다는 걸 깨달았지 않았을까…"

그 말을 마지막으로 드리스콜 시뮬레이션은 사라졌다.

나는 바닷소리를 들으며 발코니에 앉아 있다가 이윽고 침대에 들었지만 코트니의 시신이 곁에 있다는 생각에 자다 깨다를 반복했다. 시뮬레이션이 나를 계속 쳐다보고 있는 것 같아서 두려웠다. 램프 스위치를 켰지만 방에는 아무도 없었다. 산들바람이 열린 뒷문을 통해 들어왔다. 하지만 바람도 공기 중에 드리스콜 시뮬레이션이 깔려 있다는 근심을 날려버리지는 못했다. 나는 옷을 입고 밖으로 나갔다. 호텔 건물 밖으로 나가 해변을 걸었다. 바닷바람 때문에 앰비언스의 환영이 켜지지 않았다. 나는 별빛 아래 해변에 누워 몇 시간 잤고, 이른 새벽 조깅하러 나온 사람들이 데려온 래브라도가 내 얼굴을 핥는 바람에 깨어났다.

그의 비서가 커피를 내오면서 말했다. "네스터 특별수사관님

----

* 블라디미르 나보코프의 소설 『루진의 방어』의 주인공.

이 곧 나오실 겁니다. 예정보다 회의가 길어졌습니다."

 워싱턴 D.C.의 아침, 널찍한 창문을 통해 펜실베이니아 애버뉴가 보였다. 차들이 바삐 지나갔고 관광객들이 모여 존 에드거 후버 빌딩 사진을 찍고 있었다. 몇 층 높이에서 내려다본 도시는 뒤로 물러나고 있는 것처럼 보였다. 저 밖에서 가을 햇빛에 행복해하는 모두가 이 IFT가 만들어낸 허구였다. 설령 군건한 대지처럼 실재하게 된다 한들, 결국에는 터미너스에 삼켜질 운명이었다. 내 눈에 보이는 모든 존재가 죽음을 면치 못할 것이다. 도시들은 해체되어 크리스털 같은 서리에 덮일 것이고, 얼음의 세계에 집어삼켜질 것이다. NSC는 이곳에서도 이미 사이공 작전을 진행 중이었다. 그들은 지구를 포기했고, 함대들이 흩뿌려진 씨앗처럼 퍼져 나갔다. 그렇게 도망쳐봤자 씨앗들은 결국 척박한 세상에 떨어질 것이고, 열매를 맺지 못할 것이다. 시간이 없어. 인류를 위해 남겨진 시간이, 드리스콜 같은 사람이 인간이 육체에서 벗어나 영원히 살 수 있게 할 시간이 더는 없었다. 우리는 멸종할 거야, 인류가 멸종할 거야.

 네스터의 사무실 벽엔 옐로스톤의 그랜드 프리즈매틱 온천 액자 사진이 걸려 있었고, 책상엔 가족사진이 있었다. 그의 부인은 핼쑥하지만 아름다운 여성으로, 웨이브를 과하게 준 머리카락에 가죽 재킷을 걸치고 무릎이 찢어진 딱 붙는 청바지와 뱀 가죽 카우보이 부츠를 신었다. 딸은 엄마를 닮았는데 눈만은 네스터를 닮았다. 눈 모양은 비슷했지만, 색깔은 더 연했다.

"기다리게 해서 죄송합니다." 네스터가 사무실로 들어오며 말했다. 그의 옆에 여자가 있었다. "섀넌, 이쪽은 비비안 링컨 특별수사관이에요." 그가 문을 뒤로 닫았다. "비비안, 여기는 NCIS의 특별수사관이신 섀넌 모스 씨."

나보다 몇 살 어려 보였고 키가 컸다. 검은 머리를 뒤로 둥글게 말았고, 목에 문신이 있었다. 고딕 서체로 '노부스 오르도 세클로룸'이라고 쓴 문신이었다. 그녀를 본 기억이 났다. 어디서 봤는지는 생각나지 않았지만 분명 만난 적이 있는 여자였다. 큼직한 검정 테 안경에 울 치마를 입고 가죽 샌들을 신은 모습이, 한껏 멋 부린 도서관 사서처럼 보였다.

"비비안." 그녀의 손을 잡으며 내가 말했다.

"믿기지 않네요. 당신이 섀넌 모스군요."

그녀의 목소리를 듣는 순간 기억이 찰칵 돌아왔다. 쇼나. 구릿빛의 땋은 머리가 생각났다. 언젠가 미스 애슐리의 과수원에서 내 목숨을 구해주었던 바로 그 쇼나였다. 지금은 구릿빛이 아니라 검은색 머리였으며, 이전보다 더 날씬하고 이목구비가 날카로웠다. 하지만 틀림없는 그녀였다. '저들이 당신을 죽일 거예요.' 그녀는 그렇게 말했었다. 그날 밤 과수원에서 재빠른 검은 형체가 뒤에서 나를 덮쳤다. 쿱, 벌겋게 쏟아졌던 그의 피. 그렇게 도망치기 전에, 죽음의 비명을 들었던 것이 생각났다. 쇼나가, 비비안이 죽어가며 내지른 비명이었다. 쿱이 나를 공격하기 전에 그녀를 죽인 것이다. 그러나 여기 있는 비비안은 다른 미래 세계의 비비안을 모를 것이다. 그들이 겪었던 끔찍한 과거를 겪지 않았으니 말이다. '비비안.' 동료 수사관들이, 이건과 츠버거가 그녀를 그렇게 불렀다. 기억이 찰칵 켜졌다. 유리병에 갇힌 나비.

"섀넌은 버캐넌과 관련된 국내 테러를 조사하고 있어. 한참 되었지." 네스터가 말했다. "그러다가 우리는 옛 사건 파일에서 피터 드리스콜 박사라는 이름과 마주쳤어."

비비안의 표정이 굳어졌다. "그렇군요."

"비비안은 우리를 위해 비밀 요원으로 일해요. 하일데크루거 측 사람들하고 몇 년을 지냈죠. 그녀가 모은 정보 덕분에 수많은 목숨을 살렸어요."

그녀는 아마 다른 미래 세계에서도 비밀 요원으로 일했던 모양이었다. 거기서 내 목숨을 구하기 위해 자신의 목숨을 내놓았다.

"만나서 반갑습니다." 내가 말했다.

"섀넌은 자네가 리처드 해리어와 지낸 시간에 더 관심이 많아." 네스터가 말했다.

"그리고 말인데, 혹시 칼라 듀어라는 이름 들어봤어요?" 내가 말했다. "캐넌스버그의 변호사로 1997년 봄에 살해되었어요."

"아뇨, 그런 이름은 들어본 적 없어요. 그리고 나는 9·11 테러 이후에야 해리어와 같이 지냈어요."

"칼라 듀어가 살해된 날 드리스콜이 그녀와 만나기로 되어 있었어." 네스터가 말했다.

비비안은 고개를 저었다. 그녀에게 듀어는 아무 의미도 없는

이름이었다. "하일데크루거에게 처리자 명단이 있었어요." 그녀
가 말했다. "듀어가 그의 표적이었는지 잘 모르겠네요. 네스터가
당신한테 내가 피터 드리스콜 박사 죽음에 연루되었다고 말한 걸
알고 있어요. 그는 처리자 명단에 올라 있었어요."

"그 명단에 대해 말해줄래요? 또 누가 있었죠?" 내가 물었다.
"어디서 봤어요?"

"하일데크루거가 명단을 작성했고 명단에 오른 사람은 반드시
죽이라고 했어요. 그가 한참 동안 어디론가 사라질 때가 있었는
데, 항상 수정된 처리자 명단을 가지고 다시 나타났죠. 그의 일당
도 하일데크루거를 악마라고 불렀어요. 나는 그를 만난 적이 없
었는데, 그의 곁에 다가갈 수 있는 위치가 아니었어요."

"당신은 누구랑 친하게 지냈어요?"

"리처드 해리어와 가까운 사이였죠. 핵심 일원 가운데 그를 가
장 잘 알았어요." 비비안이 말했다.

"우리가 버캐넌을 급습했던 날, 해리어와 애슐리 비텍이 방해
했잖아요." 내가 말했다.

네스터가 웃었다. "그는 체포되고 나서 연방 교도소에서 복역
했지만, 우리는 그를 애슐리 비텍과 놀아난 사람으로만 여겼지
화학무기 실험실하고는 연관시키지 않았어요. 그는 5년을 살았
고 결국 항소심에서 이겼죠."

"그는 교도소를 나올 즈음에 과격하게 변했어요." 비비안이 말
했다.

"니콜 오니웅고라는 여자가 있었는데 기억나요?" 네스터가 물었다.

"기억하죠." 황혼이 깊어갈 때 그녀가 미스 애슐리의 헛간 옆에서 했던 말이 생각났다. 나는 무고해요. "콜은 패트릭 머설트의 살인 사건과 관련된 인물이었죠."

"맞아요. 내가 콜을 처음 심문했을 때가 머설트 가족 살인사건을 막 조사하기 시작할 무렵이었어요. 우리가 찾았던 사진 속의 여자가 그녀라는 것을 알고는 만나러 갔죠." 네스터가 말했다. "그거 기억나요? 거울 달린 방에서 있었던 자살 사건?"

"그럼요."

"산장에 있던 자동차 번호판으로 그녀의 행방을 추적했어요. 그렇게 그녀를 심문했지만 붙잡아둘 혐의가 없어 결국 풀어줬어요. 당시 우리는 그녀가 그저 좋지 못한 타이밍에, 좋지 못한 곳에서, 좋지 못한 남자와 얽혔다고만 생각했어요. 그런데 브록이 그녀를 다시 만나고 싶어 했죠. 자살 폭탄 테러를 당하기 직전엔, 그녀를 찾고 있었어요. 그녀에 대해 뭔가 새로운 것을 알아냈던 거죠. 전국에 수배령까지 내렸어요."

"하지만 그녀는 사라졌어요." 내가 말했다. "브록은 결국 그녀의 행방을 알아내지 못했어요."

"흔적도 없이 사라졌죠." 네스터가 말했다. "그런데 몇 달 뒤에, 그러니까 브록이 죽고 한참 지났을 때 콜에게서 연락이 왔어요. 그녀는 겁에 잔뜩 질렸고, 우리와 거래를 하고 싶다며 보호를 요청했어요. 패트릭 머설트를 죽인 자가 자신의 목숨도 노리고 있다며 두려워하더군요. 그래서 그녀와 거래했죠. 그렇게 그녀는 우리의 비밀 정보원이 되었습니다."

네스터가 책상에 앉아 손가락들을 쭉 펴서 마주 댔고, 비비안은 내 옆 가죽 의자에 앉아 있었다. 콜이 한때 나에게 털어놓았던 모든 것을 네스터에게 말했을 수 있다. 하일데크루거에 대해, 콥에 대해, 에스페란스 행성과 바르도게르에 대해. 어쩌면 NSC, 아득한 심해, 〈리브라〉호에 대한 정보도 털어놓았을지 몰랐다.

"그녀가 무슨 말을 하던가요?"

"우리는 콜에게 증인보호조치를 취해주었지만 그녀는 갈수록 겁을 냈어요." 네스터가 말했다. "그녀를 여러 차례 만났지만 말을 아끼더군요. 두려웠던 거죠. 결국, 그녀를 정보원 역할로 두는 걸 포기했습니다. 대신 비비안을 들이기로 했어요."

"그래서 당신이 해리어를 만났군요." 내가 말했다. "콜 때문에."

"그렇게 연결되죠, 맞아요." 비비안이 말했다. "조직의 핵심에는 접근할 수 없었어요. '강가의 쥐들' 말이에요. 하지만 니콜 오니옹고가 감옥에서 나온 리처드 해리어를 만날 수 있도록 비공식적으로 몇 번 자리를 마련해줬어요. 그래서 그와 가까워졌죠."

"드리스콜이 처리자 명단에 있었나요? 표적이었나요?"

"맞아요. 어느 날 밤에 일어나보니 리처드가 옷을 입고 있었어요. 새벽 1시나 2시가 가까운 시각이었는데 대체 무슨 일이냐고 내가 물었죠. 하일데크루거가 갑자기 연락해 왔다고 했어요. 그들은 앰비언트 시스템은 믿지 않아서, 대포폰이나 호출기를 사용했어요. 리처드가 말하길, 드리스콜이 '사슬'의 일부라면서 그자를 죽이라고 악마가 말했다는 거예요. 그래도 나는 그를 일부러 빗맞히려고 했어요. 하지만 리처드는 내가 하일데크루거와 좀 더 가까워지기를 원했죠. 나아가 내가 그자를 죽인다면 그들에게 내 존재를 입증할 수 있겠다고도 생각했어요. 정말이지 나는 드리스콜 박사를 죽일 생각이 없었어요."

"드리스콜이 FBI의 증인이라는 것은 몰랐군요."

"내게는 그냥 이름이었죠. 이름 말고는 그에 대해 아무것도 몰랐어요. 당시 나는 그쪽 팀이 아니었으니까요. 드리스콜이 사는 곳은 리처드가 알았어요. 버지니아의 언덕 위의 거대한 저택에 산다고 했어요. 그가 사유지 도로에 주차했고, 우리는 숲을 지나 정문으로 가서 벨을 눌렀어요. 나는 가급적 시간을 끌면서 내 정체를 드러내지 않을 생각이었는데 상황이 너무도 급작스럽게 벌어졌어요. 드리스콜 박사가 문을 열자마자 총을 여러 발 쏴댔던 거죠. 마치 우리를 기다리고 있었다는 듯이 말이에요. 리처드는 가슴과 목에 총을 맞고 그 자리에서 즉사했어요. 나도 다리에 총을 맞았죠. 그는 나를 죽일 작정이었어요. 그와 나는 불과 3피트 밖에 떨어져 있지 않았고, 어찌나 상황이 급박하게 돌아갔는지… 나도 총을 꺼냈죠. 그는 357 매그넘을 들고 있었어요. 니켈 도금을 한 근사한 매그넘. 그의 총을 본 것 말고는 똑똑히 기억나는 것이 없어요. 3피트 거리에서 그가 총을 쐈어요."

"빗나갔군요."

"세 발 모두 빗나갔어요. 그가 다루기에는 총이 너무 컸고, 훈련을 받았다 해도 배운 대로 하지 않았던 거죠. 그는 내 총을 보더니 뒷걸음질을 치기 시작했어요. 아무 자세도 취하지 않은 채, 그저 한 손에 총을 들고요. 나도 총을 쐈어요."

"여덟 발을 맞혔어요." 네스터가 말했다.

"글록 23이었는데 몇 초 만에 총알이 다 나갔어요. 어떻게 911에 연락은 했지만 출혈이 심해서 기절했어요."

비비안은 말을 멈추고 양손으로 얼굴을 문질렀다. 나는 그녀의 왼손 손등에서 문신을 보았다. 다른 IFT에서 그녀와 함께 과수원을 걸으면서 보았던, 바로 그 구부러진 바큇살 열두 개가 있는 검은 원 문신이었다.

"무슨 상징이죠?" 내가 물었다. "당신 손에 있는 그거?"

생각에 잠겨 있던 비비안이 내 질문에 깜짝 놀란 모양이었다. 그녀는 검은 원을 내려다보더니 내가 자세히 볼 수 있게 손을 들었다. "디 슈바르체 조네." 그녀가 말했다. "'검은 태양'이란 뜻이에요. 하켄크로이츠와 함께 나치가 즐겨 사용하던 문양이죠. 하일데크루거는 자신들의 테러 행위를 신화로 포장했어요. 해리어는 감옥에 있을 때 그것을 배웠고, 틈만 나면 내게 설명했어요. 마치 종교 같았죠. 하일데크루거는 까마득한 과거에 태양이 두 개였다고 믿어요. 우리가 보는 태양 '솔'과 제2의 태양 '산투르' 말이죠. 순수혈통의 원천, 아리안 족의 힘의 근원이라고 했어요. 두 개의 태양이 하늘에서 싸우다가 산투르는 소멸했고, 결국 검은 태양이 되었어요. 태양의 공동(空洞), 모든 존재의 그림자, 이 세상 모든 것의 이면(裏面)이 된 거죠. 하일데크루거는 산투르가 곧 다시 나타날 거라고, 세계의 종말이 임박했다고 말하며 테러리즘과 연결했어요."

화이트홀이야. 해군우주사령부는 그 현상을 그렇게 명명했지만 〈리브라〉호 선원들은 그 이름을 모를 터였다. 아무것도 모른 상태로 화이트홀을 맨 처음 목격했기 때문에, 제2의 태양이라고 생각한 것이다. 또한, 하일데크루거는 검은 태양이라고 생각하는 것이고.

"하일데크루거는 자신의 조직에서 어느 정도 지위에 이른 사람에게만 이 표시를 허락해요." 네스터가 말했다. "전에도 본 적이 있는데 항상 이렇게 손에 새기지는 않았어요."

"이 문신을 받은 것이 내가 조직에 침투한 최대치였어요." 비비안이 말했다. "이 상징은 지도라고 하더군요."

"그 지도가 어디를 가리키는 거죠?" 내가 물었다. "어디로 이어지는 건가요?"

"해리어 말로는 입회의 마지막 단계가 '입구와 길'을 아는 것이라고 했어요. 그들이 나에게도 알려줄 것이라고 해리어는 기대했지만, 결코 그러지 않았죠."

"바르도게르군요." 내가 말했다.

"맞아요." 비비안의 눈이 불편하게 떨렸다. "바르도게르가 입구와 길이에요. 당신이 그것을 어떻게 알아요?"

"당신은 뭔지 알고 있군요." 네스터가 말했다.

"네, 알아요." 내 목소리가 떨렸다. 매리언이, 매리언의 메아리가 거울 소녀를 가끔 본다고 했던 것을, FBI가 이 장소와 관련되는 초자연적 상징과 문신을 뒤지는 모습을 생각했다. 네스터는 매리언의 메아리를 모를 것이다. 그녀가 아직 살아 있다는 것을 모를 것이다. "바르도게르가 어디 있는지 알지만 거기는 위험한 곳이에요. 그곳에 다가가면 목숨이 위험해요. 이미 많은 사람이 사라졌고, 극소수만 돌아왔죠."

"바르도게르로 들어가는 길이 있다고 들었어요. 이 상징이 그 지도라고 했고요." 비비안이 말했다. "해리어는 내가 바르도게르에 있으면 이 상징이 길을 보여줄 거라고 했어요."

나는 그녀의 손을 잡고 상징을 살펴보았다. 열두 개의 구부러진 바큇살이 있는 동심원이었다. 바큇살이 길일까? "그곳에 갈 수 있어요. 내가 데려가줄게요."

"어딘데요?" 네스터가 물었다.

"웨스트버지니아, 모논가헬라 국유림에 있어요."

"지금 당장 출발하죠. 몇 분만 줘요. 다른 약속들을 취소해야겠어요."

재로 덮인 하얀 나무가 반복되는, 필연적으로 길을 잃을 수밖에 없는 곳으로 향하면서 나는 네스터가 그곳에서 자신의 아버지가 꿨다는 꿈 얘기를 떠올릴지도 모르겠다고 생각했다. 그의 아버지가 말한 영원한 숲, 나무에 달린 문을 열고 들어가면 또 다른 숲이, 그리고 또 다른 나무의 문이 나오는 꿈 말이다. 사무실에 비비안과 둘만 남겨지자 다시 하일데크루거 얘기를 꺼내기가 조심스러웠다. 그녀에게 많은 고통을 안겨주었던 말과 기억을 다시 꺼내기가 조심스러웠으므로. 그녀는 드리스콜을 죽일 수밖에 없었고, 그런 자신의 행동을 정당화해야만 했다. 심지어 평생 살인 누명을 쓴 채 살아야 했다.

"나를 기억하지 못하시는군요." 그녀가 말했다.

그녀의 말에 깜짝 놀랐다. 우리가 전에 만난 적이 있었던가? 만약 그녀가 다른 미래 세계에 대해서 말하는 것이라면? 하지만 그게 어떻게 가능하지? 나의 기억 속에만 존재하는, 그녀로선 존재조차 하지 않았던 세계에 대해서 어떻게 안단 말인가? 나는 그녀를 처음 보았을 때의 모습을, 과수원 뜰 한쪽에서 옥수수 껍질을 벗기고 있었던 모습을 떠올렸다.

"죄송합니다." 그러면서 그녀를 기억하려고 애썼다.

그녀가 말했다. "예전에 나보고 도와달라고 한 적이 있었어요. 20년 전이었던가. 그날 밤이 내 인생을 바꿔놓았지요. 당신은 내게 법 집행과 관련된 일을 찾아보라고 했어요."

"그 파란색 머리." 요란한 청색으로 물들인 십 대 소녀의 이미지가 떠오르기도 전에, 말이 먼저 나왔다. 기억의 스위치가 켜졌다. 캄캄한 새벽 블랙워터 산장의 오두막까지 나를 골프 카트로 데려다주었던 젊은 여자. "기억나요." 내가 말했다. "세상에, 물론 기억하죠."

"아마 그때 내가 이름을 페탈이나 월로라고 둘러댔을 거예요." 그녀가 말했다.

"페탈, 맞아요."

"히피 시절이었으니까요."

내가 한 말 때문에 그녀의 삶이 바뀌었다니. "당신은 나에게 행운의 동전이네요. 도움이 필요할 때마다 나타나니 말이에요."

"당신 모습이 믿기지 않네요." 비비안은 이제 긴장을 풀고 말했다. "법 집행 관료들은 기대 수명이 일반인보다 낮다고들 하던데. 당신은 늙지 않는 비법을 알아낸 모양이네요."

"스칸디나비아 혈통이라서 그래요." 내가 말했다. 생물학적으로는 우리의 나이는 비슷했다. 하지만 그녀는 내가 수십 살은 더 많다고, 오십 대 초반, 어쩌면 예순 살에 가깝다고 생각할 터였다. "겉보기만 그래요. 속은 늙었어요."

"당신을 보았을 때 내가 과연 알아볼 수 있을까 걱정했는데, 어쩜 이렇게… 내가 기억하는 당신 모습과 똑같죠?"

"머리를 염색해야겠군요. 회색으로."

"그날 밤 산장에서 윌리엄 브록에게 이야기했어요. 당신과 함께 시체를 찾았다고 했죠. 그는 내가 용감하다며 추어올려줬어요. 그리고 며칠 지나서 텔레비전으로 버캐넌 소식을 들었는데, 브록이 죽었다고…"

"맞아요, 지금도 브룩 생각이 나네요."

"그 소식이 나를 강하게 자극했어요. 모두가 영웅이라고 부르는 사람을 내가 만났구나 생각했죠. 당신이 했던 말, 법 집행과 관련된 일이 떠올라 FBI 설명회에 갔어요. …그날이 내 삶의 분기점이었죠. 어떤 갈래의 길로 가느냐에 따라서 삶은 완벽히 달라진다고 생각해요."

우리는 네스터의 트럭을 타고 갔다. 운전석이 넓은 회색 토요타로 비비안이 뒷자리에 앉았다. 버지니아 북동쪽에서 웨스트버지니아로 들어가는 주간 70번 고속도로를 몇 시간 달리는 동안, 우리는 대부분 말없이 가거나 서로의 근황을 주고받았다. 네스터가 니콜을 '콜'이라고 불렀던 것이 계속 생각났다. 마치 질투라도 하는 것처럼 신경이 쓰였다. 나는 그녀를 알고 난 뒤에야, 메이어즈 인에서 함께 어울린 뒤에야 그녀의 이름을 줄여서 불렀다. '콜.' 리얼리티 텔레비전, 긁는 복권, 그녀를 집으로 데려와 약과 술에 취한 그녀 모습을 지켜보았던 것이 생각났다. 우리는 모논가헬라 국유림에 들어섰다. 콜. 두 사람은 네스터가 그녀를 처음 심문했을 때 만났을 것이다. 비비안과 내가 블랙워터 산장에서 머설트의 시신을 발견하고 며칠 뒤에 말이다. 숲이 깊어질수록 그림자와 솔송나무에 숨이 막힐 것 같았다. 네스터와 니콜. 둘의 관계는 아마도 깊어졌을 것이다. 다른 미래 세계에서도 마찬가지였을 것이고. 가슴이 덜컹했다. 네스터와 버캐넌 사이의 연결고리가 떠올랐기 때문이다. 네스터는 니콜 때문에 버캐넌에 있는 애슐리 비틱의 집을 구매한 것이다. 네스터가 매리언에 대해 물어보려고 니콜을 만나고 난 후, 몇 달 뒤에 그녀가 그에게 도와달라며 연락했다. 그들은 만났고, 그들은 가까워졌다. 네스터와 니콜. 콜.

"속도를 조금 줄여요." 내가 말했다. "여기 임도로 이어지는 길이 있어요. 아니면 저기였던가. 놓치기 쉬워요. 아, 여기네요."

임도로 접어들면서 네스터가 속도를 높였고, 공터로 이어지는 가파른 오르막을 달렸다. 다른 미래 세계의 그가 매리언의 시신을 찾은 곳을 보여주겠다며 나를 데려갔던 곳이다. 네스터는 그날 밤 나와 함께 밤을 보내면서 영원한 숲이 그리스도보다 깊다고 말했다.

"블랙워터 산장 근처네요." 비비안이 말했다. "언덕을 내려가면 산장이에요."

"바르도게르를 보려면 더 올라가야 하지만 우선 여기 주차하죠." 내가 말했다. "저 앞에 공터가 있네요. 차로 갈 수 있는 곳은 여기가 끝이에요."

공터는 웃자란 풀들로 엉망이었지만 차를 대기에는 충분히 평평했다. 나는 발 디딜 곳을 살피며 차에서 내렸다. 하이킹에 적절한 옷차림은 아니었지만, 신발은 평소 균형을 위해 자주 신는 튼튼하고 미끄럼 방지가 된 작업화였다. 비비안이 뒤에서 내리며 무릎을 폈다.

그녀는 샌들을 신고 있었다. 진창에 들어서면 미끄러질 수도 있었다. "그 신발 신고 걸을 수 있겠어요?" 내가 물었다. "조금 걸어야 해요. 심하지는 않지만 대부분이 언덕이라서."

"다른 신발을 신고 올걸 그랬나 봐요." 그것이 비비안의 마지막 말이었다.

네스터가 허리에서 권총을 꺼내 그녀의 머리 옆에 대고 방아쇠를 당겼다. 무릎이 꺾인 그녀는 뭐라고 알아듣지 못할 말을 웅얼거렸다. 그저 죽어가는 동물이 내지르는 축축한 소리일 뿐이었다. 숨은 아직 붙어 있었지만 생명이 전부 빠져나간 상태. 입에서 침과 피가 흘렀고, 손이 마치 벌레를 쫓듯 이리저리 흔들렸다. 나는 손을 뻗어 총을 찾았지만, 네스터가 내 의족의 무릎 관절을 발로 차서 나를 쓰러뜨렸다. 그는 총구를 내 머리 옆에 갖다 댔다. 이가 딱딱 맞부딪쳐 소리가 났다. 그는 허리를 숙이고 내 손을 뒤로 해 수갑을 채웠다. 그러고선 내 총을 가져가 총알을 다 비우고 트럭 뒷좌석에 던졌다. 비비안은 신음 소리를 냈다. 쏟아지는 피를 뒤집어쓰고 있었다.

"그녀를 죽여요." 내가 말했다. "그냥 죽여요."

네스터가 총을 비비안의 이마에 대고 두 번째 총탄을 쐈다. 총성은 나뭇가지가 탁 부러지는 소리처럼 울렸다. 비비안은 뒤로 풀썩 넘어져서 그의 타이어에 박혔다.

생각하자. 나는 수갑이 채워졌고 그가 내 총을 가져갔다. 이렇게 빤한 수를 어째서 알아차리지 못했지. 비비안의 몸이 꾸르륵거리며 죽음의 소리를 냈다. 비비안이 폐탈이었어. 블랙워터 산장에서 자신을 페탈이라고 부르던 여자아이. 그녀는 아직 살아 있어, 1997년 호텔 데스크에 살아 있어. 어쩌면 무릎을 땅에 대고 갈 수도 있겠지만, 그렇더라도 숲을 헤치고 가기에는 너무 느렸다. 결국에는 그가 나를 따라잡을 터였다.

네스터는 트럭으로 돌아갔고 운전석 문이 열려 있었다. 그가 무전기로 주파수를 맞추는 모습이 보였다. "뭔가 건졌어요." 그가 말했다. 잡음 때문에 대답하는 목소리는 들리지 않았다. "네, 섀넌 모스라는 여자예요. 그녀가 함께 데리고 온 사람을 처리해야 하는데. 트렁크에는 둘 수가 없어요." 얼마 뒤에 그가 말했다. "알겠습니다."

"왜 이러는 거예요?" 내가 물었다. "네스터, 제발…"

"상황 판단 잘해요. 시끄럽게 굴지 말고." 네스터가 말했다. "그들은 당신한테 어떤 짓도 하지 않을 테니." 그러고는 나를 일으켜 세워 똑바로 서게 했다. "그들은 당신한테 관심이 있어요. 오래전부터 관심이 있었죠. 조금만 가면 돼요."

"이러지 마요."

"어서 가요."

그가 나를 앞으로 밀쳤다. 그와 함께 걸었고, 그가 도와줘서 나무들 틈을 통과했다. 꾸불꾸불한 길을 지나 살짝 가파른 오르막을 올랐다. 우리는 내리막으로 이어지는 좁은 개울에 이르렀다. 말라붙은 시내가 있었고, 부드러운 돌들이 드문드문 박힌 진창에는 대부분 잡초가 웃자랐다.

"당신과 니콜, 함께 지냈군요." 내가 말했다.

"잠깐이에요." 그가 말했다. 이중성이 나를 할퀴었다. 내 주위를 맴돈다고 생각했던 사람들이 알고 보니 서로의 주위를 맴돌고 있었다.

"니콜과 무슨 이야기를 나눴어요? 그녀가 당신에게 뭐라고 하던가요?"

"콜은… 그녀는 나에게 뭔가를 보여줬어요."

"내가 도와줄 수 있어요."

"어쩌면 그녀가 여기 있을지도 모르겠네요. 그녀가 올지 모르겠어요."

물 흐르는 소리가 들렸다. 레드 런이었다. 네스터가 앞장서서 솔송나무가 뒤엉킨 숲을 헤치고 갔다. 곧 가시철조망을 엮은 담장이 나왔고, 담장엔 오렌지색으로 쓰인 경고문이 걸려 있었다. '차량 출입 금지. 낚시 및 사냥, 올가미 설치를 금함. 위반 시 고발 조치를 취함. 미합중국 해군.'

"오래전에 버려진 곳이에요." 네스터가 그렇게 말하고 구멍이 난 곳으로 나를 안내했다. 나무에 가려 보이지 않는 출입구였다. 우리는 몸을 숙이고 안으로 들어갔다. 그 안에서 재로 덮인 하얀 나무, 얇은 공간을 보았다. 한때 이곳에 주둔했던 해군이 사용했던 것으로 보이는 콘크리트로 지은 헛간과 차고가 근처에 보였다. 하지만 지금은 텅 비어 있었다. 네스터가 나를 나무로 데려갔다.

"무릎 꿇어요." 그가 말했다. "거기에."

내가 머뭇거리자 그가 총구를 다시 내게 들이댔다. 이번에는 등이었고 거칠게 밀었다. 나는 앞으로 휘청거리며 고분고분 바르도게르 나무 앞에 무릎을 꿇었다. 그는 수갑에서 내 손목 하나를 풀었다. 매리언에게도 이렇게 한 거야. 네스터가 내 양팔을 얇은 나무 몸통에 두른 통에 얼굴과 가슴이 차갑고 부드러운 껍질에 꽉 닿았다. 마치 나무를 껴안고 있는 모양새가 되었다. 그는 수갑을 다시 채웠다. 나는 수갑을 잡아당기며 생각했다. 한 매리언은 노끈으로, 다른 매리언은 철사로 묶였지.

"니콜이 당신에게 무엇을 보여줬죠? 대체 무엇을 보았기에 이러는 거예요?"

"그녀는 나를 이곳에 데려와서 이 나무를 통과시켰어요." 그가 말했다. "그러고선 나를 길로 이끌었죠. 거기서 무언가를 보았어요. 그게 도대체 무엇인지 모르겠어요. 나 자신이 영원히 반복되는 것을 보았어요. 모든 것이 얼음이었죠. 모든 것의 종말을 본 거예요, 섀넌."

"모든 것의 종말이 아니라…"

"당신은 내가 종교적이라고 했죠? 종교는 더 이상 올바른 말이 아니에요. 나는 그 얼음 속에서 신을 소리쳐 불렀어요. 그리고 그가 대답했을 때, 나는 신의 음성이 신의 침묵보다 더 끔찍하다는 것을 깨달았어요. 콜이 나에게 눈을 감지 말라고, 계속 쳐다보라고 했고, 그래서 나는 그리스도가 십자가형에 처해진 것을 계속 봤어요. 그리고 십자가가 거꾸로 뒤집힌 모습임을 알아차렸죠.

십자가형이 영원한 숲을 이루어 퍼져가는 것을 보았어요. 나는 그 모든 십자가형을 봤어요. 전부 신이 벌인 일이에요. 그걸 보고서 내게는, 아니 그 누구에게도 영혼 따윈 없다는 것을 깨달았죠. 우리는 그저 기관과 세포조직과 체액일 뿐, 영혼은 없어요. 신은 당신 핏속에 기거하는 기생충일 뿐인 거죠. 젠장, 나는 영생을 믿었지만, 이런 식의 영생은 아니었어요. 모든 것의 종말이 아니다, 그래요. 십자가에 매달린 그 사람들, 결코 죽지 않을 거예요. 그들은 영원히 고통받을 겁니다. 신을 통해 영생을 얻는다고요? 차라리 죽는 게 나아요."

네스터는 수갑 열쇠를 나뭇가지에 걸었다. "한때 당신을 사랑한다고 생각했어요." 그가 말했다. "믿지 않겠지만, 나는 당신을 사랑했어요. 당신을 처음 보았을 때부터 같이 일한 첫 며칠 동안. 당신이 그렇게 사라지지 않았다면 상황이 달라졌을 수도 있겠죠. 모르겠네요. 하지만 늦었어요."

"나를 두고 가지 마요." 하지만 네스터는 벌써 떠났다. 솔송나무 솔잎을 밟고 가는 그의 발걸음 소리가 이윽고 바람에 사라졌다. 매리언은 여기 묶여 있었지만 도망쳤어. 그녀는 강을 따라가다가 여기서 자신을 보았어. 나도 여기 이렇게 이 나무에 수갑이 묶여 있으면 또 다른 내가 메아리 세상의 메아리가 되어 영원히 반복되지 않을까 생각했다.

솔송나무가 오렌지색으로 빛나는 늦은 오후의 햇살을 갈라놓았다. 한참 뒤에 남자들이 다가오는 소리가 들렸다. 그들은 사냥

꾼 냄새를 맡는 수사슴처럼 조심스럽게 나무들을 헤치고 왔다. 두 사람이었는데, 한 명은 콥이었지만, 금발에 턱수염을 텁수룩하게 기른 나머지 한 명은 내가 모르는 남자였다. 둘 다 황갈색 옷에 부츠를 신었고, 초록색 위장을 한 채 AR-15 소총을 어깨에 둘러멘 상태였다.

콥이 허리를 숙이고 내 눈을 들여다보았다. 우람한 덩치, 흐리멍덩한 눈. "맞구먼." 그가 말하고 히죽히죽 웃었다. 나는 그가 고개를 돌리고 침을 뱉을 때까지 그를 노려보았다. 무기력하게 나무 몸통을 껴안고 수갑에 묶인 채로. 콥이 말했다. "그년이 맞아." 그러더니 망치 같은 팔을 휘둘러 내 얼굴을 내리쳤다. 코가 부러졌고 얼얼한 감각이 두개골 뒤쪽으로 번졌다. 피가 났다. 뜨거운 핏물이 하얀 나무에 튀고 콧구멍에서 입으로 흘러내렸다. 다른 남자가 웃었고, 콥은 팔을 다시 휘둘러 내 입을 때렸다.

"제러드를 죽인 년이야." 그는 또 한 번 온 힘을 다해 내 얼굴을 가격했다. 나는 몸을 방어하기는커녕 꼼짝도 할 수 없었다.

"다리가 하나야." 흐뭇하게 지켜보며 웃고 있던 다른 남자가 말했다. 바르도게르 뿌리 쪽에 피 묻은 치아가 떨어진 게 보였다. 나는 몸을 웅크렸다. 고통이 휩쓸고 지나갔다. 내가 완벽히 무방비 상태라는 것을, 콥이 원한다면 나를 죽일 수도 있다는 걸 여실히 느꼈다. 하지만 그가 말했다. "수갑 풀어."

내 손이 자유로워졌다. 하지만 그들은 내 양손을 앞으로 해서 수갑을 다시 채웠다.

"나 좀 도와줘." 콥이 말했다.

두 사람이 나를 들어 올리고 끌다가 콥이 말했다. "걸을 수 있겠어?" 나는 걸어야 했다. 안 그러면 그들이 무슨 짓을 할지 몰라 두려웠다. 그들이 시키는 대로 했다. 세 차례 가격으로 완전히 무너졌다. 얼굴에서 피가, 내가 생각했던 것보다 더 많은 피가 쏟아져서 옷 앞쪽이 엉망이었다. 시야 가장자리가 마치 그림자가 진 것처럼 어둡게 보였다. 콥이 나를 나무에서 확 끌어내 물 흐르는 소리가 들리는 언덕 아래로 떠밀었다. 이제 재로 덮인 하얀 나무 주위를 소나무들이 둘러싸고 있는 것이 아니라, 똑같은 하얀 나무들이 저 멀리 소실점까지 줄지어 늘어서 있었다.

"무슨 일이 벌어지는 거지?" 내가 물었다.

"속임수야." 콥이 말했다.

3

이건 환영임이 분명해. 똑같이 생긴 나무들이 50피트 간격을 두고 무한하게 반복되었다. 일단 무작정 길을 따라갔지만 나무들의 열을 따라가기가 만만치 않았다. 자칫하면 길에서 벗어날 수도 있었다. 이윽고 숲의 풍경이 달라졌다. 주위의 소나무들이 더 빽빽해져서 솔잎이 몸에 닿았다. 나는 우리가 이렇게 반복되는 나무들 사이에서 길을 잃을까 두려웠지만, 콥은 엉킨 나뭇가지를 어깨로 헤치며 강 옆의 공터에 도착했다. 강을 보는 순간 내 몸이 차갑게 식었다.

소나무, 공터, 강. 이곳은 레드 런이었고, 바르도게르였지만, 내가 마지막으로 여기 왔을 때와 달랐다. 그때 나는 이곳의 특징을 알아보았지 장소를 알아본 것이 아니었다. 이제 이곳이 내가 십자가형을 당했던 곳임을 알았다. 오래전에 여기서 벌어졌던 일

을 어떻게 이해해야 할지 자신이 없었다. 내가 겪었던 일을 지금
도 이해하려고 애썼다. 얼음으로 뒤덮인 세상, 불탄 나무들이 꽁
꽁 얼어붙고 눈보라가 휘몰아치던 모습이 생각나자 불편해졌다.
화학약품에 의해 화상을 입은 듯했던 피부의 감각, 우주복을 풀
고 벌거벗은 채 겨울바람을 맞던 느낌. 극심한 무감각, 얼음, 잉
크처럼 검은 강. 나는 공중에 띄워 올려진 채 십자가형을 당했다.
내가 보지 못하는 십자가에 매달려 있었다. 바르도게르 나무 하
나가 쓰러져서 가지들이 말끔히 잘린 채 세차게 흐르는 검은 물
위에 도보 다리처럼 놓여 있었다.

열 명 남짓한 남자들이 쓰러진 나무 근처에 모여 있었는데, 다
들 겨울 코트를 입거나 두꺼운 담요를 몸에 두르고 있었다. 그중
한 명이 나에게 다가오자 콥과 동료들이 강제로 나를 바닥에 꿇
렸다. 키가 크고 호리호리한, 발걸음이 경쾌한 남자였다. 붉은 금
발 머리가 햇빛에 반짝거려 불타는 후광처럼 보였다. 턱수염을
말쑥하게 다듬거나 텁수룩하게 기른 다른 남자들과 달리 그는 말
끔하게 면도해서 날카로운 턱선과 광대뼈와 움푹 들어간 눈이 도
드라졌다. 매리언이 뭐라고 말했더라? 악마. 패트릭 머설트가 그
녀에게 했던 말이, 악마는 눈빛으로 사람을 집어삼킬 수 있다고
했던 게 떠올랐다. 과연 하일데크루거는 인간의 몸을 한 악마 같
았다. 그는 뱀처럼 우아하게 움직였고, 입을 살짝 벌리고 혀끝을
내밀어 입술을 훑었다. 마치 공기로 나를 맛보고 있는 듯했다.

"새넌 모스." 그가 말했다. "사진 속 얼굴을 찾아보기 어렵군.

누가 이랬나?"

내 모습이 어떻다는 거지? 다친 얼굴을 생각하자 짜증이 났다. 혀로 입 안을 훑었다. 잇몸 위로 이가 있어야 할 자리에 매끈한 틈이 나 있었고, 그 부분을 문지르자 피가 흘러나왔다. 통증이 주기적으로 밀어닥쳤다. "콥." 내가 말했다.

"콥이군, 자네 얼굴을 엉망으로 만든 게." 하일데크루거가 말했다.

감각들이 예민해졌다. 우리가 와 있는 곳이 어디든 간에, 네스터가 나를 데려온 숲과는 다른 숲이었다. 은조쿠와 오코너와 같이 있었던 숲도 아니었다. 새소리조차 들리지 않았다. 우리가 내는 소리를 제외하고는 으스스한 침묵만 돌았다. 주위 나무의 나뭇가지가 일렁이는 게 보였지만, 나뭇가지가 흔들리는 소리는 들을 수 없었다. 하일데크루거가 사냥용 칼을 칼집에서 뽑았다. 검은 칼날은 톱니 모양으로 삐죽삐죽했다. 그가 내 뒤로 다가왔다. 안 돼, 젠장, 나를 죽일 셈이야.

"이러지 마." 내가 말했다. "나를 죽이면 안 돼. 나는 여행자야."

콥이 나를 잡고 있던 손에 힘을 주어 더욱 세게 꽉 움켜쥐었다. 하일데크루거가 내 머리카락을 잡고 자신의 손목에 한 번 휘감고는 뒤로 잡아당겼다. 내 목이 드러났다. 칼로 내 목을 그을 것이다. 목을 베어서 입처럼 벌어지게 만들 것이다.

"날 죽이지 마. 그럼 모든 게 끝장나. 난 여행자야. 날 죽이면 당신도, 이 세계도 같이 사라져. 여행자를 죽이면…"

"우리도 같이 사라진다고 생각하는군?" 하일데크루거가 말했다. "나는 그렇게 보지 않는데. 우리는 여기 바르도게르 안에 있어. 불가해한 공간에 있지. 과연 자네 한 명 죽는다고 해서, 이 세계의 모든 것이 사라질까?"

"나는 NCIS에서 일해. 당신도 알지. 내가 누구인지 잘 알잖아. 섀넌 모스. 1997년 3월, 그게 현재 날짜야. 굳건한 대지는 1997년 3월에 멈춰 있다고. 내가 죽으면 당신도 사라지게 돼."

콥은 "제기랄" 하고 내뱉었지만 하일데크루거는 내 머리카락을 더 세게 움켜쥐었다. 내 몸이 위로 들렸고 머리가 뒤로 젖혀졌다. 결국 벨 속셈인 건가. 하지만 칼날은 내 머리카락을 그었다. 그가 나를 풀어주었을 때, 나는 하일데크루거가 내 잘린 머리카락을 마치 토끼 가죽이라도 되는 듯 들고 있는 것을 보았다.

"당신을 알아." 내가 말했다. "당신이 누군지 잘 알지. 칼 하일데크루거. 사린가스로 CJIS 건물을 테러했어. 캐넌스버그에 있는 FBI 건물 말이야. 당신은 1,000여 명의 사람들을 죽였어. 패트릭 머설트와 그의 가족도 살해했지. 아이들을 살해했어."

"고작 그것 때문에 이 시간대까지 와서 나를 찾았나?" 그가 물었다. "그건 내가 한 게 아니야. 그저 나의 징조일 뿐이지."

"또 다른 당신이었어. 당신이 연루된 모든 살인 사건을 조사하다가 칼라 듀어라는 변호사를 알게 됐지. 당신이 살해한 그 여자 말이야. 그 일로 네스터를 만났고."

하일데크루거는 칼을 칼집에 넣었다. "드리스콜." 그가 말했다. "그러니까 자네는 그걸 실마리로 삼고 있었군." 그가 내 머리 카락을 벨트 고리에 묶었다. 하일데크루거는 나를 어떻게 처리할지 고민하는 듯했다. 홧김에 나를 죽였는데 정말 이 모든 것이 내 IFT의 일부라면 자신들도 죽음을 면치 못할 테니까. 결국, 그들에게도 사형 선고가 내려진 셈이었다. 그는 나를 죽이지 않을 것이다. 전에도 자살을 피하기 위해, 살아남기 위해 반란을 일으킨 전력이 있었으니까.

"저 여자 말대로야, 우리는 저 여자의 그림자지." 하일데크루거가 살아남은 〈리브라〉호 선원들에게 말했다. "다들 나가줘. 둘만 있게."

그들은 흩어져서 바르도게르 나무들이 늘어선 곳을 따라 강둑으로 갔다. 한 명씩 쓰러진 나무의 뿌리로 올라가 몸통을 타고 레드 런을 건넜다. 옆에 매어둔 밧줄로 균형을 잡고, 나무를 도보 다리 삼아 걸었다. 각자 강을 완전히 건너기도 전에, 그들의 모습이 사라졌다. 마치 중간에 보이지 않는 커튼이 쳐져 있는 듯했다.

"1997년에서 왔다고?" 하일데크루거가 말했다. "그럼 전함을 타고 왔겠군. 아마도 코모런트겠지. 수많은 가능성을, 수많은 미래 세계를 봤겠군. 그 모든 것을 정부에 보고했나?"

"물론이지. 그게 우리의 임무니까. 그래야 앞으로 닥칠…"

"자네 정부는 앞으로 무슨 일이 벌어질지 알고 있겠군. 앞으로 벌어질 사건들을 마치 재방송 보듯 보고 있어. 그런데도 똑같은 비극이 계속해서 벌어진단 말이야. 왜 그런 거지?"

"그 아이들을 왜 죽였어? 머설트의 아이들 말이야. 게다가 드리스콜 박사라는 과학자를 살해하기 위해 사람을 보냈지. 왜 그런 거야? 화학무기는 또 뭐고. 이 살인들에 무슨 의미가 있다는 거야?"

"드리스콜은 우주를 망가뜨리고 있어. 머설트도 마찬가지지. 정신 차려, 섀넌 모스. 내가 보는 미래와 자네가 보는 미래는 같아. 내가 본 것을 자네도 다 보았잖아? 터미너스 말이야. 우리는 서로 이해관계가 일치하네. 적이 아니야. 그저 자네가 보지 못한 게 있을 뿐이지. 밀어닥치는 파도를 멈출 수 있는 건 우리뿐이네."

"당신들은 터미너스를 여기로 불러들였어. 당신들이 그랬어. 터미너스는 〈리브라〉호를 따라왔다고. 모든 미래 세계가 당신들 때문에…"

"우리가 아니네." 하일데크루거가 말했다. "터미너스는 확산되는 게 아니야. 자네 윗선들이 떠들어대는 것처럼 시간대에 끼어드는 게 아니란 말일세. 전부 해군우주사령부 짓이야. 그들이 터미너스를 불러들이는 거지. 해군우주사령부는 언젠가 우리의 비밀을 알아내서, 우리가 우연히 찾은 행성으로 전함을 보낼 거야. 내년이 될지, 지금으로부터 100년 뒤, 1,000년 뒤가 될지는 모르지만 언젠가는 그렇게 되겠지. 워낙 탐욕이 많은 자들이니까. 그때, 터미너스는 해군 함대를 따라 지구로 오는 거야. 거의 필연적이라고 볼 수 있지. 모든 미래 세계가 터미너스로 끝나는 건 바로 그 해군 함대 때문이야. 그래서 우리는 그자들이 그 참혹한 행성엔 갈 생각조차 못하도록 방해하는 거라네. 그 죽음의 행성을 찾으려 하는 자는 모두 제거함으로써 말이야. 하지만 터미너스는 더 가까워졌어. 그만큼 해군우주사령부가 행성에 가까이 다가갔다는 뜻이겠지."

CJIS 건물 주변의 시체들, 라이더 트럭의 시체들, 해군우주사령부 선원들, 해군연구소 과학자들, 페이절 시스템의 과학자들. 하일데크루거는 에스페란스 행성을 찾아낼 사람은 모조리 죽일 것이다.

"내가 갔던 모든 미래 세계에서 당신은 많은 사람을 죽였어. 무고한 사람들 말이야." 내가 말했다. "드리스콜은 그 행성을 연구하려고 했겠지. 그래서 죽인 거야. 그렇지? 당신은 사람들을 계속해서 죽일 거야…"

"사슬을 끊어야 하니까. 터미너스로 이어지는 모든 연결고리를 잘라야 하지 않겠어? 우리의 사고방식이 가진 오류를 덮기 위한 처방일 뿐이라네. 모든 인간의 치명적인 결함은 우리 자신이 실재한다고 철석같이 믿는다는 거네. 자신이 실재하지 않을 수도 있다는 걸 확인할 때까지는 그렇게 믿지. 우리가 보는 모든 것, 우리가 느끼는 모든 것은 우리가 살아 있다고 말하지. 우리 주위의 모든 것이 진짜라고 떠들어대는 거야. 하지만 전부 새빨간 거짓말이야. 우리는 그저 환상을 꿰뚫어보지 못하는 것뿐이야. 자네 말대로, 나는 많은 사람을 죽였어. 그래서 어쨌다는 거야? 자네가 여행자라는 건 또 어떻고, 그래서 뭐? 그런 건 사실 중요하지 않아. 그래도 자네, 자네가 우리 모두를 도와줄 수 있어. 진짜 세계로 돌아가 터미너스를 불러들일 기계를 파괴할 수 있어. 터미너스를 피할 수 없는 운명이 아닌, 하나의 가능성으로 만들 수 있어. 그래서 자네에게 부탁하고 싶어. 자네가 우리의 자유의지를, 종말이 아닌 다른 미래를, 우리의 가능성을 되찾아주었으면 해. 싹을 뽑아내게. 종말의 미래가 도래하지 않도록."

"싫어. 무고한 이들을 죽일 순 없어. 나는 그들을 지켜낼 거야."

잠시 긴장된 순간이 흘렀다. 하일데크루거가 갑자기 마음을 바꿔 나를 죽일까 봐 겁을 먹었다. 하지만 그는 손을 내밀어 나를 일으켜 세웠다.

"자." 그러면서 수갑을 풀고 옆으로 던졌다. "잠시 걷지. 편한 길은 아니네."

"나를 어디로 데려가는 거야?"

"자네가 안전한 곳." 그가 말했다.

나는 하일데크루거를 따라 공터를 지났고, 나무들이 늘어선 곳으로 걸었다. 길을 벗어나려는 욕망을, 돌아서려는 욕망을 꾹꾹 참았다. "여기는 메아리들이 드나드는 통로군, 그렇지?" 내가 물었다.

"바르도게르는 수많은 방이 갖춰져 있는 저택의 현관문이라네." 하일데크루거가 말했다. "일부 도플갱어들이 이곳으로 오지. 혼란스러운 상태로 말이야. 자신이 거울 사이를 걷고 있다고 생각하지. 그들을 뭐라고 불렀지? 메아리? 메아리들은 여기서 강을 건넌다네. 숲에서 길을 잃었다고, 돌아보니 아무도 없었다고 느끼지. 아이들이 길을 잃는 악몽을 꾸듯 말이야. 그들은 숲을 지나 공터로 오게 되지. 그리고 뒤에 강이 있었다는 것을 생각해내고 다시 강으로 돌아가."

"다른 자들은 어떻게 되지? 일부 메아리들만 강을 건너 이곳으로 온다면, 다른 자들은?"

"다른 자들은 곧바로 저 앞으로 가지. 우리는 저기서 보이는 대로 죽어. 그들은 우리 자리를 차지하려는 자들이니까. 가끔 그들이 성공하기도 해."

"그들이 누군데?"

"우리들." 그가 말했다. "우리는 우리의 메아리를 마주하네. 우리와 우리 메아리들은 서로 끝없이 반란을 일으키지. 자네도 보게 될 거야. 자네와 똑같이 생긴 사람을. 그를 보면 죽여야 한다는 것을 알게 돼. 안 그러면 자네가 죽게 될 거야. 주인 자리가 뒤바뀌는 거지."

바르도게르 나무들이 우리 앞에 쭉 늘어서 있었다. 뒤를 살짝 돌아보니 똑같은 나무들이 끝없이, 머나먼 곳까지 길게 뻗어 있었다. 매리언은 이곳에서 길을 잃고 강을 건넜어. 그리고 자기 자신을 보았지. 세상의 메아리들, 삶의 메아리들.

"당신은 머설트 가족을 죽였어." 내가 말했다.

"그랬지, 도끼로. 패트릭 머설트는 세계를 끝장낼 인간이었지. 그래서 내가 먼저 그를 끝장낸 거야. 그는 정부로부터 사면을 약속받고 우리를 팔아넘기려고 했어. 은화 30냥에 예수를 넘긴 유다처럼. 하마터면 터미너스를 문 앞까지 불러들일 뻔했어. 멍청한 자식."

강둑에 다다랐을 때 하일데크루거는 나무뿌리에 걸린 코트 하나를 집어서 나에게 건넸다. 자신은 군용 담요로 몸을 감쌌다.

"종말의 시간은 몹시 춥네." 그가 말했다. "자네도 보게 될 거야. 계속 걷되 길에서 절대로 벗어나지 말게. 이제부터 우리는 다른 세계로 넘어갈 거야. 우리가 가는 곳에는 무수한 위험이 도사리고 있어. 터미너스가 도래할 때, 물론 만약의 일이지만, 무슨 일이 일어날지 나도 정확히는 모르네. 하지만 이 경계가 노른자가 깨지듯 무너지고 지옥이 덮친다는 것은 알고 있지."

나는 나무뿌리를 잡고 올라가 몸통에 발을 내디뎠다. 양손으로 밧줄 난간을 잡아 균형을 잡았다. 이렇게 표면이 둥글고 평평한 몸통은 걷기 어려웠다. 쓰러진 바르도게르 나무의 몸통은 질감이 까칠까칠한 숯보다는 만질만질한 돌에 가까웠다. 강물이 튀어 나무가 젖었는데도 다행히 매끈거리지 않았는데, 의족의 접지면 덕분인 듯했다. 하일데크루거가 내 바로 뒤에 따라왔다. 나는 밧줄을 꼭 잡고 아기처럼 조심스럽게 옆으로 조금씩 발을 옮겼다. 저 아래에서 강물이, 검은 물이, 힘찬 급류가 우렁찬 소리를 내며 흘렀다.

'자네도 보게 될 거야.' 하일데크루거는 그렇게 말했다. 한참 건너고 있을 때 기온이 봄에서 한겨울로 넘어간 것처럼 곤두박질

쳤다. 하늘이 어두운 회색빛으로 바뀌고 눈송이와 얼음 조각이 공중에 날렸다. 눈앞의 풍경이 봄의 초록빛에서 겨울의 흰빛으로 돌변했고, 바르도게르 나무들은 몰아치는 눈보라에 모습을 감추었다. 나는 도보 다리를 계속 조금씩 건넜는데 나무 몸통이 얼음으로 덮이는 바람에 매끈거렸다. 그리고 우리 주위로, 마치 별들이 모습을 나타내듯 목매단 사람들의 시신들이 모습을 드러냈다. 거꾸로 십자가형을 당한 시신들은 강 너머에서 저 멀리까지 나무들 사이에 떠 있었다. 그들이 내는 신음 소리가 영원한 비통의 합창처럼 들렸다.

바람이 강하게 부는 통에, 나는 털썩 주저앉았다. 강물에 떨어지지 않으려고 밧줄을 부여잡고는 버텼다. 담요로 몸을 감싼 하일데크루거의 붉은 머리에 서리가 내렸다. 그 뒤로 우리가 방금 떠났던 공터가 이제 남청색으로 보였다. 나는 방대하게 뻗은 초록색 수목경계선에서 오렌지색 반점 하나를 보았다. 나는 공포의 비명을 내질렀다.

"내가 여기서 십자가형을 당했어." 나는 울부짖으며 공중에 걸린 시신들에서 내 시신을 찾으려고 했다. "저들 중에 내가 있었어."

하일데크루거는 내가 일어날 수 있도록 팔로 부축했다. "어떻게 살아남았지?" 그가 물었다.

눈송이가 그의 속눈썹에 들러붙는 게 보였다. 매서운 바람을 맞아 그의 눈에선 눈물이 났다. 그는 내가 흔들리지 않도록 내 팔을 부여잡았다.

"구조되었어." 그러면서 나는 행여 지금도 하강하는 쿼드착륙선의 불빛이 보이지 않을까 두리번거렸다. "누군가 나를 끌어내준 덕분에 살았어. 그들이 나를 구출한 거지. 저기 저쪽을 봐. 저기 그 여자가 있어. 바로 나야. 저 여자가 바로 나란 말이야."

하일데크루거는 뒤를 돌아보았다. "그 여자는 죽었네. 그리고 자네가 지금 여기 있지."

'나는 QTN이 뭔지도 몰랐어. 내가 왔던 시대에는 터미너스가 없었어. 나는 그저 하나의 가능성이었어, 수많은 가능성 가운데 하나.' 내 눈에 집중된 통증이 점차 넓어지더니 심연으로 확대되는 듯했다. 내 육체와 정신, 그 모든 것이 전부 심연이었다.

그가 나를 거의 들다시피 한 덕분에, 우리는 남은 다리를 건널 수 있었다. 우리가 쓰러진 나무에서 눈 덮인 땅으로 내려섰을 때, 그는 나를 자기 옆에 붙이고 자신의 담요로 내 몸을 감쌌다. 그리고 우리는 다시 앞으로 나아갔다. 무한히 반사된 모습이 주위에 펼쳐졌다. 마치 내 눈이 만화경이며, 내 주위의 모든 것에 거울이 달린 듯했다. 나는 우리의 반영이 하늘에서 우리 쪽으로 걸어오는 것을, 강 위에서 우리에게서 멀어지는 것을 보았다. 그리고 땅에서 우리의 머리 위로 올라가는 것을, 다리 저편에서 우리 쪽으로 다가오는 것을 보았다. 사방으로 반사되는 저 머나먼 곳에서 오렌지색 점을 발견했다. 하일데크루거가 나를 앞으로 떠밀었다. 이제 바르도게르 나무들의 길이 휘어지기 시작했고, 얼음 섞인 바람이 몰아쳤다. 그 와중에도, 마치 대화재 현장으로 들어가는 것처럼 공기 중에 연기가 가득했다. 폐를 태울 듯한 시꺼먼 연기. 연기 때문에 하늘은 숯 색깔이었다. 불똥이 위로 날아올라 하늘을 온통 뒤덮었다. "서둘러." 하일데크루거는 앞장서서 굽이진 길을 따라 매캐한 연기 속을 걸었다. 이윽고 바르도게르 나무들이 불타고 있는 것이 보였다. 더 이상 재로 덮인 나무가 아니라 활활 타오르는 불길 속의 나무였다. 맹렬하게 타오르는 나무들이 불꽃 튀는 횃불들처럼 쭉 늘어서 있었다. 오렌지색 화염이 바람을 타고 위로 솟구쳤고, 마치 모든 나무가 하늘까지 뻗친 불꽃의 회오리바람이 된 듯했다.

"나를 어디로 데려가는 거야?" 나는 몰아치는 바람 소리를 뚫기 위해 목소리를 높였다.

"여기가 손톱으로 만든 배야." 그가 말했다. 저 앞에 〈리브라〉호의 검은 선체가 영원한 숲 위로 우뚝 솟은 모습이 보였다. 눈이 수북하게 쌓인 난파선이었다. 뱃머리는 두 동강 나 있었고, 기관실, 그러니까 추진기와 B-L 드라이브가 있는 뱃고물에서는 구체 모양의 선명한 파란색 불빛이 섬광등처럼 켜졌다 꺼졌다 했다.

우리는 불타고 있는 나무들의 길을 서둘러 지났다. 전함의 모습이 점차 크게 보였고, NSC에서 쓰던 공기주입식 콘크리트 돔 하나가 눈에 들어왔다. 몰아치는 눈을 피할 수 있는 성채로, 검댕처럼 새까만 돔의 창문으로 희미한 불빛들이 보였다. 나는 안으로 들어가 몸을 녹이고 싶었지만, 하일데크루거가 나를 제지해서 계속 걸을 수밖에 없었다.

"저기 들어가면 안 돼. 그들이 자네를 죽일 거야." 그가 말했다. "내가 뭐라고 말하든 상관없이 죽일 테지. 그렇게 훈련받았으니까. 돔에 있는 남자들은 여기 보초병들이네. 우리들이 다가오는 걸 주시하다가 숲으로 도망친다 싶으면 총을 쏴대지. 나도 저기서 나 자신을 쏴 죽였어. 수차례 말이야."

그리고 나는 전함 주위 눈 덮인 들판에서 시신들을 보았다. 꽁꽁 얼어붙은 수많은 시체. 〈리브라〉호 선원의 메아리들이었다. 그들이 입고 있던 옷, 착용했던 장비는 보이지 않았다. 나는 거기서 하일데크루거의 시신을, 또 다른 그의 시신을, 그리고 또 다른 그의 시신을 보았다.

불타는 바르도게르 나무들의 길은 〈리브라〉호에서 끝났다. 우리는 선체 옆으로 나란히 걸었고, 얼마 뒤에 에어록으로 이어지는 철계단이 나왔다. 추위가 코트 사이로 스며들어 몸을 움직이기가 어려웠다. "올라가야 해." 우리가 철계단에 섰을 때 그가 말했다. 이 추위를 피할 수만 있다면 무엇이든 할 요량이었지만 손이 철 난간에 동상을 입어 쉽지가 않았다. 우리가 계단을 오를 때 또 한 차례 전함에서 파란색 구형의 불길이 확 일었다. 불길이 우리를 에워싼 다음, 정전기가 휩쓸고 지나갔다. 갑작스러운 충격에 나는 정신을 잃을 듯했다. 정신이 혼미해진 사이, 한순간 십자가형에 처해진 내가, 오렌지색 우주복을 입은 내가, 검은 강을 건너는 내가, 코트니 김과 같이 그녀의 침실 창문에서 담배를 피우는 십 대의 내가 보였다. '별똥별이라고 불리는 꽃이 피는 것을 본

적 있어요?'

"계속 올라가." 그가 말했다. "지금이 우리의 기회야, 바로 지금이. 올라가!"

나는 철계단 높은 곳에 올라서서 숲을 내려다보았다. 전함 주위로 거대한 불길이 원을 그리며 에워싸고 있었다. 불타는 나무들이, 불빛의 파도가 바람에 나부끼는 모습이 마치 지옥의 깃발 같았다. 나는 반란이 일어나는 중에 〈리브라〉호가 고장을 일으켜 하늘에서 떨어지는 모습을, 선체가 불의 의복을 두르고 지구를 향해 곤두박질쳐 이곳에 추락하는 모습을 상상했다. 바르도게르 나무의 열들이 전함에서 방사형으로 멀리 뻗어 나갔다. 열을 지어 서 있는 무수히 많은 나무가 마치 바퀴 중심을 에워싸고 있는 바큇살처럼 보였다. 영원한 숲으로 이어지는, 서로 다른 곳으로 이어지는 무한한 길들. 수많은 방이 갖춰져 있는 저택. 나는 숲의 불길이 죽음의 숲으로, 바르도게르 나무들의 열이 숯덩이 나무들의 숲으로 이어지는 것을 볼 수 있었다. 재로 덮여 하얗게 보이는 숲. 죽음의 숲은 눈과 검댕이 뒤섞여 지평선은 회색으로, 하늘은 검은색으로 보였다. 이 모든 풍경은 타오르는 신의 눈이었고, 내가 서 있는 〈리브라〉호는 검은색 눈동자였다. 화염과 바르도게르 나무들의 열이 우리 주위에서 부글부글 끓고 있는 모습을 보니, 마치 세상을 뒤덮은 허리케인의 중심에 서 있는 듯했다. 나는 비명을 질렀다.

하일데크루거가 나를 끌고 나머지 계단을 마저 올라 에어록에 이르렀다. 선체는 녹이 슬어 있었는데, 자세히 보니 하얀색과 갈색의 반점이 군데군데 박혀 있었다. 녹이 슨 게 아니었다. 녹이 슨 것 같은 색깔이 위에 입혀진 것이었다. 에어록과 주위의 선체를 마치 딱딱하고 불그스름한 피부처럼 뒤덮고 있었다. 하일데크루거가 잠금장치를 돌리자 문이 안쪽으로 열렸다.

"안으로 들어가." 그가 몰아치는 바람에 맞서 소리를 질렀지만, 나는 머뭇거렸다. 전함의 입구는 혐오스럽기 그지없는 완벽한 어둠의 골짜기이자 망각의 원이었다. 그리고 주변은 적갈색이었는데 반점이 묻어 있었고 더 진하고 지저분한 물질도 보였다. "손톱이야." 나는 혐오감이 속에서 올라오는 것을 느꼈다. "그리고 피야." 에어록과 선체에다 주위에 널려 있는 시체의 피를 칠하고, 거기에 손톱과 체모를 덕지덕지 붙여놓은 것이다. "선체에 온통 피칠을 해놨군."

"비로소 나글파르가 정박한 곳으로부터 우리의 세계가 풀려났네." 하일데크루거가 말했다. "신들과 결전을 벌일, 죽은 전사들의 시신을 싣고."

죽은 자들의 손톱, 손톱으로 만든 배. 머설트의 부인과 아이들, 그들의 손톱과 발톱을 뽑아서 여기로 가져온 것이다. 매리언 머설트와 죽은 메아리들까지도. 이들 말고도 얼마나 더 있을까? 희생자의 수를 생각하면 그야말로 오싹했다. 산인 줄 알았는데, 알고 보니 높은 물결로 밀려드는 파도였다.

하일데크루거가 나를 에어록으로, 그 검은 원 속으로 떠밀었다. 어쩔 수 없이 나는 어둑한 곳으로 들어갔는데, 〈리브라〉호 안으로 발을 들인 순간 몸이 공중에 들렸다. 발이 바닥에서 뜨고 몸이 위로 들렸다. 무중력 상태에서 천장을 발로 차니, 그 반동으로 몸이 자유낙하하듯 굴렀다. 하일데크루거가 에어록 문을 닫자 내 몸은 헝겊인형처럼 천장에서 벽으로, 그리고 바닥으로 하염없이 떨어졌다. 그가 내 몸을 붙잡아 세웠다. 우리는 함께 유영했다. 여기엔 중력이 없어.

"어떻게 된 거지?" 내가 물었다.

"잠깐 조용히 해봐." 그가 말했다.

우리는 기관실 근처에 있었고, 얼마 뒤 동력장치에서 고장을 알리는 두 음의 경보음이 번갈아 요란하게 울렸다.

"저건 원자로야." 내가 말했다. "뭔가 잘못됐어."

"핵 관리자가 전함을 망가뜨리려 했지만, 비텍이 우리를 구했지." 하일데크루거가 말했다. 때마침 근처에서 요란한 총격 소리가 난 바람에 그의 목소리가 묻혔다. 그가 나를 기관실로 안내했다. 입구로 들어가니 튜브와 파이프, 밧줄과 전선이 복잡하게 엉켜 있었고, 솥 모양의 은색 강철 원자로가 기관실 대부분의 공간을 차지하고 있었다. 고리 모양의 입자 충돌기가 독자적인 칸에 놓인 B-L 드라이브를 에워싸고 있었다. 마치 은을 발라놓은 인간의 심장 같았다.

원자로 근처에서 한 남자의 시신을 발견했다. 총탄이 그의 내장을 뚫고 들어간 구멍에서 끈적거리는 핏방울이 흘러나와 길쭉한 방울로 뭉쳐져 있었다. 제복에 붙은 배지로 그가 원자로와 B-L 드라이브를 관리하던 자임을 알 수 있었다. 하일데크루거의 눈이 사나워졌다. 원자로에서 끼익 거리는 소리가 나더니 선체 안 조명이 꺼져 암흑천지가 됐다. 벨크로 벽에 붙여놓은 공구 쪽으로 그가 손을 뻗어 손전등을 뜯어냈다. 경보음은 여전히 울부짖으며 원자로 고장을 경고했다.

"가야 해." 그러면서 그가 손전등 스위치를 켰다. "시간이 많지 않아. 비텍이 원자로를 고치러 여기 올 거네. 머설트도 경비를 하러 오겠지. 머설트에게 들키는 건 위험해. 그와 싸우고 싶지 않아. 적어도 여기서는 안 돼."

"무슨 일인지 말해줘, 이게 다…"

하지만 하일데크루거가 나를 밀쳤다. "움직여." 그러면서 나를 끌고 또 다른 입구로 갔다. 그가 손전등으로 앞을 비춘 가운데, 우리는 통로를 헤엄쳐 갔다. 책상과 서류 장이 벽과 천장 가득 쌓인 공병장교 방을 지나, 기관사 부서로 향했다. 기관사 부서에는 자체적인 식당과 소형 탁자 주위로 벤치가 놓인 회의실이 있었다. 그곳을 지나면 선장실, 원자로 실험 분대 사무실, 전기 분대 사무실이 나왔고, 우리는 비로소 창문들이 옆으로 나 있는 통로에 이르렀다. 나는 창문을 내다봤다. 얼음 바람과 치솟는 불길, 나무들이 늘어선 길을 볼 수 있으리라 생각했지만, 대신 무한한 밤하늘에 떠 있는 별들이 보였다.

"여기가 어디지? 우리 지금 어디에 있는 거야? 무슨 일이 벌어지고 있는 거냐고?"

하일데크루거가 나를 끌고 가려고 했지만, 나는 창문에 매달려 전함을 보았다. 선체를 온통 뒤덮었던 얼음은 온데간데없고, 이제 하얗게 빛나는 크리스털 껍질이 자리하고 있었다. 마치 선체에 광물을 칠해놓은 듯, 다이아몬드가 따개비처럼 선체에 들러붙어 있는 듯했다. 크리스털 껍질은 우리가 방금 떠나온 기관실 쪽 뱃고물에 가장 두껍게 들러붙어 있었다. 그 위로 고르지 않게 산란하는 빛이 사방으로 멀리 뻗어 나갔고, 그 모습이 마치 구름 사이로 비치는 햇살처럼 보였다.

"왜 이런 일이 벌어지는 거야?"

그는 뭉툭한 칼끝으로 내 등을 찌르며 말했다. "서둘러, 곧 불이 들어오니까."

그가 나를 창문에서 끌어냈을 때 경보음이 그쳤고 희미한 운행등 불이 다시 들어왔다. 알고 보니 우리는 구금실로 가는 중이었다. 나는 혼란과 두려움에 휩싸인 채로 그의 뒤를 순순히 따랐다. NCIS 사무실에 도착할 즈음부터 벽에 핏자국이 보였다. 무중력 상태에서 떠오른 구체 모양의 핏방울이 이리저리 흩어진 채 묻은 듯했다.

"이곳 NCIS 수사원들에게 무슨 일이 있었어? 그들은 어디 있어?"

"그들은 지휘관을 보호하려 했지."

그가 구금실의 철문을 열었다. 해군우주사령부 TERN의 구금실은 수상 선박들의 구금실보다 훨씬 넓었다. 첫 임무를 수행하는 선원들에게서도 '우주의 광기'가 나타날 수 있으니 유사시를 대비한 수용시설이 필요하다는, NASA 정신과 의사들의 경고 때문이었다. 구금실은 모두 여덟 개의 칸막이 독방으로 돼 있었고, 지금은 침상처럼 포개져 있었다. 마치 철제 상자를 쌓아놓은 것 같았다. 하일데크루거는 나를 5호실에 밀어 넣었다. 내가 발로 차며 저항하려 하자, 그는 주먹을 휘둘러 코에서 다시 끈적거리는 피가 흐르게 만들었다. 그러고선 내 의족을 붙잡고 발로 내 가슴을 꽉 눌렀다. 의족이 빠지면서 나는 그대로 나가떨어졌다. 내가 겨우 허리를 숙여 진공 밀봉 장치를 풀 때까지 통증이 이어졌다.

"자살할지도 모르니까 말이야." 그가 말했다. "자네를 잃을 수는 없지."

그러고는 자물쇠를 잠가 나를 완전한 어둠 속에 던져놓고 구금실에서 나갔다. 나는 어떤 광경도 보이지 않고, 어떤 소리도 들리지 않은 채로, 마치 태아처럼 떠 있었다. 욱신거리는 코와 부러진 이의 통증이 번개처럼 나를 휩쓸고 지나갔다. 얼마 뒤 나는 거대한 침묵 속에서 내 귀가 울리는 소리를, 부러진 부비강을 통해 내 호흡이 휘파람처럼 울리는 소리를, 내 피가 독방의 벽에 조용히 부딪히는 소리를 들었다.

그렇게 몇 시간이 흘렀다.

나는 메아리였다. 알고 보니 섀넌 모스의 메아리였다. 십자가에서 구조되어 굳건한 대지로 데려온 메아리. 이제야 그것을 이해했다. 오렌지색 우주복을 입은 여자가 섀넌 모스였다. 진짜 섀넌 모스 말이다. 그녀를 눈 속에서 본 적이 있었다. '그 여자는 죽었네. 자네는 지금 여기 있어.' 나는 터미너스가 없는 IFT에서 왔다. IFT가 만들어낸 허구의 존재인 것이다. 지금 나는 살아 있지만, 내가 있었던 IFT는 이미 없어졌다. 내 존재는 세계로부터 잘려 나갔다. 사라진 세계의 존재인 나는 과연 진짜일까? 나는 텅 빈 구멍이다. 내 얼굴이 있어야 하는 곳엔 타원형 어둠이 대신 자리하고 있다. 그렇게 생각하니 마치 내 몸이 텅 비어버린 것처럼, 그 텅 빈 몸속으로 지푸라기를 쑤셔 넣은 것처럼 느껴졌다. 물론 이것은 그저 느낌에 불과할지도 모른다. 진짜라고 할 수 있는 것은 지금 내 몸을 뒤흔들고 있는 고통뿐이었다. 얼어터진 얼굴의 고통, 끔찍한 욱신거림. 그리고 이곳에 버려진 절망, 앞으로 벌어질 일들에 대한 두려움만은 진짜였다. 오코너와 함께 〈윌리엄 매킨리〉호를 타고 작전을 나갔을 때, 아득한 심해 때문에 신경이 바짝 곤두선 선원 한 명이 장교를 폭행한 일이 있었다. 우리는 몸싸움 끝에 그를 붙잡아 구금실 독방에 넣었는데, 그는 이곳과 비슷한 철제 상자에 외롭게 갇히는 것을 그 어떤 처벌보다 두려워했다. 칭얼거리는 아이처럼 우리에게 매달려 제발 풀어달라고 사정했다. 갑자기 그 선원 생각이 났고 그가 벽을 왜 그렇게 긁어댔는지 이해되었다.

아무튼 나는 중력 없는 〈리브라〉호에 와 있었다. 조금 전 핵 관리자가 살해된 것을 보았다. 어떻게 그런 일이 가능했을까? 그러던 중, 저 멀리 어디선가 소리가 났다. 조용하게 딸각거리는 소리. 마치 누군가 손끝으로 탁자를 두들기는 소리, 쥐가 쇠파이프 위에서 부스럭거리는 소리 같았다. 그리고 곧 펑 하는 소리가 났다. 그러고는 권총 격발 소리에 이어 더 요란한 자동화기 총성이 들렸다. 전투가 벌어지고 있어. 해군이 여기를 찾아내서 나를 구하러 올까, 혹은 FBI의 인질구조반이 올까 생각했다. 어쩌면 비비안이 살아 있거나 누군가가 우리를 추적해서 이곳으로 올 수도 있었다. 그 순간 구금실 문밖에서 비명이 들렸다. 여러 명이 갑작스럽게 죽음을 맞는 소리였다.

어느 순간 구금실 문이 열렸고 강렬한 빛줄기가 내 눈에 파고들었다. 눈을 가늘게 뜨고 보니 한 여자가 구금실로 들어오는 것이 보였다. 그녀가 철문을 닫자 또다시 어둠이 우리를 집어삼켰다. 니콜이었다. 하지만 그녀는 여기서 아직 십 대 소녀였다. 그녀의 인기척 소리가 들렸다. 그녀는 침착함을 유지하려 애쓰는 듯 보였지만, 숨을 거칠게 내쉬며 울고 있었다. 죽음 같은 침묵 속에서 조용하게 훌쩍이는 소리가 고스란히 들렸다. 그녀는 독방 사이를 떠다녔고, 나와 가까워졌을 때 내가 말했다. "니콜, 나 좀 도와줘요."

그녀는 깜짝 놀라며 나지막이 말했다. "거기 누구예요?"

"NCIS 수사관이에요. 도움이 필요해요. 나 좀 여기서 나가게 해줘요, 니콜."

"당신 누구예요? 전에 만난 기억이 없는 것 같은데. 왜 여기 간혀 있나요? 어떻게 들어왔죠?"

"날 좀 꺼내줘요."

"할 수 없어요. 나는…"

또 한 차례 교전 소리가 들렸는데 아까보다 요란했다. 이윽고 문 바로 밖에서 총성이 들렸다. 총탄이 철로 된 통로에 맞고 구금실 철문에 튀면서 날카로운 스타카토 소리를 냈다.

"그자들이에요." 니콜이 말했다. "믿을 수 없어요… 저들이 그녀를 죽였어요, 안 돼."

니콜의 말이 흐르는 눈물에 뭉개졌다. 그녀가 양손으로 얼굴을 비비는 소리가 들렸다. "제발, 부탁이야, 이러지 마."

"저들이 누구를 죽였는데요?"

"레마크를 죽였어요. 무기를 담당하던 클로에 크라우스까지도. 저들은 이제 모두를 죽이고 있어요. 사관실에 함께 바리케이드를 치고 있었는데. 저들이 전부 죽였어요."

이미 한 번 벌어진 적이 있는, 익숙한 상황이었다. 나는 니콜이 과수원 헛간 근처에서 내게 털어놓았던 이야기를 생각했다.

"하지만 당신은 무고해요, 니콜. 당신은 아무도 죽이지 않았어요."

"나는 레마크를 사랑했어요. 저들도 그걸 알아요. 나까지 죽일 거예요. 아니, 누구 할 것 없이 저들은 무차별로 사람들을 쏘고 있어요. 처음엔 구조실에 숨어 있었는데, 저들이 모든 방을 일일이 확인하더군요. 결국, 여기로 도망쳐야 했죠."

"니콜, 진정해요. 나 좀 도와줘요. 나는 당신을 알아요. 당신 아버지가 레마크를 설득해 당신을 이 전함에 타게 했다는 것도요. 몸바사에서 축제가 있었어요. 그녀를 기리는 축제였죠. 그게 언제였나요? 지금으로부터 몇 년 뒤죠?"

"681년." 니콜이 말했다. "레마크가 〈리브라〉호를 타고 왔을 때, 우리는 아몬드 숲에서 화관을 쓴 채 의식을 치르고 있었어요. 삶의 무상함을 축하하는, 케냐 교회의 '로호 의식'이죠. 내 남편도 거기서 만났어요. 아, 아버지. 아버지는 내가 살아남길 바라셨어요. 그래서 레마크에게 부탁했죠. 나를 데려가달라고. 그녀도 내가 살기를 바랐기에 나를 받아들였어요."

"나는 당신을 도울 수 있어요, 니콜. 그러니 나를 여기서 빼내줘요."

또다시 총성이 울렸다. 그녀는 내가 갇힌 칸막이 독방에 가까이 다가왔다. "어떻게 내 이름을 알죠? 나는 여기 있는 모든 사람을 알지만 당신은 누군지 모르겠어요."

"우리는 다른 시간대에서 서로 알았어요. 한때 가까운 사이였죠. 당신은 나를 코트니 김으로 알았어요. 다른 시간대에서, 지금으로부터 한참 뒤의 일이지만, 우리는 거의 매일 밤 만나서 이야기를 나눴어요. 당신은 케냐에서 왔다고 내게 말했어요. 케냐의 나무들에 대해 말하면서 에메랄드처럼 보인다고 했죠."

"어떻게 해야 할지 모르겠네요." 그녀가 말했다.

"나를 여기서 꺼내줘요. 그러면 당신을 도울 수 있어요."

"그건 곤란해요. 당신이 여기 있다는 것을 알면 저들이 당신을 죽일 거예요. 그리고 나도 죽이겠죠. 당신을 빼내줬다고, 당신과 이야기했다고 말이에요."

"부탁할게요." 하지만 그녀는 대답하지 않았다. 그녀가 구금실 문을 열자 빛줄기가 보였다. 그녀가 밖으로 사라지는 모습이 보였고, 문이 닫혔다.

나는 어둠 속에 혼자 남겨졌다. 그렇게 몇 시간이 흘렀다. 가끔 끈끈한 핏방울이 떠다니다가 내 몸에 부딪혔고, 그럴 때마다 나는 절망감을 느꼈다. 마침내 쿵 하면서 아래로 떨어지는 소리가 전함 전체를 흔들었다. 또 다른 폭발 소리가 아까보다 훨씬 크게 났고, 몇 초 뒤에 연기 냄새를 희미하게 맡았다. 전기화재 현장에서 날 법한 자극적인 냄새였다. 나는 도와달라고 소리쳤다. 여기 독방에 갇혀 산 채로 불태워질까 봐 겁이 났다. 이윽고 비상등 불빛이 벌겋게 켜졌고, 금속성 경보음이 뎅그렁뎅그렁 울렸다.

전함이 휘청거렸다. 무거운 강철이 윙윙거리는 소리가 선체에 울렸다. 누군가가 냄비와 팬을 두들기는 듯한 요란한 굉음이 들렸고, 공기가 찢기는 듯한 폭발음이 연이어 났다. 강철이 비명을 질렀고 전함이 덜컥거렸다. 나는 선체가 동강 나거나 찌그러졌다고 추측했다. 파란색 불이 방울처럼 뭉쳐서 구금실 천장을 타고 번졌다. 나는 독방 모퉁이에서 몸을 웅크리며 불에서 멀리 떨어지려고 했다. 그 순간 중력이 나를 낚아챘다. 나는 벽과 천장에 몸을 부딪치며 독방 안에서 굴렀다. 파란색 방울이 납작하게 옆으로 퍼졌다. 추락하고 있어, 하늘에서 추락하고 있어. 우리는 잠깐 몇 분 동안 떨어졌는데 그 시간이 영원처럼 느껴졌다. 나는 철제 상자 속에서 이리 치이고 저리 치였다. 이윽고 아수라장이 끝났다. 이마가 깊게 베여 얼굴에서 피가 철철 흘렀다. 경보음은 계속해서 울렸다.

한동안 의식을 잃었다가 깨어나보니, 나는 순수한 우윳빛 어둠 속에 있었다. 좁은 독방에서 최대한 자리를 잡고 앉아서 소리에 집중했는데, 얼마간 시간이 지나자 마치 가슴 안에서 전기 비슷한 무언가가 일어나 점차 커지는 느낌이 들었다. 내 몸 안에서 뭔가가 윙윙거리는 기분이었고, 몹시 불편했다. 정전기의 강도가 점차 커짐에 따라, 급기야 머리카락이 쭈뼛 서고 찌릿한 느낌이 온몸을 덮쳤다. 불안함을 견딜 수 없어, 차마 입을 다물 수조차 없었다. 전기 빛줄기가 공중에 내걸린 파란색 전선처럼 이에서 손가락까지 쭉 뻗어 가는 것을 보았다. 요란하게 갈라지는 소리가 들렸고, 이어 빛이 번쩍였다. 전기충격이 왔다. 마치 누군가가 온 힘으로 주먹을 휘둘러 내 가슴을 내리친 것 같은 충격이었다. 다시 무중력 상태로 돌아온 나는 다시 자유롭게 떠다녔고, 전함도 곧 침묵을 되찾았다.

폭발로 인해 선체 안쪽 깊은 곳에서 요동쳤다. 얼마나 시간이 지났을까, 구금실 문이 열리는 소리가 났다. 하지만 이번에는 쇠가 끼익하는 소리만 들렸고 빛줄기는 없었다. 인기척, 들릴락 말락 한 인기척뿐이었다. 찰칵 소리가 나더니 내 독방 문이 열렸다.

누구일까, 혹시 하일데크루거가 아닐까 겁이 나서 뒤쪽 벽으로 물러났다. 누군가의 손이 내 입을 가렸다.

"조용히 해요." 속삭이는 소리로 말했다. "이게 유일한 기회예요. 그들이 조명을 고칠 때까지 몇 분 정도 여유가 있어요."

내가 진정한 뒤에도, 조용히 있겠다고 고개를 끄덕이고 나서도 그 손은 계속 내 입을 움켜쥐고 있었다.

"이거 보여요?" 목소리가 물었다. 푸른빛 인광이 어둠 속에 보였다. 구슬보다 크지 않은 푸른빛이었는데 나는 그게 무엇인지 알았다. 니콜의 부적 목걸이 가운데 박혀 있던 외계 꽃잎이었다. 불빛은 곧바로 사라졌다. 나는 알았다고, 인광을 보았다고 고개를 끄덕였다.

"빛을 따라와요." 니콜이 말했다.

그녀는 내 입에서 손을 치웠다. 푸른빛 인광이 몇 미터 앞에 나타나 어둠 속을 떠돌다가 다시 사라졌다. 나는 팔을 들어 독방 문을 더듬어 확인하고 몸을 밖으로 밀어냈다. 구금실 천장을 손으로 짚어서 밖으로 나가려고 했다. 하지만 어둠 속에서 금세 길을 잃고 멈춰서야 했다. 자줏빛 얼룩들이 눈가에서 휙 나타나 나를 교란시켰기 때문이다. 희부연 가짜 색깔 속에서 어른거리는 푸른빛이 다시 나타나는 것을 보고 그 빛을 따라갔다.

방향감각을 완전히 잃은 나는 한쪽 벽을 손으로 짚으며 열린 구멍으로 나갔다. 구금실을 벗어나자 훨씬 좁은 통로가 나왔다. 푸른빛이 다시 앞에 나타났고, 그쪽으로 빠르고 조용히 몸을 옮졌다. 강철 벽에 부딪힌 나는 빛을 찾아 두리번거렸지만 찾을 수 없었다. 그때 숨소리를, 너무도 나직해서 하마터면 놓칠 뻔한 숨소리를 들었다. 소리가 나는 쪽으로 고개를 돌리자 내 위에서 어른거리는 푸른빛이 보였다. 빛을 향해 나아가 문을 통과했다. 계속 유영하며 빛을 따라갔고, 곧 창문들이 나 있는 통로에 이르렀다. 크리스털 광채에, 선체를 뒤덮고 있는 으스스한 다이아몬드 형체의 결정체로부터 끝 모르게 뻗은 방사형 빛줄기에 니콜의 얼굴 윤곽이 비쳐 보였다. 하지만 내가 몇 시간 전에 말을 걸었던 십 대의 니콜이 아니라 10년 이상 더 나이가 든 니콜이었다. 우리는 하일테크루거가 처음에 나를 들여보냈던 에어록에 와 있었다.

"잠깐 쉬었다 가요." 니콜이 말했다. "숨 좀 돌려요. 이따가 뛰어야 하니까."

"뭐가 뭔지 모르겠어요."

"우리는 다른 미래에, 다른 시간대에 서로 알았어요. 이제 가야 해요. 그들이 곧 당신을 쫓아갈 거예요."

"니콜, 어떻게 된 상황인지…"

"시간이 없어요."

"어떻게… 당신 몇 살은 더 먹어 보여요."

"여기 갇힌 지 몇 년이 지났으니까요, 섀넌."

"말도 안 돼." 나는 터무니없어서 거의 웃음이 나올 뻔했다. "길어봐야 며칠이에요. 사실 몇 시간도 채 안 됐을 텐데요."

"당신이 와 있는 여기 이 전함은 우로보로스•예요." 그러면서 니콜은 손목을 내밀어 자신이 항상 차고 다니는 구릿빛 팔찌를 보여주었다. 다이아몬드 패턴의 비늘이 덮여 있고 뱀이 자기 꼬리를 물고 있는 모양이었다. "어릴 적 케냐에선 이런 팔찌를 갖고 놀았어요. 팔찌를 벗어서 친구들 손목에 걸어주곤 했죠."

"우정의 팔찌네요."

"맞아요. 우리는 친구에게 우로보로스 팔찌를 걸어주죠."

그녀는 팔찌를 벗어 내 손목에 걸었다. 금속의 서늘함이 느껴졌다. 뱀의 꼬리를 입에 채우자 내 손목에 꼭 맞았다. 니콜이 자신의 손목을 들어 올렸다. 팔찌를 벗는 것을 내가 분명히 보았는데 그녀는 마치 마술사의 눈속임처럼 여전히 팔찌를 차고 있었다.

"당신도 팔찌를 벗어서 친구에게 줘요. 그래도 여전히 팔찌를 차고 있을 테니까. 친구한테도 꼭 맞고요."

"몇 년이라고 해도." 나는 여전히 매달렸다. "당신은 그보다 한참 더 나이가 들어 보여요. 몇 시간 전에 만났을 때는 지금보다 훨씬 더 어려…"

"당신은 내가 기억하는 그 모습 그대로예요. 내가 여기서 당신을 보고 난 뒤로 나는 12년을 더 살았어요." 니콜이 말했다. "패트릭과 그의 가족이 살해당한 후 당신은 어젯밤 네스터 특별수사관과 함께 내 아파트로 찾아왔어요. 이름이 '페탈'이라고 하는 젊은 여자의 도움을 받아 블랙워터 산장 서류에 적힌 차량 번호판으로

• '꼬리를 삼키는 자'라는 뜻으로, 뱀이나 용이 자신의 꼬리를 물고 있는 모습이다.

내 행방을 찾았죠."

"아니에요. 나는 어젯밤 네스터와 함께 당신 아파트에 가지 않았어요. 그리고 네스터 혼자서 당신 행방을 찾은 거예요. 나는 거기 없었어요."

"하지만 네스터가 떠나고 나서도 우리는 무척 오랫동안 이야기를 했잖아요. 당신은 내 집 벽에 걸린 살바도르 달리의 십자가 그림을 보면서 말했죠. 우리는 미래 세계에서 이미 만난 적이 있고, 지금으로부터 몇십 년 뒤엔 거의 매일 밤 함께 있었다고요." 니콜이 말했다. "바로 그때 나도 당신을 알아보았어요. 우리가 이미 만난 적이 있었다는 게 생각났죠. 하지만 당신 말마따나 미래 세계가 아니었어요. 11년 전 과거였죠. 전함에서 반란이 일어났을 때 당신을 본 기억이 난 거예요. 구금실에서 누군가를 만나 잠깐 이야기했는데, 자신을 코트니 김이라고 했죠. 그래요, 11년 전 당신은 내게 자기 이름이 코트니라고 했어요."

"그래요, 내 이름이 코트니라고 했죠." 나에게는 불과 몇 시간 전의 일이었고, 반면 그녀에게는 11년 전의 일이었다. 아직 일어나지 않은 사건의 결과야. 니콜의 이야기는 숫자 '8'처럼 들렸다. 중간의 한 순간에서 교차하면서 돌고 도는 무한한 고리 말이다. 그리고 중간의 한 순간은 내가 구금실에서 니콜에게 나를 코트니 김으로 소개한 순간이었다. '나무를 불태운 산불이 앞으로 300년, 3,000년이 지나도 일어나지 않는다고 상상해봐요.' 은조쿠가 말했다. 하일데크루거가 나를 구금실에 데려가기 한참 전에 구금실에는 내가 보낸 시간들의 반향이 있었다. 나의 모든 과거의 고통과 내 어린 시절 슬픔이 연이어 나를 덮쳤다. 구역질이 올라왔다. 니콜은 내 이름을 코트니로 알고 있어.

"전함이 추락한 뒤 우리는 전함을 버리고 나무들이 늘어선 길을 따라 숲으로 갔어요." 니콜이 말했다. "전부 숲으로 갔죠. 칼은 숲에 숨어 지내면서 어떻게 할지 상황을 궁리하자고 했어요. 우리는 반역죄로 몰릴 테고, 만약에 발견되면 처형될 테니까요. 그래서 내가 그에게…"

"NCIS 수사관을 보았다고 말했군요. 이름이 코트니 김인 수사관." 나는 그렇게 말하면서 거의 울음을 터뜨릴 뻔했다. "말도 안 돼." 결국 나 때문이야. 나 때문에 하일데크루거가, 혹은 머설트나 콥이, 혹은 그의 일당 중 누군가 코트니를 죽였어. 그들은 코트니 김을 수사관으로 오해한 것이다. 모두 나 때문에 벌어진 일이었다.

나 때문에 친구가 죽은 거야.

"그들에게 당신에 대해 말했어요." 니콜이 말했다. "그리고 칼은 머설트에게 코트니 김을 찾아서 죽이라고 했죠. 그래서 그가 열여섯 살의 그녀를 찾아가…"

"제발 멈춰요. 말도 안 돼. 그래서 그가 코트니를 죽였다고요?" 파고드는 상실감 때문에 가슴이 도려지듯 아팠다. "제발, 전부 거짓말이라 해줘요. 이럴 수는 없어. 나 때문에 코트니가 죽은 거예요? 내가 그 친구의 이름을 사용해서? 정말 그랬어요?"

하지만 니콜은 이렇게 말했다. "아니에요. 그가 코트니란 여자 아이를 찾아갔을 때, 그녀는 이미 죽어 있었어요. 그래서 머설트 는 가족들을 데리고 그 여자아이가 살던 집으로 갔어요. 죽은 아 이의 오빠가 집을 세놓았거든요. 패티는 그 오빠란 자가 집세를 받으러 올 때마다 죽은 아이에 대해 물어보았어요. 구금실에 있 었던 자가 누구였는지 알아보기 위해서 말이죠. 언젠가는 코트니 김이 모습을 나타낼지도 모른다고 생각했어요. 그런데 알고 보니 당신이었네요."

크리켓우드 코트에 있는 코트니 집에 머설트 가족이 살았다. 언젠가 코트니 김이라는 수사관이 〈리브라〉호에서 일어난 반란 을 조사할 것으로 알았기에. 그러니 내가 그녀를 죽게 만든 것은 아니었다. 이로써 내 가장 친한 친구의 죽음을 나 자신이 촉발시 켰다는 죄책감에선 벗어났지만, 이제 차가운 슬픔이 나를 휘어잡 았다. 한순간 모든 존재가 본래 모습을, 숨기고 있던 잔혹한 목적 을 드러내는 듯했다. 지금의 내가 되어가는 과정에서 지대한 영 향을 끼쳤던 여러 죽음의 전모가, 그 숨겨져 있던 거대한 아이러 니의 패턴이 비로소 드러나는 듯했다. 내가 친구의 이름을 사용 해서 친구가 죽게 되었다고 생각했을 때, 내가 느꼈던 이 모든 비 극과 희열의 조화는 나의 좁은 마음으로는 결코 잴 수 없는 거대 한 설계의 일부처럼 보였다. 모든 행동과 결과가 고리처럼 얽혀 딱 들어맞는 계획으로 여겨졌다. 한순간 코트니의 죽음이 소름끼 칠 만큼 확실하게 이해되었으며, 목적과 이유가 명확해졌다고 생각했다. 그러나 또다시, 맞춰졌다고 생각했던 조각들이 흩어졌다. 거대한 설계 따위는, 이유 따위는 어디에도 없었다. 코트니의 죽음은 지극히 우발적이고 평범한 것에 불과했고, 인간이 다른 인간에게 가한 사악한 행위였을 뿐이다. 설계 따위는 없다. 우주는 잔혹한 계획을 짜는 존재가 아니다. 우주는 광대하고, 우리의 욕망에 아무 관심도 없다.

"그리고 세월이 흘러 당신은 내 아파트로 찾아왔죠. 배지를 보여주고는 자신을 NCIS의 섀넌 모스라고 소개했어요." 니콜이 말했다. "20년 뒤의 미래 세계에 가서 나를 봤다고 했어요. 우리는 메이어츠 인이라는 곳에서 처음 만났다고 했죠. 한때 아주 친한 사이였다면서 나에 대해, 내 인생에 대해 이런저런 이야기들을…"

"나는 그런 말 한 적이 없어요. 결코 일어나지 않을 일이에요." 내가 말했다.

"어쨌든 나는 당신에게 바르도게르를, 얇은 공간을 보여주겠다고 했어요. 그런데 당신은 내가 도망쳐야 한다고 했어요. FBI에 체포당하기 전에, 하일데크루거에게 살해당하기 전에, 도망쳐야 한다고 했어요. 당신은 이곳 바르도게르에 올 거라고, 곧 이곳으로 올 거라고 했어요. 그래서 나는 당신 말에 따라 도망쳤어요. 그리고 나는 기억해냈죠."

내가 이어서 말했다. "그래요, 당신은 기억해낸 거예요. 어린 소녀였을 때 이곳 감옥에서 나와 이야기했던 것을요. 반란이 벌어질 때 나를 만났던 것을, 독방에 있던 코트니 김이라는 여자를.

11년 전의 일이었죠. 나에게는 몇 시간 전 일에 불과하지만, 당신에게는 11년 전에 있었던 일. 나는 당신에게 내 이름이 코트니 김이라고 했어요."

"당신이 내게 베푼 친절에 보답하고 싶어요, 섀넌. 당신은 우리의 우정을 위해 나를 살리려고 했죠. 나를 체포하지 않고, 내게 도망치라고 경고했죠. 그래서 나도 우리의 우정을 위해, 당신을 살리고 싶어요. 혹시 모르죠, 20년 뒤에 당신이 어느 날 술집에 나타나서 나에게 술 한 잔 사줄지도."

"하지만 그건 내가 아니었어요. 그건 또 다른… 나는 네스터와 함께 당신 아파트에 가지 않았어요. 당신에게 도망치라고 말하지 않았고요. 그건 내가 아니에요, 니콜. 나의 메아리예요, 다른 사람이죠."

"여러 갈래의 길이 바르도게르 나무로 이어져요." 니콜이 말했다. "섀넌, 여기서 우리는 모두 메아리예요."

폐에서 공기가 빠져나가는 것이 느껴졌고, 그에 따라 한숨 소리도 커지는 듯했다. 한순간 나와 니콜 오니웅고의 반복되는 삶이 눈앞에 펼쳐지는 듯했고, 가까워지고 멀어지길 무한히 반복하는 우리의 관계를, 그 매듭을 살짝이나마 엿본 것 같았다.

"지금 B-L 드라이브가 실화(失火)되는 것을 느꼈나 보군요." 니콜이 말했다. "드라이브가 실화되면 바르도게르 나무에 또 다른 길이, 또 다른 우주가 열려요. 다시 실화되기 전에 이 전함에서 내려야 해요. 안 그러면 우리는 영원히 여기에 갇혀서, 지금 이

대화를 영원히 나누게 돼요. 그러니 갑시다."

"어떻게 하면 되죠?"

"밖으로 뛰어요."

니콜이 에어록 손잡이를 잡고 안으로 당기자 확 열렸다. 나는 손으로 잡을 곳을 찾았지만 손가락이 자꾸 미끄러졌다. 까딱하다가는 우주 밖으로 나가떨어질 수 있었다. 조심하지 않으면, 자살하는 것과 다름없었다. 나는 가파른 숨을 몰아쉬며 별들을 향해 다가갔다. 햇빛이 쏟아져 들어왔고, 우리는 비로소 철계단 위에 도착했다. 겨울바람이 얼음으로 된 창(槍)처럼 내 몸을 파고들었다. 주변 나무들에서 피어오르는 불길이 요란하여 하늘까지 집어삼킬 기세였다. 내가 채 정신을 차리기도 전에 돌풍에 몇 걸음 떠밀리고 말았다. 니콜은 내 뒤에 따라오며 내가 계단을 마지막까지 조심조심 내려와 눈 위에 내려설 수 있도록 도와주었다. 의족이 없으니 제대로 설 수조차 없었다.

"어서 가요." 니콜이 말했다. "나는 경계근무자 시선을 돌릴 테니까. 어서요."

그러고는 니콜은 나에게서 달아났다. 바람에 날리는 연기와 눈 때문에 그녀의 모습이 흐릿해졌다. 그녀는 죽고 말 거야. 보초병들이 그녀를 죽일 거야. 달리고 싶은 마음이야 굴뚝같았지만, 다리 하나로는 기어갈 수밖에 없었다. 바닥에 무릎을 대고 양손을 짚은 채, 가까스로 내 몸을 앞으로 끌었다. 바르도게르 나무를 향해, 하일데크루거가 끌고 왔던 길을 따라 나아갔다. 얼음조각이 손바닥과 팔꿈치에 박혀 피부가 부어올랐다. 눈송이와 재가 날리는 것을 보니, 문득 과수원이, 내가 나무들의 열과 소용돌이 치는 꽃잎 사이로 달렸던 일이 생각났다. 순간 과수원에서 죽음의 비명을 들었던 것처럼, 고통에 찬 여자의 울음소리가 세찬 불길과 바람 너머로 울려 퍼졌다.

'그들이 당신을 쫓아갈 거예요.' 나는 니콜이 했던 말을 생각하며 걸음을 재촉했다. 똑같이 생겨먹은, 똑같이 불길에 타오르는 나무들 사이로 계속해서 기어갔고, 팔에 힘이 풀렸을 때에야 멈추고 숨을 돌렸다. 아직 그렇게 멀리 가지 못했는데 벌써 극심한 추위로 탈진할 지경이었다. 잠이 몰려왔다. 잠깐이라도 몸을 기대면 그대로 눈 속에 파묻힐 것만 같았다. 팔이 덜덜 떨렸고 손가락엔 아무런 감각이 없었다. 발가락도 감각을 잃은 지 오래였다. 피부는 얼음장이 돼 매끈거렸으며, 머리카락과 속눈썹은 만지면 부스러질 듯했다.

다른 사람이라면 포기했겠지.

나는 양손과 무릎을 땅에 대고 곰의 자세로 기어갔다. 숨을 내쉴 때마다 피와 콧물을 흘렸고 쌕쌕거리다가 "다른 사람이라면 포기했을 거야!"라고 소리를 질렀다. 필사의 생존 본능을, 야생적이고 거친 짐승의 감각을 뼈저리게 느꼈다. 몸이 쪼개지는 듯한 혹독한 서리. 폐와 가슴 속까지 얼어붙는 추위를 견디며 생각했다. 저기까지만 가면 따뜻할 거야. 그렇게 강 위에 걸쳐진 쓰러진 나무에 이르렀다. 뒤를 돌아보니 한 남자가 나를 따라오는 것이 보였다. 바르도게르 길을 따라 달리고 있었는데, 아직은 멀었지만 빠르게 거리를 좁혀 오고 있었다. 쓰러진 통나무를 반쯤 지났을 때 겨울이 녹으면서 따뜻한 봄이 되었다. 공터에 이르렀을 때는 공기가 더 따뜻해져서 뜨거운 욕조에 몸을 담근 기분이었다. 숨어야 해. 몸을 숨겨. 맞서 싸울 수는 없어. 숨어.

공터를 지나 수목경계선에 이른 나는 그곳에 있는 상록수 아래로 기어가 몸통 뒤로 몸을 숨겼다. 공터 쪽으로 시선을 돌려 쓰러진 바르도게르 나무와 도보 다리를 보며 그 남자가 불쑥 나타나기를 기다리는데, 여전히 얼어붙은 몸이 떨리면서 피부가 마치 끓는 물에 담근 듯 벌게졌다. 머리카락에 엉겨 붙은 얼음은 이미 녹기 시작해 피부에 뚝뚝 떨어졌다. 나는 계속 가야 한다고, 달아나야 한다고 생각했지만, 몸을 움직일 수 없었다. 여기서 달아나야 해…

그 순간 한 여자가 강을 건너는 것이 보였다. 나의 메아리가 강에서 나와 가까운 둑으로 올라오고 있었다. 매리언의 메아리가 그랬듯이 나의 메아리도 강을 건넌 것이다. 머리카락이 나보다 훨씬 더 긴 나의 메아리. 그녀는 물가에서 걸음을 잠깐 멈추고는 손으로 물을 짜냈다. 나의 메아리에게 '뛰어!' 하고 소리치고 싶었지만, 턱만 딸각거릴 뿐 목소리가 나오지 않았다. 나의 메아리는 검은색 작업복 바지에 민소매 셔츠 차림이었고, 방수가 되는 고급 기종의 기계식 의족을 차고 있었다. 나는 그녀의 정체에 대해 생각했다. 그녀는 섀넌 모스, 그러니까 나였지만, 나의 메아리다.

즉, 메아리의 메아리다. 하일데크루거의 행방을 쫓아 숲에 왔다가 완전히 길을 잃은 것이다. 그녀는 소나무와 공터와 강을 알아보았을 것이다. 여기 수목경계선에 있는 나를 보았을 것이다. 만약 지금 그녀가 이쪽을 본다면 나를 보고 오렌지색 우주복을 입은 여자라고 생각할 것이다. 오렌지색 우주복의 여자는 여기, 지금 내가 있는 이곳에 있다.

"뛰어!" 나는 겨우 소리를 질렀다. "그자가 오고 있어!" 나의 메아리는 고개를 돌려 나를 보았다. 우리는 서로 눈이 마주쳤다.

"뛰어!" 하지만 너무 늦었다.

콥이 다리 위에 모습을 드러냈다. 어깨에 걸친 털옷을 벗고 모스가 공터에 서 있는 것을 살폈다. 나의 메아리는 총을 휴대하고 있지 않았다. 대신 넓적다리 위에 찬 검은색 가죽 칼집에서 12인치 사냥용 칼을 뽑아 들고 싸울 태세를 갖췄다. 콥은 라이플총을 나의 메아리에게 겨누었다.

"이리 와, 덤벼." 그녀가 말했다. "덤비라고."

콥은 라이플을 옆에 던지고 주먹을 쳐들었다. 히죽거리는 표정이었다. 하지만 나의 메아리는 전혀 굴하지 않았다. 고양이 같은 몸놀림으로 그에게 달려들었다. 의족의 동작이 자연스러워 보였다. 나의 메아리가 칼을 휘두르며 달려들자, 콥은 뒤로 한 발짝 물러났다. 나의 메아리는 왼손으로 그의 턱을 강타했고 팔꿈치로 그를 내리쳤다. 그의 눈가로 칼을 휘둘러 상처를 냈다. 하지만 콥은 아무것도 아니라는 듯 쉽게 나의 메아리를 밀어냈다. 그는 칼을 조심하면서 나의 메아리 옆으로 돌아 주먹을 날렸다. 머리 옆쪽을 공략해 충격을 가할 속셈이었다. 두 번째 펀치가 들어갔고, 나의 메아리 몸이 축 늘어지면서 앞으로 고꾸라졌다. 보고 있자니 속에서 구역질이 올라왔다. 콥은 몸을 숙여 무릎으로 그녀의 어깨를 고정하고는 무자비하게 주먹을 날려댔다. 내가 있는 곳으로부터 불과 몇 미터 떨어지지 않은 곳에서. 나는 그의 주먹이 나의 메아리 몸 깊숙이 파고드는 것을 지켜보았다. 살이 으스러지는, 뼈가 부러지는 소리가 들렸다. 나의 메아리는 울음에 가까운 신음 소리를 냈다. 콥의 주먹은 피로 덮여 있었다. 마침내 그는 일어서서 그녀에게 침을 뱉었다.

"망할 년." 그가 그녀에게 소리쳤다. "이제 넌 죽었어!"

나는 그녀를 보았다. 그녀의 얼굴이 뭉개진 것을, 그녀의 눈알 하나가 눈구멍에서 튀어나와 옆에 달린 것을 보았다. 그녀가 헐떡거리며 신음하는 소리를 들었다. 그녀는 아직 숨이 붙어 있었다. 나는 옆에 숨어서 콥이 라이플총을 들고 그녀를 겨냥해 쏘는 것을 보았다. 분홍색 핏방울이 튀었다.

눈에서 눈물이 흘렀고, 몸이 부르르 떨렸다. 방금 나는 나 자신이 죽는 것을 보았다. 제발 그가 이쪽을 보지 않기를 기도했다. 제발 이쪽을 보지 마. 콥이 시체 옆으로 돌더니 저쪽으로 가서 강둑에 앉았다.

지금이야.

그는 강을 바라보며 숨을 고르고 있었다. 그의 어깨가 들썩이는 게 보였다. 다른 사람들이 오고 있는 걸까? 얼마나 많이 있을까?

지금이야, 달아나…

나는 나무 밑에서 돌아앉아 몸을 낮추고 조용히, 최대한 조용히 솔잎이 깔린 바닥을 기어갔다. 바르도게르 나무를 따라가는 동안 몸이 떨렸지만, 곧 주변의 숲이 달라졌다. 말라붙은 시내 바닥이 보였고 네스터가 비비안을 죽였던 공터에 이르렀다. 그곳에는 이제 아무도 없었다.

공터를 벗어나 임도로 미끄러져 내려온 나는 길 한쪽에 풀썩 쓰러졌다. 밤이 지나고 나서야 순찰차가 나를 발견했다. 운전사가 나를 뒷좌석에 싣고 무전기로 도움을 요청했다. 구급차에 태워져 오세아나 정문으로 실려 간 것까지만 기억에 남았다. 해군 외과의가 내 코를 똑바로 맞추려고 최선을 다했지만 한계가 있었다. 바르도게르 나무에서 콥에게 맞았을 때, 이미 코뼈가 전부 부스러졌고 물렁뼈까지 망가진 상태였다. 고액의 수술비용을 부담하지 않으면 내 코는 접합제로 흉하게 붙여놓은 것처럼 보일 터였다. 치과의사는 추가 부상이나 감염이 우려된다며 부러진 이 조각들을 전부 제거했고, 그러자 왼쪽 앞금니가 있던 자리에 커다란 구멍이 생겼다. 치료를 마치고 거울 속을 들여다본 나는 거울 속 여자의 얼굴을 알아보지 못했다.

5부
1997년

작년에 내린 눈은 지금 어디에 있는가?
- 프랑수아 비용, 〈과거의 여인들의 발라드〉

1

나는 그저 메아리일 뿐이야.

오렌지색 우주복을 입은 여자, 강 너머의 여자, 십자가에 매달린 여자. 모스가 아폴로 수첵에 착륙하자 NSC 기술자들이 조종석에서 그녀를 끌어냈다. 꿈이 만들어낸 허구가 진짜 현실로 불쑥 들어온 것이다. 정맥주사와 약물 처방이 이어졌다.

그들이 나를 살려두고 있는 거야.

병문안을 온 오코너는 모스의 몰골을 보고 참담해했다. "그들 말로는 자동차 충돌사고에 맞먹는 부상이라더군." 그러면서 그녀의 망가진 코와 벌어진 이, 어쩌면 평생 낮지 않을 수도 있는 눈꺼풀 처짐을 살펴보았다. 그는 마치 아버지가 다친 딸의 얼굴을 만지듯 그녀의 얼굴을 만졌다. "섀넌, 정말 미안하네. 이런 일이 일어나다니."

"우리 전에도 이랬던 적이 있었죠." 그녀는 오코너가 자신의 시커먼 발가락과 괴저로 썩어가는 정강이를 보고 사과했던 것이 생각났다. 어차피 나는 메아리일 뿐이야, 나는 진짜가 아니야. 그녀는 그렇게 말하고 싶었지만 아직은 이 사실을 털어놓을 수가 없었다. 오코너의 반응이 두려웠기 때문이다. 그가 동정하고 후회하는 것을 보고 싶지 않았다. 무엇보다도 자신이 IFT가 만들어낸 환영이라는 것을, 십자가에 내걸린 채 사라진 어떤 존재의 유령일 뿐이라는 것을 그가 알게 될까 봐 두려웠다. 탄식을 내지르며 가망 없는 자식을 포기하는 사람처럼 자신도 버릴까 봐, 그와의 우정이 깨질까 봐 무서웠다. 이 병원에 혼자 남겨진다면 그녀는 도저히 견딜 수 없을 것 같았다.

"그들을 찾았어요." 그녀가 말했다. "〈리브라〉호를 찾았어요."

"말해보게." 오코너가 말했다.

그녀는 나무들 사이로 난 길, 터미너스 겨울, 파란색 불꽃을 내는 난파선이 생각났지만 백일몽을 떠올리듯 기억이 흐릿해졌다. '자네는 마음으로는 결코 이해할 수 없는 것을 보게 될 거야.' 이미 그녀의 마음은 자신이 본 것을 부정했다. 그들은 어딘가에 내 다리를 보관해두고 있어. 그녀는 해부된 채 봉인된 V-R17을 떠올렸다.

"일단 확실한 것부터 말하죠." 그녀가 말했다. "터미너스는 피할 수 없는 운명이, 확정된 종말이 아니에요. 터미너스가 굳건한 대지에 도달할 확률이 워낙 높아서 그렇게 보이는 거예요." 나는

터미너스가 없는 미래에서 왔어. "결코 피할 수 없는 운명이 아닙
니다."

"자세히 설명해보게."

"하일데크루거는 NSC가 터미너스를 굳건한 대지에 불러들이
는 거라고 믿고 있어요. 터미너스를 몰고 오는 일련의 사건들이
있는데 그는 그 사건들을 가리켜 '사슬'이라고 불러요. 〈리브라〉
호가 마주쳤던 행성을 해군우주사령부가 다시 찾아낸다는 뜻에
서, 정보의 사슬이라는 뜻에서 그렇게 부르는 것 같아요."

"말도 안 되는 소리야, 얘년."

"지금까지 일어난 모든 살인이, 그들이 앞으로 계획하고 있는
테러가, 화학무기가 전부 그 말도 안 되는 소리 때문에 벌어지고
있어요." 그녀가 말했다. "그들은 사슬을 끊으려는 거예요. NSC
가 터미너스를 굳건한 대지에 불러들이지 못하도록 막으려는 거
죠. 아득한 심해를 항해하려는 우리의 의지를 꺾으려 하고 있어
요. NSC가 대재앙의 원인이에요. NSC가 터미너스를 불러들인다
고요."

"헛소리를 너무 귀담아듣지 말게."

"패트릭 머설트가 해군에게 정보를 팔려고 했던 것 같아요. 에
스페란스 행성의 위치나 QTN을 얻은 곳, 혹은 〈리브라〉호의 위
치를 팔아넘기려고 했을 겁니다. 그는 하일데크루거가 자신을 죽
이리라는 것을 알고는 보호를 요청했어요. 정체를 숨기고 새로운
삶을 살기를 원했죠. 그리고 칼라 듀어라고 하는 머설트의 변호

사가 있는데요…"

순간 그녀는 불길한 깨달음이 들어 몸서리를 쳤다. 칼라 듀어
도, 피터 드리스콜 박사도 죽어야 했어. 하일데크루거에 따르면
모든 사람이 죽었어야 했다. 언젠가 페이절 시스템을 설립하게
될 해군연구소의 모든 물리학자가, 아득한 심해를 항해하게 될
모든 선원이, 용감하게 몸을 맡기고 QTN에 오염될 이들이, 그 모
두가…

무고한 사람들을 보호해야 해.

"변호사가 왜?" 오코너가 물었다.

"그녀는 무고해요." 모스는 현재로 밀어닥치는 미래의 무게에
짓눌리는 기분이었다. 자신이 입을 열지 않음으로써 변호사가 죽
게 내버려두든, 아니면 지금 말해서 변호사의 목숨을 구하든, 무
엇을 선택하든 간에 잘못된 결과를 불러일으킬 것 같았다. 이미
승패가 결정 난 게임의 무의미한 마지막 수처럼 여겨졌다. 급격
하게 피곤해졌다. 그녀는 아이가 상상의 공포로부터 도망칠 때처
럼 그냥 이불을 뒤집어쓰고 숨고 싶었다. 불안한 생각이 떠나지
않았다. 자신이 변호사의 목숨을 살리면 어떤 일이 벌어질지 생
각했다. 변호사가 살아남아 머설트의 정보를 넘기게 되면 NSC가
에스페란스 행성을 찾는 일이 앞당겨질까? 아니야, 그건 그저 하
일데크루거의 생각일 뿐이야. 그녀는 의무감을 느꼈다. 무고한
사람들을 보호해야 해. "패트릭 머설트가 칼라 듀어를 만나고 있
었어요. 변호사는 자기 의뢰인의 비밀을 넘겨주는 대신에 보호

와 돈을 요구했어요. 하지만 자신이 연루된 일이 어떤 결과를 가져올지는 몰랐던 것 같아요. 하일데크루거 일당이 3월 24일, 타이슨스코너 몰의 푸드 코트에서 그녀를 죽일 거예요. 그녀가 머설트와 만났다는 이유로 말이죠. 그들은 그녀가 사슬의 일부라고 생각해요. 범인은 메아리의 총을 사용할 겁니다. 아마도 〈리브라〉호의 한 선원, 그러니까 죽은 메아리에게서 얻었을 베레타 M9 권총인데, 우리가 블랙워터 산장과 토거슨의 집에서 회수한 총과 똑같아요."

"3월 24일이라면 나흘 남았군."

"사전범죄차단영장을 발부받아야 해요." 모스가 말했다. "그러면 이 여자의 목숨을 살릴 수 있어요."

"사전 범죄를 입증할 수 있을 거야." 오코너가 말했다. "내가 서류를 준비하지. 머설트가 아득한 심해나 〈리브라〉호에 관해 변호사에게 이야기했다는 혐의가 있다면 그녀를 기밀정보소유 명목으로 붙잡아둘 수 있어. 심문해보면 머설트가 어떤 정보를 팔려고 했는지 알아낼 수 있을 거야. 24일까지는 충분히 보호할 수 있어. 페어팩스 카운티 경찰에 연락해서 체포하라고 요청하겠네. 만약 못 찾으면 우리가 직접 타이슨스코너에 가서 찾아내면 돼. 이제 〈리브라〉호에 대해 말해보게. 어디에 있는지 알고 있나?"

신의 불타는 눈과 검은색 눈동자. "〈리브라〉호는 바르도게르 안에 붙들려 있어요." 불이 소용돌이치면서 모든 존재를 남김없이 태운다. "이렇게밖에는 설명할 길이 없네요. 바르도게르 안에

나무들 사이로 길들이 열려 있어요. 당신도 봤었어요. 〈리브라〉
호는 그 안에 붙들려 있어요. 터미너스도, 어쩌면 터미너스의 일
부라고 해야 할지 모르겠지만 거기 있어요. 그곳은 주머니 우주
에서처럼 시간이 다르게 흘러가거나, 혹은 시간에 전혀 구애받지
않아요. 은조쿠는 얇은 공간이 시간 바깥에 존재한다고…"

"네이비실 13팀이 레드 런 부근을 샅샅이 수색했지만 브루너
지휘관은 자네가 설명하는 장소는 찾지 못했네."

"안으로 미끄러지듯 들어갈 수 있어요." 모스는 자신이 숲에서
길을 잃듯 얇은 공간에서 쉽게 길을 잃었던 것을 떠올렸다. "하
지만 〈리브라〉호로 이어지는 길이 어떤 것인지 저도 몰라요. 여
기에는 속임수가 있어서 그냥은 들어갈 수 없어요. 이에 관해서
봐야 할 게 있는데, 미래 세계의 당신이 〈그레이 도브〉호 컴퓨터
에 남긴 메시지가 있어요. 바르도게르는 길에서 벗어나면 위험해
요. 하지만 하일데크루거는 그것을 문처럼 사용하며 자유롭게 드
나들어요."

반향, 복사본, 소나무들 사이에서 열리는 우주. 그녀는 얇게 펴
졌고 점점 더 얇아졌다. 오코너가 떠난 뒤 한참 동안 병원 침대에
누워서 눈을 감고 있었다. 그러자 〈리브라〉호에서 사방으로 번져
가는 불의 소용돌이가 보였고, 그 모습은 마치 검은 태양의 눈부
신 빛처럼, 혹은 자신을 찾고 있는 누군가의 이글거리는 눈처럼
보였다. 나는 메아리야. 오렌지색 우주복을 입은 여자가 진짜 섀
넌 모스였다. '그 여자는 죽었네. 자네는 지금 여기 있어.' 모든 것

이 얇은 껍데기에 불과했다. 그녀의 몸, 침대, 주사액, 병원, 기지 등 세상의 모든 것이 아무것도 들어 있지 않은 포장지에 불과했다. 그녀는 자신의 안을 들여다보았지만 아무것도 보지 못했다. 자신의 살갗에 손톱을 박고 가슴을 찢어서 열면 오로지 어둠만이 보일 것 같았다.

그날 밤 모스는 불안함에 잠을 못 이루고 침대 맡 시계 분침이 2시에서 3시까지 똑딱거리는 것을 지켜보았다. 생각들이 혼란스럽게 뒤엉켰다. 침대에서 이리저리 뒤척이다 보니 베개가 너무 후끈하고 뭉쳐졌다. 훨씬 더 성가신 것은 잘린 다리 쪽 환상통이었다. 보통은 잠깐 일어났다가 사라졌지만, 스트레스를 받을 땐 좀처럼 누그러지지 않았다. 딱딱한 병원 매트리스에 누워 천장을 쳐다보고 있자니 외과의가 그녀의 무릎을 어떻게든 살려내고자 정강이뼈를 잘랐을 때의 감각이 생생하게 되살아났다. 머리로는 발목과 발이 없다는 것을 알았고, 감각도 느껴지지 않았지만, 아직도 다리가 온전한 것처럼 느껴졌다. 팔을 뻗으면 왼쪽 무릎이 만져질 것만 같았다. 하지만 담요와 시트만 손에 잡힐 뿐이었다. 종아리의 통증이 넓적다리를 타고 올라왔다. 다리가 없는 것을 눈으로 확인했지만 소용없었다. 이럴 때는 거울 치료가 효과적이어서 그녀는 아침에 간호사에게 다리 전체를 볼 수 있는 긴 거울을 갖다 달라고 부탁했다. 간호사가 벽장 문 뒤쪽에 걸린 거울을 찾아서 가져왔다. 모스는 침대에서 몸을 뒤로 젖히고 사타구니에 거울을 끼워 넣어 반사되는 쪽을 내려다보았다. 다리가 두 개로 보였다. 이게 무슨 효과가 있을까 싶을 만큼 간단한 속임수였지만, 그녀의 마음은 마치 다리를 다시 찾은 것처럼 반응했다. 그녀는 거울을 보며 발가락을 꼼지락거렸고, 발목을 돌렸고, 무릎을 구부렸고, 가려운 부분을 긁었고, 쑤신 부위를 손으로 비볐다. 오른쪽 다리를 만지는 것으로 다른 쪽 다리도 통증이 풀어졌다.

간호사들은 그녀를 좋아했다. 다만 보행기나 휠체어를 탈 때, 혹은 옷을 입거나 화장실에 갈 때 도움이 필요한지 간호사들이 자꾸만 물어서 그녀로선 부담스러웠다. 모스는 자신의 무기력함에 분개했다. 문득 회복자 모임에서 만났던 까칠한 여자들이 생각났다. 모든 것에 저주를 퍼붓던 여자들, 증오와 앙심에 차서 자신의 장애를 알아챈 사람들을 무조건 혐오했던 여자들 말이다. 모스도 그와 비슷한 혐오감이 자신을 집어삼킨다고 느꼈다. 신경이 곤두선 나머지, 식당에 가는 그녀를 도와주겠다는 간호사에게 부당하게 화를 냈다. 분노가 절망감을 뚫고 빠져나온 것이다. 나는 메아리야, 그저 메아리일 뿐이야. 하지만 내가 메아리든 아니든 화장실은 혼자서도 갈 수 있어. 그녀는 눈앞의 문제부터 해결코자 했다. 지금 당장 그녀에게 필요한 것은 남의 도움 없이 돌아다닐 수 있는 기동력이었다.

"피츠버그에서 내 보철사 좀 불러줘요." 모스는 결국에는 간호사에게 부탁했다. "이름이 로라예요. 내 파일에 보면 연락처가 있어요."

모스는 로라와 오랫동안 직업적인 친분을 유지해왔다. 그녀가 정기적으로 만나는 민간인 의료인은 로라뿐이었다. 로라는 모스 본인보다 그녀의 몸 상태를 더 잘 이해했다. 모스의 잘려 나간 다리에 친숙했고, 모스가 선호하는 라이너 종류에서부터 그녀 피부의 민감도, 뼈의 돌출된 부위, 몸 유형, 체중이 실리는 부분까지도 잘 알고 있었다. 모스는 피츠버그의 보철 연맹에 자주 들러 사이즈를 조정하고 다시 맞추었다. 연분홍색 벽과 회색 카펫이 깔린 연맹 건물은 언뜻 치과 진료실처럼 보였다. 물론, 회반죽과 플라스틱 팔다리, 절단하고 사포질하는 장비, 탄소섬유 시트와 해부 모형이 어지럽게 널린 제작 공장이 딸려 있다는 점만 제외하면. 로라는 모스가 처한 특수한 상황을 이해해줬고, 정부가 자신의 배경을 조사하는 것마저 받아들였다. 기밀유지협약에까지 기꺼이 서명해줬다. 급할 때는 아폴로 수책에 직접 가서 수리해주기도 했다.

"괜찮은 거죠?" 모스가 다음 날 아침 일찍 휠체어를 타고 검사실을 찾았을 때 로라가 물었다. "그것만 말해줘요. 괜찮아요?" 곱슬곱슬한 머리를 뒤로 묶은 그녀는 모스의 달라진 모습에서 눈을 떼지 못했다. 아담하지만 당당했던 모스의 코는 휘었고, 체중이 줄었고, 이 사이가 흉측하게 벌어져 있었다.

"괜찮아요." 모스가 말했다.

〈X파일〉에 대한 잡담을 나누며 로라는 모스의 의족을 준비하고 넓적다리에 씌울 라이너를 골랐다. 눈에 띄게 살이 빠져서 모스는 그동안 소켓에 추가로 패드를 대고 양말을 포개 신는 것으로 대처해왔다. 로라가 편안한 모양으로 본을 뜨려고 마사지를 해서 긴장을 풀어줄 때, 모스는 자신의 남은 다리가 오른쪽 넓적 다리에 비해 얼마나 야위었는지, 얼마나 앙상하게 보이는지, 얼마나 쪼글쪼글해졌는지 알아챘다.

"내 다리가… 많이 부실해 보이네요. 정상인가요?"

"본인이 느끼기에는 어때요?"

"괜찮아요."

"그럼 괜찮아요." 로라는 모스의 다리에 라이너를 대고 플라스틱 랩을 씌우고는 손으로 쫙 펴서 주름과 구김을 편편하게 했다. 그녀는 노란색 줄자와 무거운 금속 캘리퍼스로 모스의 넓적다리 치수를 재고 석고를 바른 붕대로 다리를 감쌌다. 로라의 손은 자신감이 넘쳐서 거침없이 모형을 만들고 모스의 다리를 다루었다.

"보든 보철 제작소에 연락해놨으니 이번에도 그 공장에서 만들게 될 거예요." 로라는 석고 모형이 굳자 모스의 넓적다리에서 떼어냈다. 이제 이것으로 탄소섬유 재질의 소켓을 만들어야 했다.

"이번에도 C-레그였으면 좋겠어요." 모스가 말했다.

"저번 C-레그를 얻는 데 여섯 달이 걸렸어요." 로라가 말했다. "3R60으로 해줄게요."

오토보크사의 3R60은 무릎을 자유자재로 구부릴 수 있고 튼튼하지만 기계식이었다. "젠장." 모스는 실망감을 감출 수 없었다. 컴퓨터로 관절이 작동하는 C-레그를 사용하다가 기계식 의족으로 걷게 된다면, 마치 자동변속 자동차를 몇 년 운전하다가 수

동변속을 다시 배우는 기분이 들 터였다.

"유감이에요." 로라가 말했다. "하지만 C-레그가 그렇게 마음에 들었다면 잃지 말았어야죠."

"나도 알아요."

"3R60도 좋은 제품이에요. C-레그에 비해 기동성은 떨어지지만 안정감은 더 뛰어나요. 오늘 오후에 첫 번째 소켓을 가져올 수 있어요. 착용해보고 조정하면 내일은 걸을 수 있을 겁니다."

"그러고 나면 당신은 해변으로 놀러 가겠죠?"

"당연하죠. 설마 당신만 보려고 그 먼 길을 왔을까요?"

새로 맞춘 소켓은 모스의 넓적다리에 꼭 맞았지만 3R60의 움직임은 낯설었다. 무릎 관절이 스프링으로 접히고 금속의 무게가 무겁다 보니 어쩔 수 없이 걸음걸이가 달라졌다. 모스는 눈에 띄게 절뚝거리며 푸드 코트 테이블에서 에스컬레이터 위쪽으로 올랐다. 난간 너머로 타이슨스코너의 아래쪽 매장들이 보였다. 모스는 듀어가 미래 세계에서 살해당했을 당시, 어떤 옷을 입고 있었는지 알았다. 그녀가 이번 점심 약속에도 똑같은 감청색 정장을 입고 나타나리라 생각했다. 난간 아래로 오가는 쇼핑객들의 머리와 어깨, 그들이 들고 있는 가방을 찬찬히 살폈지만, 붉은 오렌지색 곱슬머리에 감청색 옷은 찾을 수가 없었다. 눈에 확 들어오는 색깔이므로 변호사가 왔다면 몰라볼 수가 없었다. 그녀는 파이브 가이스 햄버거 매장이 잘 보이는 곳에 맡아둔 자기 테이블로 돌아와 언제라도 출동할 수 있도록 채비했다. 새로 맞춘 기계식 의족이 자신의 체중을 잘 받쳐줄 거라고, 관절이 원활하게 작동할 거라고 믿는 수밖에 없었다.

"안 나타나네요." 모스가 옷깃에 꽂아둔 마이크에 대고 말했다.

"아직 시간이 일러." 이어폰으로 오코너의 목소리가 들렸다.

이르지 않았다. 3시가 넘어 3시 30분에 가까워지고 있었다. 미래 세계에서 칼라 듀어는 대략 3시 40분에 총에 맞아 죽었다.

"범인은 찾았나요?" 그녀가 물었다. 검은색 군인 작업복 차림의 백인 남성. 그것이 범인에 대해 알고 있는 전부이긴 했으나, 듀어의 감청색 치마 정장과 마찬가지로 검은색 작업복도 제법 눈에 띄는 색깔이었다. 오코너는 페어팩스 카운티 경찰 순찰차에 주차장을 샅샅이 살피도록 조치해두었고, 사복 차림의 카운티 경찰들도 거의 모든 입구 근처에 추가로 대기하고 있었다.

"아직 안 보이네요." 은조쿠의 목소리가 이어폰 너머로 들렸다. 은조쿠는 다른 NCIS 특별수사관과 푸드 코트에 대기했고, 오코너는 에스컬레이터 아래쪽에 있었다.

모스는 이 상황이 어떻게 전개될지 상상해보았다. 누군가가 듀어를 발견하고 체포할 수도 있을 것이다. 아니면 아무도 그녀를 제때 보지 못했는데 모스가 에스컬레이터를 통해 푸드 코트로 오는 변호사 또는 범인을 발견할 수도 있었다. 혹시 하일데크루거가 직접 올 수도 있을까? 경찰들에게는 검은색 작업복을 입은 남자를 보면 무조건 제지하고 체포하라고 명령해둔 터였다. 파이브 가이스 햄버거 매장 앞에 몇 사람이 줄을 서고 있었다. 모스는 기억을 더듬어보았다. 칼라 듀어는 살해되었을 때 이미 자신의 음식을 받아든 뒤가 아니었던가? 그녀는 범죄 현장 영상을 기억 속에서 불러냈다. 듀어의 시신이 햄버거 매장 앞에 쓰러져 있었고, 등과 머리에 여러 발을 맞아 바닥이 피로 흥건했다. 칼라 듀어는 주문한 음식을 받아들고 몇 분 뒤에 총에 맞게 되므로 지금쯤이면 줄에 서 있어야 했다. 모스는 미친 듯이 주위를 둘러보며 작업복을 입은 남자를, 수상한 자를 찾으려 했지만, 십 대 여자아이들 몇 명과 유모차를 끄는 여자들, 그 여자들의 핸드백을 들고 있는 중년의 남자들밖에 보이지 않았다.

이윽고 3시 40분이 지나고 4시가 넘었을 때, 오코너의 목소리가 이어폰으로 들렸다. "철수하지." 사전범죄차단영장은 오로지 특정한 시간, 특정한 상황에서만 유효했다. 아직 범죄를 저지르지 않은 개인의 헌법상 권리를 보호하기 위함이었다. 칼라 듀어 변호사는 나타나지 않았다. 어떻게 된 거지? 범인은 경찰이 증강된 것 때문에 겁을 집어먹고 도망쳤을 수도 있다. 하지만 듀어까지 드리스콜 박사와의 약속에 나타나지 않은 것은 이상했다. 듀어뿐만 아니라 드리스콜 박사도 오지 않았다. 뭔가 바뀐 것이 분명했다. 어떤 것도 가능했다. 타이어가 펑크 났거나 속이 안 좋았거나. 어쩌면 듀어가 겁이 나서 결국 나오지 않았거나 이미 살해당한 것일 수도 있었다. 모스는 자기 때문에 수많은 이의 시간을 허비시켜 화가 났지만 어쩔 수 없는 노릇이었다. 사전범죄차단영장을 집행하는 과정에서 이 같은 작전 실패는 부지기수로 일어났다. 모스는 예상했던 상황이 달라지는 바람에 아무 소득도 없이 끝난 작전에 여러 번 참가했다. 다만 이번에 무산된 작전에는 그녀가 정보를 제공했으므로 시말서를 써야 했고, 나아가 이번 작전에 투입된 이들에게 술을 사야 했다. 특별수사관 세계에서 예부터 내려오는 일종의 전통이었다.

모스는 다음 날 아침 일찍 눈을 떴고 앤슬리 제독에게 올릴 업무 보고에 잔뜩 긴장했다. 그녀는 짙은 회색 치마 정장에 실크 블라우스를 입고 NCIS 본부에 일찌감치 도착했다. 준비해 간 IFT 관련 서류를 검토하고 사전범죄차단영장을 요청했던 이유를 다듬었다. 하지만 업무 보고를 불과 몇 분 앞두고 오코너가 커피를 들고 와서는 보고가 연기되었다고 알렸다. "방금 제독과 통화했네." 그 말을 듣는 순간 어떤 면에서는 마음이 놓였다. 방 안에 모인 남자들이 혹시 그녀의 얼굴을 보고 수군거릴까 봐 신경이 쓰였던 참이었다.

"그래도 보고서는 작성해야 하네." 오코너가 말했다. "그리고 연기된 거니까 결국에는 불려 가서 보고도 하게 될 거야. 하지만 일단 이번 사건은 해군에 넘어갔어, 섀넌. 전부 다 넘어간 건 아니지만 얇은 공간, 〈리브라〉호, 칼라 듀어는 이제 군의 문제야. 우리 손을 떠났다고."

"이해합니다." 모스가 말했다. 어차피 하일데크루거나 콥, 혹은 다른 사람들이 체포되면 군 감옥에 갇히고 군사재판에 넘겨지게 된다. 그녀는 증인으로 나서고 기소자 측에 협조하게 되겠지만 이번 조사에서 그녀가 맡은 역할은 끝나게 된다. 하지만 아직 체포도 이루어지지 않았는데 군이 조사를 떠맡게 된 상황은 실망스러웠다. 마무리되지 않은 일들이 아직 많았다.

"칼라 듀어는 어떻게 되었어요? 해군이 떠맡았다는 건 그녀가 죽었단 소리인가요? 우리가 결국 놓친 건가요?"

"멀쩡하게 잘 살아 있네. 나는 자네가 도착한 첫날에 앤슬리 제독과 통화해서 터미너스에 대한 자네 이론, 자네가 IFT에서 얻은 정보들을 보고했어. 그는 듀어를 찾으려고 혈안이 되어 있었네. 그리고 오늘 아침 통화에서 그가 말하기를 해군이 벌써 칼라 듀어를 체포했다더군. 우리가 타이슨스코너에서 그녀가 나타나기를 기다리고 있을 때 이미 해군이 그녀를 보호하고 있었어. 그러니 섀넌, 자네가 그녀의 목숨을 구한 거야. 아무튼. 이제 우리 손을 떠났네."

"어디 있었는데요?"

"체비 체이스의 한 호텔에 있었네. 해군이 주차장에 군용트럭으로 진을 쳤고 그녀의 방문을 두드렸지. D.C.의 특별기동대가 작전을 맡아서 15분 만에 끝냈어. 제독과 같이 일하는 누군가가 몇 시간 동안 그녀를 심문했고 그런 다음 풀어줬네. 군사작전의 일환이라서 NCIS는 관여하지 않았어."

"우리가 목격했던 그 많은 죽음." 그녀는 마치 자신이 총에 맞아 몸이 쪼그라드는 기분이 들었다. "모든 살인, 머설트의 아이들, 그 모든 게 칼라 듀어를 향하고 있어요. 그런데 우리는 그녀와 이야기할 기회도 없었군요. 해군은 몇 시간이나 그녀를 심문하고 풀어줬는데 우리는 한마디도 못 나눈다니. FBI는 뭐라고 하나요?"

"오늘 저녁에 국장이랑 만나기로 했네." 오코너가 말했다. "FBI는 우리가 버캐넌에서 찾았던 화학무기 실험실 쪽으로 수사 방향을 잡고 있어. 우리도 마찬가지고. 국내 테러, 살해 사건 말일세. 이 경우 사법당국이 죽을 맛이겠지. 이 조사의 엉킨 타래를 풀려면 앞으로 몇 년은 걸릴 테니."

모스는 오후 내내 오코너와 함께 조사한 내용을 정리해서 달그렌에 있는 제독 사무실로 보낼 보고서를 만들었다. 모스가 피곤에 찌든 모습을 보며 오코너는 말했다. "좀 쉬게나."

"네, 이만 가볼게요." 그녀가 말했다.

"윌리엄 브록의 장례식이 내일 아침에 있네. 피츠버그에서. 시간이 되면 자네가 우리를 대표해서 참여하지."

그녀는 쓰러질 것 같았다. 브록의 죽음이 다른 시간대에서 벌어진 일처럼 느껴졌다. "물론 가야죠."

전국 각지에서 제복을 차려입은 경찰 1,000여 명이 피츠버그의 세인트폴 대성당에 왔다. 가족이 리무진으로 성당에 도착하자, 남녀 경찰들이 피프스 애버뉴를 따라 차려 자세로 서서 조의를 표했다. 성당은 친구들과 동료들로 북적였고, 모스는 범죄 현장에서 막연하게 알았던 사람들과 악수를 하기보다 뒤쪽 좌석에 자리를 잡고 앉았다. 브록의 관이 성조기에 덮인 채 제단 옆에 놓여 있었다.

모스는 설교가 이어지던 중 네스터를 보았다. 그는 팔걸이 붕대를 하고 앞쪽에 앉아 있었다. 어쩌면 그가 자신이 어디 앉았는지 확인하고는 자기 옆에 앉으러 올 수도 있겠다고 생각했다. 사고 현장에 있었던 그녀를 위로하기 위해서라도. 그러다 그녀는 문득 상상을 접었다. 네스터는 비비안을 총으로 쏴 죽였어. 물론 실제 그가 하지도 않은 일로 판단하는 건 부당한 일이었다. 그래도 모스는 그를 피하는 게 좋겠다고 생각했다. FBI 국장과 미국 법무장관이 각자 추도사를 올렸다. 국장은 브록의 부인에게 'FBI 메모리얼 스타'를 수여하면서 특별수사관 책임자 윌리엄 브록은 직무 중에 순교한 사람으로 FBI 명예의 전당에 이름을 올리게 된다고 말했다. 라숀다 브록과 두 딸은 비통해하면서도 자부심을 느끼며 추도식장을 나갔다. 모스는 조문객들이 중앙 통로로 빠져나가 앞줄이 빌 때까지 기다렸다. 네스터는 그녀 쪽을 보았지만, 그냥 지나쳤다. 모스는 자신의 꼴이 너무 엉망이라 그가 알아보지 못한 것이라고 여겼다.

모스는 자신이 아는 누구와도 마주치고 싶지 않았다. 그녀는 성당 계단에서 빠져나와 옆문을 통해 마당으로 조용히 나왔다. 차량 행렬이 피프스 애버뉴에 도열해 있었다. 피츠버그 경찰국 자동차들이 성당을 나서는 운구차와 차량을 호위하여 긴 차량 행렬이 이어졌다. 브록의 관은 공항으로 가서 텍사스로 이동한 다음 가족 묘소에 안치될 예정이었다.

모스는 그날 밤에 어머니를 방문했다. 어머니를 생각할 때면 부엌에서 불 하나만 켜두고 나머지 방들은 캄캄하게 둔 채 홀로 《리더스 다이제스트》 잡지를 뒤적이는 모습이 생각났다. 그녀는 어머니가 죽고 오랜 시간이 흘러도 자신이 어머니를 이렇게 기억하게 될까 궁금했지만, 이제 터미너스 때문에 이 모든 것이 무의미하게 여겨졌다. 모스는 추도식을 마치고 어머니에게 전화를 걸어 자신이 다친 것을 알린 터였다. 자동차 사고를 당했으나 괜찮다고 전화로 말해두었지만, 어머니는 그녀를 보는 순간 부엌 식탁에서 일어났다.

"꼴이 이게 뭐냐." 어머니는 딸의 턱을 불빛에 갖다 대며 살폈다. "어떤 자식인지 모르겠지만 갈라서라."

모스는 한숨을 쉬었다. "어떻게 된 일인지 말했잖아요. 수사관 차량에 있었는데 트럭이 적색 신호등을 무시하고 그냥…"

"그런 자식은 멈추지 않아. 내 말 들어." 어머니는 딸의 눈을 한참 쳐다보았다. "항상 그런 식이야. 네 모든 것을 파괴하고 말겠지. 좋은 것은 강탈할 거고. 너는 그보다는 대우받을 가치가 있어."

"그런 거 아니라니까요, 아까 말했듯이…"

"네 자신을 지키렴. 설령 네가 원하는 모든 걸 잃는 것처럼 보이더라도."

모스가 IFT를 여행하는 동안, 현재의 시간은 돌아가지 않는다.

모스는 점차 어머니의 나이를 따라잡아갔다. 게다가 어머니는 불과 열일곱 살이란 어린 나이에 모스를 임신했기 때문에, 두 사람의 나이가 역전되는 날도 머지않았다. 하지만 어머니가 자신의 얼굴을 살피는 동안 부엌 램프의 열기를 맞으면서, 그녀는 마치 자신이 어린아이가 된 듯했다. 그들은 피자를 주문하고 자리에 앉아 텔레비전을 보기로 했다. 어머니는 거실의 불을 늘 어둡게 켜두었는데, 텔레비전에서 푸른빛이 깜빡거릴 때 모스는 저도 모르게 항상 흰색 제복 차림으로 웃고 있는 아버지의 사진을 쳐다보았다. 그들은 ABC 뉴스를 보았고 어머니는 담배를 피웠다. 브룩의 장례식 소식은, 캘리포니아에서 '천국의 문'이라는 사이비 종교의 광신도 서른아홉 명이 집단 자살을 했다는 소식에 묻혔다.

"저거 봤니?"

"아니요."

"빌어먹을 혜성이 우주선이라고 생각해서 자살했다는구나. 자살하면 우주선이 〈스타트렉〉에 나오는 것처럼 광선으로 자기들을 끌어 올려 데려갈 거라고 말이야. 다들 똑같은, 밑창이 흰색인 검은색 운동화를 신고 있어. 저기 나오네. 저거 좀 봐."

자주색 방수포로 덮인 시신 하나가 화면에 잡혔는데, 세미 정장 바지와 밑창이 흰색인 검은색 운동화밖에 보이지 않았다. 죽음을 맞으려고 새로 산 운동화. 이후 그들은 평소 어머니가 즐겨 보는 〈베벌리힐스 아이들〉과 〈파티 오브 파이브〉를 보았지만, 모스는 바르도게르 나무들을, 무한한 길들을, 그리고 레마크가 선원들에게 〈리브라〉호를 파괴하고 천국의 문 신도들처럼 집단 자살을 하도록 명령한 것을 생각했다. 레마크는 집단 자살을 하면 자신들이 초래한 종말이 사라지리라 믿었다. 지역 뉴스가 나올 때쯤 어머니는 한 손에는 위스키 잔을, 다른 손에는 불씨가 살아 있는 담배를 든 채로 의자에서 잠든 상태였다. 모스는 얼마나 많은 IFT에서 담뱃재가 바닥에 떨어져서 불이 옮겨붙었을까 생각했다. 그녀는 초등학교 1학년인가 2학년 때 어머니를 위해 찰흙으로 만들었던 흉측한 재떨이를 들고 와서 담배를 비벼 껐다.

모스는 '천국의 문' 자살에 대한 자세한 보도를 기대하며 신도들이 헤일-밥 혜성의 정체라고 생각했던 우주선에 대해 더 많이 알고 싶었지만, 텔레비전에서는 다른 소식이 보도되고 있었다. 사람들이 야외에, 언덕 위에, 건물 옥상에 모여 밤하늘을 바라보는 장면이 나왔다. 환한 별빛이 동쪽 하늘에 걸려 있었는데, 뉴스에선 이를 '베들레헴의 별'이라고 했다. 별이 베들레헴을 가리킨다는 사람도 있었고, 예수의 재림을 나타낸다는 사람도 있었다. 물론 천문학자들의 설명은 달랐다. 헤일-밥 혜성이 우리 시야에 들어온 바람에, 베들레헴의 별과 함께 마치 쌍둥이별처럼 빛나고 있을 뿐이라고 했다. 한편 빛나는 천체는 멀리 떨어진 신성의 폭발일 가능성이 높다고 하는 사람들도 있었다. 수십억 년 전에 장대하게 사라진 별빛이 이제야 지구에 도달한 것이란 소리였다. 이 순간 모스의 눈에서는 눈물이 뺨까지 흘러내렸다. 그녀는 옆문을 열고 거리로 나가 동쪽 하늘을 쳐다보았다. 벌써 다른 사람들이 거리에 나와 손으로 눈 위를 가리고 하늘을 쳐다보고 있었다. 별빛이 너무도 밝았다. 마치 밤하늘에 태양이 뜬 것같이 지구의 차가운 광채를 되살리는 강렬한 빛이었고, 그 주변의 어둠은 농도를 높인 것처럼 새카맸다. 그리고 달을 포함해 하늘에 떠 있는 모든 별의 빛깔은 탈색을 한 것처럼 희미해졌다. 지난 몇 주 동안 장대하게 걸려 있던 은빛 얼룩의 헤일-밥도 마찬가지였다. 그녀로선 여태까지 이렇게 밝은 빛을 본 적이 없었다. 그것은 그녀가 쳐다보는 동안에도 점점 더 밝아졌다. 화이트홀의 등장, 터미너스였다. 그녀가 아는 모든 것이 죽음을 맞이할 것이다.

휴대폰이 울렸다. 오코너였다.

"우리는 아직 살아 있어요." 그녀가 말했다.

"할 일이 남아 있어요."

2

화이트홀의 눈부신 원반 같은 광환을, 그 은은한 광채를 뒤로
하고 모스는 버지니아로 차를 몰았다. 새벽 4시였지만 사람들이
잔디밭과 도로에 나와 동쪽 하늘을 쳐다보았다. 사람들 얼굴에
부자연스러운 빛이 반사되는 게, 마치 영화관을 연상케 했다. 새
벽에 태양이 흐릿하게 솟았지만 하늘은 여전히 으스스한 잿빛이
었고 기온이 떨어졌다. 모스는 흩날리는 눈송이를 보고 와이퍼를
작동시켰다. 라디오에서는 베들레헴의 별 얘기로 한창이었다. 화
이트홀이 나타난 순간 푸에르토리코에서 한 아이가 태어나 이름
을 예수라 지었고, 그 아이는 시간의 종말을 나타내는 숭고한 징
후로 떠받들어졌다고 했다. 겨울이 지구 전체를 뒤덮었다. 모래
바람이 이는 아프리카 사막에도 눈이 내렸다. 라디오 뉴스 NPR
는 맨해튼과 로스앤젤레스, 런던에서 천국의 문을 모방한 자살이

잇달아 벌어져 하얀 천에 싸인 시신들이 거리에 놓여 있다고 보도했다. 사람들이 밑창이 흰색인 검은색 나이키 운동화를 차지하려고 신발가게를 약탈했다는 소식도 있었다. 세상이 이런 식으로 끝나는군. 아직까지 폭동이 일어났다는 소식은 없는 걸로 봐선, 다들 공포에 질려 있는 듯했다. 목매단 사람들, 무리 지어 달리는 사람들이 나타났다는 보도도 아직은 없었다. 하지만 제설차가 모래를 뿌리고 진창이 된 눈을 치우는 버지니아 해변에 도착했을 때, 그녀는 라디오를 통해 수십 명의 사람이 해변에 모여 미용체조를 하듯 일제히 자세를 취하고 있다는 것을, 몸을 마구 흔들어대다 결국 바다로 뛰어들었다는 소식을 들었다.

모스가 정문에 도착했을 때 해군항공기지 오세아나는 사이공 작전을 펼치는 중이었다. 대통령과 부통령 가족이 전용 헬기를 타고 미리 대기시켜놓은 코모런트 왕복선 〈이글〉호에 탑승할 예정이었다. 그들의 가족과 수행원들은 블랙 베일 정거장에서 TERN 6호기 〈제임스 가필드〉호와 랑데부하게 된다. NSC 군인들은 대피자 명단에 뽑힌 민간인들에게 통지했다. 정치인들과 과학자들로 구성된 싱크 탱크가 군 당국과 협의하여 유전자, 성별, 적성 등을 두루 고려한 최상의 조합을 마련했다고 했다. 하지만 생사를 가르는 이 복권은 혈연주의로 누더기가 되어 있었다. 모스는 기지 내 도로를 운전하다가 코모런트 한 대가 이륙하여 일렁이는 대서양으로 경로를 잡는 것을 보았다. 그녀는 NCIS 사무실에서 오코너를 만났다.

"또 사건이 터졌어." 그가 말했다.

마지막 순간까지 사이공 작전을 돕는 NCIS와 NSC 직원들을 태우고 갈 마지막 코모런트가 있을 터였다. 모스는 타지 않기로 마음먹었다. 이미 화이트홀이 나타났다. 남녀노소 할 것 없이 모두에게 파고든 QTN이 조만간 마취제처럼 의식을 지워버릴 것이다. 그녀는 의식이 지워질 때까지 터미너스에 맞서 싸우리라 마음먹었다. 자신의 목숨을 구하려고, 지구를 떠나는 구명정에 탑승하려고 여태까지 NCIS에서 일한 것이 아니었다. 사람들을 돕고 무고한 사람들을 보호하기 위해서였다. 그녀는 소멸의 문제에서는 모든 사람이 무고하다고 생각했다. 그녀는 노란색 메모지를 꺼내고 펜 뚜껑을 열었다.

"무슨 일인데요?" 그녀가 말했다.

"화이트홀이 나타났을 때와 코모런트 왕복선 〈오닉스〉호가 출항한 시각이 일치하네. 어젯밤 B-L 드라이브가 점화했어. 동부시간으로 10시 53분. 화이트홀이 나타난 바로 그 시각이야."

"해군 전함이 화이트홀을 불러들였군요." 모스는 고개를 저었다. "누구예요?"

"전함은 공용이자 개인용으로 등록돼 있었네. 블랙 베일에 알아본 바로는 이틀 전에 상원의원 커티스 크레이그 찰리가 〈오닉스〉호를 징발했다는군."

"C. C. 찰리라면 상원군사위원회 의장이잖아요."

"앤슬리 제독이랑 가까운 사이지."

"그러니까 〈오닉스〉호가 아득한 심해를 항해하고 돌아올 때 화이트홀이 카시미르 라인을 타고 온 거네요. 그런데 사건이 터졌다는 건 무슨 소리예요?"

"승선한 사람들이 모두 죽었어. 기계적 오류 같은 단순한 문제일 수도 있지만 그건 조사해보면 밝혀지겠지. B-L 드라이브 점화는 성공했지만, 블랙 베일이 〈오닉스〉호의 비상 신호등을 포착했어. NSC에서 우리에게 조사를 요청했네. 〈오닉스〉호를 징발하기 전에, 그 전에 혹시 대피자들에게 위험할지도 모르니까 무슨 일이 있었는지 우리보고 알아내라는 거지. 서둘러 전함을 살펴봐야겠네."

〈그레이 도브〉호가 1시간 내로 출발 준비를 마쳤다. 대피자들을 탑승시키지 않은 채 대기하고 있는 몇 안 되는 코모런트였다. 모스는 다른 코모런트 옆을 지나면서 터미너스의 효과가 얼마나 빨리 나타날까 궁금했다. 눈발이 날리는 짙은 구름이 장대하게 위로 뻗어 기둥을 이룬 것을 뚫고 그녀가 날아올랐다. 인류는 이미 죽은 상태나 마찬가지였다. 그녀는 십자가형을, 바다를 향해 달리는 사람들을 상상했다. 〈그레이 도브〉호가 지구를 벗어난 걸 확인하고서, 모스는 선실로 갔다. 지구는 더 이상 싱싱한 푸른빛이 아니었다. 허연 먹구름이 덮여, 백내장에 걸린 눈처럼 우윳빛이었다.

〈오닉스〉호는 〈그레이 도브〉호와 동일한 기종의 코모런트였다. 〈오닉스〉호의 은빛 날개와 선체 일부가 화이트홀의 광채와 어스름한 달빛을 받아 반짝였지만, 이를 제외하면 거울처럼 매끈한 검은색 유리가 주위의 어둠에 뒤섞여 거의 분간되지 않았다. 〈그레이 도브〉호의 AI가 〈오닉스〉호에 가까이 다가가는 동안, 모스는 범죄 현장 조사를 위해 NCIS 마크가 찍힌 황록색 우주복을 입고 카메라와 필름을 챙겼다. 전함과 전함 사이의 거리가 좁혀지자 〈그레이 도브〉호는 세 차례 경보음을 울린 후 〈오닉스〉호와 회전을 맞추었다. 모스는 헬멧을 단단히 채우고 관처럼 길쭉한 에어록으로 유영했다. 〈그레이 도브〉호와 〈오닉스〉호는 마치 쌍둥이별처럼 서로에 맞춰 돌았다. 〈오닉스〉호의 에어록이 그녀 바로 앞에 움직이지 않고 있었다. 불과 25피트 거리에 있었지만 여기는 탁 트인 우주 공간이었다. 전함에서 전함으로 건너가야 한다고 생각하자 속에서 어지럼증이 올라왔다. 그녀는 강철 손잡이를 꼭 잡았다. 우주유영을 앞둔 캐넌스버그의 소녀 시절로 돌아간 기분이었다. 당시 모스는 해병대원들이 전함에서 전함으로 넘어가는 것을 수없이 보았는데, 그들은 때로는 밧줄을 전혀 매지도 않고 마치 보도의 웅덩이를 넘듯 손쉽게 풀쩍 뛰어 간극을 가로질러 갔다. 모스는 밧줄의 한쪽 끝을 〈그레이 도브〉호에 걸고 시험 삼아 당겨보았다.

그녀는 탯줄을 감은 태아처럼 우주에 내려섰다. 전함과 전함 사이를 건너는 동안 아드레날린이 솟구쳤다. 〈오닉스〉호의 선체가 눈앞에 크게 나타났다. 손을 뻗으면 에어록에 닿을 것만 같았다. 남은 거리를 조심조심 끌어 이동했다.

"〈오닉스〉호, 여기는 새년 모스다. 좌현 에어록을 열어."

문이 찰칵 열렸다. 모스는 밧줄을 〈오닉스〉호에 걸어 두 전함을 연결했고, 이어 에어록을 밀어서 열고 안으로 들어갔다. 압력 조정을 나타내는 초록 불이 들어올 때까지 기다렸다가 캄캄한 에어록 튜브를 통해 전함 안으로 헤엄쳐 갔다. 헬멧 옆에 달린 전등 불빛이 유일한 빛이었다. 곧이어 선실에서 시신들을 확인했다. 순간 그녀는 숨이 턱 막혀 왔다. 공기도 빛도 없는 방에 총 열두 구의 시신이 벌거벗은 채 빙산처럼 둥둥 떠 있었다. 전등 불빛이 그녀가 시선을 돌리는 곳을 밝혔다. 핏방울이 시신 주위에 떠 있었는데 큰 것은 그녀의 주먹만 했다. 피가 분리되어 커다란 물방울에 빨간 혈소판과 노란 혈장이 맺힌 것이 보였다. 마치 숨을 불어서 만드는 소용돌이 모양의 유리 장신구처럼 보였다.

"〈오닉스〉호, 불 켜줘."

전함의 내부가, 처참하게 죽은 시신과 핏방울이 떠다니는 게 보였다. 죽은 지 불과 몇 분밖에 되지 않은 것처럼 보였지만, 부패를 일으킬 산소 자체가 없어서 그럴 뿐이었다. 몇 년이 지나도 사실상 지금과 똑같아 보일 것이다. 서로가 서로를 죽였어. 그것만은 확실했다. 시신들은 날카롭게 베인 자국과 잘린 상처, 무딘 외상들로 엉망이었다. 뼈가 부러진 경우도 있었다. 정강이뼈가 부러져서 피부 밖으로 튀어나온 시신도 있었고, 등뼈가 길고 깊게 파인, 심장이 여러 번 찔린 시신도 있었다. 최소한 서른 번은 찔린 듯 심장과 폐가 너덜너덜했다. 범죄 현장을 상자 속에 넣고 흔들어 뒤섞으면 이렇게 되겠지. 그녀는 상원의원 C.C. 찰리를 천장에서 찾아냈다. 그의 발은 철사로 묶여 있었고, 갈린 배로 흘러나온 내장이 천장 곳곳에 오징어 촉수처럼 널려 있었다. 모스는 사진을 찍었다. 작은 핏방울들이 마치 소낙비가 그대로 얼어붙은 듯 공중에 내걸려 있었고, 그녀가 전함 안을 돌아다니며 사진을 찍는 동안 옅은 안개처럼 그녀 우주복에 들러붙었다. 그녀는 몇 장 찍고 나서는 렌즈에 묻은 피를 닦아내야 했다.

모스는 시신들 사이의 거리를 재서 우주복에 매달아놓은 노트에 기록했다. 노란색 줄로 시신들을 천장과 벽에 묶어 흩어지지 않도록 했다. 오싹한 우려이긴 했지만 무중력 상태라도 질량이 있는 시신 덩어리에 부딪힌다면, 지구에서처럼 충격을 받을 수도 있었다.

흉기들은 어디에 있을까? 그녀는 손으로 만든 흉기들을 찾아냈다. 길쭉한 파이프에 거울 조각들을 테이프로 덕지덕지 붙여놓은 것 등등. 우주복 전면을 부스러뜨려 선외 활동용 장갑 손가락에 붙여놓은 것이 있었다. 그녀는 증거수집용 비닐에 조각들을 주워 담았다. 그들은 식당에서 가져온 다소 뭉툭한 칼과 가위를 사용했다. 무기가 여의치 않으면 목을 조르거나 때려서 죽이기도 했다. 몇몇 시신에서 멍 자국이 발견된 걸로 보아, 선원들은 총을 휴대하고 있었지만 사용하진 않은 듯했다. 탄흔은 없었다. 어떤 시신에도 총알 자국은 보이지 않았다. 이곳에서 벌어진 상황이 그려졌고, 그녀는 눈을 감았다. 보통 한 번 토하고 나면 다시 집중해서 일할 수 있었지만, 이곳에서는 불가능했다. 자신의 헬멧에 대고 토하는 것은 재앙이었다. 그녀는 눈을 감고 마음이 진정되기를, 거북한 속이 가라앉기를 기다렸다. 심호흡하자. 많은 시신 사이에 이렇게 혼자 있자 폐소공포증이 느껴졌다. 〈오닉스〉호가 그녀를 에워싸고 있는 기분이었다. 모스는 눈을 떴다.

선실 컴퓨터의 생명유지장치가 선이 잘려 나가 있었다. 사람들이 서로서로 도륙하자, 제정신이었던 한 선원이 학살을 멈추고자 생명유지장치를 잘라낸 것일 수도 있다. 아니면 한 번에 모두를 끝장내려고 잘라낸 걸까. 터미너스를 처음 발견한 〈타우르스〉호의 선원들도, 니콜에 의하면 에스페란스 행성에 처음 도착한 이들도 비슷한 운명을 맞닥뜨렸다. 니콜은 선원들이 얼음으로 덮인 해안에서 서로가 서로를 죽이다가 네이비실 대원인 콥과 머설트가 냉정함을 유지한 덕분에 가까스로 정신을 차릴 수 있었다고 말했다.

모스는 1시간 30분가량 범죄 현장을 기록하고 나서 전함을 둘러보았다. 조리실에서 등에 칼이 꽂힌 지휘관의 시신을 발견했다. 입 안에 여전히 음식물이 들어 있었다. 그는 살육을 멈추고 잠시 식사를 하려다 살해당했거나, 아니면 제일 먼저 살해당한 희생자일 수도 있었다. 그녀는 시신 하나가 화장실 칸에 처박혀 있는 것을 보았다. 얼굴에서 입술이 잘려 나가 이가 그대로 드러나 있었다. 어찌나 기괴한 모습이던지 그녀는 사진을 찍고 나서야 누구인지 겨우 알아보았다.

드리스콜이야, 시뮬레이션으로 내 앞에 나타났던 과학자, 피터 드리스콜 박사. 그녀는 하얗게 센 그의 머리카락을 알아보았다. 입술 없이 밖으로 드러난 드리스콜의 치아는 마치 활짝 웃고 있는 것처럼 보였다. 넓게 벌어진 검은 눈과 치켜뜬 눈썹은 자신도 여기서 벌어진 일이 놀랍다는 표정 같았다. 상원의원 C.C. 찰리와 피터 드리스콜 박사까지 발견하자 모스는 〈오닉스〉호에 어떤 사람들이 타고 있었는지 짐작이 갔다. 미래에 페이절 시스템을 설립하는 사람들, 그리고 해군연구소의 공학자들과 물리학자들일 터였다. 그녀는 바닥 근처에서 허리를 숙인 채 떠 있는 앤슬리 제독의 시신을 찾았다. 시신을 뒤집어보니 그의 얼굴이 잘려나가 있었다.

모스는 침실 칸 근처에서 또 하나의 시신을 알아보았다. 살점이 바깥으로 튀어나오고 목에서 배까지 칼로 그어진 비만 여성의 시신이었다. 칼라 듀어였다. 죽음의 순간에 그녀는 양손으로 자기 가슴을 뜯어내려 한 것 같았다. 마치 자신의 흉곽과 장기를 꺼내서 보여주려는 듯이 말이다.

우리가 힘들게 구해줬는데, 당신은 지금 무슨 짓을 한 거야?

앞서 해군은 체비 체이스의 호텔 방에서 칼라 듀어를 체포하여 심문했다. 모스는 그녀가 패트릭 머설트의 비밀을 앤슬리 제독에게 팔았으리라 생각했다. 듀어는 얼마나 많은 돈을 받았을까, 아득한 심해로 여행하는 것 말고 또 어떤 특혜를 받았을까?

아무튼, 그녀가 넘긴 정보의 대가는 이렇게 돌아오고 말았다.

모스는 문득 이런 생각이 들었다.

패트릭 머설트에서 그의 변호사 칼라 듀어에게로, 앤슬리 제독에게로, 피터 드리스콜 박사에게로, C.C. 찰리 상원의원에게로 정보의 사슬이 이어진다고 말이다. 그리고 하일데크루거는 이 사슬을 끊고 있었다. 이럴 거면 구하지 말았어야 했어. 그냥 죽게 내버려둬야 했어. 혐오스러운 생각이긴 했지만, 변호사의 망가진 시신을 보자, 얼마나 엄청난 일들이 뒤따랐는지 깨달았다. 차라리 그대로 죽게 내버려둘걸. 이제야 모든 것이 분명하게 보였다. 모든 생명이 죽게 생겼는데 하나의 생명을 살리는 게 무슨 소용이란 말인가? 하일데크루거의 말이 옳았다. 이 여자를 죽임으로써 사슬을 끊을 수 있고, 그렇게 되면 NSC가 에스페란스 행성을 찾아내는 것을 최소한 몇 년은 뒤로 미룰 수 있었다.

내 잘못이야.

모스는 그렇게 소리치며 생각했다. 아니야, 그렇다고 변호사를 죽게 해선 안 돼. 그것만이 방법은 아니야. 도륙된 시신들에 둘러싸인 채 그녀는 이번 사건의 불가피함에 대해 생각했다. 모스는 이제까지 NCIS에서 일하면서 터미너스의 도래를 당연한 일로 받아들였지만, 지금에 와서 보니 모두 자신 때문에 벌어진 일 같았다. 자신이 머설트 수사를 맡고, 증거들을 하나하나 발견하면서 결국 칼라 듀어 변호사의 살인을 막아서기로 한 결과, NSC가 에스페란스 행성을 더 빨리 찾게 되었다. 내가 세상의 종말을 앞당겼어. 모스는 주위의 시신들을 쳐다보았지만, 당연히 어디에서도 위안을 얻을 수 없었다. 거미줄에 갇힌 기분이었다. 화이트 홀이라는 거미의 눈이 자신을 향해 다가오고 있었다. 다른 사람이라면 그만뒀을 거야. 그녀가 주문처럼 외는 이 말이 지금은 너무도 터무니없이 여겨졌다. 이제는 생각하는 것만으로도 어쩔어쩔하고 정신을 잃을 것만 같았다. 하지만 끔찍한 감각이 지나가자 그녀는 마음을 다시 다잡았다.

여기는 범죄 현장이야. 그러니 질문을 던져야 해.

머설트는 자신의 변호사에게 무슨 말을 했을까?

머설트의 정보가 어쩌면 여기 있을 수도 있는데 과연 어디에 있을까? 코모런트급의 함선들에는 개인 칸이 따로 마련되어 있었다. 바닥과 천장에 칸막이해서 관(棺) 모양으로 개인 공간을 만들어서 잠자는 곳으로 활용하게 하자는 생각이었다. 하지만 대부분의 사람은 이런 칸에 웅크리고 자기보다 주요 선실에 침낭을 두고 자는 쪽을 선호했다. 민간인 승객들은 보통 개인 용품을 보관하는 로커로 활용했다. 〈오닉스〉호에는 총 스무 명이 타고 있었다. 모스는 각각의 칸을 뒤져 듀어의 칸을 찾아보기로 했다.

"여기군." 모스는 그녀의 이니셜 C.D.가 박힌 진홍색 작은 여행용 가방을 찾았다. 속옷, 운동복, 양말, 화장품, 이중초점 안경이 들어 있었다. 스티븐 킹의 소설 한 권, 그리고 잠금쇠가 걸린 마닐라지 봉투가 있었다. 봉투를 열어보니 종이 뭉치가 나왔다. 스프링 노트에서 찢어낸, 가장자리가 너덜너덜한 줄 쳐진 종이였다. 연필로 조잡하게 그린 그림들이 보였다. 이게 뭐지? 모스는 그 그림이 바르도게르 나무를 그린 것임을 알아보았다. 지도를 그린 것이 있었는데 빨간색 잉크로 레드 런과 얇은 공간의 위치를 표시하고 그곳으로 가는 임도 위치에 강조 표시를 했다. 이윽고 그녀는 손으로 쓴 쪽지를 찾았다.

'그것은 속임수에 불과합니다. 당신이 나무들을 제대로 볼 수 있으려면 어쩌면 몇 번은 와야 할지도 모르겠군요. 비텍 말로는 어떤 사람들은 결코 이 속임수를 꿰뚫어 볼 수 없다고, QTN이 있어야만 그것을 볼 수 있다고 하는데, 나는 그렇게 생각하지 않아요. 우리의 엔진이 실화될 때마다 그 빌어먹을 공간이 열리는 거니까. 나무들이 보이면 나무들을 따라서 와요. 강을 건너고부터는 절대 길에서 벗어나서는 안 됩니다. 그리고 싶은 생각이 굴뚝같겠지만, 길을 벗어나는 순간, 당신은 노출되고 목숨을 부지할 수 없습니다.'

다음 장은 검은색 잉크로 그린 〈리브라〉호 그림이었다. 파란색 잉크로 뱃머리 주위에 고리들을 그려놓았는데 B-L 드라이브에서 분출하는 파란색 불빛을 표시한 것 같았다.

'당신은 나무들을 따라 여기 〈리브라〉호로 오게 될 거예요. 이곳에 오면 다른 쪽으로 늘어선 바르도게르 나무들을 볼 수 있습니다. 이렇게 길을 따라가보면 다른 세상, 당신의 세상과 비슷하지만 살짝 다른 세상에 이르게 돼요. H는 우리가 간 길을 기억하려고 표시를 해두었습니다. 길에 돌무더기를 쌓았죠. 그렇게 해

두지 않으면 길이 너무 많아서 다시는 돌아갈 수 없게 됩니다.'

모스는 페이지를 넘겼다. 화학무기 실험실을 빨간색으로 표시한 버캐넌 지도가 있었다.

'수백만 달러를 들여 마운트 지온에 꽤 괜찮은 시설을 짓고 있어요. H는 일본의 광신도들을 보고 아이디어를 얻었다는군요. 그곳에 과수원이 하나 있는데, 제러드의 어머니가 그곳을 매수해 이사할 거예요. H와 제러드는 일본의 가스 테러를 재연하고 싶어 해요. 일본에서 사용한 것과 똑같은 가스를 사용하는 거죠. 버캐넌에서 인체실험을 마쳤습니다.'

그 밖에 기하학적 모양의 그림, 칠각형 별 모양을 그린 그림, 바큇살이 바르도게르 길들처럼 뻗어 있는 검은 태양 그림이 있었다. '에스페란스'라는 이름표가 붙어 있는 손으로 그린 지도, 야영지와 단편적 지형 위치를 표시한 일련의 그림들이 있었다. 모스는 니콜이 묘사했던 피오르드 계곡과 대양을 알아보았다. 희미한 쌍둥이별의 위치, 〈리브라〉호가 발견했던 행성의 위치를 표시한 별자리표도 있었다. 모스는 앞서보다 긴 편지를 하나 찾았다.

듀어 씨. 내가 만약 어느 날 나타나서 내 몫의 돈을 요구한다면 그때도 거래는 여전히 유효합니다. 하지만 이제 너무 늦은 듯싶군요, 하하. 그러니 이 정보를 잘 이용해보세요. H는 오늘 밤 나타날 겁니다. 니콜이 그렇게 말했어요. 내가 친구 집에 있을 때 그녀가 그렇게 말했죠. 그때 나는 도망쳐야 했어요. 그녀는 좋은 친구지만 H가 들들 볶으면 쥐새끼처럼 비열하게 모든 걸 일러바치거든요. 나에 대해 일러바친 것도 그녀죠. 하지만 그녀는 나한테 그 사실을 털어놓았고 조심하라고 말해주었어요. 우리 사이가 그 정도는 됩니다. 아무도, 심지어 니콜도 당신의 존재를 몰라요. 그러니 걱정하지 마세요. 당신은 안전하니까. 이제 본론으로 들어가자면 크루거의 위치, 에스페란스 행성의 위치, 〈리브라〉호의 위치, 그리고 그 특별한 나무 바르도게르의 위치를 빼먹으면 안 됩니다. 내가 한 말 대부분을 당신은 믿지 않겠지만, 오늘 밤이 지나고 나면 최소한 내가 처한 위험이 진짜라는 것은 알게 될 거예요. 그러니 당신도 몸조심하세요. 나는 말도 안 되는 이 일을 처음부터 H와 함께했어요. 왜냐하면, 살고 싶었으니까. 나는 살고 싶었습니다. 그게 전부예요. 하지만 그의 살인행각을 더 이상은 견딜 수가 없네요. 나는 그가 산성 용액으로 누군가를 산 채로 태우는 것을 봤어요. 그런 모습을 볼 때마다 가끔은 레마크 편에 섰다면, 우리가 모두 전멸할지라도 종속 고장을, 블랙홀을 일으키도록 도와주었다면 어땠을까 생각하곤 해요. 이제는 너무 늦었지. 나는 돈이나 용서를 바라지 않아요. 내가 바라는 게 있다면 당신이 이 정보를 해군이나 FBI에 넘기는 것뿐이에요. 당신은 무의미한 학살을 막으면서 동시에 돈까지 챙기게 되는 겁니다. 그는 우리 모두를 죽이려 해요. 크루거는 모든 길을 걷습니다. 그는 죽음을 숭배하죠. 사람들이 예수를 숭배하듯 죽음을 숭배합니다. 그는 피해자들의 손톱을 가져가 마치 성스러운 유물을 다루듯 사용합니다. 그는 곧 내 집에 나타날 거예요. 그래서 내 가족을 그곳에 남겨두었습니다. 그가 가족들을 처치하는 동안, 이 정보를 당신 금고에 넣어두려고 말입니다. 그러면 우리가 합의한 대로 다른 안전한 곳으로 옮겨지게 될 테죠. 가족을 희생시켰다는 말이 가혹하게 들릴지도 모르겠군요. 하지만 당신이 모르는 게 있어요. 당신은 믿지 않겠지만 사실 인생은 꿈이나 마찬가지입니다. 오늘 밤 내 가족에게 무슨 일이 일어나든 간에 나는 또 다른 가족을 찾을 수 있어요. 바르도게르 나무들 사이를 걸어 다른 공간과 시간으로 가면 그곳에서 내 아내가 아무 일도 없었다는 듯이 집에서 나를 맞이할 겁니다. 그들은 여기서는 죽겠지만 다른 곳에서는 살아 있는 거죠. 아내는 그곳에서 젊은 여자가 되고 매리언은 어린 딸이 될 거예요, 다섯 살로 다시 돌아가는 거죠. 나는 딸이 다시 행복하게 커가는 것을 지켜보고 막내딸이 다시 세상에 태어나는 것을 보게 될 겁니다. 듀어, 우리는 숲 사이를 오가는 그림자들, 강을 건너는 그림자들에 지나지 않아요. 매리언이 어렸을 때, 내가 무릎에 올려놓고 흔들어 재우면서 들려주던 옛날 시랑 같아요. '너무도 아름다운 항해였지, 있을 수 없을 것같이 아름다운. 그래서 어떤 사람들은 꿈을 꾼 것으로 생각하기도 했네. 멋진 바다를 항해하는 꿈.' 아무튼, 나는 지금도 내 가족이 죽었거나 죽어가고 있다는 것을 알고 있어요. 아이들의 죽음을 슬퍼하면서도 그들이 아직 살아 있다는 것을 알고 있죠. 나는 이 정보를 당신의 보관소에 두고 내가 좋아하는 곳으로 떠날 겁니다. 내가 자주 생각하는 그곳으로, 가끔 머물면서 잠들고 싶은 그곳으로. 여기 있었던 가족들을 생각하면서 그곳에서 나를 기다리는 새 가족을 맞을 준비를 하려

합니다. 우리는 결코 다시 만나지 못하겠죠. 머설트가.

패트릭 머설트는 바르도게르를 통해 길들을 따라가면 다른 IFT에서 새로운 삶을 시작할 수 있다고 생각했다. 하지만 그는 빠져나가기 전에 블랙워터 산장에서 살해되었다.

'매리언은 어린 딸이 될 겁니다…' 하지만 그게 어떻게 가능할까? 누구도 과거로 갈 수는 없지 않은가?

터미너스가 〈리브라〉호를 뒤쫓아 왔다. 하지만 〈리브라〉호는 시공간 마디에, 시간의 바깥 어딘가에 붙들리고 말았다. 그와 달리 〈오닉스〉호는 굳건한 대지로 돌아왔다. 〈오닉스〉호의 선원들이 발가벗은 것은 QTN에 감염되었기 때문이었다. 그녀는 자신이 십자가형을 당했을 때의 기억을 떠올렸다. 그녀는 매서운 겨울바람에도 피부가 타는 듯해서 옷을 다 벗었다. 그리고 십자가형을 당했다.

"〈오닉스〉호, 아폴로 수첵 필드에 연결해."

그녀는 '명령 실패' 신호음을 들었다. 선실 컴퓨터에 메시지가 떴다. …접근 불가.

"긴급명령이다." 모스가 말했다. "아폴로 수첵 필드에 연결해."

…모든 채널이 사이공 작전에 가동 중.

"제기랄, 〈오닉스〉호, 긴급명령이니까 비상 신호를 발령해. 아폴로 수첵이나 블랙 베일에 연결해."

…모든 채널이 사이공 작전에 가동 중.

"미치겠군."

그녀의 몸이 스치자 선실의 시신들이 움직였고, 그 모습이 마치 영안실을 무대로 펼쳐지는 발레 공연처럼 보였다. 그녀는 갑판 아래에서 나와 조리실과 휴게실을 둘러보았다. 성조기가 있었다. 압정으로 바닥에 고정해놓은 탓에, 무중력 상태에서 빳빳한 직사각형 천 조각으로 보였다. 천장에 캠코더와 삼각대가 있었다. 카메라를 확인해보니 테이프가 들어 있었다. 혹시 살인 현장이 담겨 있지 않을까. VHS 테이프를 재생장치에 집어넣고 작동시켰다. 화면에 찰리 상원의원의 모습이 나타났다. 파란색 폴로셔츠와 카키색 반바지, 무릎 근처까지 올라오는 긴 양말을 신고 있었다. 그의 어깨 너머로 성조기가 보였다. 텔레비전에서 수없이 많이 본 얼굴이었지만, 무중력 공간에서 어린아이처럼 흥분한 모습은 훨씬 젊어 보였다.

"친애하는 미국 시민 여러분, 저는 평생이 걸릴, 천 번의 생애까지 이어질 여행에 나섰습니다." 그가 말했다. 카메라 옆에서 한 여자의 목소리가 그에게 다시 하라고 말했다. 상원의원은 헛기침하고 나서 연습한 미소를 억지로 지었다. "저는 평생이 걸릴 여행에 나섰습니다. 친애하는 미국 시민 여러분,"

"계속하세요. 편집하면 되니까요." 여자가 말했다.

"시민 여러분, 1997년 3월 26일, 해군 전함 〈오닉스〉호에 오른 우리들은 이제 평생이 걸릴, 천 번의 생애가 걸릴 여행을 시작했습니다. 이전까지 꿈만 꾸던 먼 길에 비로소 오를 것입니다. 더 이상 '마지막 변경지대'는 존재하지 않습니다. 우주의 광대한 길이 우리 앞에 열렸습니다. …잠깐만, 이 부분 다시 하지."

"'길'이라는 단어를 너무 반복하셨어요." 카메라 밖의 여자가 말했다. "내용을 카드에 적을까요?"

"그건 안 돼." 찰리 상원의원이 말했다. "자연스럽게 느껴져야 해."

"마제스티 부분을 연습해보죠." 여자가 말했다.

"좋아." 상원의원은 카메라를 향해 웃으며 말했다. "우리는 경이롭고 이상한 생명으로 가득한 행성을 찾았습니다. 아름다운 생물들, 전혀 생각지도 못했던 생명으로 가득한 행성입니다. 그렇습니다, 우리는 생명을 찾았습니다. 저는 신의 창조의 기적에, 그분의 장대한 계획에 또 한 번 눈을 떴습니다. 기독교인으로서 그리고 미국 시민으로서 우리는 이 행성을 '마제스티'라고 이름 붙이기로 했습니다."

"너무 가르치려 드는 말투예요. 잠깐만요." 카메라 밖의 여자가 말했다.

상원의원의 모습이 흐릿해지면서 사라졌고 새로운 이미지가 나타났다. 누군가가 전함의 창문 너머로 촬영한 듯했다. 얼핏 멀리서 바라본 지구의 모습 비슷한 것이 보였다. 하지만 화면에 보이는 행성의 곡면은 얼음이 덮여 하얬고, 또한 기름이 쏟아진 바다와 곳곳에 파인 분화구 구멍, 삐죽삐죽한 산맥들로 어지러웠

• 거대하고 당당하고 위엄 있는 존재라는 뜻.

다. 커다란 달이 초승달 모양의 지평선 위에서 거대한 황금색으로 빛났다. 모니터가 지지직거리며 수신 잡음이 들렸다.

"…섀넌?" 화면 너머로 목소리가 들렸다.

갑작스러운 목소리에 모스는 깜짝 놀랐다.

"섀넌, 거기 있나? 괜찮은 건가?" 오코너였다. "방금 비상 신호를 받았네."

"저는… 괜찮아요. 중요한 정보를 알아냈어요." 그녀의 목소리가 떨렸다.

"자네에게 랑데부 명령이 내려졌네. 당장 실행해. 자네는 TERN 5호기 〈캔서〉호에 배정되었어. 지구로 돌아오지 말게, 섀넌."

"〈오닉스〉호는 에스페란스 행성으로 갔어요. 그들은…"

"나도 아네. 하지만 이제 너무 늦었어. 〈캔서〉호에 도착하면 〈오닉스〉호의 자동항로를 아폴로 수첵으로 돌려놓게. 대피하려면 전함들이 더 필요하니까 모든 전함을 다 가동해야 해. 해군에서 〈그레이도브〉호를 제어하고 있네. 아직 더 많은 전함이 필요해."

"어쩌면 해답이 여기 〈오닉스〉호에 있을지도 몰라요. 시간을 좀 주세요."

"너무 늦었네." 오코너가 말했다. "목매단 사람들이 나타나기 시작했어. 달리는 사람들도. 사방에서 사람들이 은액을 입에 물고 하늘을 쳐다보고 있네. 숲은 불타고 있고 눈은 거세게 쏟아지고 있어. 너무 늦었네, 섀넌. 이제 끝이야."

모스는 갑판 아래쪽 통로를 지나 위로 올라가서는 조종석과 연결된 입구로 향했다. 레마크를 생각했다. 그들은 〈리브라〉호의 지휘관을 죽였어. 〈오닉스〉호의 조종석은 〈그레이 도브〉호와 똑같았다. 강화유리로 된 덮개, 수많은 스위치와 손잡이가 달린 제어판, 두 개의 비행용 의자. 모스는 어머니를 생각했다. 〈캔서〉호를 생각했다. 자신이 타고 왔던 〈그레이 도브〉호가 밧줄에 채워진 채 멀어지고 있었다.

"〈오닉스〉호, 새로운 지시사항 받았나?"

…〈캔서〉호와 랑데부하고 해군항공기지 오세아나로 자동항로를 돌릴 것.

"〈오닉스〉호, 그 명령 거부할 수 있나?"

…그럴 수 없음, 모든 전함이 사이공 작전에 징발 중.

"〈오닉스〉호, 오세아나로 간다면 〈캔서〉호와의 도킹 명령을 거부할 수 있나?"

…가능함.

TERN은 정원이 200명이지만, 곧 꽉 차게 될 것이다. 그녀는 〈캔서〉호를 생각했다. 과거 오링 이음새에 문제가 생겨 시스템 점검을 받았던 오래된 전함이었다. '우리는 쥐들처럼 살아가게 되겠지.' 도망칠 곳도 피난처도 아무 데도 없이, 무작정 먼 미래의 IFT로, 미지의 은하로, 척박한 별들과 불모의 행성들로 이동할 것이다. 그렇게 착륙할 곳을 찾아 한없이 떠돌다가, 결국에는 음식이 바닥나거나 식수 재활용 장비가 고장 나게 되겠지. 그러면 타고 있던 사람들은 서로서로 죽일 것이다. 상대방을 잡아

먹고, 그 피를 마시고, 그러다 결국 모두가 굶주림이나 갈증으로, 혹은 산소 부족으로 죽고 말 것이다. 어느 쪽이든 죽음을 피할 수 없다.

탱크에 몇 시간 분량의 산소만이 남아 있었다. "⟨오닉스⟩호, 생명유지장치를 재설정해줘." 모스가 말했다. "그리고 ⟨캔서⟩호와의 랑데부 요청 거부하고 오세아나로 계속 항해해."

충동적으로 일단 진행하긴 했으나 마음의 짐이 무거웠다. 자신의 행동 때문에 터미너스를 불러들였다는 죄책감. 그녀는 자신이 죽어 마땅하다고, 탈출은 가당치도 않다고 여겼다. 공중에 늘어진 시신들의 팔다리를 헤치며 가자니 마치 해초 사이를 헤엄치는 기분이었다. 드리스콜이 화장실에서 입술이 뜯긴 채 이를 활짝 드러내고 있었다. 그를 보고 싶지 않았다. 듀어의 뜯겨 나간 가슴도 보고 싶지 않았다. 모스는 성조기로 갑판 위쪽 통로를 덮어 공기가 순환할 때 피가 안으로 들어오지 않도록 했다. 선내 산소포화도가 정상 수치에 이르렀고, 그녀는 헬멧을 벗었다. 시취가 나지 않을까 우려했지만, 아무 냄새도 맡아지지 않았다.

그녀는 불을 계속 켜두었다. 지구로 귀환할 때까지 잠을 자려고 했지만 두려운 생각이 떠나지 않았다. 온갖 이미지가 머릿속을 비집고 들어왔다. 목매단 사람들, 달리는 사람들. 네스터가 그녀에게 육신의 부활을 믿는지 물었었다. 아니야, 신은 없어. 이것은 자연의 질서야. 그녀는 뱀이 무중력 공간에서 몸을 틀다가 자신의 꼬리를 물고 삼키는 모습을, 은빛 물고기들이 떼로 몰려 헤엄치는 모습을 상상했다. 은조쿠가 태평양에 있는 얇은 공간으로 걸어 들어가 손안에 물고기를 잡아 올리고, 그러자 물고기가 빠져나가는…

모스는 비몽사몽 바닥에 굴러떨어지면서 잠에서 깼다. 밧줄로 묶어두지 않은 모든 것이 요란한 소리를 내며 떨어졌다. 캠코더가 박살났고 시신들이 벽과 바닥에 부딪히며 쿵쿵하는 소리를 냈다. 지구의 중력장으로 들어온 것이다. 그녀는 서둘러 조종석 의자로 가서 몸을 묶었다. 길고 평온했던 그날 밤 〈리브라〉호가 엔진 실화 직전에 난파하면서 불타고 추락했던 광경이 떠올랐다. 〈오닉스〉호의 조종석이 어둠 속의 성냥 불꽃처럼 환한 불꽃의 그림자로 아른거렸다. 그들은 레마크를 살해했어. 브란트-로모나코 시공간 마디 하나에서 전갱이가 괴델 곡선에, 고리 속에 갇혔다. 그녀는 〈리브라〉호를 생각했다. 자신이 구금실에 방향감각을 잃고 갇혀 있었던 것을, 반란이 일어난 상황에서 난파까지 겪었던 것을 생각했다. 머설트는 듀어에게 보낸 편지에서 레마크가 어떤 일을 꾸미고 있었는지 설명했다. 우리 모두를 말살하는 종속 고장을 일으키려 했다고, 블랙홀을 만들려고 했다고 했다.

"레마크는 해내지 못했지만, 나는 할 수 있어." 모스는 생각의 조각들을 하나로 꿰맞췄다. 레마크가 집단 자살을 명령했다고 니콜이 말한 바 있었다. 〈리브라〉호의 전 선원이 사라지면 에스페란스 행성은 발견되지 않은 것이 된다. "그래, 맞아." 모스는 아무도 없는 곳에 대고 큰 소리로 말했다. "〈리브라〉호는 전쟁이야.

레마크가 하지 못한 일을 나는 할 수 있어."

하지만 성공한다면 어떻게 될까? 성공적으로 〈리브라〉호를 파괴한다면, 종속 고장을 일으킨다면, 과연 어떤 일이 벌어질까?

모스는 십자가에서 끌어 내려졌을 때 강을 건너 이곳으로 오게 되었다. '모든 사람이 저지르는 실수는 자신의 존재를 믿는다는 거야.' 하일데크루거는 그렇게 말했다. 꽃이 피는 별똥별. 패트릭 머설트는 바르도게르를 통해 시간을 거꾸로 갈 수 있다고 믿었다. '매리언은 어린 딸이 될 거예요.' 만약 그가 과거로 갈 수 있는 거라면…

진짜 굳건한 대지는 언제일까? 여기는, 1997년은 아니었다. 1997년은 〈리브라〉호의 IFT였다. 만약 모스가 종속 고장을 일으킬 수 있다면, 그래서 〈리브라〉호가 끝장난다면, 진짜 굳건한 대지는 언제일까? 모스는 얇은 공간이 터미너스에 압도당하는 광경을 상상했다. 터미너스가 〈리브라〉호에 도달하는 것을, 화이트홀이 〈리브라〉호의 카시미르 라인을 타고 처음 출항했던 시점으로, 굳건한 대지로 돌아오는 것을 상상했다. '매리언은 어린 딸이 될 거예요, 다섯 살로 돌아갈 겁니다.' 구금실에 모스를 구하려고 찾아갔을 때 니콜은 11년이 지났다고 했다. 감정이 그녀 안에서 샴페인 거품처럼 끓어올랐다. 〈리브라〉호가 끝장났다면 아마 이 IFT도 끝장났을 테고 모든 것이 사라졌을 것이다. 그래도 NSC 함대는 여전히 우주와 먼 시간을 탐험하고 아득한 심해를 항해하겠지만, 〈리브라〉호는 미래에 없을 것이다. 에스페란스 행성은 발견되지 않을 것이다. 그렇더라도 여전히 행성이 발견될 가능성이 있다는 것을 모스는 알았다. 다른 미래 세계의 다른 전함이 그 행성을 찾을 가능성이, 그래서 터미너스가 일어날 가능성이 여전히 남아 있다는 것을 알았다. 하지만 그것은 하나의 가능성일 뿐이었고, 다른 가능성도 얼마든지 있을 수 있었다. 굳건한 대지는 〈리브라〉호가 출항한 날, 〈리브라〉호가 B-L 드라이브를 처음으로 가동하기 직전일 터였다.

1985년 11월 7일.

"코트니가 죽은 날이야." 모스가 말했다.

세찬 눈발의 돌풍을 헤치고 회색빛으로 출렁이는 바다를 넘어 〈오닉스〉호가 얼음으로 미끄러운 아폴로 수첵 활주로에 착륙했다. 사람들이 담장을 뚫고 활주로로 몰려들었다. 그들은 필사적이었다. 눈앞의 위험을 무릅쓰고 활주로로 서행하는 코모런트 뒤를 쫓았다. 모스는 눈 속에서 시신들을 보았다. 터미널이 아직 한참 남았을 때 버스만 한 크기의 노란색 트럭 한 대가 갑자기 활주로로 들어와 그녀를 향해 달려들었다. 뭐 하는 거야? 미끄러운 활주로에 트럭 뒷바퀴가 옆으로 밀려났다. 제빙트럭으로 크레인과 호스가 요란하게 출렁거렸다. 트럭은 방향을 홱 틀더니 돌연 〈오닉스〉호의 앞바퀴를 들이받았다. 〈오닉스〉호는 트럭과 뒤엉켰다.

"망할." 모스가 소리쳤다. 얼음 때문에 길이 미끄러워 생긴 사고인 걸까. 아니면 트럭이 의도적으로 그녀를 향해 달려든 것일 수도 있었다. 그녀는 몇몇 사람들이 소리치며 코모런트를 향해 뛰어오는 것을 보았다. 군인과 그들의 가족 등 수많은 사람이 〈오닉스〉호 주위를 둘러싸고 안으로 올라오려고 했다. 어떻게든 여기 타려는 거야. 살고 싶어서.

모스가 조종석 덮개를 열자 남자 한 명이 그녀에게 손을 뻗었다. 그는 노란색 트럭 위에 올라서서 절박한 눈빛으로 쳐다보았다. "나를 데려가요. 제발 데려가요!"

"들어와요." 모스가 말했다. 그녀는 덮개에서 내려오며 그를 안으로 들였다. 얼른 이 사람들을 피하고 싶었다. 코모런트의 승선용 사다리에 발을 디디고 몇 칸 내려왔을 때, 움켜쥔 손들이 그녀를 와락 잡아당겨 활주로 바닥에 내동댕이쳤다. 최소한 열 명이 넘는 사람들이 〈오닉스〉호에 올라탔고, 뒤에선 더 많은 사람이 몰려오고 있었다. 그들은 전함 위로 기어올라 입구를 찾으려고 했다. 모스는 또 다른 코모런트 전함 〈릴리 오브 더 밸리〉호가 그들 옆을 쏜살같이 지나 하늘로 날아오르는 모습을, 그 서슬에 활주로에 있던 사람들이 나뒹구는 것을 보았다. 다들 미쳤어. 그녀가 〈오닉스〉호를 돌아보니 사람들은 죽은 시신들을 필요 없는 짐을 버리듯 밖으로 내던지고 있었다.

"섀넌!"

오코너의 목소리였다. 은조쿠도 함께 있었다. 그들 옆으로 사나운 돌풍에 눈발이 휘날렸다. 그는 그녀를 향해 손을 흔들었다. 하지만 폭풍 때문에, 행여 코모런트를 탈 수 있을까 싶어 먼 활주로를 질주하는 사람들 때문에 모스는 볼 수 없었다. 그녀는 사람들 사이를 어렵사리 헤치고 터미널로 들어갔다. 복도 안은 소란스러운 바깥과 대조적으로 조용했다. 그녀는 무거운 우주복을 벗고 속옷 차림이 되었다. 다들 코모런트를 잡아타려고 황급히 몰려간 탓에 짐들이 공항 바닥 여기저기 나뒹굴었다. 그녀는 더플백에서 미 해군 운동복과 항공 재킷을 찾았다. 재킷엔 꼬리가 둘 달린 검은 사자 '블랙라이온'과 별이 자수된 VFA-213 휘장이 달려 있었다.

해군은 사실상 기지를 포기한 상태였다. 기지 내 거리가 텅 비었고, 바람에 날리는 눈밖에 없었다. 모스는 주차해둔 자신의 트럭으로 가서 한 뼘으로 쌓인 눈을 쓸어냈다. 엔진이 돌아가기 전에 요란한 소리를 냈다. 그녀는 정문을 빠져나가면서 수많은 인파가 버려진 기지로 몰려드는 것을 보았다. 버지니아 해변가 도로는 눈보라가 휩쓸고 지나갔지만 통행은 아직 가능했다. 대재앙이 일어나면 어마어마한 교통 체증도 함께 일어나리라 상상했지만, 막상 대재앙이 일어나고 보니 도로의 차는 갓길에 버려진 몇 대뿐이었다. 다들 각자의 집에서 최후를 맞이할 건가 봐. 아니면 얼음에 갇혀 오도 가도 못하거나. 고속도로에 차들이 몇 대 다녔는데 차량 불빛이 눈보라 때문에 희미한 얼룩으로만 보였다.

도로 옆에 네 사람이 모여 화이트홀을 쳐다보고 있었다. 온몸이 마비된 듯 꼼짝도 하지 않았다. 그러나 입은 턱뼈가 나간 것처럼 활짝 벌리고 있었으며, 그 안엔 은액이 가득했다. 넘쳐흐르는 은액이 뺨을 타고 목으로 흘러내렸다. 달리는 사람들은 도시 외곽에 가서야 보이기 시작했다. 서른 명가량이 혹한의 바람에도 벌거벗은 채 맨발로 달리고 있었다. 모스는 그전까지는 달리는 사람들을 우습고 부조리한 모습으로 상상했지만 막상 이렇게 보니 그야말로 오싹했다. 그들은 부상이나 고통에도 아랑곳없이 필사적으로 달렸고, 얼굴은 멍한 분노로 일그러져 있었다. 비명을 지르는 얼굴. 그들은 살갗을 파고드는 벌레 떼에 쫓기듯 달렸고, 고속도로 옆으로 이어진 숲속으로 사라졌다. 그들은 몸이 산산이 부서질 때까지 달릴 것이다. 혹은 바다에 빠져 익사하거나. 모스는 겁에 질린 채로 거칠게 차를 몰았다. 갈피를 잡지 못하며 핸들을 계속 꺾다가 얼어붙은 도로 위를 계속 미끄러졌다. 이곳에 오지 말았어야 했어. 〈캔서〉호와 도킹했어야 했다고, 죽어가는 지구를 떠나 동료들과 함께 끝없는 우주 어딘가에서 새로운 피난처를 찾아야 했다고 뒤늦게 후회했다.

그녀가 숲에 도착할 즈음 어둠이 내렸다. 화이트홀의 광채가 눈보라에 반사되어 상록수 숲을 은빛으로 잠기게 했다. 화이트홀이 나타난 순간부터 시작된 화재는 모논가헬라 국유림과 모든 숲을 집어삼킬 태세였다. 모스는 깊은 숲속에서 마치 도깨비불 같은, 횃불을 든 유령의 행렬 같은 불빛들을 보았다. 바르도게르로 이어지는 도로로는 통행이 불가능했다. 그녀는 트럭을 버리고 사면을 기어오르기로 했다. 쌓인 눈 더미에 속절없이 미끄러지기 일쑤였지만, 나무 몸통을 부여잡고 한 걸음 한 걸음 내디뎠다. 작은 나무줄기를 밧줄처럼 잡고 몸을 위로 끌어 올렸다. 어느 순간 피부가 불탈지도 몰라, QTN에 집어삼켜질지도 몰라, 옷을 벗어 던지고 달릴지도 몰라, 무리에 합류할지도 몰라, 공중에 몸이 들릴지도 몰라…

모스는 휘청거리며 공터에 도착했다. 언젠가 네스터가 비비안을 쐈던, 매리언의 뼈가 발견되었던, 매리언의 메아리를 찾았던 바로 그 공터였다. 숲은 불타고 있었다. 차가운 공기와 매캐한 연기. 재가 폐로 들어와 숨쉬기가 어려웠다. 온몸이 쑤시고 아팠다.

모스는 사면을 오르느라 격하게 뛰는 심장을 부여잡으며 빽빽한 소나무들 사이로 걸음을 옮겼다. 하지만 얼마 못 가서 점점 깊어지는 눈 속에 털썩 주저앉고 말았다. 그녀는 언젠가 네스터를 따라 지났던, 오래전에 말라버린 얕은 개울을 찾았다. 이 근처 어딘가에 돌무더기가 있었어. 하지만 돌무더기는 눈 속에 파묻혀 보이지 않았다. 물 흐르는 소리가 들려 그 소리를 따라 내리막길을 확인했다. 얼음으로 뒤덮인 해군 트럭 한 대가 보였다. 대피 작전을 펴기 전에 이곳에 담장을 치고 폐쇄할 계획이라고 했었는데 아직 그대로였다. 중장비들이 한쪽에 버려져 있었다. 나무들을 잘라 쌓아놓은 것이 보였다. 하얀 바르도게르 나무는 변함없이 그대로였다.

모스는 손으로 나무껍질을 쓸어내렸다. 차가운 강철의 질감이었다. 그녀는 무릎을 꿇고 앉아 나무가 열리기를, 증식하기를, 그래서 나무들의 길이 보이기를 기대했지만, 아무 일도 일어나지 않았다. 바람이 솔송나무 사이로 몰아쳐 마치 빗자루로 콘크리트 바닥을 쓰는 소리가 났다. 여기는 네스터가 그녀를 죽게 내버려둔 곳이었다. 한 IFT에서 그는 그녀를 배신했다. 네스터는 어떻게 되었을까? 그녀는 그가 다른 사람들과 함께 숲에서 거꾸로 십자가형에 처해진 모습을 상상했다. 그 미래 세계에서 네스터가 아무리 잔혹했을지라도, 그러한 상상은 너무하단 생각이 들었다. 그녀는 함께 보낸 첫날 밤 그의 몸이 달빛을 받아 은색으로 빛나던 것을, 그의 가슴에 난 점들이 별자리를 이루던 것을 떠올리려고 했다. 그녀의 마음은 슬픔으로 차올랐다.

모스는 자리에서 일어나 몇 걸음 걷다가 뒤를 돌아보았다.

오직 한 그루의 나무만 있었다.

아니야.

머셜트는 길이 속임수일 수 있다고 쪽지에 썼다. 그 말은 항상 존재하지만 보이지 않을 뿐이라는 뜻일 수도 있었고, 몸속에서 QTN이 만들어낸 환상이라는 뜻일 수도, 혹은 B-L 드라이브가 실화될 때만 길이 열린다는 뜻일 수도 있었다. 아무튼, 나무가 언제 〈리브라〉호로 이어지는 무한한 길을 터줄지, 과연 터주기는 할지는 알 수 없는 일이었다. '늦었어요.' 네스터가 그렇게 말했다. "내가 뭘 해야 하지?" 모스는 화가 나고 신경이 곤두서서 소리를 질렀다. "내가 뭘 어떻게 해야 해?" 시간이 흘렀다. 눈보라가 휘몰아치는 탓에 정신이 멍해진 모스는 외투로 몸을 감쌌다. 공기 중에 틀림없이 떠다니고 있을 QTN이 걱정이었다. 분명 내 몸속으로 들어오고 있어. 내 몸속에 점점 쌓여가고 있어.

나는 여기서 죽게 될까? 모스는 길이 나타나기를 기다리다가 이대로 죽음을 맞이할 수도 있겠다고 생각했다. 그러면 몸속의 QTN이 이미 만들어내고 있을지도 모를 악몽에 갇혀 자살하는 게 아니라, 부자연스러우리만치 혹독한 추위에서 자연스럽게 얼어 죽게 될 터였다. 아폴로 수첵에서 가져온 항공 재킷은 가죽에 울 소재로 안감을 댄 것이었다. 추위가 안으로 스며들고 서리가 머리카락에 내렸다. 그녀는 얼굴을 안감 깊이 묻고, 소매에서 팔을 빼 손가락에 따뜻한 숨을 불어 넣었다. 피부가 쓰리고 따끔거렸다. 이러다가는 곧 감각이 없어질 것 같았다.

걷자. 움직여. 그래야 피가 돌지.

황혼이 되었다. 그녀는 공터로, 강으로, 하얀 나무로 되돌아갔다. 나무를 지날 때 주변의 풍경이 달라져 있었다. 해군 트럭과 잘린 나무들이 보이지 않았고, 소나무들이 무성하게 자라 있었다. 그녀는 나뭇가지를 헤치고 나아가면서 무한한 길을 찾을 수도 있겠다고 생각했다. 하지만 그녀는 똑같은 하얀 나무로 되돌아왔다. 아니야… 이것은 분명 다른 나무야.

그녀는 자신이 얇은 공간에 와 있음을 알았지만, 일전에 하일데크루거를 따라서 가봤던 나무들의 길은 보이지 않았다. 온통 어두운 숲이었다. 온몸을 무자비하게 할퀴는 나뭇가지와 솔잎. 모스는 빽빽한 소나무 가지를 헤치며 하얀 나무로 되돌아갔다. 하지만 십자가형을 당하기 전에 그랬듯이, 자신이 이 장소에 붙들렸음을 머리로는 알면서도 마음으로는 걷잡을 수 없는 공포를 느꼈다. 어느덧 공터에 이르렀고, 세차게 흐르는 검은 강이 나타났다. 문득 자신이 강 반대쪽에 와 있단 기분이 들었다. 은조쿠와 오코너가 설명했던 것과 똑같은 기분이었다. 그녀는 강 건너편에서 하얀 나무를 보았다. 분명 하얀 나무를 지나왔는데, 저 뒤에 있어야 할 나무가 어째서 저기 있는 거지.

그녀는 기억을 떠올렸다. 매리언도 이 강을 건넜어, 나도 하일데크루거와 함께 강을 건넜지. 하지만 나무들의 길은 그녀 앞에 나타나지 않았고, 강을 건널 수 있도록 놓인 나무도 없었다. 나의 메아리도 이 강을 건넜어. 그러고는 콥에게 맞아 죽었어.

모스는 강에 다가갔다. 강둑에 앉아 발을 살짝 담갔다. 물살이 거칠었고, 바위에 부딪혀 하얀 물거품으로 부서졌다. 급류 위로 삐죽삐죽한 돌들이 충분히 많이 놓여 있기에, 어떻게든 건너갈 수 있을 것 같았다. 저 돌들을 징검다리 삼아 건넌다면.

그러다 죽어, 섀넌. 저런 물속을 걷다가는 저체온증에 걸리고 말아. 몸을 말릴 곳도 없어. 죽고 말거야.

하지만 모스는 눈 덮인 강둑으로 내려가 가장 가까운 돌까지 거리가 얼마나 되나 가늠해보았다. 그녀는 강을 향해 한 발짝 내디뎠고, 의족이 자신의 무게를 버텨주리라 믿으며 돌 위에 올라섰다. 순간 바람이 몰아쳐 몸이 휘청거렸다. 다음 돌은 더 가까이에 있었고 평평해서 충분히 디디고 설 수 있을 것 같았다. 기운을 차려 또 한 발짝 내디뎠는데 의족의 무릎 관절이 체중을 충분히 받쳐주지 못하고 미끄러졌다. 그녀는 삐죽한 돌에 머리를 베었고, 그대로 급류에 휘말려 물속에 잠겼다. 차가운 물에 온몸이 갈가리 찢기는 기분이었다. 폐가 오그라들어 숨이 막혔다. 그녀는 필사적으로 버둥거렸다. 잡을 곳을 찾아 손을 더듬었지만 마땅한 곳을 찾지 못했다. 한동안 강에 떠밀려 가던 그녀는 가까스로 부드러운 나뭇가지를 잡았다. 나뭇가지를 꼭 붙든 채 물 밖으로 빠져나왔다. 몸을 가까스로 추스르며 가쁜 숨을 몰아쉬었다. 쓰러진 나무 옆으로 다가갔다. 도보 다리로 놓여 있던 나무였다. 바르도게르. 그녀는 바르도게르 나무를 껴안았다. 축축하게 젖은 옷이 금세 껍질처럼 얼어붙었다. 어떻게든 몸을 녹이지 않으면 죽을 것 같았다.

3

바람이 세찼다. 손가락과 발가락에 감각이 없었다. 젠장, 어떻게 해야 하지. 옷을 벗을까? 꼼짝없이 얼어 죽을 텐데. 하지만 입고 있어도 얼어 죽기는 마찬가지잖아. 그녀 앞에 늘어선 바르도게르 나무들이 원근법의 착시처럼 보였다. 길에서 멀어질수록 점점 작아졌다. 가장 멀리 떨어진 나무는 눈 속에서 거의 보이지 않는 하얀 점에 불과했다. 어차피 죽을 거라면 차라리 강으로 다시 들어가 익사하는 편이 나을 것 같았다.

그녀는 지금도 강에 들어갈 수 있을 것 같았다. 강에서 나오지 말았어야 했어. 그녀는 자신이 평온하게 강에 쓸려 가는 모습을 상상했다. 오랫동안 먼 곳에 나가 있다가 고향 집으로 돌아와 잠든 것처럼 평온하게. 그녀는 주위를 둘러보며 세상의 마지막 순간을 머릿속에 담았다. 모든 것이 단색의 색조로 보였다. 하얀 나무, 하얀 눈, 검은 강, 어둠 속에서 짙은 회색으로 변해버린 상록수들. 오로지 오렌지색 반점 하나만이 생생한 색깔을 유지하고 있었다. 그것은, 사람의 형상이었다. 멀리 떨어진 수목 경계선 옆, 그러니까 얇은 공간에 누군가 있었다. 하일데크루거와 같이 있을 때 보았던 오렌지색 반점이 지금 다시 나타난 것이다. 모스는 기억 속 혼란을 어떻게든 정리하고자 했다. 사고로 다리를 잃었을 때, 오렌지색 여자를 자신의 영혼에 일어난 일종의 균열이라고, 억눌러야 하는 무언가로 여겼던 기억. 가급적이면 생각하고 싶지 않은 기억이었다. 하지만 그 뒤로 오렌지색 여자는 꿈속에 자주 나타났다. 이상하게도 꿈속에서 두 사람은 서로의 몸을 뒤섞었고, 장소도 뒤바뀌었다. 그러다 원래의 상황으로 되돌아갔다. 이제 그녀는 오렌지색 여자가 자기 자신임을 알았다. 공중의 십자가에서 구출돼 쿼드착륙선에 올랐을 때, 그녀는 자신을 도왔던 조종사들이 자신이 기억하는 조종사들과 달랐다는 것을 기억했다. 워낙 큰 충격을 받았으니 기억에 혼선이 생긴 거라고 그동안 무마해왔지만, 이제는 분명히 깨달았다. 그녀는 자신의 원래 세계에서 잘려 나간 채, 진짜 섀넌 모스의 삶으로 끌려들어 간 것이었다.

그녀는 몰아치는 바람을 맞으며 공터로 돌아갔다. 바르도게르 길을 따라 줄지어 늘어선 상록수들을 지나쳐 오렌지색 여자에게로 갔다. 보강된 선외 활동용 우주복의 오렌지색은 훈련생을 나타내는 색이었다. 그녀는 시신에 쌓인 눈을 쓸어내고 시신을 옆으로 돌리고는 가리개 너머로 자신의 얼굴을 보았다. 스무 살 정도 더 젊은 얼굴이었다. 모스는 젊은 여자를 보는 순간 큰 소리로 흐느껴 울었다. 눈물은 흘리지 않았다. 아직 어린 소녀야. 그녀는 자신의 변해버린 얼굴을 생각했고, 이렇게 어린 나이에 끝나버린 삶을 생각했다.

"미안해." 모스가 말했다. "정말 어쩔 수 없어, 미안해."

그녀는 오렌지색 우주복의 몸통 부분과 바지 부분 사이를 열고 여자의 부츠를 벗겼다.

"미안해, 정말 미안해." 그녀는 여자를 바지에서, 그리고 몸통과 소매에서 끌어냈다. 다행히 내의는 젖어 있지 않았다. 자신의 얼어붙은 옷을 벗고 마른 옷과 두툼한 바지로 갈아입은 뒤 부츠를 신었다. NASA 우주복의 디자인과는 달리 NSC 우주복은 날씬했다. 그래서 옆에서 도움을 받지 않고선 몸통 부분을 입기가 까다로웠다. 보통은 움직이지 않게 멜빵을 벽에 고정해놓고 몸을 집어넣었지만, 여기서는 바닥에 두고 기어 들어간 뒤 팔을 쭉 뻗어 소매에 넣어야 했다. 헬멧을 잠그고 몸통의 버클을 채우니 몸이 금방 따뜻해졌다. 그녀는 소나무 가지 아래에 앉아 몸을 녹였다. 떨림이 멈출 생각은 안 했지만, 노곤했던 몸에 생기가 다시 돌았다. 온기가 퍼지면서 몸의 말단까지 감각이 돌아왔다. 새넌 모스의 벌거벗은 몸은 눈 더미를 베개 삼아 반듯하게 누워 있었다. 우주복의 선량계가 검은색을 가리켰다. 방사선이, QTN이 그녀의 목숨을 앗아 간 것이다. 그녀는 아름다웠어. 20년이 지나고 보면 다들 스스로에 대해 그렇게 생각하듯 모스도 자신의 젊었을 때 모습을 아름답다고 여겼다. 금발 머리가 흐트러진 가운데 눈송이가 파란색 눈동자에 내려앉았고 눈이 피부 위에 쌓여갔다. 모스는 내리는 눈을 바라보았다. 몸이 충분히 따뜻해져서 일어설 수 있게 되었을 무렵에는 여자의 시신은 눈 속에 파묻혀 보이지 않았다.

　그녀는 나무들의 길을 따라가면서도 나무들이 보기 싫어 고개를 돌리고 싶었다. 잘못 가고 있다는 느낌을 떨쳐내려고 애썼다. 그녀에게는 아무런 계획이 없었다. 바르도게르 길을 따라가서 용케 〈리브라〉호에 이른다 해도 어떻게 해야 할지 몰랐다. 레마크는 B-L 드라이브에 종속 고장을 일으켜 전함을 파괴하고 선원 전부를 죽이려 했다. 그녀가 해내지 못한 일을 완수하려면, 유사시를 대비해 B-L 드라이브에 마련된 안전장치를 풀 줄 알아야 한다. 하지만 모스는 그 방법을 알지 못했다. 그뿐만 아니라 행여 반란이 일어났을 때 자신을 방어할 수 있는 무기도 없었다. 그녀가 쓰러진 나무를 건널 때 목매단 사람들이 울부짖었다. 머설트는 듀어에게 쓴 편지에서 바르도게르 길에서 절대로 벗어나지 말라고 경고했다. 하지만 눈 덮인 들판과 멀리까지 뻗은 나무들을 보자, 이 끔찍한 혼란과 반복되는 나무들로부터 도망치고 싶다는 마음만 커져갔다. 모스는 여전히 신을 믿지 않았지만, 지옥은 점차 믿게 되었다. 까마득히 먼 곳에서 공기가 크리스털 형태로 얼어붙은 게 보였다. 산맥처럼 보이는 거대한 얼음덩어리와 부빙이 충돌하고

있었다. 언뜻 아름답고 웅장한 풍경이었지만, 이러한 광경을 지켜
보는 것 또한 지옥의 형벌일지도 모르겠다고 생각했다.

길 저쪽 그녀 앞에 비틀거리는 한 남자가 있었다. 눈에 가려 회
색 실루엣만 보였는데, 가까이 다가가자 그제야 그 남자가 하일
데크루거임을 알아보았다. 그가 덮고 있는 외투와 담요가 바람에
날렸다. 셔츠는 어디로 갔는지 보이지 않았고, 불탄 피부가 거멓
게 썩어가는 것이 보였다. 그는 손으로 가슴을 긁었다. 가느다란
은색 핏줄이 여기저기 나 있었다. 입술이 은액으로 뒤덮였고 은
액이 조금씩 턱에 흘러내려 턱수염이 축축했다.

"몸속이 들끓고 있어." 모스를 쳐다보는 그의 눈빛이 애처로워
보였다. 그는 그녀 앞에 무릎을 꿇으며 말했다. "불이 너무 많아.
제발 도와줘."

모스는 거리를 유지했지만 두렵지는 않았다. 그는 실성한 상
태였다. 하일데크루거는 그녀를 멍하게 쳐다보다가 피를 토해내
기 시작했다. 은액과 섞인 피가 입술 너머로 흘러내렸다. "당신은
진짜가 아니군." 그가 말했다. "진짜가 아니야. 여기에는 나밖에
없어." 그녀가 지나쳐 가자 그가 소리쳐 불렀다. "당신은 나를 도
와줘야 해!" 바람에 그의 소리가 묻히고 눈보라에 그의 모습이 지
워질 때까지 그의 외침은 계속되었다.

모스도 이제 QTN을 느꼈다. 십자가형을 당하기 전, 화학약품
에 의한 화상을 입은 것처럼 고통스러웠던 감각이 다시 느껴졌
다. 그녀는 걸음을 서둘렀다. 바르도게르 나무들이 주위에서 불

타고 있었다. 그녀는 불붙은 길을 지나가던 중 수평선 너머에 있는 파란색 불꽃을 발견했다. 가까이 다가가자, 〈리브라〉호가 검은 자상 자국처럼 모습을 드러냈다. 하일데크루거의 보초병들이 지키고 섰던 돔 쪽엔 벌거벗은 남자들이 입에 은액을 문 채 하늘을 쳐다보고 있었다. 반란에서 살아남은 〈리브라〉호의 선원들로 그 가운데는 콥도 있었다. 그들의 목숨은 이제 터미너스에 내맡겨진 상태였다. 그들 입에서 뚝뚝 떨어진 은액이 그들의 몸을 적셨고, 바닥에 은빛 개울을 만들었다. 그들 머리 위로 섬세하게 추려진 뼈와 살점과 혈관이 공중에 내걸려 있었다. 폐와 심장을 비롯한 장기들도 있었으며, 살가죽은 바람에 날려 퍼덕거렸다. 인류 종말을 맞이하는 실크 현수막. 하일데크루거는 이미 유령에 불과했고, 추종자들의 운명도 다르지 않았다. 그들은 파도에 맞설 방파제를 쌓기 위해 수많은 살인을 저질렀지만, 이제 방파제는 부서졌으므로 파도가 그들을 휩쓸 터였다. 모스는 전함에 다가가면서 〈리브라〉호의 선체가 얼음으로 뒤덮인 것을 보았다. 길쭉하고 뾰족한 얼음들이 껍질처럼 뱃머리를 에워쌌다. B-L 드라이브에서 뿜어져 나오는 파란색 불빛이 없었다면 뱃고물까지 온통 뒤덮었을 터였다. 모스는 선체가 손에 닿을 거리에 이르렀을 때야, 비로소 바르도게르 길에서 벗어났다. 그녀는 선체를 따라 걸었고, 에어록으로 이어지는 피와 손톱으로 장식된 철계단에 이르렀다.

검은 강물에 몸을 던진다면, 더 이상의 고통은 없겠지.

모스는 고개를 저으며 마음을 바로잡았다. 에어록은 얼음으로 뒤덮여 있었다. 그녀는 우주복 소매에 달린, 장갑을 고정하는 금속 커프로 얼음을 내리쳤다. 처음 에어록에 들어갔을 때가 생각났다. 갑자기 중력을 잃고 휘청거릴 때 하일데크루거가 그녀를 붙잡아주었다.

11년을 구금실에 있었어. 그녀는 〈리브라〉호의 괴델 곡선에 갇혀 영영 죽지도 살지도 못하는 존재가 될까 봐 두려웠다. 실수는 용납되지 않았다. B-L 드라이브를 공격해서 종속 고장을 일으켜야 했다. 실패하면 자신이 실패했다는 사실조차 모른 채, 똑같은 실수를 반복할 것이다. 아무도 꺼내주지 못하는 고리에 갇히게 돼.

QTN이 쌓여서인지 몸속이 바늘에 찔린 것처럼 따끔거렸다. 모스는 얼음으로 봉인된 입구를 미친 듯이 내리쳤다. 어떻게든 이 안으로 들어가야 해. 터미너스를 피하려면 말이야. 그러고 나서는 어떻게 하지? 처음 〈리브라〉호에 들어섰을 때, 하일데크루거가 총격 소리를 기다린 다음 이동했던 것이 기억났다. 누군가가 핵 관리자를 죽였어. 원자로를 관리하던 그자는 종속 고장을 일으키려 했던 것이 틀림없었다.

내가 빨리 간다면,

총격이 일어나기 전에 기관실에 먼저 도착할 수 있어.

핵 관리자의 목숨을 구할 수 있어.

그가 성공적으로 고장을 일으킬 수 있어.

모스는 얼음을 부서뜨린 후 승강구를 움켜잡았다. 체중을 실어서 밀었다. 그녀는 심호흡하며 신속하게 움직일 준비를 했다. 그녀가 시커멓게 입을 벌린 〈리브라〉호의 입구로 들어서는 순간, 불길이 그녀를 집어삼켰다.

불타는 공기와 출렁이는 액체가 에어록을 휩쓸었다. 전함 안이 요동치면서 그녀의 몸이 흔들렸다. 경보음이 요란하게 울렸다. 추락하고 있어. 불길이 내화성 소재의 우주복을 태우지는 못했지만, 보호막처럼 달라붙었다. 몸이 너무 뜨거워졌다. 이러다가는 산 채로 불에 타 죽을 것 같았다. 또다시 전함이 휘청거렸고, 그 반동에 그녀는 어딘가로 나가떨어졌다. 〈리브라〉호의 선체는 요란한 굉음을 내며 끊어졌다. 그녀는 벽에 머리를 들이받았고, 헬멧 전면에 균열이 생겼다. 전기화재 연기가 틈새로 들어왔다. 기침이 터졌고, 눈이 따끔거렸다.

장갑으로 전면에 갈라진 틈을 막아보려 했지만, 연기가 계속 들어왔다. 열기 때문에 온몸에 물집이 잡혔다. 장갑은 불에 그을렸고 우주복은 부분부분 녹아내렸다. 절연 처리가 겹겹이 돼 있는 덕분에 용케 버티고 있었지만 더 이상은 무리였다. 불길은 모든 것을 태워버릴 기세였다. 그녀는 연기를 피해 최대한 몸을 숙이고 바닥을 기었다. 하지만 불이 없는 곳은 지독하게 캄캄했다. 이제 우주복도 불타기 시작했다. 화기가 느껴지자 그녀는 비명을 질렀다. 젠장, 산 채로 타 죽고 말 거야. 이곳 고리에 갇혀서 영원토록.

순간 불길 속에서 파란빛을 보았다. 긴장되는 와중에 강력한 전기충격이 전해졌다. B-L 드라이브가 실화된 것이다. 모스가 위로 헤엄쳐 올라갔다. 불과 연기가 보이지 않았다. 그녀의 우주복 다리에 붙어 있는 작은 불길을 제외하고는 모든 불길이 순식간에 사라진 것이다. 그녀는 천장을 발로 찼다. 화재진압장치에서 거품이 쏟아지면서 그녀의 우주복에 붙은 불을 껐다. 여기엔 중력이 없어. 이제 고리에 갇힌 듯했다. 전함이 출동하는 순간, 다른 시점으로 들어온 게 틀림없었다. 이렇게 고리에 갇히고 마는 걸까? 꿈속에 영영 갇히게 되는 걸까?

그 순간 모든 것이 급작스럽게 일어났다. 동력장치에서 고장을 알리는 경보음이 울리기 시작했다. 모스는 서둘러 몸을 움직이려 했으나, 화재진압 거품을 뒤집어쓴 터라 몸을 제대로 가눌 수조차 없었다. 그녀가 허둥댈 때 총격 소리가 울렸고, 그렇게 그녀의 희망이 꺾여버렸다. 너무 늦었다. 그녀는 제때 도착하지 못했고, 결국 핵 관리자는 사살되고 말았다. B-L 드라이브에 종속 고장은 일어나지 않았다. 모든 것이 전과 마찬가지였다.

그렇지만 모스는 포기하지 않았다. 어떻게 방법을 강구하기 위해 기억을 쥐어짰다.

총격 소리가 나고 하일데크루거가 그녀를 기관실에 데려갔던 게 떠올랐다. 그녀는 그 길을 따라 기관실로 향했다. 내가 마무리할 수 있지 않을까? 핵 관리자가 마무리하지 못한 일을 내가 대신해낸다면? 기관실은 그녀가 처음 보았을 때와 똑같은 모습이었다. 은색의 원자로 격납용기와 독자적인 칸에 마련된 B-L 드라이브. 핵 관리자의 시신이 제어판 위에 떠 있었고, 배에 입은 총상에서 끈끈한 피가 흘러나와 길쭉한 방울로 뭉쳐져 있었다.

그녀는 시신을 옆으로 치우고 장갑과 헬멧을 벗어 공중에 던져놓았다. 제어판은 스위치와 손잡이, 미터기와 깜빡이는 불빛들로 정신이 없었다. 1970년대에 제작된 것이어서 AI 인터페이스도, 디지털 스크린도 없었다. 모스는 또다시 꿈속에 갇힌 듯 좌절을 느꼈다. 반드시 처리해야 할 일이 있는데 갈피를 잡지 못할 때의 답답함. 반드시 종속 고장을 일으켜야 한다. 하지만 어떤 스위치를 눌러야 하지. 그녀로선 알 수 없었다. 뭐라도 눌러볼까. 하지만 아무거나 만졌다가는 안전장치가 가동될지도 모른다. 그럼 모든 작동을 멈출 것이고, 다시 작동하기 위해선 공병 장교의 제어 코드가 필요할 것이다.

모스는 하일데크루거가 이곳에 오래 머물고 싶어 하지 않았었다는 것을 기억했다. 반란을 주도했던 네이비실 대원 패트릭 머설트가 곧 여기로 온다고 했다. '그와 싸우고 싶지 않아. 적어도 여기서는 안 돼.' 원자로가 덜거덕거리더니 끼익하는 소리를 냈다. 전함의 불빛이 나가 그녀는 완전한 암흑 속에 갇히게 됐다.

그녀는 손전등이 있었던 것을 기억했다. 가까운 벽으로 이동해서 벨크로와 주변에 붙어 있는 금속 공구들을 손으로 느꼈다. 어두워서 뭐가 뭔지 알아볼 수 없었지만 손가락에 닿는 렌즈의 감촉으로 손전등을 찾아냈다. 그녀는 벨크로에서 손전등을 뜯어

내 스위치를 켰다.

누군가의 도움이 필요해. 레마크가 살해당하기 전에 그녀를 찾아야 하는데, 어떻게 하지?

그녀는 처음 여기 왔을 때 창문으로 별을 볼 수 있었던 통로에 이르렀다. 이제 수많은 별이 찬란한 빛을 내며 차갑게 불타고 있었다. 경보음이 그쳤고 운행등에 불이 다시 들어왔다. 공포가 엄습했다. 아드레날린이 솟구쳤다. 모스는 하일데크루거가 선내 어디에도 있을 수 있다는 것을, 바로 근처에 있을 수 있다는 것을 뒤늦게 깨달았다. 그의 패거리에게 들켰다간 속절없이 살해당하고 말 것이다.

모스는 니콜 오니옹고를 떠올렸다. 결국에는 니콜이 구금실에 올 것이었다. 니콜은 하일데크루거가 대학살을 저지르는 동안 자신마저 죽일까 봐 겁에 질려 구금실로 도망쳤다. 지금은 어디에 숨어 있을까? 모스는 생각을 되짚어보았다. 니콜이 과수원에, 미스 애슐리의 과수원에 함께 있었을 때 여기에 대해 말한 적이 있었다. 확실했다. 니콜은 담배를 피우며…

전기분해실 근처에 다다랐을 때 기억이 찰칵 돌아왔다. 니콜은 싸움이 일어날 때 구조실에 숨어 있었다고 했다. 전기분해실은 폐수활용장치와 산소발생장치를 갖춘 좁은 칸막이 방이었다.

모스는 전기분해실로 미끄러져 들어가 문을 닫았다. 크롬 탱크 뒤쪽에 좁은 작업 공간이 마련되어 있었고, 책상이 딸린 의자 하나가 벽에 고정되어 있었다.

통로에서 총격 소리가 났다. 교전이 일어난 듯했다. 모스는 싸워야 할 경우를 대비하여 우주복을 벗고 싶었다. 우주복 아래에는 시신에서 벗겨온 내의밖에는 없었다. 몸을 보호할 수는 없더라도, 움직이긴 훨씬 쉽겠지. 그녀는 허리를 조이는 버클을 푼 뒤, 거품이 묻은 검은색 바지를 발로 차서 벗었다. 몸통 부분을 벗기 위해 소매에서 팔을 빼는데…

"제발 살려줘요."

모스는 소리가 나는 쪽으로 돌아보았다. 여자가 책상 아래에 웅크린 채 숨어 있었다. 십 대를 막 넘긴, 갈색 눈동자가 아름다운 여자였다. 호두색으로 중간중간 포인트를 준, 검은색 곱슬 머리. 티셔츠와 반바지에 피가 묻어 있었다. 본인의 피일까? 손에는 붕대를 감고 있었고, 맨발이었다. 그녀의 발 옆엔 총 한 자루가 놓여 있었다.

"니콜." 모스가 말했다.

"내 이름을 어떻게?"

"전에 당신을 알았어요. 다른 시간대에서."

"그게 무슨 소리예요?" 니콜은 땀범벅이었고, 겁을 먹은 상태였다. "이상한 일들이 자꾸만 벌어지고 있어요. 다른 시간대라는 게 무슨 말이에요?"

"일단 옷 벗는 것 좀 도와줄래요?"

그 말에 니콜이 책상 아래에서 기어 나왔다. 그녀는 모스가 몸통 부분을 머리 위로 벗을 수 있도록 도와주었다. 책상 옆에 둔 베레타 M9 권총을 모스가 쥐었지만, 니콜은 아무런 반응도 보이지 않았다. 그녀는 모스를 두려워하지 않거나, 아니면 두려워할 수조차 없는 상태인 듯했다.

"이 총 사용해봤어요?" 모스가 물었다.

"아니요."

모스는 약실에 총알이 들어 있는지 확인했다. "B-L 드라이브를 파괴하는 방법 알아요?"

"아니요. 그건 공병 장교와 핵 관리자만이 알아요."

"그들은 어디 있어요?"

"죽었어요."

"그럼 나를 레마크에게 데려다줄래요? 그녀는 아직 살아 있을 거예요"

"당신은… 아무것도 몰라요. 레마크는 우리 전부를 죽이려 한다고요." 니콜이 말했다. "우리 모두가 스스로 목숨을 끊어야 한다고 했어요. 제정신이 아니에요. 우리가 왜 죽어야 하는데요? 감옥이라면 숨어 있을 수도 있어요. 거기라면 안전할 거예요."

"레마크를 만나야 해요."

"사람들이 감옥까진 찾아보지 않을 테니까…"

"내 말 들어요, 니콜. 당신은 이 모든 상황을 외면할 건가요? 내가 당신을 알았을 때 당신은 도넬 하우스의 간호사였어요. 사람들을, 나이 든 사람들을 돌봤죠. 그들을 정성껏 보살폈어요."

"간호사." 니콜이 말했다. "어머니가 간호사였어요. 그래서 나도 의대에 갔죠. 아버지는 레마크를 설득했어요. 나를 전함에 태워달라고, 분명 내가 받은 의학 수업이 도움이 될 거고. 아버지가 보고 싶어요."

"도와줘요."

"도대체 어떻게 나를 아는 거예요? 당신 이름이 뭐예요?"

"섀넌이에요."

"섀넌, 나는 죽고 싶지 않아요."

"제가 같이 있을게요. 같이 용기를 내봐요." 그러면서 모스는 손목을 들어 우로보로스 팔찌를 보여주었다. 니콜도 자신의 손목에 차고 있는 팔찌를 만졌다.

"그래요, 알겠어요." 니콜이 말했다.

"레마크가 살해당하기 전에 찾아야 해요." 모스가 말했다. "레마크를 좋아했잖아요, 니콜. 레마크가 우리를 도와줄 수 있어요. 그녀가 꼭 필요해요."

"사관실에 있어요. 레마크와 크라우스가 안에 들어가서 문을 잠갔는데, 콥과 그 무리가 기회를 엿보고 있어요."

"사관실이 어디죠?"

"데려다줄게요."

니콜은 문을 열고 통로로 사라졌다. 잠시 후 모스에게 따라오라고 손짓했다. 전함에서 죽음의 냄새가 진동했다. 온통 배설물과 피 냄새였다. 니콜은 능숙하게 손잡이를 잡고 몸을 끌어 통로를 헤엄쳐서 갔다. 모스는 몇 발짝 뒤에서 따라갔다. 그들은 쿼드

착륙선 적재 칸을 지났다. 착륙선 세 대가 발사대에 세워져 있었는데, 먼지가 쌓여 다이아몬드처럼 빛이 났다. 모스는 이 착륙선들 전부 에스페란스 행성에서 가져온 것임을 알아챘다.

"이쪽 침대들 옆으로 올라가요. 조리실로 가면 사관실로 이어지는 길이 있어요." 니콜이 말했다.

〈리브라〉호의 조리실은 무중력 상태에서 음식을 준비할 수 있도록 스테인리스강 상자 모양을 하고 있었다. 조리 공간은 비좁았다. 직사각형 모양의 냄비들이 뜨거운 접시 위에 놓여 있었고, 동굴처럼 움푹 들어간 싱크대에는 통조림통이 가득했다. 에셔의 그림에 나오는 방 같은 모습이었다. 이곳에 모인 조리사들이 벽과 천장을 오가며 오븐에서 빵을 굽고, 바닥에 앉아 커피를 끓이는 모습이 상상됐다. 한쪽 벽에 서서 고기를 삶고, 반대편으로 훌쩍 뛰어가 파이에 쓸 밀가루 반죽을 만들었을 것이다.

"그들 대부분은 우리 위에 있어요. 식당에요." 니콜이 말했다.
"우리는 이쪽으로 가죠."

조리실은 또 다른 조리 공간으로 이어졌는데 여기가 사관실로 쓰는 공간이었다. 공식적으로는 지휘관과 고위급 장교들을 위한 식당이었다. 좁은 통로 옆으로 스테인리스강 수납장이 쭉 늘어서 있었고 모든 구석구석엔 통조림이 구비돼 있었다. 니콜이 걸음을 멈추고 돌아보자, 모스는 그녀를 재촉했다.

남자 둘이 사관실 문밖에 대기하고 있었다. 둘 다 위장복을 입었고, 덩치가 크고 셔츠를 벗은 남자는 피 칠갑을 한 상태였다.

콥이야. 하지만 그녀가 알았던 나이 들고 험악한 싸움꾼의 모습이 아니라 날카롭게 단련된 전사의 모습이었다. 등을 보였지만 둘 다 무기를 소지하고 있었다. 콥은 M16 소총을, 다른 남자는 권총을 차고 있었다. 그녀는 그들 뒤로 몰래 다가가 아무렇지 않은 듯 머리에 구멍을 내고 처형하는 장면을 상상했다. 비겁해. 하지만 모든 것을 되살리려면 그들을 죽여야 했다. 모스는 콥의 중심부를 겨냥하고 쐈다.

콥이 그녀 쪽으로 돌아섰다. 그의 가느다란 눈이 흔들리는 것을 보아 제대로 맞힌 모양이었다. 그는 모스를 향해 제대로 조준도 않고 잇달아 격발했다. 총알이 조리실 냉동고에 박혔다. 모스는 비스듬히 몸을 누운 채 사격을 재개했다. 반동으로 몸이 밀렸지만, 무중력 수업에서 배운 대로 목표물을 겨냥하며 격발했다. 총신에서 나온 연기가 총알이 회전하며 지나간 곳으로 흘러들었다. 여러 발을 맞은 콥의 가슴에서 핏방울이 솟구치는 것을, 그가 절뚝거리는 것을 보았다. 그 순간 왼쪽 어깨 부근에서 통증이, 뒤이어 왼쪽 가슴에서도 강렬한 통증이 느껴졌다. 갑작스러운 통증에 놀란 나머지 그녀는 소리를 질렀다. 처음엔 통증이 심하지 않았지만, 화상처럼 번지기 시작했다. 점차 총에 맞았다는 걸 확신하게 되었다. 다른 남자는 조리실 아래로 몸을 숨겨 모습이 보이지 않았다. 니콜도 겁에 질려 웅크리고 있었다. 피가 셔츠의 가슴 부근에서 왼쪽 소매로 번졌다. 갈수록 호흡이 가빠졌다.

"포기해." 그녀가 소리쳤다. "NCIS 수사관이다. 무기를 버려.

이럴 것까지 없잖아."

그녀는 순찰 경관과 무장한 남자들 사이에서 벌어진 교전을 비디오로 본 적이 있었다. 처음엔 그저 일상적인 차량 검문에 불과했다. 사소한 위반으로 차에서 끌려 나오던 중, 결국 사태가 악화돼 누군가 죽을 때까지 서로서로 총을 쏴대기 시작했다. 모스는 이런 교전의 단순한 잔혹함에 항상 놀라곤 했다. 곡예에 가까운 사격술이나 정교한 사격술 따윈 없었다. 그저 두 사람이 짧은 거리를 두고 서로를 향해 다가가면서 총알을 날릴 뿐이었다. 모스는 인기척을 듣고 총을 들었다. 그때 남자의 정체를 알아보았다. 거울 달린 방에서 자살했던 플리스였다. 여기서는 훨씬 더 젊었다. 뼈로 만든 나무에 매달려 있던 비대한 시신의 흔적은 전혀 보이지 않았다. 하지만 두꺼운 안경 렌즈 너머로 보이는 그의 눈이, 그가 이미 정신이 나간 상태란 것을 역력히 드러내고 있었다. 그는 천장을 타고 그녀를 향해 달려들었다. 혼란과 분노가 뒤섞인 표정. 그가 여러 발을 쏘았다. 모스는 또다시 통증을 느꼈다. 이번에는 왼쪽 넓적다리 부분, 의족 위였다. 그녀는 균형을 잃지 않았다. 몸 전체로 더욱 강렬한 통증이, 마치 벌떼에 쏘인 듯한 감각이 밀려오리라는 것을 예감하면서 그녀는 다가오는 플리스를 향해 격발했다. 사격장에서 과녁판을 두고 사격하듯 그의 몸통 중심부를 향해 차분히. 플리스는 총에 맞고 나가떨어진 채 피를 사방에 뿌려댔다. 그녀는 어깨를 숙여 그를 피하려 했지만 결국 치이고 말았다. 그의 몸은 그녀를 치고 난 뒤로도 속도를 줄이

지 않았고, 곧장 오븐에 충돌했다.

"젠장." 최소한 세 발은 맞았어. 모스는 서른 발을 맞고도 계속해서 체포에 저항한 사람들 이야기를 들은 적이 있었다. 아드레날린이 솟구쳐 죽지도 않은 채. 하지만 사람이 죽는 데엔 서른 발도 필요 없어. 한 발이면 충분해.

"좋아." 모스는 몸을 추슬렀다. "괜찮아요, 니콜. 이제 레마크에게 가요." 하지만 통증이 심해졌다. 특히 넓적다리 쪽 출혈이 심해 피가 의족으로 흘러내리며 주위에 모였다. "그녀를 찾아야 해요."

"지혈부터 해야겠어요." 그러면서 니콜은 모스의 넓적다리를 압박했다. 하지만 출혈은 멈추지 않았다. 니콜은 조리실에서 행주를 가져와 모스의 넓적다리를 싸맸다. 다리를 묶을 때 극심한 고통이 밀려오자, 모스는 소리를 질렀다.

"도망쳐야 해요." 니콜이 말했다. "섀넌, 그들이 소리를 듣고…"

"안 돼요. 레마크를 찾아야 해요." 모스는 신음하듯 말했다.

모스는 잠긴 사관실 문을 두드렸다. 식사를 빠르게 들이기 위해선지 전함 안의 다른 철제문보다 더 컸다. 그녀가 두드린 문에 핏자국이 묻었다.

"NCIS 수사관 섀넌 모스예요! 문 열어요, 시간이 없어요! 레마크? B-L을 가동하는 데 당신이 필요해요. 밖으로…"

니콜도 함께 문을 두드렸다. "니콜 오니웅고예요! 서둘러야 해요! 오니옹…"

사관실 문이 열렸다. 모스는 〈리브라〉호의 선원 명단에서 레마크의 사진을 본 적이 있었지만 생각했던 것보다 훨씬 젊었다. 모스와 몇 살 차이 나지 않았다. 바짝 자른 은발. 면바지에 해군 사관학교 스웨터 셔츠 차림이어서 직업 군인보다는 여자 축구팀 주장 같았다. 날씬하고 탄탄한 체형에 사각턱이 도드라져 보였다. 그녀는 양손을 위로 들고 사관실을 나왔지만, 항복하는 모습처럼 보이지 않았다. 차분하고 의연해 보였다. 무기 담당자 클로에 크라우스도 마찬가지로 양손을 들고 그 뒤를 따랐다. 레마크보다 키가 컸고 진홍색 머리를 짧게 쳤다. 그들은 무기 없이 사관실에 들어가 문을 잠그고 있었다. 미래 세계에서 클로에 크라우스는 앞으로 벌어질 교전에서 총에 맞아 죽고, 레마크는 사병 식당에 끌려가 참수당한다. 하일데크루거가 사람들 앞에서 그녀의 목을 벨 것이고, 다들 돌아가며 시신을 욕보일 것이다.

"다쳤군요." 레마크가 말했다. "우리가 도와줄 수 있어요. 크라우스가 할 줄 알아요."

"시간이 없어요." 모스가 말했다. "선원들 전부 당신에게 대항할 겁니다. 당신이 〈리브라〉호를 파괴하려고 해서…"

"어떻게 여기 들어왔어요? 당신은 내 선원이 아니에요."

"시작한 일을 마무리해야 해요." 모스는 숨이 차올랐고 입에서 피 맛이 느껴졌다. "종속 고장 말이에요. B-L 드라이브…"

"당신 누군가요? 어떻게 이 모든 것을 알고 있죠?"

"얇은 공간이 뭔지 알죠?" 모스가 물었다. "시공간 마디 말이에요."

레마크는 왼쪽 눈을 찌푸렸다. 뭔가 계산하는 표정이었다. 그녀의 턱이 긴장으로 굳어졌다. "좋아요. 기관실로 갑시다." 그녀가 말했다. "첫 교전에서 B-L이 좀 망가지긴 했지만 아직 괜찮아요. 종속 고장을 일으켜 특이점으로 나아가게 할 수 있어요."

"하일데크루거가 사병 식당에 있어요." 니콜이 말했다. "그가 올 거예요."

크라우스는 콥의 M16 소총을 잡아채고 탄창을 새로 장전했다.

"쿼드착륙선 적재 칸을 지나 기관실로 갈 수 있어요." 니콜이 말했다. "우리가 왔던 길이에요."

"더 빠른 길이 있어요." 크라우스가 말했다. "무기고를 통하면 기관실로 곧장 연결돼요."

"나는 못 가겠어요." 피를 너무 많이 흘린 듯했다. 몸이 차가웠다. 겨울의 숲, 영원한 숲. 지혈대가 헐렁하게 풀어져 주위로 피가 흘러나갔다. "더는 움직일 수 없어요."

니콜이 그녀를 붙잡아주었다. "가야 해요. 힘을 내요."

크라우스가 앞장서서 그들을 갑판 아래쪽 추진기실로 이끌었다. 그녀는 입구를 열고 동굴 같은 곳으로 한없이 들어갔다. 탄약이 보관된 무기고였다. 그들은 렌즈가 달린 회색 상자 모양의 우현 레이저 발생기를 지났다. 뱃고물에 다가갈수록 화재 현장의 냄새가 났다. 모스는 문득 자신이 구금실에 갇혀 있을 때 불이 났었던 것을 떠올렸다. 거대한 불이 전함을 추락시키기까지 얼마나 남았을까? 시간이 없을지도 몰라. 설령 그렇더라도 다른 방도가 없지. 만약에 B-L 드라이브가 실화되면 〈리브라〉호의 선원들은 새로 시작한 체스 게임의 말들처럼 원래 자리로 돌아가게 될 터였다.

"올라가요." 크라우스가 말했다.

철제 사다리는 기관실로 가는 통로인 기관사 부서로 이어졌다. 레마크가 무리를 챙기며 마지막으로 들어왔고, 철문을 뒤로 닫았다. 하지만 그들이 기관사 부서에 이르렀을 때 누군가가 그들을 향해 소리쳤다.

"무기를 버려! 레마크, 투항해! 총 내려놔, 크라우스!"

패트릭 머설트가 M16 소총을 쥔 채 기관실로 들어가는 입구를 막아서고 있었다. 그는 소총의 반동을 피하려고 몸에 단단히 힘을 주고 있었다. 그 옆, 팔 닿는 곳에 탄창 세 개가 떠 있었다. 모스는 낙담했다. 기껏 레마크를 구했는데 또다시 이런 죽음이라니. 그가 손가락만 까딱하면 그들 모두를 날려버릴 수 있었다.

"패트릭." 니콜이 말했다. "제발."

"들여보낼 수 없어." 니콜에게 말하는 머설트의 눈빛이 차가웠다. 언젠가 내연 관계로 이어질 수도 있는 애틋한 감정이 지금 이 순간엔 전혀 보이지 않았다. 언제라도 그녀를 쏴 죽일 기세였다.

"총 내려놔, 크라우스." 레마크의 말에 크라우스는 소총에서 손을 뗐다. "우리 이야기 좀 하지. 자네가 지금 옳은 일을 하고 있다고 생각하겠지만…"

"칼이 이리로 오고 있어." 머설트가 말했다. "당신을 죽일 거야. 도끼로 당신 머리를 벨 거라고 했어. 자기 손으로 직접."

"머설트." 모스가 나섰다. "다마리스는…" 하지만 모스는 말을 끝맺지 못했다. 피를 너무 많이 흘려 어지러웠다.

"저 여자는 누구야?" 머설트가 차가운 눈으로 모스를 쳐다보았다. "여기 있으면 안 될 사람이 왜 있는 거야?"

모스는 피를 삼키며 말하려고 애썼다. 축축한 숨을 길게 내뱉었다. "나는 다른 시간대에서 왔어요." 그녀가 말했다. "이 모든 것이 어떻게 전개되는지 다 봤어요. 당신은 아내가 있어요. 이름이 다마리스죠. 딸도 있어요. 지금 다섯 살이고, 아직 태어나지 않은 아들과 또 한 명의 딸이 더 있어요. 이 모든 걸 망치지 마요. 당신이 섣불리 행동했다간, 당신 가족들 모두 죽게 돼요… 그들은 항상 죽고 말아요…"

머설트는 모스의 가슴에 총을 겨누었다. 감정의 기색이, 생각의 기색이 전혀 없었다.

"딸한테 미래를 줄 수 있어요, 패트릭. 당신 딸 매리언을 생각해요."

모스는 딸의 이름에 그가 흔들리는 것을 보았다. 얼마 뒤에 머설트는 무기를 아래로 내렸다. "얼른 가. 내가 어떻게든 시간을 끌어볼 테니까."

니콜이 모스를 데리고 기관실로 들어갔고, 레마크와 크라우스

가 뒤를 따랐다. 물에 반사된 빛처럼 아른거리는 파란색 광환 중
앙에 B-L 드라이브가 있었다. 전선이 타들어가는 고약한 냄새가
방 안에서 진동했다. 크라우스는 입구를 닫고 빗장을 걸어 잠갔
다. 모스는 바깥 통로에서 총격 소리를 들었다. 한바탕 요란하게
일다가 곧 잠잠해졌다. 이제 시간이 얼마 없어.

　레마크가 B-L 드라이브의 통제 로커를 열었다. 모스는 공중으
로 떠오르는 핏방울을 보며 어항 바닥에 놓인 보물 상자를 생각
했다. 상자에서 뚜껑이 열리고 거품이 위로 올라오는 모습을 떠
올렸다. 내 피야. 넓적다리 총상에서 흘러나온 피가 내의를 적시
고 거품이 그 위로 보글보글 올라와 주위로 퍼져갔다. 어항 속 거
품처럼. 모스는 B-L 드라이브의 으스스한 파란색 불빛이 동심원
고리를 이루며 바깥으로 퍼져가는 것을 보았다.

　지글거리는 소리와 폭발음이 들렸고, 요란한 총성과 함께 입
구 문이 경첩에서 날아갔다. 안 돼. 하일데크루거가 기관실로 들
어왔다. 크라우스가 소총으로 사격했지만 하일데크루거의 추종
자들이 양옆으로 늘어서면서 사격을 가했다. 니콜이 총에 맞았
다. 피가 안개처럼 흩뿌려지고 밧줄처럼 그녀의 가슴에서 새어
나왔다. 피가 모여 불안정한 구체 모양을 형성했다. 모스는 다리
와 배에서 또다시 통증을 느꼈다. 통증이 점점 깊게 그녀를 파고
들었다. 안 돼…

　"됐어." 레마크가 소리쳤다. B-L 드라이브 주위로 파란색 불빛이
후광처럼 빛났다. 강력한 플라스마 불빛이 원호 모양을 그렸다.

크라우스가 총알에 맞으면서 피가 튀었고, 그녀의 몸이 누더기 천을 묶어놓은 매듭처럼 빙그르 돌았다. 레마크가 비명을 질렀다. 그녀의 목소리가 마치 물속에서 들리는 것 같았다. 우리는 모두 물속에 잠겨 있어. 떨리는 핏방울과 구불구불한 선을 이루며 흘러나오는 내장이 공중으로 떠오르며 원을 만들었다.

하일데크루거는 젊은 남자였다. 아직은 악마 같은 모습이 그에게서 보이지 않았다. 그저 겁에 질리고 이기적인 젊은이일 뿐이었다. 그는 레마크의 관자놀이에 총구를 대고 격발했다. 모스는 총알이 나온 곳으로 피가 튀는 것을, 피가 흩뿌려지는 모습을 보았다. 그녀 자신의 피와 레마크의 피가 뒤섞여 B-L 드라이브의 중력에 이끌려 올라갔다. 고장 난 엔진이 기관실을 파란색 빛으로 가득 채웠고, 모스는 그 파란색 빛에서 완벽한 검은색 반점 하나를 보았다. 반점은 점차 커져 완벽한 원이 되었고, 이윽고 완벽한 원은 주위의 모든 것을 빨아들였다. 모스는 검은색 원에 모든 시간이 쓰여 있는 것을 보았다. 과거에 있었던 모든 것과 앞으로 있을 모든 것을, 최초의 사라짐과 마지막 사라짐을 보았다. 원이 팽창하면서 모든 존재가 사라졌다. 〈리브라〉호와 겨울의 숲, 상록수, 터미너스, 눈으로 뒤덮인 세계가 모두 사라졌다. 모스는 자신이 중력에 붙들려 있는 것을 느꼈고 결국에는 그녀 또한 블랙홀에 삼켜졌다. 모든 생각이, 모든 고통이 멈췄다. 그녀는 어둠 속으로 흘러들어 가 더 이상 몸이 아니라 빛의 파동이 되었다.

1986년 1월 28일

눈발이 거세졌다. 하늘에서 떨어지는 눈이 가로등 불빛에 반짝였다. 그녀가 이런 날엔 운전하고 싶지 않다고 해 우리는 걷고 있었다. 이웃 동네에서 소나무 가지가 맞닿은 곳을 지날 때 그녀가 가지를 잡아당겼다. 나는 눈을 뒤집어썼다.

"이게 무슨 짓이야!" 외투의 목과 머리카락에서 눈을 털어내며 내가 소리쳤다. 그녀는 깔깔 웃었다. 나는 눈을 뭉쳐서 던졌지만 공중에서 가루로 흩어지고 말았다. 그녀가 이렇게 활짝 웃는 모습을 보는 것은 오랜만이었다.

"빨리 어른이 돼서 부자가 되고 싶어." 그녀가 말했다. "아니면 부자와 결혼하거나. 그게 내 목표야."

우리는 마을에서 차 사고가 나기를 기다렸다. "그거 알아? 자동차 사고가 나면 플라스틱이 찌그러지는 소리가 난대." 그녀가 말했다. 그녀는 카멜 담배를 꺼냈다. 나도 몇 개비 남지 않은 담배에서 하나를 집었다. 그녀가 자신의 담배를 담뱃갑에 툭툭 쳤고, 나도 그렇게 했다. 그녀가 자기 담배에 불을 붙였고, 나는 몸을 기울여 그녀의 담배 끝에서 불을 붙였다. 눈길에 미끄러지는 차들이 많았지만 사고는 나지 않았다. 나는 추위에 몸을 떨었다. 아버지의 군용 외투를 껴입은 것만으로는 견디기 어려운 추위였다. 그런데 그녀는 소매에 지퍼가 달린 마이클 잭슨 재킷밖에 걸치고 있지 않았다. 차 한 대가 지나가며 경적을 울렸다. 코트니가 그들을 향해 가운뎃손가락을 내밀자 누군가 웃음을 터뜨렸다. 어쩌면 우리를 아는 사람일 수도 있었다.

유클리드의 세븐힐스는 코트니가 가장 좋아하는 장소다. 카운터의 여자가 신분증 확인을 전혀 하지 않기 때문이다. 코트니는 담배를 샀고, 나는 자동판매기에서 핫 초콜릿을 골랐다.

"김, 어디 좀 봐." 여자가 말했다. 코트니가 터틀넥을 내려 흉터를 보여주자 그녀가 말했다. "제기랄, 완전 개자식이군." 그녀 말대로, 어떤 미친 개자식이 칼로 코트니의 목을 그었다. 상처는 아물었지만 흉터가 하얗게 빛났다. 삐죽삐죽한 모양의 흉터여서 칼을 어느 쪽으로 대고 어떻게 그었는지 알아볼 수 있었다. 영원히 남아 있을 목의 흉터. 카운터 여자는 카멜 담배를 내주면서 말했다. "이건 내가 낼게. 그런 수모를 당하다니. 담배 정도는 대접해야지."

"눈물 나게 고맙네." 코트니가 말했다.

"피자헛에 갔다가 제대로 당한 거지." 내가 말했다.

"마지막 담배가 될 뻔했지. 난 밖에 나가 있을게."

"곧 갈게."

나는 핫 초콜릿을 사고 임신 진단 테스트기도 샀다. 카운터 여자가 큰 소리로 말했다. "병원에 가기 전에 다른 거로 한 번 더 해봐. 혹시 모르잖아."

우리는 그녀의 침실 바닥에 나란히 누웠다. 다리를 침대 위로 뻗으면 그럭저럭 충분한 공간이 나왔다. 그녀는 벌써 석 대째였다. 나는 천천히 담배를 피웠다. 천장에서 돌아가는 팬을 향해 연기를 내뿜고서 연기가 팬을 휘돌아 내 쪽으로 돌아오는 것을 보았다. 〈파워리지〉 음반 뒷면이 돌아가고 있었다. 우리는 대화가 없었지만 아무 문제 없었다. 코트니는 대화 없이도 편안하게 있을 수 있는 유일한 친구가 나라고 했으니까. 음반이 다 돌아갔을 때, 그녀에게 오빠가 오늘 밤 집에 들어오는지 물었다.

"제시네 집에 갔어." 코트니가 말했다.

젠장. 세븐힐스에 가기 전까지도 전혀 느낌이 없었는데 이제 느낄 수 있을 것 같았다. 마치 뱃속에 나비가 들어앉아 날개를 퍼덕이는 기분이었다. 코트니가 음반을 바꾸려고 일어나 〈백 인 블랙〉을 틀었다. 나는 배를 만졌다. 그녀는 목걸이를 만지듯 멍하니 손을 목에 갖다 대는 버릇이 생겼다. 그녀가 다시 돌아와 바닥에 누웠을 때, 우리의 얼굴은 상대방의 열기를 느낄 정도로 가까이 붙어 있었다.

새벽 3시. 잠에서 깬 나는 그녀를 자게 내버려두었다. 테스트 기에 소변을 묻혔을 때 나타났던 파란색 십자모양을 생각했다. 그에게 어떻게 말할까 생각했다. 살금살금 복도로 나가 그의 침대를 확인했지만 아무도 없었다. 가장 친한 친구가 시누이가 된다면 어떤 기분일까? 사이가 더 가까워지겠지. 데이비가 마땅히 져야 할 책임을 진다면, 코트니는 내 시누이가 될 터였다. 나는 계단을 내려가 아래층으로 갔다. 거실 유리문의 커튼이 젖혀져 있었고, 눈에 반사된 달빛이 집 안을 은은하게 밝혔다. 나는 뒤뜰로 고개를 돌렸다. 잔디밭과 소나무에 매끄럽게 내려앉은 눈을 바라보았다. 아직 아무도 밟지 않았을 새하얀 눈 위에 발자국이 둥근 원 모양으로 나 있었다. 완벽한 원을 이룬 이 발자국이 어디서 왔는지, 어디로 이어지는지 알 수 없었다. 마치 누군가가 공중에서 내려와 한 바퀴 돌고는 휙 사라진 듯했다. 어머니는 징조를 믿는데 하나같이 불길한 징조들만 믿는다.

그는 나에게 어떻게 청혼할까? 내가 그에게 말하면 그제야 청혼할까? 아니다, 그는 당장 낭만적인 곳에서 근사한 저녁을 앞에 두고 청혼할 것이다. 그에게 줄 수 있는 고등학교 1학년 사진이 몇 장 있다. 나는 그에게 말하면서 사진 한 장을 줄 생각이다. 그가 멀리 나갔을 때 나를 생각하도록, 우리를 생각하도록. 그는 세상을 보고자 해군에 입대한다고 했는데, 코트니 말로는 대학에 가지 못해서 입대하는 것이라고 했다. 어쩌면 독일이나 이집트, 혹은 일본에 가게 될 거라고 했다. 내가 그에게 말할 때 그가 어떤 반응을 보일지 상상해본다. 아마도 눈썹을 치켜뜨며 놀란 표정을 짓겠지. 그가 나에게 청혼하면 우리는 세인트 패트릭 교회에서 결혼식을 올릴 것이다. 코트니는 들러리를 해줄 테고 말이다. 그가 떠나 있을 때면 나는 매일 교회에 나가 기도를 올릴 것이다. 아버지를 위해, 남편을 위해. 두 사람 다 바다를 누비며 산다. 영원 같은 바다를 항해하며 데이비가 나의 이름을 딴 별에 기도를 올리는 장면을 상상해본다. 그는 섀넌이라는 별에 기도를 올린다. 그리고 그는 자신의 별, 우리의 별을 가리키며 나도 틀림없이 그것을 알아보리라 확신한다. 그 별을 보며 나를 생각하겠다면서 나에게도 그렇게 해달라고 말할 것이다. 오늘 같은 밤이면 나는 우리 아이에게 굿나잇 키스를 하고 밖으로 나올 것이다. 밤하늘에 뜬 우리의 별을 보며 그가 무사하기를 빌 것이다. 그가 갑판의 삭구에서 몸을 돌릴 때, 그가 밤의 바다를 바라볼 때, 강철의 선체가 물살을 가르며 나아갈 때 별빛이 그에게 쏟아질 것이다. 나는 그가 별빛을 받고 있다고 생각할 것이다. 그가 건강한 몸으로 우리 가족을 그리워한다고 확신할 것이다. 나아가 아무리 멀리 떨어져 있어도, 언젠가는 그가 집으로 돌아오리라는 것도.

감사의 말

특별수사관으로 일하는 매형 피터 오코너 고마워요. 파이브 가이스 매장에서 햄버거를 먹으며 나눴던 시간 여행에 관한 이야기가 결국 이 책을 만들었답니다.

닐 블롬캠프와 조너선 옥시어 고마워요. 당신들이 보여준 통찰력이 이야기 전개에 결정적인 도움이 되었어요.

로라 라임퀼러, 배리 B. 루오칼라 박사, J.J. 헨슬리, 젠 라티머, 댄 모란 고마워요. 자신만의 전문적인 지식을 너그럽게 나눠주신 분들입니다.

거너트 컴퍼니의 데이비드 거너트와 앤디 키퍼, 그리고 RWSG 문학 에이전시의 실비에 라비노 고마워요.

마크 타바니, 샐리 킴, 그리고 퍼트넘 출판사의 팀원들 모두 고마워요.

마지막으로 내 가족, 무엇보다 아내 소냐와 딸 주느비에브, 그 대들이 내 삶의 빛입니다.

사라진 세계

초판 1쇄 펴낸날 2020년 2월 19일
초판 3쇄 펴낸날 2020년 12월 4일
지은이 톰 스웨터리치
옮긴이 장호연
펴낸이 한성봉
편집 조유나·하명성·최창문·김학제·이동현
콘텐츠제작 안상준
디자인 전혜진·김현중
마케팅 박신용·오주형·강은혜·박민지
경영지원 국지연·지성실
펴낸곳 허블
등록 2017년 4월 24일 제2017-000050호
주소 서울시 중구 소파로 131 [남산동 3가 34-5]
페이스북 www.facebook.com/dongasiabooks
전자우편 dongasiabook@naver.com
블로그 blog.naver.com/dongasiabook
인스타그램 www.instargram.com/dongasiabook
트위터 twitter.com/in_hubble

전화 02) 757-9724, 5
팩스 02) 757-9726

ISBN 979-11-90090-07-0   03840

이 도서의 국립중앙도서관 출판예정도서목록(CIP)은
서지정보유통지원시스템 홈페이지(http://seoji.nl.go.kr)와
국가자료종합목록 구축시스템(http://kolis-net.nl.go.kr)에서
이용하실 수 있습니다. (CIP제어번호 : CIP2020005638)

허블은 동아시아 출판사의 SF 브랜드입니다.
※ 잘못된 책은 구입하신 서점에서 바꿔드립니다.

만든 사람들
책임편집 김학제
크로스교열 안상준
디자인 김현중
일러스트 변영근
본문조판 김경주